일제 강점기 민족문학 작가와의 대화

― 염상섭, 채만식, 김사량 ―

저자 **공종구**

학력 및 경력
전남 여수 출생(1957)
전남대학교 국어국문학과 졸업(1977-1984)
전남대학교 대학원 석·박사(1984-1992)
군산대학교 국어국문학과 교수(1992-현재)

주요 저서
『한국현대문학론』, 국학자료원, 1997.
『한국현대소설의 윤리』, 박문사, 2009. 등

주요 논문
「손창섭 소설의 기원」
「채만식의 산문」
「1950년대 염상섭 소설의 여성의식과 사회·정치의식」
「김숨의 초기소설에 나타난 가족」
「김사량 소설에 나타난 재일조선인 노동자」 등

일제 강점기 민족문학 작가와의 대화 — 염상섭, 채만식, 김사량

초판 1쇄 인쇄 2022년 4월 13일
초판 1쇄 발행 2022년 4월 20일

저 자 공종구
펴 낸 이 이대현

편 집 이태곤 권분옥 문선희 임애정 강윤경
디 자 인 안혜진 최선주 이경진
마 케 팅 박태훈 안현진

펴 낸 곳 도서출판 역락
주 소 서울시 서초구 동광로 46길 6-6(반포4동 문창빌딩 2F)
전 화 02-3409-2060(편집부), 2058(영업부)
팩 스 02-3409-2059
등 록 1999년 4월 19일 제303-2002-000014호
이 메 일 youkrack@hanmail.net
역락홈페이지 http://www.yourackbooks.com

ISBN 979-11-6742-335-1 93810

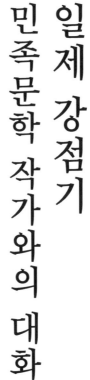

일제 강점기 민족문학 작가와의 대화

——— 염상섭, 채만식, 김사량

공종구

역락

머리말

2023년 2월, 현역에서 은퇴를 한다. 1992년 9월 군산대학교 국어국문학과와 맺은 인연이 이제 때가 다 되어 작별을 해야 할 시점이다. 그 세월을 헤아려보니 벌써 30년이라는 성상이 훌쩍 지났다. 잔다란 감정의 가지들을 쳐내고서 은퇴를 맞이하는 기분을 압축해서 정리하자면 한마디로 '홀가분하다'는 심정이다. 내가 한때 취미로 시작했던 운동인 마라톤을 완주하고 난 이후의 성취감이랄까? 그 비슷한 느낌의 기시감 같은 게 아른거린다.

이 책은 정년을 맞이하여 그 동안의 학문적인 여정을 정리하고 결산하는 의미를 갖는다. 더불어 은퇴를 기념하고 자축하는 의미 또한 가지려고 한다. 그 동안 발표해왔던 수십 편의 글들 가운데 시기적으로는 가장 최근에, 그리고 내용적으로는 가장 애정을 많이 가지고서 대화를 주고받았던 염상섭(1897-1963), 채만식(1902-1950), 김사량(1914-1950) 세 작가들에 관해 발표했던 논문들을 한자리에 모아놓은 책이다. 이러한 의미를 지닌 책의 머리말을 쓰자니 만감이 교차하고 온갖 소회가 피어오른다. 어찌 그러지 않을 수 있겠는가?

『일제 강점기 민족문학 작가와의 대화: 염상섭, 채만식, 김사량』이라는 이 책의 제목에 대해 한마디 하지 않을 수 없다. 먼저 이 세 작가들을 한자리에 모아놓은 것은 이들이 모두 '민족문학'과 '리얼리즘'을 자신들의 작가적 화두이자 정체성의 표지로 공유하고 있다는 판단에서이다. 그들의 전체 작품 지형에서 민족문학과 리얼리즘은 단순한 창작 방법이나 기법 차원의 수준을 훌쩍 벗어난다. 그들의 작품에서 그 둘은 이념적 지향이나 세계관적 기반을 구축할 정도로 중요한 심급으로 작동한다. 한마디로 민족문학과 리얼리즘은 그들의 작품을 지탱하고 떠받치는 두 기둥이라고 할 수 있다.

한편 문학 텍스트는 존재와 세계에 대한 창작 주체인 작가의 해석이자 평가, 질문이자 성찰, 도전이자 대결, 그리고 전망이라고 생각한다. 이를 통해 작가들은 자신들의 욕망이나 상처를 드러내기도 하고 죄의식이나 원한 감정을 고백하기도 하고 부조리나 폭력에 대해 고발하고 증언하기도 한다. 이러한 고백과 고발 그리고 증언을 매개로 작가들은 독자들에게 말걸기를 시도한다.

이 글은 그러한 말걸기에 대한 나의 성실한 응답의 기록이면서 한편으론 존재와 세계에 대한 나의 질문이자 성찰, 도전이자 대결이기도 하다. 그런 점에서 타자의 욕망을 통해서 읽어내는 것은 주체의 욕망과 무의식이라는 정신분석학적 통찰은 충분한 설득력을 지닌다. 그 연장선에서 독자의 독서행위는 삼독- 가장 먼저 대상 텍스트를 읽고 그 다음으로 창작 주체인 작가를 읽고 그리고 마지막 궁극적으로는 독자 자신을 읽는다는 말- 이라는 말 또한 충분히 공감이 간다. '일제 강점기 민족문학 작가와의 대화'라는 책의 제목은 평소의 그러한 문제의식을 배경으로 거느리고 있다.

3부의 체제로 구성된 이 책은 모두 15편의 논문을 수록하고 있다. '해방 이후 염상섭의 장편소설'이라는 타이틀로 구성된 제1부는 해방 이후 염상섭의 장편소설을 대상으로 다룬 5편의 논문을 수록하고 있다. '채만식 소설의 기원'이라는 타이틀을 내세우고 있는 제2부는 채만식 문학의 기원을 밝혀보고자 한 5편을 포함한 7편의 논문들로 구성되어 있다. '김사량 소설의 디아스포라'라는 타이틀의 제3부는 식민지 조선 지식인의 비애와 울분을 서사의 핵심 동력으로 동원하고 있는 김사량의 소설을 다룬 3편의 논문들을 수록하고 있다.

해방 이후 염상섭의 장편소설을 집중적인 분석 대상으로 소환하고 있는 제1부 5편의 논문은 모두 해방 이후에도 여전히 염상섭 소설은 '민족문학'과 '리얼리즘'의 자장 안에서 작동하고 있다는 문제의식을 축으로 논의를 전개하고 있는 글들이다. 따라서 이 글들은 해방 이후 염상섭의 장편들을 범속한 풍속소설이나 평면적인 세태소설의 범주로 해석하거나 평가해서는 안 된다는 문제의식을 반영하고 있다. 더불어 이 글들은, 일반적인 통념과는 달리 염상섭은 여성의식의 측면에서도 결코 중산층의 중도적 보수주의에 갇혀 있지만은 않았다는 사실을 제시하고 있다. 해방 이전에 발표한 「제야」와 『미해결』을 다룬 논문임에도 불구하고 「염상섭 초기소설의 여성의식」을 수록하였던 것은 해방 이후 염상섭의 여성의식이 결코 평지돌출의 우연이나 허영이 아니었음을 강조하기 위한 것이었다.

　　채만식을 대상으로 하는 제2부 7편의 논문은 그의 문학에서 객관적인 법칙성을 가지고서 집요하다싶을 정도로 반복되는 부정적인 가부장의 표상을 통해 채만식 문학의 기원이 가부장의 전제적 권력에 기초한 전통적인 가족제도와 결혼제도에 대한 비판과 대결의지에 있다는 점을 탐색하고 천착하고 있는 글들이다. 또한 채만식의 대일협력을 다룬 글에서는 추상같은 역사논리에 입각하여 단죄하기보다는 당시 그가 처한 여러 가지 복합적인 정황이나 시대상황 등을 적극적으로 참조하면서 가능한 한 이해하려고 하는 입장에서 그의 대일 협력 행위를 해석하고자 했다. 이 세상에 부모를 선택해서 태어날 수 있는 사람은 아무도 없을 것이다. 시대를 선택해서 태어날 수 있는 사람 또한 아무도 없다. 『민족의 죄인』을 통해 생생한 육성으로 토로하고 있는 채만식의 반성의 논리와 참회의 윤리에 대해서는 인색할 필요가 없을 듯싶다. 채만식의 대일 협력이 과연 '자발성'의 차원에서 '내적 논리'를 가지고서 이루어진 것인가에 대해서는 지금도 여전히 회의적이다. 모르긴 해도 군산대학교와의 인연이 없었더라면 채만식에 대한 글들이 이 책에 수록되는 일은 없지 않았을까 하는 생각이다. 논문의 완성도와 밀도를 떠나서 각별히 애정이 많이 가는 것도 그러한 배경과 맥락에서이다.

김사량의 디아스포라 체험을 직핍하게 반영하는 소설을 대상으로 하는 제3부 3편의 논문이 겨냥하는 궁극적인 표적은 근본적으로 권력의 위계에 의한 혐오와 차별의 정동이다. 하여, 식민지 조선의 지식인으로서 김사량이 식민 본국인 일본에서 겪을 수밖에 없었던 비애와 울분을 과거 일본에서 김사량이 겪었던 개인의 문제로만 국한해서는 안 되고, 그것을 넘어 현재 한국에서 사회적 약자나 소수자들이 처한 존재론적 조건으로 확대 해석하는 게 온당하다고 생각한다. 김사량의 작가적 대리인으로 기능하는 인물들이 보여주는, 후발 제국주의 국가 일본에 의해 강요당한 자기 부정으로 인한 정체성의 분열과 내면의 혼란은 갈수록 사회적 약자나 소수자들에 대한 차별과 혐오가 우심해지는 지금 이곳의 상황과 포개읽을 때 착잡한 마음 이를 데 없도록 자극한다.

이 세 작가들의 텍스트를 정독하고 논문을 쓰는 과정에서 읽어내고자 했던, 그들의 개인사나 가족사에서 오는 상처나 트라우마, 분노와 갈등, 그리고 자책 및 회한과 나의 구체적인 실존 사이에 포개지고 겹치는 부분이 적지 않았다. 그들의 텍스트에 어렵지 않게 공감하고 감정이입이 될 수 있었던 것도 그러한 이유에서이리라.

'수신제가치국평천하'라고들 한다. 맞는 말이다. 돌이켜보니 수신조차도 낑낑 끙끙 버겁게 버겁게 견디어 온 것만 같다. 수신은 완성의 대상이 아니라 영구혁명의 과정이라는 방어기제를 동원하니 그래도 마음이 조금은 편안해진다. 그 시간을 꾸역꾸역 감당하느라 갈팡질팡 우왕좌왕 좌충우돌 옴니암니 발싸심해 온 나에게 위로와 선물을 보낸다. 그 시간들을 감당하는 데 누구보다 큰 힘이 되었던 것은 당연히 1986년 인생의 도반으로 소중한 인연을 맺은 아내 레지나 김은주이다. 앞으로 남은 생도 서로 믿고 의지하면서 잘 헤쳐나갔으면 하는 바람이다. 그리고 반듯하게 잘 성장해준 사랑하는 나의 두 딸들에게도 고마운 마음을 전한다. 마지막으로 어려운 상황에서도 선뜻 출판을 도맡아준 도서출판 '역락'과 이대현 대표에게 깊은 감사의 말씀을 드린다.

흔히들 마음대로 뜻대로 안 되는 것이 인생이라고들 하지만, 아니 인생이지만 은퇴 이후 남은 과제, 그리고 하고 싶은 일들을 하나 둘 헤아려보면서 이 글을 매조지고자 한다.

아름다운 마무리를 준비하는 연구실에서

2022. 4. 공종구

차례

머리말 • 5

제1부 해방 이후 염상섭의 장편소설

17   염상섭의 『채석장의 소년』론
1. 들어가는 글 • 17
2. 해방공간의 알레고리적 축도 • 20
3. 나오는 글 • 37

39   염상섭의 『취우』에 나타난 한국전쟁
1. 들어가는 글 • 39
2. 실재계의 민낯으로서의 '얼룩'과 '악취' • 43
3. 남한 점령 정책의 허구와 폭력 • 54
4. 문제의식으로서의 '모욕' • 56
5. 나오는 글 • 59

61   염상섭 소설의 전쟁미망인
1. 들어가는 글 • 61
2. 전쟁미망인의 전경화 • 66
3. 상징계의 지배적 규범과 관습의 장벽 넘어서기 • 70
4. 결혼 서사의 지연과 잉여 • 82
5. 나오는 글 • 85

89   1950년대 염상섭 소설의 여성의식과 사회·정치의식
1. 들어가는 글 • 89
2. 상호 이질적인 두 서사의 공존 • 93
3. 세대론적 대비를 통한 여성의식 • 96
4. 텍스트의 무의식을 통한 사회·정치의식 • 101
5. 나오는 글 • 115

117   **염상섭 초기소설의 여성의식**

1. 들어가는 글 • 117
2. 전통과 근대 사이의 분열증적 주체로서의 신여성 • 119
3. 나오는 글 • 140

제2부 채만식 소설의 기원

145   **채만식의 산문**

1. 들어가는 글 • 145
2. 채만식 산문의 세 지향 • 148
3. 나오는 글 • 168

171   **『과도기』의 두 지향**

1. 들어가는 글 • 171
2. 전통적인 결혼제도에 대한 대결의지 • 175
3. 민족주의적 지향의 분출 • 186
4. 나오는 글 • 192

195   **채만식의 초기소설에 나타난 '가족'과 '자본'**

1. 들어가는 글 • 195
2. '희생양'과 '소유물'로서의 여성 • 197
3. '악의 화신'으로서의 자본의 간계 • 207
4. 나오는 글 • 216

219   **채만식 소설의 기원**

      -『인형의 집을 나와서』를 중심으로 -

      1. 들어가는 글 • 219

      2. 창작의 기원으로서의 피메일 콤플렉스 • 221

      3. 증상으로서의 서사의 균열과 우연 • 231

      4. 나오는 글 • 244

247   **『태평천하』에 나타난 '가족'과 '자본'**

      1. 들어가는 글 • 247

      2. 물질적인 욕망의 화신의 몰락과 파멸 • 250

      3. '구멍난 가족'의 종결자 • 259

      4. 나오는 글 • 269

271   **채만식의 『심봉사』 계열체 서사 연구**

      1. 들어가는 글 • 271

      2. 반복강박으로서의 『심봉사』 계열체 서사 • 274

      3. 서사적 전유의 양상과 그 의미 • 280

      4. 나오는 글 • 289

291   **채만식 문학의 대일 협력과 반성의 윤리**

      1. 들어가는 글 • 291

      2. '자발성'과 '내적 논리'의 내파 • 294

      3. 대일 협력/친일의 네 범주와 유형 • 304

      4. 대일협력의 과정과 배경 • 307

      5. 반성의 윤리 • 311

      6. 나오는 글 • 318

제3부 김사량 소설의 디아스포라

323 김사량의 소설에 나타난 이름의 정치학

1. 들어가는 글 • 323
2. 식민주의 욕망과 민족주의적 지향의 길항과 충돌 • 327
3. 나오는 글 • 347

349 김사량의 소설에 나타난 민족주의적 지향
- 「광명」을 중심으로 -

1. 들어가는 글 • 349
2. 식민주의 욕망과 민족주의적 지향의 양가성 • 353
3. 증상으로서의 서사의 잉여와 균열 • 359
4. 나오는 글 • 371

373 김사량의 소설에 나타난 재일 조선인 노동자

1. 들어가는 글 • 373
2. 민족적 연대와 협력으로서의 '빛'의 실체 • 379
3. 나오는 글 • 396

원전 목록 / 398
참고문헌 / 400

제1부

해방 이후 염상섭의 장편소설

염상섭의 『채석장의 소년』론

1. 들어가는 글

한국의 근·현대 문학사 지형에서 염상섭이 차지하는 중심성의 위상을 부정하기는 쉽지 않다. 「표본실의 청개구리」(1921)로 등단한 이후 작품 활동을 마감하기까지 염상섭이 도달한 바 있는 돌올한 문학적 성취는 가히 압도적이기 때문이다. 무엇보다 먼저 염상섭이 발표한 작품들의 완성도나 수준을 들지 않을 수 없다. "1919년부터 1962년까지 약 44년에 걸쳐 창작활동에 전념"[1] 하는 동안 염상섭이 발표한 작품 수는 "장편소설 28편, 단편소설 150편, 평론 101편, 수필 30편, 수상 및 기타 잡문 153편 등 초장르적으로 총 500여 편"[2]에 이른다. 창작활동 기간이나 발표한 작품 수만으로도 동시대의 다른 작가들을 압도하지만 염상섭이 더욱 문제적인 것은 그가 발표한 대부분의 작품들이 한결같이 존재와 세계에 대한 깊은 이해와 천착에 뿌리를 두고 있으며 그것을 담아내는 서사와 문체의 밀도 또한 성글지가 않다는 점이다. 이광수나 김동인과는 달리 그가 장문의 복합문장과 비선조적인 서사를 선호했던 것도

---

1   김원우, 「개인과 군중의 시공간」, 『산책자의 눈길』, 강, 2008, 191면.
2   위의 글.

존재와 세계의 핵심과 본질에 육박하고자 하는 치열한 산문정신의 소산이었다. 물론, 해방 이후 염상섭이 발표한 일부 작품들 가운데는 범속한 세태나 평면적인 풍속의 혐의로부터 자유롭지 않은 것들도 없지 않다. 심지어는 "「그 여자의 운명」(1935), 「청춘항로」(1936), 「불연속선」(1936) 등 한갓 통속묘사를 일삼는 통속소설에 지나지 않는다"[3]는 평가를 받는 작품들조차 존재한다. 하지만 김종균을 필두로 김윤식, 이보영, 김재용, 김경수를 비롯한 많은 연구자들이 다투어 염상섭을 천착하고자 했던 것도 "누구도 아직 횡보의 크기와 깊이를 제대로 알 수 없을"[4] 정도로 흡인력이 빼어난 그의 문학적 마력을 빼놓고서는 설명하기 어렵다.

한편 염상섭은 시종일관 당대의 시대적 과제와 정직하게 대결하면서 민족적인 전망을 모색하는 작업을 자신의 문학적 화두로 삼고서 고민하고 씨름했다. 그가 창작활동을 했던 시기는 일제의 식민지와 해방, 한국전쟁과 분단 등 민족사의 명운을 가름할 정도로 결정적인 분수령을 지닌 격동의 사건들이 중첩되는 기간이었다. 그리고 그 시기는 염상섭 개인에게도 숱한 우여곡절과 인생유전으로 점철된 기간이기도 했다. 염상섭이 일구어낸 민족문학의 성과는 이러한 민족사적 고난과 개인적 험로를 회피하거나 외면하지 않고 정직하게 응시하고 치열하게 대결하고자 한 고투의 결과이다. 염상섭 문학의 이러한 민족문학적 성취와 한계에 대해서는 많은 연구를 통해서 충분한 조명을 통한 정당한 평가를 받은 바 있다. 이 글의 분석 대상으로 소환하고자 하는 『채석장의 소년』 또한 염상섭 소설의 이러한 계보의 연장선에 있다.

"아동잡지인 『소학생』에 1950년 1월부터 연재되다가 전쟁으로 중단되었

---

3   김윤식, 『염상섭 연구』, 서울대학교 출판부, 1999, 614면.
4   김원우, 「횡보의 눈과 길」, 앞의 책, 170면.

다가 전쟁 중인 1952년에 단행본으로 출판"[5]된 이 작품은 염상섭 작품의 전체 계보에서 보면 이질적이고 그 비중에서 보면 주변적이다. 이 작품을 이질적이라고 하는 것은 염상섭은 "평생 아동문학을 창작한 바가 없기"[6] 때문이다. 그리고 주변적이라고 하는 것은 '1-2회 정도의 연재분에 대한 언급'[7]과 작품 목록[8]을 제외하고는 이 작품에 대한 언급 자체가 없기 때문이다. 이러한 이유들로 인해 이 작품은 그 동안 염상섭의 연구자들로부터 철저한 외면을 당해 왔다. 행랑채의 드난살이 신세를 면치 못하던 이 작품이 완결된 텍스트 형태로 그 전모와 실체를 세상에 드러낸 것은 「냉전적 반공주의 하에서의 민족적 통합 및 민주주의에 열망: 새로 발굴된 「채석장의 소년」을 중심으로」라는 해설과 함께 이 작품을 소개하고 있는 김재용에 의해서이다. 김재용의 글은 이 작품의 소개와 연구에 선도적인 지위를 차지하고 있다. 하지만 그 글은 이 작품을 둘러싼 당대 사회·역사적 맥락의 탐색과 천착에 집중하고 있어 본격적인 텍스트 분석의 여지를 많이 남기고 있다.

한편 어린 소년 완식이를 서사의 주체로 동원하는 아동문학의 범주에 속하는 이 작품의 서사와 문체의 밀도는 염상섭의 기존 서사 문법에 비추어보면 과연 염상섭의 소설이 맞나 하는가를 의심해야 할 정도로 성글고 평면적이다. 사정이 그러하다면 염상섭은 왜 이러한 작품을 창작하였을까? 라는 질문을 던지지 않을 수 없다. 이 글의 문제의식이 출발하는 지점은 이 부분에서이다. 따라서 이 글은 본격적인 텍스트 분석을 통해 이 질문에 대한 해답을

---

5   김재용, 「냉전적 반공주 하에서의 민족적 통합 및 민주주의에 열망: 새로 발굴된 「채석장의 소년」을 중심으로」, 『채석장의 소년』, 글누림, 2015, 177면.

6   위의 글.

7   김종균, 『염상섭연구』, 고려대학교 출판부, 1974, 김재용 위의 글 176면에서 재인용.

8   이 작품은 권영민이 편집한 『염상섭 문학연구』, 민음사, 1987, 477면의 중·단편소설 목록에 『채석장의 소년』, 『소학생』 제76호(1950.3)라는 서지 사항으로 제시되고 있다.

탐색하고 천착하는 작업을 목적으로 한다. 본격적인 텍스트 분석을 통해서 밝혀지겠지만 이 작품이 낯설고 이질적으로 느껴지는 것은 아동문학이라는 서사의 외피에서만 그럴 뿐 그 이면을 천착해보면 당대의 시대적 과제에 충실하면서 민족적인 전망을 모색하는 데 게을리 하지 않았던 염상섭 소설의 문제의식의 연장선에 있음을 어렵지 않게 확인할 수 있다. 구체적으로 이 글은 이 작품이 등단 이후 일관되게 유지되었던 염상섭의 작가적 지향과 문학적 정체성의 근간을 형성하는 민족문학의 궤도와 자장에서 활발하게 작동하고 있음을 밝히고자 한다.

2. 해방공간의 알레고리적 축도

이 작품이 시대적인 과제와 민족적인 전망의 탐침을 드리우는 시기와 대상은 "해방과 함께 자유와 방종이 뒤섞인"[9], 그래서 흔히 민족의 격동기라 불리는 해방공간에서의 빈곤과 민주주의이다. 실제로 빈곤과 민주주의의 문제는 모리배들의 발호와 부정부패, 주택과 식량위기, 군정 이양 등과 더불어 당시 해방공간에서 민족의 명운을 가름할 정도로 중차대한 문제였다. '해방 직후 만주 생활을 청산하고 신의주에서 사리원을 거쳐 서울에 도착하여 돈암동 295의 3호에 거주를 정하는 한편 문단에 다시 등장한 후 공적인 활동을 시작[10]하는 염상섭 또한 그러한 시대적인 과제를 외면하기 어려웠을 것이다. 특히 "아무 준비 없이 큰 길을 떠나는 차림차리"[11]나 "벼락해방을 받고 두서

9   전상인, 「해방 공간의 사회사」, 박지향·김철·김일영·이영훈 엮음, 『해방 전후사의 재인식』 2, 책세상, 2006, 152면.

10 김윤식, 앞의 책, 765-795면 참조.

를 못 차리는 혼란기"[12]로 규정한 해방공간에서의 시대적 과제의 해법과 민족적 전망을 모색하는 작업에 골몰하던 염상섭에게 작가의 역할이나 소명감은 그 어느 때보다 더 절실한 무게로 다가왔다.

> 백철: 그럼 **건국도상의 신문학의 주조와 그 수법**은 무엇이여야 하겠습니까?
>
> 염상섭: **리얼리즘이지요. 역시!** 물론 지금은 건설기니까 꿈도 있고 이상도 있겠지만 **그것은 결코 과거의 낭만주의와 같은 것이 아니고 현실에 발을 붙인 이상이요, 꿈일 터이니까 역시 그 문학의 본위는 리얼리즘이라고 봅니다**……
>
> 김동인: 그저 문학이란 낭만이라 할까, 감상(感傷)이라 할까. 읽고 나서 막연히 느껴지는 일종의 향수적(鄕愁的)인 것에 그 본성이 있지 않을까?
>
> 염상섭: 나는 문학을 그렇게까지 생각지 않는데…… **그러나 문학이란 하나의 향락점보다도 영양소가 되어야 하니까 거기엔 생활이 문학의 중요한 대상이 되리라고 생각하는데…… 그러니까 문학의 본도라는 것은 그것이 생활이나 현실을 피해서 존립하는 문제가 아니고 그것과는 정면(正面)하는 데 있는 것이되……**[13]

백철의 사회로 진행된 1947년의 좌담회 장면이다. 해방공간에서의 바람직한 조선문학의 방향을 묻는 백철의 질문에 패널로 참여한 김동인과 염상섭의 대답은 사뭇 선명한 대조를 보인다. 『창조』의 발간에 주도적인 역할을 하면서 염상섭과 더불어 식민지 조선의 신문학 초창기에 개척자 역할을 자임하던 김동인의 대답에서 선명하게 드러나는 것은 자신의 "사상적 원천을 이루는 낭만적 개인주의"[14]의 모습이다. "세상에서 체험한 결핍에 대한 보상을 얻고

---

11   염상섭, 「작자의 말」, 한기형·이혜령 엮음, 『염상섭 문장전집』Ⅲ, 소명출판, 2014, 62면.
12   염상섭, 「해방 후의 나의 작품메모」, 한기형·이혜령 엮음, 앞의 책, 96면.
13   염상섭, 「신문학운동의 회고와 전망」, 한기형·이혜령 엮음, 앞의 책, 59-60면.

자 하는 욕망"[15]을 주조로 하는 낭만적 개인주의의 틀 안에서 여전히 안분자족하며 자족적 실체로서의 문학의 자기 반영성을 중시하는 김동인에게 해방기의 혼란 수습과 새로운 민족국가 건설의 과제 해결을 안고 있는 조선의 구체적인 현실에 대한 고민은 거의 관심 밖이다. 반면, '건국도상의 신문학의 주조와 그 수법'을 묻는 백철의 질문에 단호하게 '리얼리즘이지요. 역시!'라고 대답하는 염상섭에게서 분명하게 확인되는 것은 등단 이후 시종일관 자신의 창작 원천으로 견지하고자 했던 "식민지를 극단적인 말세적 사회로 여기고 대책을 강구하는 난세의식"[16]과 냉철한 리얼리스트로서의 현실인식이 해방공간에서도 여전히 활발하게 작동하고 있다는 사실이다. 『채석장의 소년』이 중요한 이유는 이러한 맥락의 연장선에서이다. 이 작품은 해방공간에서의 염상섭의 문제의식을 압축하는 알레고리적 축도로 해석 가능하기 때문이다.

2.1. 협력과 연대의 가치 담지자로서의 어린이

이태준의 『해방 전후』나 김남천의 『1945년 8. 15』 등의 소설을 비롯한 기록이나 회상들이 선명하게 증거하고 있는 바와 같이, 해방공간의 상황은 새로운 질서를 수립하고자 하는 열망의 에너지가 폭발적으로 분출하던 과도기였다. 그러한 시대상황에서 당시의 시대적 과제와 쟁점으로 떠오른 새로운 민족국가 건설을 위한 헤게모니 쟁탈을 위해 이합집산을 거듭하던 각 정파와 세력들이 치열한 각축을 벌이면서 시국은 한 치 앞을 내다보기 힘들 정도의

---

14 황종연, 「낭만적 주체성의 소설」, 문학사와 비평학회, 『김동인 문학의 재조명』, 새미, 2001, 92면.
15 위의 책, 93면.
16 이보영, 『난세의 문학』, 예림기획, 2001, 14면.

혼란과 격변의 늪으로 빠져든다. 게다가 "기근의 지옥에서 신음"[17]할 정도로 심각한 경제 상황으로 인해 해방공간의 혼란과 분열은 더욱 악화된다. 등단 이후 냉철한 리얼리스트로서의 작가적 정체성과 민족주의자로서의 이념적 지향 사이의 균형감각을 견지하고자 했던 염상섭에게 "현실을 거리화시켜 객관적으로 파악하는 것이 불가능"[18]할 정도로 혼란과 폭력이 난무했던 해방 공간의 사회상은 매력적인 소설적 분석과 성찰의 대상이 되기에 조금도 부족 함이 없었을 것이다. 실제로 당시 염상섭이 발표한 산문이나 좌담회 진술 등을 살펴보면 "관념적이고 당위적인 논리로 현실을 재단하는 대신 오직 현실을 냉철히 해부하고 성찰하는 데 집중한"[19] 리얼리스트로서의 염상섭의 모습이 약여하게 드러난다.

> 해방 이후 더욱이 근경 경향에 풍미소연한 폭동·폭력행위의 계기빈발하 는 암담한 현상을 볼 때 이것은 다만 식자의 개탄이나 일반대중의 빈축·지탄 정도로 논과할 문제가 아니라 실로 우리의 문화 정도에 대한 자기비판을 요청케 하고 우리의 민주국가 건설과 자유 획득 및 그 옹호에 있어 우리의 역량을 자의케 하며 심지어는 우리의 민족성을 재검토함으로써 우리의 전도 를 그르치지 않을 근본대책을 확립하여야 할 것이 아닌가 하는 염려조차 없지 않게 하는 바 있다……
> 어떠한 폭동이나 폭력행위이든지 그 배후에는 정치적 모략이 다분히 잠영 하여 있으며 여기에 근시안적·소극적 현실부정과 당동벌이 하는 소아병적 배제의욕이 가미하고 또 비록 애국애족의 열정과 울분이 있다 할지라도 그것

---

17   전상인 앞의 글, 162면.
18   최현식, 「파탄난 '생활세계'의 관찰과 기록」, 문학과사상연구회 편, 『염상섭 문학의 재인식』, 깊은샘, 1998, 152면.
19   위의 글.

이 편협한 시야에서 방황하다가 영웅주의에 심취하거나 지사연하는 망상으로 변모될 때 발작적으로 폭력적 직접행동에 나오게 되는 것이라고 추단할 수 있다. 더욱이 배후에 계획적 정치모략이 있을 때 이것은 폭동 교사 심지어는 매수행위의 추태에까지 이를 경우도 없지 않을 것인즉 여기에 가서는 언어도단이거니와 그 어느 경우에나 비현대적·비민주주의적이며 사이비 애국적임은 물론 이러한 천려망동이 거듭하여 국사를 그르칠까 두려워하는 바이다.[20]

> ...여하간 그 서론과 결론만을 말한다면 먹는 문제의 긴급한 해결과 군정의 완전한 이양이 일반의 요청일 것이요, 진언코자 하는 중점일 것이다. 정치의 요체가 궁극에 가서는 먹는 문제에 있고 더욱이 지금과 같은 비상사태에 처하여서는 모든 난관과 혼란의 실마리가 여기에 있는 때문이며......
> 가령 최근의 1월 이후의 물가광등과 인플레 격화의 단말마적 현상을 볼 제 그 조정과 방지책에 있어서만이라도 하등의 비상 시조가 있어야 할 것이라고 본다.[21]

두 글에서 확연하게 드러나는 것은 해방공간 당시 민생 문제와 정국 불안에 대한 염상섭의 인식 수준과 관심의 수위이다. 좌우의 이념적 지향을 기본 축으로 복잡다기한 양상으로 분기하는 각 정당이나 사회 단체들 사이의 헤게모니 각축의 열기와 열정이 분출하는 해방공간의 정국은 '들끓는 용광로'를 방불케 하는 형국이었다. 당시 각 정파 간의 권력투쟁을 위한 폭력과 테러가 '혼돈의 도가니'와도 같이 준동하는 정국의 혼란 및 불안의 정도와 수위에 대해 염상섭은 '식자의 개탄이나 일반 대중의 빈축과 지탄을 넘어 민족성을

---

20 염상섭, 「폭력행위를 절멸하자」, 한기형·이혜령 엮음, 앞의 책, 17-19면.
21 염상섭, 「부문별 위원회 설치와 실질적 이양」, 한기형·이혜령 엮음, 앞의 책, 35-37면.

재검토'해봐야 할 정도의 심각한 문제로 인식하고 있음을 확인할 수 있다. 한마디로 염상섭은 당시 그 배후에 권력투쟁에 골몰하는 각 정파나 단체들의 정치적 모략이 개입된 폭력과 폭동 사태들이 궁극적으로는 국사의 근간을 위협할 정도의 위험한 상황으로 인식하고 있었다.

염상섭이 해방공간의 정국 불안이나 혼돈 못지않게 심각한 사회 문제로 인식하고 있었던 것은 주택난이나 식량 위기로 인한 민생 문제였다. 실제로 해방공간 당시 식량 위기로 인한 민생문제는 아주 심각했다. '해방 공간에서 전개된 남한의 사회사 전체를 가장 잘 들여다 볼 수 있는 일종의 내시경 같은 쌀의 수급 문제로 인한 식량 위기는 당시 통치 권력이던 미군정으로 하여금 내치와 관련해서는 가장 심한 곤욕을 치르게 만든 사안[22]이었다. "해방 후에 한국의 경제 사정이라는 게 말할 수 없을 정도였어요. 식량 값이 천정부지로 뛰어 월급 받은 걸로 전부 식량을 사도 한 달 분을 먹을 분량이 안 됐어요. 그나마 그렇게라도 살 수 있는 식량마저 부족해서 시골로 직접 사러 가야 했어요"[23]라는 진술은 당시 식량 위기로 인한 민생 문제의 심각성을 웅변으로 증거한다. 항상 냉철한 리얼리스트로서의 현실 감각과 균형감각을 잃지 않으려고 했던 염상섭에게 이러한 민생 문제는 결코 간과할 수 없는 문제였을 것이다. 문면에서 보는 바와 같이 먹고 사는 민생문제를 해방공간과 같은 비상시국에서 발생하는 모든 난관과 혼란의 실마리로 인식하는 것도, 그러한 인식의 연장선에서 미 군정 당국이 가장 시급하게 해결해야 할 초미의 과제로 제안하고 있는 것도 민생문제에 대한 염상섭의 그러한 인식이 반영된 결과이다.

---

22 전상인, 앞의 책, 158면 참조.

23 유병화, 「노동자 한 사람이 회사를 이길 수는 없다」, 『8·15의 기억』, 한길사, 2005, 250면.

이러한 맥락의 연장선에서 『채석장의 소년』의 서사를 추동하는 핵심 모티프로 기능하는 완식이의 복학 문제는 대단히 중요한 의미를 지닌다. 그것은 이 모티프가 해방공간에서의 시대적 과제와 민족적인 전망 모색에 대한 염상섭의 해법과 문제의식을 투사하는 알레고리적 장치로 기능하고 있기 때문이다. 구체적인 분석을 통해서 밝혀지겠지만, 완식이의 복학 문제를 해결하는 과정에서 소년들이 보여주는 협력과 연대의 가치를 실천하는 서사 설정을 통해 염상섭은 해방공간에서의 시대적 과제와 민족적인 전망 모색에 대한 자신의 해법과 문제의식을 반영하고 있다.

해방 이후 만주에서의 귀환 후 서울의 방공굴에서 거주하는 열악한 환경에서도 화재와 질병으로 학업을 중단한 완식이의 복학 문제는 완식이 가족에게 생의 강력한 구심력과 원동력으로 작용할 정도로 절실하면서도 중요한 사안이다. 만주에서 교사로 봉직하던 완식이 어머니가 채석장이나 피복 공장의 일용 노동자로 나서거나 누나가 반찬 가게와 함께 신문팔이에 나서는 것들은 모두 완식이의 복학 비용을 마련하기 위한 것이다. 그 비용 문제로 난관에 봉착하여 지지부진하던 완식이의 복학 문제는 채석장에서의 우연한 사건을 계기로 완식이와 인연을 맺게 되는 규상이와 영길이의 도움에 의해서 해결된다. 규상이와 영길이의 적극적인 주선과 도움에 의해 완식이의 복학 문제를 해결하는 과정에서 드러나는 창규의 실신과 완식이 가족의 이사, 그리고 규상이와 영길이의 갈등과 화해는 특별한 주목을 요한다. 염상섭은 그 모티프들을 통해 해방공간에서의 심각한 사회문제로 인식한 민생과 정국 혼란에 대한 자신의 진단과 해법을 투사하고 있기 때문이다. 구체적으로 창규의 실신과 완식이 가족 이사 모티프를 통해서는 주택난과 식량 위기로 인한 해방공간의 민생 문제에 대한 해법을 투사하고 있으며, 규상이와 영길이를 정점으로 하는 두 집단 간의 갈등과 화해 모티프를 통해서는 "동족상잔의 잔인성을 발휘하며 폭력적 망동이 무소부지"[24]한 당시 정당과 파벌 간의 반목과 대립 문제에 대한 해법을 제시하고 있다. 더불어 그 모든 문제 해결 과정의 중심에 규상이와 영길이를 축으로 한 소년들을 주도적인 행위자로 나서게 하는 설정을 통해 소년들에 대한 신뢰와 기대를 투사하고 있다.

네 아이가 소사실에를 가 보니 박창규는 그저 쌔근쌔근 자고 있었다. **흔들어 깨우니, 병으로 쓰러졌던 것이 아니요, 이틀이나 굶고 너무 허기가 져서** 그랬던 것이라 정신을 차리고 앉으니 기운이 아까보다는 난 모양이나, 우선 물을 달래서 한 사발을 벌떡벌떡 켠다……
당장 한 교실 안에서 공부를 하던 동무가 배가 고파서 쓰러지다니 세상에 이런 무서운 일도 있는가 하고, 규상이는 눈이 회동그래졌다. 비참한 것을 지나 무서웠다……
영길이는 어깨에 멘 것을 두 아이 앞에 털썩 내려놓으며 껄껄 웃는다.
"그 뭐냐?"
규상이가 대강 짐작은 하면서도 물었다.
"쌀야. 집에서 좀 퍼 왔지!
영길이는 호기스럽게 또 허허허 웃었으나, 규상이는 웬일인지 눈물이 핑 돌았다. 잠자코 고개를 떨어뜨리고 섰는 창규보다도 더 감격하고 감사하였다.
"영길아! 고맙다. 난 너를 잘못 생각했었다!"
규상이는 정말 눈물이 나올 것 같은 것을 억지로 참으면서, 사과하듯이 이런 소리를 하며……' (『채석장의 소년』, 104-119면)

이것은 입학 수속에 필요한 것이다. 집에 가서 입학 원서를 쓰고 자기의 도장을 찍으면서, 완식 어머니는 죽은 남편의 생각이 또 났다. 아버지 없는

---

24 염상섭, 「폭력행위를 절멸하자」, 한기형·이혜령 엮음, 앞의 책, 21면.

아이들이 가엾었다

다시 학교에 가서 수속을 마치고 나오자니, 오정이 불며 학생들이 왁자하고 파해 나왔다.....

"자아, 인젠 이삿짐이다!"

영길이가 앞장을 서 서두니까, 온 아침 내 완식이 누이가 꾸려서 내놓은, 올망졸망한 짐을 제각기 하나씩 들고 나선다.

"그만들 둬요, 무슨 짐이 많다고 이 수선들야."

완식 어머니는 웃으며 말리었으나, 짐을 든 아이들은 벌써 열을 지어 나섰다. (『채석장의 소년』, 170-171면)

"봉수야, 그렇게 노할 게 뭐 있니? 저번에는 내가 잘못했다."

영길이가 새침하니 입을 봉하고 걷는 봉수에게 말을 붙였다. 한 달만에 비로소 말을 하는 것이다. 이제는 봉수가 가방을 들어다 주고 같이 갔다고 했어도 모른 척하고 헤어졌었다. 봉수는 단단히 화가 났던 끝이라, 웃는 듯하면서도 입만은 빼쭉하고 말았다.

"사내자식의 입에서 잘못했단 말이 여간해서 나온다던, 그만 풀자꾸나!"

영길이가 봉수의 어깨를 탁 치니까,

"여간 잘못을 안 했던 게로구나?"

하고 봉수는 겨우 입을 열었으나 쏘는 듯한 핀잔이 되고 말았다.

"그래, 인제 그만해 둬."

규상이가 마지막 중재를 붙였다......

그러나 영길이는 더 탄하지는 않았다......

완식이는 못마땅하던 영길이와 친해져서 새 동무가 또 하나 생긴 것이 기쁠 뿐 아니라, 컴컴허던 마음에는 등불이 환히 켜진 것 같다. (『채석장의 소년』, 123-127면)

먼저 주택과 식량 위기로 인한 민생 문제에 대한 자신의 진단과 해법을 투사하는 알레고리적 모티프로 기능하는 사건은 '창규의 실신'과 '완식이 가족의 이사'이다. 일관성 없는 임시 변통의 정책 대응과 모리배들의 간계 및 탐욕으로 인한 식량위기는 미 군정 당국의 성패를 가늠하는 시금석으로 기능할 정도로 중요한 사안이었다. 그러한 맥락의 연장선에서 결식으로 인한 창규의 실신은 식량 위기로 인한 민생 문제에 대한 염상섭의 진단과 해법과 관련하여 두 가지 중요한 사실을 함축한다. 하나는, '보통 사람들이 먹고 사는 문제에 관하여 '잔인한 봄'을 맞이하고 있었던 1946년 남한에서 심각한 식량 위기로 인해 학교와 직장의 정상 운영이 어려울 정도로 결식자들이 많았다'.[25]는 당시의 심각한 식량 위기가 조금도 과장이 아니었다는 사실이다. 다른 하나는 그러한 사실과 더불어 당시의 식량 위기로 인한 민생 문제를 염상섭이 얼마나 심각하게 인식하고 있었는가를 암시하고 있다.

식량 위기와 함께 주택난[26]은 당시 사회 불안과 혼돈을 야기하는 결정적인 두 동인으로 작용했다. 식량 위기와 마찬가지로 "해방 직후 파행적인 자본 축적의 구조적 모순"[27]이 중요한 배경으로 작용하고 있는 주택난 또한 '한국전쟁 전 서울에 거주한 시민들 중에서 정상적인 주택을 보유한 사람은 전체 53%에 불과하고 나머지 절반 정도는 일제 강점기에 형성된 토막이나 토굴 주택과 같은 불량 주택에 살 정도'[28]로 심각했다. 귀환 후 남산 아래 적산가옥에서 거주하다가 화재로 인해 번지수도 없는 방공굴에 거처를 정한 완식이 가족의 열악한 주거 환경은 당시 주택난으로 인한 민생 문제가 얼마나 심각한가를 웅변으로 증거한다.

---

25 전상인 앞의 글, 161면 참조.
26 주택난을 서사의 핵심 모티프로 동원하는 작품들에 대한 논의에 대해서는 전흥남, 『해방기 소설의 시대정신』, 국학자료원, 1999, 64-85면 참조.
27 위의 책, 77면.
28 전남일 외『한국 주거의 사회사』, 돌베개, 2008, 156면 참조.

식량 위기와 주택난으로 인한 사회 불안과 혼돈에 대해 염상섭이 바람직한 해법으로 제시하고 있는 것은 무조건적인 환대와 공동체적 부조의 윤리에 기초한 협력과 연대의 가치이다. 창규의 실신과 완식이의 주거 문제를 해결하는 과정에서 규상이와 영길이를 축으로 한 소년들이 십시일반 자발적인 구호와 원조에 나서는 행위를 지배하는 동기는 오직 타자의 고통과 어려움에 공감하고자 하는 순수한 열정과 헌신이다. 이들 소년들의 결정과 실천에는 오직 "무상으로, 아무런 대가 없이, 보상에 대한 기약이나 이해관계의 계산이 없이,...... 깊은 생각도 계산도 욕망도 없이, 다만 문득 마음이 내켜 베푸는 무상의 증여........필연적이지 않고 인과를 초월해 있으며...... 익명의 두 타자가 서로에게 기대할 수 있는 최소한의 선의와 소통만을 요청"[29]하는 친밀성과 선의만이 개입하고 있다. 그 이외에 계산적 합리성이나 간지와 같은 불순한 동기나 욕망이 틈입할 공간이라고는 전혀 없다.

한편 새로운 질서를 창출하고자 하는 열망과 열정이 폭발적으로 분출하던 해방공간에서의 헤게모니 쟁탈을 위한 각 정당이나 사회 단체들 사이의 갈등과 대립 및 그 해법의 알레고리적 모티프로 기능하는 사건은 '규상이와 영길이를 정점으로 하는 두 세력 사이의 갈등과 화해'이다. 구체적으로 정국 불안과 그 해법의 알레고리적 담지체로 기능하는 모티프는 규상이와 영길이를 축으로 하는 두 세력이 문제를 해결하는 과정에서 동원하는 방식의 차이와 해소이다. 창규와 완식이의 문제를 해결하는 주체로 나서기 전까지만 하더라고 두 세력은 사사건건 대립하고 갈등하는 적대적 관계에 놓여 있다. 그러한 적대적 관계만큼이나 문제를 해결하는 과정에서 두 세력이 동원하는 방식은 사뭇 대조적이다.

---

29 김홍중, 「사랑의 꿈과 환멸」, 『사회학적 파상력』, 문학동네, 2016, 192-194면.

영길이를 정점으로 하는 세력이 모든 문제를 완력이나 위력에 의존해서 상대방을 '폭력적으로 제압하는 방식'을 선호하는 데 비해 규상이를 정점으로 하는 세력은 대화와 타협을 통해서 상대방을 '논리적으로 설득하는 방식'을 선호한다. 이러한 두 세력의 상이한 문제 해결 방식은 정치의 논리가 모든 영역과 부문을 과잉 지배하던 "유례없는 정치적 앙양기"[30]였던 해방공간의 공론장 안팎에서 토론과 연설, 테러나 폭력 등과 같은 다양한 수단을 동원하여 권력 투쟁에 골몰하던 각 정당이나 정파의 전술 전략과 알레고리적 유비를 이룬다. 한편 식량 위기와 주택난과 마찬가지로 정국의 불안과 혼돈에 대해 염상섭이 제시하는 바람직한 해법 또한 협력과 연대의 가치이다. 창규의 원조가 계기가 되어 완식이 가족의 이사로 이어지는 과정에서 규상이와 영길이를 정점으로 하는 두 세력이 갈등을 해소하고 화해하는 모습에서 선명하게 드러나는 것은 순수한 선의와 무상성의 윤리에 기초한 공동체 의식의 회복의지이기 때문이다.

지금까지의 분석을 통해서 확인할 수 있는 바와 같이, 완식이의 복학 문제를 해결하는 주체로 염상섭의 전적인 기대와 신뢰를 한 몸에 받고 있는 대상은 규상이와 영길이를 축으로 하는 소년들이다. 그에 비해 규상이와 영길이 아버지와 같은 기성세대들은 실질적으로 복학이나 이사 문제를 해결하는 재력이나 지위를 소유하고 있음에도 불구하고 소년들의 수동적인 협조자나 조력자의 지위에 머무르고 있다. 그런데 이와 같이 소년들을 문제 해결의 주체로 내세우는 서사의 설정은 해방공간에서의 시대적 과제와 민족적인 전망 모색에 대한 염상섭의 해법이나 문제의식과 관련하여 아주 중요한 함의를 지닌다. 그 함의는 두 가지이다.

---

30   신형기,『해방기 소설 연구』, 태학사, 1992, 7면.

먼저 염상섭은 이러한 설정을 통해 해방공간의 시대적 과제나 민족적인 전망 모색의 해법으로 자신이 제시한 협력과 연대의 가치의 담지자로서 소년들을 상정하고 있다는 점이다. 이러한 서사 설정을 통해 염상섭은 또한 "열려 있는 가능성에 대한 희망으로 충만"[31]해 있던 해방공간에서 어린이야말로 "과거세대의 모든 꿈을 육화한 존재이며, 더 나아가 미래에 더 나은 세계를 만들어갈 것으로 기대되는 존재"[32]로 상정하고 있다. 한마디로 염상섭은 이러한 서사 설정을 통해 무조건적인 환대와 공동체적 부조의 윤리에 기초한 협력과 연대의 가치를 해방공간에서의 시대적 과제와 민족적인 전망 모색의 해법으로 제시하고 있으며 더불어 역사 발전과 사회 변혁의 주역에 대한 자신의 전적인 기대와 신뢰를 소년들에게 투사하고 있다.

2.2. 시대적 과제와 정신으로서의 민주주의

앞서 살펴본 바와 같이, 해방공간에서의 산적한 시대적 과제 해결 및 민족적 전망의 수립 문제와 관련하여 염상섭이 현실적인 해법으로 제시한 것은 무조건적인 환대와 공동체적 부조의 윤리에 기초한 협력과 연대의 가치였다. 협력과 연대의 가치와 더불어 염상섭이 새로운 세상에 대한 기대와 열망으로 들끓던 해방공간에서 시급하게 해결해야 할 시대적 과제로 생각했던 것이 민주주의의 올바른 이해와 실천 문제였던 것으로 보인다.

주지하다시피 한국에서의 근대 민주주의 제도는 "남한의 공산화 방지라는 최소한의 정책 수행을 위해 처음부터 정치사회화에서의 교육의 역할을 중시하고 미국식 민주주의의 정치이데올로기를 다방면으로 교육"[33]한 데서 출발

---

31   김홍중, 「사회적인 것이란 무엇인가?」, 앞의 책, 462면.
32   위의 책.

한다. 따라서 사회 변혁과 새로운 세상의 실현을 앞당기는 데 큰 기여를 해줄
수 있을 것으로 믿었던 민주주의에 대한 기대가 환상이라는 사실을 확인하는
데는 그리 오랜 시일이 필요하지 않았다. 미국을 통해 소개된 민주주의라는
용어는 안타깝게도 그 본래의 궤도에서 한참을 이탈하여 엽기적인 풍경에
가까울 정도로 과잉 소비되거나 오·남용되었기 때문이다. 민주주의에 대한
체계적인 학습이나 지속적인 경험이 전혀 없는 상태에서 급작스러운 박래품
으로 들어온 민주주의는 전통사회의 규범이나 일제 식민지배 체제의 전체주
의 습속으로부터 자유롭지 않은 조선의 당시 사회 구성원들에게는 몸에 맞지
않은 옷으로, 따라서 그와 같은 궤도 이탈은 어찌 보면 지극히 당연한 일이었
을 것이다. 그러한 맥락에서 "미군정 말기에 단행된 시민권의 전면적 확대는
민주주의의 물적 토대와 시민의식 및 교양 수준과 무관하게 이루어진 조숙한
민주주의(premature democracy)로 불러도 무방"[34]하다는 평가는 아주 적실한
진단으로 보인다. 냉철한 리얼리스트로서의 현실감각과 균형감각의 소유자
였던 염상섭에게 민주주의가 이렇게 오염되고 왜곡되는 현실은 아주 우려할
만한 상황으로 인식되었을 것이다.

> **리버럴리즘이니 리버럴리스트니 하는 말이 도처에 범람한다. 이것도 해방**
> **이후의 한 새로운 현상일거다.** "그 사람은 고작해야 리버럴리스트지.", "아니,
> 나는 리버럴리즘의 입장에서……" 이따위 대화를 어느 좌석에서나 한두번은
> 듣는다. '고작해야 리버럴리스트'란 말은 제 아무리 소위 진보적이라 해도
> 범박한 민족주의에서 털이 조금 난 정도이겠지 하는 경모하거나 불만을 품은
> 어기이요, "아니, 나는 리버럴리스트다."고 나서는 사람은 자기가 중간파라는

---

33 이광호, 「미군정의 교육정책」, 강만길 외, 『해방전후사의 인식』 2, 한길사, 1985, 525면.
34 전상인, 앞의 글, 170면.

표명이거나 좌익이 아니라는 변명같이 들린다. **대체, 이 리버럴리스트가 조선에 몇 퍼센트나 되는지 조금 있으면 자유당 하나쯤은 나올거라......**[35]

염상섭 특유의 냉소와 야유의 기운으로 충만한 이 글을 통해서 선명하게 드러나는 것은 자유와 방종의 경계가 자유롭게 넘나들 정도로 혼란스럽고 위태롭던 해방공간의 담론장에서 모든 것을 말하면서도 정작 아무 것도 말하는 바는 전혀 없게 되는, 끊임없이 차연의 활강운동을 반복하는 '텅 빈 실체로서의 기표'로 과잉 소비되고 오남용되고 있던 민주주의의 오염과 왜곡에 대한 염상섭의 민감한 자의식이다. 실제로 '근대 시민사회의 주체적 시민으로서의 정체성'보다는 '전통사회의 수동적 백성으로서의 정체성'에 더 가까웠던 당시 해방공간에서의 조선의 사회 구성원들이 민주주의의 실체나 핵심을 정확하게 이해하고 실천하기에는 거의 불가능에 가까웠을 것이다. 실제로 당시 해방공간에서 민주주의는 이해관계나 필요에 따라서 사회 구성원들의 입장을 대변하거나 강변하는 임시방편의 보호막이나 방어기제로 전유되고 있었던 것이 부인할 수 없는 사실이었다. 염상섭은 이러한 세태나 풍경에 대해서 분명한 문제의식을 가지고 있었던 것으로 보인다. 염상섭의 이러한 염려는 자연스럽게 민주주의의 올바른 이해와 그 실천에 대한 문제의식으로 연장된다.

  "좋습니다. 어린 아이들의 의사나 기분을 존중하셔야죠."
  규상이 아버지가 고개를 끄덕끄덕하니까, 영감님도 웃으며,
  "아이들 중심으로 어른 독재가 아니신 걸 보니. 댁에선 민주주의를 단단히 실천하십니다그려."

---

35 염상섭, 「'자유주의자'의 문학」, 한기형·이혜령 엮음, 앞의 책, 87면.

하고 말을 받는다.

　"암 그렇죠, 워낙은 가정에서부터 민주 정신이 실천돼야죠. 어린이의 의사
와 인격을 존중하는 것이 민주주의 실천의 첫걸음이라구 나는 생각합니다
만,...... (『채석장의 소년』, 165-166면)

　새로운 민족국가 건설에 대한 구성원들의 열망과 열기가 폭발 직전의 임
계 상황으로 치닫던 해방공간에서 염상섭이 협력과 연대의 가치와 더불어
시급한 시대적 과제로 상정한 민주주의의 올바른 이해와 실천과 관련하여
이 문면은 아주 중요한 사실을 함축하고 있다. 그것은, 민주주의의 기본은
나이에 기초한 장유유서의 규범과 수직적인 위계를 그 축으로 하는 전통적인
가부장제 사회의 권력관계를 해체하고 어린이들의 의사를 존중하는 데서부
터 출발해야 한다고 보고 있기 때문이다. 이를 통해서 확인할 수 있는 분명한
사실은 역사 발전과 사회변혁의 주역으로서의 어린이들에 거는 염상섭의
기대와 신뢰가 타협의 여지가 없을 정도로 강하다는 점이다.

　이제는 서론 부분에서 제기한 질문 - 염상섭은 기존의 서사 문법이나 문체
의 밀도에 비추어보면 자신의 소설이 맞나 의심해야 할 정도로 성글고 평면
적인 이 작품을 왜 발표하였을까?- 에 대한 답을 내려야 할 때이다. 이 질문에
답하기 위해서는 이 작품을 연재하다가 중단한 『소학생』이라는 잡지의 정체
성과 구성에 대해 묻지 않을 수 없다. 이 잡지의 이념적 지향이나 구성상의
특징은 그 질문에 대한 중요한 단서를 제공하기 때문이다. 사정이 그러하다
면, 그 질문에 대한 중요한 단서와 관련된 『소학생』의 이념적 지향이나 구성
상의 특징은 무엇인가? 그것은 한마디로 이 잡지가 표나게 내세우고 있는
민족주의적 지향과 그것을 적극적으로 반영하고 있는 구성상의 특징이다.

　'1945년 12월 1일, 윤석중 등이 중심이 되어 조직한 조선아동문화 협회의

기관지로 1946년 2월 11일 발간한 『소학생』지[36]는 "좌우간의 이데올로기적 투쟁이 치열하던 때 거의 유일한 민족진영의 아동지"[37]라는 규정에 걸맞게 민족주의의 이념적 지향을 공식적으로 표방한 잡지였다. 이러한 이념적 정체성을 적극적으로 반영하면서 이 잡지는 "민족의식의 고취와 주체의식의 확립을 위한 선동적"[38]인 내용 중심의 편집 방침을 시종일관 고수했다. "특히 민족의식을 고취시키는 교양 교훈물이 가장 많은 양을 차지하고 있었다"[39]거나 "문학작품도 민족 자주의식을 고취한 작품 등 의도적인 작품을 골라 편집했다는 점"[40] 등의 사실은 그러한 편집 방침을 선명하게 증거한다. 짐작건대 염상섭이 이 잡지에 『채석장의 소년』을 연재한 것은 이 잡지가 공식적으로 표방한 바로 그 민족주의적 지향과 밀접한 관련이 있을 것으로 보인다.

1946년에 창간한 경향신문의 초대 편집국장으로 공직에 복귀함과 동시에 활발한 작품 활동을 재개한 염상섭. 그리고 중도 우파 민족주의적 지향을 일관되게 유지하면서 항상 민족의 운명을 사유의 중심에서 고민하고 성찰하고자 했던 염상섭에게 새로운 세상에 대한 열망과 열정이 폭발적으로 분출하는 과정에서 파생되는 잔여와 잉여인 무질서와 혼란으로 들끓는 해방공간의 현실은 창작의 충동을 자극하기에 조금도 부족함이 없었을 것이다. 이러한 자극에 적극적으로 대응하는 과정에서 염상섭은 해방공간의 시대적 과제와 민족적 전망에 대한 해법으로 제시한, 무조건적인 환대와 공동체적 부조의 윤리에 기초한 협력과 연대의 가치의 실천을 통해 민족의 명운을 개척해 나갈 미래의 주역으로 신생과 비약의 기운으로 충만한 소년들을 제시하는

---

36   이재철, 『한국현대아동문학사』, 일지사, 1978, 338면 참조.

37   위의 책, 339면.

38   위의 책.

39   위의 책.

40   위의 책, 341면.

소년소설을 발표하고자 했던 것으로 보인다. 이러한 창작의 의도와 문제의식에 최적화된 조건을 갖춘 매체가 바로 민족주의적 지향을 잡지의 공식적인 정체성과 이념적 지향으로 표방한 『소학생』지였을 것이다. 기존의 서사 문법이나 문체의 밀도에 비추어 자신의 소설이 맞나 의심해야 할 정도로 성글고 평면적인 이 작품을 염상섭이 『소학생』지에 발표하게 된 것은 바로 이러한 과정과 동기를 통해서 이루어진 것이라고 할 수 있다.

3. 나오는 글

이 글은 분석 대상은 염상섭의 소년소설 『채석장의 소년』이다. 평생 아동문학이라고는 발표해본 적이 없는 염상섭이 왜 『채석장의 소년』과 같은 아동문학을 발표하였을까? 그것도 한국 근대사에서 최고의 격동기라고 할 수 있는 해방공간의 시기에? 게다가 아무리 소년소설이라고는 하더라도 서사와 문체의 밀도에서 도저히 염상섭의 소설이라고는 믿어지지 않을 정도로 성근 텍스트를? 등과 같은 질문이 이 글의 문제의식을 자극하는 구체적인 지점들이었다. 이러한 문제의식을 토대로 이 글은 이제까지 본격적인 작품론은 아예 없는 이 작품에 대한 구체적인 텍스트 분석을 통해 이 작품이 등단 이후 염상섭이 일관되게 유지하고자 했던 민족문학의 자장 안에서 작동하고 있는 작품임을 밝히는 작업을 목적으로 하였다. 이러한 문제의식과 목적에서 출발한 논의의 과정을 정리·요약하는 것으로 결론을 삼고자 한다.

소년소설의 외피를 쓰고 있는 이 작품은 단순한 소년소설이 아니라 해방공간에서의 시대적인 과제와 민족적인 전망에 대한 염상섭의 진단과 해법을 투사하는 알레고리적 축도로 해석하고자 하는 게 이 글의 기본 전제였다. 그 축도와 관련하여 완식이의 복학 문제가 핵심 모티프로 그리고 창규의 실신 및 완식이 가족의 이사와 규상이와 영길이를 정점으로 하는 두 집단 사이의 갈등과 화해가 그것을 뒷받침하는 종속 모티프로 기능하고 있었다. 그리고 창규의 실신 및 완식이 가족의 이사 모티프를 통해서는 주택난과 식량 위기로 인한 해방공간의 민생 문제에 대한 해법을 투사하는 알레고리적 장치로, 규상이와 영길이를 정점으로 하는 두 집단 사이의 갈등과 화해 모티프를 통해서는 당시 헤게모니를 둘러싸고서 각축을 벌이던 각 정당이나 사회 단체들 사이의 갈등과 대립 및 그 해법을 투사하는 알레고리적 장치로 동원하고 있었다.

해방공간에서 시급하게 해결해야 할 시대적 과제 및 민족적 전망의 수립과 관련하여 염상섭이 제시한 진단과 해법은 두 가지였다. 하나는 당시 조선이 처한 산적한 과제를 해결하는 합리적인 대안으로 염상섭은 무조건적인 환대와 공동체적 부조의 윤리에 기초한 협력과 연대의 가치를 제시하고 있었다. 이와 더불어 염상섭은 민주주의의 올바른 이해와 실천 문제 또한 절실한 시대적 과제로 인식하고 있었다. 그리고 염상섭은 해방공간에서의 조선이 시급하게 해결해야 할 두 가지 시대적 과제인 협력과 연대의 가치 및 민주주의의 올바른 이해와 실천의 주체들로 소년들을 상정하고 있었다. 이러한 서사 설정을 통해 염상섭은 민족의 미래를 개척해나갈 주역으로 상정한 소년들에 대한 자신의 강력한 기대와 신뢰를 투사하고 있었다.

서두에서 제시한 이 글의 문제의식의 핵심인, 평생 아동문학이라고는 발표해본 적이 없는 염상섭이 왜 『채석장의 소년』과 같은 아동문학을 발표하였을까? 라는 질문에 대해서는 다음과 같은 해석을 하였다. 이 작품을 연재하다가 중단한 『소학생』지가 표방한 매체의 이념적 정체성과 이 작품을 통해서 염상섭이 드러내고자 한 문제의식이 공유하고 있는 민족주의적 지향과 소년 중심주의 때문이라고 보았다.

염상섭의 『취우』에 나타난 한국전쟁

1. 들어가는 글

한국 근·현대소설사의 지형에서 염상섭이 차지하는 위상이나 비중은 가히 압도적이다. 양적인 측면에서도 그렇고 질적인 측면에서도 그러하다. 구체적으로 '「암야」(『개벽』 제19호, 1919.10.26 작)와 「표본실의 청개구리」(『개벽』 제14호, 1921.5 작)로 등단한 이후 그가 발표한 중·장편소설 28편, 단편소설 150편, 평론 101편, 수필 30편, 수상 및 기타 잡문 153편 등 총 500여 편의 글에 이를 정도로 방대한 양의 작품은 그 수에서부터 당대의 다른 작가들을 압도하고 있다. 그리고 1962년 12월 『사상계』 제14호에 발표한 「횡보문단 회상기」를 마지막[1]으로 작품 활동을 마치기까지 그가 발표한 작품들에는 시종일관 식민지 조선의 현실에 대한 정치한 탐색과 비판적 대결 의지를 핵심 질료로 하는 리얼리스트로서의 엄정한 시선이 서사의 동력으로 작동하고 있다.

평소에도 염상섭은 "산문문학에 있어 문학사상으로서 사실주의라는 관문을 통과하지 않고는 진정한 문학은 수립되지 않는다"[2]라는 입장을 피력하는

---

1   김원우, 「개인과 군중의 시공간」, 『산책자의 눈길』, 강, 2008, 191면 참조.
2   염상섭, 「나와 자연주의」, 한기형·이혜령 엮음, 『염상섭 문장 전집』III, 소명출판, 2014, 299

데 조금도 주저함이 없었다. 더불어 그는 자신의 작가적 정체성으로 리얼리스트임을 공공연하게 자임하는 데도 조금도 인색하지 않았다. 당대 식민지 조선의 후배 문인들에게 모국어의 정련과 철저한 리얼리즘 정신의 실천을 주문하였던 것도 그러한 입장이나 태도의 연장선에서였다. 그에게 리얼리즘은 단순히 표현 기교나 창작 기법의 문제가 아니었기 때문이다. 염상섭에게 리얼리즘은 존재와 세계를 해석하는 세계관의 뿌리이자 자신의 문학을 지탱하는 대들보이자 기둥으로 기능했었다.

구체적으로 거시적 층위에서 그가 발표한 일제 강점기의 작품들에는 식민지 조선이 처한 민족 현실에 대한 비판적 탐색과 전망의 모색이 서사의 씨줄로, 미시적 층위에서는 구체적인 일상과 인간의 욕망에 대한 미시적 천착과 꼼꼼함 묘사가 서사의 날줄로 교직하면서 식민지 조선의 현실에 대한 그의 비판적인 문제의식을 예각적으로 반영하고 있다. 그가 식민지 조선의 문단에 엄청난 파장과 충격파를 던지면서 등장한 카프의 작가와 문학을 "물도 타지 않은 알콜을 들이키고 수술실로 들어가는 외과의사"나, "푸로병으로 인해 백일도 못된 갓 난 아해가 태독에 걸려 헐떡이는 형국"[3]에 비유하면서 통렬한 비판을 서슴지 않았던 것도 문학적 이념 못지않게 문학적 형상화와 서사의 밀도를 중요하게 생각했던 리얼리스트로서의 미학적 자의식 때문이었다. 그가 보기에 사회 변혁에 대한 이념적 조급성만 앞선 나머지 문학작품으로서 갖추어야 할 최소한의 기본적인 형상성을 외면한 채 생경한 이념적 목적의식만 앞세운 카프 문학은 리얼리즘의 현저한 미달형 그 이상도 이하도 아니었기 때문이었다.

면.

3 한기형, 「노블과 식민지: 염상섭 소설의 통속과 반통속」, 한기형·이혜령 편저, 『저수하의 시간, 염상섭을 읽다』, 소명출판, 2014, 173면.

"근엄한 현실주의자로서의 산문작가"[4]였던 염상섭의 이와 같은 면모는 해방 이후를 지나 한국전쟁의 그림자가 사회 전역을 지배하던 1950년대에도 약여하게 이어진다. 그러한 맥락에서 『취우』(『조선일보』, 1952.7.18-1953.2.10), 『새울림』(『국제신보』, 1953.12.15-1954.2.25), 『지평선』(『현대문학』, 1955.1-6) 삼부작은 문제적이다. 이 세 작품에도 일제 강점기에 득의의 영역이었던 염상섭의 리얼리스트로서의 엄정한 현실인식은 선명한 형태로 반복·이월되고 있기 때문이다. 특히 3·1운동, 8·15해방과 더불어 등단 이후 염상섭에게 실존의 지평을 흔들 정도로 충격적인 사건이었던 한국전쟁은 항상 민족의 운명과 전망을 서사의 중심에서 고민하고자 했던 염상섭에게 서사의 충동을 자극하고 촉발하기에 조금도 부족함이 없었다. 구체적으로 인공 치하 서울의 일상과 욕망을 서사의 전면에 소환하고 있는 『취우』 삼부작은 평소 상징계의 외설적 이면에 드리워진 인간 욕망의 민낯을 생생하게 보여주고 있다는 점에서 주목할 만한 가치가 충분하다. 이 글이 『취우』 삼부작을 '인공 치하 서울의 일상과 욕망'이라는 해석 코드로 접근하고자 하는 이유이다. 『취우』 3부작 중에서도 분석의 중심은 주로 『취우』에 집중하고자 한다. 『새울림』과 『지평선』 두 작품[5]은 『취우』의 삼부작으로 읽을 수 있는 작품들이기는 하나 『취우』에 비해 서사의 길이에서도 그렇고 서사의 내용으로 보아도 후일담의 부록 이상의 큰 의미를 지니기 어렵기 때문이다. 더욱이 『지평선』은 미완의 작품이다.

　일상성의 해석 코드를 통해 『취우』의 의미망을 분석하고 해석한 글들 가운데 주목할 만한 기존 논의로는 김윤식의 『염상섭 연구』[6]와 김종욱의 「염

4　　김원우, 「횡보의 눈과 길」, 앞의 책, 173면.

5　　이 두 작품에 대해서는 "임시수도 부산을 배경으로 한 전쟁기 염상섭의 작가의식이 서사화되는 방식"을 탐색하고 천착하고 있는 김영경, 「한국전쟁기 '임시수도 부산'의 서사화와 서사적 실험」, 『구보학보』 19집 참조.

6　　김윤식, 『염상섭 연구』, 서울대학교출판부, 1999, 819-843면.

상섭의 <취우>에 나타난 일상성에 관한 연구」[7], 그리고 김양선의 「염상섭의
『취우』론: 욕망의 한시성과 텍스트의 탈이념적 성격을 중심으로」[8]와 신영덕
의 「『취우』에 나타난 현실인식의 성격」[9] 등을 들 수 있다. "지식인으로서의
가치중립성 지키기와 작가로서의 가치중립성 지키기"[10], "전쟁상황에서 가능
한 최대한도의 역사의식과의 연관성을 상실, 역사로부터 분리된 일상성의
진부함에 대한 자연주의적 묘사로 전락"[11], "'가치중립성', 혹은 '탈이념성'은
어쩌면 이 전쟁의 역사적 성격을 제대로 파악하지 못한 작가의 한계"[12], "동정
자를 주인공으로 내세워 당대 현실의 역사적 성격을 드러냄과 동시에 민족
운동의 나아갈 방향성을 진지하게 모색하지 못한 트리비얼리즘으로 전락"[13]
등 미세한 편차가 있음에도 불구하고 이 네 사람은 모두『취우』의 서사에
돌올하게 드러나는 일상성의 세계를 리얼리즘 정신의 후퇴와 관련해서 논의
하고 있다는 공통점을 지닌다. 이 네 논의들과는 달리 이 글은『취우』삼부작
의 일상성을 염상섭의 작가적 정체성의 핵심 표지로 일관되게 기능하는 리얼
리즘 정신의 실천이라는 맥락에서 탐색하고 천착하고자 한다. 따라서 이 글
의 목적은『취우』삼부작의 서사를 추동하는, '인공 치하 서울의 일상과 욕
망'에 대한 꼼꼼한 분석을 통해 해방 이후 한국 전쟁기에도 염상섭은 여전히,
반영대상으로서의 구체적인 현실과 존재들에 대한 냉철한 관찰과 탐색을

---

7   김종욱, 「염상섭의 <취우>에 나타난 일상성에 관한 연구」, 『관악어문연구』 제17집, 1992,
      141-156면.
8   김양선, 「염상섭의『취우』론: 욕망의 한시성과 텍스트의 탈이념적 성격을 중심으로」, 『서강
      어문』 제14집, 1998.12, 133-150면.
9   신영덕, 「『취우』에 나타난 현실인식의 성격」, 한국현대문학연구회 편, 『한국의 전후문학』,
      태학사, 1991, 169-184면.
10   김윤식, 앞의 책, 824면.
11   김종욱, 앞의 글, 155-156면.
12   김양선, 앞의 글, 149면.
13   신영덕, 앞의 글, 183면.

미학적 표지로 내세우는 리얼리즘 정신에 투철하고자 했던 작가였음을 밝혀
보고자 하는 것이다.

2. 실재계의 민낯으로서의 '얼룩'과 '악취'

  일반적으로 해방 이후 염상섭의 후기 작품세계를 대표하는 작품[14]으로 알
려진 『취우』는 염상섭이 해군 장교로 복무하던 시기(1950.11.30-1954.5.10)[15]에
발표한 작품이다. 주로 정훈 장교의 보직을 맡아서 활동을 하던 이 시기에
염상섭은 『취우』를 비롯하여 한국전쟁을 소재로 한 적지 않은 작품을 발표[16]
한다. 한국전쟁을 소재로 하여 염상섭이 발표한 이 시기의 작품들에는 '전쟁
을 독려하는 내용이나 정훈 교육적 성격이 강한 내용의 작품들은 거의 없다.'[17]
그러한 점은 "세계 체제 전체를 뒤흔든 사건"[18]인 한국전쟁 시기에 한국전쟁
을 소재로 다룬 다른 작가들의 작품들이 전쟁의 직접성에 갇혀 '반공의식을
고취하거나 군민 유대를 강화'[19]하는 목적의식을 서사의 전면에 두드러지게
드러내던 경향과는 아주 대조적이다.
  "1950년 6월 28일부터 1950년 12월 13일까지의 시기 동안에 인민군 치

---

14 이러한 관점의 논의로는 "『취우』는 염상섭의 후기 작품을 대표", 신영덕, 「한국전쟁기 염상
    섭의 전쟁체험과 소설적 형상화 방식 연구」, 문학사와 비평연구회, 『염상섭 문학의 재조명』,
    새미, 1998, 213면과 "8·15해방 후 염상섭의 가장 주목할 만한 장편소설", 이보영, 「전시생
    활과 풍류적 인간형의 문제」, 『염상섭 문학론』, 금문서적, 2003, 292면.
15 이에 대한 구체적인 전기적 사실에 대해서는 신영덕, 「한국전쟁기 염상섭의 전쟁체험과
    소설적 형상화 방식 연구」, 앞의 책, 201-205면과 김윤식, 앞의 책, 844-866면 참조.
16 이 시기 염상섭의 작품 활동에 대해서는 신영덕, 위의 글, 205-213면 참조.
17 신영덕, 위의 글, 207-208면 참조.
18 박태균, 『한국전쟁』, 책과 함께, 2016, 6면.
19 신영덕, 「한국전쟁기 염상섭의 전쟁체험과 소설적 형상화 방식 연구」, 앞의 책, 208면 참조.

하"[20]에 있던 "서울에서 각 계층들이 오로지 목숨을 부지하기 위해 전전긍긍하는 도피일지"[21]로 규정할 수 있는 『취우』는 『조선일보』에 연재(1952.7.18-1953.2.10)를 시작한 작품이다. 이 시기는 남과 북을 오가며 일진일퇴의 치열한 공방을 주고받으면서 전개되던 전투가 수습 국면으로 접어들기 시작하던 때이다. 정전 협정이 시작되는 등 남북 간의 치열한 전투가 하강 국면에 접어드는 시기에 연재를 시작한 작품이기는 해도 여전히 전쟁 상태에 있던 상황에서 연재를 시작한 작품답게 한국전쟁은 이 작품에서 중요한 배경으로 기능하고 있다.

그런데 아주 흥미롭게도, 한국전쟁이 서사의 중요한 배경으로 기능하고 있음에도 불구하고 이 작품의 서사에 압도적인 존재감을 드러내는 사건은 참혹한 전장의 포연이나 참화가 전혀 아니다. 이 작품에는 한마디로 "전쟁을 직접적으로 실감할 만한 전쟁터"[22]가 서사의 전면에 등장하지는 않고 있다. 서사의 흔적으로 배경에 물러난 참혹한 전쟁의 포연이나 참화 대신 서사의 전면에 전경화되고 있는 대상은 미처 피난을 가지 못하고서 인공 치하 3개월 간 서울에 잔류한 시민들의 일상과 욕망이다. 구체적으로 이 작품의 중심에서 서사를 추동하는 두 개의 큰 기둥은 '보스턴 백을 사수하고자 하는 김학수의 욕망'과 '신영식을 쟁취하고자 하는 강순제의 욕망'이다. 특히, 「지평선」에 와서는 서사의 무게 중심이 정명신에게로 이동하면서 서사의 비중이 현저히 약화되기는 하나 신영식과 더불어 『취우』에서 압도적인 존재감을 과시하는 인물은 단연 강순제이다.

사정이 그러하다면, 인민군의 서울 점령 당시 서울에 잔류하고 있었던 염

---

20   위의 글, 217면.

21   김원우, 앞의 책, 149면.

22   김양선, 앞의 글, 134면.

상섭이 전쟁의 현장보다는 전장과는 격절된 서울 시민들의 일상과 욕망을 서사의 전면에 배치하는 설정을 통해서 말하고자 한 문제의식의 핵심은 무엇이었을까? 다시 말해 그러한 서사 설정을 하게 된 작가의 의도는 과연 무엇이었을까? 그러한 문제의식이나 의도는 한국전쟁기에도 여전히 그 힘을 잃지 않고 그의 문학을 지탱해왔던 냉정한 리얼리스트로서의 염상섭의 세계관이나 창작방법을 대변하거나 반영하고 있다는 점에서 주목을 요하지 않을 수 없다.

이와 관련하여 이 작품의 연재를 시작하기 1주일 전인 1952.7.11.일자 『조선일보』에 발표한 「작자의 말: 『취우』」에서의 '얼룩'과 그해 첫 날 『부산일보』에 발표한 「광명의 도표되기를」에서의 '악취'는 면밀한 검토를 요한다. 그것들이 함축하고 있는 상징적인 함의는 이 작품을 통해 염상섭이 드러내고자 했던 문제의식의 핵심으로 들어서는 통로로 기능하기 때문이다. 사정이 그러하다면 부정적인 함의가 농후한 이 두 낱말을 통해 염상섭이 전달하고자 한 문제의식의 핵심은 무엇인가?

나는 이번 난리를 겪어오면서 문득문득 머리에 떠오르는 것은 썰물같이 밀려나가는 피난민의 떼를 담배를 피우며 손주새끼와 태연무심히 바라보고 앉았는 그 노인의 얼굴과 강아지의 오도카니 섰는 꼴이다. 길 이 편에서는 소낙비가 쏟아지는데 마주 뵈는 건너편에는 햇발이 쨍히 비추는 것을 눈이 부시게 바라보는 듯한 그런 느낌이다. **생각하면 이러한 큰 화란을 만난 뒤에 우리의 생활과 생각과 감정에는 이와 같이 너무나 왕창 뛰게 얼룩이 진 것이 사실이다. 나는 그 얼룩을 그려보려는 것이다. '소나기 삼형제'를 써볼까 한다.**[23]

---

23 염상섭, 「작자의 말, 『취우』」, 한기형·이혜령, 『염상섭 문장 전집』 III, 소명출판, 2014, 213

그러나 반드시 전시문학이나 전쟁문학이어야 한다는 것은 아니다. 전시문학, 전쟁문학이어도 좋지마는 포성이나 초연 냄새를 작품에서 듣고 말자는 것이 아님은 물론이다. 어떻게 잘 싸웠는가? 얼마나 용감히 이겼는가를 알리는 것도 좋다. 그러나 포성보다도 이 겨레의 커다란 부르짖음이 먼저 듣고 싶고 초연 냄새보다도 민족혼이 어떻게 향기로운가를 맡아보고 싶다. **만일 국민정신이 썩었다면 얼마나 악취를 풍기는가 여실히 맡아보아야 할 것이다. 그러함으로써 우리를 반성하고 고취하고 명년의 갈길을 잡게 되고 빛을 갖게 될 것이다. (…중략…) 이번 사변의 전모와 성격이 문학을 통하여 해부 분석되고 결론을 짓고 계시되고 반성에 이끌어가서 새살림을 배포하는 길잡이가 되어주어야 할 것이다.**[24]

일반적으로 "언어에 의해 포획되기 이전의 세계"[25]이자 "상징화에 저항하는 잉여"[26]인 실재계는 평상시에는 잘 드러나지 않는다. 아니 드러나지 않아야만 한다. 그런데 만일 실재계의 민낯이 상징계의 질서에 의해 분절당하지 않고 그대로 드러날 경우 사회는 어떻게 될까? 동서고금의 숱한 역사가 생생하게 증명하고 있는 바와 같이, 상징계의 외설적 이면에 도사린 실재계가 맨 얼굴을 그대로 드러낼 경우 사회는 만인에 의한 만인의 갈등과 투쟁이 일상적인 질서로 자리잡게 된다. 한마디로 각자도생의 정글이 지배하는 동물의 왕국 수준으로 전락하게 된다. 단조로운 반복을 존재론적 표지로 하는 일상이 반복되는 평상시에 실재계가 드러나서는 안 되는 것도 바로 그러한 이유에서이다. 더불어 "사회적·상징적 우주와 지속적인 긴장관계를 가지며

면.

24 염상섭, 「광명의 도표되기를」, 『부산일보』, 1952.1.1; 신영덕, 「한국전쟁기 염상섭의 전쟁체험과 소설적 형상화 방식 연구」, 앞의 책, 223면에서 재인용.

25 토니 마이어스, 박정수 역, 『누가 슬라보예 지젝을 미워하는가』, 앨피, 2005, 59면.

26 위의 책, 61면.

그 극한에 존재하는 미지의 것"[27]인 "실재를 인식할 수 있는 방법 중 하나로 어떤 것이 상징화에 적용되지 않는 순간을 주목"[28]해야 하는 것도 그러한 맥락에서이다. 하여 실재계가 그 얼굴을 드러내는 순간은 전쟁이나 재난 같은 비상한 극한상황이 평온하게 유지되어 오던 상징계를 압도하면서 일상의 질서가 중단되거나 급격한 단절을 겪게 되는 '예외 상태'에서이다.

인민군 치하 3개월을 곱다시 돈암동 집에서 칩거하며 지내던 염상섭에게 상징계의 휘장이 제거된 상태에서 실재계의 맨 얼굴이 생생하게 드러나던 한국전쟁은 당연히 더할나위 없이 비상한 창작 의욕과 동기를 자극했을 것으로 보인다. 일제 강점기부터 식민지 현실과 민족의 운명에 대한 지속적인 관심을 창작으로 실천하고자 했던 민족주의적 지향의 리얼리스트를 자임했던 염상섭에게 한국전쟁은 평소에는 잘 드러나지 않던, 아니 않아야만 하는 한국사회의 집단 무의식이나 상징계의 외설적 이면을 정확하게 관찰할 수 있는 생생한 현장이었기 때문이다. 그러한 관찰은 자연스레 자신의 문학적 관심과 실천을 민족의 운명과 전망을 탐색하고 천착하고자 하는 문제의식으로 연결되며, 그러한 문제의식을 작품화한 것이 바로 『취우』 3부작이라고 할 수 있다. 이 글이 '얼룩'과 '악취'에 특별히 주목하고자 하는 이유는 그 두 낱말이 바람직한 민족의 운명이나 전망과 관련하여 한국전쟁을 탐색하고 천착하고자 했던 염상섭의 문제의식을 극명하게 반영하고 있기 때문이다.

구체적인 작품 분석을 통해서 밝혀지겠지만, 얼룩과 악취는 일제의 식민 지배로부터 해방된 직후 다양한 수준에서 제기된, 통일된 독립국가를 건설하기 위한 백가쟁명의 방안들을 일거에 무화시키는 한편 한반도의 분단을 고착

---

27 숀 호머, 김서영 옮김, 『라캉 읽기』, 은행나무, 2006, 151면.
28 토니 마이어스, 앞의 책, 60면.

화하는 결정적인 계기가 되는 한국전쟁 발발 직후 인민군 치하 서울에서 생생하게 드러난 실재계의 민낯을 표상하고 있다. 구체적으로 염상섭은 얼룩과 악취라는 표상을 통해 당시 명재경각의 위기상황이 중첩되는 과정에서도 국가와 민족의 안위에는 오불관언, 오직 개인의 이기적인 욕망 추구에만 골몰하는 서울의 인심과 그 배경으로서의 한국전쟁의 폭력성을 비판적으로 성찰하고자 하는 문제의식을 반영하고 있다. 한국전쟁을 비판적으로 성찰하고자 하는 염상섭의 문제의식을 드러내기 위한 실재계의 민낯은 크게 세 가지 양상으로 드러나고 있다. 피난사회의 생존 전략으로서의 각자도생과 기회주의적 처신의 발호, 그리고 돈과 성에 대한 맹목적인 집착이다. 그 세 가지 실재계의 민낯은 구체적으로 어떤 양상을 보이면서 드러나는가? 구체적인 작품 분석을 통해서 알아보도록 하자.

2.1. 피난사회의 생존 전략으로서의 각자도생

전쟁이 발발하게 되면 그 이전까지 관성적인 구조를 지니고서 반복되던 일상의 질서는 갑자기 중단되는 예외상태로 돌변하게 된다. 한국 전쟁 또한 그러한 전쟁 일반의 상황에서 결코 예외가 될 수 없었다. 한국전쟁의 발발과 동시에 한국사회는 "모두 떠날 준비를 하고, 모두가 피란지에서 만난 사람처럼 대하며, 권력자와 민중들 모두 어떤 질서와 규칙 속에 살아가기보다는 당장의 이익 추구와 목숨 보존에 여념이 없는 피난사회"[29]로 돌변하기 때문이다. 자신의 의지와는 전혀 상관없이, 느닷없는 외부의 폭력에 의해 생과 사의 경계를 크레바스로 무화시켜 버리는 한국전쟁 당시의 상황에서 거의

---

29 김동춘, 『전쟁과 사회』, 돌베개, 2006, 121면.

대부분의 사람들이 오로지 자신의 생명을 부지하는 일에만 골몰하는 생존의
윤리에 집착할 수밖에 없게 되는 것도 피난사회의 그러한 특성 때문이다.

인민군 치하 서울 시가지의 일상과 미처 피난을 가지 못하고 서울에 남은
시민들의 욕망을 지배적인 서사 대상으로 소환하고 있는 이 작품의 등장인물
들처럼 당시 서울에 잔류하면서 인민군 치하 3개월을 꼼다시 견디어내야만
했던 염상섭은 당시의 상황을 어떻게 바라보았을까?

> 운전수는 운전수대로 혀를 찼다. 그러나 그것은 회사의 이 일행을 못건너
> 놓은 것이 안 되었다는 뜻은 아니었다. 어제부터 궁리궁리하던 제 벌이가
> 다 틀렸고나 하는 낙담으로이었다. **차는 회사 차지마는 이 일행만 넘겨 놓고
> 나면 이 북새통에 차를 제 마음대로 몰고 다니며 한 벌이 단단히 하겠다는
> 꿈이 금시로 깨어졌으니 입맛이 쓰다.** 어제부터 피난꾼을 태우고 건너간 차
> 들이 얼마든지 벌이를 한다는 소문에 회가 동한 것이다. (『취우』, 13면)

> 운전수는 마포로 가자는 김학수의 말에 귀가 솔깃하여 말씨도 다시 공손
> 하여졌다. 한미무역회사의 김사장은 목숨과 옆의 가방이 무사하기 위하여
> 이 밤이 새기 전에 한강을 건너야 하겠다고 몸이 달았지마는, 운전수는 제
> 목숨보다도 이 차에 탄 다섯 목숨보다도, 자동차 하나만 고스란히 넘겨 놓았
> 으면 그만이라는 욕기에 이해가 일치되었다. 하기야 운전수는 제 목숨이 자
> 동차에 달렸으니 차만 잘 모시면 목숨은 게 있는 것이지마는, 김 사장은 **비서
> 요 애첩인 강 순제쯤, 이 다급한 판에는 그리 대수로운 존재는 아니다. 피난을
> 가서도 아쉽기야 하겠지마는 우선은 신영식이와 함께 옆에 끼고 있는 가방의
> 간직꾼으로 데리고 나선 것이었다.** (『취우』, 15-16면)

거의 대부분의 작품들에서 서사의 서두는 그 텍스트의 문제의식과 관련하
여 그냥 지나쳐서는 안 될 정도로 중요한 의미를 지닌다. 대체로 서사의 서두

는 어떤 형태로든지 텍스트의 문제의식을 함축하거나 내장하는 경우가 적지 않기 때문이다. 모두 20개의 장으로 구성된 『취우』의 서두로 설정된 '절벽'이 라는 소제목의 이 장면 또한 그러한 서사의 일반론을 충실하게 따르고 있다. 전쟁 발발 직후 유일한 출구인 한강 철교가 끊긴 절박한 상황에서 피난길에 나선 김학수 일행이 중지를 모아 가장 시급하게 해결해야 할 방안은 서울을 빠져나갈 통로를 찾는 것이다. 그러나 문면에서 보는 바와 같이 이들은 그 방안에는 별다른 관심이 없다. 서울을 빠져나갈 통로를 찾아 좌충우돌하는 상황에서도 그들의 무의식을 장악하고 있는 것은 오직 자신들의 개인적인 욕망뿐이다. 그로 인해 그들은 각자 상대방을 자신의 욕망을 실현하고자 하는 도구 이상으로 생각하지도 않는다. '생활의 방편으로, 물질적으로나 생리적으로나 필요에 응해서 서로 이용하는 외에는, 각기의 생활에 구속을 받을 것은 조금도 없다'(48면)는 순제의 입장은, 상징계의 윤리나 규범에는 조금도 아랑곳하지 않고 오로지 자신들의 이기적인 욕망 충족만을 유일한 생의 동기로 삼는 각자도생의 정글로 변해버린 서울의 일상을 선명하게 증 거하고 있다.

2.2. 기회주의적 처신의 발호

상식적인 진술이기는 하지만, 평상시 거의 대부분의 사람들은 상징계의 질서나 규범을 충실하게 따르면서 살아간다. 그게 거의 대부분의 보통 사람 들이 살아가는 방식이자 생존의 윤리이자 전략이다. 아니 전략일 수밖에 없 다. 상징계의 질서나 규범을 파괴하거나 해체하는 것은 이제까지 안정적으로 누려오던, 자신이 속한 집단이나 사회 구성원으로서의 정당한 시민권이나 정주권을 박탈당해 타자나 난민으로 전락하는 위험이나 모험을 무릅써야만

하기 때문이다. 하지만 전쟁이나 혁명과 같은 극한상황이나 예외상태에서는 사정이 전혀 다르게 돌변한다. 전쟁이나 혁명과 같은 상황에서 상징계의 질서나 규범은 예전의 권위나 힘을 급격하게 상실하면서 일종의 카니발적 공간으로 돌변하게 된다. 한국전쟁 직후 인민군 치하의 서울에서도 그러한 사정이나 상황은 크게 다르지 않았다. 평소 주변의 상황이나 인간들에 대해 냉철한 관찰과 치밀한 탐색을 게을리하지 않았던 염상섭은 당시 자신의 주변에서 벌어지고 있던 그러한 상황을 결코 놓칠 리 없었다.

바깥 사무실에서는 여전히 떠들썩하더니 별안간 일석이의 앙칼진 목소리가 나며,

"동무들! 조용합시다...."

하자 소리가 뚝 끊어지고 잠잠해진다. 순제 방 안의 사람들은 눈이 커대지며 마주들 치어다보았다. 방 안의 사람들뿐만 아니라, 사무실에 모인 남녀들도 이 동무들이라는 처음 듣는 한 마디에, 그것은 입에 담아서 안 될 무서운 소리를 들은 듯이 놀란 기색으로 숨을 죽이고 다음 말을 기다렸다.

"....동무들! 모리배의 거두 김학수는 그물에 든 미꾸리 새끼같이 빠져 달아났습니다. 아니, 노리개처럼 달구 다니던 여비서와 종복들이 못 간 것을 보면 아직도 서울에 있는지도 모르지만..."........

일석이는 순제나 과장들의 기세에 눌리기는 하였지마는, '노리개'라고 불쑥 입에서 나온 말이 좀 과했다는 반성과, 실상은 자기 역시 처음에 써 본 '동무'란 말이 어설픈 생각도 드는데, 사원들이 자기 말에 응해오는 기미가 보이지를 않으니, 자신이 없어져서, 여전히 입만 뽀로통해가지고 암상스러운 눈을 까뒤집고 서서 허세를 부릴 뿐이다. (『취우』, 110-112면)

동서고금의 역사를 물론하고 전쟁이나 혁명과 같은 격변기에는 혼란스러

운 상황에 편승하여 자신의 존재감을 과시하거나 지위 변동을 도모하는 기회
주의와 기회주의자들이 득세·발호하기 마련이다. 문면에서 보는 바와 같이,
황급한 피난으로 인해 회사의 공식적인 질서와 위계가 완전히 무너진 상황에
편승하여 부화뇌동하는 임일석의 모습은 그러한 기회주의의 전형을 보여주
고 있다. 전쟁 전의 평상시 상황에서였더라면 회사의 공식적인 권력의 위계
와 서열에서 하급 직원에 불과한 임일석이 사장과 그 비서인 김학수와 강순
제를 '모리배의 거두', '미꾸리 새끼', '노리개' 등과 같은 멸칭으로 호명하는
하극상은 감히 상상도 할 수 없는 일이었기 때문이다. 이러한 기회주의가
득세·발호하는 모습은 직원들의 임시 월급으로 지급해야 할 회사 공금을
횡령하는 회계과장 최종우나 남한 점령 당시 인민군 장교로 서울에 내려와
자신의 위세를 과시하고자 하는 강순제의 전 남편 장진이나 그의 언론인
친구 송병규 등을 통해서도 반복적으로 변주되고 있다.

2.3. 돈과 성에 대한 맹목적 집착

인간 존재 일반의 본질을 돈에 대한 욕망과 관련하여 접근하거나 규정하
고자 하는 염상섭의 문제의식에 대해서는 "염상섭과 발자크 소설의 가장
주요한 주인공이 사회라면, 그 사회를 움직이는 가장 큰 동인은 돈이다"[30]라
고 적시한 김현 이후 적지 않은 논자들에 의해 반복적으로 지적되어 왔다.
횡보 소설의 성실한 이해자를 자임하는 김원우 또한 그러한 지적의 연장선에
서 "횡보의 전 작품을 관류하는 유일한 적자는 '돈'이다. 거꾸로 말하면 '돈'
의 행방을 추적하는 집요한 숨바꼭질이 횡보의 작품에는 유전인자처럼 암류

---

30   김현, 「염상섭과 발자크」, 김윤식 편, 『염상섭』, 문학과지성사, 1984, 108면.

한다. 당연하게도 그 순례기에는 탐심·색정·연애·우정·협잡·사기·축첩 같
은 것들을 서자로서 반드시 거느린다."[31]라는 지적을 통해 성에 대한 욕망을
추가하고 있다. 돈과 성에 대한 맹목적인 집착과 관련된 얼룩과 악취를 보여
주는 초점인물로 기능하는 인물은 김학수 사장이다.

> 학수영감은 미닫이를 닫고 누웠다. 그러나 영식이가 제 방으로 들어가서
> 누웠는지 부엌에서만 떼그럭거리고 조용해지자, 영감은 벌떡 일어나서 이부
> 자리를 돗자리 얼러 뚤뚤 말아 걷어치우고, 뒤뚱거리는 구들장을 만작만작하
> 여 보더니, 손가방에서 세수제구를 꺼내서 면도를 빼내들고 구들장의 언저리
> 를 두 장 길이나 싸악싸악 오리기 시작한다. 백비가 된 시커먼 장판을 사르를
> 이르집어 내고 새벽가루를 손으로 긁어모은 뒤에, 우선 앞턱의 구들장 한
> 장을 사뿟이 들어냈다.
> 영감은 윗목에 큰 가방 위에 우뚝이 얹혀 있는 묵직한 보스턴백을 들여다
> 놓고, 바지 포켓에서 열쇠꾸러미를 꺼내어 가만히 열더니, 위에 덮인 신문지
> 뭉치며 서양 잡지들을 꺼내서 꺼먼 구들고래 길이로 죽 깔았다......오려낸 자
> 국은 났으되, 흙먼지에 가리워 얼른 보기에는 감쪽같다. 돗자리를 다시 깔고
> 손을 신문지로 닦은 뒤에, 보스턴백에는 큰 가방의 세간을 나누어 넣어서
> 제 자리에 올려놓고 영감은 비로소 이마에 밴 땀을 와이셔츠 소매로 쓱 씻었
> 다. (『취우』, 45-46면)

영감의 목소리는 점점 좋아들어 갔다. 사실 늙어 간다 해도 부연 피둥피둥
한 살이 몸에 와 닿는 것이 그렇게 싫은 것도 아니요, 순제에 대한 질투와
의혹으로 끓어오르는 정열이나 공상으로 그런 조발적 정욕이, 자연 앞에 있
는 마누라에게로 넘쳐 흘러가는 며칠 동안은, 건넌방에 주인마님이 보기에도

---

31 김원우, 「발자크·김남천·염상섭」, 앞의 책, 167면.

부러워할 만큼 구순히 지냈던 것이다. 그 덕에 마누라는 한 열 살은 금시로 젊어진 것 같고, 얼굴 표정이 부드러워지고 생기가 전신에 돌아서 신기가 좋았으나 영감은 벌써 싫증이 났다. (『취우』, 145면)

명제경각의 절체절명 상황에서 임시방편의 우거로 선택한 신영식의 집에서 김학수 사장의 지상 과제는 당연히 목숨을 온전하게 보존하는 일이다. 하지만 문면에서 보는 바와 같이, 목숨보다 돈을 더 소중하게 생각하는 물신 숭배의 화신인 김학수 사장의 관심은 오로지 보스턴 백에 담아온 재산을 안전하게 지키는 일과 자신의 성적인 욕망을 충족하는 일뿐이다. 해방 이후 편법이나 불법을 통해 귀속재산을 불하받은 자신의 재산을 지키기 위한 김학수 사장의 필사적인 노력과 성적 욕망의 탐닉은 편집증적 강박 수준에 육박하고 있다. 돈과 성에 맹목적으로 집착하던 김학수 사장은 결국 인민군에 의해 납치되어 행불 처리하는 것으로 서사에서 종적을 감춘다.

3. 남한 점령 정책의 허구와 폭력

지금까지 논의한 세 가지 실재계의 민낯 이외에도 이 작품에서 주요한 서사 대상으로 초점화되고 있는 모티프는 남한 점령정책[32]의 허구와 폭력이다. 주지하다시피 전쟁 개시 직후 38도선을 돌파한 북한은 남한의 거의 전 지역을 파죽지세로 점령하면서 전쟁의 표면적인 명분으로 내세운 혁명의 완수에 입각한 점령 정책을 추진한다. 해방 직후 결성된 건준의 지부를 모체

32　북한의 남한 점령정책의 전체상에 대해서는 장미승, 「북한의 남한 점령정책」, 한국정치연구회 정치사분과, 『한국전쟁의 이해』, 역사비평사, 1993, 170-203면 참조.

로 한 인민위원회는 "토지개혁, 반동분자의 색출·숙청, 의용군 모집, 보국미 조달, 군수품 및 부상병 수송 등 인민군 원호사업과 정치 선전·선동에 이르기까지 점령정책의 모든 것은 관장하고 집행"[33]하는 기구로 활동한다.

> **붙들어 갈 때는 가족까지 쌀 배급을 주느니, 피복을 줄 테니 아무것도 가지고 갈 필요가 없느니 하고 달콤한 소리를 하였지마는, 실상은 먹일 것도 없고, 입힐 것도 없으니** 무작정 하고 끌어만 갈 수도 없는 사정이라 한다. (『취우』, 263면)

> 요즈막은 붙들린 정객들의 선전 강연도 뜸하여지더니, 모두 이북으로 끌려갔다는 소문이 떠돌기 시작하였다. 날만 뚝 밝으면 서울 언저리의 폭격도 점점 더 심해 갔다……
> **쌀은 밤마다 시내로 실어 들여야 배급 한 톨 주는 일 없고,** 저희끼리 먹어야 하겠지마는, 이남에서 긁어모은 것을 삼팔선 너머로 가져가나보다는 소문이 떠돌기 시작하였다. (『취우』, 301-302면)

'신문은 값도 저희 맘대로 정해서 강제로 읽히는 것이었다'(260면)는 순철이의 불만이 극명하게 암시하고 있는 바와 같이, 자신들이 내세운 명분이나 주장과는 달리 북한의 남한 점령정책은 전쟁에서 승리하기 위한 선전·선동 차원의 이데올로기였음을 어렵지 않게 확인할 수 있다. 구체적으로 물자 징발, 부역, 의용군 강제 입대, 미시적 일상에 대한 과도한 통제와 동원 등 서울 점령 당시 선전과 선동의 차원에서 인민위원회를 중심으로 인민군이 수행한 이데올로기 공세는 작품 곳곳에서 어렵지 않게 확인된다.

---

33 위의 글, 182-183면.

4. 문제의식으로서의 '모욕'

일제의 식민지배로부터 해방된 직후 절박한 시대적 과제는 어떻게 하면 통일된 새로운 국가를 만들 것인가 하는 것이었다. 해방 직후 남과 북의 각 정당과 정파들은 정세 변화에 따른 이합집산을 거듭하며 치열한 각축과 경합을 벌이는 과정에서 통일된 민족국가 만들기라는 당시의 시대적 과제를 둘러싼 해법 모색에 골몰한다. 그러한 노력에도 불구하고 1948년 남북한은 각자의 단독정부를 수립함으로써 분단은 현실화된다. 남북한의 단독정부 수립으로부터 2년이 지난 시점에 발발한 한국전쟁은 그 이후 70년 동안 지속되고 있는 남북한의 분단을 고착화시키는 결정적인 계기로 작용한다. 등단 이후 항상 민족의 운명과 전망의 자장 안에서 자신의 문학적 실천을 고민하고자 했던 염상섭에게 이러한 한국전쟁은 단순한 전쟁 일반의 의미와는 그 차원이 달랐다.

> 사람 틈을 비집고 건너다보니, 경찰서 앞 시멘트 바닥에서부터 죽 일자로 무장해제를 한 국군이 이삼십 명 앉았다. 고개를 숙이거나 탈진이 되어 퍼더버리고 앉은 자세는 하나도 없다. 새까맣게 탄 얼굴에서는 움쑥 들어간 등잔만 한 눈이 부리부리 불을 내뿜고, 숨은 가빠서 어깨와 가슴만 벌렁거린다. **영식이와 순제는 저절로 눈이 찌푸려지며 구경거리나 되는 듯이 멀거니 마주 바라보고 섰기가 미안하고 가여웠다. 모독 같은 생각도 들었다……**
> 동족끼리나 아니더면 그래도 국제적 체면이나 안목이 있으니까 어엿한 포로 취급이라도 받으련만… (『취우』, 71면)

지금도 여전히 그 영향으로부터 자유롭지 않을 정도로 한국전쟁이 남긴 부정적 유산의 질곡은 강고하다. 그런데 전쟁 당시의 상황에서 '분단을 극복하기 위해 초래된 전쟁이 분단을 더욱 더 고착화시킨 세계사 초유의 논리적 이율배반성'[34]을 지닌 한국전쟁의 부정적 유산이 70년이 지난 지금까지 지속되리라고 상상한 사람은 아마도, 거의 없었을 것이다. 염상섭 또한 마찬가지였다. 남북한의 분단 정부 수립에도 불구하고 염상섭을 비롯한 많은 지식인들은 해방 직후 통일된 독립 국가를 건설하기 위한 노력들이 적지 않은 우여곡절을 거치기는 하겠지만, 언젠가는 결실을 맺을 것이라는 기대를 포기하지 않았을 것이다. 그러한 상황에서 민족주의적 지향을 자신의 이념적 정체성의 중요한 바탕으로 간직하고 있는 염상섭에게 같은 민족 사이에 벌어진 한국전쟁은 그 명분이 아무리 거창하고 정의롭다고 하더라도 엄청난 부조리 자체 이상의 의미를 지니기는 어려웠다. 전투의 흔적이 선명한 서울 거리를 배회하다 눈에 뜨인 국군 포로들의 비참한 정경을 바라보고서 신영식이 반추하는 '모독'이라는 표현은 한국전쟁을 엄청난 부조리한 사건으로 인식할 수밖에 없었던 염상섭의 비판적인 문제의식을 극명하게 압축하고 있다.

  이러한 문제의식과 관련하여 신영식은 매우 중요한 인물로 기능한다. 여러 가지 측면에서 신영식은 한국전쟁에 대한 염상섭의 비판적인 문제의식을 대변하는 인물로 기능하기 때문이다. 이러한 판단을 가능하게 하는 것은 무엇보다 먼저 『취우』를 비롯한 3부작에서 신영식이 차지하고 있는 압도적인 서술 비중 때문이다. 신영식은 무엇보다 먼저 서술의 양적인 비중에서 다른 인물들을 압도할 정도로 많은 양을 차지하고 있다. 더불어 이 작품들에서 신영식은 정명신과 더불어 거의 유일하게 서술자의 우호적인 관점에서 초점화되고 있는 인물이다. 그러한 서술의 양상은 임시 수도 부산을 배경으로 하는 『새울림』과 『지평선』으로 갈수록 더 분명해진다.

---

34 박명림, 「한국전쟁 연구 서설」, 한국정치연구회 정치사분과, 앞의 책, 13-14면 참조.

다른 인물들을 압도하는 서술 비중 이외에, 한국전쟁에 대한 염상섭의 비판적인 문제의식과 관련하여 신영식을 주목해야 하는 결정적인 근거는 그에게 부여된 서사의 표지이다. 구체적으로 경성대학 경제학과 출신으로 김학수가 사장으로 있는 한미무역회사의 조사과장으로 재직 중인 신영식을 이념적으로 중도 우파 민족주의적 지향의 자유주의자로 형상화하는 설정은 결정적인 근거로 작용한다. 이러한 설정은 염상섭의 작가적 정체성과 관련하여 김윤식 이후 반복적으로 변주·이월되어 온 세계관적 표지인 '가치 중립성의 중도주의자'의 이념적 지향에 정확하게 대응하기 때문이다. 중도 우파 민족주의적 지향의 자유주의자로서의 신영식의 이념적 지향은 김학수 부자를 비롯한 거의 대부분의 인물들이 풍전등화와도 같은 누란지경에 처한 당시의 상황에서도 국가나 민족의 안위보다는 자신들의 사적인 욕망이나 세태에 휘둘리는 인물들에게 비판적인 거리를 확보하는 모습에서 확인할 수 있다. 더불어 내무서원에 의해 의용군으로 강제 징집되어 북한에 끌려가 있다가 탈출하게 하는 설정이나 자유분방한 강순제의 집요한 애정 공세를 선뜻 받아들이지 않고 신중하게 탐색하다가 『새울림』과 『지평선』에 와서는 중학 시절부터 자신에 대한 애정과 믿음을 굳게 지켜온 정명신에게로 무게 중심이 이동할 것으로 암시하는 설정 또한 염상섭의 중도주의적 세계관을 반영하는 신영식의 이념적 지향과 적지 않은 관련이 있다.

신영식을 통해 한국전쟁에 대한 자신의 비판적인 문제의식을 투영하고자 하는 염상섭의 작가적 의도는 『새울림』과 『지평선』에 오면서 더욱 분명한 형태로 드러나고 있다. "전시 미국의 영향력 아래에서 정치적, 경제적 이익을 취하려는 인물들이 어떻게 관계를 맺으며 어떠한 욕망과 가치를 추구하는지를 집중적으로 그리고 있는"[35] 『새울림』과 『지평선』에서 신영식은 사회·정치적 혼란기에 편승하여 자신들의 사적인 욕망에만 골몰하는 다른 인물들과

는 달리 당시 한국의 재건 및 부흥과 관련한 미국의 원조 문제에 대해 합리적
인 균형감각과 주체적인 민족의식을 지닌 경제학자로 설정되어 있기 때문이
다. 이러한 설정을 통해 염상섭은 민족의 운명이나 미래 전망의 자장 안에서
한국전쟁의 추이와 의미를 모색하고자 했던 문제의식을 대변한다고 할 수
있다.

5. 나오는 글

　『취우』는 해방 이후 염상섭의 작품 세계를 대변하는 작품이다. 이 작품에
대해 기존의 논의들은 대부분, 일상성의 세계에 갇혀 한국전쟁의 본질이나
역사적 의미를 놓친 한계로부터 자유롭지 않은 작품으로 평가하여 왔다. 기
존의 그런 논의들과는 달리 이 글은 이 작품 또한 염상섭의 작가적 정체성의
표지인 리얼리즘 정신의 연장선에 있는 작품으로 평가하고자 하였다. 이러한
문제의식에 기초하여 이루어진 논의를 정리하는 것으로 결론을 삼고자 한다.
　한국전쟁을 서사의 배경으로 동원하고 있는 이 작품에서 지배적인 서사
대상으로 기능하고 있는 모티프는 인민군 치하 3개월 간 서울에 잔류한 시민
들의 일상과 욕망이다. 한국전쟁을 배경으로 하고 있음에도 불구하고 이 작
품의 서사가 전쟁의 현장보다는 서울 시민들의 일상과 욕망을 중심으로 진행
된 것은 한국전쟁을 민족의 운명이나 미래 전망의 자장 안에서 탐색하고자
했던 염상섭의 작가적 의도와 밀접한 관련이 있는 것으로 보았다. 이 의도와
관련하여 이 작품의 연재를 시작하기 1주일 전 『조선일보』에 발표한 「작자

35　김영경, 앞의 글, 370면.

의 말:『취우』에서의 '얼룩'과 그해 첫 날『부산일보』에 발표한 「광명의 도표되기를」에서의 '악취'는 매우 중요한 함의를 지니고 있는 표상으로 해석하였다. 얼룩과 악취라는 표상을 통해 염상섭은 당시 명재경각의 위기상황이 중첩되는 과정에서도 국가와 민족의 안위보다는 자신들의 사적인 욕망 추구에만 탐닉하는 서울의 인심과 그 배경으로서의 한국전쟁의 폭력성을 비판적으로 성찰하고자 하는 문제의식을 반영하고 있다고 보았기 때문이다. 구체적으로 얼룩과 악취의 표상은 크게 세 가지 양상으로 드러나고 있다. 피난사회의 생존 전략으로서의 각자도생과 기회주의적 처신의 발호, 그리고 돈과 성에 대한 맹목적인 집착이었다.

한편 염상섭은 한국전쟁을 부조리한 전쟁으로 인식하고 있는 것으로 해석하였다. 한국전쟁은 분단 정부 수립 이후에도 포기하지 않고 있었던 통일된 독립국가에 대한 기대를 좌절하게 만들었기 때문이다. '모욕'은 한국전쟁에 대한 염상섭의 그러한 인식을 극명하게 압축하는 표현으로 해석하였다. 이와 관련하여 이 글은 신영식을 한국전쟁에 대한 염상섭의 문제의식을 대변하는 인물로 해석하였다. 하나는 신영식이 다른 인물들에 비해 압도적으로 많은 서술 비중을 차지하고 있을 뿐만 아니라 정명신과 더불어 매우 우호적으로 서술되고 있다는 점이었다. 다른 하나는 신영식을 김윤식 이후 많은 논자들에게 반복적으로 변주·이월되고 있는 가치중립성의 중도주의와 이념적 지향을 공유하고 있는 중도 우파 민족주의적 지향의 자유주의자로 설정하고 있다는 점이었다. 한국전쟁에 대한 자신의 비판적인 문제의식을 신영식을 통해 드러내고자 한 염상섭의 작의는『새울림』과『지평선』에 와서는 더욱 분명한 형태로 드러나고 있었다. 이 두 작품에서 신영식은 당시 한국의 재건 및 부흥과 관련한 미국의 원조 문제에 대해 합리적인 균형감각과 주체적인 민족의식을 지닌 경제학자로 설정되어 있기 때문이다.

염상섭 소설의 전쟁미망인

1. 들어가는 글

염상섭의 문학을 지탱하는 두 개의 기둥은 무엇일까? '리얼리즘'과 '민족문학'. 염상섭의 문학을 지탱하는 두 개의 기둥이 리얼리즘과 민족문학이라는 지적에 대해 딴죽을 걸거나 끙짜를 놓을 사람은 거의 없을 것이다. 또한 이 둘은 염상섭이 자신의 문학적 건축물을 설계하고 축조해가는 과정에서 지붕과 서까래로 선택할 정도의 핵심 질료로 기능하고 있다는 지적에 대해서도 마찬가지일 것이다. 무엇보다 사실이 그러하기 때문이다. 구체적으로 『개벽』 제14호(1921.8-10)에 「표본실의 청개고리」를 통해 등단한 이후 1962년 『사상계』에 발표한 「횡보문단회상기」를 마지막으로 작품 활동을 마치게 되기까지, 40여 년에 이르는 성상 동안에 이루어진 염상섭의 글쓰기를 살펴보면 이 사실이 조금도 과장이 아님을 확인할 수 있다.

염상섭은 작품 활동의 휴지기라고 할 수 있는 만주 시절(1936-1945)을 제외하면 결코 길다고만 할 수 없는 이 기간에 "16편의 장편소설과 159편에 이르는 단편"[1] 및 330여 편의 산문[2]들을 발표한다. 발표 분량만으로도 다른 작가들을 압도하는 이들 작품들에서 어렵지 않게 발견할 수 있는 사실은 존재와 세계에 대한 치밀한 관찰에 바탕을 둔 냉철한 산문 정신이 작품의 저류를 형성하고 있다는 점이다. 따라서 염상섭의 작품들에는 허영이나 위선에 기초한 존재와 세계에 대한 섣부른 단정이나 허위의식이 보이지 않고 있다. 낭만적 이상화나 주관적인 전망에 기초한 안이한 타협이나 해결 또한 보이지 않고 있다. 한마디로 염상섭은 시종일관 냉철한 리얼리스트로서의 세계관과 중산층의 균형감각으로 무장한 민족문학을 자신의 문학적 본령이자 작가적 화두로 삼고 창작 활동을 수행해 왔다. 구체적으로 염상섭은 당대 현실에 대한 비판과 부정의 정신을 고갱이로 하는 리얼리즘 정신을 통해 당대의 시대적 과제에 치열하고도 정직하게 맞서고자 한 대결정신을 통해 민족적인 전망을 모색하고 천착하고자 했다. 다시 한 번 강조하건대, 이 글의 문제의식이 기본적으로 기대고 있는 전제는 바로 리얼리즘과 민족문학이야말로 염상섭의 문학을 지탱하는 두 개의 기둥이라는 사실이다.

이러한 전제와 가설을 논증하고자 하는 것이 이 글의 목적이다. 이러한 연구 목적을 위해 이 글이 집중적인 분석 대상으로 소환하고자 하는 텍스트는 한국전쟁 이후 1950년대 한국의 사회 현실에서 심각한 사회적 문제의 중심에 부각된 존재인 전쟁미망인을 주요한 서사 주체로 소환하고 있는 『미망인』(『한국일보』, 1954.6.15-12.6)과 『화관』(『삼천리』, 1956.9-1957.9)이다. 그러니까 이 글은 상호 텍스트적인 맥락에서 연작의 형식을 지니고 있는 두 장편에 대한 꼼꼼한 텍스트 분석을 통해 이제까지의 일반적인 통설과는 달리 해방 이후 1950년대의 염상섭 문학의 중심과 저류에는 여전히 민족문학과 리얼리즘 정신이 작동하고 있다는 사실을 논증하고자 한다.

---

1   김경수, 『염상섭 장편소설 연구』, 일조각, 1999, 3면.
2   이 편수는 한기형·이혜령 엮음, 『염상섭 문장 전집』 I Ⅱ Ⅲ, 소명출판, 2013-2014 참조.

이제까지 염상섭의 1950년대 장편소설들은 범속한 풍속의 차원을 크게
벗어나지 못하는 따라서 평면적인 세태소설의 범주에 머무르고 있는 것으로
평가받아 왔다. 그리고 그러한 평가가 일반적인 통념이나 정설로 공유되어
온 것도 부정할 수 없다. 구체적으로 이러한 평가는 '증오하든 좋아하든 일본
이 없으면 그는 작가적 고자에 떨어지고 마는 것이다'라고 하면서 일본과의
관련이 사라진 「재회」(1948) 이후 염상섭의 작품이 나아간 바를 중산층 보수
주의에 지나지 않는 일상적 삶의 평면밖에 없는, 바둑판으로 비유하자면 끝
내기에 지나지 않다'[3]라는 인색한 평가를 내리고 있는 김윤식 이후 "해방
직후만 하더라도 횡보가 민족의 운명과 역사, 그리고 현실에 대한 해방 전
못지않은 뜨거운 작가적 관심을 기울였던 것에 비해, 한국전쟁 이후부터는
그의 관심이 그것에서부터 상당히 물러나버리기 때문이다"[4]와 같은 사례들
로 이어지는 반복적인 변주를 보여 왔다. 충분히 근거 있는 지적이자 설득력
있는 평가이다.

실제로 이 글의 분석 대상인 『미망인』과 『화관』을 비롯한 1950년대 염상
섭의 장편들은 거의 대부분의 연구자들에게서 염상섭의 작가적 정체성을
대표하거나 대변하는 것으로 평가를 받고 있는 『삼대』를 비롯하여 『무화과』,
『사랑과 죄』, 『이심』, 『광분』 등에 비해 상대적으로 서사의 응집력이나 밀도
에서 떨어진다. 부정할 수 없는 사실이다. 더불어 염상섭의 문학을 지탱하는
두 기둥이자 작가적 화두로 기능하는 리얼리즘이나 민족문학과 관련된 작가
의식의 측면에서도 상당한 후퇴나 약화를 드러내고 있는 것 또한 사실이기도
하다. 하지만, 그렇다고 해서 이 두 작품을 비롯한 전후의 장편소설들이 연구

---

3   김윤식, 『염상섭 연구』, 서울대학교출판부, 1999, 869-872면 참조.
4   한수영, 「소설과 일상성: 후기 단편소설」, 문학과 사상연구회, 『염상섭 문학의 재인식』, 깊
     은샘, 1998, 156면.

대상으로서의 가치마저 떨어지는 것은 아니다. 실제로 염상섭이 1950년대에 발표한 10여 편의 장편들을 통독하다 보면 그러한 저간의 평가나 통념들이 서사의 표층에만 집중한 결과 그 이면의 심층이나 심연을 천착하거나 탐색하지 못한 따라서 확대 해석이나 과잉 해석의 혐의로부터 자유롭지 않음을 알 수 있다. 아마도 그러한 평가가 일반적인 통념이나 정설로 자리를 잡게 된 데는 1950년대에 발표한 염상섭의 장편들이 거의 대부분 연애서사의 외피를 두르고 있는 점이 중요한 요인으로 작용한 것으로 보인다. 사실 "어쨌든 담화 차원에서 차용된 혼담 또는 연애소설의 문법은 횡보 장편소설의 한 문법이라고 해도 과언이 아니다"[5]라는 지적처럼 염상섭의 소설, 특히 1950년대 장편소설에서 연애는 서사를 추동하는 핵심 축이자 동력으로 기능하고 있다.

그런데, 연애 서사의 해석이나 평가와 관련해서 중요한, 따라서 간과해서는 안 되는 점은 연애서사를 통속 소설로 재단하거나 등치하는 것은 잘못이라는 것이다. 실제 물건으로 증명하고 있는 것처럼 동서고금의 고전들 가운데는 애정이나 연애를 소재나 모티프로 하는 작품들이 셀 수 없을 정도로 많기 때문이다. 따라서 연애나 애정을 단순히 통속적인 흥미를 자극하는 소재 차원에서 소모적으로 소비하는 작품들이 문제이지 연애를 매개로 인간 존재나 세계에 대한 근원적인 질문이나 탐색을 모색하는 작품들은 조금도 문제가 될 수 없다. 이제까지 동서고금을 막론하고 인류의 문화적 생산물 가운데 남녀간의 애정이나 사랑이 마르지 않는 샘이자 창작 원천으로 기능해 온 것만 보더라도 그러한 평가는 충분한 설득력을 지닌다. 한마디로 연애서

---

5   김경수, 「염상섭 장편소설의 시학」, 문학사와 비평연구회, 『염상섭 문학의 재조명』, 새미, 1998, 56면.

사를 통해 추구하고자 하는 작가의식이 문제인 것이지 연애 서사 자체가 문제는 아니라는 것이다.

이러한 맥락에서 연애서사의 외피를 통한 미망인의 운명의 추이를 통해 한국전쟁 이후의 사회 현실에 대한 문제의식을 투사하고 있는 두 장편인 『미망인』과 『화관』은 리얼리즘과 민족문학의 자장 안에서 염상섭의 작가의식을 해명하고자 하는 이 글의 목적과 관련해서 주목할 만하다. 이러한 논리의 연장선에서 이 글은 '연애서사의 외피를 쓴 사회소설'로 규정 가능한 두 장편에 나타난 한국전쟁 미망인들의 운명의 추이를 어떻게 바라보는가 하는 문제에 집중하고자 한다. 그 문제는 한국전쟁에 대한 염상섭의 문제의식과 밀접한 관계를 가지고 있기 때문이다. 이러한 문제의식과 관련하여 염상섭은 『미망인』을 연재하는 심경과 소회를 밝히고 있는 「소설과 현실: 『미망인』을 쓰면서」라는 글에서 리얼리스트로서의 자신의 작가관과 이 작품을 통해 드러내고자 하는 의도에 대해 비교적 소상하게 자신의 소회를 밝히고 있다.

> 작가로서 제작에 노심하고, 작품에 추구하는 것은 흥미보다 먼저 진실한 생활상과 시대상을 붙들어 여실히 독자의 눈앞에 내밀어 놓는데 있는 것이다......아무리 아름다운 표현으로 연애를 그려서 흥미를 끈다 할지라도 그것이 핍진(逼眞)한 실감을 주지 못하는 것이라면 무지개의 아름다운 색채를 본떠 놓은 것 같아서 그것은 실생활과 거리가 먼 가공적 가상적의 환영에 그치고 말 것이다....
> 이 『미망인』은 종래의 미망인 형의 심리작용이나 생리현상을 붙들어 쓰자는 흥미에 그 주제를 둔 것은 아니다. **이번에 겪은 전란은 여러 각도로 보아야 하겠지마는 그 부작용의 하나로서 나타난 전쟁미망인의 생활과 그 사회적 위치라든지 의의를 무시할 수는 없다......**
> **이러한 각양각색의 미망인 혹은 준미망인의 생활양상과 생활태도와 그**

들이 걷는 길과 생각하는 바를 비교하여 관찰하고 그려보고자 이 붓을 든 것이다.[6]

'1954년 6월 9일 공식적으로 상업주의를 표방하고서 창간'[7]한 『한국일보』의 사주인 장기영의 적극적인 권유에 의해 시작한 『미망인』의 연재를 통해 염상섭이 내세웠던 의도나 목표는 어렵지 않게 짐작할 수 있다. 이 글을 통해서 유추할 수 있는 바와 같이 염상섭은 이 작품의 연재를 통해 한국 전쟁 이후 심각한 사회적 쟁점 가운데 하나로 부상한 전쟁미망인 문제의 책임이 상당 부분 국가에 있음을 상기시키고 있다. 더불어 전쟁미망인들의 다양한 삶과 운명의 추이에 대한 추적과 관찰을 통해 그 당시 한국사회가 그러한 국가적인 책임을 제대로 수행하고 있는지 여부를 비판적으로 성찰하는 한편 그러한 책임을 다하기 위한 방안이나 방략에 대해서도 암시하고 있다. 사실이 그러하다면 그러한 의도나 목표는 두 장편에 제대로 반영되었는가? 그 판단 여부는 구체적인 작품 분석을 통해서 알아볼 수밖에 없다.

2. 전쟁미망인의 전경화

2년여 정도의 시차를 두고서 연재 발표된 『미망인』과 『화관』이 두 장편은 제목도 다르고 등장인물들의 이름 또한 다르다. 서사의 외형적인 표지만 보아서는 전혀 다른 작품들이다. 하지만 두 작품은 실제 상·하 2부로 구성된 연작 소설이라고 규정하는 것이 사실에 부합하다. 무엇보다 서사의 내용에서

---

6   염상섭, 「소설과 현실: 『미망인』을 쓰면서」, 『한국일보』, 1954.6.14.
7   강준만, 『한국 현대사 산책: 1950년대 편 2』, 인물과사상사, 2004, 217-218면.

『화관』은 『미망인』의 바로 뒤를 이어받고 있기 때문이다. 이어달리기 경기에 비유하자면 『화관』은 『미망인』의 후발 주자인 셈이다. 또한 두 작품에서의 주요 인물들은 서로 이름만 다를 뿐 정확하게 일대일의 대응관계를 형성하고서 등장하고 있다. 구체적으로 선발 주자인 『미망인』에서 서사를 추동하는 핵심 인물로 기능하는 홍식과 명신은 『화관』에서 진호와 영숙으로 정확하게 대응하고 있다. 정자경 여사만 유일한 예외인 이러한 양상은 다른 인물들에게서도 반복적으로 변주되어 창규는 인환으로 금선은 봉순이로 인웅은 택규로 그리고 명신의 전부 소생인 옥진은 원길으로 대응하고 있다. 또한 이 두 작품에서 서사의 주요 공간으로 기능하고 있는 고원다방은 낙양다방으로 정확하게 대응[8]하고 있다.

이러한 서사적 친연성을 형성하고 있는 이 두 장편을 통해 염상섭이 드러내고자 한 문제의식의 핵심은 과연 무엇이었을까? 이러한 문제의식의 핵심을 밝히는 작업과 관련해서 이 두 작품에 드러나는 아주 흥미로우면서도 중요한, 따라서 주목을 해야 마땅한 서사의 표지는 "이러한 각양각색의 미망인 혹은 준미망인의 생활양상과 생활태도와 그들이 걷는 길과 생각하는 바를 비교하여 관찰하고 그려보고자 이 붓을 든 것이다"[9]라는 작가의 창작 동기를 통해 짐작할 수 있는 바와 같이, 이 작품에 등장하는 여성들은 한결같이 거의 다 전쟁미망인들이라는 점이다. 구체적으로 홍식이와 더불어 이 작품의 서사를 추동하는 핵심 인물인 명신이는 말할 것도 없고 홍식이의 형수, 홍식이의 절친인 인웅의 모친이자 명신 모친과는 이종 사촌의 인척 관계인 조씨 부인, 그리고 인웅이의 장모인 정자경 여사 등 이 작품의 주요 인물들 가운데 전쟁

---

8   따라서 앞으로 이 두 작품은 하나의 동일한 작품으로 간주하여 분석하고자 한다. 텍스트 분석 과정에서 인물들과 공간의 명칭은 『미망인』을 기준으로 한다.

9   염상섭, 앞의 글.

미망인으로부터 자유로운 여성 인물들은 한 사람의 예외도 찾아볼 수 없다.

사실이 이러하다면, 전쟁미망인들이 서사의 전면에 돌올하게 부각되는 서사적 전경화를 통해 염상섭이 말하고자 한 문제의식의 핵심은 과연 무엇이었을까? 이를 위해서는 무엇보다 먼저 한국 전쟁 직후의 한국 사회에서 전쟁미망인은 어떤 존재로 인식되고 있었는가? 달리 말해 전쟁미망인들에 대한 사회적인 인식이나 일반적인 통념은 어떠했는가를 알아보는 게 순서일 듯싶다.

"아아 50년대!라고 말하지 않으면 안 된다. 모든 논리를 등지고 불치의 감탄사로서(써) 말하지 않으면 안 된다"[10]라는 규호처럼, 전후의 한국사회는 척박한 토양 위에 잡초만 무성한 황량한 겨울 들판을 연상하기에 조금도 부족함이 없었다. 당시 사회 구성원들의 심성이나 인정 또한 그러한 토양을 닮아서인지 황폐해질 대로 황폐해져 있었다. 그도 그럴 수밖에 없었던 것이, 하루하루의 생존 자체가 생의 절실한 과제나 목표가 될 정도로 절박한 처지의 상황에 빠진 데다 선과 악의 경계마저도 해체될 정도로 혼돈과 무질서가 지배하는 가치의 아노미 상태[11]에서 공동체적 미덕이나 배려의 가치와 같은 타자의 상상력을 기대하는 것 자체가 비현실적이었을 것이다. 이러한 한계상황에서 절실하게 요청되었던 것은 무엇이었을까? 다름 아닌, 만만한 분출구를 찾아 떼를 지어 몰려다니던 사회 구성원들의 불만이나 공격성의 독소와 악취를 오롯이 흡수하거나 완화시켜 줄 수 있는 희생양이나 완충지대였다.

---

10   고은, 『1950년대』, 청하, 1989, 19면.
11   한국전쟁이 한국사회에 미친 사회적 영향의 결과 발생한 가치체계의 혼란에 대해서는 정성호, 「한국전쟁의 인구사회학적 변화」, 한국정신문화연구원 편, 『한국전쟁과 사회구조의 변화』, 백산서당, 1999, 32-54면 참조. 정성호는 한국전쟁의 영향으로 나타난 가치체계의 혼란의 구체적 세목들로 '분단체제의 내면화와 분단의식의 심화, 실용적이고 물질적인 것을 중시하는 새로운 가치관 형성, 불신 풍조와 이기주의 만연, 현재 중심의 성향 형성, 향락주의의 만연, 피해망상과 허무주의 팽배, 패배의식 주입, 외세 의존 심리와 사대주의 형성, 심리적 불안정의 항구화와 고착화' 등을 들고 있다.

바로 그 희생양이나 완충지대의 가장 최적화된 집단으로 떠오른 대상은 당시 한국사회의 권력의 위계에서 최하위 포식자의 위치에 자리하고 있던 전쟁미망인이 될 수밖에 없었다. 아니 되어야만 했다.

'남편과 함께 죽어야 하는데 아직 죽지 아니한 아내'라는 뜻이 시사하듯이, 당시 한국 사회에서 "최소 30만 명 이상으로 추정"[12]되는 전쟁미망인들은 전쟁의 피해자임에도 불구하고 정당한 대접이나 보상은커녕 온갖 부정적인 편견이나 냉대의 대상으로 타자화되었던, 그런 점에서 '사회 내부로부터 추방된 자이면서도 여전히 그 내부에 있는, 내부에 있지만 사실상 난민이나 다름없는, 내부와 외부가 구별불가능한 지대가 그들이 존재하는 위상학적 자리인 호모 사케르'[13], 그 이상도 이하도 아니었다. 구체적으로 당시 한국사회의 공론장에서 사회적 풍기의 오염이나 문란한 성 도덕의 주요 표적으로 지목된 전쟁미망인들은 창졸간에 가족 부양의 의무와 책임을 떠맡게 된 가장이 되어 자신을 비롯한 가족의 목숨을 부지하기 위해 생활 전선에 나설 수밖에 없었다. 뿐만 아니라 가혹한 고통과 시련이 기다리고 있는 생활전선에서도 주변의 따가운 시선을 곱다시 감수·감내하는 차별과 편견에 시달려야만 했다.

그렇다면 염상섭은 전쟁미망인들에 대한 그 당시 한국 사회의 그러한 통념이나 편견에 대해 어떤 생각을 가지고 있었을까? 그리고 그러한 생각은 구체적으로 두 장편에 어떤 서사 양상으로 반영되고 있는가? 더불어 전쟁미망인들은 어떤 인물들로 재현되고 형상화되고 있는가? 이러한 문제들과 관련하여 두 장편의 서사를 추동하는 핵심 인물로 기능하는 홍식과 명신의

---

12 이임하, 『여성, 전쟁을 넘어 일어서다』, 서해문집, 2004, 34면.
13 이진경, 『외부, 사유의 정치학』, 그린비, 2009, 207-208면 참조.

결혼 성사 여부는 결정적인 중요성이나 비중을 지닌다. 이 두 사람의 결혼 성사 모티프야말로 이 두 작품을 통해 의도한바 염상섭의 문제의식을 반영하는 핵심 기제로 기능하기 때문이다.

3. 상징계의 지배적 규범과 관습의 장벽 넘어서기

홍식과 명신의 결혼 성사 여부가 이 두 작품을 통해 염상섭이 의도한 바의 문제의식을 반영하는 핵심 장치로 기능하게 되는 것은 어떤 근거나 이유에서 인가? 그것은 무엇보다 이 두 사람의 결혼이 두 작품이 발표되던 1950년대 당시의 상징계의 규범이나 관습에 비추어 봤을 때 파격적일 정도로 예외적인 경우이기 때문이다.

> (문) S대학을 다니다 아버지가 돌아가시게 되어 학업을 중단하고 모 조선 무역회사에 근무하는 24세의 청년입니다. 이곳에 다닌 지 근 1년이 되어갑니다 다만 그 동안 저는 한 직장의 전쟁미망인 K여사와 서로 사랑하게 됐습니다. K여사는 올해 28세의 여대 출신으로 명랑하고 착실한 인생관을 지닌 현대형 숙녀입니다. 막상 결혼을 하려니 늙은 어머니가 막무가내로 반대합니다.

> (답) 전쟁미망인이라고 결혼의 상대가 되어서는 안 된다는 법이야 없겠지 마는 좀 자연스럽지가 않습니다. 이미 처녀성을 잃은 이성을 상대로 명랑하고 착실한 인생관이라든가 현대형 숙녀라든가 하는 애매한 막연한 표현만으로 당신의 결혼할 생각을 결정하는 데에 필요한 조건으로서는 부족하다고 봅니다……**20세 되나마나한 순처녀를 구해 보시구려.** (「딱한 사정」, 『여원』, 1956년 10월호, 252-253면)[14]

이 문면은 전쟁 직후 한 직장에서 사랑에 빠지게 된 전쟁미망인과의 결혼
문제로 노모와 심각한 갈등을 겪던 미혼 청년이 지혜로운 조언을 기대하고서
보낸 상담에 대한 답변의 형식으로 올린 글의 일부이다. 두 사람의 사랑이
무르익어 결혼에 이르게 되는 구체적인 경위나 과정, 그리고 집안의 반대나
그 강도 등 미세한 부분에서는 차이가 있을 수 있겠지만 상대방이 전쟁미망
인이라는 사실 하나만으로 각각 노모와 부친의 강력한 반대에 의해 결혼이
심각한 장애에 봉착해 있다는 사실이나 본질에 관한 한 이 청년이나 홍식은
하나도 다를 바가 없다. 아무튼 이 문면을 통해서 선명하게 확인할 수 있는
바와 같이, 당시 상담에 응했던 한국일보 주필의, 전쟁미망인과 총각의 결혼
은 자연스럽지 않다라면서 그 대안으로 '20세 되나마나한 순처녀를 구해보
시구려'라는 답변은 지금의 시대적 기준에서라면 아주 내밀한 사적인 자리
에서조차도 발화 이전에 여러 번 검열을 거쳐야만 될 정도로 차별적이고
폭력적인, 따라서 도덕적 비난은 말할 것도 없고 경우에 따라서는 사법적인
처벌의 대상이 될 수조차도 있는, 젠더 감수성이라고는 거의 제로에다 성폭
력이나 진배없는 위태로운 발언을 공공의 담론장에서 조금도 거리낌이나
망설임이 없이 공공연하게 발화되고 있다.

한편, 이 발언이 당시 한국사회의 공론장에서 사회 여론 주도층의 지위에
있던 한국일보 주필의 공개적인 발화라는 사실임을 미루어 볼 때 그 당시
일반 남성들의 평균적인 젠더 감수성이나 성 평등 인식의 수준 또한 최소한
이 정도의 수준을 상회하기는 어려웠을 것이다. 다시 말해 이 정도 수준의
젠더 감수성이 당시 상징계의 지배적인 규범이나 관습의 자장 안에서 작동하
고 있었을 일반적인 평균치였을 것이라는 의미이다. 따라서 명신이와의 결혼

---

14   이임하, 앞의 책, 221-222면.

을 완강하게 반대하는 홍식이 부친과 그의 입장에 동조하는 모친의 젠더 감수성 또한 이러한 규범이나 관습의 자장을 벗어나기 어려웠을 것이다.

> "팔자두! 다 늙게 이게 무슨 꼴이람."
> 이 문제가 나올 제마다 모친의 입에서 저절로 새어 나오는 한탄이었다. 어린 것을 둘이나 달고 인제야 스물 대여섯밖에 안된 것이 남의 부모 섬기느라고 생으로 늙는 것을 앞에 두고, **하필 자식이 달린 전쟁미망인을 둘째며 느리로 끌어들이다니 어린 과부래서 흠절이 아니라 수절을 하는 큰며느리 앞에 그럴 도리가 없고 인정에 차마 그럴 수가 없다고 늙은이 내외는 속을 끓이는 것이었다.** (『화관』, 31면)

문면을 통해 확인할 수 있는 바와 같이, 홍식이 부친은 한국전쟁 직후 한국사회의 성징계의 근간으로 여전한 상징권력을 구가하던 전통사회의 봉건적인 가족제도나 가부장제 이데올로기의 충실한 실천자로서의 틀에서 조금도 벗어나지 않고 있다. 그러한 사실은 전쟁미망인으로 자식 둘을 데리고서 시댁에서 자신들을 봉양하며 지내는 큰며느리를 하나의 욕망이나 인격을 지닌 독립된 주체로 대접하기보다는 자기 집안의 가계나 가문의 혈통을 이어주고 제사를 지내는 효부 역할에만 충실하기를 기대하는 전통적인 가족제도와 가부장제 이데올로기의 부속품으로 대접하는 데서, 더불어 명신이와의 결혼 문제 또한 그 연장선에서 접근하는 태도에서 단적으로 드러난다.

아마도 그 당시 상징계의 지배적인 규범이나 관습 그리고 일반적인 상식의 차원에서 볼 때 자식이 하나 딸린 전쟁미망인과 결혼을 하고자 하는 아들의 의사에 선뜻 동의하고 나서는 부모들은 거의 없었을 것이다. 명신이와의 결혼을 완강하게 반대하는 홍식이 부친의 태도나 입장은 그러한 맥락에서

충분히 이해가 되며 따라서 전통적인 인습에 사로잡힌 아주 완고한 남성은
아니라는 점이다. 더구나 명신이의 결혼 경쟁자로 거론되는, 졸업 이후 의사
자리가 보장된 의과대학생 신분의 재원에다 절친인 인웅의 여동생으로 양가
의 어른들이 모두 절실하게 원하는 미혼 여성인 인임이의 존재로 인해 상식
적인 차원에서도 온갖 반대와 장애를 무릅쓰고서 명신이와의 결혼을 관철시
키고자 하는 홍식이의 의지는 이해하기 어려우며, 따라서 사랑이라는 정염이
나 정동만으로는 말끔하게 봉합하기 어려운, 아니 봉합하기에는 너무나도
위험한 따라서 숱한 화제를 자극할 수밖에 없었던 하나의 사건이었을 것이
다. 이 두 사람의 결혼 성사 여부가 이 두 장편의 서사를 지탱하고 추동하는
것만 보아도 그러한 해석은 크게 무리가 없어 보인다. 따라서 이 두 장편에
대한 논의는 이 두 사람이 금선(봉선)과 창규(인환)의 집요한 방해 책동과 홍식
(진호)의 부모의 완강한 반대를 극복하고 결혼에 이르는 과정 및 결혼 자체를
어떻게 형상화하고 있는가 하는 문제가 핵심이 될 수밖에 없다. 이 두 사람의
결혼은 한국전쟁 및 전후 한국 사회에 대한 염상섭의 문제의식을 반영하고
있기 때문이다.

두 사람의 결혼 모티프를 매개로 한 한국전쟁 및 전후 한국 사회에 대한
염상섭의 문제의식은 두 가지 차원을 통해서 드러나고 있다. 하나는 윤리적
차원에서의 설득과 권유이고 다른 하나는 국가·사회적 차원에서의 제도와
지원이다. 구체적으로 윤리적 차원에서의 설득과 권유를 통해 염상섭의 문제
의식을 대변하는 주체로 기능하는 인물은 홍식이이고 국가·사회적인 차원에
서의 제도와 지원을 통해 염상섭의 문제의식을 대변하는 주체로 기능하는
인물은 정자경 여사이다.

3.1. 윤리적 차원에서의 설득과 권유

누가 뭐래도 이 두 작품에서 서사를 이끌어나가는 핵심 주체로 기능하는 두 인물은 홍식이와 명신이이다. 그리고 그 두 사람의 결혼 성사 여부는 이 두 작품의 문제의식과 관련하여 결정적인 중요성을 지닌다. 더불어 두 사람의 결혼이 성사되는 과정에서 당시 관습이나 인습의 굴레에 얽매이거나 상대방의 처지를 배려하여 홍식이와의 결혼에 소극적이거나 부정적인 명신이를 설득하기 위해 홍식이 내세우는 논리는 한국전쟁 및 전후 한국 사회에 대한 염상섭의 문제의식이나 해법을 대변하고 있다는 점에서 면밀한 검토를 요한다. 사정이 그러하다면 왜 이 두 사람의 결혼이 한국전쟁과 전후 한국사회에 대한 염상섭의 문제의식을 반영할 정도로 중요한 의미를 지니는가?

> **홍식이는 자기 집의 가풍, 가도(家度)로 보나 실제 문제로 보아서 명신이와 결혼을 한다는 것은 거의 공상인 것을 알고 있다. 아이 있는 전쟁미망인에게 동정하고 반해서 결혼을 한다면 친구들도 놀랄 것이다.** 더구나 섣불리 말만 꺼내 놓고 남의 맘만 들뜨게했다가는 큰일이다. 홍식이는 불끈불끈 피가 솟아 오르는 것을 진정시키며 잠잠히 참고 있는 수밖에 없었다. (『미망인』, 150면)

홍식이는 당시 서울대학교 공과대학의 졸업반 학생으로 졸업과 동시에 장래가 보장된 전도양양한 건실한 미혼 청년이다. 이러한 조건의 홍식이 입장에서 아이가 하나 딸린 전쟁미망인 명신이와의 결혼은 누가 보더라도 정상성의 범주에서는 한참이나 비켜서 있다. 그 사실에 대해서는 '자기 집의 가풍, 가도(家度)로 보나 실제 문제로 보아서 명신이와 결혼을 한다는 것은 거의 공상인 것을 알고 있다'라는 진술을 통해서 확인할 수 있는 바와 같이, 누구보다 홍식이 본인이 너무나도 잘 알고 있다. 게다가 인연이라고 한다면 한국전쟁에서 전사한 명신이의 남편과 홍식이 형이 절친으로 결혼식 당시 잠깐 본 정도에 불과하다. 더구나 명신이와의 결혼을 관철시키기 위해 홍식이 내세우는 논리는 '난 명신 씨를 대할 제 언제나 저만치 치어다봐 왔어요. 그 소복을 입으신 거와 같이 언제나 깨끗하고 아담스러운 한 이미지를 가지고 뵈어 왔어요.'(157면), '홍식이에게 대한 명신이는 전날에 보던 그 소복단장과 함께 청초하고 숭고한 존재로 마음 속에 간직'(223면) 등 막연하고 추상적이어서 설득력이 떨어진다. 그럼에도 불구하고 이 두 작품의 서사에서 두 사람의 결혼 성사 모티프는 그 여부를 둘러싸고서 벌어지는 드라마로 규정해도 좋을 정도로 절대적인 비중을 차지하고 있다. 왜 그러한가? 그러한 설정을 통해 염상섭은 명신이라는 전쟁미망인의 운명의 추이의 추적을 통하여 한국전쟁과 전후 한국사회에 대한 자신의 문제의식을 반영하고 있기 때문이다.

그렇다면 이제 결혼에 소극적인 명신이를 설득하고 권유하는 과정에서 홍식이 내세우는 논리의 핵심은 무엇인가? 그리고 그것은 두 작품의 문제의식과 관련해서 어떤 의미를 지니는가?

> **과부댁이 되었다는 것이 죄가 아니요 더구나 전쟁미망인은 동정을 받아야 할 거 아닙니까? 타락하기 쉬운 길로 끌려가는 걸 붙들어 주어야 할 거 아닙니까?** (『미망인』, 162면)

> "그보다두 난 지금 얼마나 어머니 아버지하구 싸워야 이 일이 해결될지 모르지만, 나 보기에 첫째 명신 씨가 생각을 고쳐야 하겠어요. 난 깨끗한 처녀거니! 하는 숭고한 정신을 가지세요. 남은 어떻게 보든지 나는 그렇게 생각합니다." ……
>
> "이 애는 내가 데리고 들어온 건 줄만 여기구 나는 처녀거니 하는 기분과 자랑을 가져 주세요. 그런 정신으로 아까운 청춘을 살려 나가겠다는 생각을

해 주세요." (『미망인』, 193-194면)

　"묵은 관념 묵은 관습에 얽매어서 다시는 남의 정처(正妻)가 못 된다는 것을 핑계로 돈푼 가진 놈들의 첩으로나 돌아다니며 한평생 농세상으루나 지내볼까.....하는 그런 생각밖에 없기에 딱 결단을 하고 못 나서는 거지 뭐야." (『미망인』, 347면)

　결혼 문제로 인한 내면의 극심한 갈등과 혼란을 반추하는 명신이를 설득하는 과정에서 홍식이 내세우는 주장의 논리적 핵심은, 명신이 전쟁미망인의 처지에 이르게 된 것은 본인의 잘못이나 죄가 전혀 아니며 오히려 전쟁미망인은 국가의 보호와 지원을 받아야 마땅한 피해자이기 때문에 조금도 위축될 필요가 없이 당당하게 자신의 욕망에 충실하라는 것이다. 이러한 홍식이의 주장과 논리를 통해 염상섭은 전쟁미망인에 대한 책임을 적극 수행하기는커녕 무관심과 냉대로 일관하는 국가와 사회 구성원들을 비판적으로 심문하고 추궁하고자 하는 문제의식을 반영하고 있다. 더불어 "한국전쟁의 직접적인 피해자임에도 불구하고 도덕적 타락의 근원으로 규정되는 또 다른 폭력의 희생양"[15]으로 매도한 결과 적지 않은 전쟁미망인들로 하여금 안이한 생각이나 판단 착오로 인해 재력가의 첩이나 성매매의 길로 나서게 만든 현실을 비판적으로 추궁하고 있다.

　각자도생의 정글로 변해버린 전후 한국사회에서 자신들의 입장을 대변하거나 변호할 만한 세력이 전혀 없었던 전쟁미망인들은 사회적 약자로 지목되어 온갖 편견과 배제의 대상이 될 수밖에 없었다. 구체적으로 자신들의 의사

15　김종욱, 「한국전쟁과 여성의 존재 양상: 염상섭의 『미망인』과 『화관』 연작」, 『한국근대문학연구』 9, 태학사, 2004 상반기, 247면.

나 의지와는 아무런 상관없이 벌어진 전쟁으로 인해 하루아침에 가솔들의 생계를 부양해야만 하는 가장의 지위를 떠맡게 되어 나선 생활 현장에서도 전쟁미망인들은 사회의 풍기를 교란하거나 오염시키는 타락한 여성들이라는 낙인이나 편견에 시달려야만 했다. 실제로 한국전쟁 직후 전쟁미망인들에 대한 사회적 인식이나 평가는 대단히 부정적이었다. "재산의 유무에 관계없이 70% 정도가 어떤 형태로든 경제활동에 종사했다"[16]는 통계가 선명하게 증거하는 바와 같이, 여러 가지 이유로 인해 재혼이 여의치 않았던 전쟁미망인들은 생계 유지 및 가족 부양을 위해 생활전선에 내몰릴 수밖에 없었다. 구체적으로 도시 거주 전쟁미망인들의 경우 행상이나 삯바느질과 같은 일용노동 또는 다방이나 미장원과 같은 서비스 업종에, 그리고 농촌에 거주하는 전쟁미망인들의 경우는 주로 품팔이나 농사에 종사했다. 또한 "전국 성매매 여성 가운데 태반이 전쟁미망인이라는 신문보도가 있을 정도로 전쟁미망인 가운데는 생활고를 견디다 못해 성매매에 종사하는 경우도 많았다."[17] 전쟁미망인들에 대한 당시의 이러한 현실을 고려할 때 이 두 작품의 서사를 두 사람의 결혼 성사 여부를 축으로 전개하게 한 설정의 의도는 분명해 보인다. 자신과의 결혼에 소극적이거나 부정적인 명신이를 설득하는 과정에서 내세우는 홍식이의 논리를 통해 염상섭은 전쟁미망인들에 대한 국가와 사회 구성원들의 책임을 환기하고자 하는 문제의식을 반영하고 있는 것이다.

3.2. 국가·사회적 차원에서의 제도와 지원

전후 한국사회에서 전쟁미망인의 문제는 개인의 윤리적 차원에서 수행되

16　이임하, 앞의 책, 43면.
17　위의 책.

는 사회 구성원들의 개별적인 관심이나 도움으로 말끔하게 해결되거나 해소될 수 있을 정도로 간단한 문제는 전혀 아니었다. '아프레 걸', '유엔 마담', '양공주' 등 당시 공공의 담론장에서 족출하던 신조어들이 극명하게 압축하고 있는 바와 같이, 한국전쟁의 피해자들인 전쟁미망인들은 사회의 성 모럴이나 풍기를 문란하게 하는 오염원이거나 국가·사회의 근간인 가정의 기초를 위협하는 파괴자와 같은 부정적인 표상으로 타자화되었다. 그러한 과정과 맞물려 전후 한국사회의 공론장에서는 "전쟁미망인들의 타락 가능성만을 염려하는 사회적 담론이 무성"[18]하게 일어날 정도로 전쟁미망인들의 존재 및 그들과 관련된 문제는 심각한 사회적 과제가 아닐 수 없었다. 특히, 성매매나 축첩 문제는 사회의 근간을 위협할 정도로 심각한 문제였다. 그 중에서도 축첩 문제는 '처첩간의 폭력이나 살해 또는 자살이 광범위하게 발생할 정도'[19]로 심각한 양상을 띠고 있었다.

물론 이러한 전쟁미망인들로 인해 갈수록 심각한 양상을 보이던 사회적 문제들을 해결하기 위해 국가가 적극 나서서 동원과 통제와 같은 방법을 통한 다양한 차원에서의 사회 운동이나 계몽 운동을 시도하지 않은 것은 아니다. 구체적으로 '간통의 쌍벌죄 제정(1953), 중혼 금지(1958), 공창제 폐지'[20]와 같은 정책이나 제도적 뒷받침을 통해 시급한 사회적 과제로 떠오른 전쟁미망인 문제를 해결해 보고자 적지 않은 노력은 했으나 노력에 비해 뚜렷한 성과를 거두지는 못했다. 하지만 당시 전쟁미망인들의 문제는 뚜렷한 성과를 거두지 못한다고 해서 국가적인 차원에서의 노력을 포기하고 그대로

---

18 강준만, 앞의 책, 307면.

19 이임하, 앞의 책, 181면.

20 김은하, 「전후 국가근대화와 위험한 미망인의 문화정치학」, 한국문학이론과 비평학회, 『한국문학이론과 비평』 49, 2010.12, 214면.

방치할 수만은 없을 정도로 중차대한 국가·사회적 과제였다.

이러한 맥락에서 정자경 여사는 매우 중요한 인물로 기능한다. 서사의 양적인 비중에서 는 홍식이와는 비교 자체가 언어도단일 정도로 미미하지만 이 작품의 서사의 축으로 기능하는 결혼의 성사 모티프와 관련해서는 홍식이 못지 않은, 아니 홍식이 이상의 중요성을 지닌 인물이기 때문이다. 구체적으로 홍식의 절친인 인웅이의 장모이자 인임이의 절친인 화숙이의 모친인 자경 여사는 홍식이와의 결혼 문제로 욕망과 규범 사이에서 극심한 갈등과 번민을 거듭하며 극도의 혼란을 경험하던 명신이 마지막 돌파구로 찾아가서 그 해법을 의논하던 대상이자 마지막까지 완강하게 두 사람의 결혼을 극렬하게 반대하던 홍식이 아버지를 설득하여 두 사람의 결혼을 성사하게 만든 해결사 역할을 한 인물이다.

한편 전쟁미망인을 둘러싼 염상섭의 문제의식과 관련하여 이러한 역할보다 더 중요한 설정은 자경 여사를 전쟁미망인의 원호단체인 '금성 전몰미망인원호회 회장'의 직함으로 활동하게 하는 것이다. 이러한 설정이야말로 국가·사회적 차원에서 전쟁미망인에 대한 염상섭의 문제의식을 반영하는 중요한 장치로 기능하기 때문이다. 구체적으로 본인 또한 전쟁미망인인 정자경 여사가 회장으로 있는 원호회와 같은 준국가적인 기관이나 단체를 동원하여 전쟁미망인의 문제를 해결하거나 완화해 보고자 한 것은 그러한 국가적 차원의 노력 가운데 하나이며 그 현실적 방안의 하나로 내세운 정책이 바로 전쟁미망인들의 재혼을 추진하는 것이었다. 그러니까 정자경 여사는 한 개인이라기보다는 국가·사회를 대변하는 표상으로 기능한다고 할 수 있다.

"난 당신네 같은 젊은 전쟁미망인이 한 사람이라두 가정부인으로 다시
들어가서 얌전히 살림을 하게 하기 위해서라두 그런 자국이 걸리면 놓치기가

아깝단 말요....."

명신이의 귀에는 더욱 달갑게 들리는 말이었으나 그저 머리를 숙이고 듣고만 앉았다.

"무어 걱정할 거 없어. 저 집에 대해서 인사가 틀릴 것두 없지. 최후의 승리는 진정히 사랑하는 사람에게 오는 거니까! 게다가 저편에선 당자가 손을 내두른다니, 무어 의리에 안 됐구 말구가 있나! 다만 어머니께서 중간에 끼시고 친척 간이라 거북할 따름이지......" (『미망인』, 385면)

영감은 손을 내두르며 이맛살을 찌푸리었다.

"아니, 제 말씀을 잠깐 들어보세요. **저는 제 사업의 욕심으루선지, 적어두 댁 아드님 같은 얌전한 신랑감이 한 십만 나와서 젊은 전쟁미망인을 살려야 하겠다고 생각합니다만.....**" (『미망인』, 398면)

금선이(봉순이)의 분방한 성적 욕망이나 일탈과 방종을 통해 선명하게 드러나고 있는 바와 같이, "가정을 중심으로 일부일처제도를 정비함으로써 사적 영역을 근대화 혹은 합리화해내는 한편으로 전후의 어지럽혀진 성의 질서를 바로잡으려 했던"[21] 전후 한국사회에서 전쟁미망인의 존재는 "근대적 가정 만들기의 과정에서 가정성의 숭고한 이념과 충돌하는 위험한 육체, 즉 유혹의 기표"[22]로 표상되었다. 따라서 금선이의 계략과 농간에 의해 홍식이와 창규 사이에서 끊임없이 번뇌·갈등하며 위태로운 줄타기를 하던 명신이를 적극적으로 설득하여 홍식이와 결혼에 이르게 하는 자경 여사의 노력은 단순히 개인적인 중매 차원의 의미로 국한할 수 없는 아니 국한해서는 안 되는 문제이다. 그러한 노력은 전후의 혼란과 무질서로 인해 국가 사회의 근간인

---

21 위의 글.
22 위의 글, 215면.

가정마저도 흔들리던 위기 상황을 극복하고자 했던 국가적인 차원에서의 대응이기 때문이다. 염상섭의 문제의식 또한 당연히 이러한 논리의 연장선에서 작동하고 있다고 할 수 있다.

이러한 맥락에서 '전후 한국사회의 풍속이나 시대상황을 간접적으로 포착하고 있는 이 두 장편이 당시 심각한 사회적 쟁점으로 부각된 가족의 해체나 가부장의 위기 등의 문제를 국가·사회적 차원의 봉합을 통해서 해소하기 위한 해결책으로 염상섭이 전쟁미망인의 결혼을 제시하고 있다'[23]거나 "1950년대 시대상으로 보았을 때 관습적 인식의 한계를 뛰어넘는 획기적인 대안인 전쟁미망인의 재혼을 통하여 전후 사회를 지배하고 있던 이데올로기적 억압에 대한 전면적 거부이자 극복이라는 재건의 과제를 수행하고 있다"[24]는 해석들은 적실해 보인다. 그리고 그 결이나 지향에서는 상당히 달라 보이지만 "작품의 결말 부분에 회장 마님(정자경 여사)을 등장시켜 명신(영숙)과 홍식(진호)를 결합시키는 역할을 담당하도록 한 것은 미망인의 재혼 문제가 현실적인 가능성[25]을 지니고 있어서라기보다는 당위적인 차원에서 작가에 의해 부여된 관념이었음을 반증하는 것이다"[26]라는 해석 또한 그 이면이나 심층에서는 앞선 두 해석들과 궤를 같이 하는, 그런 점에서 그 해석들의 거울상이라고 할 수 있다.

23 김태진, 「전후의 풍속과 전쟁 미망인의 서사 재현 양상: 염상섭의 『미망인』·『화관』 연작을 중심으로」, 한국현대소설학회, 『현대소설연구』 27, 2005, 89면 참조.

24 정보람, 「전쟁의 시대, 생존의지의 문학적 체현: 염상섭의 『취우』, 『미망인』 연구」, 한국현대소설학회, 『현대소설연구』 49, 2012.4, 350면.

25 당시 한국사회에서 전쟁미망인들의 재혼이 쉽지 않았던 이유에 대해서는 이임하, 앞의 책, 218-220면 참조.

26 김종욱, 앞의 글, 246면.

4. 결혼 서사의 지연과 잉여

2부 연작 소설의 전편에 해당되는 『미망인』의 서사는 온갖 우여곡절과 부침명멸을 거듭하던 홍식과 명신의 결혼이 자경 여사의 적극적인 개입과 설득에 의해 성사가 되는 것을 암시하는 것으로 종결된다. 서사의 완결성이라는 차원에서 보면 이 작품은 여기에서 끝나는 것으로 충분하다. 다시 말하면 후편에 해당하는 『화관』은 굳이 발표할 필요가 없어도 무방한 작품이라는 것이다. 실제로도 단순한 서사의 밀도나 응집력의 차원에서만 따지더라도 상대적으로 서사의 긴장이 많이 이완되어 있어 『화관』은 『미망인』의 후일담 이상의 큰 의미를 지니기 어려운 작품이다. 그러한 해석은 '진호(홍식)가 봉순이(금선)를 알 게 된 것은 부친의 소개로 영숙이(명신) 모녀 식구가 봉순이 집에 셋방살이 겸 식모로 들어가 살게 되었을 때부터이었다'(『화관』, 21면)와 같은 서술자의 요약을 통해 『미망인』에서의 서사 정보를 반복하는 서사의 잉여들이 자주 산견되는 것만 보아도 충분한 설득력을 지닌다. 또한 전편에 해당하는 『미망인』에 비해 소략한 서사의 분량 자체도 그렇지만 진호(홍식)과 영숙(명신)의 결혼을 방해하는 적대적인 세력인 박인환과 봉순의 협잡이나 간계에 의해 결혼이 지연되는 과정이 상당 부분을 차지하는 서사의 내용적인 측면에서도 『화관』은 그와 같은 인색한 평가를 받기에 조금도 부족함이 없어 보인다.

더욱이 팜므파탈의 전형인 봉순의 섹슈얼리티가 자극하는 감미로운 유혹에 이끌려 성적인 욕망이나 육체적인 쾌락에 탐닉하는 진호의 탈선과 일탈 행위에 필요 이상의, 따라서 소모적이다 싶을 정도로 많은 공과 품을 들이는 이 작품에 통속이라는 인장을 부과한다 해도 별로 할 말이 없을 것 같아 보인다. 심지어 서사의 결말 또한 두 사람의 결혼 당일 식장에서의 풍경이나 이후 이어지는 흥성한 피로연에 상당한 분량을 할애하거나 홍식이가 직원으로 있는 부산의 한일방직의 김 사장에게 보낸 협박 편지의 발신인으로 추정하면서 미구에 형사 피의자 신분으로 사법적 처벌의 대상이 될 것이라는 봉순이의 몰락과 파멸을 암시하는 등 해피엔딩과 권선징악이라는 고대소설의 서사적 규율로 후퇴하는 양상마저 드러내고 있다. 이러한 문제에 대해서는 "결국 독자와 신문사에 타협하고 말았지마는, 과연 얼마나 자미 있는 소설을 쓰게 될지? 그러나 흥미에 관한 소설, 독자의 비위부터 맞추려는 작품만 쓴다면 문학은 체면을 잃고 타락할 것이다."[27]라는 고백에서 유추할 수 있는 바와 같이, 『미망인』을 연재하기 시작부터 염상섭은 어느 정도 예견하고 우려하고 있었던 것으로 보인다. 그렇다면 떠오르는 당연한 질문 하나. 누구보다 그러한 서사의 양상이 자신의 작가적 정체성의 핵심으로 기능하는 리얼리즘의 서사적 규율에 정면으로 충돌하거나 배치될 것이라는 사실을 누구보다 더 잘 알고 있었을 명민하면서도 냉철한 리얼리스트로서의 염상섭이 굳이 『화관』이라는 제목을 달리하는 작품을 별도로 발표한 의도는 무엇이었을까? 단순히 독자들의 흥미를 자극하고 촉발하기 위한 통속적인 의도에서는 아니었을 것이다. 그렇다면 그 이유는?

아마도 『미망인』을 통해서 드러내고자 했던 문제의식을 충분하게 드러내지 못했다는 회한이나 아쉬움 때문이지 않았을까? 구체적으로 두 가지였을 거라고 판단한다. 하나는 한국전쟁의 피해자인 전쟁미망인들을 보호하고 지원하기는커녕 차별과 배제의 대상으로 타자화하는 사회 현실에 대한 비판적 심문을 하기 위한 문제의식이 반영된 것으로 보인다. 다른 하나는 이와 맞물려 있는 것으로 전쟁미망인들에 대한 국가·사회적 차원에서의 적극적인 관

---

27   염상섭, 앞의 글.

심과 지원을 촉구하고 유도하기 위한 문제의식이 반영된 것으로 보인다. 명신이의 결혼 파트너를, 결혼 조건에 관한 그 당시의 보편적인 사회 규범이나 세속적 기준으로 따지면 도저히 현실 불가능한 비대칭의 극단을 이루는 홍식이로 설정한 것이라든지 봉순이와 박인환의 간계에 의해 파탄 직전의 위기 상황으로까지 내몰린 결혼을 성사하게 만드는 결정적인 역할을 정자경 여사에게 설정하는 것들은 모두 그러한 문제의식을 반영하기 위한 서사 전략의 차원에서 작동하고 있는 것이다.

한편 이 두 작품 직전에 발표한 『취우』에서 영식을 대상으로 치열한 경쟁을 벌이는 두 여성인물인 명신과 강순제가 영식에게 일방적으로 끌려다니는 관계가 아닌 상호 대등한 관계를 유지하면서 팽팽한 서사적 긴장을 유지하던 양상[28]과는 달리 『미망인』과 『화관』에서 홍식을 대상으로 경쟁을 벌이는 두 여성인물인 명신과 금선의 갈등을 통해 전개되는 서사 양상은 사뭇 다르다. 그와 같은 서사 양상의 차이는 한국전쟁 당시의 일상을 서사의 전면에 소환하고 있는 『취우』에서와는 달리 다양한 전쟁미망인들의 삶이나 운명의 추이를 통해 전후 한국사회의 문제에 대한 진단과 처방을 모색해 보고자 했던 염상섭의 문제의식이 그 두 장편에 반영된 것에서 기인한다. 하지만 그러한 사정을 고려한다 하더라도, "현실적이고 객관적이며 관계지향적인 사고방식과 결단력"[29]을 갖춘 인물로 볼 수 있는 여지가 전혀 없는 것은 아니겠지만, 홍식이의 설득에 일방적으로 끌려 다니다시피 하면서 계몽과 시혜의 수동적 객체로 설정된 명신은 아무래도 『취우』에서의 명신에 비해 자신의

---

28 이에 대해서는 공종구, 「염상섭의 『취우』에 나타난 한국전쟁」, 현대문학이론학회, 『현대문학이론연구』 제78집, 2019.9 참조.

29 정보람, 「'탕녀'와 '가장': 1950년대 전쟁 미망인의 이중적 표상 연구」, 한국현대소설학회, 『현대소설연구』 61, 2016.3, 246면.

운명을 개척해 나가고자 하는 주체적인 의지나 강단에서 소극적이거나 수동
적임을 부정할 수는 없어 보인다. 더불어 『취우』에서 명신이 못지않은 결기
와 처신을 통해 영식을 사로잡던 강순제와는 달리 유엔 마담이나 양공주와
같은 부정적이거나 퇴폐적인 인물로 설정된 금선이의 경우 또한 강순제의
카운터 파트로 기능하기에는 미흡해 보인다.

이러한 서사 양상의 차이는 어디에서 기인한 것일까? 여성의식의 약화나
후퇴에서일까? 아니면 문제의식에 연동된 서사적 개연성에서일까? 그도 아
님 둘 다이거나 둘 다가 아니거나일까? 섣불리 단정할 수 없는 문제이다.
하지만 한 가지 분명하게 이야기 할 수 있는 것은, 50대 중반을 넘어 환갑을
바라보는 노년의 나이에 접어들면서 발표한 이 두 장편에 문체의 밀도나
서사의 완성도에서 노쇠의 기미나 징후가 분명하게 드러나고 있다는 점이다.
이러한 맥락의 연장선에서 염상섭의 여성의식 또한 보수적으로 변하게 된
것이 아닐까? 조심스레 짐작을 해 보면서 이 글을 매조지고자 한다.

5. 나오는 글

1945년 해방 이후의 염상섭의 소설들 특히 장편소설은 그 이전의 작품들
에 비해 상대적으로 작품의 완성도나 서사의 밀도, 그리고 작가의식의 측면
에서 떨어지는 범속성의 혐의로부터 자유롭지 않다는 것이 일반적인 통설이
었다. 사실 『삼대』나 『만세전』 등 해방 이전 일제 강점기에 발표된, 염상섭의
작가적 정체성을 대변하거나 대표하는 작품들과 비교하면 그러한 지적을
부정하기란 쉽지 않다. 하지만 그럼에도 불구하고 해방 이후의 염상섭의 소
설들 또한 여전히 그의 문학을 지탱하고 있는 두 기둥이자 작가적 화두로

기능하는 리얼리즘과 민족문학의 자장 안에서 작동하고 있다는 사실 또한 부정하기 힘들다. 이 글은 이러한 문제의식을 가지고 출발했고 그러한 문제의식을 논증하기 위해 연작 소설에 해당하는『미망인』과『화관』두 장편을 집중적인 분석 대상으로 소환했다.

무엇보다 이 두 작품을 민족문학과 리얼리즘의 해석 코드로 접근하게 만든 가장 중요한 이유는 그 두 장편이 전후 한국사회의 가장 심각한 사회적 증상 가운데 하나였던 '전쟁미망인'의 문제를 서사의 전면에 소환하여 적극적인 애정과 관심을 가지고서 그들의 운명의 추이를 추적하고 있기 때문이다. 한국전쟁 직후 대략 30만 명 이상으로 추산되는 전쟁미망인들은 한국전쟁의 직접적인 피해자였다. 자본은 말할 것도 없고 특별한 기술이나 학력 등 고급 일자리에 필요한 조건들을 전혀 갖추지 못한 상태에서 창졸간에 가족의 부양과 생계를 책임지는 가장의 역할을 떠맡게 된 전쟁미망인들에게 주어진 선택지는 그리 많지 않았다. 게다가 선택 가능한 일자리 또한 좋을 리가 없었다. 이러한 상황에서 이들 전쟁미망인들은 주로 삯바느질이나 품팔이, 가사 도우미나 행상과 같은 일용 노동이나 다방 레지와 같은 서비스업에 종사했다. 그리고 일부 전쟁미망인들의 경우 성매매에 뛰어들기도 했다.

황량한 폐허를 방불케 하는 상황으로 변해버린 전후 한국사회에서 고립무원의 처지에 빠진 전쟁미망인들을 지원하고 보호하는 일은 국가 사회가 떠맡아야 할 마땅한 책임이었다. 그럼에도 불구하고 그 일은 우선 순위에서 밀릴 수밖에 없었다. 어찌 보면 당연한 일일 수도 있었을 것이다. 그 무엇보다 국가 재건과 복구 사업이 화급한 당시 상황에서 전쟁미망들까지 돌볼 여유는 현실적으로 그리 많지 않은 일이었을 것이기 때문이다. 하지만 현실적인 사정이 아무리 그러하다 할지라도 한국전쟁의 직접적인 피해자인 이들 전쟁미망인들을 배제와 차별의 대상으로 타자화하는 것은 문제가 아닐 수 없었다. 그럼에도 불구하고 당시 사회 구성원들은 이들 전쟁미망인들을 따뜻한 온정과 관심으로 대하기는커녕 차별과 냉대로 일관했다.

구체적으로 당시 전후 한국사회에서 사회 풍기의 타락이나 문란한 성 윤리의 문제는 심각한 사회적 문제로 부상하였다. 그로 인한 사회의 혼란과 무질서 또한 심각해지면서 국가와 사회의 기본 단위인 전통적인 가족 및 그것을 뒷받침하는 가족주의 이데올로기 또한 위협을 받고 있는 상태였다. 이러한 사회적 문제들에 대해 전쟁미망인들이 전적으로 책임을 져야 할 일은 아니었다. 설령 전쟁미망인들에게 일부 책임이 있다 하더라도 그들에게 책임을 물어야 할 일도 아니었다. 그럼에도 불구하고 당시 한국사회의 사회구성원들은 그 책임을 전가할 수 있는 희생양이나 완충지대를 필요로 했다. 그 희생양이나 완충지대는 바로 당시 한국사회에서 성 윤리의 문란이나 사회 풍기의 타락으로 인한 사회적 혼란과 무질서의 온상으로 지목된 전쟁미망인들이 될 수밖에 없었다. 그도 그럴 수밖에 없는 것이, 당시 한국사회의 권력 위계에서 최하위 포식자의 자리에 위치했던 전쟁미망인들이야말로 사회적 혼란이나 무질서로 인한 사회 구성원들의 심리적 충격이나 공격성의 독소나 악취를 오롯이 흡수하거나 완화시켜 줄 수 있는 가장 만만한 집단이었기 때문이다.

등단 이후 일관되게 리얼리스트로서의 세계관과 창작 방법을 작가적 화두로 삼아 온 염상섭에게 이와 같은 전쟁미망인의 문제는 결코 외면해서도 안 되고 외면할 수도 없는 문제였다. 『미망인』과 『화관』 두 연작 장편은 바로 그러한 작가적 관심을 적극적으로 반영하고 있는 작품들이다. 그 두 장편을 통해 염상섭은 당시 전쟁미망인을 방치하는 것은 국가·사회의 직무 유기이며, 따라서 그들을 적극적으로 지원하고 보호해야 하는 일은 국가·사회적 책임임을 환기하고자 하는 문제의식을 반영하고 있다. 그리고 그러한 사회적 책임을 이행하는 현실적인 방법이나 해법으로 염상섭은 전쟁미망인의 결혼을 제시하고 있다.

명신이의 결혼 파트너로 당시 사회적인 관습이나 규범에 비추어보면 비현실적일 정도로 조건의 비대칭을 이루고 있는 홍식이를 선택하게 하는 설정이나 본인 또한 전쟁미망인이면서 위기에 봉착한 두 사람의 결혼을 성사시키는 과정에서 결정적인 역할을 하는 자경 여사의 직함을 전쟁미망인의 원호회 회장으로 등장하게 하는 설정들은 모두 그러한 문제의식과 밀접한 관련이 있다. 더불어 두 사람의 결혼이 성사되는 과정에서 리얼리즘의 미학적 규율과 충돌할 지경에까지 이를 정도로 결혼 서사를 지연하거나 결혼 서사의 잉여가 많은 것 또한 그러한 문제의식의 연장선상에 있다.

1950년대 염상섭 소설의 여성의식과 사회·정치의식

1. 들어가는 글

누가 뭐래도 염상섭의 소설을 떠받치는 견고한 주춧돌은 '리얼리즘'과 '민족문학'이다. 이 두 가지 초석은 등단 이후 글쓰기 행위를 마치는 순간까지 시대상황의 변화나 개인사 등의 주·객관적 변수나 조건의 영향을 받으면서 미세한 동요나 조정을 보이기는 한다. 하지만 염상섭의 전체 작품 지형에서 당대 사회 현실과 존재에 대한 냉철한 관찰과 치밀한 분석을 통해 민족의 현실을 진단하고 그 진단에 기초한 전망을 모색하고자 하는 리얼리즘과 민족문학의 근간은 조금도 흔들리거나 바뀐 적이 없었다. "신문학을 수립하자면 아무리 늦었어도 자연주의나 사실주의에서 출발하지 않으면 진정한 현대문학의 발판이 서지 않았을 것이다", "창작에 있어 표현수법으로는 사실주의를 근간으로 하지 않고는 모든 것이 붓장난이요, 헛소리밖에 아니 되는 것이란 말이다", "소설을 지향하거든 사실주의를 연구하고 여기에 철저하라고 권고하고 싶다"[1], "요컨대 '나와 문학'이란 곧 '민족과 문학'이란 의미가 되고, '인

---

1   염상섭, 「나와 자연주의」, 『서울신문』, 1955.9.30.

생과 문학'이라든지, 인류가 가질 수 있는 고도의 세계문화라는 것을 생각할
제도 또한 민족문학의 건실하고 찬란한 발전, 현양만이 그 핵심이 되는 것이
라고 믿는 바이다"[2] 라는 진술들이 웅변으로 증명하고 있는 바와 같이 염상섭
에게 민족문학과 리얼리즘은 작품 활동을 하는 내내 그 어떤 것하고도 바꾸
거나 타협할 수 없는 자신의 문학적 이념이자 소신이었다. 1925년 '운동으로
서의 문학'이라는 기치를 선명하게 내세우며 당시 식민지 조선의 시대적 과
제이던 민족해방과 계급해방의 수단으로 문학을 전유하고자 했던 카프가
질풍노도의 기세로 식민지 조선 전역의 문단을 장악하던 시기에도, 그리고
카프의 해산 이후 문단의 공백을 메우면서 등장한 구인회 중심의 형식주의
문학이나 모더니즘의 유혹에도 조금도 흔들리지 않고 자신의 문학적 입장을
고집에 가까울 정도로 확고부동하게 지켜나갈 수 있었던 것도 바로 민족문학
과 리얼리즘에 대한 염상섭의 신념을 제외하고서는 달리 설명할 길이 없다.
염상섭 문학의 그러한 입장이나 기조는 해방 이후 유명을 달리하는 순간까지
도 지속된다. 『젊은 세대』(1955.7.1-1955.11.21, 『서울신문』)와 『대를 물려서』
(1958.12-1959.12, 『자유공론』)을 집중적인 분석 대상으로 소환한 후 그 두 장편에
나타난 여성의식과 사회·정치의식을 탐색하고 천착해보고자 하는 목적을
가지고서 출발하는 이 글 또한 염상섭의 소설이라는 건축물을 떠받치는 견고
한 두 기둥은 '리얼리즘'과 '민족문학'이라는 명제를 견지하고자 한다. 달리
말하면 염상섭의 전체 작품 지형에서 후기에 속하는 이 두 장편에 나타난
여성의식과 사회·정치의식을 통해 염상섭의 문학을 지탱하는 두 기둥은 여
전히 리얼리즘과 민족문학이었다는 사실을 논증하고자 하는 것이 이 글의
목적이다.

---

2   염상섭, 「나와 민족문학」, 『국도신문』, 1950.1.1.

이제까지 이 두 장편에 대한 본격적인 논의나 관심은 해방 이전, 보다 정확하게는 1936년 진학문의 적극적인 권유에 의해 만주로 떠나기 직전까지 발표한 장편들에 비해 비교라는 표현 자체가 무색할 정도로 영성하고 저조한 편이었다. 사정이 그러한 데는 여러 가지 이유가 있을 것이다. 결정적인 이유는 '일본과의 관련된 문제점이 사라진 무렵에 발표한 「삼팔선」(1948)과 「재회」(1948) 이후의 작품을 바둑판의 끝내기'³에 비유하는 지적처럼 1950년대에 발표된 염상섭의 장편들은 한결같이 연애의 성사를 둘러싼 갈등 구조가 서사의 축으로 기능하는 범속한 풍속이나 통속의 범주를 크게 벗어나지 못한 점을 들 수 있다. 부정할 수 없는 사실이다. 구체적으로 작품의 완성도를 평가하는 중요한 지표인 문체의 밀도나 서사의 깊이에서 볼 때 1950년대 염상섭의 대표적인 장편인 『취우』를 비롯하여 『미망인』과 『화관』 등의 작품들은 『만세전』(1922), 『이심』(1928-1929), 『삼대』(1931), 『무화과』(1931-1932) 등 해방 이전에 발표한 작품들에 비해 느슨하고 헐거운 것은 부인하기 힘든 사실이다. 그러한 지적들은 충분한 설득력을 지닌다. 이 글의 분석 대상인 『젊은 세대』와 『대를 물려서』 또한 그러한 지적으로부터 결코 자유로울 수 없다. 오히려 『취우』나 『미망인』, 『화관』 등에 비해서도 상대적으로 더 느슨하고 헐거운 편이다. 통속이나 풍속소설이라는 인장을 받아도 조금도 어색한 일이 아니다. 실제로 이 두 작품에 대한 기존의 주류적인 평가나 해석은 평면적인 세태나 풍속의 차원을 크게 벗어나지 못한 풍속소설의 범주에서 논의되어 왔다. 대표적인 논의로는 "마치 통속소설을 읽은 것이 아닌가라고 생각할 정도로 그 내용이 대부분 통속적인 남녀간의 문제에서 크게 벗어나지 않고 있다..... 단지 세태적인 의식에 의해 상식적인 수준에서 파편화되어 있다"⁴,

---

3   김윤식, 『염상섭 연구』, 서울대학교출판부, 1999, 868-870면 참조.

"여러가지 사회적 규정들의 다채로움이 없음으로 해서 주제마저 빈곤하고 단조로와진 풍속적인 의미만 지닐 뿐이다"[5]와 같은 해석들을 들 수 있다.

최근 들어서는 이러한 기존의 해석이나 평가들이 소홀하게 다룬 바 있는 텍스트의 심층적 이면을, 범박한 차원에서 리얼리즘과 민족문학의 맥락에서 이 두 장편을 탐색하고 천착하는 논의들이 등장하고 있다. 당시 염상섭이 그 필요성을 주장한 바 있는 '정치소설'[6]의 문제의식을 공유하고 있는 최근 논의들 가운데 가장 주목할 만한 것으로는 정종현의 「1950년대 염상섭 소설에 나타난 정치와 윤리: 『젊은 세대』, 『대를 물려서』를 중심으로」를 들 수 있다. "연애와 결혼의 서사를 통해 정치적인 의식을 피력한 작품", "자유당 독재의 혼탁상을 그려내는 '남한학'의 세계를 다루는 텍스트들"[7]로 해석하는 지점을 통해 명확하게 드러나는 바와 같이 정종현은 이 두 장편을 1950년대의 정세와 시국에 대한 염상섭의 입장이나 견해를 투영하고 있는 사회·정치 소설로 규정하고 있다. 정종현의 이러한 논의는 리얼리즘과 민족문학이라는 맥락에서 이 두 장편의 의미망을 탐색하고 천착해보고자 하는 문제의식을 반영하고 있는 이 글의 입장을 선취하고 있다. 특히 정치의식의 실체를 논의하는 부분에서는 '영향의 불안'을 자극하게 할 정도로 겹치고 포개지는 지점이 없지 않다. 하지만 정종현의 글은 「문학도 함께 늙는가?」[8]라는 평문에 나타난 염상섭의 문제의식과 두 장편에 나타난 정치의식을 별다른 매개 없이

---

4   신범순, 「이대를 통한 분단비극의 일상적 의미화」, 『염상섭 전집』 8, 민음사, 1987, 448·452 면.

5   류보선, 「역사 감각의 상실과 풍속으로의 함몰: 『대를 물려서』의 경우」, 위의 책, 458면.

6   염상섭, 「작가와 분위기: 정치소설이 나와도 좋을 때다」, 『연합신문』, 1953.2.19-2.20.

7   정종현, 「1950년대 염상섭 소설에 나타난 정치의 윤리: 『젊은 세대』, 『대를 물려서』를 중심으로」, 『한국어문학연구』 제62집, 124·126면.

8   염상섭, 「문학도 함께 늙는가?」, 『동아일보』, 1958.6.11-6.12.

등치의 관계로 환원하고 있다는 점과 이 두 작품에서 정치의식 못지않게 큰 비중을 차지하는 여성의식을 소홀하게 다루고 있다는 문제를 드러내고 있다. 이 글의 문제의식이 출발하는 부분은 바로 이 지점에서이다.

구체적인 논의를 통해서 확인하겠지만 이 두 작품에서의 사회·정치의식은 텍스트의 표면에 선명한 형태로 드러나지 않고 텍스트의 무의식의 형태로 드러난다. 따라서 이 두 장편의 분석에서 중요한 것은 그와 같이 텍스트의 무의식 형태로 억압되어 나타나는 사회·정치의식의 실체를 밝히는 작업과 동시에 흔적의 형태로 억압되어 나타날 수밖에 없었던 배경까지 탐색하는 작업이다. 이러한 문제의식을 가지고서 출발하는 이 글의 목적은 아주 분명하다. '텍스트의 무의식' 형태로 나타나는 사회·정치의식의 실체를 밝히는 한편 그 배경까지 탐색하는 작업 및 여성의식의 실체를 밝히는 작업이다. 이러한 논의를 바탕으로 이 글이 궁극적으로 지향하는 목적은 이 두 장편에 나타나는 사회·정치의식과 여성의식을 통하여 일반적인 통념과는 달리 염상섭의 문학은 1950년대에도 여전히 민족문학과 리얼리즘의 자장 안에서 활발하게 작동하고 있었다는 사실을 논증하는 것이다.

2. 상호 이질적인 두 서사의 공존

이 두 작품은 그 동안 별개의 독립적인 작품으로 논의되어 왔다. 그러나 정종현을 비롯한 최애순[9] 등의 최근 논의들은 이 두 작품을 연작 소설의 범주 안에서 다루고 있다. 이 두 작품을 연작 소설의 범주로 접근한 최초의

---

9   최애순, 「1950년대 서울 종로 중산층 풍경 속 염상섭의 위치: 『젊은 세대』와 『대를 물려서』를 중심으로」, 『현대소설연구』 52집, 2013.4.

논의는, "『대를 물려서』는 자유연애에 대한 자신들의 신념을 보다 명확히 드러내고 또 실천에 옮긴다는 점에서 『젊은 세대』의 직접적인 연장"[10]이라는 해석을 통해 두 작품의 선후 관계를 규정하고 있는 김경수의 글이다. 하지만 서사의 가족 친족성이라는 측면에서 이 두 작품은 『미망인』이나 『화관』의 그것에 비해 연작의 형태라고는 하기 어렵다. '두 작품에서의 주요 인물들이 서로 이름만 달리할 뿐 정확한 일대일의 대응 관계를 형성하고서 등장하는, 그리하여 이어달리기의 선·후발 주자[11]에 비유할 수 있는 『미망인』과 『화관』에서와는 달리 『젊은 세대』와 『대를 물려서』에는 그러한 서사 수준에서의 이어달리기 양상은 전혀 드러나고 있지 않기 때문이다. 하지만 석연치 않은 이유로 미완으로 끝난 『젊은 세대』와 그로부터 3년 이후에 발표한 『대를 물려서』 사이에는 김경수의 지적처럼 주제론적인 차원에서 연작의 형태로 규정할 만한 충분한 근거를 가지고 있다.

염상섭의 다른 작품들과의 상호텍스트적 맥락에서 이 두 작품을 통독해 나가다 보면 아주 흥미로운 사실 하나를 어렵지 않게 발견할 수 있다. 그것은 다름 아닌, 이 두 작품에는 모두, 한 작품 안에는 도저히 어울릴 것 같아 보이지 않는 이질적인, 따라서 상호 유기적인 통일성을 확보하기에도 쉽지 않아 보이는 두 개의 서사가 배돌면서 공서하고 있다는 점이다. 하나는 중심 인물들의 연애와 결혼을 둘러싸고서 발생하는 사건이나 심리들이 플롯의 축으로 기능하는 '연애와 결혼 서사'이고, 다른 하나는 당시 시국이나 정세에 대한 등장인물들의 입장이나 사회·정치 의식들이 플롯의 축으로 기능하는 '사회·정치 의식의 서사'이다.

---

10   김경수, 『염상섭 장편소설 연구』, 일조각, 1999, 256면.
11   공종구, 「염상섭 소설의 전쟁 미망인」, 『현대소설연구』 제78호, 2020.6, 11면 참조.

이 두 서사는 여러 가지 측면에서 빙탄불상용의 형국에 가까울 정도의 확연한 대조를 이루면서 두 작품 안에 동거하고 있다. 구체적으로 서사의 양적인 비중에서 보더라도 비교라는 말 자체가 무색할 정도로 두 서사의 편차는 심하다. 특히 연재가 중단된 것이 결정적인 이유이기는 하겠지만, 『젊은 세대』의 경우 정진, 상근, 수득, 인숙, 영애 등의 젊은 세대들을 서사의 주체로 기능하게 하면서 구축하고자 했을 것으로 짐작되는 사회·정치 의식의 서사는 택규의 재혼 성사 여부를 둘러싸고서 벌어지는 명희와 선도와의 삼각관계가 주도하는 연애와 결혼 서사에 비해 터무니없을 정도로 그 비중이 작다. 그리고 연애와 결혼 서사가 서사적 일관성을 지닌 완결된 구조의 형태를 통해 제시되는 데 비해 사회·정치 의식의 서사는 그러한 서사적 일관성이나 통일성이 전혀 없이 뜬금없다는 생각을 가지게 할 정도로 연애와 결혼 서사에 외삽하는 형태로 제시되고 있다. 한마디로 연애와 결혼 서사가 두 작품의 안방을 차지하고 있는 형국이라면 사회·정치 의식의 서사는 행랑채에서 곁방살이 하고 있는 형국에 비유할 수 있을 정도이다. 또한 연애와 결혼 서사가 아주 분명하고도 선명한 풍경의 형태로 제시되고 있는 데 반해 사회·정치 의식의 서사는 아주 흐릿한 원경의 형태로 제시되고 있다. 이러한 서사의 외형적인 차이만을 놓고서 보면 이 두 작품에서 핵심서사의 지위는 당연히 연애와 결혼 서사에게 주어지는 게 맞는 일이다. 그런데 이 글의 기본적인 전제인, 염상섭의 문학을 지탱하는 두 기둥은 리얼리즘과 민족문학이라는 명제와 연동된 텍스트의 심층적인 이면을 천착해보면 결코 그렇지가 않고 실제 이 작품에서의 핵심 서사, 그러니까 염상섭의 진정한 의도나 문제의식은 사회·정치 의식의 서사에 있음을 어렵지 않게 알 수 있다.

사실이 그러하다면, 왜 그러면 이 두 작품에는 서사의 일관성을 훼손해가면서까지 그러한 이질적인 두 개의 서사가 한 작품 안에 동서하게 되었을까?

그러니까 그러한 서사의 양상이 발생하게 된 이유는 도대체 무엇일까? 서둘러 결론부터 말하자면, 그리고 구체적인 분석을 통해서 드러나겠지만, 그 이유는 "텍스트 속에서 의미화를 위해서 싸우는 전투하는 힘"[12]들의 충돌 과정에서 발생할 수밖에 없는 "의식과 무의식, 혹은 억압된 것과 억압하려는 것 사이의 타협의 산물인 텍스트의 무의식[13]" 때문이다. 과연 그러한가? 구체적인 텍스트 분석을 통해서 살펴보도록 한다.

3. 세대론적 대비를 통한 여성의식

> 축원과 축망을 앞세우기 전에 우리보다 젊은 세대는 무엇을 생각하고 어떤 생활을 하는가를 보고 싶다. 시대의 격동에 따라 한 세대에서 한 세대로 옮아가는 과도기는 어떠한 것인가를 바라보고도 싶다.....결국은 늙은 세대와 젊은 세대가 사는 어디서나 보는 가정생활을 그려보는 것이다.[14]

『젊은 세대』를 『서울신문』에 연재하기에 앞서 집필에 임하는 자신의 소회와 의도를 밝히고 있는 글이다. 이 글을 통해 분명하게 드러내고 있는 바와 같이 염상섭은 이 작품의 창작 의도가 세대론의 맥락에서 작동하고 있음을 숨기지 않고 있다. 동서고금의 역사를 불문하고 모든 문화권에서 보편적으로 발견되는 갈등은 세대론의 갈등이다. 그리고 신구 세대 간의 선명한 이분법적 틀은 그러한 세대론의 갈등의 보편적인 문법이나 공식으로 기능한다. 더

---

12   박찬부, 『기호, 주체, 욕망』, 창비, 2007, 238·239면.
13   위의 책, 238면.
14   염상섭, 「작자의 말: 『젊은 세대』」, 『서울신문』, 1955.6.11.

불어 대체적으로 선악의 가치론적 위계를 통해 제시되는 이분법적 틀에서 대체로 악의 축의 담지체로는 기성세대에게 그리고 선의 축의 담지체로는 신세대에게 부여된다. 채만식의『소년은 자란다』를 비롯한 한국의 적지 않은 근대 문학 작품들에서도 그러한 범례는 어렵지 않게 발견할 수 있다. 이두 작품에서도 그러한 세대론의 일반적인 공리는 충실하게 반복·관철되고 있다. 그리고 그러한 이분법적 틀의 매개로 기능하는 모티프는 연애와 결혼의 서사이다.

앞서 인용한 작가의 말을 통해서 확인할 수 있는 바와 같이 염상섭은『젊은 세대』를 통해 연애와 결혼관의 세대 간 차이를 매개로 한국전쟁 이후 급속하게 변해가는 가정과 사회의 풍속을 재현해보고자 하는 문제의식을 가지고 있었던 것으로 보인다. 하지만 서사의 양적인 비중과 초점이 택규를 축으로 명희와 선도 사이에 형성되는 삼각관계의 성사 여부 및 그 추이에만 집중된 나머지, 그리고 그보다는 더 결정적으로 작가의 의사와는 전혀 상관없이 신문사의 일방적인 결정에 의해 연재가 중단되는 바람에 젊은 세대인 정진이와 영애의 자유연애와 결혼을 매개로 한 세대론적 대비를 통해 드러내고자 했던 그러한 문제의식은 당연히 빛을 보지 못한 채 사장되고 만다. 만일 연재가 예상대로 진행되었더라면, "젊은 세대를 등장시켜 욕망과 이해관계에 얽매인 사람들이 살아가는 현실만을 그리려고 하지는 않았던 것 같다"[15]는 지적처럼 연애나 결혼마저도 물질적인 이해관계와 타산을 더 중시하는 기성세대의 현실주의적 생각과는 다른 젊은 세대들의 새로운 풍속을 제시했을 것으로 짐작된다. 한마디로 이 작품은 그 제목인 '젊은 세대'와는 다른 '기성세대'의 작품이 되고 버렸다. 억압된 것은 다시 회귀하는 법. 3년이라는

---

15 양문규,「일상의 전경화와 숨겨진 정치성」, 염상섭,『젊은 세대』, 글누림, 2017, 403-404면.

시간의 유예를 거쳐 『대를 이어서』에 착수할 수밖에 없었던 이유이다.

3년이라는 시간이 지난 이후 시작한 『대를 물려서』를 연재하면서 작가의 관심이나 문제의식은 여성의식을 좀 더 선명하게 드러내고자 하는 쪽으로 그 방향을 선회한다. 이제까지의 일반적인 통념과는 달리 염상섭은 초기소설에서부터 남성 중심의 가부장제 이데올로기에 순종과 침묵을 강요당하면서 일방적인 희생을 감내해야만 했던 여성들의 불행한 처지나 운명에 적극적인 관심을 가진 작가였다. 구체적으로 「제야」의 정인과 「미해결」의 정순 등 초기소설의 서사 주체로 기능하는 여성인물들에서부터 염상섭의 그러한 여성의식은 분명한 단초를 보이기 시작한다. 그 이후 염상섭의 작가적 정체성을 대변하는 작품으로 평가를 받는 『삼대』에서의 필순과 『사랑과 죄』의 정마리아를 거쳐 해방 이후 『효풍』에서의 혜란, 한국 전쟁기에 발표한 『취우』[16]의 명신이와 강순제, 한국전쟁 직후에 발표한 연작소설 『미망인』과 『화관』[17]에서의 명신과 영숙 등 남성 중심의 가부장제 이데올로기에 일방적으로 끌려다니지 않고 자신들의 욕망이나 가치관을 적극적으로 실천하고자 하는 주체적 의지를 작동하면서 성장해나가는 여성의식을 보여주는 여성인물들은 염상섭의 작품에 차고도 넘칠 정도로 풍부하다. 이 두 작품에서도 상징계의 규범이나 관습과의 긴장이나 갈등을 견디거나 심지어는 충돌을 감행하면서까지 자신들의 욕망을 실천하고자 하는 주체적인 의지를 통해 드러내고자 하는 염상섭의 그러한 여성의식을 반영하는 여성 인물들은 반복적인 변주를 보이면서 재현되고 있다. 더불어 두 작품의 제목이 함축하고 있는 바와 같이 세대

---

16 이 작품의 여성의식에 대해서는 공종구, 「염상섭의 『취우』에 나타난 한국전쟁」, 『현대문학이론연구』 제78집, 2019.9 참조.

17 이 두 작품의 여성의식에 대해서는 공종구, 「염상섭 소설의 전쟁미망인」, 『현대소설연구』 제78호, 2020.6 참조.

론적 맥락에서 작동하고 있는 여성의식을 드러내는 신구 두 세대의 여성인물들에 대한 서술자의 시각은 가치론적 위계를 드러내면서 선명한 대조를 보인다.

먼저 『젊은 세대』에서는 명희와 선도가, 『대를 물려서』에서는 옥주가 구세대 여성의식을 대변하는 인물로 기능한다. 반면, 『젊은 세대』에서는 인숙과 영애가, 『대를 물려서』에서는 삼열과 신성이가 신세대 여성의식을 대변하는 인물로 기능한다. 구체적으로 구세대의 여성의식은, 택규의 제안이나 결정에 일방적으로 끌려다니지 않고 자신들의 주체적인 의사나 의지를 반영하거나 관철시키는 명희나 선도, 그리고 남편과의 사별 이후 태동호텔을 경영하는 사업가로 성장하면서 정계 진출까지 도모하는 옥주와 같은 기성세대에 속하는 여성들을 통해서 드러나고 있다. 하지만 철저하게 세속적인 이해타산과 물질적인 욕망에 포획된 그러한 구세대 여성들을 바라보는 서술자의 시선은 그리 우호적이지 않다. 그와는 달리 인숙이와 영애, 삼열이와 신성이를 축으로 한 젊은 여성들의 당돌하다 싶을 정도로 주체적인 모습을 통해 드러나는 신세대 여성인물들의 여성의식에 대해서는 훨씬 더 우호적인 입장을 취하고 있다.

더욱이 신문사의 일방적인 결정에 의해 연재가 중단되는 바람에 좌절되어버린 『젊은 세대』의 의도나 문제의식을 이어받은 『대를 물려서』에서의 여성의식은 신구 세대 가치관의 대비와 충돌을 통해 보다 선명한, 그리고 완결된 형태로 제시되고 있다.

신성이로서는 이때껏 어머니가 좋다 좋다 하고 애를 써 교제를 시키니까 그런가 보다 하고 따라왔고, 어머니가 터놓고 시키는 남자 교제인데 싫을 것도 없거니와 사람야 좋고 어느 모로나 남에게 빠질 데가 없지마는, 실제 문제로 곰곰 따져 보면,……신성이 자신이 생각해봐도 자기와 같은 기질에 구풍(舊風)이 아직 반은 남아 있는 그런 집에 들어가서 담당해낼 수도 없고 배겨낼 것 같지가 않다. 더구나 독일, 오스트리아를 다녀와서 악단(樂壇)에 한번 크게 드날려 보려는, **아니 겸손하게 말하여 예술에 정진해 보고자 하는 자기로서는 결코 가합한 자국이 아니라는 제 의사가 차차 뚜렷하여진 것이었다.** (『대를 물려서』, 182-183면)

그러나 어디까지나 자기는 떳떳하다고 생각하였다. 몸을 바쳤느니, 몸을 버렸느니 하는 그런 생각은 조금도 없다. 그야 피할 수 있으면 피했어야 좋았고 또 그래야 옳은 일이지마는, 결코 큰 실수를 했다거나 무슨 꼬임에 빠졌다거나 하는 그런 후회는 조금치도 없다. **자기도 남자와 대등한 입장에서 애욕이나 생리적 충동에 끌려서 자기의 책임 아래에 한 노릇이니, 지금 와서 누구를 나무랄 일도 아니요, 원망할 일은 못된다고 아무 굽죌 것 없이 태연히 생각하는 것이다.** 그것은 익수를 너무 사랑해서 그런 것이기도 하지마는, 언제든지 식을 올리자면 응할 익수라고 믿었기 때문이기도 하다. 지금도 가만히 생각하면 역시 익수가 좋다. (『대를 물려서』, 224-225면)

문면에서 확인할 수 있는 바와 같이, 『대를 물려서』의 서사에서 핵심 모티프로 기능하는, 익수를 둘러싸고서 치열하게 전개되는 삼열이와 신성이의 삼각관계와 연애의 성사 과정에 삼열이의 부모인 한동국 의원 부부, 익수의 모친인 숙경 여사, 그리고 신성이의 모친인 옥주 여사 등 직·간접적으로 개입하는 기성세대들이 구축하는 서사는 양적인 비중에서 무시못할 정도로 상당한 분량을 차지하고는 있다. 하지만 그것들은 익수를 정점으로 한 삼열이와 신성이의 연애 서사의 행성 주위를 바장이는 위성들에 불과할 뿐 주도적인 의미를 지니지는 못한다. 게다가 더 흥미로운 사실은 삼각관계를 형성하면서 치열하게 전개되는 연애 서사의 서사 주체로 기능하는 젊은 세대들인 세 사람 가운데에서도 서술의 초점은 익수가 아닌 두 여성 인물인 삼열이와 신성이에게 집중되어 있다는 점이다. 세 사람의 삼각관계를 주도적으로 이끌어나가는 인물들 또한 삼열과 신성이이다. 그에 반해 이지적이면서 내향적인 삼열이와 감성적이면서도 활달한 신성이 사이에서 고민과 번뇌를 반추하며 속수무책 수동적으로 끌려다니는 익수는 두 여성인물들을 통해 제시하고자 하는 문제의식의 원경이나 배경으로만 기능할 뿐 주도적인 역할을 하지는 못한다. 더욱 더 흥미로운 사실은 익수를 축으로 한 연애 서사가 단순히 염상섭의 여성의식을 드러내는 데만 그치고 있는 것이 아니라 사회·정치의식을 드러내는 매개로 기능할 정도로 유기적인 연결의 서사 전략을 구사하고 있다는 점이다.

4. 텍스트의 무의식을 통한 사회·정치의식

앞서 밝힌 바와 같이 염상섭 문학의 전체 지형에서 돌올하게 부각되면서 정체성의 표지로 기능하는 랜드마크는 리얼리즘과 민족문학이다. 구체적으로 민족 현실에 대한 치밀하면서도 냉철한 진단과 분석을 통해 민족적인 전망을 모색하고자 했던 그의 작가적 노력과 관심은 국권을 상실한 후 민족 문제가 절실한 시대적 당위로 요청될 수밖에 없었던 일제 강점기는 말할 것도 없고 자주적인 민족 독립국가 건설을 둘러싸고서 진행된 각 정파와 세력 간의 각축과 경합으로 들끓던 해방 공간[18] 및 남북의 분단이 현실화되는

---

18 이 시기 염상섭의 민족의식을 대변하는 작품은 『효풍』(『자유신문』, 1948.1.1-11.3)이다. 민족 문학의 맥락에서 이 작품이 지니는 문학사적 의미에 대해서는 김재용, 「8·15 이후 염상섭의

결정적인 계기가 되는 한국전쟁 이후에도 지속된다. 물론 문학을 통해 모색하고자 했던 민족적인 전망은 분단의 단초를 제공하는 남·북한의 단독정부가 들어서는 1948년 이후부터는 현저하게 약화된다. 특히 분단이 고착화되는 빌미로 작용하는 한국전쟁 이후부터 그러한 양상은 더욱 두드러진다. 더욱이 『신민일보』의 편집국장으로 참여하면서 남북협상을 지지하고 단독정부 수립에 반대하며 자주통일을 위해 노력하다가 1948년 4월 28일 '태평양미국육군총사령부포고' 제2호 위반으로 체포된 후 5.3일 군정장관의 명령에 의해 조건부 집행유예로 석방되는 필화사건'[19] 및 뒤이은 1949년 6월의 국민보도연맹 가입[20]은 염상섭의 문학적·정치적 활동을 심각하게 위축시키는 한편 이념적 지향에도 상당한 변화를 초래한다. 염상섭의 사회·정치의식을 억압하는 엄청난 제약으로 작용하게 되는 그러한 변화는 당연히 그의 문학적 활동에도 상당한 영향을 미치게 된다. 그로 인해 "자겁에서 나온 지나친 조심이랄까, 소심익익(小心翼翼)한 데서 오는"[21] 자기 검열로 인해 그 이후 염상섭의 문학에서 사회·정치의식과 민족적인 전망의 표출은 그 이전과는 확연한 대조를 보일 정도로 급격하게 퇴조한다.

그러나 '억압된 것은 반드시 회귀하고야 만다'라는 프로이트의 저 유명한 고전적인 명제가 보증하고 있는 바와 같이, 억압된 것은 완전히 사라지지는 않고 의식의 수면 위로 떠오르기를 끊임없이 모색하기 마련이다. 억압된 것을 인지하는 방식인 '부정'(negation)을 조건으로 억압된 것은 억압하는 힘과

활동과 『효풍』의 문학사적 의미」, 염상섭, 『효풍』, 실천문학사, 1998 참조.

19 이에 대해서는 이종호, 「해방기 염상섭과 『경향신문』」, 『구보학보』 제21집, 2019.4, 411-425면 참조.

20 이에 대해서는 김재용, 「8·15 이후 염상섭의 활동과 『효풍』의 문학사적 의미」, 앞의 책, 343-349면 참조.

21 염상섭, 「작가와 분위기: 정치소설이 나와도 좋을 때다」, 『연합신문』, 1953.2.19-2.20.

의 격렬한 투쟁을 통해 언젠가는 반드시 그 모습을 드러내고야 만다. 물론 그 과정에서 일정한 변형이라는 진입 비용을 치러야만 한다. 억압하는 힘과 의 타협 과정에서 작동하는 자기 검열 기제로 인해 그러한 변형과 변화는 불가피하기 때문이다. 그 산물이 바로 "의식계로 되돌아온 억압된 내용은 원래 억압된 것인 동시에 억압된 것이 아니라는 이중적 성격"[22]을 지니게 되는 텍스트의 무의식이다.

"정신분석학에 기대어 알튀세르가 정식화한 징후적 독법은 텍스트가 억압 하였지만 완전히 억압하지 못한 것들, 작품이 말하고 있지 않은 것들에 주목 한다……작품의 징후적인 지점들은 작품이 억압한 '잠재 내용'이나 '무의식적 욕구'에 대해 특별히 유용한 접근 양식을 제공해주는 왜곡, 애매성, 부재, 생략을 가리킨다."[23] 억압하려는 에너지와 그 억압을 뚫고서 분출하려는 에 너지와의 충돌과 타협 과정에서 발생하는 압축의 산물인 텍스트의 무의식은 "그것이 수행하는 진술들로 인해 필연적으로 그 수행을 초과하고 때로는 전복하는, 그러나 완전히 통제할 수는 없는 의미화의 네트워크에 휘말리게 되는 과정에서 그 자신과 동일하지 않은 방식으로 작동하는 통제의 결여"[24] 이다. 텍스트의 무의식에 서사적 일관성이나 체계를 결여한 균열이나 구멍이 산견되는 것도 압축의 과정에서 발생할 수밖에 없는 그러한 발생 기제 때문 이다. 염상섭의 작가적 정체성을 구축할 정도로 확고했던 민족문학과 리얼리 즘 및 그와 연동된, 이 두 작품을 통해서 드러나는 염상섭의 사회·정치의식 과 민족적인 전망 또한 그와 같은 텍스트의 무의식 발생 기제를 정확하게

---

22 박찬부, 앞의 책, 238면.
23 오길영, 「한국문학의 아픈 징후들」, 『아름다움의 지성』, 소명출판, 2020, 364면.
　　테리 이글턴, 김명환·정남영·장남수 공역, 『문학이론입문』, 1986, 221-227면 참조.
24 테리 이글턴·매슈 보몬트, 문강형준 옮김, 『비평가의 임무』, 민음사, 2015, 228면.

따르고 있다. 그러한 사회·정치의식과 민족적 전망이 신구 세대 간 세대론적 대비를 통해 선명하게 드러나던 여성의식과는 달리 텍스트의 무의식의 형태를 통한 착종의 양상으로 제시되고 있는 것은 그러한 맥락에서이다.

사정이 그러하다면 이 두 작품에 텍스트의 무의식 형태로 드러나고 있는 염상섭의 사회·정치 의식의 실체는 과연 무엇인가? 구체적인 분석을 통해 드러나겠지만 이 두 작품을 통해 염상섭은 당시 미국과 소련을 정점으로 한 냉전 질서와 반공 이데올로기가 지배하는 1950년대 자유당 정권하의 분단 현실과 비정상적인 사회·정치 현실 전반에 대한 자신의 비판적인 문제의식을 드러내고 있다.

발표 당시 시대상황의 영향 때문이겠지만 『젊은 세대』에는 강필원의 불행한 개인사와 "그 또래 젊은 애들을 접촉해보니까 참 사정이 딱하더군요. 국회는 무얼 하구, 정부는 무얼 하는 거예요? 젊은것들이 어린 것을 끼구 헤매는 걸 보면 참 딱해요……"(223-224면)와 같은 선도의 진술을 통해 확인할 수 있는 바와 같이, 한국전쟁으로 인한 이산가족 및 전쟁미망인에 대해 무관심과 방치로 일관하는 정부 당국의 태도에 대한 비판적인 문제의식을 반영하고는 있다. 하지만 서사의 양적인 비중에서 보더라도 그러한 문제의식은 당시 사회의 거의 모든 부문에서 붕괴 직전의 말기적 징후를 보이던 자유당 정권의 실정과 부패에 대한 젊은 세대들의 위악과 냉소를 통해 드러나는 문제의식에 비해 부차적이면서 주변적인 지위를 벗어나지 못한다. 구체적으로 이 작품에서 자유당 정권의 부패와 실정에 대한 염상섭의 사회·정치의식을 대변하는 행위자로 기능하는 젊은 세대들의 자조와 냉소는, 당시 중학생들까지도 극한 상황으로 내모는 치열한 입시 경쟁 현실, 이중호적이나 가호적을 통해서라도 병역 기피를 도모해보고자 하는 젊은이들의 방담을 통해 드러나는 국가의 공권력에 대한 냉소와 비판, "대학 졸업장이 술 먹는 면허장밖에 못 될지

모릅니다만..."(105면)이라는 정진이의 진술을 통해서 짐작해볼 수 있는 고학
력 청년 실업 문제, 미국 유학에 대한 수득이의 비판적이면서도 냉소적인
서술을 통해 드러나는 과도한 미국 의존적인 세태 등 전방위에 걸쳐 있다.
하지만 "그렇문요! 왜 좀 씩씩하게 뻣뻣하게 못 나가는지? 지금 남학생들을
보면 답답해요."(357면)라는 인숙이의 불만에 함축·압축되어 있는 바와 같이
이 작품에 등장하는 젊은 세대들에게게서는 젊은이들 특유의 활달한 진취적
기상이나 약동하는 신생의 에너지를 전혀 찾아보기 힘들다. 이들은 당시 절
망적인 현실에 대해 소극적인 자조와 냉소로 일관할 뿐 그러한 현실을 타파
하거나 개선하고자 하는 적극적인 저항의지나 실천의지를 드러내지는 못하
고 있다. 그들의 냉소나 자조는 절망적인 현실에 대한 비판적인 문제의식이
나 자의식을 구체적인 실천으로 옮길 만한 현실적인 수단이나 권력을 전혀
갖추지 못한 자신들의 무력감을 민감하게 의식하는 데서 기인하는 것이라
할 수 있다. 이로 인해 현실세계에서 그들이 할 수 있는 행동이란 기껏 분노
와 불만으로 응어리진 가슴의 울분을 분출할 수 있는 돌파구나 탈출구를
찾지 못해 암중모색을 거듭하는 잉여의 에너지를 소모 내지 탕진하는 차원에
서의 팔씨름이나 씨름과 같은 위악적인 행동이나 김삿갓 방랑기와 같은 분위
기에 걸맞지 않은 청승맞은 노래밖에 없는 것도 그러한 맥락에서이다.

하지만 "지금 우리는 그런 니힐한 감정이나 무언지 모르게 '자유'를 모색
하는 데서 공통하는 데가 있는가 봐"(355면)라는 상근이의 진술을 통해서 확
인할 수 있는 바와 같이, 염상섭은 감시와 통제의 시선 및 검열의 진입 장벽
을 민감하게 의식하면서 젊은 세대들을 통해 당시 자유당 정권의 절망적인
시국에 대한 자신의 문제의식을 반영하고자 한 시도를 계속 이어나가고자
한다. 감시와 통제 및 검열의 시선으로 인해 젊은 세대들의 단속적인 대화나
방담의 형태를 통해서 흐릿한 원경으로 제시되는 염상섭의 그러한 정치·사

회의식은

> **"우리두 삼팔선이나 터져야, 공부도 제대루 하구 연애두 연애답게 하게
> 되려는지?"** 정진이가 멍하니 무슨 생각에 팔렸다가 이런 탄식을 했다. 상근
> 이는 그 말이 얼뜨고 어리석기도 하다는 생각이 들었으나, 또 한편으로는
> 다시 말할 것 있느냐는 듯이
> **"아무렴! 우리 세대가 걸머진 짐인데 아무리 바당겨 보았자, 불행의 연장
> 아닌가요! 다음 세대나 기죽을 펴고 큰소리치며 살게 해 주어야지."**
> 하고 심각한 표정으로 말을 받는다. (『젊은 세대』, 373면)

라는 정진이와 상근이의 의미심장한 대화를 통해서 정점에 달한다. 그리고
이 대화야말로 이 작품을 통해 염상섭이 진정으로 의도하고자 했던 문제의식
의 실체가 무엇이었는가를 정확하게 짐작하게 한다. 이 두 사람의 대화는
해방공간의 시국이나 정세 전반에 대한 진단과 전망을 반영하고 있는 「노안
을 씻고」, 「무위의 일 년은 아니었다」, 「부문별 위원회 설치와 실질적 이양」
등과 같은 시사 논설. 그리고 "해방 이후 염상섭의 창작활동에서 가장 빛나는
작품이자 해방 직후 민족 현실의 총체적 상에 접근"[25]하는 『효풍』을 통해
염상섭이 반복적으로 제시한바 있는, "당시 한반도 조선이 처해 있는 국제적
인 조건과 형편을 인정하는 가운데 분단을 가시화할 수 있는 극단의 좌우
모두를 비판하고, 양자 모두를 아우르고 통합하는 좌우연합의 노선을 피력하
면서 통일된 자주국가의 건설"[26]을 지향하던 사회·정치의식에 부합하기 때
문이다. 그러나 문면에서 보는 바와 같이 두 사람의 대화는 자연스럽게 서사

---

25   이에 대해서는 김재용, 「8·15 이후 염상섭의 활동과 『효풍』의 문학사적 의미」, 앞의 책,
      365-366면.
26   이종호, 앞의 글, 442-444면.

에 녹아들지 못한 채 느닷없다는 느낌이 들 정도의 단속적인 진술을 통한 텍스트의 무의식의 형태로 드러나고 있다. 이는 『신민일보』 필화 사건과 보도연맹 가입에 이어 냉전 질서와 반공이데올로기가 지배하던 자유당 정권하에서도 계속 작동한 자기 검열 기제 때문으로 보인다. 따라서 "염상섭의 정치적 무의식은 바로 이 젊은이들의 모습과 생각을 통해 드러내려 한 것이 아닌가 하는 생각이 드는데 그것이 그만 도중하차가 돼 버리고 만 것이다"[27]라는 지적처럼 실제 이 작품에서 중요한 부분은 그 제목이 압축·함축하고 있는 바와 같이 선도의 요릿집 피로연에서 처음 만난 젊은이들을 통해서 드러내려고 했던 것으로 판단된다. 그런데 바로 이 부분에서 이 작품의 연재는 중단되고 만다. 따라서 이 부분에서 작품이 중단된 이유는 간과해서는 안 될 정도로 중요한 의미를 지닌다.

> ≪서울신문≫에서 ≪젊은 세대≫가 중단되었던 것은 그 부서의 일선 책임자가 고의, 혹은 자의(自意)로 단행하였던 것인지? 소위 어용지의 **성격을 남용한다가보다도 그 나래 밑에 숨어서 한 일이었던 듯이도 볼 수 있었다.** 또 혹은 십상팔구(十常八九), 작품이 꼴 같지 않아서 그러하였던지? 여하간 꼴사납게 되었다. 나중에 알고 보니 전에도 몇 작가에게 그러한 창피를 주었다는데, 그것도 무슨 트릭이었던지 객기인지 상습화하였던 모양이었다. **여하간 난생 처음으로 큰 봉변을 당하였었다.**[28]

염상섭의 회고에 의하면 이 작품의 연재 중단은 본인의 의사와는 전혀 상관없이 신문사의 일방적인 결정에 의해 이루어진 것으로 보인다. 염상섭의

27   양문규, 앞의 글, 407면.
28   염상섭, 「횡보문단회상기」, 『사상계』, 1962.11-12.

기억에 이 사건은 난생 처음 경험하는 큰 봉변으로 각인될 정도로 잊기 어려운 상처를 주었다. 이 작품이 연재되던 1955년 무렵은 세계사적인 측면에서는 미국과 소련을 축으로 한 냉전 질서가, 그리고 국내 정치적인 측면에서는 반공 이데올로기가 지배하던 상황이 정점을 향해 치닫던 시기였다. "사실상의 임금이었다"[29]라는 평가를 받을 정도로 절대 권력을 추구했던 이승만의 자유당 정권은 이 작품이 발표되던 당시 외세의 간섭이나 개입이 없이 우리 민족의 자주적인 역량을 통해 민족 통일국가를 건설·완성하자는 염상섭의 사회·정치의식마저도 수용하고 용인하기 어려울 정도로 자신감과 여유를 상실한 상태였다. "이승만의 82회 생일을 맞은 57년 3월 27일자 사설 「만세의 봄빛!」에서 이승만을 인류의 등대"[30]라고 표현할 정도로 체제 지향적이었던 『서울신문』에 연재되던 『젊은 세대』가 상근이와 정진이를 중심으로 한 젊은 이들을 서사 주체로 내세우면서 사회·정치 의식의 서사가 본격적으로 전개되려던 즈음에 중단된 것도 그러한 판단의 강력한 원군으로 기능한다.

『젊은 세대』의 문제의식을 이어받은 『대를 물려서』에서의 사회·정치의식은 여성의식에서와는 달리 선명한 형태로 드러나고 있지는 않다. 앞서 말한 자기 검열 기제가 10년이 지나 이 작품을 연재하던 때까지도 계속 염상섭의 사회·정치 의식에 간섭하고 개입하면서 영향을 미친 때문으로 보인다. 하지만 그러한 상황에서도 등단 이후 자신의 작가적 정체성을 견결하게 지탱해온 리얼리스트로서의 염상섭의 비판정신과 역사의식은 완전히 거세되거나 소멸된 것은 아니었다. 이를 입증이라도 하듯, 염상섭은 1946년 창간 당시 초대 편집국장으로 참여한 『경향신문』에 대한 정부 당국의 폐간 조처(미군정

---

29   강준만, 『한국 현대사 산책』(1950년대 편 2권), 인물과사상사, 2004, 243면.
30   위의 책, 244면.

법률 88호 위반)에 대해 "일정(日政)도 패전의 단말마적 발악으로나 그런 폭거가 나왔지, 평화 시에는 비교적 신중하였던 모양이다. 그러면 하물며 국권을 찾고 허울만이라도 민주주의를 걸고나가는 오늘에 신문정책이 얼마나 졸렬하였기에 사실 여하는 차치하고 유력지(有力紙)거나 무력지(無力紙)거나 폐간을 이이(易易)이 단행하는 데까지 이른 것은 상식으로는 판단할 수 없는 일이다..... 비민주적이라 말하기로면야 여러 단계를 빼어놓고 돌발적 폐간의 강력한 최후수단을 취하는 것이 더 비민주주의적임은 말할 것도 없다"[31]라는 글을 통해 통렬하고도 신랄하게 비판하고 있다.

이 작품에서 그러한 염상섭의 사회·정치의식을 대변하는 인물은 한동국 의원이다. 한동국 의원의 그러한 사회·정치의식은 박옥주 여사의 집요한 여당 입당 권유를 끝까지 거절하는 자신의 정치적 소신을 관철시키는 행위를 통해 드러난다. 독립운동의 경력이 있는 한동국 의원은, 익수의 부친이자 제헌의회 의원으로 활동하다가 한국전쟁의 와중에 납북된 이후 생사 자체를 알 수 없는 안도와는 중학 시절부터 절친이자 정치 노선을 공유하는 정치적 동지로 한국 전쟁 이후의 선거에서 무소속으로 당선된 정치인이다.

한편 동경 유학생 출신의 재원인 박옥주 여사는 남편과의 사별 이후 태동호텔을 경영하는 사업가로 활동하면서 선거 당시에는 적지 않은 운동 자금을, 그리고 당선 직후에는 자신의 호텔에 연락사무소를 제공하는 등 한동국 의원의 적극적인 후원자 역할을 자임한다. 선거 전후로 적지 않은 지원을 제공한 박옥주 여사는 한동국 의원의 지위를 이용하여 자신도 정계 진출을 꿈꾸는 한편 그 연장선에서 '여성동지회'라는 후원회 조직을 결성한 후 회장 역할을 떠맡을 정도로 정치적 야망 또한 적지 않은 인물이다. 게다가 박옥주

---

31 염상섭, 「여론의 단일화냐」, 『동아일보』, 1959.5.9.

여사의 외동딸인 신성이를 자신의 둘째 며느리로 삼고자 하는 등 여러 가지 배경으로 인해 한동국 의원은 박옥주 여사의 여당 강권을 거절하기 쉽지 않은 조건이다. 그럼에도 불구하고 한동국 의원은 끝까지 여당인 ××당에 입당하지 않고 무소속 의원으로 남는다. 이러한 설정을 통해 염상섭은 당시 여당인 자유당 정권에 대한 자신의 비판적인 문제의식을 반영하기 위한 의도로 보인다. 염상섭의 그러한 문제의식은 익수와의 결혼을 둘러싸고서 치열하게 전개되는 삼열이와 신성이의 갈등에서 파생된 한동국 의원과 박옥주 여사의 오월동주가 파탄으로 종결되는 과정에서 선명하게 드러난다.

> "하여간 떠나는 주지. 내가 여기 있기 때문에 기밀이 누설될까 봐서두 ××당 축들의 발길이 멀어지는 건 사실일 거니까."
>
> 영감은 그래도 사패 보는 소리를 하니까
>
> "온 별걱정을 다 하시네."
>
> 하고 옥주 여사는 가로막았다.
>
> **"가만있소. 세상은 언제까지나 ××당 천하란 법은 없으니까. 나두 반도호텔 ××호실을 차지하구 들어앉을 날두 있을께니, 이렇게 축객일랑 마소"** (『대를 물려서』, 223면)

두 사람의 관계가 파탄으로 끝나는 과정에서 결정적인 빌미로 작용하는 것은 익수를 자신의 사위로 삼으려는 박옥주 여사의 무리한 욕망이다. 동경 유학 시절 연인 사이로 지낸 바 있는 안도 의원의 아들이라는 사연까지 중첩되면서 익수를 자신의 사위로 삼으려는 박옥주 여사의 시도는 수단과 방법을 가리지 않고 반복된다. 박옥주 여사의 농간과 계략은 한동국 의원의 딸인 삼열이와 익수의 약혼식이 두 번씩이나 연기되는 지경에 이르게 할 정도로 집요하다. 자식들의 혼사 문제가 발단이 된 두 사람 사이의 갈등은 자신의 정치적 꿈을 실현하기 위해 투자한 노력이나 수고가 도로로 끝나게 될 것을 예견한 박옥주 여사의 불만과 반발이 기폭제가 되어 정점에 이른다.

태동호텔에 마련된 연락 사무소를 비워달라는 박옥주 여사의 요구에 반사적으로 대응하면서 폭발하는 한동국 의원의 '가만있소. 세상은 언제까지나 ××당 천하란 법은 없으니까.'라는 진술에서 '××당'이 당시 집권 여당이던 이승만의 자유당 정권을 지칭하는 것을 짐작하기란 어렵지 않다. 구체적으로 이 작품이 연재되던 무렵인 1958년과 1959년 사이에 이승만의 자유당 정권은 '1958년 12월 24일 자유당 정권의 몰락을 재촉한 결정적인 계기가 된 국가보안법과 지방자치법 개정안의 통과, 1959년 4월 30일 강행한 『경향신문』 폐간, 1959년 7월에 전격적으로 진행된 조봉암의 처형 등'[32] 등 모든 부패한 권력이 붕괴와 몰락 직전에 보여주는 말기의 전조 증상을 전형적으로 보여주고 있었다. "들어라! 국민의 절규를,……그러나 기회가 있기만 하면 국민의 울분은 폭발하는 것"[33]이라는 『한국일보』의 1956년 8월 15일자 사설이 웅변으로 증명하듯이 자유당 정권은 이미 그때부터 서서히 몰락과 붕괴의 조짐이나 징후를 드러내고 있었다고 할 수 있다. '가만있소. 세상은 언제까지나 ××당 천하란 법은 없으니까.'라는 한동국 의원의 발언 또한 온갖 부정부패와 폭력으로 인해 민심으로부터 이반되어 도처에서 그 징후를 드러내던 자유당 정권의 몰락과 붕괴에 대한 예측이나 기대를 반영하고 있으며 그러한 예측이나 기대야말로 이 작품을 통해 염상섭이 드러내고자 했던 문제의식의 핵심이다.

---

32 서중석, 『이승만과 제1공화국』, 역사비평사, 2007, 147-201면 및 강준만, 『한국 현대사 산책』 (1950년대 편 3권), 인물과사상사, 2004, 247-263면 참조.

33 서중석, 앞의 책, 173면.

그래도 아직 비가 들이치는 차 속에 익수를 뒤에 앉히고 달리는 한동국 영감은 기분이 좋았다.

"저, 내일 댁으루 가 뵙겠습니다."

익수는 마음이 저려서, 컴컴한 차 속에서 영감에게 말을 걸었다.

"응? 그래? ......오게. 와. 몇 시에 오겠나?"

"다섯 시쯤 해서 갑죠"

익수는 아까 옥주 여사와 이 늙은이가 함께 나간 뒤에, 신성이와 얼싸안고 싶던 충동을 참아낸 것이 얼마나 다행하였는가 싶은 생각이 들었다. (『대를 물려서』, 321-322면)

모교의 영어 교사로 봉직하고 있는 이지적인 인물이긴 하지만 '외국 유학을 하겠다든지 출세를 해 보겠다는 생각보다는 어서 시집이나 가서 안온한 가정을 지키고 들어앉았고 싶어 하는'(『대를 물려서』, 36면) 전통적인 부덕에도 충실한 삼열이와 피아노를 전공하는 대학 졸업반 학생으로 졸업 이후 독일 유학의 꿈을 가지고 있는 생기발랄한 신성이 사이에서 위태로운 줄타기를 하면서 극도의 갈등을 반추하던 익수가 결국 한동국 의원의 딸인 삼열이 쪽으로 마음을 굳히는 것을 암시하면서 작품이 끝나는 설정 또한 이러한 문제의식의 연장선에서 작동하고 있는 것으로 보인다. 그런 점에서 이 두 작품을 "해방기 이래 좌우합작을 통한 신생 민주국가의 건설을 염원했던 중도파적 이념을 견지했던 염상섭의 신념이 50년대적 상황 속에서 변형된 형태로 피력된 작품"[34]으로 규정하고 있는 지적은 설득력을 확보하고 있다.

지금까지의 논의를 통해서 알 수 있는 바와 같이, 자유당 정권의 실정과

---

34 정종현, 「1950년대 염상섭 소설에 나타난 정치와 윤리」, 『한국어문학연구』 제62집, 2014. 2, 124면.

비리에 대한 비판적인 문제의식을 반영하고자 했던 염상섭의 사회·정치의식은 서사의 외형으로만 보면 익수를 축으로 전개되는 연애서사 주변의 골방이나 행랑채에서 더부살이하는 형국의 흐릿한 원경이나 희미한 배음의 형태로 드러나고 있다. 당시 경찰을 정점으로 한 다양한 억압적인 국가기구로도 부족하여 "자유당 통반 조직을 새로 정비하고, 국민회·노총·부인회 등 외곽단체와 국영기업체 등의 간부를 열성당원으로 교체하라는 지시"[35]를 하달할 정도로 절대권력에 집착했던 자유당 정권의 폭력이나 압박을 의식한 자기검열 때문이었을 것이다. 그 결과 자유당 정권에 대한 자신의 비판적인 문제의식을 충분하게 반영하지 못했으며, 그에 대한 아쉬움이나 회한으로 인해 염상섭은 이 작품에 대한 불만이 적지 않았던 것으로 보인다. 작품 연재 말미에 남긴, "이것으로 완결된 것이 아닌 것은 아니나, 미흡한 생각이 없지 않아서 후일 건강이 허락하고 새 기회가 있으면 보족할지도 모른다"[36]라는 작가의 말을 보더라도 염상섭의 아쉬움이나 회한이 결코 적지 않았음을 확인할 수 있다.

이 세상 모든 일에는 시작이 있으면 반드시 끝이 있는 법. 이 글을 매조지면서 떠나지 않는 질문 그리고 화두 하나. 역사는 우연인가? 필연인가? 염상섭이 짙은 회환과 아쉬움을 남기면서 연재를 끝낸 지 채 1년도 지나지 않은 시점인 1960년 4월 19일. '가만있소. 세상은 언제까지나 ××당 천하란 법은 없으니까.'라는 한동국 의원의 예언이나 기대가 말 그대로, 정말이지 말 그대로 한치의 오차도 없이 실현되어 그 격동의 파란만장한 한국의 근·현대사 지형에서 순도 높게 빛나는 역사적 전통으로 돌올한 4·19의 혁명적인 열기

---

35   서중석, 앞의 책, 188면.
36   염상섭, 『대를 물려서』, 글누림, 2017, 322면.

가 폭발적으로 분출하는 질풍노도와도 같은 국민들의 분노와 저항을 견디지 못하고서 이승만의 자유당 정권은 12년간의 영욕과 함께 역사의 창고에 봉인되는 운명을 피해가지 못한다. 이 작품에서 미흡하나마 한동국 의원을 대리인으로 한 리얼리스트로서의 염상섭의 작가의식이 기지개를 펼 수 있었던 것도 몰락과 붕괴를 예비하는 자유당 정권의 비정상적인 통치 질서에 미세한 균열 및 구멍과 함께 생긴, 텍스트의 무의식 형태로나마 사회·정치의식을 드러낼 수 있는 공간이 열리던 시대적 환경이 아니었다면 어려웠을 것이다. 이 작품의 연재가 끝난 지 1년 정도 지난 시점에 "정치사적 측면에서 보자면 1960년은 학생들의 해이었지만 소설사적인 측면에서 보자면 그것은 『광장』의 해였다고 할 수 있다"[37]는 평가를 받을 정도로 한국의 현대소설사 지형에서 기념비적인 작품으로 자리매김되고 있는 『광장』의, "아시아적 전제의 의자를 타고 앉아서 민중에겐 서구적 자유의 풍문만 들려줄 뿐 그 자유를 '사는 것'을 허락지 않았던 구정권하에서라면 이런 소재가 아무리 구미에 당기더라도 감히 다루지 못하리라는 걸 생각하면 저 빛나는 4월이 가져온 새 공화국에 사는 작가의 보람을 느낍니다"[38]라는, 지금 읽어도, 아니 지금 읽어서 더욱 감동적인 서문이 세상의 빛을 볼 수 있었던 것 또한 그러한 시대적 맥락을 떠나서는 도저히 설명할 길이 없다. '한국전쟁과 자본주의적 근대화와 더불어 60년대를 구성하는 세 꼭짓점에 해당하는 4·19 혁명'[39]에 이르는 역사적 과정은 우연인가? 아니면 필연인가? 그도 아님 그 둘 다인가? 라는 질문을 다시 한번 던지면서 이 글을 매조지고자 한다.

37   우찬제·이광호 엮음, 『4·19와 모더니티』, 문학과지성사, 2010, 19면.

38   최인훈, 『광장/구운몽』, 최인훈 전집 1, 문학과지성사, 2010, 21면.

39   이선옥, 「열광, 그후의 침묵과 단절의 의미」, 최원식·임규찬 엮음, 『4월 혁명과 한국문학』, 창작과비평사, 2002, 292면.

5. 나오는 글

이 글은 일반적인 통념과는 달리 1950년대 이후 염상섭의 장편소설 또한 여전히 민족문학과 리얼리즘의 미학적 자장 안에서 작동하고 있다는 문제의식을 가지고서 출발했다. 이러한 문제의식을 위해 이 글은 『젊은 세대』와 『대를 물려서』 두 장편을 집중적인 분석 대상으로 소환하였다. 이러한 문제의식에 기초하여 이 글은 '텍스트의 무의식'이라는 개념을 동원한 후 두 장편에 나타난 정치의식의 실체 및 그 배경과 여성의식의 실체를 밝히고자 하는 것을 목적으로 하였다. 이제까지의 논의를 요약·정리하는 것으로 결론을 삼고자 한다.

이 두 작품에는 빙탄불상용의 형국에 가까울 정도로 상호이질적인 두 개의 서사가 착종·공존하고 있다. 하나는 연애와 결혼에 대한 선명한 차이를 통한 세대론적 대비를 통해 드러나는 '여성의식의 서사'이고 다른 하나는 텍스트의 무의식 형태를 통해 붕괴 직전의 온갖 말기적 징후와 증세를 드러내던 자유당 정권에 대한 비판적인 문제의식을 반영하고 있는 '사회·정치의식의 서사'이다. 서사의 양적인 비중이나 외형으로만 보면 두 작품의 핵심은 의심의 여지없이 여성의식의 서사이다. 하지만 텍스트의 이면이나 심층을 탐색해 들어가다 보면 두 작품의 진정한 의도는 사회·정치의식의 서사에 있음을 어렵지 않게 발견할 수 있다. 등단 이후 작품 활동을 마무리할 때까지 시종일관 리얼리즘의 미학적 규율에 충실하고자 했던 염상섭이 리얼리스트로서의 자신의 작가적 정체성을 배반하는 서사 구성을 시도한 것은 당시 자유당 정권의 통제와 감시의 시선을 회피하기 위한 우회 전략으로 보인다. 더불어 염상섭이 이승만을 정점으로 하는 자유당 정권의 검열을 내면화하게 된 결정적인 이유는 『신민일보』의 편집국장으로 재직하던 당시 경험한 필화

사건과 뒤이은 1949년 6월의 국민보도연맹 가입으로 보인다. 이러한 경험들은 염상섭의 사회·정치의식을 억압하는 엄청난 제약으로 작용하게 된다.

그러한 제약으로 인해 텍스트의 무의식 형태를 통해서이기는 하나 두 장편은 자유당 정권의 실정과 폭력에 대한 비판적인 문제의식을 공유하고 있다. 두 장편을 연작소설의 범주에서 접근하고자 한 것도 그러한 맥락에서이다. 구체적으로 자유당 집권기인 1955년 『서울신문』에 연재중이던 『젊은 세대』를 통해 염상섭은 해방 이후 줄곧 견지해온 자신의 정치적 지향이었던 좌우연합의 통일된 자주국가의 건설 노선을 반영하고자 했던 것으로 보인다. 젊은 세대들의 고민이나 좌절을 통해 드러내려고 했던 그러한 문제의식은 신문사의 일방적인 결정에 의해 연재가 중단되고 만다. 그로부터 3년 이후 제목을 달리하면서 『자유공론』에 연재를 시작하는 『대를 물려서』를 통해서도 염상섭은 온갖 부정부패와 폭력으로 인해 민심으로부터 이반되어 도처에서 말기적 징후와 증상을 드러내던 자유당 정권의 실정에 대한 비판적인 문제의식을 계속 반영하고 있다. 염상섭의 그러한 문제의식은 박옥주 여사의 집요한 자유당 입당 권유를 끝까지 거절하는, 독립운동의 경험이 있는 한동국 의원의 정치적 소신을 관철시키는 행위를 통해서 드러나고 있다. 더불어 자유당 정권의 몰락과 붕괴에 대한 예측이나 기대를 반영하고 있는, '가만있소. 세상은 언제까지나 ××당 천하란 법은 없으니까.'라는 한동국 의원의 발언은 그러한 문제의식의 정점을 이룬다. 더불어 그러한 예측이나 기대야말로 이 작품을 통해 염상섭이 드러내고자 했던 문제의식의 핵심이다.

염상섭 초기소설의 여성의식

1. 들어가는 글

상호 이질적인 질서나 가치가 충돌하거나 중첩되는 경계의 지점은 항상 긴장과 갈등을 내장하기 마련이다. 낡은 질서나 가치를 고수하고자 하는 권력의지에게 그 지점은 불온하면서도 위험한 영토가 되겠지만, 새로운 질서나 가치를 모색하고자 하는 권력의지에게 그 지점은 축복받은 기회의 영토가 될 수도 있기 때문이다. 상충하는 욕망 주체들의 치열한 격전지인 경계의 지점이라는 코드와 관련하여 염상섭의 초기소설들은 아주 중요한 문제성을 지니게 된다. 1920년대 초·중반에 발표된 「표본실의 청개구리」(1921), 「암야」(1922), 「제야」(1922), 「해바라기」(1923), 『만세전』(1924), 「미해결」(1926), 「두 출발」(1927), 『너희들은 무엇을 어덧느냐』(1923) 등의 초기소설들은 당시 전근대적인 전통사회의 질서와 일본을 매개로 한 서구의 근대적 질서가 충돌하는 과정에서 근대적인 주체가 탄생하는 고투의 과정을 여실하게 보여주고 있기 때문이다.

근대적인 주체의 문제가 항상 문제의식의 중심에 똬리를 틀고 있는 염상섭의 초기소설은 크게 두 계열로 구분이 가능하다. 하나는, 민족의식의 각성을 통한 근대적 주체의 확립을 다루고 있는 계열의 소설이며, 다른 하나는 여성의식의 각성을 통한 근대적 주체의 확립을 다루고 있는 계열의 소설이다. '민족적 주체의 계열'에 속하는 작품으로는 3부작으로의 독법[1]을 유혹하는 「암야」, 「표본실의 청개구리」, 『만세전』을 들 수 있으며, '여성적 주체의 계열'에 속하는 작품으로는 「제야」, 「미해결」, 「해바라기」, 『너희는 무엇을 얻었느냐』를 들 수 있다.

그동안 민족적 주체의 계열에 속하는 작품들에 대해서는 적지 않은 논의가 이루어져 왔다. 하지만, 그에 비해 여성적 주체 계열의 작품들에 대해서는 「제야」를 제외하곤 거의 논의가 이루어져 오지 않아 왔다. 그리고 「제야」에 대한 개별 작품론들에서 언급되고 있는 염상섭의 여성의식에 대한 해석이나 평가 또한, 최근 들어[2] 적극적인 해석이나 평가를 시도하는 변화가 이루어지고 있기는 하나, 그 동안 소극적이거나 부정적인 흐름이 주류를 이루어 왔다. 이러한 소극적인 해석이나 평가는, 『사랑과 죄』의 정마리아로 표상되는 신여성의 허영이나 서구문화에 대한 맹목적인 추종에 대한 부정적이고 냉소적인 묘사를 신여성 일반에 대한 부정적인 묘사나 염상섭의 여성의식과 동일시하는 데서 오는 과잉해석의 결과로 보인다.

구체적인 작품 분석을 통해서 드러나겠지만, 염상섭은 그 당대 신여성의 자유연애와 자유결혼을 소재로 한 적지 않은 작품을 발표한 바 있는 김동인을 비롯한 다른 작가들에 비해 상대적으로 진보적인 여성의식을 드러내고

---

1   이러한 해석의 관점에서 「표본실의 청개구리」, 「암야」, 『만세전』을 삼부작으로 접근하고 있는 글로는 공종구, 「염상섭 초기 소설의 탈식민의식」, 『현대문학이론연구』 제38집, 2009.9, 113-135면을 들 수 있다.

2   염상섭의 여성의식을 적극적으로 해석하고 있는 최근의 대표적인 논의로는 서영채, 『사랑의 문법』, 민음사, 2004; 김지영, 『연애라는 표상』, 소명출판, 2008; 이보영, 「초기작의 문제들」, 『난세의 문학』, 예림기획, 2001; 김윤우, 『횡보의 눈과 길』, 『산책자의 눈길』, 강, 2008. 등을 들 수 있다.

있다. 이 글의 문제의식이 출발하는 지점은 바로 이 부분에서이다. 1920년대 초반에 발표된 「제야」(1922), 「해바라기」(1923), 「미해결」(1926), 『너희들은 무엇을 어덧느냐』(1923) 등의 초기소설들은 당시 전근대적인 전통사회의 질서와 일본을 매개로 한 서구의 근대적 질서가 충돌하는 과정에서 근대적인 지식과 여성의식으로 무장된 여성적 주체가 탄생하는 고투의 과정을 여실하게 보여주고 있기 때문이다. 특히, 자유연애와 자살의 모티프를 공통으로 동원하고 있는 「제야」와 「미해결」은 다른 작품들에 비해서도 염상섭의 진보적인 여성의식을 보다 분명한 형태로 보여주고 있다는 점에서도 문제적인 작품이다. 이 글이 특별히 그 두 작품에 주목하고자 하는 이유 또한 그러한 문제성 때문이다. 그러니까 이 글의 목적은 두 작품의 집중적인 분석을 통해 염상섭이 여성의식의 측면에서도 결코 보수적인 작가가 아니었음을 밝혀보고자 하는 데 있다.

2. 전통과 근대 사이의 분열증적 주체로서의 신여성

한국의 여성운동사에서 1920년대는 기념비적인 시대로 기록된다. 여성성의 신화를 해체하고 탈신비화하는 작업을 통하여 해방된 여성문화를 창조하고자 하는 문제의식을 축으로 한 식민지 조선의 신여성운동이 출발한 시기가 바로 1920년대이기 때문이다. 이 시기 식민지 조선의 신여성 운동의 주도적 역할을 담당했던 나혜석(1896-1948), 김명순(1896-1951), 김일엽(1896-1971) 등의 여성들은 일본 유학생활을 통해 습득한 근대적인 지식과 여성의식을 통해 당시 식민지 조선의 여성들에게 일방적인 침묵과 순종을 강요하는 완고한 가부장제 질서에 대해 당시로서는 문화적 충격에 가까운 위반과 전복의 의지를 실천했었다. 당대의 식민지 조선의 남성들은 어떤 시선을 통하여 이들 신여성들을 바라보았을까?

도발적인 발언과 파격적인 스타일을 통하여 전통의 인습과 굴레로부터의 해방을 추구하는 신여성들의 주장에 대해 식민지 조선의 대부분 남성 지식인들은 남성 중심성에 대한 일종의 도전으로 해석했을 것이다. "당시의 자유연애를 '서양식 연애 재롱', '서양식 연애 기술'로 폄하하면서, 김연실을 '서양식 걸음걸이와 서양식 몸가짐과 서양식 표정 태도 등을 배우노라고 주의도 많이 하고 애도 퍽 썼다'[3]는 김동인의 냉소적 시선은 정당한 인정과 이해를 받기는커녕 온갖 조롱과 비난의 표적을 벗어나기는 어려웠을 당대의 신여성들을 바라보는 남성들의 지배적인 시선을 압축적으로 보여주고 있다. 실제로도 세 여성들의 인생유전과 신산은 당대 남성들의 뒤틀린 시선으로 인해 신여성들이 감당해야만 했었을 고통과 상처를 웅변으로 증명하고 있다. 이 글의 집중적인 분석 대상인 「제야」와 「미해결」이 문제성을 지니게 되는 지점 또한 바로 이 부분에서이다. 자유연애와 자살 모티프를 통하여 신여성들에 대한 식민지 조선 남성 일반의 태도, 그리고 그러한 남성들을 바라보는 염상섭의 여성의식을 엿보게 하는 작품이 바로 이 두 작품들이기 때문이다. 특히 이 두 작품의 서사 주체이자 초점 인물로 기능하는 최정인과 조정순은 근대와 전통의 경계에서 어느 한 쪽에도 안주하지 못하고 위태로운 줄타기를 강요당하는 분열증적 내면성으로 인한 고통을 감당하지 못해 결국 자살이라는 극단적인 선택으로 자신들의 삶을 마감하는 불행한 삶을 통해 당시 신여성들의 비극적인 생애를 전형적으로 보여주고 있다는 점에서 문제적이다. 자유연애의 가치가 패배하고 좌절하는 서사 설정을 통해 가부장제 이데올로

---

3   김경일, 『여성의 근대, 근대의 여성』, 푸른역사, 2004, 79면.

기의 폭력과 억압을 심문하고 있다는 점에서 이 두 작품은 염상섭의 여성의
식을 적극적으로 해석해보고자 하는 해석의지에서 출발하는 이 글의 문제의
식이나 목적과 관련해서 매우 중요한 의미를 지닌다.

2.1. 오이디푸스적 욕망의 좌절

「제야」와 「미해결」이 발표되던 무렵, 그러니까 3·1운동 이후 폭발적인
교육열과 문화열로 천지개벽의 새로운 세상에 대한 기대와 열망이 팽창해
오르던 1920년대 초·중반, 식민지 조선 사회에서의 자유연애는 "실제로 모두
를 지배하지는 않았지만 가능성으로서는 모든 사람을 지배"[4]했던 하나의 커
다란 사건이었다. 그런 점에서 이 시기 자유연애는 당대의 시대적 표상으로
기능했던 '문화'나 '개조'와 더불어 시대의 화두이자 주인공이었다고 할 수
있다. 특히 일본 유학을 통해 습득한 근대적인 지식과 여성의식으로 인해
전통적인 가부장제 질서의 억압과 폭력을 훨씬 더 민감하게 의식하면서 시대
의 전위를 자임할 수밖에 없었던 신여성들에게 자유연애는 "근대와 더불어
시작된 근대성의 한 표현"[5]으로 수용되었다. 그 과정에서 자유연애는 신여성
들에게 "전통이라는 굴레에서 해방되고, 근대적인 개인의 확립을 보장받을
수 있는 확실한 수단"[6]으로 전유되면서 그들의 의식과 욕망을 삽시간에 장악
해버리는, 따라서 주변의 시선을 의식하며 관망하거나 주저하기에는 너무나
도 치명적인 매혹인 마법의 블랙홀로 그들을 유혹했을 것이다.

1920년대 초·중반 식민지 조선 사회에서 자유연애나 사랑은 단순히 두

---

4   권보드래, 『연애의 시대』, 현실문화연구, 2003, 17-18면.
5   김경일, 앞의 책, 124면.
6   위의 책, 122면.

연애 주체들 사이의 자유의지와 주체적인 선택을 매개로 하는 감정노동 차원에서의 애정교환을 의미하는 오늘날의 시대적 맥락과는 단층에 가까울 정도의 이질적인 지점에 놓여 있었다. 당시 신여성들에게 자유연애는 여성들에게 일방적인 침묵과 순종을 강요하는 남성 중심의 가부장적 질서와 규범에 대한 일종의 문화적 저항을 담지하는, 그런 점에서 하나의 '혁명적인 사건'이었다. 한마디로 당시 자유연애는 신여성들에게 근대적 주체의 존재 증명의 유력한 표지로 기능했다. 그런 점에서 1920년대 식민지 조선에서의 연애열을 "개인의 발견과 문화의 옹호"[7]와의 관련을 통해 규정하는 관점은 충분한 설득력을 지닌다. 냉철한 시선과 치밀한 관찰을 통해 식민지 조선 사회의 구체적인 사회현실에 대한 진경산수화를 욕망했던 염상섭에게 자유연애는 아주 매력적인 창작의 원천으로 다가왔을 것이다. 특히 당시 그에게 작가적 화두와 문제의식의 근원으로 기능하던 근대적 주체의 핵심 질료로 파악하고 있었던 개성의 발견과 자아의 각성을 실현하는 유력한 통로로 인식되고 있었다는 점에서 창작의 원천으로서 자유연애가 지니는 가치는 무소불위의 파괴력을 지닐 수밖에 없었다.

> 대저 근대문명의 정신적 모든 수확물 중, 가장 본질적이요, 중대한 의의를 가진 것은, 아마 자아의 각성, 혹은 그 회복이라 하겠다……
> 그러하면 자아의 각성이니, 자아의 존엄이니 하는 것은, 무엇을 의미함인가. 이를 약언하면, 곧 인간성의 각성, 또는 해방이며, 인간성의 위대를 발견하얏다는 의미이다. 따라서 일반적 의미를 떠나, 개인에 취하여 일층 심각히 고찰할 지경이면, 개성의 자각, 개성의 존엄을 의미함이라고도 할 수 있는 것이다. 다시 말하면, 근대인의 자아의 발견이라는 것은, 일반적 의미로는

---

7   권보드래, 앞의 책, 110면.

인간성의 자각인 동시에, 개개인에 취하여 고찰하면, 개성의 발견이요, 고조요, 굿센 주장이며, 새롭은 가치부여라 하겠다.....

그러하면, 소위 개성이라는 것은 무엇인가. 즉 개개인의 품부한 독이적 생명이, 곳 그 각자의 개성이다. 함으로 그 거룩한 독이적 생명의 유로가 곳 개성의 표현이다.....이를 요컨대 개성의 표현은 생명의 유로이며, 개성이 업는 곳에 생명은 업다는 것만 깨다르면 될 것이다.[8]

그러나 우금까지 논술한 바, 자아의 확립 자아의 완성 우는 현실이라 함은 무엇인가?--- 개성의 자유, 개성의 발전과 표현! 이것이 곳 그 내용이다. 개성이 자유롭게 발전되고 배양되어 살이 찌는 거기에서, 자아는 확립되고 확충되며, 개성이 자유롭게 표현되는 거기에서, 자아는 완성되고 실현되는 것이다. 그리하여 생명은 항상 새롭고 항상 생장하는 것이다.

그러면 개성이라 함은 무엇인가?-----독이적 생명 그 자체를 이름이라. 함으로 이 독이하고 유일한 생명이, 부절히 성장하고 비대하는 도정, 즉 자기혁명의 도정이, 곳 개성의 자유롭은 발전이며, 그 부절히 신장하여 가는 생명의 유로가 곳 개성의 자유롭은 표현, 즉 자아의 실현이라 하겠다.[9]

이 두 인용 문면은 식민지 조선의 지식인이자 작가로서의 정체성을 확립하기 위한 암중모색을 거듭하던 1920년대 초반, 염상섭의 욕망이나 고민과 관련된 내면을 가장 정직하게, 그리고 가장 정확하게 드러내고 있는 텍스트이다. 8년 동안의 1차 일본 유학(1912-1920) 기간에 자연스레 영향을 받은 일본 자연주의 문학의 흔적을 짐작하게 하는 두 텍스트에서 분명하게 드러나고 있는 바와 같이, 근대적 개인의식이야말로 식민지 조선에 가장 절실히 요구

---

8   염상섭, 「개성과 예술」, 『염상섭 전집』 12, 민음사, 1987, 33-37면.
9   염상섭, 「지상선을 위하여」, 위의 책, 57면.

되는 시대정신이자 신성불가침의 가치로 인식하고 있었던 당시 염상섭을 온통 장악하다시피 했던 지배적인 화두는 '개성의 발견'과 '자아의 실현'이었던 것으로 보인다. 그것은 이 두 글에서 자아의 각성과 개성의 발견이 반복강박의 수준에서 강조되고 있는 사실로도 증명이 되고 있다. 시종일관 도식적인 단순화와 극단의 수사학의 서술전략이 지배하는 이 두 텍스트에서 핵심적인 키워드이자 특권적인 지위를 확보하고 있는 개성과 자아는 근대적 주체의 핵심 질료로, 그리고 전통의 규범이나 관습은 근대적 주체의 욕망이나 개성을 억압하는 부정적인 타자로 철저하게 위계화되어 있다.

근대적 주체의 핵심 질료를 개성의 발견과 자아의 각성에서 구하고 있는 이 두 글 가운데 특히 염상섭의 여성의식을 적극적으로 해석해 보고자 하는 이 글의 문제의식과 관련해서 「지상선을 위하여」는 더욱 중요한 의미를 지닌다. 이 글을 통해 염상섭은 가부장제에 기초한 전통적인 가족제도를 축으로 한 전근대적인 제도나 규범 전반에 대한 철저한 부정과 해체를 시도하는 한편 개성의 발견과 실현의 중요한 통로를 여성해방에서 찾고 있기 때문이다. 염상섭의 그러한 의도는 이 글의 출발을 당시 여성해방운동과 관련하여 거의 불모지나 다름없었던 식민지 조선 사회에서 여성 해방운동의 중요한 촉매로 기능했던 『인형의 집』의 노라가 당당히 여성해방과 인간 선언을 하고서 가출하는 장면의 인용에서 출발하고 있을 뿐만 아니라 기존의 전통적인 규범과 관습에 대한 도전과 반역의 정신을 이 세상 최고의 가치인 지상선으로 규정하면서 글의 대부분을 그러한 도전과 반역의 정신을 몸소 실천한 노라에 대한 과장의 수사학으로 일관하고 있는 데서도 잘 드러나고 있다.

특히, '금일의 가정은 모든 죄악의 소굴, 음산하고 침정하며 살풍경한 묘지, 인류 사회의 독충의 제일원인을 배양, 주종의 관계요, 강자가 약자에게 군림한 일형식에 불과'[10]라는 극단적인 표현들이 극명하게 보여주고 있는 바와 같이, 그 당시 시대정신으로 규정했던 근대적인 주체의 자아각성과 개성의 실현을 억압하고 구속하는 질곡의 핵심으로 인식했었던 가부장제에 기초한 전통적인 가족제도와 질서에 대한 염상섭의 부정과 해체의 의지는 너무나도 분명해 보인다. 이와 같이 「지상선을 위하여」를 통해 가부장제 이데올로기의 해체를 통한 여성해방이라는 오이디푸스적 욕망에 대한 염상섭의 문제의식을 소설적 형상화를 통해서 체현하고 있는 인물이 최정인과 조정순이라고 할 수 있다.

"개성의 자각과 연관된 이성애적 사랑이 필연적으로 가부장제의 이데올로기와 부딪힐 수밖에 없다는 현실인식은 사실상 염상섭 소설의 출발점이자 그의 소설에서 현실성과 구체성을 보장해주는 중요한 관건으로서, 그의 초기 소설에서부터 그의 이야기를 진행시키는 하나의 틀로 자리잡는다."[11] 주체의 자유의지와 욕망을 매개로 하는 자유연애와 그것의 실현을 방해하는 전통의 인습과 규범 사이에서 희생양으로 전락하고 마는 최정인과 조정순이 초점인물로 기능하는 「제야」와 「미해결」 또한 "자유연애와 그것을 저해하는 가장권의 폭력과 그로 인한 폐해를 인물들이 자기인식을 하게 되는 계기이자 갈등의 축으로 삼고 있다"[12]는 점에서 염상섭 초기소설의 지배적인 서사 문법의 전형을 전형적으로 보여주고 있는 작품들이다. 이 두 작품은 1920년대 초반, 식민지 조선 청춘남녀들의 내면과 욕망을 질풍노도의 기세로 점령해 들어가던 자유연애의 가치와 그 당시까지는 아직 상징 권력으로서의 제도적 권위를 잃지 않고 있던 강요된 결혼의 전통적인 가치 사이의 긴장으로 인한 갈등과 분열을 감당하지 못하고 자살이라는 극단적인 선택을 통해 자신들의

---

10 위의 글, 48면.
11 김경수, 『염상섭과 현대소설의 형성』, 일조각, 2008, 39면.
12 위의 책, 40면.

젊은 생애를 마감하는 신여성의 비극을 서사의 전면에 배치하고 있기 때문이다. 이러한 서사의 배치를 통해 염상섭은 부모의 일방적인 강권에 의한 강제 결혼을 축으로 한 당대 가부장제 이데올로기의 폭력과 억압이야말로 근대적 주체로 탄생하는 과정에서 반드시 요구되는 자아의 각성과 개성의 발견을 저해하는 최대의 장애물이자 적대세력임을 비판적으로 심문하고자 하는 문제의식을 반영하고자 한 것으로 보인다.

이러한 문제의식과 관련하여 이 두 작품은 두 가지 중요한 층위에서 가족 친족성을 형성하고 있다. 하나는, 20대 중반의 젊은 나이에 자살이라는 극단적인 선택을 통해 자신들의 삶을 비극적으로 마감하는 비련의 신여성들이 서사의 주체이자 초점인물로 기능하고 있다는 점이다. 다른 하나는, 자식들의 개성이나 자유의지보다는 자신들의 체면이나 가문을 더 중시하면서 자식들의 혼사나 생명마저도 자신들의 출세 수단이나 가문의 소유물로 도구화하는 독선적인 가부장의 강요가 표상하는 가부장제 이데올로기의 억압과 폭력이 여성 인물들의 비극을 강제하고 있다는 점이다. 이 두 가지의 공통점은 자연스레 다음과 같은 질문을 던지지 않을 수 없게 한다. 그 두 여성들에게 목숨과 맞바꿀 정도로 중요하게 인식되었던 가치는 무엇이었을까 하는 점이다. 이 질문에 대한 탐색이야말로 이 두 작품을 통해서 드러내고자 하는 염상섭의 의도나 문제의식을 가장 정확하게, 그리고 가장 빠르게 파악할 수 있게 하는 가장 유력한 통로라고 생각한다.

정인과 정순이 죽음과 맞바꿀 정도로 중요하게 간직하고자 했던 가치는 과연 무엇이었을까? 그것은 다름 아닌 개성의 발견과 자아의 각성이다. 이와 관련하여 정인으로 하여금 유서를 쓰게 만든 동인으로 작용하는 남편의 편지. 그리고 정순으로 하여금 이제 막 출산한 아이와 함께 자살을 감행하게 만든 아버지의 편지는 매우 중요한 의미를 지닌다. 특히, 결혼 후 6개월여

만에 혼외정사로 인한 임신 사실이 남편에게 알려져 친정으로 쫓겨난 이후, 삶의 행로와 생의 의지를 모색하던 정인이 자신에 대한 용서와 함께 사랑을 고백하는 남편의 편지를 받고서 그 동안 자신의 자유분방한 행적에 대한 참회와 함께 용서를 구하는 유서의 형식으로 된 「제야」는 염상섭이 「지상선을 위하여」를 통해 1920년대 초반 식민지 조선 사회의 시대정신으로 부상했던 근대적 주체의 핵심 질료이자 신성불가침의 가치로 강조한 자아의 각성과 개성의 발견을 보다 더 분명한 형태로 보여주고 있다는 점에서 주목을 요한다. 유서를 통해서 확인할 수 있는 바와 같이, 정인에게 자유연애는 그 자체로 중요하거나 가치가 있는 대상은 아니었다. 주체의 자유의지와 욕망을 매개로 하는 자유연애는 그것이 전통적인 인습과 도덕에 저항하는 자아의 각성과 개성의 발견을 담보해주는 유력한 수단이었기 때문에 중요하게 인식된 것이다. 결혼 이후 유서를 작성하기 직전까지도 지속되었던 E와 P에 대한 정인의 위악적인 탐닉과 방종의 의미 또한 자아의 각성과 개성의 발견에 대한 시험과 실험이라는 맥락에서 해석해야만 한다. 그러한 해석의 설득력은 '나에게 대한 정인씨는 전(全)이오. 애(愛)나 명예냐의 문제가 아니라, 애나 사(死)의 문제요....세상은 불륜한 처를 위하여 명예까지 팔아버린 개돼지만도 못한 놈이라고, 웃으려거든 웃으라고 하지요. 매도하는 자는 할 대로 내버려두지요'라는 남편의 편지 구절이 정인으로 하여금 자살을 예비하는 유서를 작성하게 하는 결정적인 계기로 작동하고 있는 점에서도 증명이 되고 있다.

그 당시 식민지 조선 사회에서 여성의 혼외정사는 상징계의 근간 그 자체를 뒤흔드는 위험하고도 불온한 열정으로 인식되었을 터이다. 따라서 재취로 얻은 정인의 혼외정사로 인한 임신 사실이 남편에게 준 충격과 고통은 상상을 초월할 정도였을 것이다. 정인의 임신 사실을 알고서도 바로 추방하지 못하고 몇 달간의 유예를 거친 이후 술의 힘을 빌려 간신히 결단을 내리게 되는 것도 그 사실이 알려진 이후에 본인이 감당해야 할 주위의 냉소와 비난이 두려워서였을 것이다. 당시 남성 중심의 조선 사회에서 받게 된 냉소와 수모를 잘 알고 있으면서도 친정으로 추방한 자신을 용서하고 사랑을 구하는 남편의 편지에서 정인이 죄의식을 느끼게 되어 자살을 결심하게 되는 결정적인 이유 또한 남편의 그러한 주체적인 선택과 결단에서 자신이 신성불가침의 가치로 인식하고 있었던 자아의 각성과 개성을 발견하기 때문이다. 그러한 해석의 설득력은 '실로 나에게 대하여 도덕이란 아무 권위도 없었습니다. 자기의 생을, 절대로 충족시키려는 끓는 욕구 앞에는, 모든 것을 유린하고 희생하여도 아깝지 않다는 것이, 나의 생활을 자율하여가는 데에 최고 신념이었나이다.', '하여간 정조는 상품은 아니다. 취미도 아니다. 자유의사에 일임할 개성의 발로인 미덕이다.', '다시 말하면 성벽을 연애하고, 연애를 연애합니다. 아무리 보잘것없는 남자에게라도 경쟁자가 있으면, 기어코 싸워봅니다.'라는 정인의 반복되는 고백적 진술을 통해서도 확인이 되고 있다.

정인과 정순의 사랑에서 결정적일 정도로 중요한 가치는 자신의 주체적인 판단과 선택일 뿐이다. 기존의 도덕이나 규범은 아무런 변수가 되지 못한다. 정인이나 정순이 신성불가침의 가치로 신성시하는 자아와 개성은 이와 같이 타자의 시선을 의식하는 '하지 마라'나 '해서는 안 된다'와 같은 금기의 문법을 기제로 하는 상징계에서 작동하는 게 아니라 타자의 시선을 전혀 의식하지 않고 오직 주체의 욕망을 충족시키고자 하는 위반 충동을 기제로 하는 상상계에서 작동하는 일방적인 회로에 갇혀 있다는 점에서 문제가 아닐 수 없다.

모든 것이 어린아이가 만들어놓은 완구에 불과하다. 거기에 무슨 권위가 있고 의미가 있느냐. 주관은 절대다. 자기의 주관만이 유일의 표준이 아니냐.

자기의 주관이 용허하기만 하면 고만이다. 사회가 무엇이라 하든지, 도덕이
무엇이라고 항의를 제출하든지, 신이 멸망하리라고 경고를 하든지, 귀를 기
울일 필요가 어디 있느냐……
　　대체 돌을 던질 자가 그 누구냐? 무엇이 죄냐, 타락? 그것은 자유연애를
갈망하는 어린 처녀에게만 씌우는 교수대 상의 사형수의 복면건을 이름
이냐?[13]

　문면에 드러나는 과감한 주장을 통해서 확인할 수 있는 바와 같이, 정인에
게 주관은 절대적이고 초월적인 지위를 부여받고 있다. '나는 생각한다. 고로
나는 존재한다'라는 명제로 압축 가능한 데카르트의 주체철학에서 근대적
계몽이성의 구체적 실현태로서의 주체의 합리적 사유 기능은 최고의 지위를
부여받고 있었다. 하지만, '생각하지 않는 곳에 나는 존재하며 내가 존재하지
않는 곳에서 나는 생각한다'는 라캉의 패러디적 전유나 '무의식은 타자의
담론'이라는 후기 구조주의의 문제의식이 극명하게 함축하고 있는 바와 같
이, 오늘날 근대적 계몽이성의 주체로서의 자아나 이성의 지위는 적지 않은
도전에 직면하고 있다. 이는 "자아라는 것이 사적으로 창조되고, 해석을 통해
정교하게 다듬어지며 개인 상호간에서 구축"[14]되는 일종의 담론이기 때문이
다. 그런데 정인의 자아는 타자와의 대화나 타협의 여지가 철저하게 배제된,
추상적인 진공상태에서 존재하는 절대적인 주관에 기초해 있다. 그런 점에서
정인의 정체성을 "사랑과 정조와 결혼에 관한 한, 기왕의 모든 관습과 도덕을
무시하고 스스로의 주관의 절대성을 고수하고자 하는, 철저하게 내면화된
모랄의 신봉자"[15]로 규정하는 지적은 매우 적절해 보인다. 정인과 P와 E 사이,

13　염상섭, 「제야」, 『두 파산』, 문학과지성사, 2009, 89-91면.
14　앤서니 엘리엇, 김정훈 역, 『자아란 무엇인가』, 삼인, 2007, 15면.

그리고 정순과 태가 사이의 관계나 사랑의 밀도에서 비대칭성을 보이거나 정순이 자신의 불행이나 파국을 알면서도 출산을 고집하다 결국 자살이라는 극단적인 선택으로 몰리게 되는 것도 절대적인 주관성에 기초한 자아와 개성의 일방성과 폐쇄성 때문이다.

라캉에 의하면, '통일성에 대한 환영적인 감각으로 구성된 언어 이전의 영역인 상상계 내에서는 주인과 노예 사이에 목숨을 담보로 해야만 하는 인정투쟁의 변증법적 과정이 발생'[16]한다고 하는데 결국 자살이라는 극단적인 선택을 통해 자신의 개성과 자유의지를 인정받고자 하는 정인과 정순의 결단은 '동일시와 거울상의 영역이자 왜곡과 환영의 영역으로 자아에게 다시 한 번 상상계적 통일성과 연속성을 얻고자 하는 무모한 투쟁'[17]을 자극하는 상상계적 주체의 전형을 보여주고 있다.

이와 같이 본인들이 직접 "아이의 욕망을 금지하기 위해 개입하는 권위와 상징계의 법의 위치인 아버지의 이름"[18]이 되고자 하는 오이디푸스적 욕망에 기초한 정인과 정순의 열정과 사랑은 당연히 상징계의 거세 위협으로 인한 불안에 직면하지 않을 수 없게 된다. "외적 규율에 의존하지 않고 자발성을 토대로 삶의 원칙을 수립하는 데서 근대적인 개인의 의미를 찾고자 했던 춘원 이래의 자아 확립론이 극단화한 형태로 드러나는 정인의 주관 절대론은 허위적인 명분과 체제에의 예속을 거부한다는 점에서 낭만적인 순수성을 확보하는 데는 성공하고 있지만, 일체의 권위와 체제를 부정하고 거부하는 자발적인 삶의 논리를 구사"[19]하기 때문이다. 정인과 정순 두 사람의 절대적

---

15   서영채, 앞의 책, 155면.
16   손 호머, 김서영 옮김, 『라캉 읽기』, 은행나무, 2006, 51-64면 참조.
17   위의 책, 64면 참조.
18   위의 책, 100면.
19   김지영, 앞의 책, 263면.

인 주관에 기초한 참사랑을 방해하는 세력은 모두 독선적인 가부장의 일방적인 강제에 의한 정략결혼이다.

> 우선 우리의 결혼 생활에는 그 제1보로서부터 철저한 결함이 있었음은 다툴 수 없는 사실이었나이다. 매파의 입과 피차의 사진과 당신의 회사의 지배인이라는 ×씨의 조언 이외에는, **아무 동기도 수단도 조건도 없는 인습적 혼인이라는 철저한 죄악이 선조의 유물로서 우리도 또 한 번 반복지 않으면** 안 되었던 것이 제1의 결함이었나이다.[20]

> 부모는 부모요, 딸은 딸이지, 딸이 타락하였다고 부모의 낯 깍일 일이 무엇인가……라는 말이, 천지개벽 이후에 너 같은 불효자식 입에서나 들을 일이지, 또 어데 그런 말버릇하는 년이 있단 말이냐…….
> **네 남편이 아무리 미흡하다 할지라도 김씨 집으로 간 것은 네 분수에 겨운 팔자인 줄을 왜 모르느냐. 네 흉을 그만큼 싸주는 사람이 이 세상에 어데** 있으랴.[21]

두 작품에서 모두 절대선과 절대악의 이분법적 도식을 통해 재단되다시피 하고 있는 대립적인 가치는 주체의 자유의지에 의한 자유연애와 가부장의 독선적 강제에 의한 인습적 혼인이다. 정인의 고백적 진술과 정순 아버지의 일방적인 주장을 통해서 극명하게 대비되고 있는 자유연애와 인습적 혼인 사이의 간극과 괴리 사이에는 환상과 실재, 이상과 현실 사이의 간극과 괴리 이상의 심연이 가로놓여 있다. 이는 '재래의 가족제도를 율하는 인습도덕이, 얼마나 형식을 편중하고, 번문욕례에 함하여 인간성의 아름답고 자유롭은

---

20 염상섭, 「제야」, 앞의 책, 95면.
21 염상섭, 「미해결」, 『만세전』, 문학과지성사, 2009, 379-380면.

로(露)를 저상함으로 인하야, 생활의 고담무미를 유치하얏스며, 인생으로 하야금, 영혼이 거세된 용인(傭人)의 누적으로 화성케 하얏는가를, 용이히 간취할 수 잇다.'[22]는 주장을 통해서는 가부장의 전제적 권력과 횡포를 최고의 악으로, 그리고 '과연 자아의 지위와 가치가, 상대로부터 절대에, 부정으로부터 전적 긍정에, 종으로부터 주에, 전도되고 향상된 것은, 근대 인류발달사상의 일대경이요, 현대사조와 문화의 기조며 정화이다'[23]는 주장을 통해서는 그러한 권력의 횡포와 폭력에 대한 도전과 반역의 정신을 가능하게 하는 자아의 각성과 개성의 발견을 인류 역사상 최고의 가치인 지상선으로 규정하면서 자아의 각성과 개성의 발견을 촉구하는 「지상선을 위하여」에서의 문제의식에 정확하게 대응하고 있다.

2.2. 근대적 주체의 존재 증명 표지로서의 자살

자아의 각성과 개성의 발견에 의한 자유연애와 참사랑에 절대적이고 초월적인 의미를 부여하면서 전통적 인습과 규범에 대한 철저한 대결의지를 실천하고 있는 정인과 정순 두 여성은 당시 식민지 조선 사회의 지배이데올로기로 기능하던 가부장제 질서에 비추어 볼 때 한마디로 위험한 타자들이다. 상징계의 정주민의 지위를 거부하고 상징계 너머 상상계의 유목민의 자유분방한 오이디푸스적 욕망을 욕망하는 존재인 이들에게 기존의 도덕이나 관습은 최소한의 권위와 권력도 행사하지 못하기 때문이다. 더불어 자아의 각성과 개성의 발견에 가치 판단의 최종심급을 부여하는 절대적 주관성의 소유자들인 이들에게 외부적 기원을 지닌 기존의 도덕이나 관습과의 타협은 '위선

---

22   염상섭, 「지상선을 위하여」, 앞의 책, 50면.
23   위의 글, 54면.

의 극치, 자기만착(自己瞞着)의 제1단계, 자기부정의 모, 악마'[24]이기 때문이다. 그런데 동서고금의 역사를 불문하고 상징계의 질서를 교란하고 해체하고자 하는 오이디푸스적 욕망을 실천하고자 하는 위험한 타자들에게 관대한 사회는 일찍이 없었다. 위험한 타자들의 오이디푸스적 욕망은 기존의 질서 그 자체의 근저와 기축을 흔드는 빅뱅이기 때문이다.

전통과 인습과의 타협을 철저하게 거부하는 길이 자아의 각성과 개성의 발견을 실천하는 유일한 방법이라는 오이디푸스적 욕망을 욕망했던 최정인과 조정순. 그러한 오이디푸스적 욕망의 실천을 통해 가부장의 소유물에서 해방되어 근대적 주체로 독립하고 싶은 소망을 실천하고자 했던 최정인과 조정순. 남성들의 위선과 허위를 통렬하게 비판하면서 자신들의 목소리와 시선을 통해 남성 중심의 지배 질서와 세계관을 심문하고 전복하고자 했던 최정인과 조정순. 그 당시까지도 무소불위의 막강한 상징권력을 유지하고 있었던 가부장제 질서에 대한 심각한 도전을 의미하는 이 두 여성들의 욕망을 관대하게 수용하기에는 당시의 식민지 조선 사회의 윤리는 너무 보수적이었다. 당사자들 사이의 자유의지와 주체적인 선택을 전제로 하는 자유연애는 수직적인 위계를 축으로 한 일방적인 권위에 기초한 전통적인 윤리와 규범의 충직한 사도를 자처하던 "기성 세대들의 감각으로는 받아들이기 어려운 기상천외의 윤리"[25]였기 때문이다. 이러한 상황에서 이 두 여성들이 선택할 수 있는 길, 아니 이 두 여성들에게 남겨진 선택지는 그리 많지 않았을 것이다.

동서고금의 역사를 불문하고 아무리 뛰어난 예외적인 개인이라 하더라도

---

24 위의 글, 45면.
25 권보드래, 앞의 책, 77면.

자신이 살던 시대상황으로부터 완전히 자유로울 수는 없는 법. 1920년대 초반 식민지 조선사회에서의 신여성의 처지는 말할 필요조차 없을 정도였다. 당시의 신여성들 중에서도 가장 급진적인 발언과 행동을 통해 남성 주류 사회에 대한 도전과 저항을 감행하여 장안의 화제를 몰고 다녔던 나혜석의, "그림 그릴 때를 제외하고 자신의 생활은 모조리 남을 위한 생활이었다"[26]는 진술에서 알 수 있는 바와 같이, 당시 대부분의 신여성들은 봉건적인 인습과 규범이 지배하는 전통적인 가정에서 강요하는 아내이자 며느리로서의 직분과 역할로부터 완전히 자유로울 수는 없었다. 전통과 근대, 조선적인 가치와 서구적인 가치가 화해하지 않은 혼종성의 상태로 어정쩡하게 공서하고 있던 분열증적 정체성으로 인한 극도의 혼란. 그리고 어느 한쪽에도 안주할 수 없었던 경계인의 실존으로 인한 고뇌는 자신들의 가치와 욕망을 포기하지 않는 한 신여성들에게는 피해갈 수 없는, 아니 마땅히 감수해야만 했었을 형벌이었는지도 모른다. 이와 같이, 한 쪽 발은 근대에, 다른 쪽은 전통에 디디고서 곡예에 가까울 정도의 위태로운 줄타기를 할 수밖에 없었던 백척간두에 선 처지의 이들 신여성이 선택할 수 있는 길은 그리 많지 않았을 것이다. 인형이 되기를 거부한 삶을 추구하다 "1948년 12월 10일 서울의 시립자제원 무연고자 병동에서 신분을 감춘 채 홀로 눈을 감았다"[27]는 나혜석이나 "근대 조선의 부인 운동의 선구자이자 최초의 페미니스트"[28]로 결혼과 이혼을 반복하다 1933년 불문에 귀의한 김일엽의 인생유전이 극명하게 보여주고 있는 바와 같이, 어느 시대랄 것 없이 주류의 중심에 모반과 전복의

---

26   김경일, 앞의 책, 106면.

27   이상경, 「나혜석-인간으로 살고 싶었던 여성」, 『나혜석 전집』, 태학사, 2002, 24면.

28   이노우에 가즈에, 「조선 '신여성'의 연애관과 결혼관의 변혁」, 문옥표, 외, 『신여성』, 청년사, 2003, 170면.

모험을 감행하는 위험한 타자들에게 관대한 사회는 없었기 때문이다. 최정인
과 조정순의 자살 행위 또한 그 근본에서는 "근대 사회로 변환하는 길목의
조선 사회에서 여자로 태어난 자신의 시대적 운명을 넘어서기 위해 피투성이
의 싸움을 치르다 패배"[29]한 나혜석이나 김일엽의 경우와 비슷한 맥락에서
이해해야만 한다. '여학생의 불품행이니 풍기문란이니 하며 자기네들의 한층
더한 추악은 선반에 높직이 얹어두고, 되지 않은 유리한 논법으로, 훤훤효효
히 떠드는 것을 볼 때마다, 목에서 치받치는 반항적 냉매와 분노를 금치 못하
였습니다', '그렇게도 소위 여자의 정조가 탐이 나느냐? 조선 사회에는 부정
한 여자가 많아서, 난봉꾼이 많은 게로구나'와 같은 정인의 항변에서 알 수
있는 바와 같이, 여성들을 억압하는 봉건적인 가족제도 및 결혼제도와 남성
들의 이중적인 성 도덕과 위선에 대해 통렬한 비판과 저항을 시도하면서
여성들을 비역사적 주체로 타자화하는 남성 중심적인 가부장제 이데올로기
에 대한 선전포고를 감행하던 '자유주의적 급진주의자'의 특성을 지니고 있
었던 최정인과 조정순에게 자살은 어쩌면 예정된 행로였는지도 모른다. 자신
들의 가치를 추구할 수 있는 현실적인 거점을 확보하는 일이 거의 불가능에
가까울 정도로 보수적인 유교윤리가 지배하고 있었던 당시 조선 사회에서
이들이 선택할 수 있는 가능한 선택지란 자살과 같은 극단적인 방법 말고는
달리 없었을 것이기 때문이다.

최정인과 조정순으로 하여금 자살을 예비하는 유서를 작성하게 하거나
자살을 감행하게 하는 결정적인 이유는 자유연애로 인한 혼외정사와 임신이
다. 앞서 설명한 바와 같이, 정인과 정순은 혼전 임신 사실을 알고 있으면
도 아버지의 강권에 의한 강요된 결혼을 수락한다. 혼전 임신은 전적으로

---

29 이상경, 앞의 글, 24면.

자신의 자유의지에 의한 주체적인 선택으로 철저히 자아의 각성과 개성의 발견이 개입된 행위이기 때문이다. 특히, 정인의 경우는 혼담이 오고가는 와중은 물론이고 결혼 이후에도 P와 E와의 애정 행각을 계속한다. 더불어 정순은, 결혼 이후 혼전 임신 사실이 남편과 시댁에 알려지고 난 이후 파국과 불행이 강 건너 불을 보듯 번연히 예견되는 데다 '지금 너의 취할 길은 두 가지 길밖에 없다. 김씨 집에서 어떻게 해서든지 너의 잔명을 보전하거나, 그러지 않으면 너는 너의 죗값으로, 또는 너의 부모의 명예를 위하여 모든 비밀을 혼자 품고 이 세상을 떠나다오'라는, 딸의 죽음을 강요하는 독선적인 아버지의 편지를 통한 친정의 낙태 강요가 있었음에도 불구하고 출산을 감행한다. 최정인과 조정순이 반복되는 위악과 출산을 감행하는 것은 그러한 행위들이 자신들을 가문과 사업의 희생양이나 소유물로 소외시키는 가부장제 이데올로기의 인습과 폭력에 대한 유일한 항거 수단이자 자신들의 개성의 발견과 자아의 각성을 실현할 수 있는 마지막 통로라고 생각하기 때문이다.

이들에게 개성과 자아는 이 세상 최고의, 그것도 유일무이한 지상선의 가치이다. 이 지상선의 가치와 등가적 교환의 대상으로 대체할 수 있는 가치는 이 세상 어디에도 없고 또 존재해서도 안 된다. 오직 죽음만이 대체할 수 있을 따름이다. 자아의 각성과 개성의 발견을 실현하는 일이 이들에게 목숨을 건 결단을 감행할 정도로 절대적인 의미를 부여받는 것도 그러한 맥락에서이다. 이 두 여성들의 위악과 자살이 자신들의 개성이나 자아의 가치를 전혀 고려하지 않는 소외를 강요하는 가부장제 이데올로기의 억압과 폭력에 대한 비판과 저항의 의미를 지니게 되는 것 또한 그러한 맥락에서이다. 그런 점에서 이 두 여성들의 자살은 개성의 발견과 자아의 각성을 핵심 질료로 하는 근대적 주체의 존재 증명의 표지로 해석할 수 있다.

물론 정인과 정순을 통해서 제기되는 절대적 주관성에 기초한 자유연애와

참사랑이 전통적인 사랑과 결혼제도에 대한 대안적인 모랄로 기능할 수 있는
가 하는 문제에 대해서는 이론이 있을 수 있다. 더불어 '극단적인 것은 모두
병적이다'는 괴테의 아포리즘이 시사하는 바와 같이, 자살이라는 극단적인
선택이 "일찍이 조선 사회가 경험하지 못한 거칠고 위협적인 목소리"[30]를
공공연히 드러내며 남성 중심의 질서에 대한 균열과 해체의 의지를 실천하던
신여성들의 개성과 자유를 억압하는 폭력적인 기제로서의 가부장제 이데올
로기를 비판적으로 심문하고 성찰하는 올바른 방법인가에 대해서도 이론이
있을 수는 있다. 하지만, '현실적인 것은 합리적이며, 합리적인 것은 현실적이
다'는 헤겔의 명제가 적절하게 압축하고 있는 바와 같이, 당시 견고한 철옹성
과도 같은 가부장제 이데올로기에 맞설 수 있는 현실적인 대안이나 권력을
아무 것도 소유하지 못한 여성들에게 자살은 오히려 자신들의 일방적인 희생
과 침묵을 강요하는 가부장제 이데올로기의 억압이 얼마나 폭력적인가를
역설적으로 웅변하는 방법이 될 수도 있다. 그런 점에서 정인과 정순의 자살
을 자아의 각성과 개성의 발견을 매개로 근대적 주체의 존재 증명의 유력한
표지로 해석하는 이 글의 관점은 충분한 설득력을 지닌다. 이러한 해석의
설득력은 최정인과 조정순의 비극적인 생애를 통해서 표상되는 신여성의
불행한 삶을 대하는 서술자의 시선에 공감과 동정의 시선이 개입되어 있다는
점을 통해서도 증명이 되고 있다.

　물론 「제야」를 비롯하여 「해바라기」, 『너희는 무엇을 어덧느냐』, 『사랑과
죄』, 『광분』 등 신여성을 소재로 한 일련의 소설들에는 많은 연구자들의
정당한 지적과도 같이, 일본을 통해 소개되고 유입된 서구의 근대 문물이나
유행을 맹목적으로 추수하거나 모방하는 신여성의 부정적인 행태에 대한

30　연구공간 수유+너머 근대매체연구팀, 『신여성』, 한겨레신문사, 2005, 4면.

냉소와 비판의 시선이 분명히 작동하고 있다. 하지만 염상섭의 소설에는 가부장의 독선적인 권위와 폭력에 기초한 전통적인 인습과 근대적 주체의 자유의지와 개성에 기초한 새로운 자유연애의 가치 사이에서 극도의 혼란과 갈등을 강요당하는 분열증적 정체성으로 인한 신여성들의 고통과 희생을 동정과 연민의 시선을 통해서 바라보고자 하는 다성성의 시선 또한 작동하고 있다. 이와 같이 신여성의 허영과 사치에 대해서는 냉소와 비판의 시선을, 그리고 신여성의 고통과 희생에 대해서는 동정과 연민의 시선을 투사하는 다성성의 시선이 혼효·착종되어 있다는 점에서 염삽섭의 소설은 당시 신여성들을 일본을 통해 수입된 서구의 근대적 유행이나 스타일을 맹목적으로 추종하거나 모방하는 데 급급한 "정신성이 결여된 비인격적인 존재"[31]로 타자화하면서 시종일관 냉소와 비판의 단성성의 시선을 통해 신여성들의 행태를 경멸하고 희화화하는 것으로 일관했던 김동인과는 근본적으로 다르다고 할 수 있다.

실제로 나혜석과의 관계[32]를 통해서도 유추할 수 있는 바와 같이, 염상섭은 일본을 통해 소개되고 수입된 서구의 근대적인 문물과 유행을 맹목적으로 추종하는 신여성들의 경박한 추수주의나 허영심을 비판과 냉소의 대상으로 삼았지 근대적 주체의 존재 증명의 표지로 기능했던 자유연애의 실천의지 자체를 냉소와 비판의 대상으로 삼지는 않았던 것으로 보인다. 그런 점에서 "그는 새로운 시대사조인 신여성의 여권해방사상에 공감하면서도 유행적인 시대사조에 편승하는 신여성의 경박성과 허영심을 경멸"[33]했다는 주장을 통해 신여성에 대한 염상섭의 혼종적 시선을 지적하는 논의는 적절해 보인다.

---

31   정혜영, 『식민지기 문학과 근대성』, 소명출판, 2008, 44면.
32   염상섭과 나혜석과의 관계에 대해서는 김윤식, 『염상섭 연구』, 서울대학교 출판부, 1999, 47-50면 참조.
33   이보영, 「초기작의 문제들」, 앞의 책, 105면.

　사실, "1920년대의 썩어가는 한국 현실을, 그리고 짐승의 세계에 가까운 인간관계를 그처럼 정확하게 그려낸 작품이 「만세전」 말고 또 있을까"[34]라는 평가를 받을 정도로 1920년대 식민지 조선의 구체적인 현실에 대한 세밀화로 읽을 수 있는 「만세전」을 비롯하여 일제의 식민지 시기에 염상섭이 발표한 소설들에서 가부장제 이데올로기에 대한 비판적인 문제의식을 확인하기란 그리 어렵지 않다. 특히, 조혼의 폐해에 대한 비판적인 문제의식에 대해서는 반복강박의 수준에 육박할 정도였다. 실제로, 1920년대 초반 식민지 조선 사회에서 조혼 및 강제결혼과 그로 인한 자유연애 문제는, "그는 이 몸이 스스로 즐겨서 취한 애처가 아니라 나의 부모가 홀로 합당하여 얻어 온 며느리이니 나의 부모에게 며느리 될 자격은 있어도 나에게 아내 할 자격은 없다"[35]라는 논리를 명분삼아 젊은이들 사이에 일종의 시대적 기호가 될 정도의 신드롬 현상을 보여 심각한 사회 문제가 될 정도였다.

　항상 치밀하고도 냉철한 리얼리스트의 시선을 통해 식민지 조선의 구체적 현실을 정직하게 들여다보고자 했던, 그 과정에서 민족적 과제의 진단과 해결 방안 모색을 창작의 최종 심급에 두고자 했던, "근엄한 현실주의자로서의 산문작가"[36]이고자 했던 염상섭으로서는 그러한 현실을 외면하기는 어려웠을 것이다. 더욱이 8년 동안의 1차 일본 유학(1912-1920)을 통해서 배운 일본의 자연주의 문학을 매개로 한 근대적 개인의식으로 무장한 염상섭에게 전통적인 인습과 규범을 무기로 젊은이들의 일방적인 순종과 침묵을 강요하는 가부장의 권위와 독선은 상징계의 폭력으로 인식되었을 것이다. 정인과 정순의 희생을 통해서 가부장제의 이데올로기에 대한 비판적인 심문과 성찰을 시도

34　김원우, 앞의 책, 147면.
35　권보드래, 앞의 책, 70면.
36　김원우, 앞의 책, 173면.

하고 있는 「제야」와 「미해결」은 염상섭의 그러한 문제의식의 소산이라고 할 수 있다. 그런 점에서 「제야」를 "자유연애론에 대한 통렬한 비판"[37]으로 규정하는 해석은 재고의 여지가 있어 보인다. 동일한 맥락에서 「제야」를 "당시 유행한 여상해방이라는 시대사조를 입으로만 따르는 신여성풍의 권리 주장이 아닌 진정한 여권의 주장"[38]을 반영하는 윤리성이 있다는 이유를 들어 이 작품을 "한국 페미니즘 문학의 고전"[39]으로 평가하는 이보영의 해석에는 어느 정도 과장의 혐의가 느껴지기는 하나 전혀 근거 없는 억측이나 왜곡의 혐의로부터는 자유롭다고 할 수 있다.

3. 나오는 글

기존의 일반적인 평가와는 달리 염상섭은 여성의식의 측면에서도 냉철한 리얼리스트로서의 시선을 보여준 작가였음을 밝혀보고자 하는 문제의식에서 이 글은 출발했다. 이러한 문제의식과 관련하여 이 글은 자유연애와 자살의 모티프를 서사의 축으로 동원하고 있는 「제야」와 「미해결」 두 작품에 주목하였다. 자유연애의 가치가 패배하고 좌절하는 서사 설정을 통해 가부장제 이데올로기의 폭력과 억압을 심문하고 있는 이 두 작품이야말로 냉철한 리얼리스트로서의 염상섭의 여성의식을 가장 분명하고 보여주고 있다는 판단 때문이었다.

이 두 작품을 발표하던 1920년대 초반 염상섭의 지배적인 화두는 근대적

---

37 권보드래, 앞의 책, 142면.
38 이보영, 「초기작의 문제들」, 앞의 책, 117면.
39 위의 글.

주체를 어떻게 실현할 것인가 하는 문제였다. 당시 염상섭은 도식적인 단순화와 극단의 수사학으로 일관하고 있는 「지상선을 위하여」에서 반복강박에 가까울 정도로 강조한 바 있는 개성의 발견과 자아의 실현을 근대적 주체의 핵심 질료로 인식하고 있었다. 염상섭에게 자유연애는 그 자체로 중요한 가치로 인식되지는 않았던 것으로 보인다. 염상섭에게 자유연애가 중요한 가치로 인식되었던 것은 그것이 당시 식민지 조선 사회에서 무소불위의 상징권력으로 기능하던 전통적인 인습과 도덕에 저항하는 자아의 각성과 개성의 발견의 중요한 통로 역할을 하고 있다고 보았기 때문이다. 이러한 맥락의 연장선에서 이 글은 두 작품의 서사 주체로 기능하는 정인과 정순을 가부장제 이데올로기의 해체를 통한 여성해방이라는 오이디푸스적 욕망에 대한 염상섭의 문제의식을 체현하고 있는 인물로 해석하였다.

이 글은 또한 최정인과 조정순의 반복되는 위악과 출산 그리고 그로 인한 자살을, 자신들을 가문과 사업의 희생양이나 소유물로 소외시키는 가부장제 이데올로기의 억압과 폭력에 대한 유일한 비판과 저항의 수단이자 자신들의 개성의 발견과 자아의 각성을 실현할 수 있는 마지막 통로라고 해석하였다. 더불어 이 글은 이 두 여성들의 자살을 개성의 발견과 자아의 각성을 핵심 질료로 하는 근대적 주체의 존재 증명의 표지로 해석하였다. 자신들의 가치와 욕망을 추구할 수 있는 현실적인 거점을 확보하는 일이 거의 불가능에 가까울 정도로 보수적인 유교윤리가 지배하고 있었던 당시 조선 사회에서 이들이 선택할 수 있는 가능한 선택지란 자살과 같은 극단적인 방법 말고는 달리 없었을 것이라고 보았기 때문이다.

물론 정인과 정순을 통해서 제기되는 절대적 주관성에 기초한 자유연애와 참사랑이 전통적인 사랑과 결혼제도에 대한 대안적인 모랄로 기능할 수 있는가 하는 문제에 대해서는 이론이 있을 수 있다. 더불어 자살이라는 극단적인 선택이 당시 신여성들의 개성과 자유를 억압하는 폭력적인 기제로서의 가부장제 이데올로기를 비판적으로 심문하고 성찰하는 올바른 방법인가에 대해서도 이론이 있을 수는 있다. 하지만, 당시 견고한 철옹성과도 같은 가부장제 이데올로기에 맞설 수 있는 현실적인 대안이나 권력을 아무 것도 소유하지 못한 여성들에게 자살은 오히려 자신들의 일방적인 희생과 침묵을 강요하는 가부장제 이데올로기의 억압이 얼마나 폭력적인가를 역설적으로 웅변하는 방법이 될 수도 있다고 보았다.

전통적인 인습과 규범을 무기로 젊은이들의 일방적인 순종과 침묵을 강요하는 가부장제 질서와 규범에 대한 비판적인 문제의식을 반영하고 있는 두 작품을 통하여 염상섭은 부모의 일방적인 강권에 의한 강제결혼을 축으로 한 당대 가부장제 이데올로기의 폭력과 억압이야말로 근대적 주체로 탄생하는 과정에서 반드시 요구되는 자아의 각성과 개성의 발견을 저해하는 최대의 장애물이자 적대 세력임을 비판적으로 심문하고 있음을 확인할 수 있었다.

제2부

채
만
식

소
설
의

기
원

채만식의 산문

1. 들어가는 글

  1924년 12월 『조선문단』(1권 3호)에 「세 길로」라는 단편을 통해 등단한 백릉 채만식은 유명을 달리하는 순간까지 다양한 장르에 걸쳐 수많은 작품을 발표한다. 구체적으로 그가 남긴 작품은 대략, "중·장편 15편, 단편 70여 편, 희곡·촌극·씨나리오·'대화소설' 30여 편, 문학평론 40여 편·수필·잡문 140여 편"[1]에 이른다. 이러한 작품 발표의 양은 그를 다산성의 작가라고 규정하는 세간의 평가가 조금도 과장이 아님을 선명하게 증거한다. 게다가 그가 발표한 작품들은 거의 대부분, 식민지 조선의 민족 현실에 대한 치열한 고민과 대결 의지를 반영하고 있다. 그러한 맥락에서 채만식의 문학을 식민지 조선의 민족문학과 비판적 리얼리즘의 정통 계보를 대표하거나 대변하는 작가로 평가하는 데 조금도 인색할 필요는 없다. 그런데 기이하게도, 정말 기이하게도 그 많은 채만식의 작품들 가운데 산문에 대해서는 본격적인 연구는 말할 것도 없고 단편적인 논평 수준의 논의조차 찾아보기가 힘들다. 왜

---

1   이주형, 「채만식의 문학세계」, 이주형 편, 『채만식 연구』, 태학사, 2010, 13면.

그러한가? 도대체 왜 그럴까? 아니, 왜 그러했을까? 두 가지 이유에서이다.

무엇보다 먼저 산문을 경시하는 문학 연구 공동체의 오래된 관행을 들지 않을 수 없다. 소설이나 시와 같은 인접 장르들에 비해 산문을 주변적인 잡문 정도로 경시하거나 타자화하는 관행은 오랜 전통을 가지고 있다. 오래도록 반복되다 보니 그러한 관행은 이제 아주 자연스러운 불문율이나 정설로 고착되다시피 한 감이 없지 않다. 실제로 오랫동안 산문은 근대 문학 장르 지형에서 적자로서의 존재감을 분명하게 드러내던 소설이나 시와는 달리 서자로서의 정통성 시비에 항상 시달려야만 했다. 채만식의 산문 또한 그러한 상황으로부터 결코 예외가 될 수 없었다. 채만식 전집[2]의 편집자나 채만식의 문학 지형을 분류하는 이주형의 체계에서 산문을 잡문으로 규정하는 명명은 주변부적 타자의 서러움을 곱다시 감내할 수밖에 없었던 산문의 지위를 극명하게 압축하고 있다.

채만식의 산문에 대한 논의가 영성한 또 다른 이유로는 기존의 연구 성과나 성취를 넘어서고자 하는 의욕이나 도전 정신을 보여주지 못한 후속 연구자들의 태도를 들 수 있다. "1925년 등단 무렵의 『조선문단』 창작평으로부터 1997년 『국어국문학』에 실린 논문에 이르기까지 채만식의 작품에 대해 직접적으로 논평하거나 분석한 비평, 논문, 저서는 대략 500여 편에 이른다."[3] 이 많은 연구들에서 집중적인 연구 대상으로 소환되고 있는 작품들은 주로 채만식의 대표작으로 평가받고 있는 『탁류』나 『태평천하』를 비롯한 특정 중·단편들에 한정되어 있다. 물론 그 작품들이 집중적인 연구 대상으로 소환되는 데는 그럴 만한 근거나 이유가 있을 것이다. 무엇보다 그 작품들의 서사

---

2   이 글에서 '채만식 전집'은 10권으로 간행한 창작과비평사의 『채만식 전집』을 말한다.
3   이현식, 「채만식은 학문적으로 어떻게 인식되어 왔는가」, 문학과사상연구회, 『채만식 문학의 재인식』, 소명출판, 1999, 225면.

의 밀도나 완성도가 높아서 채만식의 작가적 정체성이나 작가의식을 탐색하고 천착하는 데 가장 적합하다는 게 가장 중요한 근거나 이유로 작용했을 것이다. 실제 채만식의 전체 작품을 총체적으로 살펴보더라도 그러한 근거나 이유는 충분한 설득력을 지니고 있다.

하지만 그렇다고 해서, 아니 그렇다고 해서 다른 작품들을 주변부적 타자로 탈영토화한 부분에 대한 알리바이나 면죄부가 자연스레 주어지는 것은 아니다. 다른 텍스트들 또한 채만식의 작가적 정체성이나 작가의식을 탐색하고 천착하는 데 그 텍스트들 못지않게 중요한 정보원으로 기능하고 있기 때문이다. 오히려 그 텍스트들은 그 동안 집중적인 연구 대상으로 소환된 텍스트들에서는 미처 보지 못했거나 보이지 않았던 부분들을 볼 수 있거나 보여준다는 점에서 더 중요할 수도 있다. 특히 이 글에서 집중적으로 검토하고자 하는 채만식의 산문은 더욱 더 그러하다. 채만식의 산문은 서술 주체인 채만식의 성격이나 기질, 개인사나 가족사, 세계관이나 이념적 지향, 가치관이나 욕망, 문학관이나 창작의 동기 등 채만식의 작가적 정체성이나 작가의식을 온전하게 탐색하고 천착하는 과정에서 정말로 유용한, 경우에 따라서는 결정적인 단서로 기능하는 정보들을 직접적인 진술의 형태를 통해 민낯으로 보여주기 때문이다. 그럼에도 불구하고 채만식의 산문은 후속 연구자들의 도전 정신이나 개척자 정신의 부족으로 인해 채만식의 문학 연구사에서 전인미답의 신개지로 방치되어 왔다. 이 글의 문제의식이 출발하는 부분은 바로 이 지점에서이다. 이러한 문제의식에서 출발한 이 글의 목적은 채만식의 산문에 대한 섭렵과 답사를 통해 채만식의 작가적 정체성이나 작가의식을 규명하고 천착하거나 그러한 작업에 도움을 주고자 하는 것이다. 이러한 문제의식과 목적을 위해 이 글은 『채만식 전집』의 9권에 '기행'의 범주로 수록된 10편과 '자작해설문'의 범주로 수록된 14편. 그리고 10권에 '수필' 및 '잡문'의 범주로 수록된 138편의 텍스트[4]를 집중적인 분석 대상으로 소환하고자 한다.

2. 채만식 산문의 세 지향

앞서 말한 바와 같이 이 글이 집중적인 분석 대상으로 소환하고자 하는 텍스트는 150여 편에 달하는 채만식의 산문이다. 이 글에서는 그 텍스트들을 무의식의 수면 아래 억압의 형태로 잠복되어 있던 채만식의 욕망이 승화의 과정을 거쳐 검열을 통과한 '무의식적 욕망의 투사물'로 간주하고자 한다. 이와 같이 채만식의 산문을 "실재적 삶의 무의식적 총체성 혹은 상호 관련된 전체성을 허구 속에서 가장 직접적으로 표현할 수 있는 공간"[5]으로 해석하는 접근이 설득력을 확보할 수 있는 근거는, 정도의 차이는 존재하겠지만 기본적으로 "모든 텍스트는 감지되고 묘사될 수 있는 무의식적인 힘들의 영향"[6]으로부터 결코 자유로울 수 없기 때문이다. 동서고금을 불문하고 위대한 작가나 예술가들이 모두 뛰어난 정신분석가였거나, 정신분석학의 창시자인 프로이트가 "자신의 70회 탄생일을 축하하는 자리에서 무의식의 발견자라는 칭송을 물리치고 나 이전의 시인과 철학자들이 무의식을 발견했습니다. 내가 발견한 것은 무의식을 연구하는 과학적 방법이었습니다"[7]라고 말한 것을 보더라도 그러한 설득력의 근거는 충분하다. 따라서 생산 주체의 무의식적 욕망이 어떤 형태로든지 투사될 수밖에 없는 텍스트 분석이 대상 텍스트에

---

4   정홍섭은 『채만식 선집』, 현대문학, 2009에서 '수필'과 '잡문'의 범주로 새롭게 발굴한 18편의 글들을 수록하고 있다.

5   애덤 로버츠, 곽상순 역, 『트랜스 비평가 프레드릭 제임슨』, 앨피, 2007, 169면.

6   장 벨맹-노엘, 최애영·심재중 옮김, 『문학 텍스트의 정신분석』, 동문선, 2001, 91면.

7   유종호, 『문학이란 무엇인가』, 민음사, 1989, 199면.

대한 정신분석적인 독해가 될 수밖에 없는 것도 그러한 맥락에서이다.

본인 스스로 "신경질 제3기"[8]로 규정할 정도로 예민하고 바자위었던 자신의 성정이나 기질을 반영하는 냉소와 강단의 기운으로 충만한 채만식의 산문들은 많은 편수만큼이나 테마 또한 다양하다. 채만식의 성격이나 기질, 취향이나 취미, 행복했던 유년기에 대한 추억과 그리움, 그에 대비되어 더욱 선명하게 드러나는 집안의 몰락에 대한 아픈 기억, 중년 이후 평생을 따라다닌 병고와 가난에 대한 소회와 자의식 등 150여 편의 산문을 통해서 드러나는 테마는 다채롭고도 다기하다. 그 중에서도 하나의 구심점을 형성할 정도로 반복되는 테마는 크게 세 가지이다. '그리움'과 '원망'의 감정이 교차 중첩되는 양가적 복합체로서의 고향과 충동적인 현실 도피나 죽음에의 유혹을 자극하는 타나토스의 충동으로서의 가난과 병고, 그리고 생의 막다른 골목으로 몰리는 상황에서도 포기하지 않았던 문학에 대한 열정과 헌신의 의지이다.

2.1. 양가적 복합체(ambivalent complexity)로서의 고향

유한적인 존재로서의 인간에게 죽음은 피할 수 없는 하나의 운명이다. 탄생과 죽음 사이에 존재하는 생로병사의 궤적을 밟아나가는 동안 모든 인간들은 무수히 많은 타자들과 사건들을 경험하게 된다. 특히, '계산 가능한 추상적·직선적 시간 의식이 지배하는 근대 사회에서의 모든 인간들은 태양의 운행과 계절의 순환을 기반으로 하는 자연의 운동을 축으로 하는 순환적 시간의식이 지배했던 전통적인 사회'[9]와는 비교할 수 없을 정도로 많은 이동과 변화를 경험하게 된다. 또한, "우리가 믿고 의지할 수 있고 이 세상을

---

8   안회남, 「그의 사람 된 품과 작품: 작가가 본 작가, 채만식 논변」, 『조선일보』, 1933.6.
9   이마무라 히토시, 이수정 역, 『근대성의 구조』, 민음사, 1999, 66-71면 참조.

예측 가능하도록 만들어주고 이에 따라 통제 가능하게 해줄 지속적인 고체성 (solidity)"[10]이 축소되거나 소멸되어가는 근대 이후, 한 공간에만 머무르다 유명을 달리 하는 존재는 거의 없다. 거의 대부분의 인간들은 특정한 공간에서 태어나 다양한 이유들로 인해 여러 공간들을 경유하며 이동하며 유동한다.

그런데 "'장소'는 인간 실존이 외부와 맺는 유대를 드러내는 동시에 인간의 자유와 실재성의 깊이를 확인하는 방식으로 인간을 위치시킨다"[11]고 한 하이데거의 지적처럼, 인간의 실존과 경험을 이해하는 데 장소는 결정적일 정도로 중요한 의미를 지닌다. 1930년대 식민지 조선의 모더니즘 문학이 탄생하는 배경이나 과정을 거론할 때 당시 경성을 중심으로 형성된 근대의 도회지 문명과 문화를 중요한 심급이나 동인으로 동원할 수밖에 없는 것도 특정한 공간이 지니는 그러한 영향력 때문이다. 그 논리의 연장선에서 1930년대 식민지 조선의 모더니즘 문학의 양대 산맥인 이상과 박태원이 모두 경성의 문안 출신이었음이 결코 우연이 아닌 것 또한 바로 그러한 맥락에서이다. 이와 같이 공간은 단순히 그것이 점유하는 물리적인 위치나 장소에만 국한되는 것이 아니라 한 인간의 성격이나 기질, 정서나 감성, 세계관이나 정체성 형성에 일정한 영향을 미치기 때문에 한 작가의 텍스트를 분석하거나 해석하는 과정에서도 매우 중요한 의미를 지닌다. 그 중에서도 '고향'은 아주 특별한 의미를 지니게 된다.

'고향'의 기억은 일정 부분 아이덴티티와 관련되기 때문에 '**고향'을 논하는 것은 필연적으로 아이덴티티의 정치학에 직면하기 마련이다.** 더구나 '고향'은 그리움의 대상인 만큼 저항하기 힘든 매혹을 지니고 있다. 집요하리만치

10　지그문트 바우만, 이일수 옮김, 『액체근대』, 강, 2010, 11면.
11　에드워드 렐프, 김덕현 외 옮김, 『장소와 장소상실』, 논형, 2014, 25면.

우리들을 감싸고 있어서 좀처럼 '고향'을 떨쳐내기가 힘들다.[12]

사람은 자신을 이야기할 때 태어난 장소를 출발점으로 삼아 그곳을 '고향'으로 파악한다. 모든 자서전은 태어난 장소와 그곳에서의 날들로부터 시작되며, '고향'을 다양하게 진술해 보인다. '고향'은 사람들에게 시원의 시간을 체험한 장소=공간이며, 사람들은 자주 노스탤지어의 감정으로 뒤덮인 '고향'을 묘사한다.

또한 인물을 파악할 때 그/그녀의 출신지는 빼놓을 수 없는 정보가 되고 전기(傳記)가 씌어질 때 '고향'은 반드시 기록된다. 제3자에게도 그/그녀의 '고향'은 그/그녀에게 기원의 토지로서 인식되는 것이다.[13]

그러나 고향의 과거성이 인간 실존에 의미 있게 다가오는 것은 그것이 바로 나 개인의 과거를 형성하고 있기 때문이다. 즉 내 실존의 심리적이고 시간적인 배후와 근원이 되기 때문이다. 나의 과거 지평으로서의 고향은 내 존재의 출발이면서 뿌리요, 또 중심인 것이다. **이러한 실존 지평으로서의 과거에 대한 의식은 나의 현존이 과거와의 직접적 연장선상에 있기보다 단절 속에 있을 때 더 강화되는 것이다.**[14]

많은 사람들의 '고향' 이야기에서 알 수 있는 것처럼 **'고향'은 회상과 저주의 양가적인 대상이며 끊임없이 문맥에 따라 서로 모습을 달리해가며 의식을 반전시키고 부정형의 상념으로서도 나타난다.** 사람들의 경험이나 생각이 응축된 영역인 만큼 명쾌하지 않고 서로 모순되는 평가가 내려지며[15]

12　나리타 류이치, 한일비교문화세미나, 『고향이라는 이야기』, 동국대학교 출판부, 2007, 5면.
13　위의 책, 16면.
14　전광식, 『고향』, 문학과지성사, 1999, 41면.
15　나리타 류이치, 앞의 책, 21면.

인용한 고향 담론들이 여출일구 이구동성으로 말하고 있는 바와 같이, 거의 대부분의 인간들에게 고향은 "인간 실존의 근저"[16]이자 "자기 동질성의 토대"[17]로 기능하게 된다. 많은 사람들이 자신이나 타자에 대해서 이야기할 때 항상 고향을 거론하게 되는 것도 '아이덴티티의 정치학'과 관련된 고향의 중요성 때문이다. 더불어 "공간적인 이동과 그곳을 기점으로 이야기되기 시작한다는 점에서 시간적 사후성"[18]을 지니는 '실존 지평으로서의 과거(고향)에 대한 의식은 나의 현존이 과거와의 직접적인 연장선상에 있기보다 단절 속에 있을 때 더 강화'된다. 또한 고향에 대한 기억이나 표상은 '회상'과 '저주'의 양극을 왕복하는 진자운동 속에서 끊임없이 분열 중첩되면서 부유한다.

그런데 아주 흥미롭게도, 채만식의 산문에 등장하는 고향의 기억이나 회상 또한 고향 담론들이 지적하는 이러한 일반론의 궤적이나 자장으로부터 크게 벗어나지 않는다. 그러한 판단을 가능하게 하는 이유는 크게 세 가지이다. 먼저 채만식의 산문에서 고향에 대한 진술이나 언급이 결코 적지 않다는 점이다. 두 번째로는 고향을 추억하고 회상하는 산문들이 등장하는 시점이 채만식의 개인사에서 가장 힘들고 고통스러웠던 시기라는 점이다. 150여 편에 달하는 그의 산문에서 본격적으로 고향을 추억하거나 회상하는 내용이 등장하는 최초의 글들은, 보통학교 졸업 후 고향 집에서 한문 공부를 하면서 즐겼던 원두막의 참외 서리에 얽힌 일화를 추억하고 소개하는 「원두막의 밤 이야기」(1933)와 집안의 막내[19]로 어른들의 사랑을 많이 받으면서 성장한

---

16 전광식, 앞의 책, 31면.
17 위의 책, 33면.
18 나리타 류이치, 앞의 책, 26면.
19 참고로 채만식의 가계를 살펴보면 부친 채규섭과 모친 조우섭 사이에서 태어난 형제자매는 원래 9남매였다. 그 가운데 위로 누이 두 사람과 아래로 남동생 하나가 일찍 죽는 바람에

장난꾸러기에다 개구쟁이였음을 알게 하는 일화들을 회상하고 소개하는 유년기의 추억을 언급하는 「별 같은 반딧불에 싸인 옛 기억」(1933), 「향수에 번뇌하여서」(1934) 등이다. 이 산문들을 발표하던 1933년 무렵은 채만식의 개인사에서 경제적인 궁핍과 병고로 인한 고통과 불행이 본격적으로 시작되는 시기이다.

채만식이 경제적 궁핍으로 인해 고통을 받게 되는 직접적인 계기는 그가 은선홍 부인과 결혼하던 1920년부터 시작된 집안의 급격한 몰락이다. 그 이후 반복되는 실직으로 인해 채만식의 경제적 궁핍 상황은 개선의 여지가 전혀 없이 계속 악화일로를 걷게 된다. 특히 1933년은 3년 간(1926-1929) 향리에서 실직 지식인으로 소일하다가 어렵사리 들어간 개벽사(1929.11. 입사)의 몰락으로 인해 또 다시 실직을 하던 해이다. 그 시절을 전후한 시기 적빈이 여세였던 채만식의 궁핍 상황은, "과거에 실직으로 쓰라린 고초를 나는 많이 겪어왔다. 찬 2월에 밥값 조르는 하숙에 돌아가기가 싫어 계동 뒷산에 가서 사흘 굶고 사흘 밤 잠을 잔 일도 있었다"[20]는 고백이 웅변으로 증명한다. 이 절절한 고백이 말하는 궁핍한 처지로 인한 고통과 상처가 얼마나 혹독하고 강렬했던지 채만식은 그 당시의 체험을 「앙탈」(1930)의 모티프와 소재로 동원하고 있을 정도이다. 게다가 이 무렵부터 그를 찾아온 다양한 질병으로 인한 고단한 행보가 중첩되는 상황이 채만식으로 하여금 "현재 또는 눈앞의 상황에 대한 어떤 부정적인 감정을 배경으로 해 야기된 그대로 긍정적인 울림을 갖고 환기하는 고향에 대한 노스탤지어"[21]를 자극했던 것으로 보인다.

6남매로 성장했다. 6남매 중 채만식의 위로 형이 네 사람(명식, 면식, 준식, 춘식), 그리고 아래로 여동생 한 사람(현식) 해서 남자로는 채만식이 막내가 되는 셈이다. 이에 대해서는 송하춘, 『채만식』, 건국대학교 출판부, 1994, 13면 참조.

20 채만식, 「문예시감2」, 『동아일보』, 1936.2.13-17.

21 나리타 류이치, 앞의 책, 241면.

마지막으로 "고향의 기억. 그것은 감미로운 기억이며 향수를 불러일으키지만, 동시에 아픈 기억"[22]이기도 하다는 지적처럼 채만식의 산문에서 드러나는 고향 표상은 양가적인 복합체로서의 고향이라는 점이다. 요컨대 가난과 병고로 인한 힘든 시기가 본격적으로 시작되는 1933년 무렵부터 채만식의 산문에 많이 등장하는 고향의 표상은 '동경'과 '악몽', '빛'과 '그림자', '그리움'과 '분노'가 착종된 양가적 복합체로서의 공간이라는 점이다.

> **이렇게 충동이를 받고 나면 누구든지 아버지든지 형님이든지 내게 졸려 아니 사주고는 못 배긴다.**
>
> 머슴이나 사랑의 심부름꾼이 그릇을 가지고 나서는 것을 보고 따라나서려 하나 그것은 절대로 금지다.
>
> 참외가 이제나 오나 저제나 오나 졸린 눈을 비비며 까맣게 기다리다 못하여 그냥 잠이 들어버린다.
>
> **이튿날 식전에 잠이 깨어보면 내 몫으로 큰 놈이 두 개나 세 개 앞 시렁에서 나를 기다리고 있다.** (「별 같은 반딧불에 싸인 옛 기억」, 『신가정』, 1933.7)

아마 열 살도 못 되었을 때다. 고향에서 보통학교를 다닐 때인데, 전주(全州)에 공진회(共進會)가 굉장하게 열리어 우리 학교에서도 수학여행 겸 구경을 갔었다.

그래 첫날 돌아다니며 구경을 하고 밤에 여관에 들어서 잠을 자는데 어찌하다가 잠이 깨었다.

잠이 깨기는 하였으나 정신은 없다. 한데 사방이 캄캄하기는 하고 웬 영문인지 알 수가 없다. 전주에 와서 여관에 들어 잠을 자고 있었다는 생각은 미처 생각나지 아니하였던 것이다.

---

22   위의 책, 4면.

옆에 아버지도 계시지 아니하다. 나는 세 살에 아우를 보면서부터 줄곧 아버지 옆에서 잤고 그것이 서울로 공부하러 오던 때까지 계속되었다.

그러니까 그때도 위에서 말한 대로 전주에 와서 여관잠을 자느니라 하는 생각은 나지 아니했던 판이라 이게 도대체 웬일인가! 그만 기가 막혀 왕 하고 울었다.

그러니까 인솔자이던 오영철(吳永喆) 씨---이 선생은 지금 어데 가 계신 지!------가 잠이 깨어 왜 우느냐고 달래며 묻는 것이다.

그제야 비로소 나는 아차 여기가 전주로구나 하고 울음을 꿀꺽 그쳤다. (「수학여행의 추억」, 『신동아』, 1934, 8)

고향의 그렇듯 인상 깊은 옛집이 시방은 마당도 없어지고 텃밭도 없어지고 형해만 남아 겨우 쓰러지지 아니하고 있다고 한다.

그러나 어느 구석에서 이때쯤 해가 저물면 박꽃은 우렷이 피고 있으리라.

보통학교에서 왼편으로 언덕바지가 옛날 '감나무골'이다.

감나무가 많아서 '감나무골'이다. 대추나무도 많았다.

그보다도 집을 에워싸고 있던 대숲이 퍽도 무성했었다......

'감나무골'에는 이름만 남고 주인은 때때로 갈리는 보통학교 교장이 임시 임시 들어 산다......

이십 년......이십 년 전에는 나도 여기서 콧물을 괴죄죄 흘리며 공부를 했다. 저기 '감나무골' 오동이도 있었고 그 밖에 다른 동무들도 있었고......

그 뒤 이십 년이 어떻게 해서 지나갔는지 나는 거짓말 같아 미덥지가 아니하다. (「여름 풍경」, 『조선일보』, 1936. 7.17-18, 20-22)

고향 말이 났으니 말이지 나도 요즘은 담담한 향수에 가뜩이나 번뇌한 마음이 더 산란하여집니다.

텃논에 봇물이 그득 잡혀 풀 돋은 언덕을 남실남실 넘고 개구리가 세레나

데(?)를 귀 아프게 부르고 산기슭을 돌아넘는 뻐꾹새 소리가 아스라하니 들리고.

　　모두 어려서 무심히 보고 대하던 경개건만 육칠 년이나 떠나 와 있어 못 돌아간 지금은 그런 것이 갖추갖추 그리워집니다. (「향수에 번뇌하여서」, 『조선일보』, 1934.5.10-11)

　　채만식의 산문에서 고향을 "정감어린 기억의 저장고이며 현재에 영감을 주는 찬란한 업적"[23]의 장소로서 회고하고 소환하는 글들은 어렵지 않게 발견할 수 있다. 인용문을 통해서 확인할 수 있는 바와 같이, 집안의 막내였던 채만식은 중앙고보에 입학하기 위해 고향을 떠나는 16살 무렵까지 아버지 옆에서 잠을 잘 정도로 가친의 애정과 관심을 독차지했던 것으로 보인다. 또한 '개구리가 세레나데(?)를 귀 아프게 부르고 산기슭을 돌아넘는 뻐꾹새 소리가 아스라하니 들리던', 식민지 조선의 궁벽진 변방 임피의 목가적인 자연 풍광과 환경에서 성장한 채만식의 유년기는 정서적으로도 아주 풍요로 웠던 것으로 보인다. 물질적·정서적으로 어느 것 하나 부족할 것이 없었던 채만식의 유년기는 한마디로 "별이 빛나는 창공을 보고, 갈 수가 있고 또 가야만 하는 길의 지도를 읽을 수 있던 시대, 그리고 별빛이 그 길을 훤히 밝혀 주던 시대, (그리하여) 모든 것은 새로우면서도 친숙하며, 또 모험으로 가득 차 있으면서도 결국은 자신의 소유"[24]로 되는 복락의 시기였다. 하지만, 가난과 병고로 인한 고통이 지배하던 당시(이 글을 발표하던 30대 초·중반의 시기)와 대비되어 결락과 결핍이 없는 원환적 총체성이 온전히 유지되고 있었던 유토피아의 공간으로 소환되고 전유되는 채만식의 유년기는 이제 다시는

23　　이-푸 투안, 구동회·심승희 역, 『공간과 장소』, 대윤, 2011, 247면.
24　　게오르그 루카치, 반성완 역, 『루카치 소설의 이론』, 심설당, 1998, 25면.

돌아갈 길 없는, 그래서 더욱 소중하고 안타까운 추억과 회상의 대상으로만 남을 수밖에 없다. 채만식의 고향 담론에서 유토피아의 공간에 대한 강렬한 동경과 향수, 그리고 그 공간으로부터 추방당한 자의 상실감을 어렵지 않게 발견할 수 있는 것도 그러한 맥락에서이다.

하지만 채만식의 고향 담론에서 고향이 항상 동경과 향수의 대상으로만 소환되는 것은 아니다. 채만식의 고향 담론에서 고향은 동경과 향수의 대상 못지않게 끔찍한 악몽과도 같은 트라우마의 공간으로도 기억되고 소환되고 있기 때문이다.

> 하기야 내 나이 열 팔구 세 적 집안이 이윽고 몰락하기 시작하던 그 무렵해서 방학때고 귀성(歸省)을 했다간 가친이나 그 어른의 가독상속인인 장형의 이름으로 푸뜩푸뜩 날아들던 **그 추상 같은 지불명령장이며 혹은 가차압(假差押)을 나온 집달리들을 맞이하여 집안이 온통 상가와도 같이 우수스럽고 침울한 가운데 날과 밤을 쥰득히 지우곤 하던 기억만은 시방도 새롭지 않은 것이 아니다.**
>
> 더욱기 집행딱지를 붙인 뒤에 1주일인가가 지나고 난다 치면 그제는 집달리가 경매꾼들까지 주렁주렁 데리고 달려들어 차압한 물건들을(우리 집의 뒤주를, 큰 농짝을, 숱한 유기들을) 함부로 모두 끌어내다가는 제것처럼 척척 실어가고 팔아넘기고 하던 일이라니! **하도하도 안타깝고 분하여 그자들을 몽둥이로 마구 두들겨 주고 싶어서 몸부림이 나던 일이라니!** (「문학과 해석」, 『매일신보』, 1940.8.21-24, 26)

> 향수(고향에 대한 애수 또는 부모 처자나 세상 명리를 다 버리고 멀리 방황하고 싶지 않으신가)
>
> 팔순의 노친은 노상 그러나 **고향이라면 정이 십리나 달아난다.** (「작가 단

편 자서전」, 『삼천리문학』, 1938.1)

풍경과 고적이 보잘것없기로 조선서 첫째 가는 전라북도......에서도 더욱 아무것도 없는 임피(臨陂)가 내 고향입니다.

어떻게도 궁벽하고 보잘것이 없든지 임피 산다고 하면 임피가 어디야고 묻는 이가 하고많이 있습니다.

그뿐인가요. 피(陂)자를 파(坡)자로 파(波)자로 언뜻 보고 '임파'라고 하는 이도 있는데요. (「오성낙조」, 『신동아』, 1932.9)

이 고향 담론들은 고향을 동경과 향수의 대상으로 회고하고 소환하고 있는 고향 담론들과 거의 동일한 시기에 발표한 글들이다. 그럼에도 불구하고 두 담론들은 도저히 동일한 시기에 발표한 고향 담론으로 볼 수 없을 정도로 편차가 심하다. '풍경과 고적이 보잘것없기로 조선서 첫째 가는 전라북도...... 에서도 더욱 아무것도 없는 임피(臨陂)가 내 고향입니다', '하도하도 안타깝고 분하여 그자들을 몽둥이로 마구 두들겨 주고 싶어서 몸부림이 나던 일' 등과 같은 진술에서 확인할 수 있는 바와 같이, 동경과 향수의 대상으로 인정받아 온 고향 임피의 자연 풍광을 비롯한 인정세태 등의 가치나 미덕들이 이 글들에서는 부정과 혐오의 대상으로 철저히 타자화되고 있기 때문이다. 그런데 주목할 만한 점은, 고향 임피에 대한 채만식의 부정과 혐오의 강도가 '고향이라면 정이 십리나 달아난다'라는 진술을 고백할 정도로 강하다는 점이다. 이 정도의 부정과 혐오의 강도는 "'고향'은 회상과 저주의 양가적인 대상이며 끊임없이 문맥에 따라 서로 모습을 달리해가며 의식을 반전시키고 부정형의 상념으로서도 나타난다"[25]는 고향 담론 일반의 논리로는 합리화하기 힘들

---

25   나리타 류이치, 앞의 책, 21면.

정도이다. 고향에 대한 채만식의 부정과 혐오의 정서가 이토록 강렬하게 드러나는 이유는 무엇인가? 명확한 이유를 밝히기는 어렵다. 다만 주어진 자료를 통해 추정할 따름이다. 짐작건대, 고향에 대한 강렬한 부정과 혐오의 정서 배경에는 집안이 몰락하는 과정에서 채만식이 경험한 트라우마 체험이 결정적인 동인으로 작용했던 것으로 보인다.

채만식 집안의 경제적 몰락이 시작된 것은 은선흥 부인과 결혼하던 1920년을 전후한 시기부터이다. 그 이후 채만식 집안의 경제적 몰락은 가속도를 더하면서 1930년대 초반 무렵부터는 급속도로 진행된다. 반복되는 경제적 몰락의 결과 '1940년 무렵 채만식의 부모들은 금굴제 방죽 밑의 옥답을 비롯하여 과녁터, 범의재, 용정리, 화등리, 계남리 등에 소유하고 있던 많은 전답을 다 잃은 채 유일하게 남은 전장인 백계치의 선산 아래에서 외로운 여생[26]을 힘들게 보내고 있을 정도였다. 집안의 경제적 몰락이 진행되는 과정과 그 과정에서 세간이 차압과 경매를 통해 처분되는 현장을 회상하는 채만식의 내면에 선명하게 부각되는 정서와 감정은 감당하기 어려울 정도로 강렬한 우울과 분노이다. 이러한 분노와 우울의 정서와 감정은 이 무렵부터 반복되는 본인의 실직 및 은선흥 부인과의 행복하지 못했던 결혼 생활로 인한 감정노동과 중첩되면서 고향에 대한 부정과 혐오의 정서로 발전한 것으로 보인다.

2.2. 타나토스 충동으로서의 가난과 병고

서른살이 되던 1930년대 초반부터 유명을 달리하는 순간까지 채만식의

---

26 채만식, 「어머니의 슬픈 기원」, 『조광』, 1940.6.

내면을 장악했던 정서는 가난과 병고로 인한 고통과 비애였다. 가난과 병고로 인한 고통과 비애를 고백하고 호소하는 글들은 채만식이 산문을 발표하기 시작하는 1930년대 초반의 글들에서부터 빈번하게 나타난다. 먼저 물질적인 결핍으로 인한 고통과 비애를 고백하고 호소하는 글들은 '궁핍의 노출벽'에 대한 정신분석을 유혹할 정도로 빈번하게 등장한다.

> 더구나 지금의 참나무 장작같이 뻣뻣하고 물기 없는 생활……**인간의 본성인 물질의 안정과 정의 위무에서 버림받은……앞으로 남은 반생이 역시 사람다운 생활의 권외에서 방황할……** (「벽도화에 어린 옛 기억」, 『혜성』, 1931.4)

> 나는 외투를 벗어 들어보았다. 벗어들고 생각하니 쑥스럽다.
> **골목쟁이 '그 집'으로 들어가서 일금 1원야라를 받고 거북한 동산을 처분하였다.**
> 외투 요량을 하고 내의를 얇게 입고 나온 것이 한이다. 그러나 그 대신 그놈 1원으로 뱃속에 알콜을 부어서 열을 올리었다. 그 덕에 봄나물도 금년에는 꽤 일찌기 맛을 본 셈이다. (「봄과 외투와」, 『혜성』, 1931.4)

> 금강산을 못 보았으니 꼭 가보고 싶습니다. **가을뿐이 아니라 어느 때고 가보고 싶었고 또 금년뿐만 아니라 벌써 몇해를 벼르나 돈이 없어 가지를 못했습니다.** (아마 보고 죽지 못할걸요) (「청량리의 가을」, 『동광』 38, 1932.10)

채만식은 이 글들을 통해 자신이 쓰던 물건을 전당포에서 처분하는 과정에서 느끼는 냉소적인 자조나 돈이 없어 여행을 가지 못하는 자신의 울적한 심사를 반추하고 있다. 물질적인 궁핍으로 인한 내면의 주름이나 굴곡을 토로하는 글들은 「자전거 드라이브」(1933), 「전당포에 온 봄」(1933), 「수학여행의 추억」(1934)과 같은 산문에서도 반복된다. 또한 「초하수필」(1939), 「안양복거기」(1940), 「주택」(1941)들에서는 경제적인 궁핍으로 인한 빈번한 이사와 열악한 주거 환경이 자극하는 처연한 소회를 핍진하게 묘사하고 있다. 가뜩이나 깔끔하고 예민한 성정에다 별다른 어려움이 없이 성장했던 채만식에게 돈 때문에 물건을 저당잡히거나 여행을 가지 못할 정도로 심각했던 경제적인 궁핍은 감당하기 버거운 압박과 고통이었다. "팔기 위한 원고 말고 일년에 단 한 편이라도 자신있는 작품을 써 보았으면 한다"[27]는 절절한 고백을 통해서 확인할 수 있는 바와 같이, 그러한 고통과 압박은 창작의 조건에도 상당한 영향을 미쳤다. 실제로 채만식은 생활이나 생계의 안정이 창작에서 얼마나 중요한가를 자신의 최초 장편인 『인형의 집을 나와서』(1933)의 집필 과정을 통해서 생생하게 증언하고 있다.

> 그 밖에 그다지 남의 앞에 내어놓고 이야기할 거리까지는 못되나마 창작
> 활동을 창작활동답게 하자면 최저한도의 생활의 안정이 필요해야겠다고 절
> 실히 느끼오.
> 장편 『인형의 집을 나와서』를 쓰면서 더욱이 느꼈소.
> "어서 바삐 써다가 주고 한시바삐 고료를 받아와야 하겠다"고 하면서 쓰는
> 작품은 도저히 작품답게 될 수가 없소. 나는 그렇기 때문에 나로서 최초의
> 장편인 그 『인형의 집을 나와서』를 잡쳐버렸소.
> 배 고프면 먹고 싶지 소설 쓰고 싶지 아니하오. 나는 밥 먹는 것 장만하느
> 라고 1933년 1년 동안에 장편 한 개와 1막 희곡 한 개밖에는 쓰지 못했소.
> (「창작의 태도와 실제」, 『조선일보』, 1933.10.8)

---

27 채만식, 「6월의 아침」, 『여성』 3권 6호, 1938.6.

　　실업하고 지낼 동안은 이번에는 생활이 궁하니까 문학이고 무엇이고는
다 둘째라고 핑계를 대면서 문학을 함부로 다뤘다.

　　그 덕에 쓰기는 제법 부지런히 썼다. 장편도 쓰고 펜네임으로 탐정소설도
쓰고 잡문 나부랭이도 쓰고 단편이나 희곡도 물론 많이 쓰고 휘뚜루마뚜루
써젖혔다. 쓰는 동기로 말하면 단지 원고 장사를 하기 위함이다.

　　**깊은 예술적 감흥이니 인스피레션 같은 것은 있을 겨를도 없었다. 다만
양과 스피드를 위한 기계적 노역이었다……**

　　**그런 고로 나는 한 사람의 작가라 하기보다 면서기니 회계사무원이니 하
듯이 '문학서기' 혹은 '문학사무원'이라고 명명했던 게 더 적절했을 것이다.**

　　(「잃어버린 10년」, 『조선일보』, 1938.2.18-26)

　　지나치다 싶을 정도로 정직하고 솔직했던 채만식의 성정이나 기질이 반영
된 탓도 있겠지만 1929년 11월에 입사한 개벽사의 몰락으로 다시 실직하게
되는 기간(1933-1934)에 채만식은 경제적으로 정말 힘들었던 것으로 보인다.
냉소적인 자기 비하와 노출에 대한 강박으로 일관하고 있는 이 글들에서
채만식은 작품의 완성도나 밀도보다는 원고료를 더 우선으로 생각할 수밖에
없었던 당시의 절박했던 사정을 한치의 여과 없이 진솔하게 고백하고 있기
때문이다. 상징계의 외설적 이면을 선명하게 보여주는 이 글을 통해서 드러
나는 채만식의 초상은 '소시민의 남루한 욕망'과 '작가의 신성한 자존' 사이
에서 심각한 존재론적 분열과 균열을 경험하는 경계인의 모습이다. 화불단
행. 그리고 설상가상. 고단한 여로를 홀로 가기가 외로워서인지 가난은 질병
이라는 달갑지 않은 동반자를 도반으로 삼는다. 적빈이 여세이던 경제적인
궁핍 상황에서 1930년대 이후 유명을 달리하는 순간까지 지속되는 병고의
비애가 중첩되면서 채만식의 처지는 백척간두의 곤경으로 몰리게 된다.

　　"김규택 씨의 말마따나 菜만食해서 그런지 얼골이 늘 창백한데다"[28]라는

안회남의 진술에서 확인할 수 있는 바와 같이, 1930년 이후 채만식의 건강 상태는 항상 좋지 않았다. 「추야단상」(『학생』 2권 8호, 1930.9)에서부터 언급하기 시작한 신경쇠약으로 인한 불면과 두통, 소화불량, 늑간 신경통의 질병들은 평생 그를 괴롭히는 고질이었다. 특히, 「신변잡초」(『중앙』, 1936.9)의 '건철야'에서 소상하게 밝히고 있는, 신경쇠약으로 인한 불면증은 끔찍한 악몽에 가까울 정도로 지독했던 것으로 보인다. 중앙고보 시절부터 시작된 신경쇠약으로 인한 불면은 머리를 심하게 다친 1935년 무렵에는 많을 경우 치사량에 가까운 수면제를 복용하지 않으면 안 될 정도로 심각한데다 가벼운 환청 증세까지 보일 정도였다고 고백하고 있기 때문이다. 게다가 본인 스스로 '천하의 살년(殺年)'으로 명명하고 있는 기묘년 1939년을 전후한 시기에 발표한 「액년」(『박문』, 1940.3), 「병여잡기」(『조광』, 1940.4), 「병후기」(『매일신보』, 1940.5.10) 등의 글들을 통해 채만식은 '병상일지'를 방불케 할 정도로 소상하게 자신의 병력과 그로 인한 고통과 비애를 토로하고 있다.

1930년대 이후 삶을 마감하는 순간까지 지속되는, "삶을 따라다니는 그늘 (이자), 삶이 건네준 성가신 선물"[29]인 질병과 가난으로 인한 고통과 비애는 채만식의 실존에 아무런 흔적도 남기지 않고 지나가지를 않았다. 가난과 질병으로 점철된 첩첩산중을 헤쳐나가는 과정에서 영혼과 육신의 에너지를 거의 탕진하다시피 한 채만식의 내면과 무의식의 저층에는 항상 타나토스의 충동을 자극하고 촉발하는 수준의 우울증과 허무의 심연이 자리하고 있었던 것으로 보인다.

내 이야기?

---

28 안회남, 「그의 사람된 품과 작품」, 『조선일보』, 1933.6.
29 수전 손택, 이재원 옮김, 『은유로서의 질병』, 이후, 2002, 15면.

하고 싶지 아니하오. 거친 모래를 한 줌 입에 집어넣고 씹는 맛이라고나 내 생활을 비유할는지.

어쨌거나 지나간 일 년 동안에 나는 꼭 십 년을 늙었소. 문학적 에누리가 아니라 정말로 그러하오.

요즘은 왜 인간은 사십 년이니 오십 년이니 살게 마련이 되어가지고 이렇게 지리한 염증이 생기게 하는지가 절절히 느껴지오.

인간은 개와 말과 원숭이의 싫다고 내버린 나이를 주워보태어 칠십 년을 살게 되었다더니 아마 그런 쓸데없는 수명을 가졌기 때문에 인생의 후반은 이렇게 건조무미한가 하는 생각도 드오. (「하일잡초」, 『조선일보』, 1935.7)

표절의 폄(貶)을 받는 한이 있더라도 '만감교지(萬感交至)'라는 문구를 차용 아니할 수가 없다.

우울의 인플레다.

그래도 낙일(落日)같은 여세가 있는지 알콜의 자극을 받으면 우울이 울분에로 전화 폭발한다. 비틀거리며 밤 깊은 거리에서 아무도 듣지 아니하게 기염을 토한다……

나는 나의 저회(低廻)와 미암(迷暗)의 발원을 알고는 있다. 그저 그뿐 그 이상 더 찾을 재주도 없고, 더구나 그것에 일조(一條)의 광명 같은 것을 비춰줄 힘은 더구나 없다.

그러니까 나는 눈발 머금은 세모의 하늘과 같이 무겁고 우울하다. (「저회 미암의 발원」, 『조선일보』, 1934.12.11)

가난과 질병으로 인한 고통과 비애로 점철된 험로와 준령이 종횡으로 교차하던 1930년 이후 채만식의 삶은 한마디로 끊임없는 형극의 연속이었다. 그 짐을 감당하기가 얼마나 힘이 들고 고통스러웠던지 채만식은 그 시기를 '거친 모래를 한 줌 입에 집어넣고 씹는 맛'에 비유하고 있을 정도이다. 고난과 역경이 중첩되는 생활이 지속 강화되는 과정에서 심신이 황폐해진 채만식의 내면을 가득 채웠던 것은 독버섯처럼 번식하는 분노와 우울과 같은 감정의 독소였다. 이러한 감정의 독소는 채만식에게 적극적인 생의 의지를 상실하게 하는 타나토스의 충동을 자극하고 촉발하게 하는 자양분이 되기에 조금도 부족함이 없었다. '요즘은 왜 인간은 사십 년이니 오십 년이니 살게 마련이 되어가지고', '인간은 개와 말과 원숭이의 싫다고 내버린 나이를 주워보태어 칠십 년을 살게 되었다더니'와 같은 냉소적인 독설은 당시 생에 대한 적극적인 의지나 의욕을 상실한 상태에서 타나토스의 충동을 반추하는 채만식의 내면을 선명하게 인화한다.

이와 같이 생의 막다른 골목으로 몰리는 악전고투의 상황에서도 채만식이 완전히 무너지지 않고 버틸 수 있었던 강력한 버팀목은 문학의 신전에 바치는 '구도자적 열정'과 '헌신의 의지'였다. 한마디로 문학에 대한 열정과 헌신의 의지는 계속되는 가난과 병고로 인한 극심한 우울과 고통의 심연에서 타나토스의 충동을 반추하던 채만식에게 생의 의지를 회복하게 한 '구원의 빛'이자 '희망의 등대'였다. "나는 문학을 연애하였다. 하되 이루어지지 못할 짝사랑을 10년 한 것이다. 그렇건만 나는 10년 들인 애착을 아직도 차마 버리지 못한다.....미련한 미련이다...... 내게 왜 문학적 집착은 그다지 끈기있게 붙어 있는지 알 수가 없다. 그러니까 나는 문인이라느니보다 문충(文蟲)임에 가깝다"[30], "이 『제향날』 가지고서...... 그걸로 필생의 사업을 삼을 엉뚱한 대망의 재료다. 만약 그것을 못하고서 죽는다면 임종에 눈이 감기지 않을 성부르다"[31]와 같은 진술 등은 문학에 대한 채만식의 순정한 헌신을 선명하

---

30 채만식, 「단장 수삼제」, 『조선일보』, 1935.12.
31 채만식, 「자작안내」, 『청색지』 5, 1939.5.

게 증거한다.

2.3. 문학의 신전에 바치는 열정과 헌신의 의지

　문학에 대한 채만식의 열정과 헌신의 의지를 표명하는 글은 언어를 통한 재현의 가능성(불가능성)을 탐문하는 「저회미암의 발원」(1934)과 같은 글에서도 편린으로 드러나지게 한다. 하지만 본격적인 글은 마지막 직장이던 조선일보의 퇴사와 동시에 전업작가의 길을 선언하면서 개성으로 들어가던 1936년 말 이후에 발표한 산문들에서 두드러지게 등장한다. 이 시기는 채만식의 개인사에서 계속되는 가난과 병고로 인한 우울과 고통이 가중되던 시기이다. 그러니까 문학에 대한 채만식의 열정과 헌신의 의지는, '이 숱한 불면의 밤이 없었더라면 나의 문학은 존재하지 않았을 것이다'라는 카프카의 고백을 증언이라도 하는 것처럼, 가난과 병고로 인한 고통과 우울을 촉매로 활성화된 것으로 보인다. 문학에 대한 열정과 헌신의 의지를 표명하는 글들에서 어렵지 않게 발견되는 지배적인 정서는 당위와 현실의 괴리와 균열에서 오는 채만식의 회한이나 자기 연민이다.

　　작년 섣달부터 시작하여 벌써 두 달 장간이나 매일같이 밤 세시, 네시, 더러는 꼬박 밝히기까지 하면서 책상에 붙어앉아 원고와 씨름을 한다. 차라리 씨름을 한다느니보다 몸의 에네르기라고는 있는 것 다 짜가면서 그 짓이니 숫제 악을 쓴다고 하는 게 옳겠다……

　　과거 10년간에 써낸 3, 40편을 가지고 팔모로 뜯어보아야 이렇다 할 만한 것이라고는 단 한 편도 있지를 않다. 죄다 쓸어서 불에 살라버리고 싶고 또 그밖에는 아무데고 쓸모가 없는 것들이다. (「잃어버린 10년」, 『조선일보』, 1938.2)

하고서 침음(沈吟)으로 2년을 보냈고, 그랬다가 다시 무슨 바람이 불었던
지(아마 애착이 무던했던 모양이지) 예라 이럴 일이 아니다고, **노둔한 머리와
병약한 오척단구를 통째로 내맡겨 성패간에 한바탕 문학이란 자와 단판씨름
을 하리라는 비장(?)한 결심을 한 것이 병자년 벽두, 마침 조선일보를 물러나
오던 기회다.** (「자작안내」, 『청색지』 5집, 1939.5)

**내 작품 중에 후진한테 참고될 것은 하나도 없다. 또 없어야 당연한 일이
다. 혹시 작품 이외의 것으로 참고거리를 들라면, 일왈 문학을 나처럼 해서는
못쓴다고. 이왈, 요새는……** (「문학을 나처럼 해서는」, 『문장』, 1940.2)

등단 이후 채만식의 문학적 사유와 실천의 중심에는 항상, 그리고 일관되
게 식민지 조선의 구체적 현실의 객관적인 재현 및 그를 통한 역사적 전망의
탐색과 천착이 자리잡고 있었었다. 그리고 「여백록」(1938), 「말 몇 개」(1939),
「지충」(1939) 등의 산문들에서 확인할 수 있는 바와 같이, 채만식은 언어예술
로서의 근대소설의 장르적 정체성에 대한 분명한 자의식을 가지고 있었을
뿐만 아니라 정확하면서도 아름다운 언어 구사를 통해 모국어에 잠재된 가능
성의 최대치를 실현하기 위해 각고의 노력을 아끼지 않았다. 한마디로 채만
식은 순도와 밀도 높은 모국어 구사를 위해 노심초사한 스타일리스트로서의
면모와 "적으나마 인류 역사를 밀고 나가는 한 개의 힘"[32]으로서의 문학의
역사적 소명을 실천하고자 한 리얼리스트로서의 지향[33]을 분명히 지니고 있
었다. 하지만 계속되는 가난과 병고로 인한 생계의 압박. 그리고 1931년 만주
사변에서 1941년 아시아 태평양 전쟁으로 전선이 확장되고 그에 따른 객관적

---

32 채만식, 「자작안내」, 『청색지』 5집, 1939.5.
33 이에 대해서는 글을 달리하여 한 편의 다른 논문으로 발표하고자 한다.

정세의 악화와 같은 주·객관적 요인들이 복합적으로 작용하면서 채만식의 문학적 실천은 많은 장애에 직면하게 된다. 그 장애들을 극복하고 타개해나가는 과정에서 채만식은 항상 '자신이 진정으로 쓰고 싶은 작품'과 실제 '그 의도가 충분하게 반영되지 못한 결과' 사이에서 발생하는 괴리와 간극으로 인한 내면의 균열과 갈등을 민감하게 의식할 수밖에 없었다. 자신을 사숙하거나 따르던 후배나 동료 문인들에게 버릇처럼 되뇌곤 했던 '나처럼 문학을 해서는' 안 된다는 냉소적인 자조나 자기 연민은 완성도 높은 좋은 작품을 쓰고 싶은 '소설가의 당위'와 목전의 생계를 해결해야만 했던 '가부장의 현실' 사이에서 항상 분열하고 고민해야만 했던 채만식의 안타까운 소회나 회한을 조금도 가감 없이 진솔하게 드러낸 진술이라고 할 수 있다. 식민지 조선의 문학 지형에서 돌올한 지위를 점하고 있는 『탁류』(1937)나 『태평천하』(1938)를 비롯한 채만식의 많은 문제작들은 타나토스의 충동을 자극하던 극심한 우울이나 번뇌가 지배하던 마음의 지옥을 견디면서 산출해낸 작품들이다.

3. 나오는 글

채만식의 산문은 그 중요성에도 불구하고 이제까지 그 어떤 비평적인 관심이나 조명을 받아 본 적이 없었다. 이 글의 문제의식을 자극하고 촉발하는 지점이었다. 이러한 문제의식을 바탕으로 이 글은 채만식의 산문에 대한 탐색과 천착을 통해 채만식의 문학을 규명하고 이해하는 데 유용한 토대를 제공하고자 하였다. 이러한 문제의식과 목적을 위해 이 글은 『채만식 전집』의 9권에 '기행'의 범주로 수록된 10편과 '자작 해설문'의 범주로 수록된 14편. 그리고 10권에 '수필' 및 '잡문'의 범주로 수록된 138편의 텍스트를 집중적인 분석 대상으로 소환하였다. 논의의 결과를 요약·정리하는 것으로 결론을 삼고자 한다.

다양한 지향과 방향을 드러내는 채만식의 산문에서 하나의 구심점을 형성할 정도로 반복되는 테마는 크게 세 가지-- '그리움'과 '원망'의 감정이 교차 중첩되는 양가적 복합체로서의 고향. 충동적인 현실 도피나 죽음에의 유혹을 자극하는 타나토스의 충동으로서의 가난과 병고. 그리고 생의 막다른 골목으로 몰리는 상황에서도 포기하지 않았던 문학에 대한 열정과 헌신의 의지-- 였다.

먼저 고향을 추억하고 회상하는 고향 담론이 등장하는 시기는 채만식의 개인사에서 경제적인 궁핍과 병고로 인한 고통과 불행이 본격적으로 시작되는 1930년 초반부터임을 확인할 수 있었다. 구체적으로 1933년 무렵부터 채만식의 산문에 많이 등장하는 고향의 표상은 '동경'과 '악몽', '빛'과 '그림자', '그리움'과 '분노'가 착종된 양가적 복합체로서의 공간이었다.

가난과 병고로 인한 고통과 비애의 정서를 반영하는 산문들 또한 1930년대 초반의 글들에서부터 빈번하게 등장함을 확인할 수 있었다. 가난과 질병으로 점철된 첩첩산중을 헤쳐나가는 과정에서 영혼과 육신의 에너지를 거의 탕진하다시피 한 채만식의 내면과 무의식의 저층에는 항상 타나토스의 충동을 자극하고 촉발하는 수준의 우울증과 허무의 심연이 자리하고 있었던 것으로 보인다.

당위와 현실의 괴리와 균열에서 오는 회한이나 자기 연민의 정서가 기저를 형성하는, 문학에 대한 열정과 헌신의 의지를 표명하는 글은 마지막 직장이던 조선일보의 퇴사와 동시에 전업작가의 길을 선언하면서 개성으로 들어가던 1936년 말 이후에 발표한 산문들에서 빈번하게 등장한다. 생의 막다른 골목으로 몰리는 악전고투의 상황에서도 채만식이 완전히 무너지지 않고 버틸 수 있었던 강력한 버팀목은 문학의 신전에 바치는 '구도자적 열정'과 '헌신의 의지'였음을 확인할 수 있었다. 문학에 대한 열정과 헌신의 의지는 계속되는 가난과 병고로 인한 극심한 우울과 고통의 심연에서 타나토스의 충동을 반추하던 채만식에게 생의 의지를 회복하게 한 '구원의 빛'이자 '희망의 등대'였다.

『과도기』의 두 지향

1. 들어가는 글

공식적인 연보에 의하면 채만식이 식민지 조선의 문단에 등단하게 된 해는 1924년이다. 이 해에 채만식은 이광수의 추천에 의해 「세 길로」를 『조선문단』 제3호(1924. 12월호)에 발표함으로써 제도권 문단에 진입하게 된다. 그러니까 「세 길로」는 채만식의 데뷔작이 되는 셈이다. 일반적으로 데뷔작은 그 작가의 첫 작품인 경우가 대부분이다. 하지만 채만식의 경우는 그렇지가 않다. 무슨 말인가?

1922년 중앙고보를 13회로 졸업한 이후 유학길에 올라 와세다 대학 부속 제일고등학원 문과를 거쳐 와세다 대학 본과 영문과에 재학 중이던 채만식은 1923년 집안의 전보를 받고서 하계 방학을 이용하여 귀국한다. 이후 오비이락, 가세가 급격하게 몰락[1]함과 동시에 설상가상 9월 1일 발생한 관동대진재[2]

---

1   채만식 집안의 갑작스러운 몰락은 일제의 강점 이후 합법적인 토지 수탈을 위해 설립한 수리조합 사업과 적지 않은 관련이 있어 보인다. "총독부의 가장 교활하고 잔인한 시책은 수리사업을 통해 조선인들의 논을 빼앗는 것이다. 그들은 우선 저수지를 만들 때 가장 좋은 논 중에서 수백 만 평을 골라 공시지가로 징발한다. 그리고 나서 조선인 지주들에게 터무니없이 과도한 수리조합비를 물린다. 결국 조선인 지주들은 일본인들에게 자기 논을 팔거나,

가 중첩되면서 채만식은 도동(渡東)하지 못한 채 조선에 머무르고 만다. 그 이후 진로를 모색하던 채만식은 "동경서 공부를 하다가 방학에 돌아와서 그대로 중판을 메고, 그러면 할 수 없으니 이제는 혼자라도 문학에 전심을 해야 하겠다고 그 성능 시험으로 장편소설을 하나 써 보았다……내용은 다 잊었고 타이틀은 『과도기』라는 어마어마한 것이었다"[3]라는 고백에서 확인할 수 있는 바와 같이 문학에 뜻을 두게 된다. 채만식의 첫 작품은 따라서 1923년에 탈고한 『과도기』가 되는 셈이다.

하지만 『과도기』는 미발표 원고이다. 당시 과도한 자부와 자만으로 호기만발, '한성도서주식회사'에서의 당연한 출판을 기대하고 맡겼던 이 작품의 원고는 햇빛을 보지 못한 채 채만식에게 되돌아온다. 그 이후 유고로 전해오던 이 작품의 원고는 둘째 아들 계열에 의해 1973년 『문학사상』(통권 11·12권, 1973. 8·9월호)을 통해서 세상에 그 실체를 드러내게 된다.

이 작품의 내력을 살펴보는 과정에서 이 질문을 던지지 않을 수 없다. 채만식은 왜 그 작품을 발표하지도 않고 그렇다고 버리지도 않고 유명을 달리하는 순간까지 보관하고 있었을까? 아마도 언젠가는 수정·보완 작업을

아예 줘버릴 수밖에 없다. 이 모든 게 가난한 조선인들을 구제하려고 농업을 진흥한다는 미명하에 이루어진다"(윤치호, 김상태 편역, 『윤치호 일기』, 역사비평사, 2005, 268면)는 윤치호의 일기는 그러한 추정에 확실한 근거와 설득력을 부여한다. 이러한 판단은 "수리조합이 나면 공짜로 뺏긴다는 낭설이 떠돌자 부랴부랴 헐가 방매를 해버리곤 그 뒤 지가가 일약 이삼십 배로 폭등하는 통에 그만 울화가 복받쳐 내 가친은 토혈을 다 하셨다는 금굴제 방죽 밑에치 옥답 기십 두락은 나의 기억에 없는 것이지만 내가 아는 것만으로도 '과녀터'니 '범의재'니 용정리니 화등리니 계남리니 이렇게 각처에 가 꽤 많이 전답이 있었소……자녀는 번창하고 가산은 늘어가고 동네서는 새로 부자가 생긴다고들 부러워했더라오"(채만식, 「어머니의 슬픈 기원」, 『채만식전집』 10, 창작과비평사, 1989, 424면) 라는 채만식의 회상을 통해서도 입증이 되고 있다

2   관동대진재의 구체적인 전말에 대해서는 강덕상, 김동수·박수철 옮김, 『학살의 기억, 관동대지진』, 역사비평사, 2005 참고.

3   채만식, 「잃어버린 10년」, 『채만식전집』 9, 창작과비평사, 1989, 511면.

거쳐 발표를 하겠다는 생각을 염두에 두고서 그러지 않았을까, 조심스럽게 추정을 해 볼 수 있을 따름이다. 하지만 결국 공식적인 발표는 하지 못한 채 유고의 형태로 머무르고 만다. 그 이유 또한 조심스럽게 추정을 해볼 수 있을 따름인데, 짐작건대 등단 이후 발표된 작품들을 통해서『과도기』를 통해 드러내고자 했던 문제의식을 충분히 반영했다고 판단한 결과 군이 그 작품을 발표할 필요를 느끼지 못했을 것으로 보인다.

이러한 이력을 지닌『과도기』를 대상으로 한 편의 글을 쓰고자 하는 작업에 착수하는 시점에서 이 질문 또한 던지지 않을 수가 없다. 미발표 원고를 대상으로 연구를 하는 게 과연 온당한 일일 수 있을까 하는 질문이다. 하지만 이러한 질문은 채만식 문학의 기원과 관련해서 이 작품이 지니는 의미나 비중을 생각하면 사정은 사뭇 달라질 수밖에 없다. 다름 아니라 이 작품은 채만식 문학의 기원으로 기능하는, 당시 식민지 조선 사회에서 가부장의 전제적 권력에 기초한 전통적인 가족제도 및 결혼제도에 대한 대결의지를 반영하고자 했던 문제의식을 원초적 맹아의 형태로 보여주고 있다는 점에서 그러하다. 한마디로 이 작품은 '채만식 문학의 기원의 기원'의 의미를 지닌다. 따라서 이 작품은 채만식의 전체 문학 지형에서 그 의미를 결코 외면하거나 무시해서는 안 될 정도로 중요한 의미와 비중을 지닌다.

채만식의 전체 문학 지형에서 차지하는 그러한 중요성이나 비중에도 불구하고 이 작품은 그동안 연구자들로부터 별다른 주목이나 관심을 받아오지 못했다. 거기에는 필시 그럴 만한 이유나 곡절이 있을 것이다. 결정적인 근거는 이른바 '습작기적 미숙성'이라는 이유이다. 구체적으로 이 작품을 통독해 들어가다 보면 이러한 습작기적 미숙성은 어렵지 않게 고스란히 드러난다. 적절한 비유인지는 모르겠지만 이 작품의 서사는 요철이 심한 비포장도로를 달리는 듯한 느낌이다. 구체적으로 작품을 구성하는 서사들의 유기적 밀도가 너무 낮아 대단히 헐겁고 느슨하다. 그리고 근대적 서술미학의 관점에서도, '(작자는 여기서 잠깐 한 말을 하려 한다. 이 다음에 나오는 말은 대개 일본말로 그들이 하였다.....이 다음에 혹 가다가 일본말을 그대로 쓴 것이 있는 것은 일본말을 아는 독자에게 그 말을 한 사람의 감정이나 그 말 자체의 참뜻을 음미하기 편하게 하려 함이다.....)'[4]와 같은, 서술자의 느닷없는 서술적 개입이 불쑥불쑥 틈입하는 등 적지 않은 결락의 표지를 드러내고 있다. 한마디로 이 작품은 근대 소설의 미학적 규율이나 관습에 비추어볼 때 상당한 결락과 결손의 표지를 고스란히 노출하고 있는 작품이다.

그러한 문제들에도 불구하고 이 작품에 비평적 관심을 보인 논의들은 있어 왔다. 그 가운데 주목할 만한 논의로는 방민호와 손정수 그리고 김주리의 글을 들 수 있다. 먼저 방민호는 이 작품의 육필 원고를 당시의 검열 상황과 관련해서 꼼꼼하게 검토한 후 "조선의 구습에 대한 비판의식, 일본의 식민 통치에 대한 깊은 저항 의식"[5] 등을 반영한 작품으로 해석하고 있다. 그리고 손정수는 「과도기」에 나타난 여러 가지 분열적 양상의 효과와 의미에 대한 분석을 통해 이 작품의 문학사적 의미를 "이후에 전개될 채만식 문학의 특징을 징후적으로 보여주고 있는 작품"[6]으로 해석하고 있다. 또한 김주리는 이 작품의 의미를, 작가의 가치관을 대변하는 인물로 규정한 정수의 연애를 통해 "현실의 제도나 법 너머, 도덕 너머의 욕망이라는 위치를 '절대자유'로 형상화"[7]하고자 한 것으로 해석하고 있다. 이러한 논의들 가운데 방민호와

---

4   채만식, 『과도기』, 『채만식전집』 5, 창작사, 1987, 204-205면. 앞으로 본문에서의 작품 인용은 인용 다음에 이 책의 면수만 명기하는 방식으로 통일하고자 한다.

5   방민호, 「「과도기」와 식민지 검열 문제」, 방민호 편, 『과도기』, 예옥, 2006, 426면.

6   손정수, 「과도기적 실험으로서의 「과도기」」, 군산대학교 채만식연구센터, 『채만식 중·장편 소설 연구』, 소명출판, 2009, 13·32면.

7   김주리, 「사디즘적 연애와 과도기의 욕망」, 『한국현대문학연구』 23, 2007.12, 195면.

손정수의 글은 큰 틀에서 이 작품을 채만식 문학의 기원과 관련해서 접근하고자 하는 이 글의 문제의식을 부분적으로 공유하고는 있다. 하지만 본격적인 논의에서는 그 방향이나 결을 달리 하고 있다. 따라서 이 작품을 채만식 문학의 기원과 관련해서 본격적으로 분석한 논의는 아직까지는 없다. 이 글의 문제의식이 출발하는 부분은 바로 이 지점에서이다. 구체적으로 이 글은 이 작품을 채만식 문학의 기원으로 기능하는 전통적인 가족제도와 결혼제도에 대한 비판적인 문제의식과 관련해서 논의하고자 한다. 더불어 습작기적 미숙성과 검열의 의식으로 인해 징후적으로만 드러나는 민족주의적 지향과 관련해서도 논의하고자 한다.

2. 전통적인 결혼제도에 대한 대결의지

한 사람으로 하여금 작가의 길로 나서게 만드는 동기나 욕망은 무엇인가? 달리 말해 무엇이 한 사람으로 하여금 작가로 길로 나서게 만드는가? 구체적인 내용이나 방향에 대해서는 약간의 차이가 있지만 모든 것을 걸고서라도 쓰지 않으면 안 되는, 그러니까 반드시 써야만 되는, 그런 점에서 필생의 과업이라고 할 만한 글쓰기의 대상이 한 사람을 작가의 길로 나서게 만든다. 그러한 점에 대해서는 거의 모든 작가들이 입장을 공유한다. 다시 말해 모든 작가에게는 어떤 형태로든지 표현하지 않으면 안 될 정도로 절박하고도 절실한 생의 과제나 실존의 고통이 존재하는데 바로 그러한 과제나 고통이 그로 하여금 작가의 길로 나서게 만든다는 것이다. 그런 점에서 모든 문학은 궁극적으로 '자기구원'인지도 모른다. 그 논리의 연장선에서 "작가는 여러 편의 소설을 통해서 한 편의 자서전을 쓰는 사람이다"[8]라는 진술 또한 충분한 설득력을 확보하게 된다. 사정이 그러하다면 채만식으로 하여금 작가의 길로 나서게 만든 결정적인 동인은 과연 무엇이었을까? 또한 작품을 통해서 바깥으로 표현하지 않으면 안 될 정도로 그의 무의식에 억압된 욕망은 무엇이었을까? 채만식의 개인사나 가족사를 통해서 볼 때 그것은 다름 아닌 가부장 중심의 전통적인 가족제도와 결혼제도에 대한 대결의지였다.

"하는 수 없이 뭣도 모르고 장가를 들게 되었는데 그 당시에는 부모님들이 준비하는 결혼을 누구나가 거부할 수가 없게 되어 있었지요"[9]라는 진술을 통해서 확인할 수 있는 바와 같이, 채만식의 결혼은 1920년 아버지의 강권에 의해 성사된다. 그 결혼에 대해 채만식은 적지 않은 불만이나 원망을 가지고 있었던 것으로 짐작된다. 우선 '키가 크고 얼굴이 검었다'[10]는 부인의 첫인상은 당시 서울 유학 생활을 하는 동안 보고 겪은 세련된 신여성들의 모습과 비교되어 본인 스스로 '신경질 제3기'로 규정할 정도로 깔끔하고 바자위었던 성정의 채만식에게는 상당한 불만으로 다가갔을 가능성이 꽤 크다. 게다가 열아홉 살을 맞이하던, 그러니까 결혼하던 그해 봄에 채만식은 '서울서 ＊＊ 여학교를 다닌 S라는 여학생과 상당히 가까이 지냈음을 알 수 있다.'[11] 설상가상 경성에서의 유학 생활과 그 이후 바로 이어진 동경 유학 시절, 시대의 공기처럼 호흡할 수밖에 없었던 시대정신이었던 자유연애와 자유 결혼의 세례를 받은 채만식에게 전통적인 가족제도 및 결혼제도는 도저히 받아들이기 어려운 불합리와 부조리 그 자체였을 것이다. 이러한 여러 가지 요인들이 복합적으로 중첩되어 채만식의 결혼은 "불행으로 이어졌고, 그 불행은 이어

---

8   김화영, 『한국문학의 사생활』, 문학동네, 2005, 52면.
9   장영창, 「작가 채만식 선생을 회고한다」(2), 『신여성』, 1972.7, 218면; 송하춘, 『채만식』, 건국대학교출판부, 1994, 18면.
10   위의 책, 18면.
11   이에 대해서는 채만식, 「출범전야」, 『채만식전집』 10, 창작과비평사, 1989 참조.

채만식의 생애 전체에 걸친 불행을 초래"[12]했다. 더불어 행복과는 거리가 멀었던 결혼과 관련된 개인사는 채만식으로 하여금 전통적인 가족제도와 결혼제도의 불합리와 모순에 대한 절실한 자각으로 이끌었고 그러한 자각은 가부장의 전제적 권력에 기초한 전통적인 가족 제도 및 결혼제도에 대한 비판적인 문제의식으로 발전하게 된다.

이와 같이 결혼 당시의 여러 가지 정황이나 배경으로 미루어 볼 때 채만식의 의식세계에는 인생의 최대 중대사인 결혼마저도 당사자의 의지나 의사보다는 가부장의 전제적 권력에 의해 일방적으로 결정되는 전통적인 가족제도와 결혼제도에 대한 비판적인 문제의식만큼은 흐릿한 형태로나마 자리잡고 있었던 것은 분명해 보인다. 하지만, 이 작품의 원고를 작성하던 1923년 무렵만 해도 채만식의 문제의식은 가부장의 전제적 권력에 기초한 전통적인 가족제도 및 결혼제도야말로 식민지 조선의 청춘남녀들을 불행의 나락에 빠트리게 하는 질곡이자 족쇄로 작용하는 '만악의 근원'이라는 수준까지 도달할 정도로 분명하지는 않았다. 더불어 체계적이지도 않았던 것으로 보인다. 그러한 문제의식이 비교적 명료한 형태와 체계를 갖추게 된 것은 전통적인 가족제도와 결혼제도에 대한 첨예한 대결의식과 부정의 기운으로 충만한 글들인 「청춘남녀들의 결혼 준비」[13]나 「생활 개선과 우리의 대가족제도」[14] 등의 산문을 발표하던 1930년 이후이다. 가부장의 절대적 권리와 전제적 권력에 기초한 전통적인 가족제도 및 강제결혼을 '무서운 죄악'[15]으로, 그리고 그러한 제도로 인한 고통과 불행을 겪고 있는 식민지 조선의 청춘남녀들을

---

12   송하춘, 앞의 책, 17면.
13   북웅생, 「창춘남녀들의 결혼 준비」, 정홍섭 엮음, 『채만식 선집』, 현대문학, 2009.
14   북웅생, 「생활 개선과 우리의 대가족제도」, 정홍섭 엮음, 위의 책.
15   정홍섭, 위의 책, 277면.

'모든 생존권을 박탈당한 노예이며, 금치산자와 다름이 없는' 존재이자 '시대 착오적 무서운 마전(魔殿)에 감금당한 가련한 희생자'[16]로 규정하면서 소설을 이용한 결혼교육을 주장하는, 가부장 중심의 전통적인 가족제도 및 결혼제도와 타협이나 화해의 여지라고는 조금도 찾아볼 수 없는 글들을 보면 채만식의 대결의지와 비판적 문제의식의 강도가 어느 정도였는가는 충분히 짐작하고도 남는다.

아무튼 『과도기』를 집필하던 무렵 아버지의 강권에 의해 이루어진 은선흥 부인과의 행복하지 못한 결혼생활이라는 개인사[17]로 인해 전통적인 가족제도와 결혼제도는 채만식의 의식 속에 비판과 부정의 대상으로 확고하게 자리잡고 있었던 것만은 분명해 보인다. 하지만 채만식의 그러한 문제의식은 습작기적 미숙성과 당시 일본을 통해 유입된 자유연애 및 자유결혼 사상의 심각한 도전에도 불구하고 여전한 상징 권력을 구가하던 가부장제 이데올로기에 대한 검열로 인해 맹아의 형태로 드러날 수밖에 없었다. 당연히 명료한 형태와 체계 또한 갖출 수 없었다. 구체적인 텍스트 분석을 통해서 살펴보도록 한다.

> "그러니까 왜 어린 자식을 장간 들이랍디까? 말을 아니하려니까 말이지.....
> 아이구, 참....**어머니 아부지가 절 장가 일찍 들여주셨기 때문에 남의 자식(봉우의 아내)이나 내 자식(봉우)이나 신세 망쳐 주신 줄은 모르시우? 에!....답답해....**"...
> 때문에 저 혼자 지금 속으로 꿍꿍 앓기만 해요....아시우?.....**그리구 자식은 아무 말두 못하구 부모가 시키는 대루만 따라가구?**" (『과도기』, 173면)

---

16 위의 책, 354면.
17 송하춘, 앞의 책, 17-19면; 방민호, 『채만식과 조선적 근대문학의 구상』, 소명출판, 2001, 33-39면 참조.

"기왕 말이 났으니까 그러면 내가 자세한 이야기나 해보지...."
하고 형식은 한숨 한번을 쉬더니 다시 말을 이었다.

"내가 장갈 들긴 열여섯 나던 해구 그가(자기 안해) 열다섯 나던 해댔나
그랬지. 그래 그때에 무슨 철을 알댔나. 그저 부모가 시키는 대로 할 따름이
지....또 아닌게아니라 맘에 좋긴 하더군, 장갈 든다니까.... (『과도기』, 219면)

"그러면 왜 애초에 장간 드셨어요?"

"흥.....우리 어머니가 날 꽉 붙잡고 앉아 '장갈 갈 테냐? 이 늙은 어미가
네 앞에서 죽는 꼴을 볼 테냐?' 하시구 우리 아부지께서 '저런 죽일 놈이
있단 말이냐구 ...말하자면 친권(親權)을 가지구 마구 위협을 하는데 어쩝니
까?'....

"작년 봄이드랍니다. 작년 봄방학에 집에서 아부지가 위태하시다구 전보
가 왔어요. 그래 부리나케 집엘 돌아가 보니까.........내일 모레가 택일한 날이
니 그쯤 알아라....하시는데 참 기가 맥힙디다. 그래 어머니한테로 가서 짜증
을 좀 대다가 또 경을 한바탕 치르군 하는 수 없이 강제 결혼을 당한 것이랍니
다." (『과도기』, 235-236면)

전통적인 가족제도와 결혼제도에 대한 채만식의 문제의식을 분유하고 있
는 세 사람의 결혼 당시 회고에서 이구동성 여출일구로 드러나는 공통점은
자신들의 결혼은 전적으로 아버지의 전제적 권력에 의해 일방적으로 이루어
진 강제결혼이었다는 진술이다. 세 사람의 이러한 진술은 "그는 이 몸이 스스
로 즐겨서 취한 애처가 아니라 나의 부모가 홀로 합당하여 얻어 온 며느리이
니 나의 부모에게 며느리 할 자격은 있어도 나에게 아내할 자격은 없다"[18]
는 명분이나 논리를 내세우면서 부모들이 일방적으로 성사시킨 아내를 인정

---

18 권보드래, 『연애의 시대』, 현실문화연구, 2003, 70면.

하지 않으려 했던 당시 식민지 조선의 청춘남녀들의 논리와 흡사하다. 더불어 "내가…서울에서 중앙고보를 다니고 있을 때에(2년 재학 중) 집에서부터 시골로 내려오라는 편지를 받았어요. 집에 와 보았더니 결혼준비가 이미 다 완료되어 있었지요. 하는 수 없이 뭣도 모르고 장가를 들게 되었는데 그 당시에는 부모님들이 준비하는 결혼을 누구나가 거부할 수가 없게 되어 있었지요."[19]라는 채만식의 회고와 정확하게 포개지고 겹쳐진다.

채만식의 문제의식을 분유하고 있는 세 사람의 고민이나 갈등을 통해서 유추해 볼 때 아버지의 강권에 의해 성사된 자신의 결혼에 대한 고민이나 갈등은 채만식의 무의식에 계속 억압되어 있었던 것으로 보인다. 조혼한 아내에게 집요할 정도로 이혼을 간청하는 형식이나 자신의 아내로 하여금 극단적인 선택을 하게 할 정도로 이혼에 과도하게 집착하는 봉우의 욕망은 이혼의 의사나 욕망에 대한 채만식의 당시 무의식이 투사된 것으로 볼 수 있기 때문이다. 하지만 이혼에 대한 채만식의 당시 생각이나 욕망을 대변하는 인물은 강박에 가까울 정도로 이혼의 욕망에 집착하는 형식이나 봉우가 아니라 상대적으로 온건한 입장을 보이는 정수이다. 그러한 판단은 기질이나 성격의 측면에서도 그러하지만 특히 게이오 대학의 의대에 재학 중인 형식이나 동경 상과대학의 예과에 재학 중인 봉우와는 달리 정수를 와세다 대학 문과에서 러시아 문학을 전공하게 하는 설정을 통해서 설득력을 확보한다.

이러한 설정은 "안정된 사회 생활을 위해 반드시 의식으로부터 차단해야 하는 금지된 충동들에 대한 1차 억압과 1차 억압된 내용들을 연상시켜 우리를 자극할 위험성을 내포한 파생물들에 대한 2차 억압"[20] 기제의 작동 때문으

---

19 송하춘, 앞의 책, 18면.
20 이창재, 「계보학과 정신분석학: 니체와 프로이트」, 김상환 외, 『니체가 뒤흔든 철학 100년』, 민음사, 2000, 212면.

로 보인다. 채만식은 당시 결혼 이후에도 학업을 계속하기 위해서는 아버지의 경제적 도움에 의존할 수밖에 없었다. 게다가 그 지위가 조금씩 위협을 받고 있기는 했지만 그래도 여전히 식민지 조선 사회에서 무소불위의 막강한 상징권력을 구가하고 있던 가부장제 이데올로기의 압박이나 압력에 저항할 수도 없었다. 이러한 상황에서 채만식은 이혼에 대한 자신의 생각이나 욕망을 형식이나 봉우와 같이 과격하고도 폭력적인 방식으로 드러내는 인물들에게 투사하기는 쉽지 않았다. 그러한 처지에 놓여있던 채만식의 당시 내면은 자신의 무의식 심연 저 깊숙한 지점에서 분출하는 상상계의 욕망과 당시 식민지 조선 사회에서 아버지의 법으로 기능하던 상징계의 규범의 격렬한 공방과 각축이 전개되던 전장을 방불케 했을 것이다. 양 진영의 전투 양상은 격렬하고도 치열했다. 당연히 쉽게 승부가 날 리가 없었다. 양 진영의 사령부는 따라서 적당한 수준에서 타협할 수밖에 없었다. 채만식이 보다 온건하면서도 당시 식민지 조선 사회가 수용 가능한 입장을 지닌 정수에게 이혼에 대한 자신의 생각이나 욕망을 투사하는 대리인으로 위임하는 설정은 그러한 타협의 결과이다. 더불어 이혼과 자유연애에 대한 정수의 진술이 자기 분열적이면서 모순적인 양가성의 양상을 보이는 것 또한 그러한 맥락에서이다.

> **"물론 사람마다 개성이나 취미나 주의가 다르구, 또 더구나 환경이나 경우두 같질 않으니까 통일해서 말할 수야 없지만, 내 생각 같아선 이혼할 필요가 없을 듯해**....그렇지만 우리가 지금 생각해 볼 것은 그 이혼을 한 여자가 자기 스스로 앞길을 열어가질 못하구 한평생 홀과수로 지내지 않으면 은근짜 집으로 팔려가거나 못된 놈의 첩이 되어 필경은 논두덕죽음을 하게 되구....
>
> 그러구 만일 그네 스스로가 다른 곳으로 가구 싶어하거든 그때엔 얼마든지 이혼을 해주는 것이 좋구.... "

"그렇지만 아무리 해두 젊은 사람은 이성애(異性愛)가 사라지질 않을게니까 연앤 얼마든지 해. 아무것도 거리끼지 말구.......만일 아무래두 두 사람의 정을 끊기가 어렵거든 결혼을 해요. 그것이 물론 형식으로 보아선 소위 '첩'이란 것이겠지. 하지만 두 사람의 정이 아무래두 서로 끊지 못할 만큼이면 그럴 듯한 형식에 대한 구속까지두 초월할 수야 있겠지.....

"......그렇지만 도덕이란 무에야? 사람을 위해서의 도덕이지 도덕을 위해서의 사람은 아니겠지. 그러니까 도덕이란 것두 시간이나 처소나 또는 사람의 행복이나 선(善)의 표준을 따라 달라가야 할 게 아니야? 사람이 사람을 위해서 마련해논 옛 도덕에 지금 와서 구속을 받아서 옳은 일을 굽혀서야 될 수 있나.....그리구 사회의 여론 같은 것이야 돌아볼 필요가 없잖아? 자기 양심에 부끄런 일만 없으면 말이지. 더구나 지금 우리나라 사회의 여론이라는 게 도무지 정당한 게 되질 못해요.....그러니까 우린 우리 양심에 거리끼지만 않으면 사회여론 같은 게야 모르는 체하는 게 좋아.

그렇지만 한편으로 보면 그 여론이 그다지 근거가 없는 것두 아니야. 왜 그러냐 하면, 지금 우리나라 젊은이들 가운데 참말 비계나는 꼴이 있으니까.... 만일 인류제조소(人類製造所)란 게 있다면 그 쓰레기통에다나 모두 쓸어담아서 서울 시구문 밖에다 쿵쿵 파묻어버릴 감들....그것들이 모두 과도기의 특산물(特産物) 부스러기들이야." (『과도기』, 236-240면)

이 문면은 이 작품을 통해 채만식이 드러내고자 했던 문제의식의 핵심을 선명하게 드러내고 있다. 이혼과 자유연애에 대한 정수의 생각이나 욕망을 반영하는 진술로 이루어진 이 문면은 서사의 양적인 비중에서 다른 부분들을 압도할 정도로 그 분량이 많은데다 같은 고민을 공유하고 있는 봉우와 형식을 지도하는 형식으로 서술되고 있기 때문이다. 이러한 형식적인 표지 이외에 그러한 해석을 가능하게 하는 결정적인 근거는 이 작품의 제목이기도

한 '과도기'라는 표현이다.

'과도기'라는 표현을 통해서 채만식은 아버지의 일방적인 결정에 의해 성사된 자신의 결혼에 대한 고민이나 불만, 그리고 그 고민이나 불만에서 촉발된 당시 식민지 조선의 전통적인 결혼제도나 가족제도에 대한 자신의 내면풍경을 선명하게 인화하고 있다. 아버지 중심의 가부장제 이데올로기에 기초한 전통적인 가족제도나 결혼제도는 당시 1920년대 식민지 조선 사회에서 무소불위의 막강한 상징권력으로 군림하면서 청춘남녀들의 인생을 좌지우지하였다. 그러한 상황으로부터 채만식 또한 자유로울 수 없었다. 따라서 자신의 결혼에 대해 불만이 있다고 해서 자기 마음대로 이혼을 감행하거나 결단할 수도 없었다. 아마도 짐작건대 당시 채만식이 처한 입장은 결혼을 지속하고 싶은 생각도 그렇다고 바로 이혼을 실천할 수도 없는, 한마디로 이럴 수도 저럴 수도 없는 딜레마나 아포리아의 상황이었을 것으로 판단된다.

이러한 상황에서 채만식이 현실적으로 선택할 수 있는 대안이나 해결책은 무엇이었을까? '상징계의 규범'과 '주체의 욕망'의 양 극단을 자유롭게 횡단하는 정수의 진술은 그러한 딜레마나 아포리아의 처지에서 극도의 분열과 갈등을 반추할 수밖에 없었던 채만식의 처지를 정확하게 대변하고 있다. 그 연장선에서 "작중인물의 자기모순을 드러내는 방식을 통해 이루어지고 있다"[21]라는 지적처럼 도저히 한 인물의 의식에서 나온 것이라고는 할 수 없을 정도로 상호 충돌과 길항의 정도가 극심한 정수의 진술은 당시 채만식이 경험할 수밖에 없었던 갈등이나 고민의 강도가 어느 정도였는가를 선명하게 증거한다. 이혼과 자유연애에 대한 생각이나 욕망을 반영하고 있는 정수의 진술은 도대체 어느 게 진심인지를 도저히 알 수 없을 정도로 자기 분열적이

---

21 손정수, 앞의 글, 28면.

고 모순적이기 때문이다. 그러한 진술의 양상을 극명하게 압축해서 보여주는 표현이 바로 정수가 진술 과정에서 반복적으로 동원하고 있는 '그렇지만'이라는 접속 부사이다.

앞에 말한 진술의 정당성을 바로 이어서 의심하고 부정하는, 그것도 반복적으로, '그렇지만'이라는 표현을 통해 정수는 이혼과 자유연애에 대한 욕망을 긍정하기도 하고 부정하기도 한다. 정수의 그러한 진술은 주체의 동일성을 보장하는 최소한의 일관성조차 찾아보기 힘들 정도로 앞뒤가 서로 충돌하고 길항하는 분열적인 양상을 드러내고 있다. 억압을 본질로 하는 무의식에 주목하는 정신분석에서 억압된 무의식의 욕망이 성취되기 위해서는 검열을 통과해야만 한다. 그 과정에서 '재현론적 제약성'의 기제가 작동하게 되고 그 결과 "모순율로부터의 배제, 무시간성, 탈문법성"[22]을 메커니즘으로 하는 '압축'과 '전치'는 당연히 치러야만 하는 대가이다. 앞서 말한 자신의 진술을 바로 이어지는 진술이 부정하는 패턴이 반복되는 양상으로 전개되는 정수의 진술은 그러한 압축과 전치의 메커니즘에 정확하게 일치하고 있다.

사정이 그러하다면 한 인간의 의식 안에 도저히 양립할 수 없는 가치나 질서가 공서하는 정수의 양가적인 진술은 어디에서 기인하는 것인가? 그것은 당시 "봉건적 현실과 그로부터 벗어나고자 하는 근대적 지향 사이의 혼란"[23]을 경험하던 채만식의 실존 때문으로 보인다. 채만식은 당시 경성과 동경 유학생활을 통해 습득한 근대적 의식으로 무장한 상태였다. 그러한 채만식에게 가부장의 전제적 권력에 기초한 전통적인 가족제도와 결혼제도를 그대로 수용하는 일은 자신의 근대적 정체성을 부정하는 일이었을 것이다.

22　박찬부, 『기호, 주체, 욕망』, 창비, 2007, 73면.
23　손정수, 앞의 글, 22면.

그렇다고 해서 자신의 근대적 정체성을 실천하는 데 필요한 경제적인 독립이 전혀 안 된 상태에서 그것에 드러내놓고 저항할 수도 없었을 것이다. 이로 인해 채만식은 전통적인 가족제도 및 결혼제도에 대한 수용과 저항의 양 극단을 끊임없이 오가며 극심한 혼란과 분열을 경험하던 경계인의 의식에 포박되어 있었던 것으로 보인다. 채만식의 당시 그러한 정황이 정수의 그러한 진술을 낳게 한 발생 배경으로 기능한다고 할 수 있다. 이러한 맥락에서 "이 소설의 주제의식은 현실에 대한 순응도, 비판도 아닌, 그 양쪽에 걸쳐져 있는 과도기적 의식에 대응되고 있다고 할 수 있을 것이다"[24]라는 지적은 적절해 보인다.

양가적인 모순성을 드러내는 정수에게 이혼과 자유연애에 대한 자신의 생각이나 욕망을 투사하는 대리인으로 위임하는 서사 설정을 통해 채만식은 아버지의 일방적인 결정에 의해 성사된 자신을 비롯한 식민지 조선 청춘남녀들의 결혼에 대한 불만과 항변 그리고 그러한 결정을 가능하게 한 제도적인 토대이자 규범인 전통적인 결혼제도 및 가족제도에 대한 대결의지와 상징적인 처벌의 문제의식을 반영하고 있다. 하지만 이 작품을 발표하던 무렵 그러한 문제의식은 앞서 설명한 바 있는 습작기적 미숙성과 자기 검열로 인해 명료한 체계와 밀도를 갖추지는 못했다. 이 작품에서의 문제의식이 느슨하면서도 헐거운 상태로 드러날 수밖에 없었던 것도 그러한 이유에서이다. 하지만 그러한 문제의식은 이후 계속 심화되는 과정에서 가부장을 신랄한 풍자와 냉소의 대상으로 희화화하면서 종국에는 파멸과 몰락으로 종결을 맺는 서사 문법을 통해 전통적인 가족제도와 결혼제도에 대한 자신의 비판적인 문제의식과 대결의지를 반영하는 작품들의 발표로 이어진다. 그리고 종국에는 채만

---

24 위의 글, 27면.

식 문학의 기원으로 작용할 정도로 발전한다. 「박명」, 「순녜의 시집살이」, 「수돌이」, 「봉투에 든 돈」 등과 같은 초기 단편[25]에서부터 채만식의 문학적 정체성을 대변하는 작품으로 회자되는 『탁류』와 『태평천하』, 그리고 11년 간에 걸쳐서 네 번의 패러디적 전유를 시도할 정도로 집요하게 매달린 바 있는 『심봉사』 계열의 서사체[26]에 이르기까지 그러한 문제의식이 반복강박의 변주를 보이면서 드러나는 것을 보아도 그러한 해석은 충분한 설득력을 지닌다.

3. 민족주의적 지향의 분출

그 명칭으로 인한 착시효과 때문인지 사이토 총독의 문화통치(1919-1927)에 대해서는 자칫 착각하기 쉬운, 아니 착각할 수밖에 없는, 그로 인해 일반적인 통념으로 고착화되다시피한 통설이 통용되어 왔다. 테라우치(1910-1916)와 하세가와(1916-1919)의 무단통치에 비해 상대적으로 더 유연하면서도 덜 억압적인 통치 방식이었다는 것이 바로 그 통설의 핵심이다. 해군 대장 출신의 사이토가 총독으로 부임한 이후 시행한 정책이나 제도 개편 등 외형적인 차원에서만 보면 그러한 통설은 크게 잘못된 지적은 아니라고 할 수 있다. 상상조차 하지 못했던 3·1운동을 통해 조선 민족의 엄청난 저항의 에너지를 확인한 일제 식민 권력은 외형적인 측면에서만 보면 통치 방식에서 상당한 변화를

---

25   공종구, 「채만식의 초기소설에 나타난 '가족'과 '자본'」, 한국언어문학회, 『한국언어문학』 제82집, 2012.9 참조.

26   공종구, 「채만식의 『심봉사』계열체 서사 연구」, 한국현대소설학회, 『현대소설연구』 제55호, 2014.4 참조.

시도하기 때문이다. 헌병과 경찰과 같은 억압적 통치기구에만 일방적으로 의존하던 기존의 무단통치 방식은 더 이상 효율적이지도 그리고 가능하지도 않다는 것을 인정할 수밖에 없게 된 일제의 식민 권력은 고육지책의 결과 그 명칭에서부터 유화적인 문화통치 방식을 동원한다. 구체적으로 조선총독부는 문화통치 기간에 "한국어 신문과 잡지의 출판을 허가하고, 정치 참여를 허용하였으며, 문화·학술·학생·시민 단체 결성의 자유를 부여"[27]하는 등 다양한 차원에서의 유화적인 정책들을 시행한다. '3호 잡지'라는 냉소와 자조를 들을 정도로 다양한 근대적 매체들이 우후죽순 경쟁적으로 족출했던 것도 모두 문화통치기의 그러한 시대적 공기를 반영한 결과이다. 그로 인해 질식할 것만 같았던 식민지 조선의 문화적 숨통이 어느 정도 트인 것만은 부인할 수 없는 사실이기도 하다.

하지만 "불을 때는 데 굴뚝이 없으면 솥이 파열한다"[28]라는, 사이토 총독 시절 정무총감으로 재직했던 미즈노 렌타로의 음험한 정략적인 발언에서 양두구육의 속내를 정확하게 짐작할 수 있는 바와 같이, 문화통치의 그러한 변화는 피상적인 차원에서의 외형적인 변화에 불과할 뿐이었다. 구체적으로 "일본이 문화 통치를 시행한 궁극적 목적은, 한국을 문화적으로 동화시키는 장기 프로그램을 서서히 강화하는 동시에 한국인들이 식민지의 삶에 적극적으로 참여하게끔 고무하는 것이었다",[29] "1920년대 문화정치기 동안 경찰은 규모 면에서나 재정 지출 면에서나 3배 이상 확대되었다"[30]라는 지적에서

---

27   마이클 로빈슨, 「방송, 문화적 헤게모니, 식민지 근대성, 1924-1945」, 신기욱·마이클 로빈슨 엮음, 도면희 옮김, 『한국의 식민지 근대성』, 삼인, 2006, 106면.

28   정종현, 「선한 영향력 평가하기」, 『인플루언서』, 민음사, 2020, 178면.

29   마이클 로빈슨, 앞의 글, 106면.

30   이철우, 「일제하 한국의 근대성, 법치, 권력」, 신기욱·마이클 로빈슨 엮음, 도면희 옮김, 앞의 책, 2006, 84면.

알 수 있는 바와 같이, 문화통치는 무단통치 방식의 폭력과 억압성을 호도하기 위해 내세운 허울 좋은 명분에 불과할 뿐 그 본질은 무단통치의 연속이자 연장이었다. 한마디로 1920년대 문화통치의 본질은 동화[31]와 수탈을 더 교묘하고도 교활한 방식으로 관철시키기 위한 차원에서 제기한 전형적인 식민통치 방식 그 이상도 이하도 아니었다.

이러한 사정이나 상황으로 미루어 볼 때 당시 식민지 조선의 지식인들에게 일제의 식민 지배에 대한 비판이나 저항의지는 학습 이전의 1차적인 의식이었을 것이다. 다시 말해 당시 식민지 조선의 지식인들에게 민족주의적 지향은 '획득적 의식'이라기보다는 '귀속적 의식'에 가까웠다. 채만식 또한 예외일 수 없었다. 1923년 귀국 직후 진로를 모색하는 과정에서 시도한 이 작품의 원고를 집필하던 당시 채만식의 민족주의적 지향을 확인해볼 수 있는 자료는 없다. 하지만 "문학이 적으나마 인류 역사를 밀고 나가는 한 개의 힘일진대 한인(閑人)의 소장(消長)거리나 아녀자의 완롱물(玩弄物)에 그칠 수는 없을 것이라고 나는 목이 부러져도 주장을 하는 자"[32]이다라는 문학관이나 『태평천하』, 「치숙」, 「명일」, 「레디메이드 인생」 등 당시 일제 식민 지배체제를 통렬하게 풍자하거나 야유하는 작품들을 통해서 볼 때 채만식의 민족주의적 지향은 어렵지 않게 확인할 수 있다. 『과도기』에 편린의 형태로 드러나는 민족주의적 지향 또한 그러한 맥락에서 해석할 수 있다. 따라서 이 작품이 출판을 하지 못한 이유 또한 정확하게는 알 수 없지만 단순히 습작기적 미숙성이라는 이유 말고도 "원고본 전반적으로 '삭제' 부분이 많은 것을 감안하면

---

31 이에 대해서는 호사카 유우지, 『일본제국주의의 민족동화정책 분석』, 제이앤시, 2002, 111-117면; 고마고메 다케시, 오성철 외 옮김, 『식민지 제국 일본의 문화통합』, 역사비평사, 2008, 243-250면 참조.

32 채만식, 「자작안내」, 『채만식전집』 9, 앞의 책, 520면.

복자(伏字)가 많은 단행본에 대한 출판사의 부담감 또한 한 원인이 되었던 듯하다",[33] "「과도기」는 그야말로 혹독한 검열을 거치면서 삭제되거나 바꿔야 할 부분이 너무 많아진 나머지 출판이 포기된 듯 보인다……이 작품이 출판되지 못한 가장 큰 이유는 바로 표현의 자유를 철저히 제약하는 검열에 있었다고 보아야 할 것이다"[34]라는 지적은 충분히 경청할 만하다.

꼼꼼하게 원고를 검토한 방민호의 주장에서 확인할 수 있는 바와 같이 채만식으로부터 출판을 의뢰받은 한성도서주식회사에서는 당연히 검열 담당 부서인 총독부 경무국의 도서과에 출판 여부를 문의한 후 삭제 부분이 너무 많아 출판을 포기했을 가능성이 농후하다. 이 작품에서의 민족주의적 지향이 서사의 체계와 밀도를 지니지 못한 채 충동적인 기질의 소유자인 봉우의 격정과 울분의 분출 차원에서 제기되면서 다른 서사와 겉도는 돌출의 양상을 보이는 것 또한 당시의 그러한 검열 상황을 내면화한 결과로 보인다.

> 동경으로 길 떠나는 날 밤에 영순이를 찾아가서 작별인사를 한 뒤에 주먹을 부르쥐고 분개한 듯이 말을 하였다.
> "오늘 저녁에 만일 그놈을 정거장에서 만나면 대번에 쳐죽여 버리겠습니다. 서태문이 그놈 말씀이야요…."……
> "내가 아무리 보아두 그놈의 하는 짓이 수상스럽기에 될 좀 살펴봤었지요……그 놈의 본 이름은 서태문이가 아니라 서병욱이란 놈이에요. 인제 알구 보니까……그놈이 동경서 아주 지독한 친일파놈이드랍니다……잡혀가서 얼마 동안 콩밥을 먹은 전과자라나요……그놈이 감옥에서 나올 때에 마침 이 경도에 있는 일본 사람 야심가들이 저희 말대로 하면 소위 '일선 융화를 촉진'할 목적으로 그 화친회란 것을 세우는 기밀 알구, 그놈이 에끼나 먹을 것 생겼구

---

33 방민호, 「과도기」와 식민지 검열 문제」, 『과도기』, 예옥, 2006, 424면.
34 위의 글, 426면.

나 하구 그곳에 뛰어들어가서 지금 그 꼬릴 펴구 다니는 거예요....

그래 고놈이 아이구! 그저 고놈의 소월 생각하면.....우리나라 민족의 체면을 팔아 일본 사람에게 아첨하기, 어리숙한 조선 여학생 꾀이기....그러면서두 고놈이 외면으론 애국잔 체 일류 신산 체하고 뭐라구 딱딱거리구 다니니 그놈의 하는 짓이 분하구 밉잖겠습니까? (『과도기』, 194-195면)

봉우는 여전히 높은 소리로

"그런 게 아니라, 우리가 마침 빌 맞으면서 품천(品川)해수욕장에서 나오느라니까 웬 왜놈들이 우리 될 따라오며----우리가 조선말로 막 지껄이긴 했댔지----'지나인, 짱꼬로' 어쩌구 그래.....**그래 비까지 맞구 골이 난 판이라 달려들어 두 놈을 개(犬) 잡듯이 두들겼지.....**

오늘 빈 맞었지만 맘은 시원하다. '난 왜놈 두들겨주는 게 맘에 제일 상쾌해.'"하고 자기만 마치 유쾌한 듯이 웃었다. (『과도기』, 277-278면)

문면에서 보는 바와 같이 봉우의 민족주의적 지향의 실천에는 체계적인 이념적 배경이나 조직이 있는 것도 아니다. 일관된 방향성이나 지속성 또한 보이지 않는다. 그저 일시적인 충동이나 열정에 자극 받아 폭발적으로 분출할 따름이다. 게다가 그 실천 방법 또한 사적인 폭력에 의존하고 있다. 일본인이나 그에 영합하는 조선인들을 대상으로 물리적인 폭력을 행사하는 것이 일시적인 울분을 해소하는 데는 어느 정도 도움이 될 수 있겠지만 당시 시대적 과제이던 민족 해방을 달성하는 데는 그 어떤 도움도 되지 않을 것이다. 게다가 봉우가 민족주의적 지향을 실천하는 서사는 습작기적 미숙성으로 인해 다른 서사들과 유기적인 연관을 전혀 맺지 못한 상태로 대단히 헐겁고 느슨하게 외딴 섬처럼 겉돌고 있다.

봉우의 울분과 더불어 민족주의적 지향의 실천과 관련된 문제의식을 반영

하는 모티프는 일본 여성인 문자와의 연애 및 양자 문제를 둘러싼 형식이의
갈등과 고민이다.

> 형식은 차근차근 말을 시작하였다.
> "인제 또 한가지 것은 양자 문젠데……진정 말이지 내가 양잔 갈 수가 없는
> 형편이야. <난 어디까지든지 조선 사람이니까 ……지금 피정복자의 설움 가운
> 데서 자기네의 존재까지도 의심할 만한 조선민족에게는> '사랑이나 주의에
> 는 국경이 없다'는 말은 그다지 힘차게 울리질 않고……또 그것이 결코 무리의
> 일이 아니야. 이렇듯한 동포의 큰 기대나 희망을 저버리구서 내가 문자하구
> 결혼을 해서 피 섞인 자식을 뒤에 끼치는 것만 해두 여간 큰일이 아닌데다가,
> 더구나 내가 아주 일본 사람이 되어버린단 것은 너무나 내가 잘못이 아니라
> 구?" (『과도기』, 222-223면)

조선인과 일본인의 연애와 결혼이 서사의 축으로 기능하는 '내선연애'와
'내선결혼' 서사들이 식민지 조선 문단에 본격적으로 등장하는 시기는 관동
군 사령관 출신의 미나미 지로가 제7대 조선총독(1936-1942)으로 부임한 이후
부터이다. 부임 이후 미나미 총독은 시오하라 학무국장을 핵심 브레인으로
중용하면서 다양한 수준에서 황민화 정책을 시행해나간다. 그 과정에서 그
이전의 내선융화를 확장·심화시킨 '내선일체'를 시정의 최고 목표로 내세우
면서 식민지 조선의 모든 분야에 그 목표 수행에 협조하거나 복무할 것을
강제한다. 문학 또한 예외일 수가 없었다. 조선인과 일본이 사이의 연애와
결혼을 소재로 하는 작품들이 등장하게 되는 것은 그러한 배경에서이다.
물론 사정이 그러하다고 해서 조선인과 일본인 사이의 연애나 결혼이 이
시기에만 존재했던 것은 당연히 아니다. 유학이나 정치적 망명 등의 이유로
일본에 있던 조선인들과 일본인들, 그리고 식민지 경영이나 사업 등의 이유

로 조선에 와 있던 일본인과 조선인 사이에 자연스러운 감정이 연애나 결혼으로 발전하는 경우가 당연히 있었다. 형식과 문자의 경우가 바로 이러한 경우에 해당한다. 하지만 두 사람의 사랑은 서로 다른 두 나라의 양자 지위를 결정하는 호적법[35]이나 관습의 차이로 인해 결정적인 장애에 직면한다. 하지만 형식은 봉우의 민족주의적 실천의 거울상을 보는 것처럼 그러한 배경에 대한 면밀한 고민이나 질문이 없이 단순한 혈연의 문제로 해소해버리고 만다.

4. 나오는 글

이 글이 집중적인 분석 대상으로 소환한 텍스트는 채만식의 실질적인 데뷔작이라고 할 수 있는 『과도기』였다. 채만식의 전체 작품 지형에서 이 작품이 차지하는 비중이나 중요성은 결코 적지 않다. 그럼에도 불구하고 이 작품은 그에 합당한 조명이나 관심으로부터 소외되어 왔다. 텍스트 곳곳에서 산견되는 습작기적 미숙성과 검열 때문이었다. 그러나 오히려 역설적이게도 그러한 습작기적 미숙성이나 검열에서 드러나는 텍스트의 균열이나 구멍이야말로 채만식 문학의 기원을 해명하는 데는 더할 나위 없이 좋은 단서로 작용한다. 이러한 문제의식을 가지고서 이 글은 출발했다. 그러한 문제의식을 탐색하고 천착하는 것이 이 글의 목적이었다. 논의의 결과를 요약·정리하는 것으로 결론을 삼고자 한다.

분석 결과 『과도기』는 채만식 문학의 기원인 가부장의 전제적 권력에 기

---

35 이에 대해서는 이승일, 『조선 총독부 법제 정책』, 역사비평사, 2008, 279-306면.

초한 전통적인 가족제도와 결혼제도에 대한 상징적인 처벌과 대결의지를 반영하는 작품임을 확인할 수 있었다. 더불어 이 작품은 채만식 문학의 또 다른 기원으로 기능하는 식민지 근대에 대한 대결의지의 동력으로 작용하는 민족주의적 지향을 반영하고 있었다.

먼저 전통적인 가족제도와 결혼제도에 대한 채만식의 문제의식은 습작기적 미숙성과 당시 식민지 조선 사회에서 상징계의 근간으로 작동하던 가부장제 이데올로기에 대한 검열로 인해 텍스트 곳곳에서 재현론적 제약성의 흔적들인 텍스트의 모순과 착종 등을 드러내고 있었다. 구체적으로 그러한 텍스트의 균열과 구멍들은 이 작품에서 전통적인 가족제도와 결혼제도에 대한 채만식의 문제의식을 대변하는 정수의, 최소한의 자기 동일성도 찾아보기 힘들 정도로 자기 분열적이고 모순적인 진술을 통해 드러나고 있었다. 이 작품을 통해 맹아의 형태로 드러난 전통적인 가족제도와 결혼제도에 대한 채만식의 상징적인 처벌과 대결의지는 본격적인 작가의 길로 들어선 이후 발표하게 되는 작품들에 반복적인 변주를 보이는 과정에서 심화·확장되면서 궁극적으로 채만식 문학의 기원으로 자리잡게 된다.

이 작품에는 또한 전통적인 가족제도와 결혼제도에 대한 대결의지와 더불어 채만식 문학의 지형에서 중요한 비중을 차지하는 민족주의적 지향의 단초 또한 드러나고 있다. 민족주의적 지향에 대한 채만식의 문제의식 또한 일제의 식민 지배 권력의 억압에 대한 검열로 인해 텍스트 곳곳에서 재현론적 제약성의 흔적들인 텍스트의 모순과 착종 등을 드러내고 있었다. 구체적으로 민족주의적 지향에 대한 문제의식은 충동적인 기질의 봉우의 일본인에 대한 울분의 분출과 당시 조선과 일본 사이에 존재하는 복잡한 법리나 관습의 문제 등 다양한 변수들이 개입되는 양자의 입적 문제를 단순한 혈연의 문제로 환원해버리는 형식이의 소박한 해법을 통해 드러나고 있었다. 두 사람을 통해 드러나고 있는 민족주의적 지향의 실천이 지니는 문제나 한계는 명백하다. 하지만 이 작품에서 맹아의 형태로 그치고 마는 민족주의적 지향의 문제의식은 「레디 메이드 인생」, 「명일」 등 그 이후 발표되는 작품들에 오면서 계속 심화·확장 되면서 전통적인 가족제도와 결혼제도에 함께 채만식 문학의 두 기원으로 기능하는 식민지 근대에 대한 채만식의 대결의지로 발전하게 된다.

채만식의 초기소설에 나타난 '가족'과 '자본'

1. 들어가는 글

채만식은 1924년 『조선문단』 3호에 「세 길로」라는 작품이 이광수의 추천을 받아 등단하게 된다. 1950년 유명을 달리하기까지 지속된 창작활동을 통해 그가 남긴 많은 작품들은 다양한 장르에 걸쳐 있다. 구체적으로 그 작품들은 중·장편 15편, 단편 70여 편, 희곡·촌극·시나리오·대화소설 30여 편, 문학평론 40여 편, 수필·잡문 140여 편에 이른다. 그 중에서도 동아일보 정치부 기자와 개벽사의 기자로 활동하던 무렵을 전후한 시기에 발표한 채만식의 초기소설들은 주목을 요한다. 특히, 「박명」(『동아일보』, 1925.10.9-16), 「순녜의 시집살이」(『동아일보』, 1926.1.20-26), 「수돌이」(『동광』 제14호, 1927.6), 「봉투에 든 돈」(『현대평론』 제5호, 1927.6)은 특별한 주목을 요한다. 두 가지 이유에서이다.

하나는 이 작품들이 지금까지의 채만식 연구사에서 그 존재 자체마저도 잘 알려지지 않은 전인미답의 미개지라는 점이다. 이 작품들은 채만식 전집에 관한 한 이제까지 정전으로서의 독점적인 지위를 누리고 있는 창비 전집에도 누락되어 있다. 이 작품들은 현대문학에서 기획한 '한국문학의 재발견-작고문인 선집'의 『채만식 선집』[1]에 수록되어 있다. 그런데 전인미답의 미개지라는 텍스트 외적인 정보만으로 작품의 연구 가치를 판단하고 평가하는 것은 피상적이며, 따라서 충분하지 않다. 보다 더 중요한 이유는 작품 자체의 완성도 또는 그 작품들이 채만식의 전체 작품 지형이나 식민지 조선의 근대 문학사에서 차지하는 위상이나 비중에서 찾아야 할 것이다. 그런데 이 네 작품들은 채만식의 전체 작품 지형에서 결코 지나쳐서는 안 될 정도로 중요한 의미를 내장하고 있다. 이 네 편의 단편들은 이주형[2] 이후 많은 연구자들로부터 채만식 문학의 정체성 표지로 인정받아 온 '부정의 정신'의 맹아를 분명한 형태로 보여주고 있기 때문이다. 바로 이 점이야말로 이 네 작품을 주목해야만 하는 본질적인 이유이다.

어느 작가에게나 치열한 대결의지를 자극하는 대상은 존재하기 마련이다. 한 작가의 작가적 화두나 글쓰기 행위의 기원 및 원천으로 기능하는 이러한 치열한 대결의지의 대상은 흔히 그 작가의 작품에서 부정의 정신의 형태로 현상하기 마련이다. 채만식은 이러한 일반론을 매우 선명한 형태로 보여주고 있는 작가이다. 1924년 등단 이후 채만식이 발표한 수많은 작품들에는 "민족의 운명에 대한 증인의식"[3]을 그 근저에 두고 있는 부정의 정신이 선명한 형태로 드러나고 있기 때문이다. 등단 초기에서부터 채만식 문학의 근간을 이룬 부정의 정신은 크게 두 가지를 대상으로 하고 있다. 하나는, 식민지 조선의 여성들에게 일방적인 순종과 침묵을 강요한 가부장제 이데올로기에 기초한 전통적인 가족제도의 폭력과 억압이다. 채만식의 작품 지형에서 '여

---

1   정홍섭 엮음, 『채만식 선집』, 현대문학, 2009.
2   '부정의 정신'을 키워드로 채만식 문학을 밀도 있게 분석·해석하고 있는 이주형의 논의에 대해서는 이주형, 「채만식의 문학과 부정의 논리」, 『한국근대소설연구』, 창작과비평사, 1995 참조. 하지만 이주형의 글에는 이 글에서 집중적인 분석 대상으로 선택한 텍스트들이 논의 대상에서 빠져 있을 뿐만 아니라 식민지 근대에 대한 채만식의 부정의 정신을 통시적으로 탐색하고 있다는 점에서 이 글과는 성격이나 방향이 많이 다른 글이라고 할 수 있다.
3   앞의 책, 270면.

성의 수난사 계열의 작품군'들로 명명 가능한 이 계열의 부정의 정신은『탁류』의 초봉에게서 그 정점에 도달한 바 있다. 다른 하나는, 생산성과 효율성에 기초한 이윤을 최고의 가치로 숭배하는 과정에서 한 인간의 영혼을 완전히 잠식하는 무소불위의 파괴력을 지닌 자본과 그 자본의 욕망을 운동 원리로 삼는 자본주의(식민지) 근대의 간계와 폭력이다. 이 계열의 부정의 정신은『태평천하』의 윤직원 영감에게서 그 정점을 보여주고 있다. 이 글의 목적은 따라서 분명하다. 채만식 문학의 근간으로 기능하는 부정의 정신이 분석 대상으로 선택한 네 작품들에 어떤 양상으로 드러나고 있는가를 분석하는 작업이다. 뒤집어서 말하면, '가족'과 '자본'에 대한 부정의 정신이 채만식 문학의 기원이자 원천임을 확인하는 작업이기도 하다.

2. '희생양'과 '소유물'로서의 여성

가부장제 이데올로기와 성별 위계에 기초한 전통적인 가족제도와 결혼에 대한 고민이나 대결의지를 보여주는 작품으로는 「박명」과 「순녜의 시집살이」를 들 수 있다. 등단작인 「세 길로」 이후 약 1년 뒤에 발표한 이 두 작품들은 채만식의 문학 지형에서 상당히 중요한 의미를 지닌다. 채만식 문학 지형에서 핵심 축으로 기능하는 '여성들의 희생과 수난'은 이 두 작품들에서도 중심 모티프로 기능하기 때문이다. 게다가 이 두 작품들에는 채만식의 문학 지형에서 반복강박의 양상을 보이면서 드러나는 여성들의 희생과 수난 모티프가 처음으로 등장하고 있다. 그런 점에서 이 두 작품들은『탁류』의 초봉에게서 그 정점을 보여주고 있는 여성들의 희생과 수난 계열체 서사의 기원이나 원천으로 규정할 수 있다.

이 두 작품의 발표를 전후한 무렵 채만식은 동경 유학에서 일시 귀국한 뒤 가계의 몰락으로 동경으로 돌아가지 못한 채 임피의 친가에서 은선홍 부인과 약 2년 동안 결혼 생활을 유지한다. 1924년 은선홍 부인과의 사이에서 첫 아들 무열을 낳은 채만식은 1925년 동아일보에 취직이 되어 상경한 후 기자 생활과 작품 활동을 병행하게 되면서 은선홍 부인과 다시 별거에 돌입한다. 2년 동안의 결혼 생활을 통해 자신의 결혼생활에 대한 채만식은 고민이나 갈등은 더욱 더 깊어졌을 것으로 보인다. 이 두 작품은 그러한 고민과 갈등의 반영으로 보인다.

이 두 작품들에서 서사를 추동하는 핵심 축으로 기능하는 모티프는 '가부장의 폭력과 여성의 희생과 수난'이다. 이 두 작품을 통해 드러나는 가부장의 폭력은 여성에 대한 제도화된 폭력에 기초한 여성 억압 구조의 기초인 가부장제 일반의 폭력으로부터 크게 벗어나지 않고 있다. 이 두 작품들에서 여성들의 희생과 수난의 주체로 기능하는 봉희와 순녀는 가족의 생계를 위해 첩으로 거래되거나 가사 도우미로서의 용도가 폐기된 후 소유권이 이전되는 대상으로 전락하기 때문이다. 이 과정에서 여성들 본인의 주체적 의사나 의지는 전혀 고려의 대상이 되지 못한다. 이 두 작품들에서 남성들의 사유재산으로 거래되는 여성들은 한마디로 "모든 생존권을 박탈당한 노예"이자 "시대착오적 무서운 마전(魔殿)에 감금된 가련한 희생자"[4]에 불과한 존재로 형상화되고 있다.

이 두 작품 가운데 화서라는 필명으로 『동아일보』에 1925년 10월 9일에서 16일까지 연재한 「박명」은 여성들의 희생과 수난 서사의 계보적 관점에서

---

4   채만식, 「생활개선과 우리의 대가족제도」, 정홍섭 엮음, 『채만식 전집』, 현대문학, 2009, 354면.

특별한 주목을 요하는 작품이다. 여러 가지의 서사구조의 층위에서 이 작품
은 여성들의 희생과 수난 서사 계보의 정점을 보여주고 있는 『탁류』의 계보
학적 원형에 해당하기 때문이다.

> 또 경삼 부처에게는 평생을 넉넉히 지낼 만큼 논을 떼어 주마는 이러한
> 여러 가지 조건을 내세웠다. **경삼 부처는 평생을 넉넉히 살아갈 만큼 논을**
> **떼어 준다는 말이 하늘에서나 떨어진 복인 듯싶어 기쁨을 참지 못하고,**
> ＊＊고을 동리 앞으로는 초라한 상여 한 채가 --상주의 대신으로 늙은
> 부부 한 쌍이 상여 채를 붙잡고 통곡하며 차마 놓지 못하는 상여 한 채가-구
> 슬픈 만가를 부르며 동구 밖으로 향하여 나아갔다. **이것이 박명한 우리 봉희**
> **의 죽음을 마지막으로 알려주는 것이었었다.**
> **봉희는 죽고 말았다.....**
> 나는 봉희의 죽음에 대하여 더 말하지 아니하려 한다.
> 다만 길용이가 그날 밤 이후로 한 달 동안은 여전하다가 그 후부터는 일절
> 발을 끊고 또 한 가지도 언약을 이행치 아니하였다는 것만 말하여둔다. (「박
> 명」, 40-44면)

이 작품의 서사 주체로 기능하는 봉희의 희생과 수난에 결정적인 빌미를
제공하는 사건은 경삼과 길용의 타락한 거래이다. 봉희의 섹슈얼리티를 정복
하고자 하는 욕망에 사로잡힌 길용은 '평생을 넉넉히 살아갈 만큼 논을 떼어
준다'는 감언이설을 통해 경삼 부처를 유혹한다. 길용의 감언이설을 '하늘에
서나 떨어진 복'으로 받아들인 경삼 부처는 자신들의 일점혈육인 봉희를 길
용의 첩으로 거래하는 계약을 수락하게 된다. 부모의 뜻을 거역하지 못하는
봉희는 길용의 첩살이를 하다 결국 자살이라는 극단적인 선택을 통해 자신의
비극적인 삶을 마감하게 된다. 이와 같은 서사의 경개에서 알 수 있는 바와

같이, 이 작품에서 이기적인 가부장으로 등장하는 경삼은 무능하지만 자신이 절대군주로 군림하는 가족 왕국의 영토 내에서만큼은 가솔들에게 무소불위의 전제적 권력을 행사한다. 안타고니스트로서의 길용은 봉희의 육체적 매력에 매혹당해 물질적인 유혹을 매개로 경삼 부처에게 적극적인 거래를 시도한다. 그리고 프라타고니스트로서의 봉희는 가족의 부양을 위해 자본의 간계와 교환의 논리에 오염된 경삼의 일방적 결정에 의해 길용의 첩으로 거래되는 희생을 수락한다. 이 작품의 서사를 추동하는 이 세 인물들의 이러한 기능적 배치와 역할은 『탁류』의 서사를 추동하는 세 인물들-정주사와 고태수, 그리고 초봉이-과 정확한 대칭을 형성한다. 그리고 봉희의 자살이라는 비극적 결말로 서사를 마감한다는 점에서도 「박명」은 초봉이를 살인자의 처지로 전락하게 하는 비극적 결말로 마감하는 『탁류』의 결말과 대칭을 형성한다.

이 작품의 분석을 통해서 알 수 있는 바와 같이, 채만식은 가솔들에 대한 일방적인 지배와 통솔을 가능하게 하는 가부장의 전제적 권력에 의해 유지되는 전통적인 가족제도와 결혼이 여성들에게 얼마나 폭력적인 제도인가를 비판적으로 성찰하고 심문하고자 하는 문제의식을 등단 직후의 작품에서부터 반영하고자 했음을 알 수 있다. 봉희의 자살로 서사를 마감하는 설정이라든지 '우리 봉희'라는, 정서적 연루와 개입을 강하게 투사하는 서술 표지는 가부장제 이데올로기와 성별 위계에 기초한 전통적인 가족제도와 결혼에 대한 채만식의 문제의식이 상당히 의식적인 차원에서 반영되고 있었다는 사실에 대한 유력한 원군으로 기능한다. 전통적인 가족제도와 결혼에 대한 채만식의 이러한 문제의식은 「순녜의 시집살이」에서도 반복된다.

「박명」보다 약 세 달 뒤에 발표한 「순녜의 시집살이」는 결혼생활의 수난을 통해 전통적인 가족제도와 결혼에 대한 채만식의 문제의식을 반영하고 있는 작품이다. 따라서 이 작품의 서사 초점은 결혼생활로 인한 순녜의 수난에 집중되어 있다. 이 작품의 서사 주체로 기능하는 순녀의 인생은 결혼 이전에도 수난의 연속이지만 결혼을 통해서 그 정점에 도달한다. 어린 시절 어머니로부터 버림받은 후 순녀는 인생유전과 신산을 거듭한다. 어머니의 유기이후 순녀는 걸인의 손에서 농부, 농부에게서 조동지 둘째 아들 집의 가사도우미, 그리고 조동지의 둘째 아들집에서 조서방의 둘째 아들 금돌이에게로 시집을 가게 된다. 여성을 소유물로 간주하여 매매 대상으로 타자화하는 남성 중심의 폭력적인 질서와 구조를 통해 인생유전과 신산을 거듭하던 순녀에게 결혼은 '수난의 종결'이 아니라 '수난의 완성'을 의미한다. 결혼 이후 순녀에게 무차별적으로 자행되는 시대의 온갖 폭력과 학대는 일상의 수준에서 반복되기 때문이다. '시집을 갔다는 것보다 주체스러운 것을 어디로 떠맡기려던 차에 그 조서방네가 **달라고 하므로 얼른 내주어버렸다.**'라는 서술 정보는 수난의 완성으로서의 결혼이 순녀에게 지니는 의미는 이미 그 출발에서부터 예견된 것이었다는 것을 극명하게 보여준다.

시집살이를 하게 된 순녀의 고생은 전보다 한층 더하였다. 계집아이로부터 어른이 된 그에게는 시집살이는 그 짐이 너무나 무거웠다.

가장 양반인 체하고 가도(家道)를 보네 예절을 차리네 하면서도 골만 틀리면 웃통을 벗어 제치고 바짓가랑이를 사타구니까지 걷은 채 며느리인 순녀를 앞에다 앉혀 놓고 개잡년의 자식이네 무엇 가쟁이를 찢을년이네 하며 욕을 퍼붓는 소위 시아비, 한 달이면 서른 밤을 하루도 빼놓지 않고 밤잠을 못자게 구는 그러면서도 손톱만치도 아내라는 것을 불쌍히 여기거나 정답게 굴지 아니하는 무지스럽고 미욱한 그 남편, 그 보기 싫은 상판, 소위 며느리라는 것을 **수백 냥 주고 사온 종년** 잡도리하듯 하고 숨 쉴 새도 없이 부려먹으면서도 시시때때로 가시같이 볶아대는 이리 같은 그 시어미, 사납기로 둘째가라면 서러워할 만한 여우 같은 시누이, 그중에도 강짜(嫉妬), 이 틈에서 순녀

는 시집살이를 하였다. (「순녜의 시집살이」, 51면)

남편을 비롯한 시댁 식구들과 순녜 사이에서 가족의 핵심 가치인 구성원들 사이의 감정의 연대는 그 흔적조차 찾아보기 힘들다. 그리고 그녀가 거처하는 공간인 시댁은 '각박한 세상의 안정된 항구'로 인식되기보다는 '일상의 억압과 폭력이 자행되는 끔찍한 감옥'으로 인식된다. 따라서 남편을 비롯한 시댁 식구들은 그녀에게 '인생의 동반자'라기보다는 '감옥의 악독한 간수'에 불과할 뿐이다. **'수백 냥 주고 사온 종년'** 대접하는 시댁에서의 시집살이는 순녜에게 '적들과의 동침' 그 이상도 그 이하도 아니다. 이러한 상황에서 순녜에게 남은 유일한 선택지란 일상의 억압과 폭력이 자행되는 끔찍한 감옥을 탈출하여 적들과의 동침을 종식하는 일뿐이다.

'봉희의 자살'과 '순녜의 탈출'이라는 비극적인 결말을 통해 가부장제 이데올로기와 성별 위계에 기초한 전통적인 가족제도와 결혼에 대해 채만식이 말하고자 한 문제의식의 핵심은 무엇이었을까? 그 물음에 답하기 위해서는, 이 작품들을 발표하던 1925년에서 1930년에 이르는 시기에 가부장제 이데올로기와 성별 위계에 기초한 전통적인 가족제도와 결혼에 대한 채만식의 내면을 들여다보는 작업이 순서일 듯싶다.

그러면 어찌하여 이와 같은 결함을 아무도 주의하지 않고 등한시하여 왔는가. 왜 그러한 능력의 발달과 단련을 조장하는 데 노력함이 없어왔는가. 그 원인을 간단히 말한다면, 우리들의 사회적 사정과 인습에 돌릴 수 있는 것이니, 즉 **첫째는 우리들의 가족제도에 있는 것이요, 둘째는 중매결혼의 관습에 있다** 하겠다. 첫째, 우리들의 가족제도의 일면을 살펴본다면, 가주(家主)의 권리가 너무나 전제적(專制的)이어서 자녀(子女) 질제(姪弟)의 결혼에까지 간섭할 뿐 아니라 배우자의 선택에 대해서는 절대의 권리를 보지(保持)하고 왔다. 그리하여 아들은 어버이가 정해준 곳에 두말 못하고 장가를 들었고, 딸은 또한 어버이가 택해준 남자에게로 시집을 갔었다. 이와 같이 우리 자여질(子與姪)은 자기의 미래 행복과 불행을 좌우할 중대한 결혼에 있어서 한마디 의견조차 말해보지 못하고 부여형(父與兄)의 독단적 엄명에 맹목적으로 복종해왔었다…. 여사(如斯)히 결혼 당사자의 선택 의사를 존중하기는커녕 전연 무시하는 가족제도에 있어서, 어찌 전기의 상대자에 대한 관찰이나 이해력의 조성을 바랄 수 있으랴.

　　다음으로 중매결혼이란 가족제도와 서로 제휴하여 과거 우리들의 결혼을 지배해온 관습으로서, 결혼하고자 하는 상대자에 대한 조사 관찰들을 중매인에게 일임하여 직접 결혼 당사자의 관여를 허치 않을 뿐 아니라, **책임을 지고 권리를 대행한다는 부형들까지 무성의하게 중매인의 직업적 감언이설을 믿고 귀한 딸과 아들을 놓기 때문에 왕왕히 불행한 비극을 연출하는 일이 많았었다. 이것이 얼마나 무서운 죄악이랴.** (「청춘남녀들의 결혼준비」, 276-277면)

가부장제 이데올로기와 성별 위계에 기초한 전통적인 가족(제도)와 결혼에 대한 채만식의 당시 생각을 아주 분명한 형태로 보여주고 있는 글이다. 윤리적 이분법의 도식과 극단의 수사학의 서술전략이 지배하는 인용 문면에서 이광수의 데자뷰를 연상하는 것은 자연스럽다. 공동체의 규범이나 관습이 지배하던 전통사회에서 근대적인 주체의 욕망이나 개성이 지배하던 근대사회로의 급격한 전환을 경험하던 1910년대 식민지 조선사회에서 전통적인 가족제도의 규범과 중매결혼의 관습에 대한 거침없는 우상파괴를 감행하던 이광수의 그림자가 이 글에 어른거리고 있기 때문이다. 전통적인 가족제도와 중매결혼에 관한 한 이광수의 에피고넨을 자처하는 듯한 이 글을 통해 채만식은 전통적인 가족제도와 중매결혼을 근대적인 주체의 욕망과 개성을 억압하는 폭력적인 제도로 타자화하고 있다.

　　채만식이 전통적인 가족제도와 중매결혼을 부정적인 타자로 위계화하는 이유는 그 당시 일반론의 자장에서 크게 벗어나지 않는다. '식민지 조선사회에서 자유결혼과 강제결혼를 둘러싼 세대 갈등과 논쟁은 1920년대 중반에 그 정점을 이룬다. 당시 식민지 조선사회에서 '사랑 없는 결혼은 죄악'이라는 믿음으로 무장한 청춘 남녀들은 전통적인 인습에 따라 부모가 일방적인 결정권을 가지던 강제결혼과 전제결혼에 대해 적극적인 저항과 비판으로 맞선다. 근대적인 사랑의 감정과 인격의 자율성에 기초한 당사자 자신의 결정권'[5]을 주장하던 식민지 조선의 청춘남녀들에게 부모의 일방적인 강제에 의해 강요된 결혼은 결연하게 타파해야 마땅한 '상징계의 폭력'으로 인식되었기 때문이다. 그 당시 채만식 또한 전통적인 질서와 규범이 지배하는 고향과 가부장의 굴레를 벗어나 경성과 동경 유학을 통해 이미 근대적인 지식과 규범으로 무장된 근대적 주체로 성장해가고 있었다. 근대적 주체로 성장하는 과정에서 채만식은 전통적 질서나 규범과의 거리나 괴리를 민감하게 의식할 수밖에 없었다. 더불어, 가족들에 대한 일방적인 지배와 군림을 가능하게 하는 전제적 권력을 담보하는 전통적인 가부장제 질서에 대해 근대적 주체의 개성과 자유의지를 억압하는 폭력으로 인식하였을 것이다. 실제로, **'자기의 미래 행복과 불행을 좌우할 중대한 결혼에 있어서 한 마디 의견조차 말해보지 못하고 부여형(父與兄)의 독단적 엄명에 맹목적으로 복종해왔었다..... 이것이 얼마나 무서운 죄악이랴**'라는 울분과 탄식에서 알 수 있는 바와 같이, 전제적 권력에 기초한 가부장의 강제에 의해 일방적으로 결정되는 전통적인 결혼과

5　　김경일, 『근대의 가족, 근대의 결혼』, 푸른역사, 2012, 24-26면 참조.

가족제도를 폭력으로 규정하는 데 채만식은 그 어떤 타협의 여지도 남겨 놓지 않고 있다. 전통적인 가족제도와 중매결혼에 대한 채만식의 비판의 강도가 이와 같이 통렬하고 도저한 데에는 당시의 일반적인 사회적인 배경 이외에 개인사적인 배경 또한 중요한 동인으로 작용하고 있다.

결혼과 관련된 여러 가지 자료들을 보면, 아버지의 일방적인 강제에 의해 결정된 결혼으로 인해 채만식은 양가적인 감정에 시달렸던 것으로 보인다. 하나는 아버지에 대한 원망과 피해의식이다. 다른 하나는 은선흥 부인과 두 아들에 대한 죄의식과 회한이다.[6] 채만식의 개인사[7]와 문학에서 결정적인 변곡점으로 작용하는 결혼은 그가 중앙고보에 재학 중이던 1920년 4월 21일 인근 마을인 함라 출신의 은선흥 부인과 이루어진다. 1살 연상의 전통적인 구여성이었던 은선흥 부인과의 결혼은 부친의 일반적인 강제에 의해 이루어졌던 것으로 보인다. 당연히 성사 과정에 채만식 본인의 의사는 조금도 반영되지 않았을 것이다. 그런데 당사자 모두에게 불행하게도 채만식은 은선흥 부인과의 결혼 과정과 그 이후의 결혼 생활에 대해 불만이 적지 않았던 것으로 보인다. 우선 당대의 시대적 조류와 본인의 근대적 주체의식의 영향을 받아 '친밀성과 사랑에 기초한 당사자 결정의 자유결혼'을 이상적인 결혼으로 생각했던 채만식에게 가부장의 전제적 권력을 바탕으로 한 아버지의 일방적인 강제에 의해 이루어진 결혼 성사 과정에 적지 않은 불만을 가지고 있었을 것이다. 게다가 본인 스스로 '신경질 제3기'[8]라고 말할 정도로 깔끔하고 예민한 성정의 소유자였던 채만식에게 '키가 크고 얼굴이 검었다'는 은선흥

6   이에 대해서는 공종구, 「채만식 소설의 기원: 『인형의 집을 나와서』를 중심으로」, 『현대문학이론연구』 제42집, 165-172면 참조.

7   채만식의 개인사에 대해서는 송하춘, 『채만식』, 건국대학교 출판부, 1994, 13-27면; 방민호, 『채만식과 조선적 근대문학의 구상』, 소명출판, 2001, 29-48면 참조.

8   안회남, 「그의 사람 된 품과 작품」, 『조선일보』, 1933.6.

부인의 외모 또한 마음에 들지 않았던 것으로 보인다. 이러한 사정에다 채만 식의 유학(중앙고보와 동경 유학)생활과 사회생활이 계속되면서 실질적으로 채 만식이 은선홍 부인과 결혼 생활을 공유했던 기간은 그리 길지 않았던 것으 로 보인다.

더구나 자신의 마지막 직장이던 조선일보 퇴사와 동시에 전업작가의 길을 선언한 후 16년 연하의 김씨영을 동반하여 당시 개성에서 금광 사업을 벌이 고 있던 넷째 형 춘식의 집으로 들어가게 되는 1936년 이후부터 은선홍 부인 과의 관계는 실질적으로 이혼 상태나 다름없게 된다. 그러한 상황에서도 은 선홍 부인과의 사이에 무열과 계열 두 아들을 둔 채만식은 그 두 아들과 부인에 대한 가장으로서의 도리와 의무를 다하지 못한 데서 오는 자책과 회환으로 적지 않은 죄의식에 시달렸던 것으로 보인다. 그리고 이러한 죄의 식과 피해의식은 그의 실질적인 등단작이라고 할 수 있는 『과도기』에서부터 말기의 작품에 이르기까지 다양한 수준의 반복적 변주를 보이는 '텍스트의 무의식' 형태로 드러나게 된다. 봉희의 자살과 순녜의 자살이라는 비극적 설정으로 서사를 마감하는 「박명」과 「순녜의 시집살이」 또한 가솔들에 대한 무소불위의 전제적 권력을 가부장에게 담보하는, 그러한 전제적 권력을 바탕 으로 자녀들의 결혼까지도 일방적으로 결정해버리는, 그로 인한 자녀들의 고통이나 슬픔은 외면하거나 그들의 문제로 치부해버리는 전통적인 가족제 도와 결혼에 대한 채만식의 비판적 성찰과 저항의지가 투사된 것이라고 할 수 있다.

3. '악의 화신'으로서의 자본의 간계

채만식의 소설 지형에서 전통적인 가족제도 및 결혼과 더불어 반복강박의 양상을 보이면서 드러나는 모티프는 근대 자본주의 체제와 인간의 욕망에 대한 비판과 대결의지이다. 채만식의 문학지형에서 봉건제도의 뒤를 이은 인류사회의 생산양식으로서 이윤추구를 궁극적인 목적으로 하는 근대 자본주의 체제와 자본에 대한 인간의 욕망은 일관된 화두로 등장하고 있기 때문이다. 그리고 독서편력이나 「독설록에서」, 「막사과 야화」, 「지상 특별 공개: 폭리대취체」, 「속임 없는 고백, 나의 참회-잡지 기자 참회」, 「황금 무용론」 등 1930년을 전후한 시기에 발표한 다양한 글들을 보더라도, 비록 관념적이고 개인적인 차원에서이기는 하나 채만식이 근대 자본주의 체제의 대안으로서 사회주의 이념에 대해 상당한 관심을 가지고 있었던 것은 분명해 보인다. 실제로 「산동이」(1930)나 「병조와 영복이」(1930)와 같은 동반자적 경향의 작품을 보더라도 사회주의 이념에 대한 채만식의 고민이나 관심은 상당했던 것으로 보인다. 그런 점에서 "사회주의에 대한 채만식의 인식 수준은 그렇게 높았던 것으로 보이지는 않으나 그것은 작품 전체의 서사를 규율하는 '미학적 조종 중심'으로 기능"[9]한다는 평가가 지니는 설득력은 충분해 보인다. 이와 같이 채만식의 문학 지형에서 화두로 기능하는 근대 자본주의 체제 및 자본에 대한 인간의 욕망에 대한 고민이나 대결의지를 보여주는 작품으로는 「수돌이」와 「봉투에 든 돈」을 들 수 있다.

이 두 작품 가운데 화서라는 필명으로 잡지 『동광』 14호(1927.6)에 발표한 「수돌이」는 '근대 자본주의 체제 및 인간의 욕망 서사'의 계보학적 관점에서

---

9   하정일, 「채만식 문학과 사회주의」, 문학과 사상연구회 편, 『채만식 문학의 재인식』, 소명출판, 1999, 78면.

특별한 주목을 요한다. 다양한 서사의 층위에서 이 작품은 근대 자본주의 체제 및 인간의 욕망 서사 계보의 정점을 보여주고 있는『태평천하』의 계보학적 원형으로 해석 가능하기 때문이다. 두 작품에서 서사의 주체로 기능하는 두 인물인 윤직원 영감과 강참봉은 높은 수준의 가족 친족성을 보여주고 있다. 재산 증식은 그에게 인생의 최고 낙이자 유일한 관심사이고, 그것을 위해서라면 수단과 방법을 가리지 않는 '물욕의 화신'이라는 점에서 강참봉은 윤직원 영감의 데자뷰이다. 두 사람 모두 인색한 고리대금업자로 설정되어 있는 점, 그리고 자신들의 기대를 배반하는 아들들의 선택으로 인해 몰락하는 설정을 통해 자본주의 근대 및 인간의 욕망에 대한 채만식의 문제의식을 반영하고 있다는 점에서도 두 작품 사이의 가족 친족성은 아주 분명하다.

> 앞으로 어떻게 하면 어서 바삐 쉽게 돈을 좀 모아볼까. 어쨌던지 돈을 모으기만 하면.....
> 그렇게 되면 그때에는 부모도 지금처럼 엄하지는 않을 것이고 선옥이 같은 첩도 얻을 수가 있을 것이고 점잔도 낼 것이고 지금처럼 남이 조롱도 아니하고 도리어 나으리 서방님 하고 떠받쳐줄 것이고.....
> 어떻게 하면 손쉽게 많은 돈을 좀 모아볼까?
> '돈을 어서 좀 모아야겠는데 그러나 어떻게 (「수돌이」, 72-73면)

강참봉과 더불어 이 작품의 서사주체로 기능하는 수돌이의 의식과 내면을 완전하게 장악하고 있는 절대유일의 가치는 일확천금에 대한 욕망이다. 강참봉의 맏아들인 수돌은 그의 아버지와 달리 영악하거나 악독하지 못하고 어수룩한 인물이다. 하지만, 돈과 재산 증식의 욕망에 관한 한 그의 아버지인 강참봉을 능가할 정도이다. '그의 부모에게 못지않게 인색하고 돈 모으는

속이 살갑고 송곳으로 이마빡을 찔러도 진물도 아니날 만한 구두쇠'인 수돌에게는 오직 돈을 많이 모으는 것만이 절대선이자 유일한 목적이다. 그 과정에서 수단이나 방법은 조금도 문제가 되지 않는다. 그에게는 돈이 모든 것을 가능하게 하는 전지전능한 신의 표상이기 때문이다.

"돈은 모든 인간적 관계와 사회적 관계를 단순한 양적인 크기와 관계로 환원해버린다. 돈에 고유한 등가성과 교환 가능성은 모든 것을 돈으로 표현할 수 있으며, 또한 돈의 힘으로 획득할 수 있다는 생각을 하도록 만든다. 그리하여 원래는 수단에 불과하던 돈이 절대적이고 최종적인 목표로 고양되고 궁극에는 절대적 가치와 최종적 가치로 고양된다. 결국 돈은 현대인을 탈개체화하고 탈인격화함으로써 궁극적으로 그의 인간적인 본질로부터 멀어지게 만든다."[10] 재산 증식에 맹목이 되어 일확천금의 횡재를 기대하며 승부수를 던진 건곤일척의 도박판에서 강참봉 몰래 빼돌린 적지 않은 가산을 탕진하는 수돌이의 모습은 '세속적 세계의 신'으로 표상되는 돈에 대한 맹목적인 열망으로 인해 파멸하는 현대인의 일그러진 초상을 전형적으로 보여주고 있다. 수돌이와 강참봉의 몰락을 통해서 채만식은 "절대적인 수단에서 절대적인 목적으로 상승된 가장 극단적인 경우이면서 개인의 주관적-인격적 특징이나 특성을 완전히 무시하고 모든 인간을 단순한 수량적 관계로 환원시킴으로써 평준화하고 평균화하는 비천한 존재"[11]로서의 돈의 본질 및 악마성과 그러한 돈에 대한 맹목적인 욕망을 자극하고 촉발하는 근대 자본주의 체제에 대한 비판적 인식을 반영하고자 했던 것으로 보인다. 이러한 문제의식은 「봉투에 든 돈」에서도 반복적으로 변주되고 있다.

---

10 김덕영, 『게오르그 짐멜의 모더니티 풍경 11가지』, 길, 2007, 100-102면.
11 위의 책, 102면.

「봉투에 든 돈」은 봉희 모녀 간의 갈등과 대립을 통해 돈에 대한 욕망과 그를 부추기는 근대 자본주의에 대한 채만식의 문제의식을 반영하고 있는 작품이다.

> "야야, 원 조 주사 가시는데도 안 보고 무신 잠으로 그리 잤노? 조 주사는 벌써 가서 살(米)하고 보내고 또 다른 것도 사 보냈더라. 어서 일나서 밥도 좀 묵고" 하다가 봉희 손에 있는 봉투를 그제야 보았던지 참았던 기쁨이 터져 오르는 것을 억제하려고 아니하고……
>
> 그리하여 봉희의 눈에서는 눈물이 한 줄기 볼 위로 흘러내렸다.
>
> 봉희 어미는 받은 봉투를 다짜고짜 뜯어 빳빳한 십 원 짜리 새 지전 스무 장을 꺼내 들고 눈물을 흘리는 딸년을 비웃는 듯 '거 봐라'는 듯이 바라보며 엉덩이를 흔들고 건넌방으로 건너가버렸다. (「봉투에 든 돈」, 102면)

이 작품의 초점인물로 기능하면서 채만식의 문제의식을 반영하는 봉희의 고민과 갈등은 전통적인 '효의 윤리'와 근대적인 '애정의 윤리' 사이의 대결과 대립으로 인해 발생한다. 그 갈등의 중심에 돈의 위력과 폭력이 작용한다. 어머니를 부양하는 봉희는 효심이 지극한 기생이다. 효심이 지극한 봉희이기에, '조 주사의 돈'과 '봉희의 몸'을 등가적 교환의 대상으로 거래하고자 하는 모친의 집요한 욕망을 외면할 수는 없는 처지이다. 하지만 기생이면서도 "불완전한 개인을 완전한 전체로 만들어주는 낭만적 사랑"[12]에 기초한 근대적 주체의 애정 윤리를 실천하고자 하는 봉희에게는 돈 못지않게 타자에 대한 치명적인 매혹을 조건으로 하는 열정적인 사랑 또한 중요하다. 반면에 물욕

---

12   앤소니 기든스, 배은경·황정미 옮김, 『현대사회의 성·사랑·에로티시즘』, 새물결, 1996, 91면.

의 화신으로 등장하는 봉희 모친에게 중요한 가치는 오직 돈 그 자체이다. 그 돈이 어떤 성격의 것인지는 조금도 문제가 되지를 않는다. 사랑과 친밀성 의 감정을 조금도 느낄 수 없는 조 주사이지만 돈 때문에 몸을 허락해야만 하는 자신의 기생 처지에 심각한 고민을 반추하는 봉희의 존재론적 갈등은 봉희 모친에게 감정의 사치이자 허영일 뿐이다. 결국 매춘을 대가로 조 주사 로부터 받은 돈 봉투를 들고서 흘리는 봉희의 눈물은 근대적인 애정의 윤리 가 돈을 매개로 한 전통적인 효의 윤리에 패배하고 타협하는 과정에서 주체 가 느끼는 비애와 상실감의 다른 이름이다.

'현대 자본주의 사회에서는 개인의 가장 고유하고 인격적인 가치를 지닌 대상이 가장 비천하고 몰인격적인 돈과 교환되는데, 가장 대표적인 경우로는 매춘을 들 수 있다. 매춘이 문제가 되는 것은, 여성 개인의 가장 고유하고 인격적인 성이 가장 비개성적이며 비인격적인 성격의 돈과 교환됨으로써 여성의 인간적인 품위를 떨어뜨린다는 점이다. 이런 점에서 매춘은 단순히 경제적·윤리적 차원의 문제가 아니라 물질문화와 정신문화 사이의 문제이자 인격과 영혼의 문제'[13]인 것이다. 그런데 "모든 가치들이 교환가치에 궁극적 인 기원을 두고 있는 세계, 즉 '미'와 '추', '진'과 '위', '선'과 '악' 사이의 모든 질적 대립들이 양(量)의 가면을 쓴 것으로 밝혀지는 시장 메커니즘의 세계에 서는, 사물들을 양분해버리는 가치평가적 태도는 허구적인 가상'[14]으로 되고 만다. 더불어 "신의를 배신으로, 사랑을 미움으로, 미움을 사랑으로, 미덕을 악덕으로, 노예를 주인으로, 주인을 노예로, 헛소리를 이성적인 것으로, 이성 적인 것을 헛소리로 돌변"[15]하게 하는 자본의 위력과 폭력이 지배하는 근대

---

13 김덕영, 앞의 책, 102-103면 참조.
14 페터 V. 지마, 서영상·김창주 역, 『소설과 이데올로기』, 문예출판사, 1996, 49면.
15 페터 지마, 김태환 편역, 『비판적 문학 이론과 미학』, 문학과지성사, 2000, 155-166면.

자본주의 사회에서 가치의 대립이나 위계에 대한 형이상학적인 믿음은 근본적으로 흔들리기 시작한다. 그리하여 "모든 이름의 가치가 완전히 동일해져 버린 끔찍한 세계 속에서 계속 말하기를 강요"[16]받게 될지도 모르는 근대 자본주의 사회에서 구성원들은 자신들의 판단과 행위에 있어서 중대한 위험과 갈등에 직면하게 된다. 자신이 원치는 않지만 모친의 요구와 현실적인 필요에 의해 조 주사와의 거래를 통한 대가로 주어진 돈 봉투를 들고서 눈물을 흘리는 봉희의 비애와 상실감은 근대 자본주의 사회에서 경험하는 주체의 존재론적 갈등과 분열을 전형적으로 보여주고 있다. 봉희의 비애를 통해서 채만식은 자본의 위력이 식민지 조선사회 주체들의 의식과 일상에 아비투스로 기능하는 한편 시장법칙이 모든 문화적 가치들의 대립과 차이를 균질화하는 시장문화의 양가성이 나타나는 사물화 현상에 대한 비판적인 문제의식을 반영하고 있다고 할 수 있다. 그렇다면 당시 채만식은 구체적으로 근대 자본주의 체제에 대해 어떠한 생각을 가지고 있었을까?

> **부르조아와 기업가들은 돈과 돈의 축적만이 유일한 욕망의 대상이다. 그들이 돈을 모으기 위하여서는 아편쟁이가 아편을 얻기 위하여 취하는 수단보다도 몇 곱이나 더 심각하고 악랄한 것은 말할 것도 없이 명확한 사실이다.....**
>
> 여기서 나는 부르조아와 기업가들에게 아주 친절하게 권할 말이 있다. 모두 다 아편쟁이가 되라.....고
>
> 그 이유는 이렇다. 아편쟁이와 부르조아와 기업가는 동일한 목적인 개인적 쾌락의 추구하에서, 하나는 도적질, 비럭질과 계집이나 딸자식을 팔아먹는 것으로 그 수단을 삼고, 하나는 생사람의 피를 짜내는 그 수단을 삼는데, 실상 그 수단이 아편쟁이의 수단보다 비능률적이요 악랄하면서 결과인 쾌락

---

16 위의 책, 158면.

은 아편쟁이의 쾌락보다 몇 분지 1도 되지 못한다......

부르조아와 기업가가 아무리 돈을 많이 모아가지고 향락의 극을 이룬다 한들 어떻게 아편쟁이가 아편에 취한 그 쾌락에 미칠 수가 있으랴.

그러면 이미 남은 죽건 살건 나 혼자만 잘 살아보겠다......는 부르조아와 기업가가 되었을 바이면 아주 단순하고 유리한 아편쟁이가 되는 것이 개인주 의, 부르조아 자유주의의 이상일 것이다. (「독설록에서」, 241-242면)

당시 채만식의 심상지리나 인식적 지도에서 자본과 자본에 대한 인간의 욕망, 그리고 자본에 대한 욕망을 유혹하고 자극하는 근대 자본주의 체제는 '악의 화신'으로 표상되고 있다. 채만식은 특유의 독설과 풍자를 동원하여 이윤추구를 통한 자본의 축적을 유일한 목적으로 추구하는 부르조아와 기업가를 아편 중독자보다 더 악랄하고 타락한 존재로 규정하고 있다. 자본에 대한 이와 같은 부정적인 인식을 가지고 있었던 채만식은 모든 가치를 등가적 교환의 대상으로 도구화하는 자본의 간계, 기존의 모든 경계와 권위를 해체하고 전복시키는 '악마의 맷돌'로 기능하는 시장 메커니즘과 교환 논리의 폭력, 그 자본의 간계와 시장 논리의 폭력에 속절없이 휘둘리는 인간의 부질없는 탐욕과 허영, 그리고 그러한 자본의 간계와 시장의 교환 논리의 최종 심급으로서의 자본주의 근대, 특히 자본주의 근대 일반의 문제들이 더욱 복잡하면서도 왜곡된 양상을 드러낼 수밖에 없는 조선의 식민지 근대에 대해 통렬한 비판적 인식을 가지고 있었다.

자신의 심상지리나 인식적 지도에서 '악의 화신'으로 표상되고 있었던 근대 자본주의에 대한 대안을 모색하는 과정에서 채만식은 당시 식민지 조선의 지식인들에게 계급해방과 민족해방의 유력한 돌파구로 인식되었던 사회주의 이데올로기에 관심을 가졌던 것으로 보인다. 한국의 사회주의 운동사에서

1930년을 전후한 시기는, 노동운동을 정점으로 한 각종 사회변혁운동이 폭발적으로 분출하던 1987년을 전후한 시기와 더불어 평등을 최고의 가치로 추구했던 사회주의 이념의 광휘가 가장 찬란하게 빛나던 시기였다. 이 시기는 '운동과 실천으로서의 문학'을 추구했던 카프가 문단의 헤게모니를 장악하면서 구심점 역할을 했던 시기이며, "식민지 시대를 대표할 만한 노동운동이면서 일개의 노동쟁의 수준을 벗어나 다양한 계급·계층을 포괄하는 민족해방운동"[17]이었던 원산 총파업이 발생한 시기이기도 하다. "1928-1929년경에는 사회주의 서적 수용이 절정에 이르렀다"[18]는 지적처럼, 이 시기에 노동운동을 비롯한 다양한 사회 변혁운동의 견인차 역할을 하면서 식민지 조선의 담론 공동체 내에서 '상징계의 대타자'로 기능하던 사회주의 사상은 일종의 지배사상이자 유행사조였다. 당시 실직 지식인으로 고향 임피에서 소일하던 채만식 또한 이러한 사회 분위기로부터 자유로울 수 없었을 것이다. 실제로 채만식은 사회주의 이념에 대한 개인적인 관심이나 지향을 구체적인 형태로 벼린 시기가 바로 이 즈음이라고 고백하고 있다.

> 신문사를 쫓기어나서 달리 구직을 하려 하였으나 개꼬리만한 상식의 소유자가 어디 가서 무엇을 하랴.
> 할 수 없이 고향으로 굴러 내려가서 3년 동안 어려운 아버지의 밥을 얻어먹었다.
> **나에게는 이 3년 동안이 일생의 운명을 결정하는 가장 크고도 결정적인 시기였다.**

---

17 유현, 「1920년대 노동 운동의 발전과 원산 총파업」, 한국사회사연구회 편, 『노동계급 형성 이론과 한국사회』, 문학과지성사, 1990, 194면.
18 천정환, 『근대의 책읽기』, 푸른역사, 2003, 213면. 당시 식민지 조선에서의 사회주의 서적의 수용 양상과 독서 경향에 대해서는 204-215면 참조.

무엇보다 나는 그동안에 많은 독서를 하였다.
처음에는 크로포트킨을 탐독하다가 마르크스로 옮겼다. 이 동안이 아직
반생을 두고 양이나 질에 있어서 가장 많은 독서를 한 시절이다. (「속임 없는
고백, 나의 참회-잡지 기자 참회」, 330면)

채만식은 1926년 6.10 만세사건 직후 재직 중이던 동아일보 기자직에서
면직되어 임피로 낙향한다. 그 이후 임피의 고향집에서 실직 지식인으로 소
일하던 채만식은 1929년 잡지 『개벽』사에 취직이 되면서 고향생활을 청산하
고 다시 상경한다. 바로 그 시기, 그러니까 고향에서 실직 지식인으로 소일한
3년의 기간을 채만식은 '일생의 운명을 결정하는 가장 크고도 결정적인 시
기'로 규정하고 있다. 그 근거로 채만식은 이 기간에 탐독한 사회주의 관련
저작들의 독서 편력을 들고 있다. 크로포트킨이나 마르크스와 같은 이름만
제시하고 있어 그 당시 채만식이 탐독한 사회주의 서적들의 구체적인 내역들
을 확인할 방법은 없다. 하지만 앞 뒤 맥락으로 볼 때 이 시기에 섭렵한
사회주의 관련 서적들이 그 이후 채만식의 인생과 문학의 행로에서 상당히
중요한 의미를 지니고 있음을 부인하기는 어렵다. 『삼대』와 더불어 식민지
조선의 문학이 도달한 최고의 리얼리즘적 성취로 평가받는 『태평천하』에서
'물욕의 화신'인 윤직원 영감을 상성을 할 정도로 좌절하게 하거나, '물질적
인 욕망의 자동인형으로 전락한 다양한 인간 군상들의 집단적인 몰락과 파멸
의 서사'로 규정할 수 있는 『금의 열정』에서 주상문을 비롯하여 금 투기에
관련된 대부분 인물들의 운명을 비극적인 결말로 마무리 짓고 있는 설정을
보더라도 그러한 판단은 충분한 설득력을 지닌다. 「수돌이」의 서사 주체로
기능하는 두 인물인 강참봉과 수돌이 부자를 재산 증식에 맹목적으로 집착하
다가 몰락하게 하는 설정, 그리고 「봉투에 든 돈」의 서사 주체로 기능하는

봉희를 자본의 간계의 희생양으로 만드는 설정 또한 같은 맥락에서 접근할 수 있다. 채만식은 이 두 작품을 통하여 궁극적으로는 상품으로서 거래되는 교환가치의 추상성이 사용가치의 구체성을 은폐하고 왜곡시키는 물신숭배 현상이 전일적으로 관철되는 자본주의 근대의 메카니즘이 자리를 잡아가던 1930년을 전후한 조선의 식민지 근대에 대한 자신의 부정적 인식을 반영한 것이라고 할 수 있다. 더불어 이 두 작품의 그러한 부정적 인식은 당시 이상적인 사회에 대한 역사적 전망이나 모델과 관련하여 암중모색을 거듭하면서 개인적인 차원에서 관심을 가지고 있었던 사회주의 이념에 대한 채만식의 고민과 지향이 반영된 결과이다.

4. 나오는 글

이 글이 분석 대상으로 선택한 텍스트는 「박명」, 「순녜의 시집살이」, 「수돌이」, 「봉투에 든 돈」 네 편이었다. 두 가지 이유에서였다. 하나는 이 네 편의 작품들이 이제까지의 채만식 연구사에서 그 존재 자체마저도 잘 알려지지 않은 전인미답의 미개지였다는 점이었다. 다른 하나는 이 작품들이 채만식 문학의 정체성 표지로 승인을 받아 온 '부정의 정신'을 분명한 형태로 보여주고 있다는 판단에서였다. 등단 직후에 발표된 이 네 편의 분석을 통하여 한 가지 사실을 분명하게 확인할 수 있었다. 채만식 문학의 근간을 이룬 부정의 정신은 등단 초기에서부터 두 가지─식민지 조선의 여성들에게 일방적인 순종과 침묵을 강요한 가부장제 이데올로기에 기초한 전통적인 가족제도의 폭력과 억압, 생산성과 효율성에 기초한 이윤을 최고의 가치로 숭배하는 과정에서 한 인간의 영혼을 완전히 잠식하는 무소불위의 파괴력을 지닌 자본과 그 자본의 욕망을 운동 원리로 삼는 자본주의(식민지) 근대의 간계와 폭력--를 대상으로 현상하고 있다는 점이었다. 이러한 판단에 근거하여 이 글은 '가족'과 '자본'에 대한 부정의 정신이 채만식 문학의 기원이자 원천임을 확인하는 작업을 목적으로 설정하였다. 논의의 과정을 요약·정리하는 것으로 결론을 삼고자 한다.

채만식은 「박명」과 「순녜의 시집살이」를 통하여 가부장제 이데올로기와 성별 위계에 기초한 전통적인 가족제도와 결혼에 대한 자신의 고민과 대결의지를 반영하고 있었다. 이 두 작품의 서사 주체로 기능하는 '봉희의 자살'과 '순녜의 가출'로 서사를 마감하는 비극적 설정을 통해 채만식은 가솔들에 대한 무소불위의 전제적 권력을 가부장에게 담보하는, 그러한 전제적 권력을 바탕으로 자녀들의 결혼까지도 일방적으로 결정해버리는, 그로 인한 자녀들의 고통이나 슬픔은 외면하거나 그들의 문제로 치부해버리는 전통적인 가족제도와 결혼에 대한 비판적 성찰과 저항의지를 투사하고 있는 것으로 해석하였다. 그리고 전통적인 가족제도와 결혼에 대한 채만식의 그러한 문제의식의 이면에는 근대적인 사랑의 감정 및 인격의 자율성과 당사자 자신의 결정권에 의한 자유연애와 자유결혼이 식민지 조선의 청춘남녀들에게 "근대와 더불어 시작된 근대성의 한 표현"[19]으로 수용되던 당대의 시대상황 및 부친의 강제의 의해 결정된 자신의 불행했던 결혼이라는 개인사적 배경이 동인으로 작동하고 있는 것으로 해석하였다.

근대 자본주의 체제 및 자본에 대한 인간의 욕망에 대한 문제의식은 「수돌이」와 「봉투에 든 돈」을 통하여 드러나고 있음을 확인하였다. 이 두 작품의 초점인물로 기능하는 강참봉과 수돌이 부자의 몰락과 봉희의 비애를 통해

---

19 김경일, 『여성의 근대, 근대의 여성』, 푸른역사, 2004, 124면.

채만식은 개인의 주관적·인격적 특징이나 특성을 완전히 무시하고 모든 인간을 단순한 수량적 관계로 환원시킴으로써 평준화하고 평균화하는 비천한 존재로서의 돈의 본질 및 악마성과 그러한 돈에 대한 맹목적인 욕망을 자극하고 촉발하는 근대 자본주의 체제에 대한 비판적 인식을 반영하고자 했던 것으로 보인다. 그리고 그러한 문제의식의 이면에는 당시 이상적인 사회에 대한 역사적 전망이나 모델과 관련하여 암중모색을 거듭하면서 개인적인 차원에서 관심을 가지고 있었던 사회주의 이념에 대한 채만식의 고민과 지향을 반영하고 있는 것으로 해석하였다.

채만식 소설의 기원
『인형의 집을 나와서』를 중심으로

1. 들어가는 글

　채만식이 자신의 글쓰기를 통해 치열하게 대결하고자 했던 대상은 어떤 것이었을까? 크게 두 가지가 아니었을까 생각한다. 그 대상을 기준으로 채만식의 소설 또한 크게 두 가지 계열로 구분할 수 있다. 하나는 풍자와 냉소의 시선을 통해 속악한 식민지 조선의 현실에 대한 비판적인 문제의식을 반영하는 계열의 작품들이다. 다른 하나는 동정과 연민의 시선을 통해 여성들의 운명에 대한 관심을 반영하고 있는 계열의 작품들이다. 전자의 계열을 대표하는 작품으로는 염상섭의 『삼대』와 더불어 식민지 조선이 산출한 최고의 성취로 평가받고 있는 『태평천하』(1938)를 비롯하여 「치숙」(1938), 「레디메이드 인생」(1934)을 들 수 있다. 후자의 계열을 대표하는 작품으로는 이 글이 집중적인 대상으로 다루고자 하는 『인형의 집을 나와서』(1933)를 비롯하여 『탁류』(1937-1938), 『여자의 일생』(1943), 「생명」(1937), 『아름다운 새벽』(1942) 등을 들 수 있다.

　이 글의 분석 대상인 『인형의 집을 나와서』에 대한 기존의 논의는 크게 두 방향에서 이루어져 왔다. 하나는 채만식의 여성의식과 관련하여 이 작품의 의미를 적극적으로 평가하는 작업이다. "사실 오늘의 남성작가 중에서도 이러한 여성문제 인식을 보여주는 경우가 얼마나 될지 생각해볼 문제다."[1]라는 지적은 여성주의적 관점에서 채만식의 소설을 높게 평가하는 관점을 대표하는 작업이다. 다른 하나는 식민지 사회 모순과의 구조적 관련 속에서 그 작품의 의미와 한계를 해석하는 작업이다. 이러한 관점을 보여주는 대표적인 작업으로는 "이처럼 『인형의 집을 나와서』는 근대적 교육을 받은 신여성의 눈에 비친, 그녀가 몸으로 체험한 식민지 자본주의의 모순, 그리고 그것을 제도적으로 뒷받침하는 교육이나 법률의 식민성, 반여성성을 정면에서 형상화"[2]하고 있는 작품으로 해석한 후 이 작품의 문학사적 의미를 "식민지 근대 여성의 정체성 형성과정을 사회적 맥락에서 포착한 것"[3]으로 규정하는 논의를 들 수 있다.

이 글은 두 관점과는 달리 '피메일 콤플렉스'라는 관점에서 접근하고자 한다. 보다 구체적으로는 피메일 콤플렉스가 이 작품(더 나아가 여성주의 계열 작품들)의 창작 원천이자 기원으로 기능하고 있음을 밝혀보고자 한다. 이 작품을 피메일 콤플렉스라는 관점에서 접근하고 있는 대표적인 논의로는 "조혼 문제와 관련된 작가의 실존적 콤플렉스"[4]와의 관련 속에서 이 작품의 의미와 한계를 분석하고 있는 한기의 「작가의 실존적 의식과 여성적 운명의 형상화」

1　한지현, 「채만식의 『인형의 집을 나와서』에 나타난 여성문제 인식」, 『민족문학사연구』 제9호, 민족문학사연구소, 1996, 117면.
2　김양선, 「사회주의 여성해방론의 소설적 형상화와 그 의미: 『인형의 집을 나와서』를 중심으로」, 군산대학교 채만식 연구센터 편, 『채만식 중·장편소설 연구』, 소명출판, 2009, 49면.
3　위의 글, 57면.
4　한기, 「작가의 실존적 의식과 여성적 운명의 형상화」, 정호웅 외, 『장편소설로 보는 새로운 민족문학사』, 열음사, 1993, 106면.

를 들 수 있다. 이 글은 기본적인 문제의식과 관점에서 한기의 논의에 적지
않게 의존하고 있다. 하지만 한기의 논의는 비극적 세계관이라는 해석 코드
를 동원하여 이 작품의 의미와 한계를 분석하는 작업에는 정치하나 상대적으
로 발생동인으로서의 피메일 콤플렉스와 관련하여 이 작품의 의미와 한계를
분석하는 작업에는 소홀한 편이다. 이 글이 집중하고자 하는 부분은 바로
발생동인으로서의 피메일 콤플렉스와 관련하여 이 작품의 의미와 한계를
분석하는 작업이다. 보다 구체적으로 이 글은 한기의 논의를 바탕으로『인형
의 집을 나와서』에 드러나는 여성의식의 추상성과 서사구조의 우연성이 피
메일 콤플렉스와 상동관계를 형성하고 있다는 점을 밝히는 작업에 논의의
초점을 집중하고자 한다.

2. 창작의 기원으로서의 피메일 콤플렉스

모든 글쓰기 행위에는 창작 주체의 욕망이나 무의식이 어떤 형태로든지
반영되거나 투사되기 마련이다. '모든 글쓰기의 궁극적인 기원은 자기 구원'
이라는 명제가 가능해지는 것도 그러한 맥락에서이다. 채만식의 글쓰기 행위
또한 그 명제로부터 결코 자유로울 수 없다. 한 작가를 연구하는 과정에서
그 작가의 개인사가 특권적인 지위를 확보하게 되는 것도 그러한 명제와
밀접한 관련이 있다. 이 글이 분석의 대상으로 주목하고자 하는『인형의 집
을 나와서』라는 텍스트를 채만식이라는 주체의 욕망의 흔적이자 무의식의
투사라는 관점에서 접근하고자 하는 것도 그러한 이유에서이다.

창작의 기원을 밝히는 작업에 주목하는 정신분석학적인 틀을 통해 접근하
고자 하는 경우 한 작가의 개인사는 특권적인 지위를 확보할 정도로 중요성

을 지니게 된다. 특히 억압의 형태로 무의식에 존재하게 되는, 어린 시절의 절정적 체험 및 그와 유사한 수준의 다양한 경험들은 그 작가의 창작 기원이나 원천으로 기능하게 된다. 채만식의 경우 그러한 기능을 할 정도로 특권적인 지위를 확보하는 경험은 구체적으로 어떤 것일까? 채만식의 개인사와 관련된 다양한 정보들을 종합해서 살펴보면 중앙고보 재학 시절 자신의 의사나 의지와는 상관없이 아버지의 강권에 의해 이루어진 결혼이 그러한 경험에 해당되지 않을까 생각한다.

채만식은 중앙고보에 재학중이던 1920년 4월 21일 임피 인근 마을인 함라출신의 은선흥과 백년가약을 맺게 된다. 자신의 결혼과 관련된 당시의 소회를 밝히고 있는 정보들을 종합해서 볼 때 채만식의 결혼은 한마디로 행복한 결혼과는 거리가 멀었던 것으로 보인다.

> 내가…… 서울에서 중앙고보를 다니고 있을 때에(2년 재학중)집에서부터 시골로 내려오라는 편지를 받았어요. 집에 와 보았더니 결혼준비가 다 완료되어 있었지요. **하는 수 없이 뭣도 모르고 장가를 들게 되었는데 그 당시에는 부모님들이 준비하는 결혼을 누구나가 거부할 수가 없게 되어 있었지요.**[5]

채만식의 결혼은 자신의 의사나 의지와는 상관없이 그 당시의 시대적 관습에 따라 아버지의 가부장적 권위에 의해 일방적으로 성사가 되었음을 알수 있다. 그 당시 자신이 처한 개인적·시대적 정황을 고려할 때 채만식은 아버지의 권위에 저항하여 결혼 자체를 거부할 수는 없었을 것이다. 하지만자신의 의사는 조금도 존중하지 않고 아버지의 일방적인 권위에 의해 이루어

5 　장영창, 「작가 채만식 선생을 회고한다」(2), 『신여원』, 1972.7, 218면; 송하춘, 『채만식』, 건국대학교 출판부, 1994, 18면에서 재인용.

진 결혼이 채만식의 내면이나 무의식에 아무런 균열이나 내상을 남기지 않기는 어려웠을 것이다. 전통적인 질서와 규범이 지배하는 고향과 가부장의 굴레를 벗어나 경성에서의 유학생활을 시작한 채만식은 이미 근대적인 지식과 규범으로 무장된 근대적 주체로 성장해가고 있었기 때문이다. 근대적 주체로 성장하는 과정에서 전통적인 질서나 규범과의 거리나 괴리를 민감하게 의식할 수밖에 없었던 채만식에게 전통적인 가부장제 질서는 근대적 주체의 개성과 자유의지를 억압하는 폭력으로 인식되었을 가능성은 충분하다.

더욱이 채만식이 결혼하던 1920년대 초반의 식민지 조선사회는 3·1운동 이후 분출된 폭발적인 교육열과 문화열로 천지개벽의 새로운 세상에 대한 기대와 열망이 팽창해 오르던 상황이었다. 특히 그 당시 시대적 표상으로 기능했던 '문화' 및 '개조'와 더불어 자유연애는 식민지 조선의 청춘남녀들에게 "근대와 더불어 시작된 근대성의 한 표현"[6]으로 수용되었다. 그 과정에서 자유연애는 식민지 조선의 젊은이들에게 "전통이라는 굴레에서 해방되고, 근대적인 개인의 확립을 보장받을 수 있는 확실한 수단"[7]이자 가부장적 질서와 규범에 대한 일종의 문화적 저항을 담지하는 하나의 '혁명적인 사건'으로까지 인식되었다. 한마디로 당시 자유연애는 식민지 조선의 청춘남녀들에게 근대적 주체의 존재 증명의 유력한 표지이자 시대정신의 아이콘으로 기능했다. '애정 없는 부부 생활은 매음'이라는, 지금 들어도 과격한 김명순의 발언이 가능할 수 있었던 것도, 당시 그 무엇보다 신성한 가치를 지니는 초월적인 대상으로 숭배되고 예찬되었던 자유연애의 사상이 일반 대중들 사이에서까지 강력한 호소력을 지닐 정도로 널리 공유되던 시대상황 때문이었다.

---

6   김경일, 『여성의 근대, 근대의 여성』, 푸른역사, 2004, 124면.
7   위의 책, 122면.

결혼 당시 중앙고보 2학년에 재학 중이던 채만식 또한 전통에서 근대로의 전환이 급격하게 진행되던 당시 시대상황의 자장으로부터 결코 자유로울 수 없었다. 이러한 채만식에게 가부장의 권위에 의한 일방적인 결혼이 그 출발에서부터 불행의 단초가 될 수 있는 여지는 충분했다. 게다가 채만식의 회고에 의하면, 1살 연상이었던 부인 은선홍의 인상은 "키가 크고 얼굴이 검었다"[8]고 한다. "가뜩이나 그 성격이 깔끔하고 신경질적"[9]이었던 채만식이 보기에 은선홍의 그러한 얼굴과 체형은 그에게 그다지 호감을 주지는 못했던 것으로 보인다. 채만식은 결혼 직후 자신이 원하지 않은 결혼인 데다 부인이 자신의 마음에 들지 않아 마음 한 구석에서는 항상 이혼까지도 생각했었던 것으로 보인다. 그러한 추정의 설득력은 사후 유고의 형태로 발표되었지만 구상과 집필은 결혼 직후에 했을 것으로 보이는, 채만식의 실질적 처녀작인 『과도기』의 "어, 그 말 한마디 했다가 망신을 했군……하지만 사실 말이지 이혼을 하려거든 하루라두 속히 해야 해요. 그래야만 그 여자두 늙기 전에 시집을 다시 가지……"[10]라는 봉우의 방어적 진술을 보더라도 충분해 보인다.

하지만 채만식은 자신의 주체적 선택에 의한 결혼이 아니라고 해서, 그리고 은선홍 부인이 자신의 마음에 들지 않는다고 해서 선뜻 이혼을 선택할 수도 없었다. 당시 경제적인 독립을 하지 못한 상태에서 학업을 계속 해야만 했고, 계속 하고 싶었던 그에게 아버지의 지원은 절실할 수밖에 없었기 때문이다. 아버지의 권위에 저항하지 못하고 어쩔 수 없이 수락한 결혼. 하지만 자신의 마음에는 들지 않은 결혼 생활. 그렇다고 이혼마저도 마음대로 결행하지 못하는 상황. 이러지도 못하고 저러지도 못하는 상황에서 채만식은 경

---

8   송하춘, 앞의 책, 18면.
9   고현, 「채만식 문학의 배경에 대한 연구」, 『군산대학교 논문집』, 1982, 24면.
10 채만식, 「과도기」, 『채만식 전집』 5, 창작과비평사, 1987, 233면.

계인의 실존으로 인한 불행한 의식으로 인해 심각한 갈등과 분열을 경험할 수밖에 없었을 것이다. 그러한 추정은 "작가의 실존적 자기인식과 보편적 시대조건에 대한 반성의 결과로 산출"[11]된 "『과도기』에서 이 작가의 실존적 중심 문제가 되고 있었던 '조혼'의 문제가 이미 작품 형성의 결정적인 모티프로 작용하고 있음을 볼 수 있기 때문이다"[12]라는 지적을 통해서도 설득력을 얻고 있다.

아버지로 표상되는 전통적인 가치인 조혼과 자신이 지향하는 근대적인 가치인 자유연애 사이에서 극심한 갈등과 분열을 경험하던 채만식이 그 난경을 극복하기 위해 선택한 현실적인 대안은 "별거상태의 지속이라는 중간적(혹은 비극적) 방식으로 시종 그 운명에의 대처를 일관"[13]하는 방식이었다. 실제로 1920년 결혼[14] 이후 학업이다 동경 유학이다 사회생활이다 하여 고향을 떠나 있는 기간이 길어서 채만식이 은선홍과 실질적인 부부생활을 유지했던 기간은 얼마 되지 않았다. 더욱이 자신의 마지막 직장이던 조선일보 퇴사와 동시에 전업작가의 길을 선언한 후 16년 연하의 김씨영을 동반하여 당시 개성에서 금광 사업을 하고 있던 넷째 형 춘식의 집으로 들어가게 되는 1936년 이후부터 은선홍과는 실질적인 이혼 상태에 놓이게 된다. 2남 1녀(병훈, 영실, 영훈)의 자식을 보게 되는 김씨영과의 관계는 "그의 실질적인 두 번째 결혼을 의미하는 것"[15]이었기 때문이다.

결국 "그의 결혼은 곧 불행으로 이어졌고, 그 불행은 이어 채만식의 생애

---

11 한기, 앞의 글, 100면.
12 위의 글, 101면.
13 위의 글, 98면.
14 채만식의 결혼과 관련된 개인사적 정보에 대해서는 송하춘, 앞의 책, 17-20면; 한기, 위의 글, 97-98면; 방민호, 『채만식과 조선적 근대문학의 구상』, 소명출판, 2001, 37-39면 참조.
15 방민호, 앞의 책, 38면.

전체에 걸친 불행을 초래했기 때문이다."[16]는 지적처럼, 당시 전통적인 질서와 규범이야말로 절대 진리라는 사유체계로부터 한 치도 벗어날 수 없었던 아버지의 권위에 의해 일방적으로 성사된 결혼이 채만식에게 행복을 가져다주기는 어려웠다. 그리고 채만식의 불행은 당연히 은선흥 부인에게도 그대로 이월될 수밖에 없었다. 채만식과의 사이에 무열과 계열 두 아들을 둔 은선흥 부인이 감당해야만 했을 불행과 상실감은 "남편의 불고와 시댁의 박대로 친정인 함라로 쫓겨왔다. 그러나 끝내 이혼 절차는 밟지 않는다."[17]라는 설명이 극명하게 압축하고 있다.

한편 "낙향 후 비로소 본부인 은씨를 생각하고, 특히 두 아들을 무척 그리워하지만 끝내 함께 살지는 못하고"[18]라는 설명에서 알 수 있는 바와 같이, 본부인과 두 아들에 대해 가장으로서의 의무와 도리를 다하지 못한 데서오는 자책과 회한은 평생 그를 괴롭히는 강박적인 죄의식의 원천으로 작용했을 것으로 보인다. 여러 가지 전기적인 사실을 통해서 드러난 바와 같이 채만식은 결백증에 가까울 정도로 깔끔하고 예민한 데다 완벽주의적인 성향 또한 매우 강한 성격의 소유자였기 때문이다. 원고지 사용과 관련된 집필 습관은 채만식의 그와 같은 성격의 일단을 매우 분명한 형태로 보여주고 있어 흥미롭다.

> 문필이 생업이고 보니 종이를 먹어 없애는 것이 일이기야 하지만 나같은
> 사람은 원고용지 하나만 하더라도 손복(損福)을 할 만큼 낭비가 많다......
> 동인(東仁)은 집필을 하려면 50매면 50매, 백 매면 백매, 예정한 분량만큼

---

16   송하춘, 앞의 책, 17면.
17   위의 책, 18-19면.
18   위의 책, 23면.

원고용지에다가 미리 넘버를 매겨놓고서 쓰기 시작한다고 한다. 그만큼 그는 단 한 장도 슬럼프를 내지 않는다는 것이다……

　단편 하나의 첫장에(초고 것은 말고라도) 항용 이삼십 매쯤 버리기는 예사요, 최근에는 1백 30매짜리「패배자의 무덤」에서 무려 3백 20매의 슬럼프를 내어본 기록을 가졌다. 단 단면(單面) 1백 30매짜린데 양면(兩面) 3백 20매의 원고용지니 6백 40매인 푼수다.

　좀 거짓말을 보태면 원고료가 원고용지 값보다 적어서 밑지는 장사를 하는 적도 있을 지경이요, 사실 정갈한 원고용지가 보기에 부끄러울 때도 있다……[19]

'원고료가 원고용지 값보다 적어서 밑지는 장사를 하는 적도 있을 지경이요'라는 채만식의 진술에는 자신의 고백처럼 과장의 수사 전략이 개입되어 있을 수 있다. 하지만 집필 과정에서 파지를 한 장도 내지 않는 김동인의 집필 습관에 비해 원고 분량의 다섯 배가 넘는 파지를 내는 채만식의 집필 습관은 그가 어느 정도로 예민하고 완벽주의적 성향이 강한 성격의 소유자였는가를 웅변으로 증명하고 있다. 더구나 "말(斗)로 배워서 홉(合)으로도 못 버는, 그러면서도 저인체하는 배우지 못한 호로자식으로 낙인이 찍히기 시작하였고, 도시 시세에 영합하지도 못하고 부모 처자를 모를 뿐만 아니라 그 주제에 신식여성을 첩으로 삼고 있으니……"[20]와 같은, 그의 신상과 관련하여 고향에서 들려오는 좋지 않은 소문들은 가뜩이나 예민하고 자의식이 강한 그의 신경을 소모하게 하는 한편 본부인과의 문제로 인한 죄의식을 수시로 자극했을 것으로 보인다. 결혼 당시의 일화를 회억하는 채만식의 진술은 그 죄의식

19　채만식, 「지충」, 『채만식 전집』 10, 창작과비평사, 1989, 372면.
20　고헌, 앞의 글, 18면.

의 강도와 신경의 소모가 어느 정도였을까를 짐작하게 한다.

> 그런데 장가를 들 때에 지금도 기억에 생생한 이상한 일이 한 가지 생겼어
> 요. 내 고향은 임피이고 처가는 함라(咸羅)라고 하는 곳인데 그 중간에 황등리
> 방죽이라고 하는 큰 못이 있어요. 이 호수의 길을 타고 결혼의 행렬이 지나가
> 는데 난데없이 거센 바람이 휙 불더니 가마의 뚜껑이 날아가서 물에 빠지고
> 말았어요. 그것을 건져서 다시 끼느라고 야단법석이 벌어졌는데 **어렸을 때의**
> **머릿속에서도 그것을 보고 있을 때에 무엇인가 불길한 것을 예감했었지요.**[21]

프로이트의 통찰에 의하면 모든 기억의 본질은 사후적이다. 모든 기억에
는 기억하는 시점의 이해관계나 처지가 반영될 수밖에 없는 이유는 바로
그와 같은 기억의 본질적 속성 때문이다. 결혼 당시의 가마 행렬 시 발생했던
우발적인 일화를 진술하고 있는 이 인용에서 중요한 것은 그 일화 자체가
아니라 그것의 이면에 도사린 채만식의 무의식이다. 자신이 원하지 않은 결
혼인 데다 부인마저 자신의 마음에 들지 않아 채만식은 은선흥 부인과 두
아들에 대한 가장으로서의 도리와 의무를 다하지 못한 것으로 보인다. 그로
인한 자책과 회한으로 인해 채만식은 적지 않은 신경의 소모를 겪었을 것이
다. 이러한 자책과 회한은 반복되는 과정에서 죄의식으로 발전하면서 채만식
의 무의식에 억압의 형태로 존재했을 것으로 보인다.

일반적으로 죄의식이나 죄책감은 사회적으로 받아들일 수 없다고 여기는
충동들에 대한 반응에서 발생한다. 다시 말해 죄의식이나 죄책감은 "금지된
소망의 내면화, 그리고 이에 부수되는 처벌에 대한 두려움"[22]으로 인해 발생

---

21   장영창, 앞의 글.
22   칼루 싱, 김숙진 역, 『죄책감』, 이제이 북스, 2004, 23면.

하는 주체의 감정이다. 한마디로 당위와 욕망의 괴리나 불일치를 민감하게 의식하는 데서 발생하는 주체의 감정이 바로 죄의식이나 죄책감의 실체이다. 아무리 그 당시 일반적인 관행이었다고는 하나 고향의 본부인을 돌보지 않은 상태에서 김씨영과 새로운 가정을 꾸리는 과정에서 채만식은 주변의 시선이나 평가에 대해 아주 민감한 반응을 보였을 것으로 짐작된다. 아니나 다를까 그 문제와 관련하여 고향에서 들려오는 냉소와 비난은 그와 같이 자의식이 강하고 예민한 감수성을 지닌 사람에게 감당하기 힘들 정도의 죄의식을 자극했을 것이다.

현실적으로 인정하기 싫을 정도로 불쾌한 감정, 또는 감당하기 버거울 정도로 심각한 죄의식으로 인한 불안에 대응하기 위해 대부분의 사람들이 일반적으로 동원하는 심리적 전략은 방어기제(defense mechanism)이다. 이와 같이 개인이 겪는 내적 긴장과 불안으로부터 자신을 보호하기 위한 심리적 책략으로서의 방어기제에는 두 가지 특징이 있다. "하나는 모든 방어기제는 무의식 차원에서 작용한다. 그러므로 자기 기만적인 특징이 있다. 다른 하나는 각 개인으로 하여금 현실을 왜곡하게 지각하게 만들어 불안감의 위협을 덜 받도록 하는 것이다."[23] 프로이트에 의하면 대부분의 사람들은 불안으로부터 자신을 보호하기 위해 다양한 수준의 방어기제를 복합적으로 동원한다고 한다. 은선홍 부인과 두 아들에 대한 죄의식에서 촉발된 불안을 완화하기 위해 채만식이 동원하고 있는 지배적인 방어기제는 '이솝우화의 신 포도'에서 그것의 고전적인 예를 찾아볼 수 있는 합리화의 전략이다.

결혼 당일 가마의 뚜껑이 바람에 날아간 사건은 그날의 기상 조건으로 인해 어느 누구에게나 일어날 수 있는, 그런 점에서 하나의 해프닝에 불과할

---

23 L.A.젤리·D.J.지글러, 이훈구 역, 『성격심리학』, 법문사, 1986, 76면.

뿐이다. 따라서 그 사건과 은선홍 부인과의 행복하지 못한 결혼 사이에는 아무런 필연적인 인과관계도 성립되지 않는다. 은선홍 부인과의 결혼이 행복한 결혼이었다면 그 사건은 채만식의 기억 속에서 아예 존재하지 않거나 아니면, 오히려 그들의 행복한 결혼을 축하해주는 긍정적인 징조로 해석되었을 수도 있다. 그런 점에서 모든 기억은 사후적일 수밖에 없다. 사정이 이러함에도 불구하고 채만식은 자신의 행복하지 못한 결혼과 관련하여 그 사건에 매우 중요한 의미를 부여하고 있다. '어렸을 때의 머릿속에서도 그것을 보고 있을 때에 무엇인가 불길한 것을 예감했었지요'라는 진술에서 확인할 수 있는 바와 같이, 그 사건에 대한 사후적인 전유를 통하여 채만식은 자신의 결혼은 애초부터 운명적으로 불행할 수밖에 없는 결혼이었다는 전제를 승인하고 있다. 이러한 합리화의 전략을 통해 채만식은 가장으로서의 도리와 의무를 다하지 못한 데서 오는 죄의식으로부터 자신을 보호하는 한편 김씨영과 새로운 가정을 꾸렸던 자신의 선택을 변호하고 있다.

한편 가장으로서의 도리와 의무를 다하지 못한 데서 오는 죄의식과 그로 인한 피메일 콤플렉스는 그것으로 끝나지 않는다. 채만식의 무의식에 수시로 출몰하면서 그의 신경을 끊임없이 소모했을, 가장으로서의 도리와 의무를 다하지 못한 데서 오는 죄의식과 그로 인한 피메일 콤플렉스는 그의 창작 활동에도 중요한 심급으로 작용하기 때문이다. 사실, 실질적인 처녀작인 『과도기』를 비롯하여 많은 작품들에 반복강박의 형태로 드러나고 있다는 점에서 피메일 콤플렉스는 채만식 소설의 기원이나 원천이라고 할 수 있다. 『인형의 집을 나와서』가 문제성을 지니게 되는 지점은 바로 이 지점에서이다. 이 작품이야말로 은선홍 부인과의 행복하지 못한 결혼에 그 기원을 두고 있는 피메일 콤플렉스를 가장 분명한 형태로 보여주고 있기 때문이다. 그러면 그 작품에서 피메일 콤플렉스는 구체적으로 어떤 수준, 어떤 형태로 드러나고 있는가. 그리고 그 의미는 무엇인가?

3. 증상으로서의 서사의 균열과 우연

『조선일보』에 연재(1933.5.27-11.14)된 『인형의 집을 나와서』는 채만식의 최초 장편소설이다. 그 제목에서 표나게 드러나고 있는 바와 같이 그 작품은, 당시 여성해방의 문제와 관련하여 식민지 조선을 비롯한 동아시아 3국에 혁명적인 자극을 제공한 헨릭 입센(1828-1906)의 『인형의 집』(1879)의 후속담 성격을 지니는 텍스트이다. 입센주의가 동아시아 3국에 수용·변용된 양상을 살피고 있는 정선태[24]나 『인형의 집』이 식민지 조선의 근대소설에 수용된 양상을 살피고 있는 안미영의 논의[25]를 통해서 밝혀진 바와 같이, 당시 식민지 조선의 지식인 사회에서 『인형의 집』이나 입센주의 담론은 매우 활발하게 공유되었던 것으로 보인다. 이 점에 관해서는 채만식 또한 예외가 아니었다. 그것은 『인형의 집을 나와서』라는 작품의 제목부터가 1923년 12월 26일 베이징 여자고등사범학교 문예회관에서 루쉰이 행한 「노라는 떠난 후 어떻게 되었는가」라는 강연의 제목과 유사한 데서 충분히 짐작할 수 있다. 더욱이 그 성공 여부와는 상관없이 "경제적 자립을 통한 진정한 여성해방의 표명"[26]에서 이 작품의 창작 의도를 밝히고 있는 채만식의 발언과 "여성이 경제권을 쟁취하지 않는다면 노라는 남편의 노리개가 아니라 뭇 남성의 노리개로

---

24 정선태, 「『인형의 집을 나와서』: 입센주의의 수용과 그 변용」, 『한국근대문학연구』 6, 한국근대문학회, 2002.10.
25 안미영, 「한국 근대소설에서 헨릭 입센의 『입형의 집』 수용」, 『비교문학』 30, 한국비교문학회, 2003.
26 심진경, 「채만식 문학과 여성」, 『한국근대문학연구』 6, 태학사, 2002, 58면.

전락할 것이라고 경고한 후 진정한 여성해방을 위해서는 유행에 편승할 게 아니라 참정권을 요구할 때보다도 더 극렬한 투쟁에 나서야 한다"[27]는 루쉰의 주장과는 기본적인 문제의식에서 매우 밀접한 친족성을 보여주고 있다는 점에서도 그러한 추정은 무리가 아니라고 생각한다. 하지만 발생동인으로서의 피메일 콤플렉스와 관련하여 이 작품의 의미와 한계를 분석하는 작업에 집중하고자 하는 이 글의 문제의식과 관련하여 그와 같은 비교문학적 논의는 그다지 중요한 문제가 아니다. 이 글에서 중요한 문제로 떠오르는 것은 '서사구조의 우연성'과 '여성의식의 추상성'이다.

"작품의 진행에 미학적 논리를 집어 넣고 또 그 진행을 끊임없이 형식화해 나가는 통일적인 고의성(purposefulness)"[28]으로서의 구조(structure)나 플롯은 단순히 한 작품의 형식적인 질료에 그치지 않는다. "인생이 제공하는 전체 환경을 형식화함으로써 그것을 제한하며, 또 그 자체의 법칙과 개연성을 가지고 있는 조건 부여가 된 세계를 창조"[29]하게 하는 구조나 플롯은 한 작가의 세계관이나 작가의식에 접근하는 통로로 기능하기 때문이다. "우리가 이야기의 이치를 철학적 탐구의 대상으로 삼는 것은 바로 우리의 존재에 대한 철학적 탐구와 다르지 않다……존재의 비밀은 곧 이야기의 비밀이기에…"[30]라는 진술이 설득력을 지니는 것도 그러한 맥락에서이다. 그러한 맥락에서 이 작품의 핵 사건으로 기능하는 '노라의 가출'은 발생동인으로서의 피메일 콤플렉스와 관련하여 이 작품의 의미와 한계를 분석하고자 하는 이 글의 문제의식과 관련하여 중요한 모티프로 기능한다.

---

27 정선태, 앞의 글, 11-12면.
28 맬컴 브래드베리, 「구조를 통한 접근」, 김병욱 편, 최상규 역, 『현대소설의 이론』, 대방출판사, 1983, 134면.
29 앞의 글, 134면.
30 김용석, 『서사철학』, 휴머니스트, 2009, 47면.

이 작품에서 노라의 가출은 핵 사건으로 기능할 정도로 중요한 비중을 차지한다. 고향에서의 야학교사--귀경 이후 가정교사--화장품 행상--카페 여급--인쇄소 제본 직공으로 이어지는 노라의 인생유전과 불행의 결정적인 단초는 가출에서 비롯되기 때문이다. 이 정도의 중요성에도 불구하고 노라의 가출이 전체적인 서사에서 차지하는 비중은 너무나도 미약하다. 더욱이 '그는 오늘밤 집을 나온 것을 옳고 그르고 간에 돌이켜 생각해볼 겨를도 없었다'(13면)라는 서술적 개입을 통해서 확인할 수 있는 바와 같이, "노라의 가출은 명확한 여성해방의 의지와 자의식에서 비롯된 것이 아니라 일시적인 감정의 동요를 참지 못하고 충동적으로 이루어진 것이다."[31] 가출의 동기가 서사의 설득력을 확보하지 못하는 것도 그러한 이유에서이다. 게다가 '노라는 새로운 삶을 하여 새로운 인생을 발견하려고 가정과 남편과 어린아이들을 버리고 나온 것이다. 무엇이 새로운 삶이요, 어떻게 해야 새로운 인생을 발견한다는 것은 노라 자신도 아직 생각하여보지 아니하였다.'(71면)라는 진술에서 분명하게 확인할 수 있는 바와 같이, 노라의 가출은 가출 이후 삶의 행로에 대한 대안이나 구체적인 계획이 전혀 없는 상태에서 이루어진, 한마디로 '무작정 가출'이다.

이야기는 결혼으로부터 시작이 되었다.
그들--야학생들은 다같이 세상살이의 첫걸음인 결혼부터 잘못하였다. 아직 생리적으로 완전히 발육이 되지 못하고 정신적으로도 한 사람 몫을 하지 못하는 어린 소녀가 역시 입에서 젓비린내가 나는 신랑한테로 시집을 온 것이다. 그러나 그것은 시집 장가가 아니라 양편의 어머니 아버지가 자기네의 딸과 아들에게 고운 옷을 입히어 가마 태우고 말 태워 초례청에서 절하고

---

31 심진경, 앞의 글, 59면.

하는 결혼의 흉내를 내는 재롱을 보는 재미로써 그렇게 시킨 것이다……

　결혼이라는 것은 부모에게 재미를 뵈려고 하는 것도 아니요, 자식을 낳아서 부모에게 손자 보는 재미를 뵈려는 것도 아니다. 결혼이라는 것은 서로 사랑과 이해와 동정이 있는 완전히 성인 된 한 남자와 한 여자가 결합이 되어 가정을 이루는 것으로, 인생의 행복을 누리고 나아가서는 종족을 번식시킴으로써 생명을 연장시키는 것이라고 말을 하였다……

　지금은 세상이 바뀌었다. 여자도 당당하게 한 사람이다. 그러니까 여자도 한 사람이다. 그러니까 여자도 한 사람으로서 살아가자면 마땅히 그러한 남편과 그러한 가정을 버리고 뛰어나서야 할 것이다. (『인형의 집을 나와서』, 58-60면)

　무작정 가출한 노라는 삶의 행로를 모색하는 과정에서 임시 방편으로 귀향을 하게 된다. 이 문면은 귀향 직후 전도부인의 청탁과 권유에 의해 야학 교사의 길을 선택한 노라가 학생들에게 근대적인 여성의식과 결혼관을 계몽하는 대목이다. 이 대목은 그러나 여러 가지 면에서 서사의 균열을 드러내고 있다. 야학 교사로 학생들을 가르칠 무렵의 노라의 여성의식에 비추어 볼 때 문면에서와 같은 주장은 서사의 개연성의 기본 자질인 논리와 인과성을 전혀 갖추지 못하고 있기 때문이다. 이는 그 무렵 고향의 친구이자 사회주의 활동가로 노라의 의식 전환에 매개적인 인물로 기능하는 오병택으로부터 베벨의 『부인론』을 소개 받은 후 노라가 보이는, '그리하여 우선 서문을 보기 시작하였다. 그러나 첫머리를 조금 보는데 글자는 알아도 뜻은 모를 말이 많았다'(57면)라는 반응을 보아서도 증명이 되고도 남는다. 따라서 이 문면을 통해서 직접적으로 드러나고 있는 근대적인 여성의식과 결혼관은 노라의 것이라기보다는 채만식의 여성의식과 결혼관이라고 보아야 한다.

베벨의 『부인론』은 계급문제와 여성문제가 연관되어 있고, 여성문제에 앞서 계급문제가 먼저 해결되어야 한다는 사회주의 여성해방론의 주장을 담은 대표적인 저서이다. 우리 사회에 1920년대 중반 이후 본격적인 마르크스주의 저작들이 읽히기 시작하고, 1928-1929년경 사회주의 서적 수용은 절정에 이르렀다. 베벨의 저서 역시 비슷한 시기에 번역, 출간되었고, 콜론타이나 엘렌 케이, 입센 만큼 엄청난 영향력을 미치지는 못했지만 1920년대 중반 이후 사회주의 사상의 이입과 함께 여성해방의 또다른 전망을 모색하는 이들에게는 일정 정도 영향을 미쳤을 것으로 짐작된다.[32]

인용에서 확인할 수 있는 바와 같이, 채만식이 『인형의 집을 나와서』를 연재하던 1933년 무렵, 사회주의 여성 해방의 전망을 반영하고 있는 베벨의 『부인론』은 식민지 조선의 지식인들에게 상당한 자극과 영향을 주었을 것으로 보인다. 『부인론』의 독서 여부는 확인할 수 없지만 채만식 또한 이 책의 존재와 내용에 대해서는 분명하게 알고 있었던 것으로 보인다. 하지만 『부인론』을 통해서 알게 된 사회주의 여성 해방론의 전망에 대한 채만식의 인식 수준은, 앎과 삶, 그리고 인식과 실천이 별개로 작동하는 관념적인 추상의 차원을 크게 벗어나지는 못했던 것으로 보인다. 이는 가출 이후 세 자녀에 대한 애절한 그리움으로 인한 모성성과 남편 현석준이 제왕처럼 군림하는 가부장의 울타리로부터 독립해야 한다는 여성성 사이에서 끊임없이 흔들리는 노라의 갈등. 그리고 시골에 홀로 계시는 노모 봉양에 대한 강박을 반추하며 전통적인 가부장제 이데올로기로 퇴행하는 노라의 고민. 더욱이 만취 상태에서 이 주사에게 성 폭행을 당한 후 자살을 시도하는 노라의 결단을 통해서 충분히 증명이 되고 있다.

---

32 김양선, 앞의 글, 50-51면.

한편, 인쇄소 제본 직공으로 제2의 인생을 출발하는 노라가 독립에의 주체적 의지를 보이면서 전 남편인 현석준과 대결의지를 보이는 결말 부분 또한 발생동인으로서의 피메일 콤플렉스와 관련하여 이 작품의 의미와 한계를 분석하고자 하는 이 글의 문제의식과 관련하여 중요한 모티프로 기능한다. 이 부분 또한 노라의 가출과 마찬가지로 서사의 균열을 드러내고 있기 때문이다.

> "옳소, 그 말이 옳소……내가 당신의 가정에서 당신 한 사람의 노예질을 싫다고 벗어져 나왔다가……인제 다시 또 당신한테 매인 몸이 되었소. 그걸 보고 당신은 승리나 헌 듯이 통쾌하게 여기겠지만, 그러나 당신허구 나허구 싸움은 인제부터요. 내가 아직은 잘 알지 못허우만은 이 세상은 (…중략…) 싸움이라구 헙디다. 아마 그게 옳은 말인가 싶소. 그러니 지금부터 정말로 우리 싸워봅시다."
>
> 이렇게 말을 하고 노라는 회의실에서 나왔다.
>
> 기계실에서는 기계 도는 소리가 요란스럽게 쿵쿵거린다. 그 소리에 따라 노라의 혈관에서도 더운 피가 힘차게 뜀을 노라는 느끼었다. (『인형의 집을 나와서』, 297면)

이 문면은 남수의 소개로 고려인쇄소 제본 직공으로 나선 노라와 인쇄소 현장 감독을 나온 전 남편 현석준 사이에 벌어진 설전을 보여주는 장면이다. 문면에서 보는 바와 같이, 작품의 결말에 이르러 작가는 노라를 사회주의적 의식으로 무장한 계급적 주체로 거듭나게 하고 있다. 이러한 설정을 통해 채만식은 진정한 여성 해방은 계급 해방을 전제로 하지 않고서는 불가능하다는 문제의식을 반영한 것으로 보인다. 작품의 출발에서부터 다른 구성요소들과는 유기적 기능성을 형성하지 못한 채 서사의 잉여로 겉돌기만 하던 오병택을 등장시킨 설정 또한 작가의 그러한 의도와 밀접한 관련이 있다. 하지만 작가의 그러한 의도는 관념적인 추상의 형태로 생경하게 드러남으로써 충분한 효과를 거두지 못하고 있다. '노라는 서문을 위선 펴가지고 어려운 대로 애써애써 읽어내려가기 시작하였다. 그러다가 몇 줄째에서 눈이 번쩍 뜨이게 머리로 들어오는 한 구절을 발견하였다. 노라에게 있어서 크나큰 소득이었었다.'(295면)라는 진술이 암시하는 바와 같이, 노라의 계급적 각성 과정은 에피파니의 섬광이나 초월자의 계시와도 같이 찰나적으로 이루어지기 때문이다. 물론 노라의 계급적 각성은 가출 이후 인생유전을 거듭하는 과정에서 경험한 신산이나 고통과 관련이 있을 수는 있다. 하지만 그러한 사정을 고려하더라도 현석준에 맞서는 노라의 선언과 논리는 자연스럽지 않고, 따라서 공허하게 들릴 뿐이다. 노라의 마르크스주의 노동자로의 변모에 대해 "노라의 주체적 자각의 결과라고 보기 어렵고 노라의 재생은 텍스트 내적 필연성의 결과라기보다는 작가의 의도에 의해 작위적으로 덧붙여진 사족에 가깝다. 일견 노라의 사상적 각성이 의식적인 것처럼 보임에도 불구하고, 노라가 여전히 수동적이고 비주체적인 인물로 남는 것 또한 그 때문이다"[33]라는 지적은 따라서 매우 적절해 보인다.

한편, "부인해방은 중류가정의 한 안해가 집을 버리고 맨손으로 뛰어나오는 것으로는 그것이 한 계단은 될지언정 완성은 아닌 것입니다."[34]라는 채만식의 진술. 그리고 가출 이후 인생유전과 신산을 거듭하다 이 주사에게 정조를 유린 당한 후 자살을 결행하기 직전 여고보 동창이자 친구인 혜경에게 보내는 유서에서 '배고픈 자유, 외로운 자유, 먹기 위하여 노예가 될 자유,

---

33 심진경, 앞의 글, 60면.
34 채만식, 「인형의 집을 나와서를 쓰면서」, 『삼천리』, 1933.9.

먹기 위하여 웃음과 아양과 정조를 파는 자유! 그리고 천륜을 짓밟는 자유! 혜경이, 이것이 과연 자유일까?----- 천만에!'(261면)라는 절망적인 탄식을 통해 여성해방에 대한 자신의 신념을 회의하는 노라의 고백. 그리고 자신의 불행한 결혼 생활을 자살이라는 극단적인 선택으로 마무리하는 고향의 보통학교 동창 옥순이나 애오라지 경제적인 이유로 인해 최소한의 애정조차 없는 남자의 첩으로 생활하는 자신에 대한 환멸과 상대방에 대한 경멸을 반추하며 불행한 나날을 보내는 노라의 하숙집 주인댁 성희의 모습들에서 확인할 수 있는 바와 같이, 이 작품의 진정한 의도는 경제적 독립 없이는 진정한 여성해방은 불가능하다는 것을 말하고자 했던 것으로 보인다. 하지만 작가의 그러한 의도 또한 성공적이지는 못한 것으로 보인다.

그러면 이러한 텍스트의 균열이 발생하는 원인은 어디에 있는 것일까? 텍스트의 무의식에 관한 프로이트의 통찰은 이러한 질문에 대해 유익한 단서를 제공한다. 주체의 무의식을 해석하는 중요한 통로로 기능하는 텍스트의 무의식은 무의식 일반의 작동기제처럼 "의식계를 받쳐주는 논리성, 시간성, 문법성, 모순율 등을 결정적으로 결하고 있다."[35] 억압된 무의식의 욕망과 의식의 검열과의 치열한 갈등과 타협의 결과로 발생하는 텍스트의 무의식은 "텍스트의 어느 부분이 지나치게 강조되거나 갑자기 생략되어 침묵할 때, 논리의 공백이나 틈이 생길 때, 작품 속에 동기화되어 있지 않은 병리적 현상이 드러날 때, 혹은 텍스트가 이해할 수 없이 경련하거나 광기를 띨 때 감지된다."[36] 이와 같이 개인의 무의식이 꿈, 농담, 말의 실수, 신체 증상 등과 같은 기호적 증상을 통해 감지되는 이치와 마찬가지로 텍스트의 무의식은

---

35 박찬부, 『기호, 주체, 욕망』, 창비, 2007, 24면.
36 위의 책, 9면.

"텍스트의 논리적 공백이나 탈문자 현상, 혹은 여러 증상적 현상들을 통해 감지"[37]된다. 텍스트의 균열과 틈새와 같은 기호적 증상을 매개로 감지되는 텍스트의 무의식은 텍스트의 표층보다는 심층을 더 중시함으로써 '영혼의 고고학'이나 '의심의 해석학'과 같은 방법론으로 규정되는 정신분석학 체계에 많은 부분을 의존하는 비평가나 연구자들에게 주체의 무의식의 흔적이나 징후에 접근하는 유력한 통로로 기능한다. 노라의 가출과 노라의 계급적 각성에서 보이는 텍스트의 균열 또한 이 작품을 연재하던 무렵의 채만식의 무의식의 흔적이나 징후에 접근하는 유력한 통로로 기능한다. 더불어 그러한 텍스트의 균열은 텍스트의 무의식 차원에서 이 작품의 진정한 창작 의도를 엿볼 수 있는 통로로 기능하기도 한다.

앞에서 소상하게 살펴본 바와 같이 채만식은 중앙고보에 재학 중이던 19살의 어린 나이에 자신의 의사와는 전혀 상관없이 아버지의 강요에 의해 결혼을 하게 된다. 그리고 부인으로 맞이한 은선홍의 스타일은 결백증이 있을 정도로 깔끔하고 예민한 기질의 소유자였던 채만식의 취향과는 잘 어울리지 않았던 것으로 보인다. 아버지의 권위에 저항하지 못하고 어쩔 수 없이 수락한 결혼. 하지만 자신의 마음에는 들지 않은 결혼 생활. 그렇다고 이혼마저도 마음대로 결행하지 못하는 상황. 이러지도 못하고 저러지도 못하는 경계인의 실존으로 인한 불행한 의식으로 인해 심각한 갈등과 분열을 반추하던 채만식이 선택한 길은 법률혼 관계만 유지한 채 실질적으로는 거의 별거 상태로 보내는 것이었다. 하지만 채만식과 같이 예민하고 정직한 내면의 소유자에게 은선홍 부인과 두 아들에 대한 죄의식이 없을 리 없었다. 죄의식은 어떻게 해서든지 해소했어야 했을 터. 은선홍 부인과 두 아들에 대한 죄의식

---

37 위의 책, 253면.

과 그로 인한 피메일 콤플렉스를 완화하는 방어기제로서 채만식이 선택한 방식은 '이솝우화의 신 포도'에서 그것의 고전적인 예를 찾아볼 수 있는 합리화의 전략이었다. 당시 식민지 조선 사회에 일종의 시대정신으로 인구에 회자되던 사회주의 여성 해방론의 전망은 채만식의 그러한 합리화 전략에 안성맞춤의 명분을 제공했을 것으로 보인다.

하지만 사회주의 여성해방론의 전망에 대한 채만식의 인식 수준은 당시 식민지 조선의 남성 지식인들의 평균치를 크게 벗어나지 못했다. 이 작품의 구성적인 의식으로 기능하는 채만식의 여성의식은 당시 식민지 조선 사회에서 중층적인 소외와 희생을 강요당하던 여성들의 현실에 대한 냉철한 성찰과 전망보다는 당시 독서시장과 지식인 사회에서 일종의 유행사조로 회자되던 사회주의 여성해방론의 전망을 반영하는 독서물의 자극에 더 많은 영향을 받은 것으로 보이기 때문이다. 게다가 그의 많은 작품들에 가부장제 이데올로기나 가족주의에 결박당한 남성인물들이나 그것들에 희생당하는 여성인물들이 자주 등장하는 것에서 유추할 수 있는 바와 같이, 채만식 또한 당시 지배적인 문화적 코드로 기능했던 남성 중심의 가부장제 이데올로기로부터도 결코 자유롭지 못했다. 이와 같이 당시의 시대적인 제약과 개인적인 한계로 인해 채만식의 여성의식은 당시 대부분의 식민지 조선의 남성 지식인들처럼 추상적인 관념의 한계를 벗어나기 어려웠다. 한마디로 채만식의 여성의식은 관념적인 추상의 상태를 벗어나지 못했다. 채만식의 여성의식이 당시 식민지 조선 사회에서 중층적인 소외와 희생을 강요당하던 여성들의 현실에 대한 냉철한 성찰과 전망에 토대를 두고 있었다면 이 작품의 서사는 노라의 가출 동기를 축으로 초점화가 이루어져야 했을 것이고, 현석준과의 대결의지 또한 서사의 동기부여가 좀 더 설득력 있게 제시되어야 했을 것이다. 그런데 노라의 가출은 아주 소략하게 다루어지고 있으며, 노라의 대결의지는 공허하게 들릴 뿐이다. 이 작품에서 가장 중요한 비중을 차지하고 있는 두 모티프에서 가장 분명한 형태로 드러나고 있는 서사의 균열은 바로 이와 같은 여성의식의 관념적 추상성의 반영인 것이다. 그러한 한계에도 불구하고 채만식이 이 작품을 연재하게 된 배경에는 앞에서 구체적으로 살핀바 은선홍 부인에 대한 죄의식과 그로 인한 피메일 콤플렉스를 완화해보고자 하는 방어기제로서의 합리화 전략이 결정적으로 작용했을 것으로 보인다. 시종일관 반복적으로 드러나면서 이 작품의 미학적 완성도를 해치는 서사의 균열 또한 그러한 맥락에서 접근할 때라야 비로소 그 의미를 정확하게 밝혀낼 수가 있는 것이다.

지금까지의 분석을 통해서 드러난 바와 같이, 피메일 콤플렉스로 인한 서사구조의 우연성과 여성의식의 추상성으로 인해 이 작품을 통해 드러내고자 했던 채만식의 의도인, '경제적 독립 없이 진정한 여성해방은 과연 가능한가?' 라는 문제의식은 성공적이지 못한 것으로 보인다. 하지만, 이러한 한계가 있다고 해서 "여성해방을 공공연하게 주제화한 작품", "해방되고자 하는 여자에 대한 공개토론을 소설 형식으로 시도"[38]한 작품 등과 같은, 이 작품이 지니고 있는 문학사적 가치 자체가 무화되는 것은 아니다. 그런 점에서 이 작품을 "채만식이 당대의 사회적 관심을 반영하여 가부장제의 억압에 대항하기 위해 '가출'한 한 여성의 이후 행적을 통해 진정한 여성해방의 실현 가능성을 진단해 본 작품"[39]으로 평가하는 해석 자체는 지극히 온당하고 정당하다. 하지만 앞서 살핀 바와 같이 여성의식에 대한 채만식 개인의 한계와 당시의 시대적인 제약으로 인해 이 작품은 실패한 작품으로 보인다. 이 점에

---

38 한지현, 앞의 글, 93-94면.
39 송지현, 「여성주의 관점에서 본 채만식 소설」, 『한국언어문학』 37집, 한국언어문학회, 1996, 606면.

대해서는 식민지 조선의 작가들 가운데 누구 못지않게 정직하고 예민했던 채만식 본인이 스스로 인정하고 있는 바이다.

> 그 밖에 그다지 남의 앞에 내어놓고 이야기할 거리까지는 못되나마 창작 활동을 창작활동답게 하자면 최저한도의 생활의 안정이 필요해야겠다고 절실히 느끼오.
>
> 장편 『인형의 집을 나와서』를 쓰면서 더욱이 느꼈소.
>
> "어서 바삐 써다가 주고 한시바삐 고료를 받아와야 하겠다."고 하면서 쓰는 작품은 도저히 작품답게 될 수가 없소. 나는 그렇기 때문에 나로서 최초의 장편인 그 『인형의 집을 나와서』를 잡쳐버렸소.[40]

> 고료 바덧습니다. 실상 고료가 밥버서 성급히 써바리느라고 작품을 잡친 곳이 만히 잇습니다.[41]

> 이 작(『인형의 집을 나와서』)은 성공보다는 실패에 더 많이 가까운 작이라는 것을 나는 스스로 잘 알고 있다.[42]

이 글들의 표면적인 논리를 그대로 승인한다면 『인형의 집을 나와서』의 실패 원인은 단 하나. 당시 곤궁한 처지에 있던 채만식의 경제 사정인 것으로 보인다. 채만식의 곤궁한 처지가 이 작품의 완성도에 좋지 않은 영향을 주었다는 고백은 어느 정도 사실일 수도 있다. 하지만 그게 전부이지는 않을 것으로 보인다. 이 작품의 실패의 바탕에는 보다 더 근본적인 원인이 작용했을

---

40   채만식, 「창작의 태도와 실제」, 『채만식 전집』 10, 1989, 527면.
41   채만식, 「인형의 집을 나와서를 쓰면서」, 앞의 책.
42   채만식, 「문예시감」, 『채만식 전집』 10, 1989, 61면.

것으로 보이기 때문이다. 표층 서사의 층위에서 접근할 때 이 작품은 당시 시대적인 유행사조로 인구에 널리 회자되던 여성해방의 기치를 분명하게 내세우고는 있다. 하지만, 앞서 설명한 바와 같이 그것은 채만식의 진정한 여성의식보다는 가장으로서의 도리를 다하지 못한 죄의식과 그로 인한 피메일 콤플렉스를 완화해보기 위한 방어기제로서의 합리화 전략에서 기인한 바가 더 결정적이다. 뿐만 아니라 채만식의 무의식에 억압의 형태로 잠복해 있었을 이 작품의 심층 주제는 당시 여성들의 일방적인 침묵과 희생을 강요하던 가부장제 이데올로기가 지배 이데올로기로 군림하던 "남성중심사회에서 여성해방의 실현은 피나는 대가를 요구하며 정신적 육체적 경제적으로 완전한 여성해방의 성취는 사실상 불가능하다."[43]는 메시지였을 수도 있다. 따라서 결말 부분에서 현에 맞서는 노라의 대결 의지에 대해, "그래서 작가의 무의식이 겨냥한 또 하나의 메시지는 오히려 노라의 남편 '현'의 힐책에 담겨져 있는 것처럼 보인다.……노동의 현장에 여공으로 선 전 변호사 부인 노라는 과연 해방된 여성인가 하는 것이 작가의 숨겨진 물음이며, 이 작품의 이면적 주제로 깔려 있는 것이다."[44]라는 해석은 매우 적절해 보인다. 더불어 텍스트의 무의식의 맥락에서 노라의 모습이 서사의 표면에 등장하는 주장이나 선언과는 달리 남성의 보호를 떠나서는, 따라서 남성 중심의 지배구조를 인정하지 않고서는 여성의 독립은 현실적으로 불가능한 게 아닌가 하는 생각을 가질 정도의 의존적인 인물로 형상화 되어 있는 것도 그와 밀접한 관련이 있어 보인다. 그러한 맥락에서 이 작품의 실패 원인을 자신의 경제적 처지에서 찾는 작가의 고백은 피메일 콤플렉스를 완화해보기 위한 방어기제로서의

---

43   송지현, 앞의 글, 610면.
44   위의 글, 609면.

합리와 전략에 대한 방어의 방어로 보인다.

지금까지의 논의를 통해서 확인할 수 있는 바와 같이, 창작의 기원 측면에서는 피메일 콤플렉스가, 그리고 창작의 동기 측면에서는 피메일 콤플렉스를 완화해보고자 하는 방어기제로서의 합리화 전략이 무의식의 층위에서 활발하게 작동된 작품이 바로 『인형의 집을 나와서』라고 할 수 있다. 그러한 점에서 이 작품의 진정한 창작 의도를 "비서구의 파행적 근대화 과정 속에서, 더욱이 물적 근거가 허약하기 짝이 없는 식민지 경제체제 하에서 사회적 모순과 여성에게 가해지는 성적 모순"[45]의 동시 탐색에서 찾는 해석. 그리고 "전체적으로 채만식의 작가적 기량뿐 아니라 여성문제에 관한 그의 선진적 의식이 돋보이는 작품"[46]으로 평가하는 입장은 서사의 현상 이면에 뿌리내린 텍스트의 무의식을 통찰하지 못한 한계로부터 자유롭지 않아 보인다. 자신의 행복하지 못했던 결혼생활로 인한 피메일 콤플렉스가 투사된 사사구조의 우연성과 여성의식의 추상성으로 인해 이 작품은 채만식이 애초 의도한 바의 성과와 성취를 이루어내는 데는 성공하지 못하고 있기 때문이다. '모든 문학의 궁극적인 목적은 자기 구원일 수밖에 없다'는 세간의 진실을 다시 한번 확인하면서 이 글을 매조지고자 한다.

4. 나오는 글

이 글의 대전제는 행복하지 못했던 자신의 결혼생활로 인한 피메일 콤플렉스가 채만식 소설의 기원이자 원천으로 기능하고 있다는 가설이었다. 이러

---

45   김양선, 앞의 글, 42면.
46   한지현, 앞의 글, 117면.

한 피메일 콤플렉스를 가장 분명한 형태로 보여주고 있는 작품이 바로 『인형의 집을 나와서』라는 가설이 이 글의 소전제였다. 이 글은 이러한 가설들과 관련하여 이 작품의 의미와 한계를 분석하는 작업에 집중하고자 했다. 분석의 결과, 창작의 기원 측면에서는 피메일 콤플렉스가, 그리고 창작의 동기 측면에서는 피메일 콤플렉스를 완화해보고자 하는 방어기제로서의 합리화 전략이 무의식의 층위에서 활발하게 작동된 작품이 바로 『인형의 집을 나와서』라는 결론을 내렸다. 이 작품에서 결정적인 정도로 중요한 비중을 차지하고 있는 두 모티프인 '노라의 가출'과 '현과의 대결의지'에서 가장 분명한 형태로 드러나고 있는 '사사구조의 우연성'과 '여성의식의 추상성'은 피메일 콤플렉스를 완화해보고자 하는 방어기제로서의 합리화 전략이 무의식의 층위에서 작가의 글쓰기 행위를 끊임없이 간섭한 결과로 보았다. 채만식의 여성의식 또한 당시 식민지 조선 사회에서 중층적인 소외와 희생을 강요당하던 여성들의 현실에 대한 냉철한 성찰과 전망보다는 당시 독서시장과 지식인 사회에서 일종의 유행사조로 회자되던 사회주의 여성해방론의 전망을 반영하는 독서물의 자극에 더 많은 영향을 받은 것으로 보았다. 그 결과 이 작품은 중층적인 모순과 억압 속에서 일방적인 희생과 침묵을 강요당하는 여성들의 진정한 해방의 길을 탐색하고 모색해보고자 했던 채만식의 의도는 성공적이지 못한 것으로 보았다. 하지만, 이러한 문제나 한계가 있다고 해서 이 작품이 지니는 문학사적 가치, 즉 당대의 사회적 관심을 반영하여 진정한 여성해방의 실현 가능성을 진단해 본 작품이라는 가치 자체가 무화되어서는 안 된다고 보았다.

『태평천하』에 나타난 '가족'과 '자본'

1. 들어가는 글

'시간', 그리고 '공간'. 인간이 세계를 인식하고 경험을 구조화하는 틀로 기능하는 이 두 요소는 인간존재의 본질을 규정하는 핵심 범주이다. 유한적인 존재로서 시간과 공간의 구속을 벗어날 수 없는 '세계 내 존재'로서의 인간은 따라서 시간과 공간이 규정하는 자신의 경험세계로부터 결코 자유로울 수가 없다. 그러한 사정은 작가의 경우에도 마찬가지이다. 한 작가의 작품에는 어떤 형태로든지 그의 경험세계가 투사될 수밖에 없기 때문이다. 그러한 맥락에서 "작가는 여러 편의 소설을 통해서 한 편의 자서전을 쓰는 사람이다"[1]라는 진술은 충분한 설득력이 있어 보인다. 한 작가의 작품을 분석하고 해석하는 과정에서 그 작가의 개인사나 가족사를 비롯한 사회 문화사에 관한 풍부한 자료가 보편적 설득력이나 해석의 권위를 확보할 수 있는 이유는 바로 그러한 사정에서 기인한다. 문학비평의 역사에서 작가의 개인사에 특권적인 지위를 부여하는 '역사 전기 비평'이 가장 먼저 등장했던 것도, 그리고

---

1   김화영, 『한국문학의 사생활』, 문학동네, 2005, 52면.

'의도의 오류'(fallacy of intention)나 '문학적 잡담'(literary chatting) 등과 같은 냉소나 폄하에도 불구하고 여전히 영향력을 행사할 수 있는 것도 그러한 사정과 무관하지 않다.

한편, '욕망은 결핍이다'라는 라캉의 명제가 지니는 보편적 설득력이나 적실성은 한 작가의 글쓰기 행위와 관련해서도 그대로 유지된다. 한 작가의 글쓰기 행위를 추동하는 과정에서 '상징화에 저항하는 잉여'로서의 실재계의 결핍이나 결여를 메우고자 하는 '실재의 열정'은 결정적인 동인으로 작용하기 때문이다. "글을 쓰는 것은 대상의 부재에 맞서는 한 가지 방법이며, 모든 창조적 계획의 에너지는 트라우마의 원천"[2]에서 발생한다는 진술 또한 그러한 맥락에서 충분한 설득력을 지닌다. '내가 행복한 사람이었다면 나는 결코 작가가 되지 않았을 것이다'라는 박경리의 진술. '이 소름끼치는 숱한 불면의 밤들이 없었다면 나의 문학은 존재하지 않았을 것이다'라는 프란츠 카프카의 고백. "세상이 내게 훨씬 단순하고 너그러웠으면 나는 소설을 쓰지 않았을 것이고, 아마 인생에 대해 알려고도 하지 않았을 것 같다"[3], "그때 나는 문학을 하고 싶었던 것이 아니라 복수를 하고 싶었던 것이다. 나를 달구었던 것은 창작욕이 아니라 증오였다"[4]라는 진술 등은 문학의 기원이나 원천이 현실세계의 억압이나 폭력에 대한 상징적 처벌이나 상상적 복수에 뿌리를 내리고 있음을 증거하는 원군으로 기능한다. 그런 점에서 모든 문학의 궁극적 본질이나 기원은 자기구원이라는 명제는 충분한 설득력을 지닌다. 채만식은 이러한 일반론을 매우 선명한 형태로 보여주고 있는 작가이다. 채만식의 소설들을 읽어나가다 보면 텍스트의 무의식 층위에서 현실세계에 대한 상징

---

2   보리스 시륄닉, 이재형 역, 『벼랑 끝에 선 사랑을 이야기하다』, 새물결, 2009, 217면.
3   은희경, 『생각의 일요일들』, 달, 2011, 75면.
4   박완서, 『세상에 예쁜 것』, 마음산책, 2012, 22면.

적인 처벌이나 상상적인 복수를 감행하고 있다는 징후를 어렵지 않게 발견할 수 있기 때문이다.

그 징후는 두 가지 차원에서 발견된다. 하나는, 식민지 조선의 청춘남녀들에게 일방적인 순종과 침묵을 강요한 가부장제 이데올로기에 기초한 전통적인 가족제도의 폭력과 억압이다. 다른 하나는, 생산성과 효율성에 기초한 이윤을 최고의 가치로 숭배하는 과정에서 한 인간의 영혼을 완전히 잠식하는 무소불위의 파괴력을 지닌 자본과 그 자본의 욕망을 운동 원리로 삼는 자본주의(식민지) 근대의 간계와 폭력이다. 이 두 가지의 모티프는 채만식의 문학 지형에서 반복 강박의 양상을 보이면서 반복적으로 변주되고 있다. 일반적으로 한 작가의 텍스트에서 반복강박의 양상을 보이면서 반복적으로 변주되는 모티프는 그 작가의 창작의 기원이나 원천으로 기능하는 경우가 많은데 채만식의 경우 또한 예외가 아니다. 그 두 가지의 모티프는 식민지 조선의 구체적인 현실 천착과 민족적인 전망 모색의 과제가 항상 그 중심에 자리했던 채만식의 문학이라는 건축물을 지탱하는 두 축이자 기둥으로 기능하고 있기 때문이다.

염상섭의 『삼대』와 더불어 식민지 조선이 산출한 최고의 문학적 성취로 평가받는 『태평천하』에 대해서는 연구사를 정리하는 작업 자체가 한 편의 논문이 될 정도로 많은 성과들이 제출된 바 있다. 그 연구들은 크게 두 가지의 관점으로 대별된다. 하나는 주제론적 관점에서의 연구들이고, 다른 하나는 서술 미학적 관점에서의 연구들이다. 큰 맥락에서 풍자라는 키워드로 통합 가능한 그 연구들은 다시 '가족사 소설'이라는 코드를 통해 접근하는 연구들과 '식민지(자본주의) 근대'의 코드를 통해 접근하는 연구들로 구분할 수 있다. 기존의 연구들은 이 작품이 내장하고 있는 의미망들을 섬세하게 천착하고 있음에도 한 가지 문제로부터 자유롭지 않아 보인다. 그것은 이 작품에서 '가족사'의 문제와 '식민지(자본주의) 근대' 문제가 별개의 영역으로 분리 독립해서 접근할 문제가 아님에도 불구하고 대부분의 기존 연구들은 그 둘을 분리 독립해서 접근하고 있다는 점이다. 이 글의 문제의식이 발기하는 지점은 바로 이 부분에서이다. 이 글은 채만식의 문학에서 반복적으로 변주되는 식민지(자본주의) 근대와 전통적인 가족제도의 억압과 폭력에 대한 비판과 저항의지가 채만식 문학의 기원이자 창작의 원천으로 기능한다는 관점에서 그 두 모티프를 통합적·유기적으로 접근하고자 한다. 이러한 문제의식과 관련하여 윤직원 영감은 문제적인 인물이 아닐 수 없다. 이 작품에서 윤직원 영감은 그 두 가지 문제를 한 몸에 통합한 인물로 기능하고 있기 때문이다. 윤직원 영감의 완전한 파멸과 몰락으로 규정 가능한 이 작품을 통해 채만식이 드러내고자 하는 문제의식의 핵심은 어디에 있는 것일까? 이 물음에 대한 성실한 탐색과 탐사 작업을 해보고자 하는 문제의식에서 이 글은 출발한다.

2. 물질적인 욕망의 화신의 몰락과 파멸

'정태적 플롯과 에피소드 나열식의 구성, 작가의 이상에 근거한 비판의 힘에 의해 이루어지는 부정적 인물의 왜곡과 과장, 부정적 인물의 희화화, 인물과 환경의 선택에 있어서 부정성의 극단에 있는 조건들의 반영[5] 등 『태평천하』의 서사는 풍자소설의 특성을 전형적으로 보여주고 있는 소설이다. 한국 근대문학이 산출한 풍자소설의 백미로 평가받는 이 작품의 풍자와 관련하여 윤직원 영감은 올연독좌, 돌올하다. 다른 인물들은 윤직원 영감의 그림

---

5   조정래·나병철, 『소설이란 무엇인가』, 평민사, 1991, 109-117면 참조.

자나 허깨비에 불과하다. 이 작품에서 전지적 서술자의 냉소적 서술에 의해 야유와 풍자의 대상으로 희화화된 존재로 형상화되는 인물들 가운데 윤직원 영감에 필적할 만한 인물은 감히 어느 누구도 없기 때문이다. 한마디로 이 소설은 철저하게 윤직원 영감의 발군의 개인기와 엽기적인 곡예에 의존하는 모노 드라마이다. 창식, 종수, 경손, 태식, 서울 아씨, 며느리 고씨, 춘심이 등 다른 인물들 또한 나름대로 충분한 매력과 개인기를 발휘하면서 선명한 인상을 남기고 있기는 하다. 하지만, 그들의 개인기나 곡예는 아마추어들의 나이브한 재롱잔치 수준을 넘지 못하는, 따라서 윤직원 영감에 비하면 한갓 장식적인 요소에 불과할 따름이다. 이 작품의 담론 표지로 기능하는 냉소와 풍자의 대상으로 희화화되는 윤직원 영감(윤두섭)의 윤리적 결함과 인식적 결함은 '탐욕'과 '왜곡된 역사의식'이다.

작가의 이상이나 문제의식을 효율적으로 드러내기 위한 담론 장치로 "풍자소설은 인물과 환경의 선택에 있어서 부정성의 극단에 있는 조건들을 반영"[6]한다. 1930년대 식민지 조선의 근대에 대한 비판과 저항의지를 반영하는 윤직원 영감의 윤리적 결함으로서의 탐욕을 선명하게 부각하기 위해 채만식은 윤직원 영감을 '물질적인 욕망의 화신'이자 '수전노의 표상'으로 형상화한다. 추상적 노동이 물질적으로 표현되는 가치의 표현 형식인 교환가치만을 유일한 가치로 신봉하는 윤직원 영감에게 중요한 것은 오직 '돈'이다. "모든 인간적 관계와 사회적 관계를 단순한 양적인 크기와 관계로 환원해버리는 돈"[7]을 절대적인 가치와 최종적인 가치로 고양시키는 윤직원 영감은 '지출의 최소화'와 '수입의 극대화'라는 지침을 거의 강박의 차원에서 생활철학으로

6 앞의 책, 109면.
7 김덕영, 『게오르그 짐멜의 모더니티 풍경 11가지』, 길, 2007, 100면.

실천하고 있다. '이윤 추구라면 지옥 끝까지라도 간다'라는 자본의 논리의 충직한 사도를 자처하는 윤직원 영감은 지출을 줄이고 소득을 늘리는 일이라면 악마와의 거래조차도 기꺼이 감당한다. '인력거삯 흥정', '버스비 무임승차 전략', '부민과 명창대회 자리 강변', '동변 흥정', '반지값 흥정' 등의 모티프에서 확인할 수 있는 바와 같이, 윤직원 영감의 일상에서 그 지침과 생활철학은 거의 신앙이나 신념의 차원에서 작동하고 있기 때문이다.

탐욕과 더불어 인식적 결함으로서의 윤직원 영감의 '왜곡된 역사의식'과 '반민족주의적 지향' 또한 전지적 서술자의 서술적 권위에 의해 냉소의 풍자의 대상으로 철저하게 희화화되면서 1930년대 식민지 조선의 근대에 대한 채만식의 비판과 저항의지를 반영하는 데 기여하고 있다. 윤직원 영감의 주 수입원은 고향 전답의 소작료와 고리대금업의 금융소득이다. 윤직원 영감의 소작료와 대출 이자는 거의 착취에 가깝다. 착취에 가까운 고율의 소작료와 대출 이자를 받아내기 위해 악착을 부리면서도 윤직원 영감은 최소한의 죄의식이나 갈등도 가지지 않는다. 오히려 윤직원 영감은 소작과 대출 행위를 소작인과 채무자에 대해 시혜와 적선을 베푸는 행위로 간주하는 왜곡된 가치관을 보인다. 그러한 왜곡된 가치관은 민간의 교육 사업이나 빈민·이재민들의 구제사업을 위한 기부는 철저하게 외면하면서 당시 식민 지배 권력을 유지·강화하는 억압적인 국가기구의 첨병 역할을 하던 경찰서의 무도장 건립 비용 기부에는 적극 나서는 등과 같은 반민족주의적 지향의 형태로 반복된다.

윤직원 영감의 반민족주의적 지향은 사회주의와 중일전쟁에 대한 왜곡된 역사의식을 통해 그 정점에 도달한다.

청국두 그놈의 사회주의라냐, 그 부랑당 속을 맨들어?......그게 무어니 무어

니 히여두 이사람아, 알구 보닝개루 바루 부랑당 속이지 별것이 아니데그
려?.... 자네는 모르리마넌 옛날 죄선두 활빈당(活貧黨)이라넝 게 있었너니.
그런디 그게 시체 그놈의 것 무엇이냐 사회주의허구 한속이더니..... (『태평천
하』, 126면)

시방 세상으 누가 무엇이 그리 답답히여서 그 노릇을 허구 있겠넝가....?
자아 보소 관리허며 순사를 우리 죄선으루 많이 내보내서, 그 숭악헌 부랑당
놈들을 말끔 소탕시켜주구, 그래서 양민덜이 그 덕에 편히 살지를 않넝가?
**그러구 또, 이번에 그런 전쟁을 히여서 그 못된 놈의 사회주의를 막어내주니,
원 그렇게 고맙구 그렇게 장헐 디가 어디 있담 말잉가....** (『태평천하』, 129면)

1920년대 초반에 보급·확산되기 시작한 이후 사회주의[8]는 식민지 조선의
담론 지형에서 민족주의와 더불어 당시 시대적 과제이던 민족해방과 계급해
방을 둘러싼 전망의 모색과 관련하여 담론의 헤게모니를 장악하던 주류 담론
이었다. "1928-1929년경에는 사회주의 서적 수용이 절정에 이르렀다"[9]는 지
적처럼, 이 시기에 노동운동을 비롯한 다양한 사회 변혁운동의 견인차 역할
을 하면서 식민지 조선의 담론 공동체 내에서 '상징계의 대타자'로 기능하던
사회주의 사상은 일종의 지배사상이자 유행사조였다. 평등을 최고의 가치로
추구하는 사회주의는 따라서 식민지 자본주의에 대한 대안적인 질서를 모색
하던 식민지 조선 사회의 진보적 지식인들과 노동자·농민들에게 강력한 돌
파구나 진지 역할을 했었다. 그러나 윤직원 영감은 당시 식민지 조선 사회에

---

8 사회주의 사상의 보급 및 그 분화 과정에 대해서는 윤대원, 『식민지 시대 민족해방운동』,
　한길사, 1990, 102-112면 참조.

9 천정환, 『근대의 책읽기』, 푸른역사, 2003, 213면. 당시 식민지 조선에서의 사회주의 서적의
　수용 양상과 독서 경향에 대해서는 204-215면 참조.

서 민족 해방과 계급 해방의 전망과 관련하여 사회주의 이념이 누리고 있었던 담론적 권위나 위상에 대해 인식적 불구 상태를 드러내고 있다. 윤직원 영감의 인식적 지도에서 사회주의란 가진자들의 재산을 강탈하여 사회적 약자들에게 무상으로 나누어주는 부랑당패의 악행으로 배치되고 있기 때문이다. 그 연장선에서 윤직원 영감은 중일전쟁을 중국의 사회주의화를 방지하기 위한 고육지책이자 동양평화를 도모하기 위한 일본의 선의로 해석하는 왜곡된 역사의식을 거침없이 드러낸다.

1931년 만주사변에서 1941년 태평양 전쟁에 이르는 15년 전쟁의 중간지점에서 발생한 중일전쟁(1937)[10]은 일제 말기 식민지 조선의 지배정책에서 결정적인 변곡점을 형성할 정도로 중차대한 의미를 지닌다. 총동원체제로 돌입하게 되는 중일전쟁 이후 식민지 조선의 전역에는 일본 제국주의의 어두운 장막이 짙게 드리우기 때문이다. 1937년 7월 베이징 교외의 노구교에서 발생한 우연한 충돌 사건이 빌미가 되어 전쟁으로 돌입한 중일전쟁은 그 본질에서 육군을 축으로 한 일본 제국주의의 숙원인 대륙진출을 위한 침략 전쟁임을 부정할 수 없다. 만주사변처럼 단기간에 끝나리라는 애초의 예상과는 달리 전선이 중국 전역으로 확장되면서 일제는 1938년 국가총동원법을 공포하면서 본격적인 전시체제를 구축하게 된다. 이후 고노에 수상은 동아신질서 구상과 이를 담론으로 체계화한 동아협동체론을 제출하면서 식민지 조선 또한 그 이전과는 비교도 할 수 없을 정도의 가혹한 식민 수탈과 엄혹한 사상 탄압에 직면하게 된다. 그 이후 황국신민화와 내선일체를 통한 국민 만들기 프로젝트를 국정의 최고 목표로 설정한 식민 지배 권력의 감시와

---

10 중일전쟁의 역사적 성격과 그 의미에 대해서는 이성환, 『전쟁국가 일본』, 살림, 2005, 67-74면; 가토 요코, 박영준 역, 『근대 일본의 전쟁 논리』, 태학사, 2003, 227-268면 참조.

통제의 시선은 미시적 일상의 수준까지 관철된다. 이와 같이 중일전쟁은 일제의 식민 지배 정책에서 야만의 얼굴을 한 말기적 징후들을 노골적으로 드러내기 시작하는 결정적인 계기를 제공했다는 점에서 식민지 조선에게는 일방적인 희생을 강요한 국가폭력이자 재앙일 뿐이었다. 윤직원 영감은 이러한 중일전쟁을 중국의 사회주의 국가로의 전락 방지와 동양평화를 위한 일본의 선의로 규정하는 등 일제의 논리를 그대로 승인하는 왜곡된 역사의식을 드러낸다.

지금까지의 분석을 통해서 확인할 수 있는 바와 같이, 윤직원 영감은 악덕 지주와 반민족적인 매판 부르조아의 특성을 전형적으로 보여주는 인물이다. 이러한 윤직원 영감의 형상은 채만식이 특유의 독설과 풍자를 동원한 「독설록에서」(『중외일보』, 1929.9.16, 24)에서 "돈과 돈의 축적만을 유일한 욕망의 대상으로 삼으면서 돈을 모으기 위하여서는 아편쟁이가 아편을 얻기 위하여 취하는 수단보다도 몇 곱이나 더 심각하고 악랄한 것은 말할 것도 없이 명확한 사실이다"[11]라고 규정한 부르조아와 기업가의 전형을 정확하게 보여준다. 그런데 윤직원 영감의 형상과 관련하여 주목해야 할 점은, 채만식의 소설 지형에서 자본의 욕망에 집착하는 수전노형 인간에 대한 부정적 재현은 윤직원 영감에게만 그치지 않는다는 사실이다. 인색한 고리대금업자로 설정되어 있는 점, 인생의 최고 낙이자 유일한 관심사인 재산 증식을 위해서라면 수단과 방법을 가리지 않는 '물욕의 화신'으로 표상되는 점, 자신의 기대를 배반하는 아들 수돌이로 인해 몰락하는 설정 등 여러 가지 서사의 설정에서 윤직원 영감의 데자뷰를 연상하게 하는 「수돌이」(『동광』 제14호, 1927.6)의 강참봉. '세속적 세계의 신'으로 표상되는 돈에 대한 맹목적인 열망을 노골적으로 드러

---

11   채만식, 「독설록에서」, 정홍섭 엮음, 『채만식 전집』, 현대문학, 2009, 241면.

내면서 딸 봉희의 몸'을 등가적 교환의 대상으로 거래하고자 하는 「봉투에
든 돈」(『현대평론』 제5호, 1927.6)[12]의 봉희 모친 등은 윤직원 영감과 높은 수준의
가족 친족성을 형성하고 있기 때문이다. 자본의 욕망에 집착하는 수전노형
인간에 대한 부정적인 재현의 반복은 자본의 논리와 그에 기초한 식민지(자본
주의) 근대에 대한 채만식의 문제의식을 반영한다는 점에서 주목할 필요가
있다.

　윤직원 영감의 극단적인 부정적 재현을 통해서 알 수 있는 바와 같이,
채만식은 궁극적인 목적인 이윤추구를 위해서는 악마와의 거래조차도 유혹
하는 자본의 운동성과 그에 기초한 식민지(자본주의) 근대에 대해 혐오에 가까
운 부정적인 인식을 가지고 있었다. 『태평천하』와 더불어 채만식의 대표 작
품으로 평가받고 있는 『탁류』에서 "자본주의(식민지) 근대에 대한 채만식의
문제의식과 세계관을 대변하는 인물로 기능하는 남승재가 유독, 자신의 딸
명님이를 소유물로 간주하여 유곽에 팔아넘긴 양서방의 처신과 제약사를
따라나선 개복동 색주가 작부의 농밀한 성적 퍼포먼스"[13]에 상성에 가까운
분노를 표출하는 모습이나 '물질적인 욕망의 자동인형으로 전락한 다양한
인간 군상들의 집단적인 몰락과 파멸의 서사'로 규정할 수 있는 『금의 열정』
에서 주상문을 비롯하여 금 투기에 관련된 대부분 인물들의 운명을 비극적인
결말로 마무리 짓고 있는 설정[14]을 보더라도 그러한 판단은 충분한 설득력을
지닌다.

12　자본의 욕망과 식민지(자본주의) 근대에 대한 채만식의 문제의식과 관련된 「수돌이」와 「봉
　　투에 든 돈」의 논의에 대해서는 공종구, 「채만식의 초기소설에 나타난 '가족'과 '자본'」,
　　한국언어문학회, 『한국언어문학』 82집, 2012, 307-315 참조.

13　공종구, 「채만식의 생애와 『탁류』를 읽는 세 가지 코드」, 『탁류』, 현대문학, 2011, 17면.

14　이에 대해서는 공종구, 「'황금광 시대'에 대한 절반의 리얼리즘: 『금의 정열』론」, 군산대학
　　교 채만식연구센터, 『채만식 중·장편 소설연구』, 소명출판, 2009, 137-160면 참조.

채만식이, 한 개인의 고유한 인격적 가치마저도 등가적 교환의 대상으로 도구화하는 자본과 그러한 자본에 대한 욕망을 유혹하고 자극하는 식민지(자본주의) 체제를 야만의 얼굴을 한 악의 제도로 인식하게 된 계기는 어디에서 찾을 수 있을까? 무엇보다 그의 첫 번째 직장이던 동아일보를 퇴사하던 1926에서 개벽사에 취업을 하게 되어 다시 상경하게 되는 1929년 사이 고향에서 실직 지식인으로 소일하면서 접하게 된 사회주의 서적의 독서체험에서 가장 큰 영향을 받았던 것으로 보인다. 실제로 채만식은 사회주의 이념에 대한 개인적인 관심이나 지향을 구체적인 형태로 벼린 시기가 바로 이 즈음이라고 고백하고 있다.

> 신문사를 쫓기어나서 달리 구직을 하려 하였으나 개꼬리만한 상식의 소유자가 어디 가서 무엇을 하랴.
> 할 수 없이 고향으로 굴러 내려가서 3년 동안 어려운 아버지의 밥을 얻어먹었다.
> **나에게는 이 3년 동안이 일생의 운명을 결정하는 가장 크고도 결정적인 시기였다.**
> **무엇보다 나는 그동안에 많은 독서를 하였다.**
> **처음에는 크로포트킨을 탐독하다가 마르크스로 옮겼다. 이 동안이 아직 반생을 두고 양이나 질에 있어서 가장 많은 독서를 한 시절이다.** (「속임 없는 고백, 나의 참회-잡지 기자 참회」, 330면)

'채만식은 1926년 6.10 만세사건 직후 재직 중이던 동아일보 기자직에서 면직되어 임피로 낙향한다. 그 이후 임피의 고향집에서 실직 지식인으로 소일하던 채만식은 1929년 잡지 『개벽』사에 취직이 되면서 고향생활을 청산하고 다시 상경한다. 고향에서 실직 지식인으로 소일한 3년의 기간을 채만식은

'**일생의 운명을 결정하는 가장 크고도 결정적인 시기**'로 규정하고 있다. 그 근거로 채만식은 이 기간에 탐독한 사회주의 관련 저작들의 독서편력을 들고 있다. 크로포트킨이나 마르크스와 같은 이름만 제시하고 있어 그 당시 채만식이 탐독한 사회주의 서적들의 구체적인 내역들을 확인할 방법은 없다. 하지만 앞 뒤 맥락으로 볼 때 이 시기에 섭렵한 사회주의 관련 서적들이 그 이후 채만식의 인생과 문학의 행로에서 상당히 중요한 의미를 지니고 있음을 부인하기는 어렵다.'[15]

이 외에 채만식의 개인사에서 청년시대 이후 유명을 달리할 때까지 꼬리표처럼 따라다니면서 그를 괴롭혔던 가난과 병고의 문제 또한 적지 않은 영향을 미쳤을 것으로 보인다. 채만식은 가계의 몰락으로 동경 유학을 중단하게 되는 1923년 이후 계속 가난에 시달렸던 것으로 보인다. 특히, 전업작가의 길을 선언하는 1936년 자신의 마지막 직장이던 조선일보를 퇴사함과 동시에 그의 실질적인 두 번째 부인이던 김씨영을 데리고서 당시 개성에서 금광업에 종사하던 넷째 형 춘식의 집으로 들어가던 이후는 적빈이 여세의 상황이었던 것으로 보인다.

이러한 배경들로 인해 형성된 자본과 식민지(자본주의) 근대에 대한 부정적인 인식은 시종일관 반복강박의 양상으로 변주되면서 채만식 소설의 기원과 원천으로 기능하고 있다. 『태평천하』에서도 채만식은 돈을 신으로 숭배하는 사물화된 악덕 지주이자 매판 자본인 윤직원 영감에 대한 신랄한 야유와 냉소를 통한 상징적인 처벌을 통해 1930년대 이후 이윤추구를 궁극적인 목적으로 하는 자본의 논리와 악마의 맷돌로 기능하는 시장의 논리가 지배하는 자본주의 근대의 메커니즘이 자리를 잡아가는 식민지 조선의 현실을 비판하

---

15   공종구, 「채만식의 초기소설에 나타난 '가족'과 '자본'」, 314면 참조.

고자 하는 문제의식을 반영하고 있다.

3. '구멍난 가족'의 종결자

식민지(자본주의) 근대에 대한 비판적인 문제의식을 투사하기 위한 장치로 동원된 모티프가 윤직원 영감의 '탐욕'과 '왜곡된 역사의식'이었다면, 가부장의 전제적 권력에 기초한 전통적인 가족제도의 폭력과 억압에 대한 비판적인 문제의식을 투사하기 위한 모티프로는 윤직원 영감의 '천박한 허영'과 '비천한 교양'이 동원되고 있다. 윤직원 영감의 비천한 교양과 천박한 허영에 대한 풍자와 야유의 강도는 훨씬 더 통렬하고 신랄하다. 윤직원 영감의 비천한 교양과 천박한 허영에 대한 통렬하고도 신랄한 냉소와 야유의 시선을 통해서 확보하고 있는 풍자만으로도 식민지 조선의 문학사에 남긴 채만식의 문학적 성취는 돌올하다. 그 정도로 이 작품에서 유감없이 발휘되고 있는 채만식의 풍자는 당대 현실의 정곡에 육박하는 치열함과 예리함의 기운으로 도저하다.

윤직원 영감의 가족은 윤직원 영감을 정점으로 4대가 가족 공동체의 구성원으로 한 집안에서 공동생활을 영위하는 전통적인 대가족의 전형을 이루고 있다. 부계 혈통 중심의 대가족의 중요한 특징으로는 "혈연 중심의 근친 지향적 경향과 강한 부모 자녀 관계의 지속성"[16]을 들 수 있다. 그러나 윤직원 영감의 가족은 형식적 외피만 대가족일 뿐 대가족의 구성원들 사이에 요구되는 위계나 질서는 그 흔적조차도 찾아보기 힘들 정도이다. 왜 그러한가? 윤직원 영감의 '천박한 허영'과 '비천한 교양'이 결정적인 동인으로 작용한다.

---

16   이재경, 『가족의 이름으로』, 또 하나의 문화, 2003, 18면.

대가족의 시스템이 원활하게 작동하기 위해서는 대가족이라는 상징계의 질
서에서 '대타자'이자 '아버지의 이름'으로 기능하는 가부장의 도덕적 권위와
위엄이 무엇보다 중요하다. 그러나 윤직원은 한 집안을 통어하는 중심인 가
부장에게 요구되는 도덕적 위엄이나 교양하고는 너무나도 거리가 멀다. 윤직
원 영감의 지배적인 관심사는 철저할 정도로 1차원적인 욕망의 회로에 갇혀
있을 뿐만 아니라 구사하는 언어를 통해서 드러나는 그의 교양 수준 또한
깔축없는 시정배이기 때문이다.

　유교적 질서에서 최고의 덕목으로 평가받는 가치는 '수신/제가/치국/평
천하'이다. 단계론으로 설정된 네 가지 덕목 가운데 윤직원 영감이 집중하는
가치는 오직 수신이다. 그런데 윤직원 영감이 집중하는 수신은 수신(修身)이
아니라 수신(修腎)이라는 데 문제가 있다. 윤직원 영감이 수신을 위해서 투자
하는 헌신의 열정은 거의 강박 수준이다. 윤직원 영감의 욕망의 회로는 거의
대부분, 그리고 거의 항상 '무병장수'와 '색욕 충족'과 같은 1차원적인 욕망을
중심으로 해서 작동할 뿐만 아니라, 1차원적인 욕망을 충족하기 위해서라면
윤직원 영감은 보양강장제 상용은 물론이고 보건 체조에다 심지어 섭생의
차원에서 동변까지 음용하는 것조차 마다하지 않기 때문이다. 게다가 '짝
찢을 년'이나 '쑥 뽑을 놈'과 같은 천박한 비속어를 아들과 손자는 물론이고
며느리에게조차 아무렇지도 않게 일상어의 수준에서 습관적으로 구사하면
서 상징계의 금기를 가볍게 월경하는 발군의 언어구사력, 그리고 가문을 빛
나게 할 필생의 사업으로 추진하는 네 가지 사업 --족보 도금, 양반 매매,
양반 통혼, 손자인 종수와 종학이를 군수와 경찰서장 만들기--또한 그의 천박
한 허영과 비천한 교양을 도두보이게 하는 데 조금도 부족함이 없다. 천박한
허영과 비천한 교양으로 인해 윤직원 영감은 가부장으로서 누려야 마땅한
최소한의 권위나 위엄도 없이 가족 구성원들로부터 철저하게 경멸과 농락의

대상으로 전락한다.

> 종수는 윤직원 영감의 가문을 빛내기 위한 네 가지 사업 가운데, **군수와 경찰서장을 만들어내려는 품목** 중에 편입된 그 군수 재목입니다. (『태평천하』, 63면)

> **이렇게 생과부, 통과부, 떼과부로 과부 모를 부어놓았으니 꽃모종이나 같았으면** 춘삼월 제철을 기다려 이웃집에 갈라주기나 하지요. 이건 모는 부어놓고도 모종으로 갈라줄 수는 없는 인간 모종이니 딱한 노릇입니다. (『태평천하』, 64면)

> 윤직원 영감은 가끔 딸 서울아씨와도 싸움을 해야 합니다. 작은 손자 며느리와도 싸움을 해야 하고, 방학에 돌아오는 작은손자 종학과도 싸움을 해야 합니다.
>
> 며느리 고씨하고는 말할 것도 없고, 사랑방에 있는 대복이나 삼남이와도 싸움을 해야 합니다……
>
> 고씨는 시아버지와 싸움을 하고, 며느리들과 싸움을 하고, 시누이와 싸움을 하고, 다니러 오는 아들과 싸움을 하고, 동대문 밖과 관철동의 시앗집엘 가끔 쫓아가서는 들부수고 싸움을 합니다.
>
> 그래서, 싸움, 싸움, 싸움, **사뭇 이 집안은 싸움을 근저당(根抵當)해놓고 씁니다.** 그리고 그런 숱한 싸움 가운데 오늘은 시아버지 윤직원 영감과 며느리 고씨와의 싸움이 방금 벌어질 켯속입니다. (『태평천하』, 82면)

'군수'와 '경찰서장'/'품목', '과부'/'꽃모종', '싸움'/'근저당'의 연결에서 보는 바와 같이, 서술자는 "서로 무관해 보이는 사물들 사이에 '유사성'을 간파하는 은유의 능력[17]"을 발휘하여 풍자의 효과를 극대화하고 있다. 아무런 연관성이 없어 보이는 이질적인 두 세계 사이에 내재한 유사성의 관계를 파악하는 은유적 전이를 통하여 거두는 풍자는 통렬하고 신랄할 뿐만 아니라 편집증적 강박 수준에 육박할 정도로 작품 도처에 편재 미만하다. 은유적 전이를 매개로 한 야유와 냉소를 통해 가차없는 풍자의 십자포화와 융단폭격을 퍼붓는 서술자의 태도는 자신이 신봉하는 종교적 대의를 위해 성전에 나서는 십자군의 결기를 방불케 한다.

> ......그런 쳐 죽일 놈이, 깍어 죽여두 아깝잖을 놈이! 그놈이 경찰서장 허라 닝개루. 생판 사회주의 허다가 뎁다 경찰서에 잽혀? 으응?......오사육시를 헐 놈이, 그놈이 그게 어디 당헌 것이라구 지가 사회주의를 히여? 부잣놈의 자식이 무엇이 대껴서 부랑당패에 들어?.....
>
> ...... "오죽이나 좋은 세상이여? 오죽이나......"
>
> 윤직원 영감은 팔을 부르걷은 주먹으로 방바닥을 땅 치면서 성난 황소가 영각을 하듯 고함을 지릅니다.
>
> "화적패가 있너냐아? 부랑당 같은 수령(守令)들이 있더냐?......재산이 있대야 도적놈의 것이요, 목숨은 파리 목숨 같던 말세(末世)년 다 지내가고오....., 자 부아라, 거리거리 순사요, 골골마다 공명한 정사(政事), 오죽이나 좋은 세상이여......남은 수십만 명 동병(動兵)을 히여서, 우리 조선놈 보호히여주니, 오죽이나 고마운 세상이여? 으응?...... 제 것 지니고 앉어서 편안허게 살 태평 세상, 이걸 태평천하라구 허는 것이여, 태평천하!.....
>
> 마지막의 으응 죽일 놈 소리는 차라리 울음소리에 가깝습니다.
>
> "......이 태평천하에! 이 태평천하에......" (『태평천하』, 274-275면)

식민지 조선의 문학사 '베스트 5'에 꼽을 정도로 돋보이는 명장면이다.

17   김상환, 「데리다와 은유」, 한국기호학회 엮음, 『은유와 환유』, 문학과지성사, 1999, 52면.

이 장면에서 윤직원 영감은 "개인과, 용서 없는 혹은 몰인간적인 운명의 계략 사이의 어긋남은 극적 아이러니의 특별 사례라고 생각해도 무방한 비극적 아이러니"[18]의 초점 인물로 선명하게 부각된다. 윤직원 영감의 비극적 아이러니는 자손들 가운데 자신의 기대와 신망을 한몸에 받고 있던 작은 손자 종학이의 배반에서 기인한다. 종학의 피검 소식은 윤직원 영감에게 치명적인 파멸을 의미한다. 두 가지 이유에서이다. 하나는 윤직원 영감의 천박한 허영과 속물적 욕망의 최고 목표인 경찰서장의 기대를 종학이 반드시 실현시켜 줄 것이라는 믿음을 가지고 있었기 때문이다. 다른 하나는 종학의 피검 사유가 윤직원 영감의 사유체계에서 부랑당패와 더불어 극도의 혐오 대상으로 배치되는 사회주의 활동 때문이라는 점이다. **'경찰서장'**과 **'사상범'** 사이의 괴리는 윤직원 영감을 완전한 절망 상태로 빠트린다. 그로 인해 한 집안의 가장인 윤직원 영감의 권위와 위신은 영도의 상태로 전락한다.

풍자 대상인 윤직원 영감에 대한 집요한 처벌과 응징의 기운으로 충만한 서술자는 윤직원 영감의 처지를 전락의 심연으로 몰아넣는 것도 부족하여 그 아들과 손자들의 형상까지도 파락호로 표상하는 수준까지 밀고 나간다. 윤직원 영감을 처벌하고 응징하고자 하는 서술자의 집요한 서술적 욕망은 주색과 잡기로 가산과 생을 탕진하는 윤직원 영감의 소모적인 삶의 유전자를 장자인 윤주사, 윤주사의 아들인 장손 종수, 그리고 증손자인 경손이게까지 순정한 형태로 고스란히 이월시키기 때문이다. 춘심이를 사이에 두고서 설정한 증조·증손간의 연적 관계를 '아무려나 이래서 조손간에 계집애 하나를 가지고 동락을 하니 노소동락(老少同樂)일시 분명하고, 겸하여 규모 집안다운

---

18 조셉 칠더즈·게리 헨치, 황종연 역, 『현대문학·문화 비평 용어사전』, 문학동네, 1999, 247면.

계집 소비 절약이랄 수도 있겠습니다'라고 야유하는 풍자적인 서술, 여학생으로 분장하고서 유곽에 나타난 윤주사(창식)의 둘째 첩인 옥화와 윤주사의 아들인 종수를 매춘부와 고객으로 마주치게 하는 설정, 그리고 윤직원 영감의 가족을 구성원들 사이에 형성된 친밀성의 감정과 정서적 연대에 기초한 '안정된 항구'가 아니라 오직 만인에 의한 만인의 투쟁과 갈등이 지배하는 '적과의 동침'의 관계에 기초한 '끔찍한 감옥'의 형상으로 설정하는 서술적 개입을 통해서 윤직원 영감은 '구멍난 가부장의 원조'로, 그리고 윤직원 영감의 가족은 '구멍난 가족의 종결자'로 표상된다. 가족 공동체의 해체와 붕괴의 징후가 심각한 양상을 보이는 오늘날에도 그 경쟁자를 찾아보기 어려울 정도라는 점에서 '구멍난 가족의 종결자'와 '구멍난 가부장의 원조'로서 윤직원 영감과 그 집안의 경쟁력은 조금도 부족함이 없다.

윤직원 영감은 4대가 공서하는 대가족의 중심이자 기둥이다. 그런데 지금까지의 분석을 통해서 알 수 있는 바와 같이, 윤직원 영감에게는 전통적인 가족체계에서 상징계의 대타자이자 아버지의 이름으로 기능하는 가부장으로서 누려야 마땅한 최소한의 권위나 위신조차 인정받지 못하는 인물로 재현된다. 최소한의 권위나 위신은커녕 며느리나 증손자에게까지 경멸과 농락의 대상으로 전락하고 있다. 더불어 서술자의 냉소와 야유를 통한 풍자의 대상으로 철저하게 희화화되고 있다. 윤직원 영감의 극단적인 부정적 재현을 통해서 채만식이 전달하고자 한 문제의식의 핵심은 무엇일까? 가부장제 이데올로기에 기초한 전통적인 가족과 그것을 가능하게 하는 가족제도에 대한 통렬한 비판과 부정의지의 반영. 그렇다. 채만식은 윤직원 영감의 부정적인 재현을 통해서 가부장제 이데올로기에 기초한 전통적인 가족과 그것을 가능하게 하는 가족제도에 대한 통렬한 비판과 부정의지를 반영하고자 한 것으로 보인다. 이 시점에서 자연스럽게 떠오르는 한 가지 질문? 윤직원 영감의 상징

적인 처벌과 응징에서 드러나는 바와 같이 채만식이 전통적인 가족제도를
극도로 싫어하게 된 원인은 어디에 있는 것일까?

가부장제 이데올로기와 성별 위계에 기초한 전통적인 가족(제도) 및 결혼에
대해 채만식은 혐오에 가까울 정도의 부정적인 생각을 가지고 있었음을 여러
가지 자료들은 증거하고 있다.

> 그러면 어찌하여 이와 같은 결함을 아무도 주의하지 않고 등한시하여 왔
> 는가. 왜 그러한 능력의 발달과 단련을 조장하는 데 노력함이 없어왔는가.
> 그 원인을 간단히 말한다면, 우리들의 사회적 사정과 인습에 돌릴 수 있는
> 것이니, 즉 첫째는 우리들의 가족제도에 있는 것이요, 둘째는 중매결혼의
> 관습에 있다 하겠다. 첫째, 우리들의 가족제도의 일면을 살펴본다면, 가주(家
> 主)의 권리가 너무나 전제적(專制的)이어서 자녀(子女) 질제(姪弟)의 결혼에까
> 지 간섭할 뿐 아니라 배우자의 선택에 대해서는 절대의 권리를 보지(保持)하
> 고 왔다. 그리하여 아들은 어버이가 정해준 곳에 두말 못하고 장가를 들었고,
> 딸은 또한 어버이가 택해준 남자에게로 시집을 갔다. 이와 같이 우리 자여
> 질(子與姪)은 자기의 미래 행복과 불행을 좌우할 중대한 결혼에 있어서 한
> 마디 의견조차 말해보지 못하고 부여형(父與兄)의 독단적 엄명에 맹목적으로
> 복종해왔었다.... 여사(如斯)히 결혼 당사자의 선택 의사를 존중하기는커녕
> 전연 무시하는 가족제도에 있어서, 어찌 전기의 상대자에 대한 관찰이나 이
> 해력의 조성을 바랄 수 있으랴.
> 다음으로 중매결혼이란 가족제도와 서로 제휴하여 과거 우리들의 결혼을
> 지배해온 관습으로서, 결혼하고자 하는 상대자에 대한 조사 관찰들을 중매인
> 에게 일임하여 직접 결혼 당사자의 관여를 허치 않을 뿐 아니라, 책임을 지고
> 권리를 대행한다는 부형들까지 무성의하게 중매인의 직업적 감언이설을 믿
> 고 귀한 딸과 아들을 놓기 때문에 왕왕히 불행한 비극을 연출하는 일이 많았
> 었다. 이것이 얼마나 무서운 죄악이랴. (「청춘남녀들의 결혼준비」, 276-277면)

'전통적인 가족제도와 중매결혼에 관한 한 이광수의 에피고넨을 자처하는 듯한 이 글을 통해 채만식은 전통적인 가족제도와 중매결혼을 근대적인 주체의 욕망과 개성을 억압하는 폭력적인 제도로 타자화하고 있다. 전통적인 질서와 규범이 지배하는 고향과 가부장의 굴레를 벗어나 경성과 동경 유학을 통해 이미 근대적인 지식과 규범으로 무장된 근대적 주체로 성장해가고 있었던 채만식에게 부모의 일방적인 강제에 의해 강요된 결혼은 결연하게 타파해야 마땅한 '상징계의 폭력'으로 인식되었기 때문이다. **'자기의 미래 행복과 불행을 좌우할 중대한 결혼에 있어서 한 마디 의견조차 말해보지 못하고 부여형(父與兄)의 독단적 엄명에 맹목적으로 복종해왔었다..... 이것이 얼마나 무서운 죄악이랴**라는 울분과 탄식에서 알 수 있는 바와 같이, 전제적 권력에 기초한 가부장의 강제에 의해 일방적으로 결정되는 전통적인 결혼과 가족제도를 폭력으로 규정하는 데 채만식은 그 어떤 타협의 여지도 남겨 놓지 않고 있다. 전통적인 가족제도와 중매결혼에 대한 채만식의 비판의 강도가 이와 같이 통렬하고 도저한 데에는 당시의 일반적인 사회적인 배경 이외에 개인사적인 배경 또한 중요한 동인으로 작용하고 있다.'[19]

중앙고보에 재학 중이던 1920년 4월 21일, 채만식은 아버지의 일방적인 결정에 의해 인근 마을인 함라 출신의 은선홍 부인과 결혼을 하게 된다. 본인의 의사는 전혀 반영되지 않은 그 결혼은 안타깝게도 행복한 결혼과는 거리가 너무 멀었고, 그러한 거리는 유명을 달리하는 순간까지 채만식의 삶에 무겁고도 어두운 그늘을 드리운다. 아버지의 일방적인 강제에 의해 결정된 결혼으로 인해 채만식은 양가적인 감정에 시달렸던 것으로 보이기 때문이다. 하나는 아버지에 대한 원망과 피해의식이다. 다른 하나는 은선홍 부인과 두

---

19   공종구, 「채만식의 초기소설에 나타난 '가족'과 '자본'」, 303-306면 참조.

아들에 대한 죄의식과 회한이다. 자신의 의사나 취향은 전혀 반영되지 않은 결혼으로 인한 '불행한 의식'에 시달리던 채만식이 현실적으로 선택할 수 있는 선택지는 그러나 그리 많지 않았다. 결혼 당시는 물론이고 그 이후 동경 유학생활까지 이어지는 학업을 전적으로 아버지의 경제적인 지원에 의존해야만 했던 채만식의 처지에서 아버지의 뜻에 어긋나는 행동을 감행하는 것은 거의 무모한 도박에 가까운, 따라서 현실적으로는 거의 불가능한 선택이었기 때문이다. 이러한 속수무책의 딜레마적 상황에서 채만식이 선택할 수 있는 길이란, 은선흥 부인과의 법률혼 관계는 그대로 유지하면서 무의식의 심연에서 억압의 형태로 이혼에 대한 욕망을 반추하면서 견디는 방법이 가장 현실적인 방법이었을 것이다.

> 봉우도 웃으며
> "어, 그 말 한마디 했다가 망신을 했군.……하지만 사실 말이지 이혼을 하려 **거든 하루라두 속히 해야 해요. 그래야만 그 여자두 늙기 전에 시집을 다시 가지**…… (『과도기』, 『채만식 전집』 5, 창작과비평사, 1987, 233면)

> **종학은 동경으로 유학을 가면서부터는, 아주 털어 내놓고서, 이혼을 해달 라고 줄창치듯 편지로 집안 어른들을 졸라대지만,** 윤직원 영감으로 앉아서 본다면 천하 불측한 소리지요. (『태평천하』, 62면)

진술 주체로 등장하는 두 인물인 『과도기』의 봉우와 『태평천하』의 종학이 모두 동경 유학생으로 설정되어 있는 점, 그리고 『과도기』의 실제 집필 시기가 결혼 직후인 1923년이라는 점 등으로 볼 때 이 두 문면은 이혼의 욕망에 대한 채만식의 무의식에 접근할 수 있는 통로로 해석 가능하다. 이혼의 욕망에 대한 봉우와 종학의 진술과 태도에는 자신의 의사는 전혀 반영되지 않은 소외된 결혼으로 인한 채만식의 이혼의 욕망이 투사되어 있기 때문이다. 이와 같이 채만식은 당대의 상징계적 질서에 심각한 균열과 틈새를 내면서 식민지 조선의 청춘남녀들에게 근대적 주체의 존재증명의 표지로 기능하던 자유연애 및 자유결혼 담론과 자신의 소외된 결혼으로 인한 불행한 의식으로 인해 가부장의 전제적 권력을 축으로 유지되는 전통적인 가족제도와 결혼제도를 청춘남녀들에게 일방적인 희생과 불행을 강요하는 폭력적인 제도로 인식하게 되었던 것으로 보인다. 『탁류』를 비롯한 많은 작품들에서 무능한 가부장의 전제적 권력에 의한 여성들의 희생과 수난을 핵심 모티프로 동원하는 것도, 그리고 기본적으로 그 모티프를 공유하는 고전소설 『심청전』을 패러디한 『심봉사』의 완성에 집요하게 매달렸던 것 또한 근본적으로는 전통적인 가족제도와 결혼제도에 대한 채만식의 대결의식이나 저항의지의 강도를 반영한 결과라고 할 수 있다. 시종일관 반복강박의 양상으로 변주되는 전통적인 가족제도와 결혼제도에 대한 채만식의 대결의식이나 저항의지는 자본과 식민지(자본주의) 근대에 대한 대결의식이나 저항의지와 더불어 채만식 소설의 기원과 원천으로 기능하고 있다. 한 가문의 가부장인 윤직원 영감에 대한 신랄한 야유와 냉소 또한 당대의 식민지 조선 사회에서 여전히 상징권력의 지위를 놓지 않으면서 식민지 조선 청춘남녀들의 개성과 자유의지를 억압하던 전통적인 가족제도와 결혼제도에 대한 채만식의 상징적인 처벌의지라는 맥락에서 해석할 수 있다.

4. 나오는 글

이 글은『태평천하』의 분석을 통해 식민지(자본주의) 근대와 전통적인 가족제도 및 결혼제도에 대한 비판과 저항의지가 채만식 소설의 기원임을 밝혀보고자 하는 문제의식과 목적을 가지고서 출발하였다. 그러한 문제의식과 목적의 연장선에서 이 글은 채만식의 인식지도에서 악의 제도로 타자화된 두 제도에 대한 상징적인 처벌과 상상적인 응징 의지가 그의 소설 건축물을 구성하는 두 기둥이라는 사실을 밝혀보고자 하였다. 두 제도에 대한 당시 채만식의 내면풍경을 엿볼 수 있는 자료 섭렵과 천착을 통해 이 글은 모든 가치를 등가적 교환의 대상으로 도구화하는 자본과 시장의 논리가 자리를 잡아가면서 인간의 영혼을 황폐화하는 식민지(자본주의) 근대와 식민지 조선의 청춘남녀들의 개성과 자유의지를 억압하는, 그 결과로 청춘남녀들의 일방적인 희생과 수난을 강요하는, 가부장의 전제적 권력에 기초한 전통적인 가족제도 및 결혼제도에 대해 채만식은 혐오에 가까울 정도로 부정적인 인식을 가지고 있음을 확인할 수 있었다. 윤직원 영감에 대한 가혹할 정도의 냉소와 야유를 통한 통렬한 풍자는 채만식의 문학지형에서 반복강박의 양상을 보이는 두 제도에 대한 치열한 대결의식과 저항의지가 투사된 것으로 해석하였다.

채만식의 『심봉사』 계열체 서사 연구

1. 들어가는 글

모든 문학 예술의 본질은 '역설의 제도'이다. 이 말은 무슨 의미인가? 모든 문학 예술은 제도를 통해 제도 너머의 새로운 세계와 질서를 모색하고 탐색하는 제도라는 의미[1]이다. 상징계 내의 문학 제도를 통해서 상징계 너머의 초월적인 세계를 동경하거나 욕망하는 글쓰기 행위가 바로 모든 문학 예술의 원천이자 기원을 이루고 있기 때문이다. 상징계의 정주민이기를 거부하는 작가들은 따라서 끊임없이 '상상계의 유목민'을 꿈꾸거나 감히 '실재계의 폭로자'가 되고자 하는 모반을 감행하고자 한다. 플라톤의 시인 추방론에서 그 원초적 형태를 확인하는 바와 같이, 항상 그리고 언제나 작가들은 상징계의 중심에서 위험한 타자로 추방되거나 세계와의 불화를 일용할 양식으로 삼아야 하는 조건을 존재론적 운명으로 기꺼이 접수해야만 하는 오이디푸스적 욕망의 적자이자 첨병들이다. 하여 모든 작가들은 불온한 존재일 수밖에 없다.

---

1   이에 대해서는 조너선 컬러, 이은경·임옥희 역, 『문학이론』, 동문선, 1999, 69-71면 참조.

한편, 존재와 세계에 대한 질문이자 해석으로서의 문학은 현실세계에서 받은 좌절이나 결핍을 상상적·상징적인 차원에서 보상받고자 하는 동기나 욕구를 중요한 동력으로 동원한다. '역사와 도덕과 진리와 같은 문학 외적 범주들이 모든 소설을 소환하는 재판소가 될 수 있는 것도, 그리고 현실이 영원히 도달 불가능한 대상임에도 불구하고 현실을 바꾸려는 현실적 욕망을 상징적으로 나타냄으로써 언제나 결정적인 순간에 현실과 접촉할 수 있는 것'[2]도 모두 그 경계를 명확하게 확정짓기가 모호한 허구와 현실, 역사와 문학, 존재 및 세계와 소설의 관계 때문이다. '상징계가 실재계에 낸 구멍을 메우려는 시시포스적 시도인 문학 텍스트를 작가의 욕망과 무의식을 보여주는 징후'[3]로 해석 가능한 것도, "비공식적 역사, 불충분한 역사 또는 역사의 보충"[4]으로 기능해 온 문학이 시공을 초월하여 인류의 삶과 더불어 존재해 왔던 것도 그러한 맥락에서이다. 채만식의 『심봉사』 계열체 서사[5]의 문제성이 그 윤곽을 선명하게 드러내는 지점은 바로 이러한 맥락에서이다. 왜 그러한가? 이러한 질문에 대한 성실한 탐색과 천착을 해보고자 하는 문제의식에서 이 글은 출발한다.

채만식의 서지 목록을 검토하다 보면 한 가지 흥미로운 사실을 발견할 수 있다. 그것은 『심봉사』라는 제목의 작품이 네 편이나 존재한다는 점이다. 이 사실 자체는 그리 중요하지 않을 수도 있다. 하지만 이 사실을 채만식

---

2   마르트 로베르, 김치수·이윤옥 옮김, 『기원의 소설, 소설의 기원』, 문학과지성사, 1999, 25-33면 참조.

3   김석, 「자율적인 시니피앙 논리의 효과인 문학」, 한국프랑스철학회, 『프랑스 철학과 문학비평』, 문학과지성사, 2008, 16-17면 참조.

4   루샤오펑, 조미원 외 역, 『역사에서 허구로』, 길, 2001, 27면.

5   『심봉사』 계열체 서사는 채만식의 소설 지형에서 '심봉사'라는 제목을 통해 가부장제 이데올로기에 기초한 전통적인 가족제도에 대한 비판과 저항의지를 반영하는 네 편의 작품들을 지칭한다.

문학의 기원이라는 맥락에서 접근하게 되면 사정은 사뭇 달라진다. 무슨 의미인가? 이 질문이 서 있는 자리가 바로 이 글의 문제의식을 자극하고 촉발하는 장소이다. 이 질문에 대한 답을 탐색하고 천착하는 작업은 따라서 당연히 이 글의 목적이 된다. 다시 한 번 반복하자면, 채만식의 소설 목록에서 『심봉사』라는 제목의 텍스트는 네 번이나 등장한다. 반사적으로 떠오르는 질문 하나! 채만식은 왜 『심봉사』라는 제목의 작품에 그렇게도 집요하게 매달린 것일까? 구체적인 작품 분석과 해석을 통해 드러나겠지만 그것은 채만식 문학의 기원과 밀접한 관련이 있다. 따라서 이 글의 목적은 구체적인 작품 분석과 해석을 통해 『심봉사』 계열체 서사들이 채만식 문학의 기원으로 작동하는 가부장제 이데올로기에 기초한 전통적인 가족제도의 억압과 폭력에 대한 채만식의 비판과 저항의지를 반영하고 있음을 밝히는 작업이 될 것이다.

채만식 문학의 기원과 관련된 중요성에도 불구하고 『심봉사』 계열체의 서사들에 대한 연구는 상대적으로 영성하고 소홀한 편이다. 주목할 만한 글로는 방민호와 정홍섭의 글을 들 수 있다. 방민호는 매우 정치한 텍스트 비교 분석을 통해 채만식의 심봉사 작품군을 근대적 주체의 욕망의 문제를 천착한 패러디적 시도로 해석하고 있다. 먼저 방민호의 글은 정치한 텍스트 분석 작업을 통해 원텍스트인 심청전과 패러디 텍스트인 심봉사 작품군 사이의 패러디적 양상의 차이와 그 의미를 치밀하게 밝혀 이 작품들에 대한 후속 연구들을 자극하고 촉발하고 있다는 점에서 매우 중요한 의미를 지닌다. 채만식의 패러디적 의도를 근대적 주체의 욕망의 문제로 환원하는 방민호의 해석[6]은 그러나 이 작품들이 발표되던 당시 조선 사회에서 '상징계의 대타자'

---

6   이에 대해서는 방민호, 『채만식과 조선적 근대문학의 구상』, 소명출판, 2001, 173-191면 참

나 '아버지의 이름'으로 기능하는 전통적인 가족제도에 대한 비판과 심문으로 해석하고자 하는 이 글의 문제의식과는 사뭇 거리가 있다. 방민호의 작업과 문제의식을 비판적으로 연장하고 있는 정홍섭의 글은 두 가지 점에서 주목할 만하다. 하나는, 새롭게 발굴한 미완의 장편 『심봉사』(『협동』, 1949)를 논의의 대상에 포함시키고 있다는 점이다. 다른 하나는 방민호의 작업과 마찬가지로 면밀한 텍스트 분석을 통한 패러디적 양상을 밀도 있게 분석하고 있을 뿐만 아니라 방민호의 해석과는 달리 패러디적 의도나 문제의식을 조선의 가부장 전통의 본질에 대한 풍자로 접근[7]하고 있다는 점이다. 『심봉사』 계열체 서사의 패러디적 의도를 조선의 가부장적 질서에 대한 비판적 성찰로 해석하는 정홍섭의 작업은 가부장제 이데올로기에 기초한 전통적인 가족제도의 억압과 폭력에 대한 채만식의 비판과 저항의지를 반영하고자 하는 의도로 해석하고자 하는 이 글의 해석 관점을 공유한다. 하지만 그러한 해석을 채만식 문학의 기원으로까지 확장해서 논의를 전개하고자 하는 이 글의 문제의식과는 궤를 달리한다.

2. 반복강박으로서의 『심봉사』 계열체 서사

채만식의 문학 지형에서 반복강박의 양상을 보이면서 등장하는 '『심봉사』 계열체 서사'의 범주에 속하는 텍스트는 모두 네 편이다. 희곡 두 편과 미완

조.

[7] 이에 대해서는 정홍섭, 「채만식의 고전 패러디」, 이주형, 『채만식 연구』, 태학사, 2010, 306-324면 참조. 『심청전』의 패러디적 의미를 천착한 글로는 황태묵, 「채만식의 고전 읽기와 그 의미」, 공종구 외, 『경계인을 통해서 본 동아시아의 근대풍경』, 선인, 2005, 231-264면을 들 수 있다.

의 소설 두 편이다. 구체적인 서지 사항을 밝히면 다음과 같다. 『심봉사』 1(1936, 미발표 희곡[8]으로 1960년 민중서관에서 발행한 『한국문학전집』 33권 희곡집 하에 수록), 『심봉사』 2(미완의 소설로 『신시대』에 연재(1944.11-1945.2)하다가 잡지의 폐간[9]으로 인해 중단), 『심봉사』 3(희곡으로 『전북공론』에 연재(1947.10-11)), 『심봉사』 4(미완의 소설이자 채만식의 마지막 작품으로 『협동』에 연재(1949)하다가 신병으로 중단). 무려 11년에 걸쳐 지속되는 심봉사 계열체 서사의 서지사항에서 주목할 만한 사항은 희곡과 소설 창작이 갈마드는 반복강박의 양상을 보인다는 점이다.

사정이 그러하다면, 채만식은 왜, 그리고 어떤 동기나 이유 때문에 전래 서사인 심청전을 대상으로 희곡과 소설 양식을 넘나드는 장르 실험이나 패러디적 전유를 시도했던 것일까? 이 점에 대해 정홍섭은, 조선의 전통과 현실에 대한 총체적 탐구에는 희곡보다는 소설이 더 적합했을 것이라는, 극 장르와 소설 장르간의 본질적 차이를 들어 해석[10]하고 있다. 그러나, 강박에 가까울 정도로 집요하게 반복되는 채만식의 장르 실험이나 패러디적 전유에는 장르 간의 차이만으로는 설명이 미흡하거나 부족한, 작가의 개인사와 관련된 무의식의 세계가 작동하는 지점이 존재하고 있다. 이와 관련하여 텍스트의 중간이나 말미의, 작가의 말이나 서술자의 개입의 형태를 통한 텍스트의 잉여는 매우 중요한 의미를 지닌다. 작가 부기라는 이름의 텍스트 잉여는 채만식의 장르 실험이나 패러디적 전유에 작동하는 무의식의 지층을 탐색하고 천착하는 데 유력한 단서를 제공하고 있기 때문이다. 그리고 텍스트의 잉여를 통해 드러나는 채만식의 무의식은 이 글의 문제의식의 핵심에 육박한다는 점에서

---

8   김일영에 의하면 이 희곡은 1936년에 『문장』지에 발표하려 했다가 검열로 삭제당한 것으로 알려져 있다. 이에 대해서는 김일영, 「채만식의 「심봉사」 작품 군 연구」, 이주형, 앞의 책, 278면 참조.

9   조남현, 『한국 문학잡지사상사』, 서울대학교출판문화원, 2012, 918-926면 참조.

10   정홍섭, 앞의 글, 313-315면 참조.

도 면밀한 검토를 요한다.

(부기)

이것을 각색함에 있어서 첫째 제호를 「심봉사」라고 한 것, 또 「심청전」의 커다란 저류(低流)가 되어 있는 불교의 '눈에 아니 보이는 힘'을 완전히 말살 무시한 것, 그리고 특히 재래 「심청전」의 전통으로 보아 너무나 대담하게 결막을 지은 것 등에 대해서 필자로서 충분한 석명이 있어야 할 것이나 그러한 기회가 앞으로 있을 것을 믿고 여기에서는 생략하고 다만 아무런 이유도 없이 그러한 태도로 집필을 한 것은 아닌 것만을 말해둔다. (『심봉사』 1, 『채만식 전집』 9, 창작과비평사, 1989, 101면)[11]

(작자부기) 이 「심봉사」는 지나간 일정 말기(日政末期)에 잡지 『신시대』에 연재를 시작하였다. 제4회까지로 중단이 된 것을 이번에 본지의 지면을 빌어 그 첫 회부터 다시 한 번 발표할 기회를 가지게 된 것이다.

구소설 「심청전」에 대하여 나는 일찍부터 미흡감(未洽感)을 품고 있던 자이었다. 구소설 「심청전」이 효라고 하는 것의 훌륭한 전범이라는 점, 즉 그 테마에 있어서는 족히 취함직한 구석이 있다 하더라도, 그러나 한 개의 문학, 한 개의 예술로서는 가치가 자못 빈약하다 아니할 수 없는 것이었다. 구소설 「심청전」은 제법 문학이나 예술이기보다는 차라리 한낱 전설의 서투른 기록에 지나지 못하는 것이라고 보는 것이 옳을는지 모른다. 그 소재만은 넉넉 그리스 비극에 견줄 만한 것이 있으면서도 막상 온전한 비극문학이 되지를 못하고 만 것은 여간 섭섭한 노릇이 아닐 수 없는 일이다.

나는 구소설 「심청전」을 줄거리 삼아 「심봉사」라는 이름으로 주장 인간 심봉사를 한번 그려냄으로써 새로운 심청전 하나를 꾸며보겠다는 야심이

---

11 앞으로 본문에서의 작품 인용은 인용 다음에 서지 사항을 밝히는 방식으로 통일하고자 한다.

진작부터 있었고, 이번이 그 두 번째의 기회인 것이다. (『심봉사』 4, 정홍섭 엮음, 『채만식 전집』, 현대문학, 2009, 150-160면)

연재 중간이나 연재 후의 작자 부기 형식을 통한 텍스트 잉여를 통해 확인할 수 있는 사항은 다섯 가지이다. 구소설 『심청전』에 대한 불만이 있어 그것을 토대로 제대로 된 비극문학을 창작해 보겠다는 의욕이나 의도를 오래 전부터 지녀 왔다는 것, 『심청전』의 세계관을 지탱하는 불교의 초월적 요소를 배제했다는 것, 작품의 제목을 『심청전』에서 『심봉사』로 변경한 것, 작품의 결말을 대담하게 변경한 것, 그리고 그러한 변경에는 모두 작가의 의도나 문제의식이 개입되어 있다는 것이다.

이러한 텍스트의 잉여를 어떻게 해석할 것인가? 부기의 형식을 빈 텍스트의 잉여에서 주목할 만한 사실은 작품의 제목과 결말을 변경하게 된 의도나 문제의식이 분명히 있다고 말하면서도 그것을 구체적으로 밝히지는 않고 있는 점이다. "정신분석학에서 억압은 의식적 주체가 어떤 이미지나 생각, 기억 등을 의식세계로부터 밀쳐내려는 시도로 억압을 통해 떨어져나온 정신 내용들은 무의식계에 자리잡거나 그 자체로 무의식을 형성"[12]한다. 이러한 무의식은 현실세계와의 타협을 통한 상징적 번역 작업을 통해 다양한 증상적 기호의 형태로 자신을 재현하거나 표상한다. 그리고 이러한 기호들이 바로 "텍스트의 주제적 표현이나 그것의 갑작스런 침묵 속에, 그리고 목소리의 변화나 특별히 어떤 흠집과 불일치 속에, 그리고 있어야 할 세부사항이 무시되고 있는 곳에 존재"[13]하는 텍스트의 무의식을 구성한다.

그러면 『심봉사』 계열체의 서사를 발표하던 당시 채만식의 무의식 아래

---

12 박찬부, 『기호, 주체, 욕망』, 창비, 2007, 237면.
13 앞의 책, 8-9면.

억압의 형태로 잠복되어 존재하면서 현실세계와의 타협을 통해 의식세계의 표면으로 부상하기를 기다리고 있던 욕망의 실체는 무엇이었을까? 그것은 당시 조선 사회에서 '상징계의 대타자'나 '아버지의 이름'으로 기능하면서 조선의 청춘남녀들에게 폭력과 질곡으로 작용했던 가부장제 이데올로기에 기초한 전통적인 가족제도에 대한 채만식의 비판과 저항의지로 보인다. '경성 유학과 동경 유학을 통해 근대적 주체로 성장해가던 채만식에게 가부장의 전제적 권력에 기초한 전통적인 가족제도와 결혼제도는 조선의 청춘남녀들의 처지를 '생존권을 박탈당한 노예'나 '시대착오적 무서운 마전에 감금된 가련한 희생자'로 만드는 '무서운 죄악'으로 인식되었다. 게다가 1920년에 아버지의 강제에 의해 이루어진 은선흥 부인과의 행복하지 못한 결혼 생활은 전통적인 가족제도와 결혼제도에 대한 채만식의 부정적인 인식'[14]을 더욱 강화하는 결정적인 계기로 작용한다. 소설을 이용한 결혼교육을 주장[15]할 정도로 도저한, 가부장제 이데올로기에 기초한 전통적인 가족제도와 결혼제도에 대한 채만식의 문제의식은 자신의 그러한 개인사와 적지 않은 관련이 있다. 그리고 그러한 문제의식이야말로 채만식이 11년에 걸쳐 반복강박에 가까울 정도로 『심봉사』 계열체의 서사에 집요하게 매달린 결정적인 동기로 작용했다고 할 수 있다.

사정이 그러하다면, 작가의 부기 형식을 통한 텍스트의 잉여에서 작품의 제목과 결말을 변경하게 된 의도나 문제의식이 분명히 있다고 말하면서도 그것을 구체적으로 밝히지는 않고 있는 점은 어떻게 설명할 것인가? 그것은 당시 조선 사회에서 상징계의 대타자이자 아버지의 이름으로 기능하던 가부

---

14   공종구, 「『탁류』에 나타난 '가족'과 '자본'」, 『현대소설연구』 53호, 2013.8, 18-20면 참조.
15   이에 대해서는 북웅생, 「청춘남녀들의 결혼준비」, 『별건곤』, 1930.5 참조.

장제 이데올로기를 해체하고자 하는 오이디푸스적 욕망을 실천하는 과정에서 감당해야만 하는 거세 위협에 따르는 불안과 공포 때문이었을 것으로 생각한다. 물론, 심봉사 계열체 서사의 창작에 착수하는 1936년 이전에 채만식은 이미「청춘남녀들의 결혼 준비」(『별건곤』, 1930.5)와「생활 개선과 우리의 대가족 제도」(『별건곤』, 1931.2) 등의 시사 논설을 통해 가부장의 전제적 권력에 기초한 전통적인 가족제도와 결혼제도에 도전하는 자신의 문제의식을 분명하게 드러낸 바 있다. 두 글을 통해 드러나는, 전통적인 가족제도와 결혼제도의 폭력성과 불합리에 대한 채만식의 어조와 태도는 1920년대의 이광수의 데자뷔를 연상하게 할 정도로 맹렬하면서도 우상 파괴적이다. 따라서『심봉사』계열체 서사의 창작 의도를 분명하게 밝힌다고 해서 검열에 따르는 억압을 의식해야 할 정도로 큰 부담이 되지 않았을 수도 있다. 하지만 패러디적 전유의 대상 텍스트가 당시 조선 사회에서 최고의 가치와 미덕으로 평가받던 '효'의 가치를 서사의 전면에 내세우는「심청전」이라는 점을 생각하면 사정은 사뭇 달라질 수밖에 없게 된다.『심청전』을 대상으로 패러디적 전유를 시도한다는 것은 단순히 한 텍스트에 대한 패러디 작업에 그치는 문제가 아니라 조선 사회의 근간을 구축하는 전통적인 가치와 질서에 대한 근원적인 해체와 도전을 의미하는 것이기 때문이다. 작품의 제목과 결말을 변경하게 된 의도나 문제의식이 분명히 있다고는 말하면서도 그것을 구체적으로 밝히지 않은, 아니 밝히지 못한 배경에는 그러한 검열에 따른 억압이 작용한 결과로 보인다.

아무튼 은선흥 부인과의 결혼 이후 채만식의 무의식에는 계속, 가부장의 전제적 권력에 기초한 전통적인 가족제도와 결혼제도에 대해 상호 충돌하는 두 가지 욕망의 벡터가 길항하고 있었던 것으로 보인다. 하나는 원하지 않는 결혼을 강제하여 자신의 인생을 불행하게 만든 단초나 빌미를 제공했다고 생각하는 가부장에 대한 원망과 피해의식이다. 다른 하나는 1920년 결혼 이후 은선흥 부인과는 실질적으로 법률혼 관계만 유지하면서 가부장으로서의 책임인 가솔들을 돌보지 못한 데서 오는 죄의식이다. 이러한 두 가지 상호 길항하는 욕망의 벡터가 서사 충동의 원심력과 구심력으로 작용하면서 『심봉사』 계열체 서사 창작에 강박으로 작용한 것으로 보인다. 이와 관련하여 채만식이 『심봉사』 계열체 서사의 창작에 착수한 해가 1936년이라는 정보는 무시하거나 외면하기 어려운, 아니 안 되는 중요한 의미를 지닌다. 조선일보 퇴사에 뒤이어 전업 작가의 길을 선언한 채만식이 그 무렵 인연을 맺은 김씨영과 함께 자신의 실질적인 후견인 역할을 하면서 당시 금광업에 종사하던 셋째 형 준식과 넷째 형 춘식이 거주하던 개성으로 옮겨간 해가 바로 1936년이기 때문이다. 이후 김씨영과 사실혼 관계에 들어가는 채만식은 전통적인 가족제도와 결혼제도에 대한 고민이나 문제의식을 더욱 더 민감하게 의식했을 것으로 보인다. 그러한 고민과 문제의식이 서사의 충동을 자극하고 촉발하여 나타난 결과가 『심청전』의 패러디적 전유이고, 그러한 패러디적 전유를 통하여 채만식은 가부장의 전제적 권력에 기초한 조선 사회의 전통적인 질서에 대한 리얼리즘적 탐색과 천착을 시도한 것으로 보인다. 정말 그러한가? 구체적인 작품 분석을 통해서 살펴보도록 하자.

3. 서사적 전유의 양상과 그 의미

'원텍스트에 대한 아이러니적 전도나 반복을 통한 비평적 거리와 가치판단을 통해 원텍스트의 의미체계와는 전혀 다른 의미체계를 지닌 새로운 텍스트를 생산하고자 하는 욕망을 목표로 하는 패러디는 크게 두 가지 목표를 지닌다. 하나는 패러디적 전도를 통해 원텍스트의 의미체계가 지닌 허점이나 한계를 교묘하게 드러내는 일이다. 다른 하나는 보편적 의미 담지체로서의 원텍스트의 담론적 권위나 가치가 더 이상 유효하지 않다[16]는 것을 드러내는 일이다. 전래 서사인『심청전』에 대한 패러디적 전유를 통해 새로운 모습으로 탄생한 채만식의『심봉사』계열체 서사 또한 패러디의 그러한 일반 문법에 지극히 충실한 모습을 보여준다. '심청이의 효행에 대한 칭송의 서사'에서 '심봉사의 욕망에 대한 처벌의 서사'로 서사의 초점을 이동시킨『심봉사』계열체 서사가 겨냥하는 지점은 가부장의 전제적 권력에 기초한 전통적인 가족제도의 억압과 폭력을 심문하고 처벌하고자 하는 오이디푸스적 욕망의 실천이기 때문이다.『탁류』의 정주사나『태평천하』의 윤직원 영감이 극명하게 보여주는 바와 같이, 전통적인 가족제도에 대한 채만식의 문제의식을 반영하는 소설들에서 가부장은 대개 부정적인 인물로 형상화되어 나타날 뿐만 아니라 결말 부분에서 몰락과 파탄의 운명을 피해가지 못한다.『심봉사』계열체 서사 또한 이러한 서사의 구조나 패턴을 반복적으로 변주한다.『심봉사』계열체 서사로의 전유를 통해 달라진 내용은 크게 두 가지이다. 하나는 심봉사에 대한 형상화 부분이고 다른 하나는 결말 부분이다.

3.1. 가부장제 이데올로기의 신봉자로서의 심봉사

전통적인 가족제도에 대한 문제의식을 반영하는 채만식의 소설에서 가부장은 거의 대부분 경멸과 풍자의 대상으로 형상화된다. 큰딸 초봉이의 혼사를 자신의 사업 자금과 등가적 교환과 거래의 대상으로 도구화하는 사물화된

---

16   린다 허천, 김상구·윤여복 역,『패러디 이론』, 문예출판사, 1993, 7-83면; 공종구,『한국 현대 문학론』, 국학자료원, 1997, 31-32면 참조.

의식의 소유자인『탁류』의 정주사나 재산 증식을 생의 최고 목표이자 존재
증명의 유일한 도구로 승인하는 물욕의 화신으로 표상되는『태평천하』의
윤직원 영감 등은 그러한 가부장의 전형을 극명하게 보여준다.『심봉사』계
열체 서사 또한 그러한 서사 특성을 반복적으로 변주하고 있다. 작품의 제목
을『심청전』에서『심봉사』로 바꾼『심봉사』계열체 서사에서 서사의 주체로
기능하는 심봉사는『심청전』의 심봉사에 비해 도덕적·윤리적으로 결손과
훼손의 표지가 훨씬 더 분명한 인물로 형상화되기 때문이다.

> 여러 세월 지나가매 자식 생각 자연 멀어지고 동중(洞中)에 맡긴 전곡(錢
> 穀) 일취월장(日就月將) 늘어가니 일신(一身)이 편한지라. 이웃 동네 뺑득어미
> 라 하는 년이 있으되 행실이 부정키로 동네에 자자터라……심봉사 요족(饒足)
> 하단 말을 풍편(風便)에 얼른 듣고 찾아와서 은근히 청혼하니 심봉사 여러
> 해를 환거(鰥居)하매 아내 생각 간절터니 잡년인 줄 모르고 대희(大喜)하여
> 허락하고 그날 밤에 동침하니 부부 정(情)이 중(重)하더라. **정신없이 요혹(妖**
> **惑)하여 일시라도 떨어지면 생발광이 절로 난다.**[17]

원텍스트인『심청전』에서 심봉사는 판본에 따라 미세한 편차는 존재하나
대체적으로 '착한 캐릭터'의 특징을 지닌 인물로 등장[18]한다. 이 글이 원텍스
트로 동원한 박순호 소장『심청전』에서도 심봉사가 부정적인 인물로 형상화
되는 장면은 딸 심청의 매신(賣身) 대가로 확보한 재산을 통해 곽씨 부인과의
사별 이후 억압된 성적 충동의 해결에 집착하는 도덕적 일탈을 풍자하는
대목이 유일하다. 그리고 심봉사의 도덕적 일탈 또한 시종일관 부정적 인물

---

17   김진영 외,『심청전』, 민속원, 2005, 249-251면.
18   판본에 따른 인물의 차이에 대한 분석에 대해서는 장석규,『심청전의 구조와 의미』, 박이정,
      1998, 106-126면 참조.

로 기능하는 뺑덕 어미의 계략과 술수에 의해, 따라서 심봉사의 역할은 수동
적인 객체나 보조자의 지위를 전제한 상황에서 이루어진다. 하지만 전통적인
가족제도에 대한 비판적 문제의식과 대결의지를 반영하는 심봉사의 욕망에
대한 처벌로 서사의 초점이 이동하는『심봉사』계열체 서사로 오면 그러한
사정은 사뭇 달라진다.

> 동네 여인이 물러가기를 기다려, 심봉사는 어깨를 들썩거리면서 다뿍 달
> 뜬 음성으로 다급히 부른다. **좀 침중한 편이 덜한 것이 이 사람 심학규의**
> **타고난 천품이었다……**
> 아낙이 바느질품, 일품 팔아, 겨우 연명을 하고 지나는 사세를 생각할진대,
> 감히 **입 밖에 내지도 못할 노릇이었다. 그렇건만(노상이 형편과 물정을 모른**
> **바 아니건만) 미처 전후를 헤아리지 못하고서, 곧잘 그런 터무니없는 경륜과,**
> **분수에 벗는 생각을 하려 드는 것이 본시, 이 심학규라는 사람의 사람 됨됨이**
> **의 딱한 일면인 것이었다……**
> 그러나 아무리 그렇기로니, 실상은 아무 죄도 없는 그 생명을 저주하고,
> 사뭇 태질을 치려고 덤비다니, **이것이 곧, 사리분별에 앞서, 격정대로만 행동**
> **을 하는 심봉사 그 사람의, 사람 우악스럽기도 한 성질의 일면인 것이었다.**
> (『심봉사』4, 정홍섭 엮음,『채만식 전집』, 현대문학, 2009, 161-187면)

원텍스트인『심청전』에서 심봉사는 대체적으로 유교적인 명분과 대의를
중시하는 전형적인 양반인 '누대잠영지족'으로 등장한다. 그리고 치명적인
장애에도 불구하고 시종일관 지아비의 도리를 다하고자 최선을 다하는 '선
량한 가부장'의 모습으로 형상화된다. 하지만『심봉사』계열체 서사에서는
문면에서 확인하는 바와 같이, 서술자의 적극적인 서술적 개입에 의해 심봉
사는 경박하고 충동적인 기질에다 사리분별력과 합리적인 판단 능력에서

심각한 문제를 지닌 인물로 형상화된다. 더욱이 심봉사의 내면을 지배하는 욕망의 성격은 『심청전』의 전유를 통해 채만식이 의도한 문제의식의 핵심을 보다 더 분명하게 보여준다는 점에서 주목을 요한다.

> 눈을 떠 광명을 보고, 아낙을 내어놓아 품을 팔아다 구복을 도모하던 창피를 면하고 한다는 것만 하여도 크지 아니한 바 아니나, **진정 심학규의 더 곡진한 욕망은 과거를 본다는 데 있었다.**
> '눈을 떠, 과거를 보아, 급제, 벼슬, 승차, 또 승차, 몸의 영달과 빛나는 가문, 네 대만에 비로소 풀리는 유한, 지하에서 안심하실 선영 제위⋯⋯'
> 이것이 오로지 눈 하나 번쩍 뜨고 못뜨고 하는 데 달려 있는 것이었다. **사람은 어떠한 원념을 지나치게 그리고 오랫동안을 두고 골똘하였느라면, 어느덧 그것이 신념화(信念化)하는 수가 있는 법이었다⋯⋯**
> 신념 그 다음엔 기다림과 초조였다. '왜 이다지 더딘고, 어서 하루바삐 떠야지. 나이는 들어가고 세월은 늦은데, 이러다는 과거 볼 시절을 다 놓치고 말지. 내일이라도, 모레라도, 아니 이따라도 번쩍 환히, 아하, 어서 제발 좀⋯⋯'
> 이렇게 기다리고 초조하던 것이었다. (『심봉사』 2, 『채만식 전집』 6, 창작과비평사, 1989, 171면)

> 먼눈을 떠서 다시 광명을 보고, 그리고 과거를 보아 벼슬을 하여 모모가 가문을 빛내며 선영의 뜻에 갚으며 이러고 싶은 원념과는 **따로이 또 한 가지 핍절한 욕망이 슬하에 자녀간 혈육을 두어보고 싶은 그것이었다⋯⋯**
> "그러나, 인전 어쨌든, 떡두꺼비 같은 아들만 하나를 날 도리를 하란 말요. 응? 깨목불알에 고추자지가 대롱대롱 달린, 응?"⋯⋯
> "아따 이왕이면 당장으루, 이왕 생기는 바이면 딸자식보담은 아들자식을⋯⋯, 그 말 아뇨?" (『심봉사』 4, 정홍섭 엮음, 『채만식 전집』, 현대문학, 2009, 156-166면)

심봉사 : 응 그래 뒷일은 미처 생각을 하지도 않고 권선문에다가 삼백석 시주를 적어 보내놓고 나서 고옴곰 생각하니 기가 맥히더구나. 우리 형세에 쌀 삼백 석이 어데서 난단 말이냐? 부처님이 꼭 내 눈을 뜨게 해주기로 마련은 마련인가 분데 삼백 석이 있어야지!...... 그래 그 일을 생각하니 하도 답답하고 서러워 그렇게 울고 있던 판이다. 후유..... (『심봉사』 1, 『채만식 전집』 9, 창작과비평사, 1989, 62면)

가부장의 제왕적 권력을 정점으로 형성된 가부장제 사회에서 가부장을 제외한 다른 가족 구성원들, 특히 여성들은 주변부적 존재로 타자화된다. '여성에 대한 제도화된 폭력을 통한 여성에 대한 남성의 체계적인 지배와 여성의 타자화'[19]에 기초한 가부장제 사회에서 여성들은 가계의 재생산을 위한 출산과 가사 이외의 다른 권력에서는 철저히 배제되기 때문이다. 한편, "장남에게 지위와 재산을 계승하는 세습적 성격"[20]을 띠는 "부계 혈통의 순수성을 성 불변 원칙으로 보장하는 가부장제"[21] 사회에서 아들의 존재는 필수적이다. 그리고 그 아들에게는 입신양명과 영달을 통해 가문의 명예와 지위를 드높이는 일이 존재를 압도하는 필생의 과업으로 주어진다. 서술자의 서술적 개입이나 자신의 고백적 진술을 통해 드러나는 바와 같이, 심봉사의 내면을 지배하는 욕망은 아들과 과거 급제를 통해 가문의 대를 잇고 영광을 드높이는 일이다. 가문의 가치를 드높이는 욕망에 완전히 지배당하는 인물로 드러나는 심봉사의 표상은 남성의 권위를 확고히 하는 제도와 구조이자 그러한 세계를 구성하는 이데올로기인 가부장제 이데올로기 신봉자로서의 모습

19 조셉 칠더즈·게리 헨치, 황종연 역, 『현대문학·문화 비평 용어사전』, 문학동네, 1999, 321-322면 참조.
20 한국문학평론가협회, 『문학비평용어사전』 상, 국학자료원, 2006, 72면.
21 권용혁, 『한국 가족, 철학으로 바라보다』, 이학사, 2012, 160면.

이다. 그리고 자신의 욕망에 맹목이 되어 앞뒤 분별없이 시주 스님과의 계약을 충동적으로 체결한, 그리고 그 충동적인 계약의 결과로 결국 자신의 일점혈육인 심청을 인당수의 제수로 거래하는 비극적인 재앙을 초래하는 심봉사의 태도와 처신에서 무능하면서도 이기적인 가부장의 전형인 『탁류』의 정주사 그림자를 읽어내는 독법은 충분한 설득력을 지닌다. 이러한 맥락에서 "심봉사의 이 '앞 못 봄'이야말로 예의 전통적 가부장의 무분별함과 무능력함을 상징한다고 볼 수 있다."[22]는 해석 또한 충분한 설득력이 있다.

  '극단의 수사학'을 동원하고 있는 「청춘남녀들의 결혼 준비」(『별건곤』, 1930.5)와 「생활 개선과 우리의 대가족 제도」(『별건곤』, 1931.2) 등의 시사 논설을 통해 채만식은 이미 가부장의 전제적 권력에 의해 유지되는 조선의 전통적인 가족제도와 결혼제도의 폐해나 모순에 대해 신랄하게 비판한 바 있다. 자신이 신봉하는 대의나 명분을 위해서라면 그 어떠한 희생도 감내하고자 하는 결기와 강단으로 무장된 근본주의자의 모습을 어렵지 않게 읽어낼 수 있는 이러한 글들을 통해 채만식은 가부장과 가족 구성원들 사이의 지배와 종속관계에 기초한 수직적 위계를 축으로 작동되는 조선의 전통적인 가족제도와 결혼제도야말로 조선의 젊은이들을 불행과 도탄에 빠트리게 하는 원천이자 주범이라고 몰아세우고 있다. '가부장제 이데올로기의 신봉자로서의 심봉사 표상'을 통해 채만식이 의도한 문제의식은 그러한 문제의식의 연장선상에 있다. 그러한 맥락에서 『심봉사』 계열체 서사의 문제의식을 "심봉사로 표상되는바 조선의 가부장 전통의 본질에 대한 직접적인 물음"[23]으로 규정하는 해석은 적실해 보인다. 그리고 가부장의 전제적 권력에 기초한 전통적인 가

---

22 정홍섭, 앞의 글, 317면.
23 위의 글, 324면.

족제도에 대한 문제의식이나 대결의지와 관련하여 마지막 장면은 결정적으로 중요한 의미를 지닌다.

3.2. 전통적인 가족제도에 대한 상징적 거세와 처벌

『심봉사』 계열체 서사의 창작 의도와 방향 가운데 하나로 채만식은 '「심청전」의 커다란 저류(低流)가 되어 있는 불교의 '눈에 아니 보이는 힘'을 완전히 말살 무시한 것'이라고 밝히고 있다. 이 진술을 통해 채만식은 심청의 환생과 부녀의 재회로 끝나는 원텍스트인 『심청전』의 전근대적인 초월적인 세계관을 근대적인 합리적 세계관으로 바꾸어 전통적인 가족제도에 대한 자신의 문제의식과 대결의지를 반영하고자 하는 창작 의도와 방향을 밝히고 있다. 그리고 그 진술에 뒤이어 바로 '재래 「심청전」의 전통으로 보아 너무나 대담하게 결말을 지은 것'이라는 진술에서 드러나는 바와 같이, 채만식은 전통적인 가족제도에 대한 자신의 문제의식과 대결의지를 대담한 결말 부분을 통해 극명하게 드러내고 있다.

세세히 아뢰오니 황후 이 말을 들으시매 부친이 분명하다. 버선발로 뛰어 나와 부친 목을 후려안고 실성통곡(失性痛哭)하는 말이

"아버님 살아왔소. 인당수에 죽은 심청 살았으니 어서 급히 눈을 떠서 나의 얼굴 보옵소서. 애중(愛重)하던 외딸을 자취 없이 잃고 어이 진정히 계시며 그 고생을 어이 하셨나이까. 알뜰이도 보고 싶고 알뜰이도 그리워라. 슬프다 아버님아. 불효여식(不孝女息) 다 보옵소서."

심봉사 이 말 듣고,

"엇다, 이 말이 웬 말이냐?"

대경(大驚)하여 양안(兩眼)을 번쩍 뜨니 백일(白日)이 광명(光明)하여 천지

(天地)가 명랑하다. 딸의 얼굴 살펴보니 갑자(甲子) 사월(四月) 십일야(十日夜)
에 보던 선녀 분명하다.,.... (김진영 외, 『심청전』, 민속원, 2005, 285-287면)

　　장승상 부인 : 아까 그건 거짓말 심청이고 그래서 심생원이 눈을 뜨니까
질겁을 해서 달아났다우. 그리고 정말 심청이는, 여보 심생원 정말 심청이는
임당수에서 아주 영영 죽었......

　　심봉사 : (자기 손가락으로 두 눈을 칵 찌르면서 엎드러진다) 아이구 이놈
의 눈구먹! 딸을 잡아 먹은 놈의 눈구먹! 아주 눈알맹이째 빠져바려라. (마디
마디 사무치게 흐느껴 운다) 아이구우 아이구우......

　　심봉사 : (일어서서 비틀거리며 하수로 걸어간다. 눈은 눈알이 빠져서 아주
움푹 들어가고 피가 흐른다) 아이구 아이구우 아이구우. 가자 가자아 망녀대
를 찾아가아 망녀대로 가자아. (『심봉사』 1, 『채만식 전집』 9, 창작과비평사,
1989, 101면)

　　원텍스트인 『심청전』의 결말은 황후의 신분으로 환생한 심청이 배설한
맹인 잔치에 참석한 심봉사가 눈을 뜬 후 부녀가 상봉하는 감격적인 장면으
로 마무리된다. 하지만, 재래 「심청전」의 전통으로 보아 너무나 대담하게
결막을 지은 것이라는 작가 후기의 진술처럼, 『심봉사』 계열체 서사에서는
자신의 개안이 딸 심청이의 생명을 담보로 한 계약의 결과라는 사실을 알아
차린 심봉사가 스스로 자신의 눈을 찔러 다시 맹인으로 돌아가는 참혹한
비극적 결말로 마무리된다. 이를 통해 채만식은 자신을 포함한 조선의 청춘
남녀들을 불행의 나락에 빠트린 원천으로 지목한, 가부장의 전제적 권력에
기초한 조선의 전통적인 가족제도를 해체하고 심문하고자 하는 오이디푸스
적 욕망을 투사한 것으로 보인다. 이러한 맥락에서 심봉사는 조선의 전통적
인 가족제도의 은유적 대체이며, 따라서, 심봉사가 스스로 자신의 눈을 찔러

다시 맹인이 되는 행위는 "눈을 떠서 입신하고자 한 자기의 부질없는 욕망에 대한 회한"[24]으로 해석하기보다는 조선의 전통적인 가족제도에 대한 상징적인 거세이자 처벌 의지의 기호적 현현으로 해석하는 것이 보다 더 온당하다고 생각한다. 그리고 그러한 해석과 판단의 설득력은 "시각의 상실은 남근(phallus)의 상실의 은유"[25]라는 적실한 원군을 확보한다.

4. 나오는 글

구체적인 작품 분석과 해석을 통해 『심봉사』 계열체 서사들이 채만식 문학의 기원으로 작동하는 전통적인 가족제도의 억압과 폭력에 대한 채만식의 저항의지와 대결의식을 반영하고 있음을 밝혀보고자 하는 문제의식과 목적에서 이 글은 출발하였다. 논의의 결과를 정리하면 다음과 같다.

먼저 이 글에서는 채만식이 『심봉사』 계열체 서사에 집요하게 매달린 결정적인 동기로 조선 사회에서 '상징계의 대타자'나 '아버지의 이름'으로 기능하면서 조선의 청춘남녀들에게 폭력과 질곡으로 작용했던 가부장제 이데올로기에 기초한 전통적인 가족제도에 대한 자신의 비판과 저항의지로 파악하였다. 이러한 맥락의 연장선에서 이 글은 '심청이의 효행에 대한 칭송의 서사'에서 '심봉사의 욕망에 대한 처벌의 서사'로 서사의 초점을 전환한 『심봉사』 계열체 서사가 겨냥하는 지점을, 가부장의 전제적 권력에 기초한 전통적인 가족제도의 억압과 폭력을 심문하고 처벌하고자 하는 오이디푸스적 욕망의 실천으로 해석하였다.

---

24 방민호, 앞의 책, 190면.
25 남진우, 「천상의 빛 대지의 노래」, 『폐허에서 꿈꾸다』, 문학동네, 2013, 33면.

전통적인 가족제도에 대한 채만식의 저항의지와 대결의식을 반영하는 소설들의 서사 문법이나 패턴을 반복적으로 변주하는 『심봉사』 계열체 서사의 패러디적 전유는 크게 두 가지 양상으로 드러나고 있었다. 하나는 심봉사에 대한 형상화 부분이고, 다른 하나는 결말 부분이었다. 작품의 제목을 『심청전』에서 『심봉사』로 바꾼 『심봉사』 계열체 서사에서 서사의 주체로 기능하는 심봉사는 『심청전』의 심봉사에 비해 도덕적·윤리적으로 결손과 훼손의 표지가 훨씬 더 분명한 인물로 형상화되고 있었다. 서술자의 적극적인 서술적 개입에 의해 심봉사는 경박하고 충동적인 기질에다 사리분별력과 합리적인 판단 능력에서 심각한 결함을 지닌 인물로 형상화되었다. 오직, 득남과 과거 급제를 통해 가문의 대를 잇고 영광을 드높이는 욕망에 지배당하는 심봉사의 내면은 가부장제 이데올로기 신봉자로서의 모습이었다.

자신의 개안이 딸 심청이의 생명을 담보로 한 계약의 결과라는 사실을 알아차린 심봉사가 스스로 자신의 눈을 찔러 다시 맹인으로 돌아가는 참혹한 비극적 결말을 통해 채만식은 전통적인 가족제도에 대한 자신의 저항의지와 대결의지를 극명하게 드러내고자 한 것으로 해석하였다. 이러한 결말의 전유를 통해 채만식은 자신을 포함한 조선의 청춘남녀들을 불행의 나락에 빠트린 원천으로 지목한, 가부장의 전제적 권력에 기초한 조선의 전통적인 가족제도를 해체하고 심문하고자 하는 오이디푸스적 욕망을 투사한 것으로 보았다. 이러한 맥락에서 심봉사는 조선의 전통적인 가족제도의 은유적 대체로, 그리고 심봉사가 스스로 자신의 눈을 찔러 다시 맹인이 되는 행위는 조선의 전통적인 가족제도에 대한 상징적인 거세이자 처벌 의지의 기호적 현현으로 해석하였다.

채만식 문학의 대일 협력과 반성의 윤리

1. 들어가는 글

이제는 고전과 정전의 반열에 올라선 『역사란 무엇인가』라는 글에서 E.H 카아는 역사를 '과거와 현재의 끊임없는 대화'라는 유명한 명제로 정식화하고 있다. 이 명제를 통해서 카아가 전하고자 했던 문제의식의 핵심은 과거 역사에 대한 객관적인 해석과 평가가 가능하기 위해서는 고정불변의 실체로서의 과거의 역사적 사실과 해석 및 평가 주체로서의 현재의 역사가 사이에 생산적인 긴장과 대화가 겯고 트는 대화적 관계가 중요롭다는 점이었을 것이다. "현실의 여러 집단의 이해관계가 충돌하는 이데올로기적 투쟁의 공간"[1] 으로서의 역사 서술은 과거의 역사적 사실을 바탕으로 해야 하지만 그 사실들 가운데 무엇을 선택하고 무엇을 배제하고 또 어떻게 해석하고 평가하는가 하는 문제는 전적으로 역사적 사실을 대상화하는 역사가 고유의 임무이기 때문이다. "모든 역사는 현재의 해석이라고 해도, 사실의 강제력에서 자유로울 수 있는 역사 또한 존재하지 않는다"[2]거나 "역사는 과거의 사건이면서

---

1   고명섭, 『담론의 발견』, 한길사, 2006, 325면.
2   공임순, 『식민지의 적자들』, 푸른역사, 2005, 202면.

동시에 그것의 현재적 기술이다"[3]라는 지적은 카아의 문제의식의 정곡을 꿰는 적실한 통찰이다. 사실, 과거의 역사적 사실 자체부터가 당시 역사가의 해석과 평가에 의한 선택과 배제의 과정을 거친 담론적 구성일 수밖에 없다는 점에서 역사의 본질과 관련된 그러한 지적이나 진술들은 충분한 설득력을 지닌다. 역사의 아버지인 헤로도토스를 '거짓말의 아버지'라고 규정하는 냉소적인 뒤틀기가 설득력을 지니는 것도 그러한 맥락에서일 것이다. 그러한 사정이나 맥락은 역사학계를 비롯한 우리의 근대 지성사에서 가장 예민한 주제들 가운데 하나이자 오랜 세월 금기의 대상으로 역사의 창고에 봉인되어 온 일제 식민지 시대 지식인들의 친일 문제에 대해서도 마찬가지이다.

"중일전쟁기는 이전까지의 '동요모색'의 시기와 분명히 구별되는 '대량 전향의 시대'라고 할 수 있을 것이다"'[4]라는 지적에서 확인할 수 있는 바와 같이, 식민지 조선 지식인들의 친일은 거의 대부분 중일전쟁 이후에 이루어진다. 어떤 선택이든지 그 당사자에게는 크고 작은 감정 노동과 신경소모의 부하가 걸릴 수밖에 없을 것이다. 따라서 그 과정에는 복잡한 변수들이 작용할 수밖에 없는 게 이 세상사의 일반 문법이자 상식일 터이다. 사정이 그러할 진대 한 개인의 실존의 근거를 뒤흔들 정도의 극심한 분열과 갈등을 강요했을 전향이나 친일의 길로 들어서는 과정에서 작용했을 변수들은 그러한 선택들과는 비교도 할 수 없을 정도로 복잡했을 것이다. 일제의 식민지배 역사와 식민지 조선 지식인들의 전향에서 결정적인 변곡점을 형성하는 중일전쟁 이후 다양한 요인이나 변수들이 복합적으로 작용하면서 중층결정된 친일 문제는 따라서 결코 단순한 문제가 될 수 없다. '시대의 압력'과 '주체의 윤리'

---

3   위의 책, 387면.
4   홍종욱, 「중일전쟁기(1937-1941) 사회주의자들의 전향과 그 논리」, 서울대학교 석사학위논문, 2000.2, 22면.

사이에서의 위태로운 곡예의 형국에 비유할 수 있을 친일 문제를 제대로 해명하기 위해서는 그것을 둘러싼 복합·중층적인 변수들을 총체적으로 고려해야만 하는 것도 그러한 이유에서이다. 따라서, 단선적인 재단이나 환원의 논리를 통해서는 그 복잡한 실상에 접근하기 어려운 친일 문제의 중층성을 제대로 해명하기 위해서는 그 결과만 보아서는 안 된다. 그 동기나 배경, 시기나 과정, 강도나 빈도 등과 같은 다양한 변수들을 두루 천착하고 섭렵해야 한다. 그러한 맥락에서 "더 이상 친일파 문제를 '윤리적 관점'에서 '비난'하는 시각은 역사 연구의 올바른 태도는 아닌 것 같다......'역사적' 맥락에서 '비판'해야 한다"[5]라는 통찰은 친일 문제를 둘러싼 한국문학 연구장에서도 유효해 보인다.

한국 근대 문학사의 그림자에 해당하는 친일문제를 해석하고 천착하는 작업에서 지양해야 할 편향은 두 가지라고 생각한다. 하나는 식민지 조선의 지식인들 가운데 친일로부터 자유로울 수 있는 사람이 과연 얼마나 될까라는 상황논리를 들어 변호하고자 하는 '무차별적 온정주의'이다. 다른 하나는 과도한 민족주의적 열정과 추상같은 역사 논리를 배경으로 무조건 비난부터 하고 보는 '윤리적 근본주의'이다. 이 두 가지의 편향은 모두 친일의 문제를 해석하고 평가하는 과정에서 고려해야 할 다양한 변수들을 충분하게 존중하지 않고 있기 때문이다. 이와 관련하여 "명백한 친일파라 하더라도 오직 단죄하는 수준으로 나아가서는 진정한 의미의 극복도 이루어지지 않는다"[6]라는 지적이나 "'친일'의 문제는 아직도 아물지 않은 민족사의 상처로서 우리가

---

5   김상태 편역, 「일제하 윤치호의 내면세계와 한국 근대사」, 『윤치호 일기』, 역사비평사, 2005, 47면.
6   최원식, 「한국 문학의 근대성을 다시 생각한다」, 민족문학사연구소 엮음, 『민족문학과 근대성』, 문학과지성사, 1995, 56면.

'더불어' 부끄러워해야 할 문제일망정 한두 개인의 윤리 문제로 환원시켜 손쉽게 욕해 버리고 말 일이 결코 아니다"[7]라는 지적은 의미 있는 통찰이 아닌가 한다.

채만식의 대일 협력과 반성의 윤리를 해석하고 천착해보고자 하는 목적에서 출발하는 이 글의 논의는 크게 두 가지 방향에서 진행될 것이다. 하나는 채만식의 대일 협력이, 김재용이 친일문학의 결정적인 심급으로 설정하고 있는 자발성과 내적 논리를 갖춘 것인가를 살펴보는 작업이다. 다른 하나는 「민족의 죄인」을 통해서 밝히고 있는 자신의 역사적 과오에 대한 채만식의 반성이 일부 연구자들의 지적처럼 어설픈 자기 합리화나 변명인가를 살펴보는 작업이다.

2. '자발성'과 '내적 논리'의 내파

1925년 『조선문단』 3호에 「세 길로」라는 단편을 통해 등단한 이후 채만식은 항상 식민지 조선의 구체적 현실을 기항지로 삼아 자신의 문학적 항해일지를 작성해왔다. 다양한 장르에 걸쳐 작성한 채만식의 풍성한 문학적 항해일지에는 기상조건이나 목적지에 따른 변화나 변모가 당연히 존재하고 있다. 하지만 그러한 변모나 변화에도 불구하고 그의 문학적 항해의 중심에는 항상 당대 식민지 조선이 당면한 구체적 현실 문제를 천착하고 그에 대한 대안을 모색하고자 하는 치열한 고민과 문제의식에 튼실한 뿌리를 내린 민족문학과 리얼리즘의 지향이 시종 일관하고 있다. 그리고 그 민족문학과 리얼리즘의

---

7 김병걸·김규동 편, 『친일문학작품선집』, 실천문학사, 1986, 5면.

지향을 지탱해주는 강력한 원군으로 작용했던 힘은 "문학을 고려자기나 사군자와 같이 치는 사람이라면 몰라도 문학이 작으나마 인류역사를 밀고 나가는 한 개의 힘일진대, 한인(閑人)의 소장(消長)거리나 아녀자의 완롱물에 그칠수는 없는 것이라고 나는 목이 부러져도 주장하는 자"[8]라는 문학관을 천명할 정도로 분명한 역사의식이었다. 채만식의 문학 지형에서 당대 식민지 조선의 현실이 당면한 두 가지 시대적 과제였던 전통적인 가족제도와 자본주의(식민지) 근대의 억압과 폭력에 대한 치열한 대결의지나 처벌의지가 반복강박의 양상을 보이면서 기원을 형성하는 것도 자신의 문학적 항해를 통해 식민지 조선의 구체적 현실을 정직하게 탐색하고자 했던 역사의식과 리얼리즘의 지향과 밀접한 관련이 있다.

그런데 『문학의 모험』과 『채만식의 항일문학』을 통해, 채만식의 문학을 친일문학으로 규정하는 김재용을 비롯한 친일문학 논자들의 해석이나 평가에 정면으로 충돌하는 최유찬의 문제제기에도 불구하고 일제 말기 채만식은 『여인전기』나 「냉동어」 등의 소설과 시사 평론이나 논설을 통해 일제의 식민주의 이데올로기에 동조하거나 총동원체제에 협력하는 글들을 남기고 있다. 특히, 「문학과 전체주의」(삼천리, 1941.1), 「시대를 배경하는 문학」(매일신보, 1941.1.5, 10, 13-15), 「대륙경륜의 장도, 그 세계사적 의의」(매일신보, 1940.11.22, 23) 「자유주의를 청소」(삼천리, 1941.1), 「위대한 아버지 감화」(매일신보, 1943.1.18), 「추모되는 지인태 대위의 자폭」(춘추, 1943.1), 「홍대하옵신 성은」(매일신보, 1943.8.3) 등과 같은 글을 통해 식민주의 이데올로기에 동조하거나 총동원체제에 협력하는 채만식의 대일협력은 너무나도 분명하여 그 어떤 논리나 명분으로도 변호의 여지가 없어 보인다. 그렇다고 해서 채만식을 친일문인으로 단정하는

8   채만식, 「자작안내」, 『청색지』 5, 1939.5.

규정이 아무런 이음매나 봉합의 흔적이 없이 말끔하게 정당성을 확보하는 것도 아니다.

이 문제와 관련하여 김재용의 『협력과 저항』은 면밀한 검토를 필요로 한다. 2002년 8월 14일 민족문학작가회의가 발표한 친일문인 42인의 명단과 함께 김재용의 그 저술은 채만식의 문학을 친일문학으로 규정하는 데 결정적인 역할을 하고 있기 때문이다.

> 우리의 통념과 달리 친일은 철저하게 자발적이다. 자발적이지 않은 것은 친일 협력이라고 부를 수 없다는 것이 필자의 판단이다. 또한 친일이 자발적이기 때문에 거기에는 항상 내적 논리가 따른다. 내적 논리 없는 자발성이란 생각할 수 없는 것이다.[9]

> 필자가 판단하건대 이 시기(중일전쟁 이후)의 친일은 다음 두 가지 점에서 드러난다고 본다. 하나는 대동아공영권의 전쟁동원이다......
> 다음은 내선일체의 황국신민화이다......대동아공영권의 전쟁 동원을 수행하기 위해서는 내선일체의 황국신민화라는 작업이 불가피하다.......
> 이처럼 대동아공영권의 전쟁 동원과 내선일체의 황국신민화라는 두 가지 입장을 글에 담아내면서 선전한 문학이 바로 친일문학이고, 이런 작품을 쓴 이들이 친일문학가이다.[10]

> 채만식은 동북아에서 전개되고 있는 새로운 국제적 현실을 보면서 나름대로 가야 할 길을 선택한 것이고, 이는 외면적 정세 파악을 넘어서 내면화되어 작품화의 충동에까지 미치고 있는 정도임을 알 수 있다......

---

9   김재용, 『협력과 저항』, 소명출판, 2004, 27면.
10   위의 책, 58-59면.

채만식은 이러한 역사적 해석을 과감하게 시도하면서 자신의 새로운 진로, 즉 신체제에의 희망을 드러내고 있다……

『여인전기』에 이르면 채만식의 친일 파시즘에의 경사가 한층 내면화되어 가고 있으며 또한 현재의 관점에서 과거의 역사를 통일적으로 바라보기 시작 함으로써 자기완결적 성격을 갖추고 나가고 있음을 알 수 있다.[11]

친일문학 논의의 선편을 쥐고 있는 이 글에서 김재용은 중일전쟁 이후 친일문학의 두 가지 핵심 내용으로 '대동아공영권의 전쟁동원'과 '내선일체의 황국신민화'를 들고 있다. '대동아공영권의 전쟁동원'과 '내선일체의 황국 신민화' 담론은 중일전쟁 이후 애초의 예상과는 달리 전쟁이 장기화의 조짐 을 보이는 한편 전선이 확장되는 과정에서 객관적인 전력에서 약세에 있던 일제가 식민지 조선의 젊은이들을 전쟁에 동원하기 위해 개발한 지배 이데올 로기로 기능했다는 점에서 그 두 가지 담론을 친일문학의 결정적인 심급으로 설정하는 김재용의 논의는 충분한 설득력을 지니고 있다. 그리고 김재용의 글은 한국의 근대 지성사나 사상사에서 '판도라의 상자'나 '뜨거운 감자'가 될 수도 있는 친일문학의 기준을 명쾌하게 설정하고 있다는 점에서 평가하지 않을 수 없다. 더욱이 김재용의 『협력과 저항』은 임종국의 『친일문학론』 이후 답보나 지체를 면하지 못하고 있던 친일문학 논의의 르네상스를 촉발하 고 자극하는 결정적인 계기가 된다는 점에서도 대단히 중요한 의미와 의의를 지닌다. 또한 친일문제는 과거완료로 이미 종결된 사건이 아니라 인간 일반 의 권력의지나 욕망의 회로와 관련된 현재와 미래의 사건이라는 점에서 점에 서도 김재용의 작업이 지니는 무게감은 결코 가볍지 않다. 하지만 김재용의 글은 친일문학이나 친일문인의 결정적인 심급으로 설정한 '자발성'과 '내적

---

11 위의 책, 103-111면.

논리'의 개념적 정합성 문제에서 재고의 여지가 있어 보인다. 일반적인 맥락에서 자발성은 그 어떤 외부의 간섭이나 압력이 없는 자유로운 상태에서 주체의 신념이나 세계관에 바탕을 둔 자발적인 의지에 의해 이루어진 결정이나 선택을 의미한다. 그리고 내적 논리란 그러한 결정이나 선택을 매개로 개발한 논리적 체계와 일관성을 지닌 담론을 의미한다. 사정이 그러하다면 채만식의 친일이 과연 그와 같은 자발성과 내적 논리를 지니고 있는 것인가?

> 8월 1일로 뜻깊고 감격 큰 조선의 징병제도는 마침내 실시가 되었다. 이로써 조선땅 2천 4백만의 백성도 누구나가 다 총을 잡고 전선에 나아가 나라를 지키는 방패가 될 자격이 생겨진 것이다. 조선동포에 내리옵신 일시동인(一視同仁)의 성은(聖恩) 홍대무변(鴻大無邊)하옵심을 오직 황공하여 마지 아니할 따름이다. 2천 4백만 누구 감읍치 아니할 자 있으리요......
> 그러나 이 소화 18년 8월 1일 역사적인 날로부터는 조선 2천 4백만의 백성도 어깨가 우쭐하여 "나도 오늘부터는 황국신민으로 할 노릇을 다하는 백성이로라" "나도 오늘부터는 천하에 부끄럽지 아니한 황국신민이로라"고 큰소리를 쳐도 좋게 되었다.[12]

> 나라를 위하여 피를 흘리지 못하는 백성은 국민 될 참다운 자격을 가지지 못한 백성일 것이다. 그런 의미에서 저 '노몬한' 사건 당시 외몽고의 쌍패자 부근 상공에서 장렬한 전사를 하여 지금은 정국신사(靖國神社)에 그 영령이 뫼시어 있는 고 지인태 육군 항공병 대위야말로 조선 2천 4백만 민중이 비로소 제국신민으로서의 의무와 자랑을 누리기 시작하게 된 최초의 영광을 차지한 용사라고 하여야 할 것이다.[13]

---

12   채만식, 「鴻大하옵신 聖恩」, 『매일신보』, 1943.8.3.
13   채만식, 「追慕되는 池麟泰 大尉의 自爆」, 『春秋』, 1943.1.

식민지 조선의 청년들을 침략 전쟁에 동원하고자 실시한 징병제의 당위성을 주장하거나 침략전쟁에 참전하여 전사한 지인태 대위를 기리는 글에서 '대동아공영권의 전쟁동원'과 '내선일체의 황국신민화'에 동조하는 채만식의 내면을 확인하는 일은 어렵지 않다. 따라서 담론 자체의 층위만을 가지고서 접근할 때 채만식의 글들은 친일문학의 규정으로부터 피해갈 도리가 없어 보인다. 하지만 과연 채만식의 그러한 문자 행위가 김재용의 주장처럼 자발성과 내적 논리에 기초하여 이루어진 적극적인 행위인가에 대해서는 선뜻 동의하기 어려운 점이 있다. 왜 그러한가?

먼저 내선일체의 황국신민화론과 대동아공영권의 전쟁동원 담론은 채만식이 자신의 주체적 신념이나 세계관에 바탕을 둔 자발적인 의지를 매개로 하여 개발한 논리가 아니라 중일전쟁 이후 전쟁이 장기화되고 전선이 확장되는 과정에서 식민지 조선의 청년들을 전쟁에 동원하기 위해 일제가 개발한 이데올로기라는 점을 들 수 있다. 내선일체는 미나미 지로의 제7대 조선총독(1936-1942) 부임 이후 일제의 식민 권력이 효율적인 전쟁 동원의 명분을 확보하기 위해 그 이전의 내선융화 정책에 내포된 식민주의를 훨씬 더 강화한 지배 이데올로기다. 그리고 대동아공영권은 총력전 체제로 돌입하게 되는 태평양 전쟁을 계기로 중일전쟁 시기에 제출된 "동아신질서 구상을 실현할 사상으로 제창되어 일본 국내정치에 적극적으로 개입"[14] 한 '동아협동체론'이나 '동아연맹론'[15]과 같은 전략적 제휴론을 확장시킨 이데올로기다. 그것들의 제출 시기나 구체적인 함의에서 약간의 차이가 있음에도 불구하고 내선일

---

14 정종현, 『동양론과 식민지 조선 문학』, 창비, 2011, 87면.

15 동아협동체론, 동아연맹론, 대동아공영권의 구체적인 내용에 대해서는 정종현 위의 책, 84-129면; 윤건차, 이지원 옮김, 「근대 일본의 이민족 지배」, 『한일 근대사상의 교착』, 문화과학사, 2003 참조.

체나 대동아공영권의 두 담론 모두 식민지 조선의 인적 물적 자원을 만주사 변에서 태평양 전쟁으로 확전되는 대륙 침략전쟁에 효율적으로 징발하기 위한 전쟁 동원 이데올로기라는 점에서는 조금도 다를 바가 없다.

구체적으로 중일전쟁 이후 전시동원체제를 구축한 일제의 식민권력은 '국 민정신 총동원조선연맹'과 '국민정신 총력연맹'[16]과 같은 억압적인 국가기구 와 이데올로기적 국가 장치를 통한 규율권력 장치의 작동을 통하여 내선일체 의 황국신민화론과 대동아공영권의 전쟁동원 이데올로기를 노골적으로 강 제하기 시작한다. 실제로 이 시기 일제의 식민권력은 두발과 복장을 규제하 거나 생활신체제 운동의 구체적인 지침을 제시하는 등 다양한 수준의 실천 요목이나 동원 행사와 같은 미시적 일상 수준의 감시와 통제 시스템을 통하 여 식민지 조선의 대중들을 국책에 '순응하는 신체'로 영토화하는 작업에 골몰했다. 작가들이라고 해서 이러한 사정으로부터 자유로울 수 없었다. "중 일전쟁 이후에는 일제의 강요가 외적으로 강고하게 이루어지고 있던 상태이 다. 어떤 것을 금지하는 것이 아니고, 이러이러한 것으로 쓰라고 요구하는 시대였다. 이런 상황이기 때문에 이 시대를 산 작가들은 글을 쓰는 경우 어떤 방식으로든지 이러한 외적 강요로부터 자유롭지 못하였다"[17]는 지적처럼, 중 일전쟁 이후, 특히 식민지 조선의 모든 물적 인적 자원의 효율적인 전쟁 동원 에 광분하던 태평양 전쟁 이후의 시기에 내선일체나 대동아공영권과 같은 "지배이데올로기는 검열이라기보다는 따라가지 않을 수 없었던 폭력, 그것 도 거절할 수 없는 폭력"[18]이었다. 1939년 새로운 국민문학의 건설과 내선일

---

16 국민정신 총동원 조선연맹과 국민정신 총력연맹을 통한 전시동원체제의 수립 및 구체적인 내용과 함의에 대해서는 최유리, 『일제 말기 식민지 지배정책 연구』, 국학자료원, 1997, 65-177면 참조.

17 김재용, 앞의 책, 50-51면.

18 채호석, 「검열과 문학장」, 동국대학교 문화학술원 한국문학연구소 편, 『식민지시기 검열과

체의 구현을 창립 취지로 내세우며 결성된 '조선문인협회'의 명칭을 미드웨이 해전을 기점으로 일제의 패색이 짙어지던 1943년에 '조선문인보국회'로 변경하거나 "표면적으로는 문예잡지의 기본 형식을 취하고 있었지만, 내용에 있어서는 전쟁과 일본 국가주의의 선험적 틀로 작용"[19]하고 있었던 『국민문학』(1941.11. 창간) 이외의 다른 모든 문예 잡지들을 강제 폐간하는 사태들은 문학마저도 국가주의 이데올로기의 선전 선동 도구로 식민화하지 않으면 안 될 정도로 절박했던 당시의 상황을 극명하게 보여주고 있다. 한마디로 그 당시 작가들은 창작 지침을 통하여 하달된 국가주의 이데올로기를 반영하는 국책문학을 통해 보국할 것을 강요당하던 상황에 놓여 있었다. 「민족의 죄인」의 분석 과정에서 구체적으로 살펴보겠지만, 채만식의 대일 협력은 이러한 시대상황과의 관련 속에서 소극적으로 선택한 결과로 보인다. 다시 말해 채만식의 대일협력은 그 바탕에 시대의 압력이 핵심 동인으로 작용했던 것으로 보인다. 그리고 그 선택 과정에서 실존의 근거를 흔들 정도로 극심한 동요와 혼돈을 경험했던 것으로 보인다. 따라서 채만식의 경우를 자발성과 내적 논리를 지닌 친일로 규정하는 김재용의 논의는 설득력이 부족해 보인다.

한편, 김재용은 '편협한 언어민족주의', '일제 말 사회단체의 참여 여부로 친일을 규정하는 태도', '창씨개명을 친일의 지표로 삼는 태도'[20]만을 척도로 삼아 친일을 규정하는 접근 방식은 친일문학의 소박한 이해라고 주장하고 있다. 그와 비슷한 맥락에서 내선일체의 황국신민화와 대동아공영권의 전쟁

한국문화』, 동국대학교출판부, 2010, 50면.

19 문경연, 「잡지 『국민문학과』과 '좌담회'라는 공론장」, 문경연 외 역, 『좌담회로 읽는 『국민문학』』, 소명출판, 2010, 11면.

20 이에 대해서는 김재용, 앞의 책, 50-57면 참조.

동원을 결정적인 척도로 삼아 친일로 규정하는 김재용의 논의 또한 텍스트에 드러난 결과만을 근거로 한 접근일 수도 있다는 점에서 재고를 요한다. 물론, 예나 지금이나 문인들의 자기존재 증명의 본질적인 도구이자 최종 심급으로 기능한다는 점에서 글쓰기 행위를 친일 규정의 결정적인 기준으로 설정하는 것 자체는 문제가 될 수 없다. 따라서 글쓰기 행위 자체와 언어나 사회단체 참여 여부 및 창씨개명을 평면적으로 비교하여 형평성을 문제 삼는 것은 논리의 비약일 수도 있다. 하지만 그렇다고 하더라도 "이 시기에는 망명을 하거나 혹은 시골에 묻혀 절필을 하지 않는 한, 시대적 색채가 작품에 묻어날 수밖에 없다"[21]라고 스스로가 인정하고 있는 바와 같이, 내선일체의 황국신민화와 대동아공영권의 전쟁동원을 주장하는 글들을 모두 자발성과 내적 논리를 지닌 친일로 규정하는 해석은 설득력이 부족해 보인다. 식민주의 이데올로기나 신체제론을 옹호하거나 승인하는 결과에 있어서는 동일하다고 할지라도 그런 글을 쓰게 된 동기나 배경에서는 의미 있는 차이가 있을 수 있기 때문이다. 그리고 만일 그러한 차이가 있다면 섬세한 천착을 통해 그 차이를 밝혀내는 작업이 이어져야 온당할 것이다. 그러한 맥락에서 "작가적 양심에 괴로워하면서 그럼에도 그런 종류의 글을 발표하지 않을 수 없는 곤경에 대한 연민으로부터 되도록 옹호적으로 독해하는 자세가 절실하다"[22]는 주장은 특히, 채만식의 대일협력과 관련해서는 의미 있는 통찰이라고 생각한다.

　물론, 내선일체의 황국신민화와 대동아공영권의 전쟁동원을 주장하는 글들을 발표한 문인들의 친일이 모두 채만식의 경우처럼 시대의 압력에 의한 타율적인 강제에 의해 소극적으로 선택한 행위라는 의미는 아니다. 그들 가

21　위의 책, 51면.

22　유종호, 「친일시에 대한 소견」, 『시인세계』 2006년 봄호, 28-34면; 최원식, 「친일문제에 접근하는 다른 길」, 『창작과 비평』 2006년 겨울호, 374면에서 재인용.

운데는 1939년 10월 조선총독부 학무국의 주선에 의해, 문인의 대동단결과 문필보국을 통해 중일전쟁과 태평양 전쟁으로 이어지는 총력전 체제를 지원하기 위해 결성된 조선문인협회의 회장으로 취임한 이광수나 "조선인에게 일본 국민으로서의 정체성과 사명감을 함양하기 위해 고안"[23]된 국책문학인 '국민문학'을 잡지의 표제로 내세운 『국민문학』의 편집 겸 발행인으로 일했던 최재서의 경우처럼, 일제 말기의 문학장에서 중추를 담당하면서 식민지 조선 문단의 여론과 흐름을 총력전 체제에 복무하는 방향으로 주도한 문인들도 있었기 때문이다. 하지만, 채만식의 경우는, 본인 스스로 '신경질 제3기'로 규정할 정도로 깔끔 예민하고 바자위었던 그의 성정이나 기질. 친일의 길을 들어서는 과정에서 경험한, 실존의 근거를 뿌리째 흔들 정도로 혹독했던 극도의 심리적 갈등과 내면의 분열[24]. "1942년 12월 말경 이석훈이 단장이 된 시찰단의 일원으로 이무영·정인택·정비석 등과 함께 간 만주에서 채만식은 웃지도 않고 말도 없이 묵묵히 따라다니기만 했다"[25]는 안수길의 회고. 그리고 「민족의 죄인」을 통해서 보여준, 자신의 역사적 과오에 대한 고백과 반성 등 여러 가지 변수들을 고려할 때 이광수나 최재서의 경우와는 사뭇 다르다. 따라서 윤리적 관점에서의 비난이 아닌 역사적 맥락에서의 비판을 친일파 문제에 접근하는 바람직한 역사연구의 태도로 들면서 "친일의 시기, 강도, 조건, 논리 등을 기준으로 친일파들을 범주화할 필요가 있다"[26] 지적은 매우 적절해 보인다.

---

23 문경연, 앞의 글, 10면.
24 이에 대해서는 공종구, 「채만식의 친일에 나타난 친일의 경로와 동기」, 『한국 현대소설의 윤리』, 박문사, 2009, 89-122면 참조.
25 염무웅, 「식민지 민족 현실과의 대결」, 『혼돈의 시대에 구상하는 문학의 논리』, 창작과비평사, 1995, 216면.
26 김상태, 앞의 글, 47면.

3. 대일 협력/친일의 네 범주와 유형

대부분의 식민지 조선의 문인들이 친일의 길로 들어서게 되는 일제 말기 (1937-1945)는 식민지 조선의 전 영역에서 천황제 파시즘과 군국주의 이데올로 기의 광기가 광분하던 상황이었다. 출판 문화의 영역 또한 그 상황에서 자유로울 수 없었다. 1940년 제 2차 코노에 내각의 출범에 이어 성립된 '출판신체제'[27]는 식민지 조선에서 출판되는 거의 모든 출판물들의 전 영역에 대해 전면적인 통제와 검열을 실시하게 된다. "제국주의 권력의 사상관리에 대한 보다 총체적인 이해에 바탕"[28]하여 이루어진 이 시기의 출판물에 대한 통제와 검열 수준은 그 이전과는 차원 자체가 달랐다. 구체적으로 출판물에 대한 이 시기의 통제와 검열 수준은 그 이전의 "규제 지향적이고 처벌 중심적인 소극적(negative) 검열과는 다른, 말하자면 적극적(positive) 검열로서, 미리 편집 지침을 제공하고 각종 좌담회를 통해 총력전 시대 문학이 어떠해야 함을 사전에 통지하는 검열방식"[29]이었다. 이와 같이 엄혹한 검열 상황에서 총력전 체제에 적극 복무하는 국가주의 이데올로기를 반영하는 문학 이외의 다른 작품들은 공식적인 활자화의 은전을 누리기 어려웠다. 이러한 상황에서 '쓸 것인가? 말 것인가?', '계속 쓰게 된다면 어떤 작품을 어떻게 쓸 것인가?' 하는 문제들은 건곤일척의 절박한 무게감으로 식민지 조선의 작가들의 실존을 압도하게 된다. 천황제 파시즘과 군국주의의 광기와 폭력이 실존의 결단

27   출판신체제의 성립과정과 구체적인 내용에 대해서는 이종호, 「출판신체제의 성립과 조선문단의 사정」, 와타나베 나오키·황호덕·김응교, 『전쟁하는 신민, 식민지의 국민문화』, 소명출판, 2010, 349-380면 참조.

28   김재영, 「회고를 통해 보는 총력전 시기 일제의 사상 관리」, 동국대학교 문화학술원 한국문학연구소 편, 앞의 책, 2010, 64면.

29   김인수, 「총력전기 일본어 글쓰기의 사상공간과 언어검열」, 공제욱·정근식 편, 『식민지의 일상, 지배와 균열』, 문화과학사, 2006, 530-531면.

을 강제하고 강요하던 총력적 체제의 상황에서 식민지 조선의 작가들은 어떤 방식을 통해 그 상황을 감당하고 견디어 나갔을까?

큰 틀에서 보면 '협력'과 '저항'의 두 가지 유형으로 분류할 수가 있을 것이다. 그리고 이 두 범주는 그 정도나 강도에 따라 협력의 방식은 '소극적 협력'과 '적극적 협력'으로, 저항의 방식 또한 '소극적 저항'과 '적극적 저항'이라는 네 범주로 하위 분류할 수 있을 것이다. 먼저 소극적 저항은 절필이나 침묵을 통해 천황제 파시즘이나 총력전 체제에 대한 자신의 저항 의지를 드러내는 방식이다. 적극적 저항은 천황제 파시즘이나 총력전 체제의 야만적인 광기와 폭력을 정면에서 비판하는 글쓰기를 선택하는 방식이다. 소극적 협력은 당위와 존재의 괴리로 인한 심각한 주체의 분열과 갈등을 감내하면서 수동적으로 천황제 파시즘과 총력전 체제에 협력하는 길을 선택하는 방식이다. 마지막으로 적극적인 협력은 신념과 의지를 가지고서 천황제 파시즘과 총력전 체제에 적극 협력하면서 문단의 여론과 흐름을 그런 방향으로 주도하는 데 중추적인 역할을 담당하는 길을 선택하는 방식이다. 이 네 가지 범주 가운데 문제로 삼아야 할 방식은 적극적 협력의 경우[30]라고 생각한다. 그리고 특별한 구분이 없이 통용되는 소극적 협력과 적극적 협력의 두 범주는 구분하는 게 바람직하다고 생각한다. 명칭 자체를 소극적 협력의 방식은 '대일 협력'으로, 그리고 적극적인 협력의 경우는 부정적인 함의가 훨씬 더 강한 '친일'[31]로 명명

---

30 이재명은 일제 말기 연극영화인들의 친일 행각을 '자발적·적극적으로 지도적인 역할', '소극적 생계형', '도피와 저항'의 세 범주로 분류하면서 이 가운데 '자발적·적극적으로 지도적인 역할'의 경우만 문제가 된다고 주장한다. 이에 대해서는 이재명, 「식민지 조선의 국민연극 연구」, 와타나베 나오키·황호덕·김웅교, 앞의 책, 425면 참조.

31 친일문학(론)의 양상을 총체적으로 개관하고 있는 글에서 방민호는 '협력'이라는 용어가 막연히 일본을 지지하고 추수한다는 뜻을 내포하는 '친일'이라는 용어에 비해 체제에 대한 문학인들의 협조 행위를 구체적으로 지시하고, 또 그것에 정치적 해석을 기할 수 있도록 해 주는 장점을 가지고 있다는 이유를 들면서 협력이라는 용어의 상대적 비교 우위를 주장

하는 게 좋지 않을까 생각한다. 그리고 김재용이 제시한 내선일체의 황국신민화와 대동아공영권의 전쟁동원의 동조 및 승인을 텍스트 내적 기준으로, '적극성'과 '주도성'을 텍스트 외적 기준으로 설정했으면 한다. 문제로 삼아야 할 친일은 이 두 가지 기준을 모두 충족시키는 대상에 한정하는 게 바람직하다고 생각한다.

이 네 가지 방식들 가운데, 문학의 영역에서마저 미시적인 감시와 통제의 시선이 일상적으로 작동되던 총동원 체제에서 합법적인 글쓰기 행위를 계속하고자 했던 식민지 조선의 작가들이 선택할 수 있는 여지는 그리 많지 않았을 것으로 보인다. 가장 현실적인 선택지는 아마 소극적 협력의 방식이 아니었을까 생각한다. 특히, 채만식의 경우는 세 번째 방식의 전형을 전형적으로 보여준다는 점에서 문제적이다. 채만식은 결코 '용감한 투사'가 될 수 없는 사람이었다. 그렇다고 '영악한 속물' 또한 결코 될 수 없는 사람이었다. '용감한 투사'도, 그렇다고 '영악한 속물'도 될 수 없는 경계인의 실존을 소유하고 있었던 채만식. 그러한 그에게 소극적 협력은 일제 말기의 야만적 폭력과 광기의 세월을 고통스럽게 감당하고 견디어내는 가장 현실적인 선택이었을 것이다. "제 쓰고 싶은 대로 쓰지를 못해 내종(內腫)이 들어도", "소학교의 괘도감도 못되는 인체생리도를 그림 대신 문자로 그리고 앉았어도"[32]라는

하고 있다. 이에 대해서는 방민호, 「일제 말기 문학인들의 대일 협력 유형과 의미」, 『일제 말기 한국문학의 담론과 텍스트』, 예옥, 2011, 30면.

한편 윤건차는 친일파의 형성 단계를 세 단계로 구분하고 있다. 첫 번째는 러일전쟁 전후로부터 보호조약, 병합조약에 의한 국권상실 시기에 솔선하여 매국행위를 수행한 일진회의 멤버 및 병합 후 총독부에 매수된 귀족·관료·양반유생들, 두 번째는 3·1독립운동의 발생에 놀란 일본이 사태수습을 위해 민족분열정책을 취하면서 적극적으로 포섭한 민족자본가 및 지식인, 종교인 등, 세 번째는 중일전쟁 개시로부터 태평양전쟁 종료에 이르는 시기에 일본의 전쟁 협력 요구에 적극적으로 응한 문학자·지식인, 그리고 이 무렵 급증한 조선인 출신의 행정관리·군인·경관 등이다. 윤건차, 이지원 옮김, 「식민지 지배와 천황제」, 앞의 책, 272-280면 참조.

울분과 탄식은 시대의 압력과 폭력에 저항하지 못하고 타협과 협력의 길로 들어서는 과정에서 감당해야만 했던 채만식의 고통과 죄의식의 증상이라고 할 수 있다. 게다가 채만식은 식민지 조선의 문단마저도 전쟁 동원의 선전 도구로 영토화하고자 일제의 식민 당국이 주도하여 결성한 조선문인협회나 조선문인보국회와 같은 문인단체의 활동에서도 주도적이거나 적극적인 적이 결코 없었다. 실제로 채만식은 1939년 10월에 결성된 조선문인협회의 30명 발기인 명단에도 들어가 있지 않다. 다만, 태평양 전쟁에서 패퇴하면서 결전체제에 돌입하던 무렵인 1943년 4월 기존의 조선문인협회의 외연과 규모를 대폭 확장한 조선문인보국회의 소설·희곡부 평의원 명단에 김남천 박태원과 함께 이름을 올려놓고는 있으나 실질적인 활동은 거의 하지 않은 것으로 보인다.[33] 이러한 점을 보더라도 채만식은 신념이나 논리로 무장하고서 친일의 길을 선택했을 것으로는 보이지 않는다.

4. 대일협력의 과정과 배경

소극적인 선택이기는 하나, 아니 소극적인 선택이었기 때문에, 게다가 자신의 깔끔하고 예민했던 성격이나 기질을 증명이라도 하듯이, 채만식은 대일 협력의 길로 들어서는 과정이나 그 이후의 반성에 대해서 비교적 소상하게, 그리고 정직하게 자신의 당시 심경이나 소회를 밝히고 있다. 먼저 채만식의 대일 협력과 반성에 이르는 과정은 네 단계로 구분할 수 있다. 첫 번째 단계

---

32 채만식, 「자작안내」, 『청색지』 5, 1939.5.
33 이 두 단체의 구체적인 활동 상황에 대해서는 이중연, 『'황국신민'의 시대』, 혜안, 2003, 131-172면 참조.

는 '대일협력의 동요기'(1938-1939)로 이 단계를 대변하는 작품들로는 「소망」
(1938), 「패배자의 무덤」(1939)을 들 수 있다. 이 작품들에서 지배적인 서사의
대상으로 초점화되는 모티프는 대일협력의 길로 들어서는 과정에서 채만식
이 겪었을 극심한 내면 갈등과 정체성의 혼돈이다. 두 번째 단계는 '대일협력
의 예비기'(1939-1940)로 이 단계를 대변하는 작품으로는 「냉동어」(1940)를 들
수 있다. 이 작품은 내선일체의 하위범주인 내선통혼이나 내선연애 모티프를
동원하는 서사 전략을 통하여 텍스트의 무의식 층위에서 대일 협력의 징후를
보여주고 있다. 세 번째 단계는 대일협력기(1940-1944)로 이 단계를 대변하는
글로는 『여인전기』(1944)와 시사 평론 등을 들 수 있다.[34] 이 글들을 통해서
드러나는 대일협력의 메시지는 너무나도 분명하다. 이 시기 발표한 글들은
대일협력 이전 및 해방 이후 발표한 작품들과의 단절과 균열이 너무 심하여
안타까움을 넘어 창작 주체의 신원을 의심하게 할 정도이다. 마지막 네 번째
단계는 '대일협력의 반성기'(1944-)로 이 시기를 대변하는 작품은 연구자들의
논의에서 반성과 변명의 왕복운동을 반복하고 있는 「민족의 죄인」(1948)이다.

어떤 선택이든지 추상적인 진공상태에서 이루어지는 법은 없다. 그 배경
에는 반드시 구체적인 사회 역사적인 맥락이나 실존의 정황 등이 동인으로
작용하기 마련이다. 채만식의 경우 또한 대일협력의 길로 들어서게 되는 데
는 여러 가지 복합적인 요인들이 중층적으로 작용하였을 것으로 보인다. 앞
서 살펴본 바와 같이, 채만식이 본격적인 대일협력의 길로 들어서기 시작하
는 시기는 1940년을 지나면서부터였다. 신체제 수립을 목표로 선포한 제
2차 코노에 내각이 출범하는 이 시기는 세계체제의 격변기였으며 일제의

---

34 '대일협력의 동요기' 논의에 대해서는 공종구, 「채만식의 친일에 나타난 친일의 경로와 동
　기」, 앞의 책, 89-122면 참조, '대일협력의 예비기'와 '대일협력기'의 논의에 대해서는 공종
　구, 「채만식의 소설에 나타난 친일과 반성」, 앞의 책, 123-146면 참조.

천황제 파시즘과 군국주의의 야만적인 광기와 폭력이 식민지 조선 전역을 무차별적으로 접수하던 시기[35]였다. 식민지 조선의 모든 구성원들을 '순응하는 신체'로 주조하기 위한 미시적 감시와 통제의 시선이 전방위적으로 작동하던 상황에서 상당수 지식인들은 코노에 내각의 신체제 출범 이후 경쟁적으로 제출된 다양한 근대 극복 담론들 가운데 하나인 대동아공영권론이나 근대 초극론 등의 구속이나 강박으로부터 자유롭지 않았을 것이다. 물론 그 담론들이 표면적인 명분과는 달리 실상은 식민지 조선의 인적 물적 자원을 전쟁에 동원하기 위한 허구적인 이데올로기에 불과할 뿐이라는 사실을 간파했던 조선의 작가들도 적지 않았을 것이다. 하지만, 당시의 상황에서 그 담론들을 정면에서 부정하거나 비판하는 일은 경우에 따라서는 목숨을 담보로 해야 할 정도의 용기를 필요로 하는 모험이었을 것이다. 오히려 대부분의 식민지 조선의 작가들에게 그러한 담론들은 전향이나 대일 협력의 명분으로 삼거나 아니면, 민족적인 전망의 모색을 도모하기에 안성맞춤일 정도로, 따라서 거부하기에는 너무나도 매혹적인 유혹으로 다가왔을 가능성이 더 커보였을 수도 있다. 그리고 '해방은 도적처럼 온 것이었다'라는 지적처럼, 일제의 대중 조작과 이데올로기적 공세로 인해 객관적인 정세 파악에 어두울 수밖에 없었던 그 당시 대부분의 식민지 조선의 작가들은 식민지 조선의 해방은 무망한 것이라는 절망적인 생각들을 가지거나 급박하게 돌아가던 세계의 정세를 오판했을 수도 있다. 이 시기 적지 않은 식민지 조선의 작가들이 대일 협력의 늪 속으로 빠져들게 되는 과정에는 그러한 시대상황이 일반적인 배경으로 작용하고 있다.

---

35 총동원체제 시기 일제의 전방위적 감시와 통제의 구체적 양상에 대해서는 최유리, 앞의 책과 방기중 편, 『일제 파시즘 지배정책과 민중생활』, 혜안, 2004 참조.

이러한 일반적인 배경 이외에 1939년의 개성독서회 사건[36]은 채만식으로
하여금 대일 협력의 길로 들어서게 한 결정적인 개인적 배경으로 작용했던
것으로 보인다. 당시 개성에서 채만식을 따르며 사숙하던 문학 청년들의 구
속이 빌미가 된 이 사건으로 인해 채만식 또한 약 두 달간 경찰서 유치장에서
구금 생활을 경험한다. 이 기간 동안에 경험한 물리적 폭력과 정신적 압박에
서 오는 공포로 인해 극도로 위축된 채만식은 대일 협력의 유혹에 맞설 힘을
급격하게 상실하기 시작한 것으로 보인다. 이러한 상황에서 조선문인협회에
서 채만식에게 보낸 '황군위문사절단' 파견[37] 관련 엽서는 채만식으로 하여
금 대일 협력의 길로 들어서게 하는 데 결정적인 역할을 한 것으로 보인다.

> **이때에 나를 구원하여준 것이 생각지도 아니한 한 장의 엽서였다……**
> 문인협회로부터 북지 방면으로 황군위문대를 회원 중에서 파견하고자 하
> 는데 그 구체적 협의회를 아무 날 아무 곳에서 열겠으니 참석하라는 엽서가
> 지난번 서울을 가기 조금 전에 온 것이 있었다. 바로 그 엽서였다. 나중 놓여
> 나가서 알았지만 내가 놓여나가던 십여 일 전에 두 번째 와서 수색을 하였고,
> 그때에 잡지 틈사구니에 끼었다 떨어지는 이 엽서를 가져가더라고 집안 사람
> 이 말하였다……
> **그것이 보람이 있기도 하였겠지만 결정적인 것은 역시 문인협회의 한 장
> 엽서였던 듯싶었다.**
> 문인협회에 대한 대답 가운데 요긴한 것은 임시로 그 자리에서 나에게
> 유리하도록 꾸며낸 대문이 많았으나 **아무튼 대일 협력이라는 주권(株券)의
> 이윤(利潤)이 어떠하다는 것을 실지로 배운 것이 이 개성 사건이었다.** (「민족

---

36   개성독서회 사건의 구체적인 전말에 대해서는 방민호, 「구금의 기억과 대일 협력 문제」,
　　 앞의 책, 2011, 409-417면 참조.
37   '조선문인협회'의 결성과 '황군위문문단사절' 파견 과정에 대해서는 이중연, 앞의 책,
　　 131-141면 참조.

의 죄인」, 122-124면)

'소설의 형식적 외피를 두른 일기'로 읽어도 무방할 정도로 사실 정보에 충실한 「민족의 죄인」을 통해 채만식은 자신과 가족을 보호하기 위해 대일 협력의 길로 나아가게 되었다고 고백하고 있다. 그리고 '아무튼 대일 협력이라는 주권(株券)의 이윤(利潤)이 어떠하다는 것을 실지로 배운 것이 이 개성 사건이었다'라는 단정적인 진술이 극명하게 함축하고 있는 바와 같이 개성 독서회 사건은 그 과정에서 결정적인 역할을 한 것으로 보인다. '유일한 생화(生貨)가 그때나 지금이나 매문(賣文)이요, 매문을 아니하고는 2합 2작의 배급 쌀조차 팔 길이 없는 철빈'이라는 진술에서 확인할 수 있는 적빈이 여세와 같을 정도로 궁핍했던 상황 또한 채만식이 대일 협력의 길로 들어서는 과정에서 주변적인 변수로 작용했던 것으로 보인다.

5. 반성의 윤리

이제 말도 많고 탈도 많은 「민족의 죄인」[38]을 검토해야 할 차례이다. 그동안의 논의에서 반성과 변명의 왕복운동을 반복[39]해 온 이 작품은 『백민』 16, 17호(1948.10, 1949.1)에 분재되어 발표된다. 하지만, '1946년 5.19 향촌'에서

---

38 이 글에서는 「민족의 죄인」에 대한 개별 작품론 차원의 미시적 분석 작업은 시도하지 않으려 한다. 그 작업에 대해서는 이미 박상준과 한형구가 밀도 있는 작품론을 발표한 바 있다. 두 연구자의 그 작업에 대해서는 박상준, 「「민족의 죄인」과 고백의 전략」, 이주형 편, 『채만식 연구』, 태학사, 2010과 한형구, 「작가의 존재와 자기 처벌, 혹은 대속」, 군산대학교 채만식연구센터 편, 『채만식 중·장편 소설 연구』, 소명출판, 2009 참조.

39 이에 대해서는 박상준, 앞의 글, 406-432면 참조.

라는 육필 원고 말미의 부기에서 알 수 있는 바와 같이, 이 작품의 탈고를 끝낸 시점은 1946년 5월이다. 탈고와 발표 시기에 2년 반의 시차가 존재한다. 이 숫자는 이 작품의 의미를 탐색하는 데 중요한 변수로 기능한다. 따라서 이 숫자는 단순한 숫자의 차이만은 아닌 것으로 보인다. 왜 그러한가?

「민족의 죄인」에 의하면 채만식이 이 작품의 탈고를 끝낸 시기는 해방 이후 상경했다가 1946년 4월 말경 P사에서 전직기자 윤으로부터 모욕에 가까운 경멸과 조롱으로 인한 충격으로 인해 다시금 향리로 귀향한 직후의 시점이다. 이 무렵을 전후하여 채만식은 「맹순사」(1945.12.19 탈고, 『백민』 3호, 1946.3·4 발표), 「역로」(1946.4.24 탈고, 『신문학』 1946.6 발표), 「미스터 방」(1946.2.16 탈고, 『대조』 1권 7호, 1946.7 발표), 「논 이야기」(1946.4.18 탈고, 『해방문학선집』 1946 발표) 등의 작품들을 발표한다. 이 작품들을 발표하던 시기는 일제 말기 대일 협력의 전력을 지닌 대부분의 문인들이 해방을 맞이하여 준열한 반성이나 참회를 통하여 자신들의 과오나 죄과를 정리하고 넘어가기보다는 새로운 질서로의 급격한 전환을 모색하던 당시 문단의 헤게모니 확보에 골몰하느라 여념이 없던 상황이었다. "조선의 해방은 아무래도 행운이요 감이 저절로 입에 떨어진 격"[40]이라는 진술에서 확인할 수 있는 바와 같이 해방의 본질을 정확하게 간파하고 있었던 채만식은 자신의 예상대로 '아직도 「치숙」의 시간에서 벗어나지 못하면서' 혼돈과 무질서의 정점을 향해 비등하던 해방 이후 상황에 대해 매우 냉소적이고 부정적이었다. 「맹순사」를 비롯하여 비슷한 시기에 발표한 작품들은 해방 이후 상황의 본질을 정확하게 간파하는 명민한 역사의식과 부정적인 대상에 대한 집요한 대결의식에 기초한 냉소와 풍자의 정신을 바탕으로 해방 이후의 부조리와 무질서를 고발하고 증언하고

---

40 채만식, 「글루미 이맨시페이션」, 『예술통신』, 1946.11.6.

자 하는 문제의식에서 발표한 작품들이다.

의욕적으로 이 작품들을 발표하던 당시 채만식의 내면은 착잡하고 복잡했을 것으로 판단된다. 본인 스스로 '신경질 제 3기'로 규정할 정도로 깔끔하고 예민했던 채만식이었기에 해방 이후 시대상황과의 대결의식을 반영하는 그러한 작품들을 발표하기 위해서는 어떤 형태로든지 일제 말기 자신의 대일 협력 행위를 청산하고 정리하는 절차를 거치지 않으면 안 되었기 때문이다. 해방을 계기로 새로운 출발을 다짐하면서 자신의 정체성을 새롭게 다져나가던 채만식에게 그러한 절차는 일종의 통과제의나 고해성사의 의미를 지니고 있었을 것이다. 하지만 다짐과는 달리 실제로 자신의 대일 협력 행위를 반성하고 참회하는 고백은 쉽지 않았다. 채만식에게 그러한 고백은 자신의 무의식 속에 억압의 형태로 잠복해 있던 죄의식의 뿌리를 끊임없이 호출해내야하는 엄청난 고통을 요구하는, 따라서 더 이상 반복하고 싶지 않은 악몽이었을 것이기 때문이다. 이러한 사정으로 인해 당시 채만식은 「민족의 죄인」과 같은 고백록을 집필할 것인가 말 것인가 하는 문제로 엄청난 신경소모와 감정노동에 시달렸을 것으로 보인다. 게다가 주변의 분위기는 자신보다 더 적극적으로 그리고 주도적으로 대일협력에 앞장섰던 문인들조차 아무런 일도 없었던 것처럼 관망만 하고 있는 상황이었다. 그러한 상황에서 채만식은 자신이 앞장서서 고백을 해버릴 경우 자신의 본의와는 다르게 뒤따를 파장이나 여파를 전혀 모르지 않았을 것이다. 대일 협력 행위를 반성하고 참회하는 고백록을 집필하는 행위가 엄청난 부담으로 채만식의 실존을 압도했을 것으로 보이는 것도 그러한 맥락에서이다. 그러한 상황에서 1946년 4월 말경에 윤에게서 받은 인격 살인에 가까운 경멸과 조롱은 채만식으로 하여금 「민족의 죄인」의 집필을 더 이상 미룰 수 없게 하는 실존의 결단을 추동했을 것으로 보인다.

하지만 채만식은 바로 「민족의 죄인」을 발표하지 못한다. 발표는 집필과는 또 다른 차원의, 아니 훨씬 더 강력한 수준의 무게감으로 채만식의 실존을 압도했을 것이기 때문이다. 「도야지」(1948.6.22 탈고, 『문장』 속간호 1948 발표)와 「낙조」(1948.8.15 탈고, 『잘난 사람들』 수록 1948)를 발표하는 시점까지 약 2년 동안의 공백기를 거친 다음에야 비로소 「민족의 죄인」을 발표하는 것을 보더라도 채만식이 「민족의 죄인」의 발표 문제로 받았을 감정노동이나 신경소모의 강도가 어느 정도였는가를 어렵지 않게 짐작할 수 있다. 그런 맥락에서 "채만식에게 있어 1946-7년을 전후한 해방 공간의 시기란 이런 시야에서 정신적으로 우울증의 상태를 감내하지 않으면 안 되었던 자기 처벌의 힘든 유형기의 세월로 파악"[41]하는 관점은 충분한 설득력을 지닌다.

정신분석의 유혹을 자극할 정도로 예민하고 깔끔했던 기질이나 성정. 내면의 생각이나 감정을 분식하거나 완곡하게 에둘러서 말하지 못하고 있는 그대로 곧이곧대로 드러내던 직설적인 화법과 스타일. 이 작품의 집필 동기나 발표하던 당시 채만식이 처한 실존의 정황. 그리고 무엇보다도 이 작품에서 제시하고 있는 서사 정보와 실제 사실 정보 사이의 부합의 정도 등 여러 가지 정황들을 고려할 때 이 작품은 '소설의 형식적 외피를 두른 일기나 고백록'으로 읽는 게 이 작품에 대한 온당한 독법이라고 생각한다. 물론 이 작품이 고백록이나 참회록의 서사 일반이 지니고 있는 자기 합리화의 방어기제로부터 완전하게 자유롭기는 어려울 것이다. 특히, '상황론'을 내세우는 출판사의 김 군과 '원칙론'을 내세우는 전직 기자 윤과의 사이에 벌어지는 설전의 형식을 통해서 제시되는 논리적 공방은 반성의 진정성을 의심하게 되는 단초나 빌미를 제공하기에 충분하다. 하지만 부분과 전체의 해석학적

---

41 한형구, 앞의 글, 304면.

순환이라는 맥락에서 볼 때 이 작품에서의 서사의 초점이나 무게 중심은 반성에 놓여 있다고 보는 게 합리적이다. 무엇보다 이 작품에서 반복강박에 가까울 정도의 빈도로 반복되면서 강조되고 있는 내용은 자신이 용렬하고 용기가 없어 시대의 압력과 폭력에 맞서지 못하고 부끄럽게도 대일 협력의 길로 들어서게 되었다는 고백이기 때문이다. 그 논리의 연장선에서 '용맹하지도 못한 동시에 영리하지도 못한 나는 결국 본심도 아니면서 겉으로 복종이나 하는 용렬하고 나약한 지아비의 부류에 들고 만 것이었다'[42]는 고백은 대일 협력의 길로 들어서던 당시 채만식의 내면을 한치의 가감 없이 그대로 전사한 기록으로 읽어도 무리는 없을 것으로 보인다. '창녀 못지않은 그 매문질', '보기 싫은 양서동물', '씻어도 깎아도 지워지지 않는 영원한 죄의 표지' 등의 표현은 자신의 대일 협력 행위로 인해 채만식의 내면에 형성된 죄의식과 자기 혐오의 강도가 어느 정도였는가를 짐작하기에 어렵지 않아 보인다. '친일파 선생 배척'을 목표로 한 동맹 휴학의 와중에 자신의 안전과 영달을 위한 상급학교 입학시험 준비를 위해 상경한 조카에 대한 훈계와 신칙 또한 당시 채만식의 내면과 무의식을 장악했던 죄의식과 자기 혐오와 밀접한 관련이 있다.

> "저 한 사람 조그마한 이익이나 구차한 안전을 얻자구, 옳은 일 못하는 거 그거 사람 아냐. 너 명색이 상급생이지?"......
> "옳은 일을 위해 나서서 싸우는 대신, 편안하구 무사하자구 옳지 못한 길루 가는 놈은, 공부 아냐 뱃속에 육줄 배포했어두 아무짝에두 못쓰는 법야."
> "공부보다두 위선 사람이 돼야 해. 옳은 일을 하기 위해선 불 가운데라두 뛰어 들어갈 용기. 옳지 못한 길에는 칼을 겨누면서 핍박을 하더래두 굽히지

---

42 채만식, 「민족의 죄인」, 앞의 책, 126면.

않는 절개. 단체를 위한 일이면 개인을 돌아보지 않는 의협. 그런 것이 인격
야......알았어. 이놈아.” (「민족의 죄인」, 159-160면)

'저 한 사람 조그마한 이익이나 구차한 안전을 얻자구, 옳은 일 못하는
거, 그거 사람 아냐', '옳은 일을 하기 위해선 불 가운데라두 뛰어 들어갈
용기. 옳지 못한 길에는 칼을 겨누면서 핍박을 하더래두 굽히지 않는 절개.
단체를 위한 일이면 개인을 돌아보지 않는 의협'에서 확인할 수 있는 바와
같이, '나'가 조카를 훈육하고 신칙하는 과정에서 내세우는 핵심 덕목은 정의
로운 일을 위해서라면 일신상의 이해나 안전은 조금도 돌아보지 않는 용기와
의협심이다. 용기와 의협심과 같은 도리와 명분을 내세워 조카를 훈육하고
신칙하는 행위의 무의식에는 말과 글을 통한 국책 선전과 전시체제 동원을
강요하던 천황제 파시즘과 군국주의의 집단적인 광기에 용기 있게 저항하지
못하고 협력한 자신의 용렬함을 처벌하고자 한 채만식의 자기 처벌의 의지가
개입되어 있다. 다시 말해 조카에 대한 훈계와 신칙은 대일 협력으로 인한
채만식의 죄의식과 자기 혐오 감정이 조카에게 투사된 것이다. 한마디로 조
카에 대한 '나'의 훈계와 신칙은 조카를 매개로 한 채만식의 자기 처벌로
보는 것이 온당한 해석일 것이다.

실제로 채만식은 '집으로 돌아와 병난 사람처럼 꼬박 보름을 누워 있을'
정도로, 그리고 '울분이 도무지 어따 대구 풀 길이 없는 울분이 가슴속에
가 뭉쳐가지구 무시루 치달아 오를' 정도로 P사에서 윤으로부터 받은 조롱과
경멸로 인한 충격과 상처는 생과 사의 경계를 넘나들 정도로 컸던 것으로
보인다. 이 작품을 발표한 후 약 2년이 지난 1950년 5월 27일(음), 채만식은
지천명을 눈 앞에 둔 49세의 길지 않은 생애를 마감하기 때문이다. 채만식의
길지 않은 생애에는 물론 30대 이후 끊임없이 그의 생의 에너지를 탕갈해온

지병들이 결정적인 변수로 작용했을 것이다. 하지만 P사에서 윤으로부터 받은 조롱과 경멸로 인한 상처와 충격은 채만식의 그러한 지병들을 치명적일 정도로 악화시켰을 것으로 보인다.

소설의 형식적 외피를 두른 일기나 고백록으로 읽어야 온당한 이 작품을 통해 채만식이 고백하고 있는 반성은 여러 가지 맥락을 고려할 때 충분한 진정성을 확보하고 있다고 생각한다. 따라서 이 작품이 "고백의 서사로서 주목할 만한 개인적 진정성을 갖추고 있다"[43]거나 이 작품을 "진정으로 민족적 작가로서의 자기 반성과 그에 준한 자기 처벌의 의지를 내면화한 작품"[44]으로 해석하는 논의는 적절해 보인다. 같은 맥락에서 이 작품에 대해 "이광수를 많이 닮은 그 글은 구차스러운 변명이고, 자기 합리화를 위한 공범의식의 조장일 뿐 진정성이라고는 없다"[45]라는 지적은 너무 가혹하거나 인색한 평가가 아닌가 생각한다. 더욱이, "일제 식민지 시대를 마감하고 새로운 민족국가 세우기에 나서면서 누구도, 그리고 어떤 작품도, 이처럼 전면적으로 자신의 민족적 죄상을 밝히고 그 업보를 수용함으로써 '민족문학'을 정화하고자 한 경우가 없었다. 천하가 다 아는 친일 작가, 친일 문인의 존재가 수다했음에도 불구하고, 아무도(채만식처럼) 반성의 제단을 차린 다음 민족문학의 수립에 헌신하고자 한 경우가 없었다"[46]는 사실을 고려하면 이 작품을 통해서 보여준 반성의 진정성에 대해서는 조금도 인색해야 할 필요가 없다고 생각한다.

---

43 박상준, 앞의 글, 406-407면.
44 한형구, 앞의 글, 303면.
45 조정래, 『누구나 홀로 선 나무』, 문학동네, 2002, 213면.
46 한형구, 앞의 글, 279-280면.

6. 나오는 글

채만식의 대일 협력과 반성의 윤리를 해석하고 천착해보고자 하는 목적에서 출발한 이 글을 이제 매조져야 할 시점이다. 1924년 「세 길로」를 통해 등단한 이후 채만식은 항상 식민지 조선의 구체적 현실이 제기하는 시대적 과제와 정직하게 대결하고자 했고, 그러한 대결의지를 바탕으로 한 민족적인 전망의 모색에 충실한 리얼리스트로서의 지향으로 일관해 왔다. 하지만 안타깝게도 채만식은 천황제 파시즘과 군국주의의 광기가 식민지 조선의 모든 영역을 무차별적으로 장악하는 일제 말기의 시대적인 압력에 맞서는 용기를 보여주지 못하고 대일 협력의 길로 들어서게 되는 과오를 범하게 된다. 하지만 주로 시사 평론을 통한 대일 협력의 글쓰기 행위를 하는 대일 협력기에도 일제의 식민주의 이데올로기의 허구성이나 제국주의적 욕망의 간계를 비판하다 총독부의 검열에 의해 연재가 중단된 것으로 추정되는 『어머니』[47]를 연재하거나 "쓰면서 가끔 배신을 하다가, 두어 차례나 불려 들어가 검열관퇴직 순검한테 꾸지람도 듣고, 문학 강의도 듣고"[48] 할 정도로 서사의 균열과 분열을 드러내는 『여인전기』를 발표한 것을 보더라도 적어도 채만식은 신념이나 적극적인 의지를 가지고서 자발적으로 대일 협력의 길을 선택한 것으로는 보이지 않는다.

더욱이 채만식은 해방 이후 「민족의 죄인」을 통해 자신의 역사적인 과오에 대한 통절한 반성과 참회의 기록을 남기고 있다. 그 반성과 참회의 진정성과 평가에 대해서는 조금도 인색할 필요가 없을 듯싶다. 채만식의 대일 협력

---

47   일제의 검열이 사라진 1947년 3월 서울 타임스사에서 그 제목을 바꾸어 출판한 『여자의 일생』을 보면 그러한 추정은 충분한 설득력을 확보한다.

48   채만식, 『민족의 죄인』, 앞의 책, 135면.

을 해석하고 평가할 때 이러한 사실들은 충분히 존중되고 고려되어야 할 것이다. 그럼에도 불구하고 채만식을 마치 대표적인 친일 문인인 것처럼 비난하고 매도하는 일은 한 개인은 물론이고 역사에 대해서도 예의는 아니라고 생각한다. 이러한 맥락에서 "친일에 나선 행위나 글의 수량보다는 신념 여부 또는 그 질이 친일문인 판정에 더욱 중요할 것인데, 명단 가운데는 선뜻 동의하기 어려운 경우가 적지 않다. 채만식은 대표적일 것이다......우리는 그가 '신체제'와 대결하는 내적 고투에까지 이르지 못했다고 비판할 수는 있어도, 그에 온몸으로 투항했다고 비난할 수는 없을 것이다. 더구나 그는 해방 직후, 유일하게 자신의 친일을 고백함으로써 친일문제를 공론에 붙였다"[49]는 지적은 채만식의 대일 협력과 반성을 해석하고 평가하는 문제와 관련하여 정곡을 꿰는 적실한 통찰이 아닐 수 없다. 우리들은 부모들을 선택해서 태어날 수도 없지만 시대를 선택해서 태어날 수도 없는 것이라는 말로 이 글을 매조지고자 한다.

---

49 최원식, 「친일문제에 접근하는 다른 길」, 『창작과 비평』 2006년 겨울, 373-374면.

| 제3부 |

김사량 소설의 디아스포라

김사량의 소설에 나타난 이름의 정치학

1. 들어가는 글

최근 들어 한국의 근대문학 연구 공동체에서 가장 활발하게 조명을 받는 작가는 누구일까? 김사량을 지목하는 데 딴죽을 걸거나 시비를 따지는 일은 거의 없을 것이다. 일제 말기의 문학 지형에서 그의 문학이 차지하는 비중은 결정적일 정도로 문제적이기 때문이다. 사정이 그러하다면 최근 들어 김사량과 그의 문학이 집중적인 조명을 받게 되는 이유는 어디에 있는 것일까? 크게 두 가지라고 생각한다. 하나는 그 동안 '암흑기'라는 방어적인 용어 안에 봉인되어 있던 일제 말기의 작품들이 그 봉인으로부터 해제되어 객관적인 평가의 대상으로 주목을 받게 된 점이다. 다른 하나는 그와 연동되어 있는 것으로 최근 들어 일제 말기의 이중언어 글쓰기 연구가 활발해지면서 언어민족주의에 의해 '친일 문학'으로 외면당하거나 평가 절하 당하던 일본어 작품들이 새롭게 주목을 받게 된 점이다. 이 글이 김사량의 문학에 주목하게 된 기본적인 배경 또한 그러한 맥락에서이다.

김사량의 신산과 인생유전은 "식민지 통치하라는 진퇴양난의 극한 상황에서 목숨을 지탱한 우리나라 지식인들의 참된 삶의 한 모습"[1]을 선명하게 대변한다. 그가 발표한 대부분의 작품들 또한 1931년 평양고보 퇴학, 1932년 가을 도일과 유학 및 동인활동, 1941년 12월 9일 '사상범예방구금법'에 의한 가마쿠라 경찰서 구금 및 1942년 2월의 평양 송환, 1944년 대동공업전문학교 독일어 교사 근무, 1945년 연안 및 태항산의 중국 항일지구 탈출 등 고난과 역경으로 점철된 그의 고단한 생애를 직핍하게 반영하고 있다. 객관적인 정세의 변화에 따른 명멸과 부침이 있기는 하나 항상 민족의 운명의 추이를 서사의 중심에 두고서 씨름한 고투의 산물인 그의 대부분 작품들은 반식민주의에 기초한 민족주의적 지향을 선명하게 드러내고 있다.

물론 "김사량이 조선으로 '송환'된 1942년 2월 이후 발표한 국책과 관련된 소설 등에서는 전시 체제에 대한 협력의 편린을 확인"[2]할 수 있기는 하다. 그로 인해 『바다의 노래』(1943-1944)를 비롯한 그의 일부 작품들은 일제의 식민지배 정책이나 식민주의 이데올로기에 동조하는 문학으로 해석될 수 있는 여지를 남기고는 있다. 부인할 수 없는 사실이다. 하지만 자신의 글쓰기 행위를 통해 "일본 제국의 지배 질서 속에서 사라져가고 있는 조선 문화가 놓인 위치를 밝히고 지키려 하고 있다"[3]는 점에서 김사량의 작가적·문학적 정체성을 민족주의 작가와 민족주의 문학[4]으로 규정하는 것은 조금도 과장이 아니라고 생각한다. 특히, 본격적인 창작 활동이 시작되는 1939년 『문예수도』 동인 참가 이후 평양으로의 소환이 이루어지는 1942년 이전까지 발표한 그의 작품들은 대부분 민족주의적 지향의 정체성을 뚜렷하게 드러내고 있다. 자신의 일본 체험을 창작의 원천으로 그리고 일본어를 창작의 수단으

1   안우식, 심원섭 역, 『김사량 평전』, 문학과지성사, 2000, 7면.
2   곽형덕, 『김사량과 일제 말 식민지 문학』, 소명출판, 2017, 16면.
3   위의 책, 16면.
4   안우식, 심원섭 역, 앞의 책, 96-124면 참조.

로 발표한 이 시기의 작품들은 거의 대부분 일제 식민주의의 폭력과 차별에 의한 재일조선인의 비애와 분열을 서사의 중심에 반복적으로 소환하면서 일제 식민주의 정책 및 이데올로기의 허구성과 기만성을 선명하게 증언하고 있기 때문이다.

다시 한번 강조하건대, 김사량에게 민족, 그리고 민족의 운명은 자신의 운명과 별개의 존재일 수 없었다. 김사량은 항상 그리고 어디에서나 민족과 민족의 운명을 실존의 중심에서 사유하고자 했기 때문이다. 평양을 정점으로 한 식민지 조선의 산하가 언제나 근원적 그리움과 향수의 진원으로 그의 영혼을 사로잡았던 것도, 평양의 유복한 환경에서 성장한 자신의 출신 배경에도 불구하고 제국 일본 땅에서 고단한 삶을 연명하는 이주 노동자들의 열악한 생존 환경에 도저한 관심을 기울였던 것도, 일본어 창작을 하는 와중에도 끊임없이 일본어 창작의 근본적인 한계와 조선어 창작의 당위에 대한 발본적인 고민과 성찰을 반추했던 것도, 일제 말기 건곤일척의 승부수를 던지며 목숨을 건 태항산 항일 지구로의 탈출을 감행할 수 있었던 것도 모두 민족의 운명을 자신의 운명으로 받아들이고자 한 민족주의자로서의 김사량의 의지와 결단이 아니고서는 감히 생각할 수조차 없는 사건들이었다. 한마디로 김사량에게 민족과 민족의 운명은 실존의 화두이자 문학 창작의 원천이었다. 도쿄 근교에 터를 잡고서 생활하는 과정에서 보고 들은 직·간접적인 경험을 서사의 질료 삼아 일본어 창작에 골몰하던 1936년 4월부터 42년 1월까지 발표한 대부분의 작품들에서 민족주의적 지향과 에토스가 어렵지 않게 발견되는 것도 그러한 맥락에서이다.

구체적으로 김사량이 민족주의적 지향에 뿌리를 내린 문제의식에 바탕을 두고서 활발한 작품 활동을 했던 기간은 자신의 이름을 일본 문단에 알리게 되는 「빛 속으로」(『문예수도』, 1939.10)가 제 10회 아쿠타가와상 후보작에 오르게 되는 1940년부터 사상범 예방 구금법에 의해 구금되어 조선으로 송환되는 1942년 1월까지이다. 이 기간에 김사량은 모두 25편의 소설을 발표[5]한다. 이 시기의 대표적인 작품들로는 "「기자림」(『문예수도』, 1940.6), 「천마」(『문예춘추』, 1940.6), 「무성한 풀섶」(『문예』, 1940.7), 「무궁일가」(『개조』, 1940.9), 「광명」, (『문학계』, 1941.2), 「유치장에서 만난 사나이」(『문장』, 1941.2), 「향수」(『문예춘추』, 1941.7), 「벌레」(『신조』, 1941.7), 「곱사왕초」(『신조』, 1942.1) 등"[6]을 들 수 있다.

 이 글에서 집중적인 분석 대상 텍스트로 소환하고자 하는 작품은 「빛 속으로」와 「호랑이 수염」 두 작품이다. 다음과 같은 이유에서이다. 김사량의 문학적 정체성을 대변하는 것으로 평가받고 있는 「빛 속으로」를 비롯한 두 작품은 일제 식민주의의 차별과 폭력을 매개로 한 민족주의적 지향을 가장 선명하게 증거하고 있다는 판단에서이다. 구체적으로 서사의 배경을 일본으로 설정하고 있는 이 두 작품들은 '이름의 정치학'을 서사의 핵심 모티프로 동원하면서 일제의 식민주의 폭력과 차별로 인한 조선인의 비애를 통해 내선일체의 이데올로기적 허구성을 증언하고 있다. 이 작품들을 통해 김사량은 중일전쟁 이후 전선이 확장되는 과정에서 식민지 조선의 지정학적 위상을 대륙침략의 전초기지이자 병참기지로 영토화하고자 하는 전략적인 의도에서 일제의 식민 지배 권력이 주조해낸 내선일체의 허구성을 증언하고자 한 것으로 보인다. 구체적으로 이 글은 텍스트의 무의식 층위에서 두 작품에 징후적으로 드러나는, 자신의 이름을 둘러싸고서 벌어지는 재일 조선인의 정체성 분열 및 투쟁을 통해 식민주의의 억압과 폭력성에 대한 김사량의 비판과 저항 의지를 탐색하고 천착해보고자 하는 문제의식에서 출발한다.

---

5   이에 대해서는 곽형덕, 앞의 책, 101면 참조.

6   김학동, 『재일조선인 문학과 민족』, 국학자료원, 2009, 75면.

2. 식민주의의 욕망과 민족주의적 지향의 길항과 충돌

중일전쟁 이후 국가총동원법의 발효(1938)를 계기로 식민지 종주국 일본과 식민지 조선은 본격적인 총동원 체제로 돌입하게 된다. 총동원 체제를 변곡점으로 해서 내지와 식민지 조선의 모든 부문의 질서는 지각변동에 가까울 정도의 혁명적인 변화를 강요당한다. 사회 모든 부문의 질서를 전쟁 수행의 효율적인 도구로 재편하는 과정에서 문단 또한 예외일 수 없었다. 구체적으로 『국민문학』의 창간(1941.11) 이후 식민지 조선의 문단에서는 식민지 "조선인에게 일본 국민으로서의 정체성과 사명감을 함양하기 위해 고안된 국민문학"[7]이 유일무이한 담론 권력의 적자로 군림하는 '예외상태'[8]가 지속된다. 그 과정에서 식민지 조선의 작가들은 '식민주의의 욕망'과 '민족주의적 지향' 사이에서 극심한 내면의 혼란과 정체성의 분열을 경험하게 된다. 그 시기에 발표된 대부분의 작품들에 텍스트의 무의식 형태로 드러나는 증상과 징후들은 그러한 혼란과 분열의 흔적이자 자국이다. 특히 조선인들에 대한 차별과 배제가 조선보다 훨씬 더 심했던 종주국 일본에서 유학 생활을 하는 과정에서 직접 경험하거나 간접적으로 보고 들은 것들을 질료로 하고 있는 「빛 속으로」와 「호랑이 수염」 두 작품은 그러한 증상과 징후들을 보다 더 선명한 형태로 드러내고 있다는 점에서 각별한 주목을 요한다.

이 두 작품의 서사를 추동하는 기본적인 에너지는 이 시기에 발표된 대부분의 다른 작품들처럼 식민주의의 욕망과 민족주의적 지향의 충돌과 길항으로 인한 내면의 균열이나 분열이다. 서로 상반되는 목적들인 식민주의의 욕

---

7 문경연 외 역, 『좌담회로 읽는 『국민문학』』, 소명출판, 2010, 10면.
8 통치 패러다임으로서의 예외상태의 구체적인 논의에 대해서는 조르조 아감벤, 김항 역, 『예외상태』, 새물결, 2009 참조.

망과 민족주의적 지향의 충돌로 인한 내면의 균열과 불안은 이 두 작품에 텍스트의 무의식 형태로 드러난다. 이 두 작품의 텍스트 표면이 매끄럽지도 않을 뿐만 아니라 의미의 착종과 혼종의 틈새로 얼룩진 균열과 크레바스가 곳곳에 출몰하는 것도 그러한 내면의 분열이나 혼란 때문이다. "그의 문학을 민족주의 입장에서 일제에 항거한 문학이라 볼 것인지, 아니면 일제의 식민 지배 정책에 영합해간 문학으로 볼 것인지 간단명료하게 정의를 내리기 어려운 점"[9]도 김사량 텍스트가 가지고 있는 그러한 중층적 혼종성 때문이다. 과연 그러한가? 「빛 속으로」와 「호랑이 수염」 두 텍스트의 구체적인 분석을 통하여 살펴보도록 한다.

2.1. 민족주의적 지향의 결단: 어둠의 '미나미'에서 빛의 '남'으로

사가고등학교(1933.4-1936.3)와 동경제대(1936.4-1939.3) 시절 김사량의 내면을 지배했던 정서는 '비애'와 '울분'이었던 것으로 보인다. '사가고등학교의 교우회지인 『창작』 제9호에 '구민작(具岷作)'이라는 필명으로 발표한 2편의 일본어시인 「고민(苦悶)」과 「동원(凍原)」의 지배적인 정조[10]나 "제대에 들어가서조차, 토요일이 되면 어딘가로 "울기 위해" 외출을 했다"[11]는 사이고 노부쓰나의 증언을 통해서 유추해 보더라도 그러한 추정은 충분한 설득력을 지닌다. 평양고보 퇴학 후 당시 교토대학에 재학 중이던 형 김시명의 적극적인 주선에 의해 동경 유학을 온 유복한 집안 태생의 낙천적인 기질의 소유자였

---

9   김학동, 앞의 책, 73면.

10   이에 대해서는 시라카와 유타카, 「사가고등학교 시절의 김사량」, 김재용·곽형덕 편역, 『김사량, 작품과 연구 1』, 역락, 2008, 367-372면 참조.

11   위의 글, 370면.

지만 식민지 종주국의 일본인의 시선에서 볼 때 김사량은 한갓된 일본 제국의 2등 국민이자 식민지 조선의 유학생일 뿐이었다. 재일 조선인들에 대한 일본 주류 사회의 노골적인 차별과 폭력은 따라서 김사량이라고 예외일 수는 없었다.

"스스로의 정체성을 좀 더 우월하고 안정적인 것"[12]으로 만들고자 했던 아니 만들어야만 했던, 그리고 "타자와 자기의 '불연속'을 알게 됨으로써 타자의 '잔여'로서 자기를 발견"[13]하고자 하는 욕망을 집단 무의식의 차원에서 욕망했던 일본에서 조선과 조선인에게 부여된 열등한 타자로서의 부정적인 낙인은 피할 수 없는 저주와도 같은 것이었다. 거기에 과학적인 근거나 합리적인 이유가 있는 것은 아니었다. 이유가 있다면 오직 하나. 바로 조선인이라는 사실 뿐이었다. 노골적인 민족 차별이 일상으로 자행되었던 식민지 시대 일본에서 열등한 타자의 지위를 강요당한 조선인들은 일본인들의 내면에 축적된 부정적인 감정이나 근거 없는 왜곡된 우월감을 분출하는 배설구로 기능하기에 더할 나위 없이 만만한 도구여야 했기 때문이다.

> 제가 조선인이라는 것을 남에게 말할 때, 높은 곳에서 '에잇!'하고 뛰어내릴 때와 같은 용기를 내야 했던 것이 지금도 기억납니다.……근대(메이지 시대) 이후 일본에서는 '조선'이 열등한 것을 나타내는 말로 사용되었습니다. 식민지 시대에는 '조선'이라는 말조차 사용하지 않고 '조'를 뗀 '선인'이나 '조선반도'에서 '조선'을 뗀 '반도인'이라는 호칭이 일반적으로 사용되었습니다.[14]

특히 아버지나 할아버지 세대에는 그 역사를 숨기고 일본 사람처럼 살아

---

12   정영혜, 후지이 다케시 역, 『다미가요 제창』, 삼인, 2011, 38면.
13   위의 책, 39면.
14   서경식, 형진의 역, 『역사의 증인 재일 조선인』, 반비, 2012, 52-53면.

야 했던 것이 차별이지요. 하지만 요사이...... "저는 조선 사람입니다."라는 것을 이렇게 당당하고 자연스럽게 말하기가 어려운 사회 전체의 문화나 분위기라 할 수 있습니다. 호적으로는 원래 조선 출신인지 일본 사람인지 알 수 없다고 하더라도 "너 혹시 조선 사람이 아니냐?"는 얘기가 나올 때 "아닙니다."라고 안 하면 그 사회에서 안심하고, 마음 놓고 살 수 없는 그런 분위기가 50년대에는 분명히 있었습니다.......후진적이고 비뚤어지고 폭력적이고 모든 부정적인 것을 이르는 사인으로, 표상으로 조선, 조센이라는 말이 쓰여 왔습니다.[15]

자신이 '조선인이라는 것을 남에게 말할 때, 높은 곳에서 '에잇!'하고 뛰어내릴 때와 같은 용기를 내야 했다'는 서경식의 진술은 조선인들에 대한 일본 사회의 차별과 폭력이 어느 정도로 심했던가를 웅변으로 증명하고 있다. 민족적인 위계에 의한 차별 및 폭력의 반복과 그로 인한 자기 검열의 상황이 반복되는 과정에서 자발적으로 자신들의 민족적인 정체성을 부정해야만 했던 경험은 서경식이라는 한 개인의 예외적인 상황만은 아니었다. 서경식의 진술과 고백이 전해주는 해방 이후의 상황도 저러했을진대, 김사량이 일본에 체류하면서 창작 활동에 전념하던 30년대 말과 40년대 초 일제의 천황제 파시즘의 광기가 일본과 식민지 조선의 전역을 지배하던 상황에서 조선인들에 대한 차별과 혐오의 정도나 강도가 어떠했나 하는가는 강 건너 불을 보듯 환하다. 이러한 맥락에서 「빛 속으로」나 「호랑이 수염」에서 주요한 모티프로 기능하는 하숙을 구하는 문제나 호칭의 문제들은 김사량의 실제 체험이 직·간접적으로 반영된 작품임을 짐작하기란 그리 어렵지 않다. 그 연장선에서 이 두 작품의 서사 주체로 기능하는 '나'를 김사량의 작가적 분신이나

---

15   서경식, 『고통과 기억의 연대는 가능한가?』, 철수와영희, 2009, 44-45면.

대리적 자아로 해석[16]하는 것은 충분한 근거를 지닌다.

"1940년에 발표된 작품 가운데 유일하게 1인칭 시점의 작품"[17]인 「빛 속으로」는 김사량의 다른 대부분의 소설들처럼 자신의 체험적인 요소가 짙게 투영된 작품이다. 동경 제대에서의 김사량의 다양한 체험과 그에 대한 심리적 반응들이 이 작품의 서사 원천[18]으로 기능하고 있기 때문이다. 실제로 작품에 등장하는 공간적인 배경이나 지명, 서사 주체로 기능하는 남선생의 지위와 하는 일, S협회, 두 달여 동안의 M서에서의 구류 생활, 어머니 모임 등의 서사 정보들로 미루어 짐작할 때 그러한 판단은 충분한 설득력을 지닌다.

구체적으로 이 작품은 '식민주의의 욕망'과 '민족주의적 지향' 사이에서 갈등하고 고민하다 민족주의적 주체로 나아가는 과정에서 김사량이 겪었을 내면의 분열과 정체성의 혼란을 형상화하고 있다. 이와 관련하여 결정적인 심급으로 기능하는 요소는 '미나미'와 '남'이라는 씨와 성명이다. 미나미와 남은 단순히 가치중립적인 기호로서의 일본의 '씨'와 조선의 '성'을 가리키는 표지가 아니다. 그것은 이 작품에서 제국과 식민지, 식민주의의 욕망과 민족주의적 지향 사이에서 끊임없이 동요하고 고뇌하는 나(김사량)의 분열증적 욕망을 압축적으로 표상하는 장치로 기능한다.

그러고 보니 나는 이 협회에서는 어느새 미나미 선생으로 통했다. **내 성씨는 알다시피 남(南)이라고 읽어야 했지만 이런저런 이유로 일본 성씨처럼**

---

16 이에 대해서는 정백수, 『한국 근대의 식민지 체험과 이중언어 문학』, 아세아문화사, 2000, 323면 참조.
17 곽형덕, 「김사량의 동경제국대학 시절」, 김재용·곽형덕 편역, 『김사량, 작품과 연구 1』, 역락, 2008, 401면.
18 이에 대한 구체적인 논의에 대해서는 위의 글, 401-405면 참조.

불리고 있었다……나는 처음에 그런 호명 방식이 매우 마음에 걸렸지만 나중에는 천진난만한 아이들과 놀기 위해서 그편이 오히려 좋을지도 모르겠다고 생각했다. 그렇기 때문에 위선을 떠는 것도 아니고 또한 비굴한 것도 아니라고 자신에게 몇 번이고 타일렀다. 또한, 말할 필요도 없이 아동부 안에 조선 아이라도 있었다면 나는 일부러라도 자신을 '남'이라고 불러달라고 주장했을 것이라고 스스로에게 변명도 했다. 조선 성씨로 불리게 되면 조선 아이들에게도 또한 내지 아이들에게도 나쁜 영향을 끼칠 것임이 틀림없다고. (「빛속으로」, 『김사량, 작품과 연구 3』, 역락, 2013, 14-15면)

"왜인지, 저는 그것을 묻고 싶습니다. 저는 선생님의 눈과 턱뼈, 콧날을 보고, 분명히 조선인임이 틀림없다고 생각했습니다. 하지만 선생님은 그러한 내색은 전혀 하지 않는 것처럼 보였습니다…." 예컨대 내가 조선 사람이라고 한다면 저런 아이들이 제게 갖는 감정 중에는 애정 이외에 호기심이라고 해야 할지, 아무튼 일종의 다른 것이 앞선다고 봅니다. 그건 선생으로서는 무엇보다 쓸쓸한 일입니다. 아니 오히려 무서운 것임이 틀림없지요. **그렇다고 해서 나는 자신이 조선임임을 감추려고 한 것은 아닙니다. 다만 여러분이 그런 식으로 저를 불러준 것입니다. 나 또한 새삼스럽게 조선인이라고 말하고 다닐 필요를 느끼지 못했을 뿐입니다.** 하지만 학생에게 그런 인상을 조금이라도 줬다고 한다면, 나는 뭐라고 변명을 해야 할지 알 수 없습니다. (「빛속으로」, 16-17면)

제국과 식민지의 접경 지대에서 경계인의 분열증적 욕망으로 고뇌하고 갈등하는 나에게 '남'과 '미나미' 가운데 어느 것을 선택하는가 하는 문제는 그것을 둘러싸고서 벌어지는 '정체성의 투쟁'이나 '이름의 정치학'과 관련해서 대단히 중요한 의미를 지닌다. 이와 관련하여 조선인인 나가 조선의 성인 남으로 호명당하지 않고 일본의 씨인 미나미로 호명당하는 것에 대해 변호하는 나의 태도는 충분히 주목할 필요가 있다. 문면에서 보는 바와 같이 미나미로 호명당하는 것을 수수방관하는 태도에 대해 나는 필요 이상으로 장황하면서도 방어적인 논리로 변호하고 있기 때문이다. 왜 이렇게 필요 이상으로 장황하면서도 방어적인가? 그것은 무엇인가 나의 무의식의 심연 저 깊숙한 곳에 떳떳하게 드러내놓을 수 없는 욕망이 억압의 형태로 잠복되어 있기 때문이다. 그 욕망은 다름 아닌 조선인으로서의 민족적인 정체성을 부정하거나 부인하고 일본인으로서 행세하고 싶은 식민주의의 욕망이었을 것이다.

　1932년 가을 평양을 떠나 식민지 종주국인 일본에서 유학생의 신분으로 생활하는 과정에서 식민지 조선인으로서의 민족적인 정체성을 가장 민감하게 의식하게 만들었던 것은 김사량이라는 조선 이름이었다. 외모나 체격 등에서 큰 차이가 드러나지 않는 이질적인 타자로서의 조선인의 정체성을 가장 분명하게 드러내게 하는 외형적인 표지는 이름이었기 때문이다. 실제로 "일본에서 재일 조선인 중에, 저나 여기 재일 조선인 출신 참석자이신 림 선생님처럼 조선 이름을 그냥 쓰고 있는 사람은 5%도 안 되지요. 그런 상황이니까 그것이 바로 차별이에요. 일본 이름을 쓰는 사람들이 차별을 겪은 적이 없다는 것은 당연한 일이지요.[19]"라는 서경식의 고백은 재일 조선인들이 이름으로 인해 일본에서 받은 차별과 소외의 강도와 정도가 어느 정도였는가를 생생하게 증언한다. 실제로 내선일체의 완성이자 최종 결정판으로서 창씨개명 정책을 시행하기 이전부터 재일 조선인들 가운데는 "정치적인 이유에서 조선인이라는 것을 감추고자 하는 경우, 일본 사회로부터 차별을 받는 것을 피하기 위해 '자발적'으로 일본명을 사용하는 경우, 일본의 공장, 회사, 노무자 합숙소 등에 고용된 조선인이 일본인 경영자나 감독으로부터 불리기 쉬운

19　서경식, 앞의 책, 46면.

이름을 적당히 붙이는 경우"[20] 등의 다양한 이유로 자발적으로 일본인 이름을 사용하면서 자신의 민족적 정체성을 부정하거나 은폐하는 조선인들이 존재했던 것은 사실이다.

그러한 사정은 「빈대여, 안녕」이라는 산문에서 고백하고 있는 바와 같이 동경 제대 유학생의 신분이라고는 하지만 김사량이라고 크게 다르지 않았다. 짐작건대, 일본인과는 다른 '김사량'이라는 조선의 이름은 끊임없이 타자화되는 과정에서 차별과 배제로 이어졌을 것이고 그러한 차별과 배제로 인한 울분과 비애는 김사량이 내면에 무시로 출몰했을 것이다. 이러한 상황이 반복되는 과정에서 김사량의 무의식에는 "차이를 지렛대 삼아 차별에 의해 묻힌 자기를 발굴"[21]해나가기보다는 순간적으로 현실과의 타협을 통해 조선인으로서의 민족적 정체성을 부정하거나 부인하고 싶은 내밀한 욕망이 준동하고 있었을 것이다. 그러던 차에 동경제대 졸업 이후 장혁주의 소개장을 가지고 찾아간 야스다카 도쿠조의 후원 아래 『문예수도』의 동인으로 참가하면서 일본 문단에 자신의 이름을 알리고자 하는 입신양명의 인정욕망은 그러한 내밀한 욕망을 더욱 강하게 만들었을 수도 있다. 실제로 조선의 생활과 감정을 보다 더 많은 일본인 독자들에게 알리는 한편 내선 간의 융화나 교류에 도움을 주고자 한다는 내지어 창작의 동기나 "어찌됐든 동아의 결속이라는 것이 강하게 요구되고 있고, 또한 내선일체라는 것이 정치적으로도 도덕적으로도 통절하게 필요해진 오늘날"[22]과 같은, 식민주의에 동조하는 발언을 보더라도 김사량의 무의식에 준동하고 있었을 그러한 인정욕망의 존재는

20 미즈노 나오키, 정선태 옮김, 『창씨개명』, 산처럼, 2008, 262-263면.
21 정영혜, 후지이 다케시 역, 앞의 책, 51면.
22 김사량, 「조선인과 반도인」, 김재용·곽형덕 편역, 『김사량, 작품과 연구 2』, 역락, 2009, 191면.

부정하기 어려울 것으로 보인다.

그러나 문제는 「빛 속으로」를 통해 일본 문단에 등단한 이후 작가로서 자신이 나아가야 할 길을 "조선어와 조선문학의 기초를 만드는 괴테"[23], "조선어를 통일하고 순화하여 조선문학을 대성시킬 수 있는 위대한 괴테"[24]에서 모색할 정도로 시종일관 민족주의적 지향을 실천하고자 했던 김사량에게 그러한 욕망이 준동하는 것은 자신의 실존의 근거를 근저에서부터 뒤흔드는 혼란스러운 경험이었다. 조선의 성인 남 대신 일본인 씨인 미나미로 호명당하는 것에 소극적으로 방관하는 이유에 대한 이 군의 해명 요청에 지나치다 싶을 정도로 장황한 둔사나 어쭙잖은 변명이나 변호로 일관하는 것은 그러한 맥락에서이다. 한마디로 그러한 변호는 자신의 평소 지향인 민족주의적 실천과는 대척에 놓인 식민주의적 욕망을 방어하기 위한 방어 기제이자 전략이기 때문이다. 이와 관련하여 어머니와 롱잉쭝에게 보낸 서신은 중요한 참고 자료로 기능한다.

① 사랑하옵는 어머니

역시 제 소설 「빛 속으로」는 아쿠타가와상 후보작으로 문예춘추에 실려 있었습니다……제가 산 오사카아사히에 그 잡지 광고가 실려 있었습니다. 저는 역시 그 광고를 일종의 흥분과 긴장 속에 펼쳐보고, 과연 내 소설도 실려 있다고 마음속으로 외쳤습니다. 제 소설 광고 색인 아래에는, 사토 하루오라고 하는 작가의 비평으로 "사소설 가운데 민족의 비통한 운명을 충분히 짜낸 작품"이라는 식의 글이, 괄호 속에 들어있었습니다.

"이것으로 된 것인가. 이것으로 된 것인가."

---

23 김사량, 「조선문학 풍월록」, 곽형덕, 앞의 책, 463면.
24 김사량, 「조선문화통신」, 곽형덕, 앞의 책, 531면.

저는 자신에게 말했습니다……

사랑하옵는 어머니, 저는 생각했던 겁니다. 정말로 제가 사토 하루오씨가 말하고 있는 것을 쓴 것인지, 무언가 저는 일개 소설을 쓴 것이 아니라, 무언가 커다란, 큼직한 야단법석 가운데 스프링에 튕겨져서 튀어나간 것처럼 가슴이 답답해 오는 것을 느꼈습니다. 적어도 그 순간 그렇게 쓸데없는 걱정을 했던 것입니다. 저는 본래 자신의 작품이면서도, 「빛 속으로」는 마음이 후련하지 않은 무언가가 있었습니다. 거짓말이다. 아직도 나는 거짓을 말하고 있는 것이라고, 쓸 때조차 저는 자신에게 말하고 있었던 것입니다. 나중에 그 점에 대해서 선배와 친구들에게 여러모로 지적을 받았습니다. 저는 입을 다물고 있을 수밖에 없었습니다.[25]

②「빛 속으로」에 대한 귀형의 비평은 최고라고 생각합니다. 저도 언젠가 그 작품을 개정할 수 있을 때가 오기를 마음 속으로 기다리고 있습니다. 좋아하는 작품은 아닙니다. 역시 내지인 취향입니다. 저도 확실히 알고 있습니다. 그것을 너무나도 잘 알고 있기 때문에 두렵습니다.[26]

①은 아쿠다카와 상 시상식에 참석하기 위해 동경으로 떠나는 여로에서 느낀 소회나 단상들을 어머니에게 보내는 서신이고 ②는 "「빛 속으로」가 피식민지인들이 직면하고 있는 민족차별 문제를 온전한 피식민지인의 시선으로 쓴 것이 아니라고 비판"[27]했을 것으로 추정되는 대만 출신의 일본어 작가인 롱잉쭝에게 보내는 답신이다. 두 개의 서신에 공통적으로 나타나는 지배적인 정조는 과거 회귀적이면서도 소극적인 정서이다. 특히 어머니에게

25   김사량, 「어머님께 드리는 편지」, 김재용·곽형덕 편, 『김사량, 작품과 연구 4』, 역락, 2014, 399-401면.
26   김사량, 「김사량이 롱잉쭝에게 보낸 서간」, 위의 책, 410면.
27   곽형덕, 앞의 책, 171면.

보내는 서신에서는 비록 사무가와 고타로의 「밀렵자」에 밀려 수상작의 영예는 누리지 못하고 후보작에 머무르기는 했지만 본인이 그토록 갈망했던 일본 문단에 본격적으로 등단하여 입신양명의 기회를 얻게 되는 시상식에 참석하는 신인에게 당연히 예상되는 들뜬 기분이나 포부 등은 드러나지 않고 있다. 대신 선명하게 드러나는 것은 작품의 미진한 부분에 대한 후회막급의 자책이나 회한의 정서 등이다. 더욱이 두 서신을 통해 김사량은 '자신의 「빛 속으로」에는 무엇인가 후련하지 않은 거짓말이 있으며 기회가 주어지면 반드시 개작하겠노'라는 다짐을 밝히고 있다. 그렇다면 자신의 마음 한 구석을 착잡하게 만드는 거짓말은 무엇인가? 그것은 다름 아닌 미나미라는 일본의 씨명을 통해서 드러나는 자신의 식민주의의 욕망을 가차 없이 폭로하지 못한 것에 대한 자책과 부끄러움 때문이었다.

이와 같이 식민주의적 욕망을 표상하는 미나미와 민족주의적 지향을 표상하는 남 사이에서 갈등하고 분열하던 나가 남을 선택하는 과정에서 결정적인 계기를 자극하는 것은 야마다 하루오와의 인연이다. 나가 시민교육부의 영어 교사로 일하는 협회의 아동부 원생인 야마다 하루오는 '다른 아이들 무리에 들어가려고 하지도 않고 항상 그 주위를 맴돌기만 하는 참으로 알 수 없는 아이'(12면), '정말로 이상한 아이'(23면)로 또래 아동들과 잘 어울리지 못하는 소심한 성격에다 공격적인 성향을 보이는 소년이다. 또한 하루오는 "조센진 따위 내 엄마가 아니야, 말도 안 돼 안 돼.", "난 조센진이 아니라고 난, 조센진이 아니라고요....그렇죠 선생님."(24면) 등의 절규에서 확인할 수 있는 바와 같이 조선인 일반에 대한 무차별적인 혐오와 차별을 수시로 분출하는 독특한 소년이기도 하다. 이러한 하루오에 대해 애정과 관심을 가지고 지속적으로 관찰하는 과정에서 나는 하루오의 그러한 이상 성격과 공격적인 행동이 실은 조선인에 대한 일본인들의 차별과 혐오로 인한 방어기제에서 비롯된 것이라는 사실을 인식하게 된다. 그 구체적인 계기는 이 군을 통해서 알게 된 하루오 집안의 가계이다.

협회에 나오는 이 군을 통해서 나는 하루오 소년의 집안이 할아버지 때부터 내선결혼의 가계를 이어온 집안이라는 사실을 알게 된다. 그 사실의 연장선에서 나는 하루오의 아버지인 한베의 가정폭력과 학대가 조선인에 대한 차별과 혐오로 인한 자존감의 결여 및 불안에서 기인한다는 사실 또한 알게 된다. 구체적으로 한베의 가정 폭력과 학대는 내지에서 받은 차별이나 폭력으로 인해 내면에 축적된 불안이나 분노와 같은 부정적인 감정을 자신보다 약자인 부인이나 하루오를 통해 해소하고자 하는 왜곡된 심리에서 분출된 것이라는 사실을 이해하게 된다. 하루오의 무차별적인 조선인 혐오와 자기부정 또한 그러한 차별이나 폭력의 이양에서 기인한 것임을 이해한다. 그러한 이해는 동일시적 투사를 통해 나의 식민주의적 욕망에 대한 통렬한 반성과 성찰로 이러지고 나아가 민족주의적 지향을 실천하는 결정적인 계기로 작용한다.

> **하지만 나는 너무나 간단히 비열한 마음을 품은 채 바닥에 엎드려 있었던 것은 아닐까. 이번에는 나 자신을 책망했다.** 넌 순진무구한 어린아이들과 조금이라도 거리를 두고싶지 않기 위해서라고 했다. **하지만 결국 오뎅집에서 보았던 자신을 끊임없이 감추려고 하던 조선인과 내가 무엇이 다르단 말이냐!** 나는 이 군에게 마치 항변이라도 하는 것처럼 소리를 질러 그를 멈추게 하려 했었다. 그러면 내가 이 군에게 한 것 또한 일시적인 감정이든 격정이든 "나는 조센진이다. 조센진이라고" 하며 아우성치던 오뎅집 사내와 뭐가 그렇게 다르단 말이야. **또한 그것은 자신은 조센진이 아니라고 소리쳐대는 야마다 하루오와 비교해 봐도 본질적인 부분에서 아무런 차이점도 없는 것이 아니냐.** (「빛 속으로」, 32면)

"선생님, 난 선생님 이름을 알고 있어요."

"정말?" 나는 멋쩍음을 감추려고 웃었다. "말해보렴."

"남(南) 선생님이죠?" 그렇게 말하자마자 하루오는 자신의 겨드랑이에 끼고 있던 겉옷을 내 손에 던지고 즐거워하며 돌계단을 혼자서 뛰어 내려가는 것이었다.

나도 "휴유"하고 구제받은 듯한 가벼운 발걸음으로 쓰러지기라도 할 것처럼 발소리를 내며 하루오의 뒤를 쫓아 내려갔다. (「빛 속으로」, 53면)

하루오 소년과의 교감과 우정을 통해 나는 조선인의 혈통에 대한 하루오의 자기 부정과 식민지적 무의식[28]이 내선결혼의 가정에서 태어나 성장하는 과정에서 강요당한 고립과 소외에 그 기원이 있음을 인식하게 된다. 그 연장선에서 나는 조선의 호칭인 남으로 불리지 않고 일본의 호칭인 미나미로 불리는 현실에 대해 소극적으로 방관하는 나의 태도에 내재된 민족주의적 욕망이 일본인 행세를 하면서 조선인 일반을 혐오하고 차별하는 하루오 소년의 허위의식의 거울상임을 아프게 자각한다. 따라서 "나의 이름이 남으로 불리는 세계 안에서 나와 하루오가 서로 화해"[29]하는 이 마지막 장면을 나와 하루오 두 사람이 "조선인·조선어라는 공동체의 내부적 가치에서 자신들의 핏줄과 이름의 동일성을 확인하고 있다는 것을 의미"[30]하는 것으로 해석하는 것은 충분한 설득력이 있다. 그러한 통렬한 성찰과 자각은 '이 땅에서 조선인이라는 것을 의식할 때마다 언제나 무의식의 차원에서 반사적으로 대응해야만 했던 '무장'이나 '진흙탕과도 같은 연극'(32면)으로부터 벗어나는 결정적인

---

28 식민지적 무의식과 식민주의적 의식에 대해서는 고모리 요이치, 송태욱 옮김, 『포스트콜로니얼』, 삼인, 2002, 28-41면 참조.

29 정백수, 앞의 책, 328면.

30 위의 책.

계기로 작용한다. 그 이후 나는 민족주의적 지향과 식민주의적 욕망 사이에
서 동요하고 고뇌하던 경계인의 실존에서 해방되어 민족주의적 지향을 선택
하게 된다. 이러한 나의 선택과 결단은 제국과 식민지, 내지어와 조선어, 민족
주의적 실천과 식민주의의 욕망 사이에서 흔들리고 동요하던 경계인의 실존
을 청산 극복하고 민족주의적 지향을 실천하고자 하는 김사량의 결단과 다짐
을 의미한다. 그러한 결단과 다짐이 바로 '빛 속으로'라는 제목을 통해 김사
량이 드러내고자 했던 상징적인 함의이자 표상이라고 할 수 있다. 「빛 속으
로」를 통해서 드러난 김사량의 민족주의적 지향과 실천에 대한 결단과 다짐
은 창씨개명 정책을 둘러싼 '이름의 정치학'의 드라마가 서사의 전면에 전경
화되는 「호랑이 수염」에서는 보다 더 선명한 형태로 드러난다.

2.2. 패러디적 전유를 통한 민족주의적 지향의 실천

『와카쿠사』에 발표한 「호랑이 수염」(1941.5)은 「빛 속으로」의 연장선에서
이야기할 수 있는 작품이다. 그 정도로 두 작품 사이의 서사적 친연성과 친족
성은 높은 수준을 공유하고 있다. 동경 제대 시절 학교 주변인 혼고 모리카와
초에서 하숙을 구하는 과정에서 김시창이라는 조선 이름 때문에 겪었을 차별
과 소외 체험이 짙게 투영된 이 작품에서도 「빛 속으로」에서와 마찬가지로
이름의 정치학이 서사의 핵심 모티프로 기능하고 있기 때문이다. 차이가 있다
면 「호랑이 수염」에서의 이름의 정치학을 둘러싼 정체성의 투쟁 양상이 훨씬
더 직접적이고 전방위적이라는 점이다. 그러한 차이는 이 작품이 발표되기
한 해 전에 전면적으로 시행(1940.2)된 창씨개명 정책 때문이라고 생각한다.
　궁극적으로 「호랑이 수염」은 두 민족 사이에 존재하는 차이와 차별의 해
소를 통하여 완전히 하나의 민족으로 통합한다는 창씨개명을 통한 내선일체

정책이 얼마나 허구적이고 기만적인가를 풍자적으로 드러내기 위한 의도를 반영하고 있는 작품이다. 이 작품을 "내선일체론이 갖는 허구성을 우화적으로 드러내고 있다는 점에서 대단히 중요한 작품이다"[31]라는 평가가 설득력을 확보하는 것은 그러한 맥락에서이다. 그 맥락의 연장선에서 "그런 민감한 내용을 다루고 있어서인지 이 작품은 김사량의 일본어 작품집인 『고향』에 수록돼 있지 않다. 검열이 그 원인으로 보인다"[32]는 지적 또한 설득력이 있다.

창씨개명에 관한 두 개의 법령인 제령 제19호 '조선민사령 중 개정의 건'과 제령 제20호 '조선인의 씨명에 관한 건'이 공포된 1939년 11월 10일 이후 조선 각지에서 일본의 황기 2600년 기원절을 봉축하는 기념행사가 거행된 1940년 2월 11일 시행된 창씨개명 제도는 단순히 조선인의 이름을 일본식으로 바꾸는 문제가 아니었다. 그것은 본질적으로 부계혈통 중심의 조선의 전통적인 가족제도를 해체한 후 만세일계의 천황을 정점으로 하는 일본의 가족제도에 강제로 편입시키는 것이었다. 이를 통해 일제가 궁극적으로 노린 정책 목표는 표면적인 명분과는 달리 태평양 전쟁을 목전에 둔 상황에서 식민지 조선의 청년들을 전쟁에 동원하기 위해 1942년 5월 각의에서 결정한 징병제 시행을 겨냥한 것이었다. 한마디로 창씨개명[33]은 내선일체를 통한 황민화 정책의 최종 결정판이었다.

대부분의 식민지 조선의 지식인들은 창씨개명이야말로 완전한 내선일체의 실현이라는 일제 식민 당국의 주장이 얼마나 허구적이고 기만적인가를 잘 알고 있었을 것이다. 더욱이 조선인에 대한 차별과 혐오가 훨씬 더 심했을

---

31 곽형덕, 앞의 책, 111면.
32 위의 책, 100면.
33 창씨개명의 구체적인 논의에 대해서는 정운현 편역, 『창씨개명』, 학민사, 1994 및 미즈노 나오키, 정선태 옮김, 『창씨개명』, 산처럼, 2008 참조.

일본 현장에서 유학 생활을 하고 있었던 김사량은 창씨개명의 허구나 기만성에 대해 훨씬 더 생생하게 느꼈을 것이다. 하지만 그것을 드러내놓고 주장할수 없었다. 본격적인 전시체제가 정점을 향해 치닫던 당시 체제가 강요하는 방향과는 다른 주장을 펼치는 행위는 목숨을 담보로 해야 할 정도의 모험이었기 때문이다. 창씨개명 정책의 외설적 이면에 도사린 일본의 위선적인 본질을 간파하기는 했으나 그것을 공개적으로 드러낼 수 없는 아포리아의 상황. 그러한 상황에서 김사량이 현실적으로 선택할 수 있는 방법은 무엇이었을까? 그것은 다름 아닌, "마치 일그러지는 거울처럼 지배자의 정체성을 분열시키고 자신이 거부하는 타자성에 의존하여 자신의 현존을 재천명하게 만드는 모방에 의한 피지배자의 불완전한 동일성"[34]의 전략을 동원하여 일제의 동화 의도를 내파하는 것이었다. 「호랑이 수염」 또한 그러한 의도를 충실하게 반영하고 있다. 구체적으로 이 작품은 창씨개명을 통한 내선일체 정책의 허구성을 효과적으로 드러내기 위한 담론 장치로 "비켜놓기나 조소라는 패러디를 통해 자신들을 표현할 가능성이 있음을 보여준 부적절한 모방"[35] 전략을 구사한다.

창씨개명을 통한 내선일체 정책의 허구와 기만성을 효과적으로 드러내기 위한 풍자와 냉소의 부적절한 모방 전략은 두 가지 차원에서 드러난다. 하나는 패러디적 거리와 차이를 통해 창씨개명 정책의 본질과 핵심을 전유하는 전략이다. 다른 하나는 창씨개명을 통한 내선일체 정책을 적극적으로 수행하는 조선인 주체로 주정뱅이 ×노인을 설정하는 전략이다. 먼저 패러디적 차이를 통한 전유의 전략부터 살펴보도록 하자.

---

34   바트 무어-길버트, 이경원 역, 『탈식민주의! 저항에서 유희로』, 한길사, 2001, 284면.
35   고모리 요이치, 송태욱 옮김, 앞의 책, 47-48면.

① 하지만 내 석자 이름의 화(禍)라는 녀석은 좀처럼 나를 가만히 내버려두지 않았다. 결국 사흘째 되는 날, 이 노파가 내 김사효는 '카나시 고(孝)가 아니라, '긴 시고(史孝)'라는 것을 알아챘다. 이 매정한 할망구는 어째서 이름을 속였느냐고 따지고 들었다. 나는 아무것도 속이지 않았다, 어처구니없게 당신이 틀리게 읽던 것을 제대로 정정하려고 하지 않았다고 말했다. (「호랑이 수염」, 343면)

② "어허, 그건 또 무슨 연유이신지. 그 점은 본래 취지와 다르지 않습니까? 이번에 시행된 것은 조선인도 진정한 일본인이 될 수 있다는 것으로, 누구나 성씨를 바꿀 수 있게 한 한 것이 아닙니까? 즉 일본인도 조선인도 평등하게 한다는 안목에서 시작된 것이 아니냔 말입니다. 그러니까 성씨를 아무렇게나 써도 된단 말이지요."

"허나, 그건 틀리구만." 하고, 노인은 매우 장엄한 표정을 하고 혀를 찼다. "요즘 어중이떠중이 모두 내지인 이름을 붙일 수 있어서, 쌍놈들까지가 모두 명문가의 씨명을 붙이게 된다고 치세. 그럼 양반과 쌍놈을 구별할 수 없게 된단 말이야. 이 사람아. 그거야말로 큰일이지. 그렇게 되면 어찌한단 말인가! 그러니 조선 명문가 집안은 합쳐 스물다섯 정도로 해서, 그 집안에만 명문가의 성씨를 붙일 수 있게 해야 하네. 그래서 내지의 양반들과 평등하게 대우해 주고, 그 밖 쌍놈들에게는 내지 쌍놈들 씨명을 붙이게 하면 되겠구먼. 이 몸은 이 일로 요즘 밤에도 마음 놓고 잠을 잘 수 없어. (「호랑이 수염」, 347면)

①은 나가 처음 하숙을 구하는 과정에서 하숙의 주인 노파가 김사효라는 나의 조선 이름을 일본 이름인 '카나시 고'로 잘못 알고서 하숙을 들였다가 '긴 시고'라는 조선 사람이라는 것을 알고서 항의하는 장면이다. 앞서 말한 바와 같이 창씨개명 정책의 본질은 단순히 조선인의 '성명'을 일본식의 '씨명'으로 바꾸는 문제는 아니었다. 그것의 본질은 "조선적인 가족제도, 특히

부계혈통에 기초한 종족집단의 힘을 약화하고, 일본적인 이에 제도를 도입하여 천황에 대한 충성심을 심는 것이었다."[36] 그런데 이 작품을 통해 김사량은 풍자적인 전유를 통해 단순히 이름을 바꾸는 문제로 그 본질을 축소해서 패러디하고 있다. 그러한 패러디적 전유를 통해 김사량은 창씨개명 정책을 통해 조선인의 민족성을 소거하거나 해체하고자 하는 일제 식민 당국의 의도가 별다른 저항을 받지 않고 쉽게 관철되기는 어려울 것이라는 민족주의적 지향을 적극적으로 드러내고 있다. 김사량의 이러한 의도는 실제로 김사량이 조규식에게 했다는 "조선총독부 관리가 나한테 창씨개명을 하라고 하지 뭔가. 몇 번이고 집요하게 권하는 통에 좋소. 그럼 합시다……그래서 金史良긴시료를 金史 良가네시 료로 하겠다고 했지. 그러자 관리가 어리둥절해 하더니 입을 다물고 돌아가 버렸네"[37]라는 일화를 통해서도 선명하게 증거한다.

②는 창씨개명 정책에 대한 서로의 생각을 주고받는 과정에서 당시의 역사적인 사실과는 다른 주장을 펼치는 ×노인의 뒤틀린 선민의식을 보여주는 장면이다. 일제 식민 당국이 완전한 동화를 목적으로 의욕적으로 추진한 창씨개명 정책이 거침없이 일사천리로 진행된 것이 아니었음은 주지의 사실이다. 그 과정에는 숱한 우여와 곡절이 있었다. 창씨개명 정책의 실질적인 목적을 조선의 전통적인 종족집단의 약화에 두고 있었던 일제의 식민 당국은 일본식의 씨명으로 바꾸도록 독려했음에도 불구하고 무한대의 자유를 허용했던 것은 아니었다. 여러 가지 제한이 뒤따를 수밖에 없었다. 그 중에서도 가장 대표적인 제한은 "천황과 연고가 깊은 씨나 명은 고귀하기 때문에 조선인이 사용해서는 절대로 안 된다"[38] 등과 같은 조항이었다. 그러한 제한 조항

---

36 미즈노 나오키, 정선태 옮김, 앞의 책, 76면.

37 곽형덕, 109면.

38 미즈노 나오키, 정선태 옮김, 앞의 책, 70면.

을 통해 일제의 식민 당국은 조선에 대한 일본 우위의 민족적인 위계와 차별 구조를 계속 유지하고자 했다. 그런데 "요즘 어중이떠중이 모두 내지인 이름을 붙일 수 있어서, 쌍놈들까지가 모두 명문가의 씨명을 붙이게 된다고 치세. 그럼 양반과 쌍놈을 구별할 수 없게 된단 말이야. 이 사람아. 그거야말로 큰일이지. 그렇게 되면 어찌한단 말인가!"라는 호소에서 보는 바와 같이, ×노인은 패러디적 전유를 통해 조선에 대한 일본 우위의 민족적인 위계와 차별을 조선의 상놈에 대한 양반의 계급적 우위와 차별로 바꾸어놓고 있다. 이러한 패러디적 전유를 통해 김사량은 일본과 조선의 차이와 차별을 완전히 해소한다는 창씨개명을 통한 내선일체 정책이 얼마나 허구적이고 기만적인 이데올로기에 불과한 것인가를 통렬하게 심문하고 있다.

한편 창씨개명을 통한 내선일체 정책의 실천에 적극적으로 나서는 인물을 주정뱅이 ×노인으로 내세우고 있는 설정 또한 그 정책의 이데올로기적 허구성과 기만성을 풍자하고 심문하는 데 기여하고 있다.

> 그런데 해 질녘 돌아오니 이번에는 내 명함 위에 ×라고 하는 노인의 새로운 명함을 먹으로 쓴 문패가 걸려 있는 것이 아닌가. **어처구니없다고 생각하며 나는 현관으로 들어가 봤다. 그러자 이번에는 고주망태가 된 ×노인이 노파 방 침상 위에 대자로 쓰러져 발을 공중으로 향하고 허우적거리면서, 일전의 시를 읊고 있었다. 그런데 노인은 흰 조선 옷을 완전히 와후쿠**(和服, 일본옷)**로 갈아입고 있었다. 이렇게 노파의 망부는 완전히 노파의 곁으로 돌아왔다.**
> (「호랑이 수염」, 350면)

창씨개명 정책은 근본적으로 조선의 전통적인 가족제도를 해체하는 문제였다. 그 작업을 통해 일제가 의도한 궁극적인 목적은 식민지배와 전쟁수행을 원활하게 하고자 한 것이었다. 결코 단순한 문제가 될 수 없었고 되어서도 안 되었다. 친일파의 거두로 평가받는 윤치호 일가의 창씨개명 과정[39]이나 일제 말기 대표적인 민족시인으로 평가받고 있는 "윤동주가 유학에 필요한 도항증명서를 받기 위해 히라누마 도주(平沼東柱)라는 이름"[40]으로 개명한 역사적 사실이 그것을 증거하는 바다.

이와 같이 창씨개명 문제는 그것을 둘러싼 "식민지 지배층 내부의 균열, 조선총독부 내부의 갈등, 일본인과 조선인 사이의 갈등 등등 다양한 층위의 문제"[41]들이 중층적으로 얽히고설킨 복잡다단한 문제였다. 그런데 문면에서 보는 바와 같이 이 작품에서는 그렇게도 중요하고 복잡한 창씨개명을 적극적으로 수행하고자 하는 조선인 주체를 자신의 몸 하나도 제대로 건사하지 못하는 데다 정신마저도 온전하지 않은 주정뱅이 x노인으로 설정하고 있다. 이러한 설정을 통하여 김사량은 당시 일제 식민 당국이 무리하게 추진한 창씨개명 정책이 얼마나 현실을 외면한, 따라서 의욕만 앞선 잘못된 정책이었는가를 통렬하게 풍자하고 심문하고 있다. 그런 점에서 "식민적 현존이란 이렇게 항상 양가적이다. 그것은 원형적이고 권위적인 외양 그리고 복제의 차이로서의 그것의 짝퉁 사이에서 분열되어 있다……식민→피식민으로 이어지는 권력의 소통 과정이 투명하거나 일방적이지 않다는 것이다. 식민 권력의 권위는 피식민자의 복잡한 모방과 복제에 의해 끊임없이 도전당한다"[42]는 바바의 지적은 정곡을 꿰는 통찰이 아닐 수 없다.

---

39 윤치호 일가의 창씨개명 과정에 대해서는 미즈노 나오키, 정선태 옮김, 앞의 책, 234-238면 참조.
40 미즈노 나오키, 정선태 옮김, 앞의 책, 321면.
41 위의 책.
42 오민석, 『현대문학이론의 길잡이』, 시인동네, 2017, 228면.

3. 나오는 글

이 글은 민족주의자로서의 김사량의 문학적 정체성을 탐색하고 천착해 보고자 하는 문제의식에서 출발하였다. 이러한 문제의식의 연장선에서 이 글은 텍스트의 무의식 층위에서 두 작품에 징후적으로 드러나는, 자신의 이름을 둘러싸고서 벌어지는 재일 조선인의 정체성 분열 및 투쟁을 통해 식민주의의 억압과 폭력성에 대한 김사량의 비판과 저항 의지를 밝혀내고자 하는 것을 목적으로 하였다. 이러한 문제의식과 목적을 논증하기 위해 집중적인 분석 대상으로 소환한 텍스트는 「빛 속으로」와 「호랑이 수염」 두 작품이었다. 구체적인 논의 과정을 요약 정리하는 것으로 결론을 삼고자 한다.

이 두 작품은 모두 김사량의 재일 체험을 서사의 기본 질료로, 그리고 '이름의 정치학'을 서사의 핵심 모티프로 동원하고 있다. 더불어 이 두 작품은 식민주의의 욕망과 민족주의적 지향의 충돌과 길항으로 인한 혼종적 주체의 균열이나 분열이 서사를 추동하는 동력으로 기능한다. 이를 통해 김사량은 일제 식민주의 정책 및 그를 떠받치는 식민주의 이데올로기의 허구성과 기만성을 선명하게 증거하고 있다.

한편 이 두 작품 사이에는 무시해서는 안 되는 중요한 차이 또한 존재한다. 무엇보다 먼저 「빛 속으로」에서는 민족주의적 지향을 선택하는 과정에서 감당해야만 했던 갈등과 비애의 정서가 서사의 중심 에토스로 기능하는 데 비해 창씨개명 정책이 시행된 이후에 발표된 「호랑이 수염」에서는 냉소와 풍자의 기운이 서사의 전면을 지배하고 있다. 따라서 제국과 식민지의 접경 지대에서 고뇌하는 경계인의 분열증적 욕망이 서사를 추동하는 「빛 속으로」에서와는 달리 「호랑이 수염」에서는 식민주의적 욕망으로부터 상대적으로 자유로운 나의 민족주의적 지향의 실천 의지가 서사를 추동하고 있다.

이 두 작품에 대한 논의를 토대로 추론할 때 김사량은 일본 문단에 자신의 이름을 본격적으로 알리게 되는 「빛 속으로」와 아쿠다카와 상 시상식 참석을 전후한 일들을 계기로 그 당시 자신을 유혹하던 제국의 식민주의적 욕망과 평소의 소신 및 다짐인 민족주의적 지향 사이에서 길항하고 갈등하던 경계인의 혼종적 분열에서 벗어난 것으로 보인다. 그 이후 민족주의적 지향과 실천 의지를 보다 더 선명하게 드러내는 방향으로 자신의 작가적 정체성을 정립해나간 것으로 보인다. 「호랑이 수염」은 그러한 자신의 변화를 대변하고 있는 것으로 보인다.

이러한 논의를 통해 이 글은 김사량의 문학적·작가적 정체성을 반식민주의에 기초한 민족주의적 지향과 실천 의지를 선명하게 드러내고자 고투한 문학과 작가로 규정했다. 이러한 맥락에서 천황제 파시즘의 광기가 식민지 조선의 전역을 지배하던 일제 말기에 발표된 『바다의 노래』에서 부분적으로 드러나고 있는 식민주의적 지향 또한 오로지 시국과 국책에 영합하는 창작만을 강요하던 백척간두 상황에서의 고투의 산물로 보는 것이 온당하다. 따라서 그러한 것을 근거로 김사량의 민족주의적 지향이나 실천 의지를 부정하거나 소극적으로 평가할 일은 그 당시의 시대적 역사적 맥락을 충분하게 고려하지 않은 평가일 것이다.

김사량의 소설에 나타난 민족주의적 지향
―「광명」을 중심으로―

1. 들어가는 글

이 글이 집중적인 분석 대상으로 소환하고자 하는 텍스트는 김사량의 「광명(光冥)」(『문학계』, 1941.2)이다. 왜 김사량의 「광명」인가? 다음과 같은 이유에서이다. 무엇보다 먼저 그 작품이 김사량은 물론이고 일제 말기 식민지 조선의 문학 지형에서 차지하는 비중이나 중요성에도 불구하고 이제까지 거의 연구가 되지 않은 작품이라는 점이다. 사정이 그러하다면 그 작품이 어떤 점 때문에 그러한 비중이나 중요성을 지닌다는 말인가?

잘 알려져 있다시피 김사량은 일제 말기 식민지 조선의 일본어 문학을 논의하는 자리에서 중핵적인 위상을 차지하는 작가이다. 그러한 위상을 차지하는 김사량의 본격적인 일본어 창작 활동은 1932년 도일 이후 장혁주의 소개로 알게 된 야스타카 도쿠조(1889-1971)가 편집 책임을 맡고 있던 『문예수도』 동인으로 참가(1939)[1]하면서부터 시작된다. 이후 동경제대 재학 중에 관여

---

1   김사량이 『문예수도』의 동인으로 참가하게 되는 과정에 대해서는 김계자, 「잡지 『문예수도』와 김사량의 문학」, 『근대 일본문단과 식민지 조선』, 역락, 2015 참조.

한 '조선예술좌' 활동이 문제가 되어 1942년 2월 강제 송환 형식으로 평양으로 귀환할 때까지 김사량은 소설 중심의 다양한 일본어 창작 활동을 전개[2]한다. 약 30여 편[3]에 이르는 김사량의 일본어 소설이 문제적인 이유는 식민지 종주국인 일본에서 제국의 언어로 창작 활동을 수행하면서도 그는 항상 민족적인 전망을 모색하고 천착하는 과제를 자신의 일관된 소설적 화두로 삼았다는 점이다.

김사량이 본격적인 일본어 창작 활동을 수행하던 무렵의 식민지 조선은 중일전쟁을 변곡점으로 모든 부문에서 시국에 대한 협력 이외의 다른 선택지는 거의 불가능한, 본격적인 전시동원체제의 논리가 강제되던 엄혹한 상황이었다. 그 시절은 다양한 이데올로기적 장치와 억압적인 국가기구를 동원한 국민화 기제가 전일적으로 지배하던 전체주의 시대이자 내선일체의 황국신민화론과 대동아공영권의 전쟁동원론을 축으로 하는 천황제 파시즘의 집단적인 광기가 그 정점을 향해 치닫던 야만의 시대였다. 또한 그 시기는 다양한 총후 담론과 군국담론이 창궐하던 군국주의 시대이자 시국에 적극 협력할 것을 강요하는 창작 지침이 구체적인 수준에서 하달되던 국민문학의 시대이기도 했다. 이러한 시기에 1936년 제 7대 식민지 조선의 총독으로 부임한 관동군 사령관 출신의 미나미 지로는 전시동원체제를 효율적으로 작동하기 위해 가혹한 동화정책을 추진한다. 그러한 동화정책의 최종 결정판이자 완성본이 바로 식민지 조선의 시정 목표로 추진한 '내선일체' 정책이었다.

이 글이 집중적인 분석 대상으로 소환하고자 하는 「광명」이 문제적인 것

---

2   이 시기 김사량의 구체적인 작품 연보에 대해서는 곽형덕, 『김사량과 일제 말 식민지문학』, 소명출판, 2017, 431-436면 참조.

3   이 편수는 김사량이 자신의 이름을 일본 문단에 알리게 되는 「빛 속으로」(『문예춘추』, 1940.3) 이후 해방 이전까지 발표한 작품 수이다. 이에 대한 구체적인 작품 연보에 대해서는 곽형덕, 앞의 책, 431-436면 참조.

은 "1940년 7월에 들어선 제2차 고노에 내각이 주도한 전면적이고 강력한 파시즘 지배체제"[4]인 신체제기에 발표한 이 작품을 통해 김사량은 내선일체 정책의 허구성과 기만성을 심문하고 증언하고자 하는 문제의식을 반영하고 있기 때문이다. 이러한 문제의식과 관련하여 이 작품의 서술자이자 초점인물로 기능하는 '나'는 결정적인 중요성을 지닌다. 김사량의 소설적 분신으로 추정되는 '나'를 매개로 김사량은 조선과 내지가 차별 없는 팔굉일우의 동등한 국민이라는 논리가 표면적인 명분에 불과할 뿐 내선일체의 본질은 조선의 인적·물적 자원을 총동원체제에 원활하게 동원하기 위한 이데올로기적 공세이자 기만적인 논리임을 우회적으로 증언하고 있기 때문이다.

이러한 중요성과 비중에도 불구하고 이 작품은 이제까지 김사량의 다른 작품들에 비해 별다른 비평적인 조명이나 주목을 받지 못한 채 행랑채의 서자 취급을 곱다시 받아왔다. "시대의 흐름을 반영하여 내선일체 정책에 협력적 제스처를 취한"[5] 작품이라는 이유 때문일 것이다. 하지만 이 작품을 내선일체 정책에 동조하거나 협력한 작품으로 해석하는 논의는 텍스트의 무의식을 그 심층에서 섬세하게 천착하지 못하고 있다는 점에서 재고를 요한다. 대부분의 일제 강점기 문학 텍스트들, 특히 식민 지배 권력의 검열과 간섭이 노골적으로 자행되던 중일전쟁 이후 총동원체제가 본격적으로 발효된 시기에 발표한 작품들에 대해서는 "텍스트의 구성적 비통일성"[6]을 조직 원리로 하는 텍스트의 무의식 독해가 대단히 중요한 의미를 지닌다. 당시 식민지 조선의 작가들이 발표한 대부분의 작품들 안에는 일제의 폭력적인

---

4 한수영, 「이태준과 신체제」, 문학과 사상연구회, 『이태준 문학의 재인식』, 소명출판, 2004, 197면.
5 김학동, 『재일조선인 문학과 민족』, 국학자료원, 2009, 88면.
6 테리 이글턴·매슈 보몬트, 문강형준 역, 『비평가의 임무』, 민음사, 2015, 228면.

'제국의 검열 체제'[7]를 통과하기 위해 고심하는 과정에서 "텍스트가 그 자신을 빠져나가서 그 자신과 동일하지 않은 방식으로 작동하는 통제의 결여"[8]인 텍스트의 무의식이 발생할 수밖에 없기 때문이다.

이 글의 집중적인 분석 텍스트로 소환되고 있는 「광명」 또한 마찬가지이다. 「빛 속으로」나 「풀숲 깊숙이」 등과 같은 김사량의 다른 작품들이 대체로 그러하듯이, 사회의 모든 분야와 부문을 전쟁 수행에 최적화된 형태로 재편성하는 총동원체제가 완비된 신체제 운동 직후에 발표된 이 작품 또한 텍스트의 무의식을 선명하게 내장하고 있기 때문이다. 따라서 이 작품의 진정한 의미를 제대로 해독하기 위해서는 텍스트의 표층만 평면적으로 읽어서는 안 되고 정치한 분석을 통해 텍스트 이면에 징후의 형태로 잠복되어 있는 텍스트의 무의식을 입체적으로 읽어내야만 한다. 구체적으로 이 작품이 발표된 당대의 사회 정치적인 맥락이나 담론 지형, 그리고 창작 주체인 김사량이 처한 존재론적 조건이나 내면 등 텍스트의 무의식 형성에 상호작용하는 다양한 요소들을 상호 텍스트적인 맥락에서 심층적으로 독해하는 읽기 작업이 요청된다. 구체적인 텍스트 분석을 통해서 드러나겠지만 '빛'과 '어두움'이라는 상호 대립적인 가치를 병치시킨 광명이라는 제목의 이 작품에는 '민족주의적 지향'과 '식민주의적 욕망'이 양가적으로 배치되어 있다. 따라서 작품 해독의 요체는 서로 충돌하는 이 두 지향과 욕망이 착종하고 공존하는 양가성을 어떻게 해석할 것인가 하는 문제이다.

이러한 논의와 관련하여 주목할 만한 글로는 김사량 문학의 소개와 연구에 선도적인 역할을 한 곽형덕의 「일제 말 재경조선인의 행방」[9]을 들 수

---

7   이 표현은 정근식 외 엮음, 『검열의 제국』, 푸른역사, 2016, 26면 참조.
8   테리 이글턴·매슈 보몬트, 문강형준 역, 앞의 책, 228면.
9   곽형덕, 앞의 책, 218-240면 참조.

있다. 이 글에서 곽형덕은 이 작품의 의미를 "표면적으로는 내선일체 정책을 직접적으로 비판하고 있는 소설이 아닌 것처럼 보이게 구성"[10]하고 있으나 그 본질은 "내선일체 정책에 함의된 '평등'한 내선 관계가 갖는 허구성을 폭로하기 위한"[11] 작품으로 해석하고 있다. 하지만 곽형덕의 그 글은 그러한 해석을 정치하게 뒷받침할 만한 섬세한 담론 분석은 소홀한 문제를 지니고 있다. 따라서 이 글은 텍스트 해석의 기본적인 틀에서는 곽형덕의 글과 궤를 같이 하면서도 그 글이 지니고 있는 문제는 넘어서고자 한다. 구체적으로 민족주의적 지향과 식민주의적 욕망의 착종과 혼종의 양상을 보이는 이 작품의 진정한 의도를 민족주의적 지향으로 읽어내고자 하는 독법에서는 곽형덕의 틀은 공유하면서 그 글이 소홀하게 처리하고 있는 텍스트의 섬세한 담론 분석에는 공을 들이고자 한다. 그 작업의 이론적 기초로 이 글이 차용하고 동원하고자 하는 이론은 호미 바바의 혼종성과 양가성 이론이다. 이 글의 연구 목적은 따라서 호미 바바의 양가성과 혼종성 이론에 기대어 「광명」이 「빛 속으로」 이후 김사량이 자신의 일관된 소설적 화두로 실천하고자 한 민족주의적 지향의 연장선에 있는 작품임을 밝혀내는 작업이 될 것이다.

2. 식민주의의 욕망과 민족주의적 지향의 양가성

1936년 8월 5일 식민지 조선의 제7 대 총독으로 부임한 이후 미나미 지로는 시정의 핵심 지표이자 통치 이념으로 '내선일체'를 내세운다. 1937년 중일 전쟁의 발발과 1938년의 국가총동원법의 조선 적용 공포 이후 식민지 조선

---

10   곽형덕, 앞의 책, 227면.
11   곽형덕, 앞의 책, 227면.

의 지정학적 위상이 '대륙전진 병참기지'로 재편되는 과정에서 내선일체론은 당시 식민지 조선의 담론장에서 무소불위의 담론 권력으로 부상한다. 그러한 사실은 본격적인 황민화 정책을 수행하기 위한 의도로 시오하라 학무국장에 의해 추진된 제 3차 조선교육령(1938년 3월 4일 칙령 제103호로 공포)의 3대 강령에 '내선일체'가 '국체명징', '인고단련'과 함께 들어가는 것을 보더라도 충분히 입증[12]이 되는 바이다. 조선인과 일본인 사이의 모든 차별을 해소하여 동등한 대우를 받게 한다는 표면적인 명분과는 전혀 달리 "내선일체 담론은 식민지 조선인을 제국 일본의 황국신민으로 만드는 동화이데올로기"[13]이자 식민지 조선의 인적 물적 자원을 총동원체제에 폭력적으로 접수하고 영토화하고자 하는 전쟁 동원 이데올로기였다.

　사실 일제가 내세운 내선일체 담론 자체가 식민 지배담론이 가질 수밖에 없는 양가성으로부터 결코 자유로울 수 없는 자기 모순적이고 기만적인 이데올로기였다. 중일전쟁 이후 전선이 확장되는 과정에서 부족한 병력과 노동력의 징발 및 충원을 위해 확립한 총동원체제를 작동하기 위한 고육지책으로 입안하기는 했으나 조선과 일본 민족이 모든 차별과 불평등으로부터 해소되어 동등한 국민으로 되는 일이 가능하리라고 생각하는 사람은 거의 없었을 것이다. 또한 그것을 허용할 의사 또한 전혀 없었다. 심지어 일제는 현영섭이나 이광수와 같은 내선일체론자들이 식민지 조선의 민중을 설득하고 채근하는 과정에서 동원했던, 내선일체가 실현되기만 하면 양 민족 사이에 존재하는 모든 차별과 불평등이 철폐되어 일본인과 완전히 동등한 대우를 받게

12　당시 식민지 조선의 담론장에서 내선일체가 헤게모니를 장악하게 되는 과정 및 그 내용에 대해서는 최유리, 『일제 말기 식민지 지배정책연구』, 국학자료원, 1997, 9-63면; 오태영, 『오이디푸스의 눈: 식민지 조선문학과 동아시아의 지리적 심상』, 소명출판, 2016, 205-264면; 정창석, 『식민지적 저항』, 소명출판, 2015, 269-432면 참조.

13　오태영, 앞의 책, 208면.

될 것이라는 혹세무민의 논리 실행을 실제로 요구할까 봐 전전긍긍 노심초사 했을 수도 있다. 일제 식민 지배 기간 내내 식민 본국과 조선 총독부 사이에 정책의 입안과 시행을 둘러싼 의견 대립과 차이로 인해 끊임없이 긴장과 갈등이 상존했다는 사실은 그러한 불안이 충분한 근거가 있음을 입증하고 있다. 호미 바바의 정곡을 꿰는 지적처럼 일제 식민 지배 당국의 그러한 "불안이 식민지배 권위의 원천을 혼란스럽게 만들었을"[14] 수도 있다. "인종적 기원에 근거하여 피지배자(식민지 조선)들을 퇴보한 인간들로 간주하게 만들어서 정복을 정당화하고 행정과 지도의 체계를 만들어내는"[15] 일이 중요한 과제일 수밖에 없었던 일제 식민 지배 당국에게 식민지 조선은 언제나 열등한 타자로 영토화되고 주변화되어야 했기 때문이다.

내선일체의 그러한 이데올로기적 허구성에 대해 당시 식민지 조선의 지식인들은 어떤 생각들을 가지고 있었을까? 대부분의 식민지 조선의 지식인들은 당시 내선일체를 정점으로 한 식민 지배 권력의 동화정책이 지닐 수밖에 없는 근본적인 허구성을 정확하게 간파하고 있었을 것이라고 생각한다. '국민정신총동원조선연맹'(1940년에 '국민총력 조선연맹'으로 명칭 변경)이나 '녹기연맹'을 비롯한 다양한 억압적 국가기구나 이데올로기적 국가장치를 통한 전방위적 통제 및 집요한 공세에도 불구하고 서로 다른 영토 안에서 유구한 역사와 전통을 달리하며 별도의 민족으로 지내온 조선과 일본이 하루아침에 모든 차이를 해소하고서 한 민족이 될 수는 거의 불가능한, 아니 아예 불가능한 것이기 때문이었다. 그러한 점은 샌프란시스코 강화조약이 발효되는 1952년 4월 19일을 기점으로 1945년 패전 이후 일본에 잔류하고 있던 식민지

14　데이비드 허다트, 조만성 역, 『호미 바바의 탈식민적 정체성』, 앨피, 2011, 104면.
15　앞의 책, 78면.

조선인의 법적 지위를 외국인으로 처리하는 일본의 자의적이고도 기만적인 태도[16]를 통해서도 역사적으로 증명이 되고 있다. 하지만 문제는 대부분의 식민지 조선의 지식인들은 당시 미시적 일상의 수준에서까지 관철되는 내선 일체에 대한 식민지배 권력의 이데올로기적 공세의 허구성을 간파하고 있으면서도 객관적인 정세의 악화에 따른 억압 및 폭력에 대한 감시와 처벌의 시선을 내면화하는 과정에서 발생한 자기 검열 기제로 인해 드러내놓고서 반대나 저항을 할 수 없다는 점이었다.

강권에 의한 자유정신의 완전한 말살 및 그것과 표리 관계에 있는 시국 편승형 예스 문학의 유행. 바로 이것이다. **일보 일보 후퇴가 전면 퇴각이 되다가 결국에는 완전히 숨통을 조이는 지점까지 도달**했다. 인간의 생존을 위한 모든 조건이 박탈당했으며 문학은 창조적 에너지를 상실하고 말았다. **남은 것은 사막과 같은 황폐뿐**이었다"[17]

천황제 파시즘이 맹위를 떨치던 태평양 전쟁을 전후한 시기, 제국 일본의 객관적인 정세와 담론 지형에 대한 다케우치 요시미의 우울한 진단을 반영하고 있는 글이다. '강권에 의한 자유정신의 완전한 말살', '완전히 숨통을 조이는 지점까지 도달', '남은 것은 사막과 같은 황폐뿐' 등 당시의 객관적인 정세와 담론 지형을 전달하기 위해 요시미가 동원하는 표현에는 시종일관 한 치의 여유라고는 찾아볼 수 없는 극단의 레토릭이 지배하고 있다. 식민지 종주국인 일본에서의 상황이 이러했을진대 식민지 조선에서의 정세나 상황

---

16 이에 대해서는 강재언·김동훈, 하우봉·홍성덕 역, 『재일 한국·조선인-역사와 전망』, 소화, 2005, 159-240면; 서경식, 『고통과 기억의 연대는 가능한가?』, 철수와영희, 2009, 16-54면 참조.
17 안우식, 『김사랑 평전』, 문학과지성사, 2000, 25-26면.

이 훨씬 더 혹독했으리라는 짐작이나 추정은 불문가지. "1941년 12월 '태평양전쟁'에 이르면 작가의 신변을 위협할 정도에 이른다. 정도의 차이는 있지만 이러한 문예통제 정책은 식민지 조선에서 더욱 강도 높게 적용되었다"[18]는 지적을 보더라도 그러한 판단은 조금도 과장이 아니다.

설상가상. "저마다 신체의 어느 부분을 바늘 끝으로 찔러도 일본의 피가 흐르는 일본인이 되지 아니하여서는 아니 된다"[19]는 이광수나 "내선일체는 국시이며 정책이다.....반도인이 진실로 세계적 국민이 되고 세계적 민족 즉 일본인이 되는 것을 목표로 하는 내선일체의 완성을 이상으로 하지 않는 한 문학자의 어떠한 기도도 실패할 것이고 또한 죄악이라고 말하지 않을 수 없다"[20]는 현영섭과 같이, 조선 민족의 장래를 위해서는 내선일체만이 유일한 길이라는 내선일체론자들의 주장들이 버젓이 대로행을 감행하는 상황에서 내선일체를 정점으로 하는 황국신민화 정책을 독려하는 식민 지배 권력의 이데올로기적 공세에 적극적으로 맞서거나 정면에서 저항하기란 거의 불가능에 가까울 정도로 어려운 일이었을 것이다. 식민지 조선의 지식인들이 내선일체를 독려하거나 강제하는 식민 지배 권력의 이데올로기적 공세에 적극적으로 저항할 수 없었던 것은 그러한 역사적 배경과 맥락 때문이었다. 하지만 자신들의 무의식마저 일방적으로 접수당하도록 방치하지는 않았다. 식민지배 권력의 이데올로기적 공세가 장악하거나 접수한 영토는 식민지 조선 지식인들의 의식세계의 영토 일부에 불과할 뿐이었다. 일제의 식민 지배 권력에 대한 비판과 저항의지는 상징계의 표면으로 드러나지 못하고 있을

18 곽형덕, 앞의 책, 143면.

19 이광수, 「황민화의 조선문학」, 『매일신보』, 1940.7.6; 윤대석, 『식민지 문학을 읽다』, 소명출판, 2012, 209-210면에서 재인용.

20 아마노 미치오, 「내선일체의 완성과 문학」, 국민정신총동원 조선연맹, 『내선일체와 문학운동』, 1940, 이원동 편역, 『식민 지배 담론과 『국민문학』 좌담회』, 역락, 2009, 356·366면.

뿐 무의식의 심연에서 잠행하면서 수면 위로 표면화되기를 암중모색하고 있었다. 식민지 조선, 특히 일제 말기의 문학장을 구축하는 원동력은 이와 같이 위에서 내리누르는 식민 지배 권력의 억압의 힘과 밑에서 그것을 박차고 올라오려는 식민지 조선의 저항 의지 사이의 길항과 충돌에서 파생되는 에너지였다.

김사량의 문학적 정체성을 대변하는 작품으로 평가받고 있는 「빛 속으로」를 위시한 대부분의 그의 일본어 소설들 또한 일제 말기 문학장의 그러한 메커니즘에 아주 충실한 편이다. "다만 내 개인적인 기분에서는 역시 조선인은 조선인이라고 불리는 편이, 반도인이라고 하는 말보다는 자연스럽고 더욱이 당연하다는 느낌이다"[21]는 주장을 펼칠 만큼 호칭 하나에서마저도 민족 정체성의 문제를 고민할 정도로 김사량의 민족주의적 지향은 분명했으며 그러한 지향이 그의 작품들에 선명하게 반영되고 있기 때문이다. 더욱이 그는 10여 년의 일본 생활을 통해 조선인에 대한 일본의 차별과 편견이 어느 정도인가에 대해서는 생생하게 경험하거나 목도했다. 그 과정에서 그는 내선일체 정책이 지니고 있는 허구성과 기만성에 대해 누구보다 명료하게 인식할 수 있었다. 그러한 명료한 인식은 대부분의 그의 일본어 글쓰기, 특히 내선일체의 허구성과 기만성을 지배적인 서사 모티프로 동원하고 있는 「광명」에 텍스트의 무의식의 형태를 통해서 예각적으로 반영되고 있다.

다시 한번 반복하기로 한다. 이 작품을 통해 김사량은 내선일체 정책의 허구성과 기만성을 심문하고 증언하고자 하는 문제의식을 반영하고 있다. 이러한 문제의식을 선명하게 드러내기 위해 김사량은 이 작품의 제목을 민족주의적 지향을 표상하는 '빛'과 식민주의적 동화를 표상하는 '어두움'이라는

---

21 김사량, 「조선인과 반도인」, 김재용·곽형덕, 『김사량, 작품과 연구 2』, 역락, 2009, 192면.

상호 대립적인 가치를 병치시킨 광명으로 설정하고 있다. 따라서 이 작품 해독의 요체는 서로 착종하고 충돌하는 이 두 지향과 욕망의 양가성을 어떻게 해석할 것인가 하는 문제이다. 구체적인 작품 분석으로 들어가 보기로 하자.

3. 증상으로서의 서사의 잉여와 균열

이 작품을 읽어나가다 보면 어렵지 않게 확인할 수 있는 사실이 하나 있다. 이 작품에는 서사의 유기적 통합성을 심각하게 위협할 정도로 상호 이질적인 두 개의 서사가 혼재·공존하고 있다는 점이다. 게다가 이 두 개의 서사를 구성하는 서술 구조 또한 도저히 한 작품이라고 하기 어려울 정도의 이질적인 층위로 이루어져 있다. 내선일체 정책에 대한 김사량의 문제의식을 대변하는 나의 서술 태도를 축으로 이 두 개의 서사는 각각 '민족주의적 지향의 서사'와 '식민주의적 동화의 서사'로 명명할 수 있다. 구체적으로 민족주의적 지향의 서사는 그 텍스트의 표면이 매끄럽고 방향성이 분명한데다 서술 주체의 서술 태도 또한 명확하다. 그 반면, 식민주의적의 동화의 서사는 그 텍스트의 표면이 매끄럽지 않고 요철이 존재하는데다 서술 주체의 태도에는 망설임과 모순, 그리고 착종이나 둔사와 같은 텍스트의 잉여와 균열이 도드라진다. 이러한 서사 구성과 서술 구조의 특성은 전통적인 서사 이론에서 보면 분명한 결락이자 결핍이다. 하지만 그러한 특성은 내선일체 정책의 허구성과 기만성을 심문하고 증언하고자 하는 이 작품의 문제의식의 측면에서 보면 전혀 그렇지 않다. 그것은 그러한 문제의식을 드러내는 과정에서 충분히 예상되는 일제의 혹독한 검열을 피하기 위한 우회의 전략을 구사하는 과정에서 자연스럽게 드러나는 증상으로서의 잉여이자 균열이기 때문이다.

이 작품을 "내선일체 정책에 대한 협조적인 태도"[22]를 반영하는 작품이라기보다는 그 정책의 허구성과 기만성을 심문하고 증언하고자 하는 문제의식을 반영하고 있는 작품으로 해석할 만한 근거는 여러 가지 층위에서 발견할 수 있다. 가장 먼저 들 수 있는 층위는 상호 이질적인 두 개의 서사가 차지하는 양적 비중의 차이에서이다. 우선 서사의 양적인 비중에서 볼 때 조카인 '혜'와 시미즈 일가의 가사 도우미인 '토요'를 초점인물로 하는 재일 조선인에 대한 내지의 차별과 폭력에 대한 나의 심경을 초점화하고 있는 민족주의적 지향의 서사는 작품 말미에 등장하는 방공훈련 광경을 목격하는 나의 심정을 초점화하고 있는 식민주의적 동화의 서사에 비해 압도적으로 많다. 게다가 민족주의적 지향의 서사를 서술하는 나의 서술 태도 또한 구체적이고 세밀하다. 한마디로 민족주의적 지향의 서사는 식민주의적 동화의 서사에 비해 서사의 빈도는 잦고 서술의 밀도는 높다.

나는 말로 다 할 수 없는 고독을 느끼며 누님 집으로 통하는 뒷골목으로 들어갔다. 그런데 얼마 가지 않은 사이에 놀라 멈춰 서고 말았다. 어디선가 아이들이 깍깍거리며 소란을 피우고 있는 소리 가운데 혜의 새된 우는 소리가 확실하게 들려왔기 때문이다. **나는 귀를 기울였다.** 혜가 골목길에서 아이들에게 또 괴롭힘을 당하는 중이라고 생각하니 무의식 가운데 가슴에서 피가 들끓고 마음이 흔들림을 느꼈다......그곳은 막 과자집 옆 골목길 안. 쓰레기통 위에 혜가 올라타서, 필사적으로 비명을 지르고 있다. **주변에는 사내와 여자 아이들이 잔뜩 모여서 춤추며 돌듯이 발을 동동 구르면서 흥을 돋우거나 약을 올리고 있었다......** 나쁜 녀석들이라고 생각하고 나는 뛰어가서 혜를 끌어

---

22   김학동, 앞의 책, 86면.

안았다. 그녀의 작은 가슴은 작은 새처럼 고동치고, 복받쳐 오르는 비통한 울음소리가 목구멍에서 요동쳤다. (「광명」, 218-219면, 『김사량, 작품과 연구 3』, 역락, 2013)

"그 아이도 근처 아이들에게 제법 괴롭힘을 당하고 있나요? 조금 전에도 자기가 어디에 사는지 감추고 말하려고 하지 않더군요. 앞으로 매일 놀러 온다고만 하더군요……저희는 아이들을 위해서 매번 주소를 바꿔가며 여기저기를 전전했어요……게다가 제 눈 앞에서 남편과 장녀는 오히려 토요에게 더욱 모질게 굴지 않겠어요. (「광명」, 244면)

"그렇죠. 시미즈라는 것도 사실 조선 사람으로 부인만 내지인입니다. 딸 둘 중에 중학생은 전처의 아이로 완전히 순수한 조선인입니다. 하지만 고향에서 데려온 식모를 저 음흉한 인간들이 뭉쳐서 학대하고 있음이 틀림없습니다. 저 여자 몸에는 상처가 없을 날이 없습니다,"……

"그 집 가장은 조선인이니 제쳐 두더라도 안사람은 그녀가 조선어로 비방하는 것이나, 우는소리를 하는 것을 어떻게 알아들을 수 있나"하고 매형은 부아를 내며 웃었다.

"그건 그 여학생이 하나하나 계모에게 일러바치니까요. 그 아이가 사실 제일 지독하다고 하더군요. 그러니까 지금까지 전처의 아이라서 지독한 학대를 받던 게지요. 그것이 이젠 어쩔 요량인지 제가 앞장서서 덤벼드는 꼴이랄까요. 아니 그렇게 하지 않으면 지금 계모가 좋아하지 않겠지만……언젠가는 그 아이가 너무 가혹하게 덤벼들어서, 너 또한 조선인이 아니냐고 말하자, 그 아이는 완전히 기절할 것처럼 보이더군요." 그렇게 말하고 문 군은 입을 다물었다. (「광명」, 218-219면)

이 문면들을 통해서 생생하게 확인할 수 있는 사실은 당시 일본 내지에서 재일 조선인들에 대해 자행되었던 차별과 폭력의 수준 및 정보가 상상을 초월할 정도로 심하였다는 점이다. 잘 알려진 바와 같이, 1938년 1월의 도지 사회의에서 전쟁 수행의 필요에 의한 고육지책으로 미나미 총독이 조선 통치의 목표로 내선일체의 구현을 천명한 이후 "일본어 보급과 내선결혼 장려는 조선인의 사상과 일상생활을 일본인화할 수 있는 동화의 주요 수단으로 설정"[23]된다. 그 이후 일본 내지와 식민지 조선에서는 『녹기연맹』과 같은 관변 단체나 다양한 미디어를 통해 내선일체의 당위성과 필요성을 적극 호소하고 독려한다. 하지만 내선일체 정책은 군사작전을 수행하듯 위에서 일방적으로 명령하고 지시한다고 해서 그대로 반영되거나 관철될 일은 전혀 아니었다. 실제로 일본 내지 일반 국민들의 입장이나 생각은 권력 상층부의 생각이나 입장과는 너무나도 달랐다. 내선일체 정책에 대한 일본 내지 일반 국민들의 입장이나 생각은 그 정책의 입안과 구체적인 실행 방법을 둘러싸고서 상존했던 조선총독부와 일제의 식민 당국 사이의 의견 대립이나 갈등과는 그 차원이 다를 정도로 컸다. 당시 일본 내지의 일반 국민들에게 식민지 조선인들은 비국민 또는 열등한 비체(abject)[24]적 타자 그 이상도 이하도 아니었다. 재일조선인들은 공식적으로 일본 제국주의의 신민으로 존재하면서도 실제로는 그 권역 바깥으로 내몰리는 호모 사케르에 불과할 뿐이었기 때문이다. 그러한 재일 조선인들이 내지의 일본인들로부터 혐오와 경멸의 대상 이상의 대접을 받는 일은 거의 불가능했다.

  식민지 조선과 제국 일본 사이에 설정된 민족적인 위계가 '제2의 자연'일

---

23 이정선, 『동화와 배제』, 역사비평사, 2017, 312면.

24 도노무라 마사루, 김철 역, 『조선인 강제연행』, 뿌리와 이파리, 2018, 248면. 비체에 대해서는 조셉 칠더즈·게리 헨치, 황종연 역, 『현대문학·문화비평 용어사전』, 문학동네, 1999, 57면 참조.

정도로 당연하다는 생각을 가지고 있었던 대부분의 일본 내지의 일반 국민들에게 조선인들을 동등한 국민으로 대접해야 된다는 내선일체 정책은 자신들과는 전혀 상관이 없는 일로 받아들여지기 십상이었다. 따라서 내선일체 정책을 터무니없을 정도로 부조리한 것으로 받아들일 수밖에 없었던 대부분의 내지 일본인들은 정부 당국의 지시나 권고에 대해 오불관언의 태도로 일관했다. 권력 상층부의 선전·선동에는 아랑곳하지 않고 미시적인 일상에서 자행된 재일 조선인들에 대한 내지 일본인들의 차별과 폭력은 그러한 맥락을 발생 기제로 한 것이다.

나의 어린 조카인 혜가 집 근처의 골목길에서 일본 아동들로부터 집단적인 폭력을 당하는 장면에서 보는 바와 같이, 조선인들을 야만적인 타자로 차별하는 폭력적인 시선에 기초한 일본의 뒤틀린 선민의식과 왜곡된 우월감은 집단 무의식 속에 각인된 유전자처럼 철저하게 내면화되어 남녀노소 가릴 것이 없었다. 재일 조선인들을 대상으로 전방위적으로 자행된 차별과 폭력도 문제지만 김사량이 더욱 심각한 현상으로 보았던 것은 내지 일본의 반복되는 차별과 폭력에 노출된 조선인들이 어려서부터 자기 검열에 의한 자기 부정을 내면화한다는 점이었다. 자신이 조선임임을 알리게 되는 표지가 되는 주소를 애써 밝히지 않으려고 안간힘을 쓰는 나의 조카인 혜나 조선인이냐는 질문에 반사적으로 기함을 할 정도로 충격을 받는 시미즈의 장녀 경우는 당시 일본 내지에서 재일 조선인들의 심리적 공포로 인한 자기 검열과 자기 부정의 강도가 어느 정도였는가를 생생하게 증거한다. 더욱이 시미즈 씨의 장녀는 일본인 계모의 폭력과 학대를 모면하기 위해 권력의 위계에서 자신보다 더 열등한 처지에 놓인 조선인 가정부 토요를 차별하는 허위의식을 드러내기도 한다. 당시 일본에 거주하면서 이러한 사실들을 직접 또는 간접 경험했을 김사량은 식민지 조선과 일본 제국이 그 동안의 민족적인 위계에 기초한 차별을 완전히 철폐한 후 대동아공영권 건설의 주체로 나서자는 내선일체 정책이 얼마나 허구적이고 기만적인가를 우회적으로 증언하고 있다.

한편 상호 이질적인 두 개의 서사가 차지하는 서사의 양적 비중의 차이 이외에 이 작품을 내선일체 정책의 허구성과 기만성을 심문하고 증언하고자 하는 문제의식을 반영하고 있는 작품으로 해석할 만한 결정적인 근거는 내선융화를 서술할 때의 나의 서술 태도에 증상으로 드러나는 잉여와 균열이다.

> 하고, 나는 가볍게 얼버무리고 이번에는 남편 쪽으로 화제를 돌리려고 했다. 그런데 그때 나는 격렬한 자기혐오와 같은 감정에 사로잡혀서 말이 나오지 않았다. 나는 다만 이러한 의미의 말을 하고 싶었다. 방금 당신은 내선융화라고 말했습니다. 과연 지금 그 문제를 몸으로 통절하게 생각하고 괴로워하지 않는 인간은 한 사람도 없을 것이오. 그런데 선생은 댁의 식모에게 그러한 태도를 보이는 것이 진정으로 내선융화를 꾀한다고 생각하느냐고. 하지만 나는 겨우 중얼거리듯 이렇게 말할 따름이었다. "……조선인 여자라고 소나 돼지처럼 다뤄도 좋다네요. 봉급을 주지 않아도 그만이고. 그래도 한 가지 그 처녀가 조선인으로서 조선인들과 어울림이 선생 댁에는 폐가 돼서 곤란한 것인가요." (「광명」, 240면)

> "저도 물론 댁 부부가 안고 있는 각자의 고통에 대해서 어느 정도 이해할 수 있습니다. 남들보다 서로 배로 신경을 쓰지 않으면 안 되시겠죠. 하지만 두 분 사이는 어디까지나 부부 그 자체로서의 관계이지 않으면 안 된다고 생각합니다. 어느 한 쪽이 우월함을 느끼거나 혹은 열등감을 느끼거나 해서는 안 되지요……간단하게 말하자면 어째서 남편의 본명을 공식적인 문패로 쓰지 않는 겁니까? 또한, 어째서 조선인을 식모로 쓰고 있는 것을 그렇게 고통스럽게 여기지 않으면 안 되는 겁니까?"

그렇지만 굳이 이렇게 단언하는 나 또한 사실 자신이 허세를 부리고 있음을 알았다. 위선에 찬 말을 하고 있다는 책망을 자신에게 하지 않을 수 없었다. 그런데 갑자기 묘한 일이 벌어졌다. 그녀가 갑자기 앞치마에 얼굴을 파묻더니 격렬하게 흐느끼기 시작했다. (「광명」, 242-243면)

우리가 내선결혼 가정을 긍정적으로 바라봐야 한다고 할 때, 그들 부부야말로 진정 선구자로서의 슬픔과 고통 그리고 곤란한 상황을 온몸으로 겪고 있는 것이 아니냐. 나는 벚꽃 가로수가 늘어선 제방 길 위를 고요한 순풍을 맞으며 지친 듯한 발걸음으로 걸으면서, 문 군에게 그러한 이야기를 했다. 사실 나또한 시미즈 일가의 지독한 행실에 대해서는 마음의 괴로운 아픔과 분노를 느꼈음에도, 마음 깊은 곳에서는 지금이야말로 모든 일이 해결됐으며, 시미즈 집안이 허위에 가득찬 것, 부끄러운 것, 가면적인 것으로부터 빠져나와서 새롭게 출발해 주기를 바랐다. 그러나 이 모든 일이 어쨌든 한편으로는 바보 같이 느껴져서 나는 불현듯 입을 다물었다. 문 군도 아무런 말도 하지 않았다. (「광명」, 250면)

내선일체 정책의 허구성과 기만성을 심문하고 증언하고자 하는 김사량의 문제의식과 관련하여 초점화의 대상으로 기능하는 인물은 시미즈 씨 일가이다. 시미즈 씨 일가는 여러 가지 서사 구도에서 약간의 변형이 있기는 하지만 '남'과 '미나미' 사이에서의 분열과 갈등을 통해 민족주의적 지향을 반영하는 「빛 속으로」에서의 하루오 일가의 데자뷰를 연상하게 하며 따라서 그 연장선에 자리한다. 구체적으로 내선결혼 가정의 폭력적인 조선인 가장인 한베와 시미즈씨, 그리고 그러한 가장의 폭력에 시달리는 정순 씨와 시미즈 부인, 반복되는 내지에서의 차별 경험으로 인해 조선인으로서의 민족적 정체성을 부정하는 왜곡된 심성과 허위의식의 소유자로 변모한 하루오 소년과 장녀와 같은 인물 설정이나 그러한 인물 설정을 통해서 민족주의적 지향을 반영하는 서사 구도에서 이 작품은 「빛 속으로」와 상당히 높은 수준의 친족성을 형성하고 있기 때문이다.

내선일체의 허구성과 기만성을 심문하고 증언하고자 하는 김사량의 문제의식은 내선결혼 가정인 시미즈 씨 일가를 바라보는 나의 태도 및 시선의 변화를 통해서 드러난다. 시미즈 씨와 시미즈 씨 일가를 바라보는 나의 시선은 처음에는 철저하게 부정적이다. 하지만 시미즈 씨 일가의 순탄하지 않은 내선결혼 과정의 내력과 그 실상을 알아가는 과정에서 나의 태도는 점차 이해와 연민의 시선으로 바뀌게 된다. 그 시선의 변화 과정에서 조선인으로서의 민족적인 정체성을 분명히 고수하고자 하는 나가 느끼는 소회는 주경야독의 어려운 환경에서도 민족주의적 지향을 견결하게 실천하고자 하는 문군의 고뇌나 조카 혜가 동네의 또래 아동들로부터 받는 일상적인 차별과 폭력으로 인한 나의 누이의 고통과 겹쳐지면서 결코 단순하지가 않다. 시미즈 씨 일가의 내선결혼 가정을 바라보는 나의 복잡한 소회는 내선일체 정책의 허구성과 기만성을 심문하고 증언하고자 하는 김사량의 문제의식과 구조적 상동성이나 유비를 이루면서 증상으로서의 잉여와 균열의 형태로 드러난다.

이 문면들에서 확인할 수 있는 한 가지 공통점은 '내선융화의 당위성'이나 '민족주의적 실천의 당위성'과 같이 도저히 양립할 수 없고 양립해서도 안 되는 가치나 지향들이 나의 의식 안에서 혼란스럽게 공존하고 있다는 사실이다. 더욱이 그와 같이 서로 충돌하는 가치나 지향들을 설파하고 주장하는 나의 서술 태도에 한결같이 모순과 착종의 혼종성과 양가성이 드러난다는 점이다. 구체적으로 조선인 가사 도우미인 토요의 학대 문제를 해결하기 위해 찾아간 시미즈 씨 부부와의 담판에서 나는 자신의 분명한 입장을 주장하지 못한 채 식민주의의 욕망과 민족주의적 지향의 양극에서 끊임없이 혼란과 분열을 경험한다. 더불어 시미즈 씨를 찾아가기 전에 작정한 말은 정작 하지 못한 채 엉뚱한 둔사로 얼버무리거나 자신의 앞선 주장을 반사적으로 부정하거나 번복할 따름이다. 그 과정에서 발생하는 혼란과 분열의 공간적인 벡터 또한 '그때 나는 격렬한 자기혐오와 같은 감정에 사로잡혀서 말이 나오지 않았다.', '하지만 나는 겨우 중얼거리듯 이렇게 말할 따름이었다.', '이렇게 단언하는 나 또한 사실 자신이 허세를 부리고 있음을 알았다. 위선에 찬 말을 하고 있다는 책망을 자신에게 하지 않을 수 없었다.', '그러나 이 모든 일이 어쨌든 한편으로는 바보 같이 느껴져서 나는 불현듯 입을 다물었다' 등의 진술이나 고백에서 확인할 수 있는 바와 같이, 주체의 의지나 의식적인 통제를 넘어선 무의식적인 층위에서 작동하고 있다. 식민주의적 욕망과 민족주의적 지향을 왕복하는 공간적 이동의 운동적인 벡터가 무의식의 층위에서 작동하고 있다는 사실은 당시 내선일체 정책의 허구성과 기만성을 심문하고 증언하고자 하는 김사량의 문제의식 또한 그 만큼 복잡하고 심각한 수준에서 작동하고 있다는 사실을 반증하고 있다.

사실이 그러하다면 내선일체 정책에 대한 김사량의 문제의식이 무의식의 층위에서 작동해야 할 정도로 복잡하고 심각한 이유는 무엇인가? 당시 모든 영역을 전쟁 수행에 최적화된 체제로 구축해가던 신체제 이후 식민지 조선은 말할 것도 없이 일본 내지에서도 그 전과는 비교할 수 없을 정도로 혹독하게 강화된 검열을 의식한 억압의 결과 때문이다.

> 이렇게 검열과 타협의 과정을 통과해서 의식계에 드러난 억압된 무의식의 내용은 그 원래 모습이 크게 변형된 상태로 나타난다. 그것은 검열자의 시선을 따돌리기 위한 불가피한 조치였다는 설명이 가능하다. 그러므로 의식계로 되돌아온 억압된 내용은 원래 억압된 것인 동시에 억압된 것이 아니라는

이중적 성격을 띠게 된다. 이러한 상황을 프로이트는 '부정정'(negation)의 문제와 관련하여 "억압된 이미지나 관념의 내용이 의식계로 진입할 수 있는 것은 그것이 '부정된다'는 조건하에서 가능하다. 부정은 억압된 것을 인지하는 방식이다. 실로 그것은 억압을 푼 것이다. 물론 그것은 억압된 것을 받아들이지는 않지만 말이다".[25]

'1940년 7월 22일에 출범한 제2차 고노에 내각은 그해 8월 1일 「기본국책요강」을 발표하면서 '신체제' 수립이라는 국책의 목표를 설정한다. 이를 통해 고노에 내각은 제국 일본이 구축해야 할 국가적인 목표로 국방국가체제의 완성을 통한 대동아의 신질서 건설'[26]을 내세운다. 이후 일제는 식민지 조선은 말할 것도 없고 내지에서도 그 이전과는 비교도 할 수 없을 정도로 강화된 검열 체제를 동원한 혹독한 사상 통제 및 탄압을 강행한다. 문학 영역이라고 예외일 수 없었다. 신체제 이후 "규제지향적이고 처벌중심적인 소극적(negative) 검열"의 방식에서 벗어나 "미리 편집지침을 제공하고 각종 좌담회를 통해 총력전 시대 문학이 어떠해야 함을 사전에 통지하는 적극적(positive) 검열"[27]의 방식으로 바뀌면서 '문학의 비판적인 기능을 포기하게 하는 한편 내선일체의 정책과 천황제 파시즘을 옹호하게 하는 국책문학'[28]의 창작을 독려하고 강제한다.

"국민이야말로 새로운 인종이자 역사적 세계에서 구체성을 획득한 개념이고, 국가야말로 자연적·생명적이고 인륜적·문화적이며 권력적·권위적·도덕

25   박찬부, 『기호, 주체, 욕망』, 창비, 2007, 238면.

26   이종호, 「출판신체제의 성립과 조선문단의 사정」, 와타나베 나오키·황호덕·김응교, 『전쟁하는 신민, 식민지의 국민문화』, 소명출판, 2010, 349-350면 참조.

27   김인수, 「총력전기 일본어 글쓰기의 사상공간과 언어검열」, 공제욱·정근식, 『식민지의 일상: 지배와 균열』, 문화과학사, 2006, 530-531면.

28   고봉준, 『모더니티의 이면』, 소명출판, 2007, 254-255면 참조.

적이다"[29]라는 전체주의적 궤변이 버젓이 진리의 이름으로 대로행을 활보하는 야만의 상황에서 일제의 혹독한 검열과 사상 탄압의 부하로부터 자유로울수 있는 작가는 거의 없었다. 김사량 또한 결코 예외일 수 없었다. 하지만 "스스로의 체험에 의거하면서 그것을 민족문제로 승화시켜 작품화"했으며, "일시적으로 흔들리는 듯 보일지라도 기본적으로는 자신의 체험이 가지는 의미를 잘 알고 민족 전체의 차원에서 고찰하는 민족적인 주체성을 견지한 작가"[30]였던 김사량으로서는 무조건 일제의 국가 시책에 투항할 수는 없는 일이었다. 더욱이 10여 년 동안의 유학 생활을 하는 과정에서 조선과 조선인에 대한 내지의 차별이나 편견, 폭력이나 혐오를 생생하게 경험하고 목도한바 있는 김사량으로서는 일본이 내세우는 내선일체가 순전한 허구적인 이데올로기이자 기만적인 술수임을 모를 리가 없었다. 국책문학에 투항할 것을 강제하는 일제의 압력과 그 압력의 부하를 전혀 무시할 수 없으면서도 그대로 받아들일 수 없는 김사량의 민족주의적인 지향은 원형 그대로 매끄럽게 재현되지 못하고 검열의 장벽을 넘어서기 위한 전략의 차원에서 타협을 통한 변형의 형식으로 드러난다. 김사량의 민족주의적 지향이 드러나는 텍스트의 곳곳에 얼룩이나 구멍 또는 경련이나 모순과 같은 증상으로서의 잉여와 균열이 발생하는 것도 그러한 타협을 통한 변형 때문이다. 작품의 제목을 민족주의적 지향의 빛(光)과 식민주의적 욕망의 어둠(冥)이 공존하는 광명(光冥)으로 설정한 것도 "의식과 무의식, 혹은 억압된 것과 억압하려는 것 사이의 타협의 산물"[31]인 "텍스트 속에서 의미화를 위해 싸우는 '전투하는 힘들'의 부딪힘"[32]

---

29 김인수, 앞의 글, 544면.

30 윤건차, 박진우 외 옮김, 『자이니치의 정신사』, 한겨레출판, 2016, 102면.

31 앞의 책, 238면.

32 앞의 책, 239면.

을 발견할 수 있는 충돌의 결과이다.

지금까지의 논의에 기초해서 볼 때 이 작품은 「빛 속으로」에 비해 민족주의적 지향의 후퇴임은 분명하다. 민족주의적 지향을 표상하는 '남'과 식민주의적 욕망을 표상하는 '미나미' 사이에서 고뇌와 갈등을 거듭하다 실존의 결단을 통해 민족주의적 실천을 다짐하는 남(빛)으로 나아가는 「빛 속으로」[33]에서와는 달리 이 작품에서는 민족주의적 지향을 표상하는 '광'과 식민주의적 욕망을 표상하는 '명'이 병존하고 있기 때문이다. 또한 작품 말미에 하루오 소년과의 화해와 교감을 통해 민족주의적 실천을 다짐하는 장면으로 끝나는 「빛 속으로」에서와는 달리 시미즈 부인과 나의 누이가 협력·연대하여 방화 훈련에 동참하는 설정으로 끝내는 서사의 결말을 통해서도 이 작품에서의 민족주의적 지향의 후퇴는 입증이 된다. 하지만 이 작품의 이러한 민족주의적 지향의 후퇴를 김사량의 민족주의적 지향 자체의 후퇴로 해석하는 것은 해석의 평면성이라는 혐의로부터 자유롭지 않을 것이다. 「빛 속으로」와 「광명」에 드러나는 민족주의적 지향의 차이는 1년 밖에 차이가 나지 않는 두 작품의 발표 시차를 두고서 가파르게 진행된 엄혹한 상황의 차이에서 기인한 것으로 보는 게 합당하고 온당하기 때문이다. 신체제 이후 하루가 다르게 가파르게 작동되던 천황제 파시즘의 광기가 지배하는 전체주의적 질서와 군국주의 문화가 미시적 일상을 지배하면서 김사량의 민족의식은 영향을 받지 않을 수 없었을 것이다. 이 작품에 드러나는 민족주의적 지향의 상대적인 후퇴는 그러한 영향의 결과이다. 이러한 민족주의적 지향의 상대적인 후퇴에도 불구하고 이 작품의 서사를 추동하는 동력은 내선일체의 허구성과

---

33   이에 대해서는 공종구, 「김사량의 소설에 나타난 이름의 정치학」, 『현대문학이론연구』 제
      72집, 2018.3 참조.

기만성을 심문하고 비판하고자 하는 대결의지라는 점에서 이 작품은 「빛
속으로」 이후 김사량이 자신의 일관된 소설적 화두로 실천하고자 했던 민족
주의적 지향의 연장선에 있다.

4. 나오는 글

이 글은 「광명(光冥)」(『문학계』, 1941.2)이 김사량의 일본어 소설은 물론이고
일제 말기 식민지 조선의 문학 지형에서 차지하는 비중이나 중요성에도 불구
하고 부당한 서자 취급을 받아왔다는 문제의식에서 출발했다. 그러한 문제의
식에서 출발한 이 글은 이 작품이 「빛 속으로」 이후 김사량이 자신의 일관된
소설적 화두로 실천고자 했던 민족주의적 지향의 연장선에 있는 작품임을
밝혀보고자 했다. 이러한 문제의식과 목적을 효과적으로 수행하기 위해 이
글은 호미 바바의 혼종성과 양가성 이론을 차용하고 동원하였다. 구체적인
논의 과정을 요약·정리하는 것으로 결론을 삼고자 한다.

이 작품의 서사는 민족주의적 지향을 표상하는 '광'과 식민주의의 욕망을
표상하는 '명'이 길항하고 충돌하는 과정에서 경험하는 나의 분열과 갈등을
통해 내선일체 정책의 허구성과 기만성을 증언하고 심문하고자 하는 김사량
의 문제의식을 반영하는 작품으로 해석하였다. 물론 이 작품은 「빛 속으로」
를 통해 다짐한 민족주의적 지향의 실천을 향해 올곧게 나아가지 못한 채
식민주의의 욕망의 유혹에 동요하는 모습을 보이는 것은 사실이다. 그것은
한계로 지적할 수 있다. 하지만 그 한계는 김사량 개인의 한계라기보다는
이 작품을 발표하던 당시 한 개인의 의지로는 감당하기 버거웠던 시대적
압력이나 폭력에 의한 불가항력적인 것으로 보는 게 온당하다고 보았다. 엄

혹한 시대적인 압력의 부하를 안간힘으로 견디면서 자신의 소설적 화두로 설정한 민족주의적 지향의 실천을 계속 이어나가고자 한 고투의 과정에서 산출된 텍스트가 바로 이 작품이기 때문이다. 그러한 해석의 연장선에서 이 글은 이 작품의 제목인 '광명' 또한 이 작품의 문제의식을 압축하고 있다고 보았다. 민족주의적 지향을 표상하는 광과 식민주의적 욕망을 표상하는 명을 병치하는 제목의 설정을 통해서 김사량은 상호 대립하고 충돌하는 그 두 욕망과 지향 사이에서 겪을 수밖에 없었던 실존의 고뇌를 압축적으로 표상하고 있기 때문이다.

김사량의 소설에 나타난 재일 조선인 노동자

1. 들어가는 글

일제 말기 식민지 조선의 소설 지형에서 김사량의 소설이 지니는 비중이나 중요성은 아무리 강조해도 지나치지 않다. 왜 그러한가? 그의 독특한 작가적 이력과 치열한 문학적 실천 때문이다. 주지하다시피 김사량은 일본 문단을 통해서 등단한 작가이다. 구체적으로 동경제대 시절 '제방' 동인으로 활동하면서 작가의 꿈을 키워가던 김사량은 1939년 봄, 자신보다 먼저 일본 문단에 등단한 장혁주의 소개로 알게 된 야스다카 도쿠조(1889-1971) 주간의 『문예수도』동인으로 참여[1]하면서 일본 문단에 등단하게 된다. 이후 1939년 10월 그 잡지에 발표한 「빛 속으로」가 당시 일본 문단을 주도하던 『문예춘추』에서 주관하는 아쿠타가와상 후보작으로 선정(제10회 1939년 하반기, 『문예춘추』 1940년 3월 수록)된 것을 계기로 김사량은 그 이름을 일본 문단에 알리면서 본격적인 이중언어 창작 활동을 시작한다.

---

[1] 이 과정의 구체적인 전말에 대해서는 다카하시 아즈사, 「김사량의 일본어 문학, 그 형성 장소로서의 『문예수도』」, 서울대학교 인문학연구원, 『인문논총』 제76권 제1호, 2019.2 참조.

자신의 선택에 의한 것이긴 했지만, 김사량의 이중언어 글쓰기 실천이 아무런 이음매나 누빔점의 흔적이 없이 매끄럽게 봉합되는 그런 작업은 결코 아니었다. 그렇게 될 수도 없었다. 그도 그럴 수밖에 없는 것이, "조선어는 최근 조선의 문화인에 있어서는 문화의 유산이라기보다는 오히려 고민의 씨앗"[2]이라는 최재서의 진술이 함축하고 있는 바와 같이, 온갖 명분을 내세워 일본어 사용을 통한 국책문학을 종용하는 식민 당국의 압력이 엄청난 압박으로 작용하는 상황에서 식민지 조선의 작가들에게 언어의 문제는 심각한 고민의 대상이 될 수밖에 없었다. "세계를 바라보고 경험을 해석하는 특수한 방식일 뿐 아니라 태도를 형성하는 하나의 특수한 방식으로 인간의 사고나 행동에 있어 무의식의 수준에서도 막강한 형성력으로 작용"[3]하는 언어는 한 개인에게는 물론이고 한 민족의 정체성을 규정하거나 형성하는 데 결정적인 표지로 기능하는 핵심 질료이기 때문이다. 더욱이 모국어가 실현할 수 있는 가능성의 최대치를 실천하여 모국어의 정련 및 보호의 선도 역할을 해야 할 조선의 작가들에게 모국어를 버리고 일본어로 창작하는 행위는 실존의 결단을 요구하는 차원의 심각한 과제였다.

김사량 또한 이러한 상황이나 고민으로부터 결코 자유로울 수 없었다. 『토성랑』의 개작 과정에서 확인할 수 있는 바와 같이, 습작 시절부터 민족주의적 지향의 실천을 자신의 글쓰기 화두나 원천으로 삼아온 김사량에게 모국어를 버리고 일본어로 창작하는 행위는 엄청난 정체성의 혼란과 내면의 분열을 자극하고 촉발하는 것이었기 때문이다. "써 가면서 새삼스레 난처한 것은 언어이다. 한 번은 문장에서 일본어를 없애 버릴까 하고까지 생각해본다"[4]라

2 『국민문학』 1942년 5·6월호 합병호 편집후기.
3 유종호, 「모국어의 존엄을 위하여」, 『그 이름 안티고네』, 현대문학, 2019, 232면.
4 김사량, 「잡음」, 김재용·곽형덕 편역, 『김사량, 작품과 연구 2』, 역락, 2009, 159면.

는 진술은 조선인의 감정이나 생각을 가장 정확하게 표현할 수 있는 조선어를 놔두고 일본어로 표현하는 과정에서 김사량이 겪을 수밖에 없었던 정체성의 혼란과 내면의 분열이 어느 정도였는지 선명하게 증거하고 있다. 그러한 혼란과 분열을 거듭하면서도 그가 일본어 창작에 매달렸던 이유는 오직 하나, "조선의 문화나 생활, 인간을 보다 넓은 내지의 독자층에게 호소"[5]하려는 절실하고도 절박한 민족주의적 동기 때문이었다.

한편, 언어의 문제가 어느 정도 해소된다고 해서 김사량의 이중언어 글쓰기 작업의 문제가 말끔하게 정리된 것은 아니었다. 김사량의 작가적 입문의 핵심 동기이자 화두인 민족주의적 지향을 실천하는 문제 또한 언어의 문제 이상으로 어려운 과제였다. 김사량이 본격적인 작품 활동을 시작하던 시기는 중일전쟁을 변곡점으로 일제의 본격적인 파시즘 지배 체제의 광기와 폭력이 그 정점을 향해 치닫던 때였다. 중일전쟁 이후 전쟁은 장기화되고 전선은 확장되는, 예상과는 전혀 다른 사태에 직면한 일제는 '고도국방체제국가'의 완성을 목표로 하는 고노에 내각의 신체제 수립을 전후로 그 이전과는 차원 자체가 다를 정도로 혹독한 사상 탄압과 검열을 시행하기 때문이다.

구체적으로 일제는 "고도국방국가체제 확립의 한 축으로 사상통제를 중심으로 한 치안 유지·확보에 박차"[6]를 가하면서 치안유지법(1925)을 강화·개정한 조선사상범보호관찰법(1936), 조선사상범예방구금법(1941) 등의 법을 통해 사상범들의 전향을 유도[7]한다. 이와 같은 사상 통제 정책은 상당한 성과를 거두면서 대부분의 사상범들과 비판적 지식인들의 전향이 속출하게 된다.

5 　김사량, 「조선문학 풍월록」, 위의 책, 282면.

6 　전상숙, 「전향, 사회주의자들의 현실적 선택」, 방기중 편, 『일제하 지식인의 파시즘 체제 인식과 대응』, 혜안, 2005, 319면.

7 　이에 대해서는 전상숙 앞의 논문 참조.

이러한 상황에서 미나미 총독의 부임(1936.8) 이후 시정의 최고 목표로 설정한 내선일체 정책과 만세일계의 천황을 통치의 최고 정점에 두는 국체 사상[8]을 부정하거나 비판하는 행위는 적어도 합법적인 공간에서는 불가능했다. 당연히 식민지 조선의 민족적인 전망을 표나게 드러내는 작업 또한 어려울 수밖에 없었다. 따라서 식민지 조선에서는 말할 것도 없고 상대적으로 형편이 조금 나은 일본 문단에서도 조선인 작가가 파시즘 지배 체제에 반하는 민족적인 전망을 모색하는 일은 모험에 가까울 정도로 위험하고도 어려운 일이었다. 비록 동경제대 출신의 엘리트이자, 수상작인 사무카와 고타로의「밀렵자」에 이어 아쿠타가와상 후보작으로 일본 문단에 이름을 알린 촉망받는 신예 작가이기는 해도 김사량 또한 일본에서는 사회적 약자이자 소수자로 살아가면서 온갖 차별과 배제의 대상이 될 수밖에 없는 조선인이었다. 이와 같이 이중언어 글쓰기를 통한 김사량의 문학적 성취는 거의 대부분 그 정도로 엄혹하고도 혹독한 상황에서 제국과 식민지 사이에 위치한 경계인으로서의 극심한 분열과 긴장을 치열하게 견디면서 모색한 민족적인 전망의 소산들이었다.

이와 같이 이중언어 글쓰기를 통한 김사량의 민족주의적 지향의 실천에는 언어의 문제나 검열과 같은 이중적인 제약과 제한으로 인해 일정한 한계를 지닐 수밖에 없었다. 그러한 한계나 문제에 대해서는 그 어느 누구보다 김사량 자신이 가장 먼저, 그리고 가장 민감하게 의식하고 있었다. 구체적으로 그러한 한계나 문제에 대한 김사량의 고민이나 문제의식은, "저는 본래 자신의 작품이면서도,「빛 속으로」는 마음이 후련하지 않은 무언가가 있었습니

---

8   국체에 대해서는 형진의·임경화 편역, 『일본 신민족주의 전환기에 『국체의 본의』를 읽다』, 어문학사, 2017 참조.

다. 거짓말이다. 아직도 나는 거짓을 말하고 있는 것이라고, 쓸 때조차 저는 자신에게 말하고 있었던 것입니다..... 하지만 저는 그렇지, 지금부터는 보다 더 사실된 것을 쓰지 않으면 안 된다 하고 몇 번이고 스스로에게 말했습니다"[9], "「빛 속으로」에 대한 귀형의 비평은 최고라고 생각합니다. 저도 언젠가 그 작품을 개정할 수 있을 때가 오기를 마음속으로 기다리고 있습니다. 좋아하는 작품은 아닙니다. 역시 내지인 취향입니다. 저도 확실히 알고 있습니다. 그것을 너무나도 잘 알고 있기 때문에 두렵습니다."[10]와 같은, '제국의 어둠'을 헤치고 '민족의 빛'으로 나아가고자 하는 자신의 다짐과 결단을 형상화하고 있는 「빛 속으로」에 대한 안타까운 소회나 불만에 선명하게 드러나고 있다.

다시 한번 강조하건대, 「빛 속으로」를 통해 일본 문단에 등단한 이후 본격적인 이중언어 글쓰기를 향한 출발 지점에 선 김사량에게 절실한 동기와 목적을 자극했던 작가적 화두는 민족주의적 지향의 실천이었다. 그 당시 자신의 처지를, "반도를 생각하는 한 마리 작은 개구리에 지나지 않는다고 생각"[11]한 김사량은 "어슴푸레한 빛을 구하려고 발버둥"[12]칠 정도의 절박한 심정으로 그 실천에 매달렸다. 사정이 그러하다면 김사량이 발버둥을 치면서까지 추구하고자 했던 '빛'의 실체는 과연 무엇이었을까? 이 질문과 관련하여 이 글이 집중적인 분석 대상으로 소환하고자 하는 「무궁일가」(『개조』, 1940.4), 「벌레」(『신조』, 1941.7), 「십장 꼽새」(『신조』, 1942.1) 세 작품은 아주 중요한 의미

---

9   김사량, 「어머님께 드리는 편지」, 김재용·곽형덕 편, 『김사량, 작품과 연구 4』, 역락, 2014, 401-402면.

10 김사량, 「김사량이 롱잉중에게 보낸 서간」, 위의 책, 410면.

11 김사량, 「고향을 운다」, 김재용·곽형덕 편역, 『김사량, 작품과 연구 2』, 242면.

12 곽형덕, 「김사량의 동경제국대학 시절」, 김재용·곽형덕 편역, 『김사량, 작품과 연구 1』, 2008, 383면

를 지닌다. "새로운 세계 질서의 출현을 고지하는 한편, 국방국가체계의 완성을 통한 대동아신질서 건설을 선언한 제2차 고노에 내각(1940.7.22 출범)의 신체제기"[13]에 발표한 이 세 작품들은 「빛 속으로」에서의 남선생(김사량)이 개인의 윤리적 결단을 통해 다짐한 민족적 전망의 모색을 표상하는 빛의 실체를 암시적인 형태로나마 보여주고 있기 때문이다. 그와 관련하여 그 세 작품들에 드러난 가장 중요한 변화는 조선인 이주 노동자들을 서사의 전면에 소환하고 있다는 점이다.

이와 같이 김사량이 끊임없이 불편한 감정과 불만을 반복적으로 토로하면서 창작한 일본어 소설인 이 세 작품들은 조선인 이주 노동자들의 비애와 고통을 서사의 전면에 본격적으로 소환하고 있는 첫 작품들이다. 이 세 작품들은 김사량의 민족주의적 지향의 실천과 관련된 빛의 실체를 탐색하게 하는 작업과 관련해서 매우 중요한 의미를 지니게 되는 것도 그러한 맥락에서이다. 이러한 중요성에도 불구하고 이제까지 이들 작품에 대한 제대로 된 비평적인 관심이나 조명은 거의 없었다. 상대적으로 「무궁일가」가 다른 두 작품에 비해 사정이 더 나은 편이기는 하나 이들 세 작품을 김사량의 민족주의적 지향의 실천이라는 해석의 코드로 통합해서 접근한 논의는 거의 없다. 이 글의 문제의식이 출발하는 부분은 바로 이 지점에서이다. 이러한 문제의식을 바탕으로 이 글은 꼼꼼한 작품 분석을 통해 이들 세 작품이 지닌 민족주의적 지향의 의미망을 탐색하고 천착하고자 한다. 이러한 탐색과 천착을 통해 이 글은 세 작품들이 「빛 속으로」에 대해 김사량이 가지고 있던 자신의 갈등이나 죄의식을 해소하고자 하는 속죄의식에서 촉발되어 발표한 작품들이라는 가설을 논증하고자 한다.

---

13   문경연 외 역, 『좌담회로 읽는 『국민문학』』, 소명출판, 2010, 8면.

2. 민족적 연대와 협력으로서의 '빛'의 실체

「빛 속으로」를 통해 일본 문단에 공식적으로 그 존재를 알린 이후 김사량은 본격적인 일본어 글쓰기를 시작하게 된다. 그 과정에서 김사량은 감당하기 어려울 정도의 혼란과 분열을 경험하게 된다. 평소 "본질적인 의미로 생각하자면, 역시 조선문학은 조선작가가 조선어로 씀으로써 비로소 성립되는 것은 자명한 일이다"[14]라는 생각을 피력할 정도로 조선문학의 정체성에 대한 명확한 자의식을 지니고 있었던 김사량이었기에 그가 겪어야만 했던 혼란이나 분열은 당연한 일이었다. 그 작업에 절실한 동기나 목적이 당연히 있어야만 했던 것도 그러한 맥락에서이다. 그 절실한 동기와 목적의 명분으로 김사량은 민족적인 전망의 모색이나 민족주의적 지향의 실천을 내세운다. 그와 관련하여 그가 가장 먼저 관심을 가지게 된 대상이 바로 생존의 벼랑 끝에서 고단한 일상을 이어나가던 재일 조선인 노동자들의 비참한 처지와 운명이었다. 그러한 맥락에서 「무궁일가」를 비롯한 「벌레」와 「십장 꼽새」는 중요한 작품들이 아닐 수 없다. 발표 당시 이주 조선인 노동자들의 밀집 주거 공간이던 시바우라 주변을 답사하면서 보고 느낀 그들의 비참한 운명과 삶에 대한 김사량의 연민과 애정이 그 세 작품들의 서사를 추동하는 동력으로 작동하고 있기 때문이다.

이 세 작품들은 조선인 이주 노동자[15]들의 비애와 고통을 매개로 민족적인 전망이나 민족주의적 지향의 실천을 모색하는 서사의 큰 틀에 관한 한 동일

---

14   김사량, 「조선문화통신」, 김재용·곽형덕 편역, 『김사량, 작품과 연구 2』, 338면.
15   일제 시대 조선 사회의 인구 이동 및 커뮤니티 형성과 노무 동원에 대해서는 미즈노 나오키·문경수, 한승동 역, 『재일조선인』, 삼천리, 2016과 도노무라 마사루, 김철 역, 『조선인 강제연행』, 뿌리와 이파리, 2018 참조.

한 계열의 서사체로 범주화할 수 있다. 하지만 이 세 작품들 사이에는 무시할수 없는 차이 또한 존재한다. 그 차이는 서사 대상으로 전경화되는 조선인 이주 노동자들에 대한 서술자의 서술 태도와 감정이입의 정도이다. 구체적인 분석을 통해서 알아보도록 한다.

2.1. 혼종적 주체의 존재론적 거리

「무궁일가」는 "김사량의 일본어 소설 가운데 일본으로 유입된 조선인 노동자 문제를 본격적으로 다루고 있는 최초의 소설"[16]이다. 김사량 본인 또한 "「무궁일가」는 내지의 조선 이주민의 고난에 찬 생활을, 조선 내 동포에게 전하고자 하는 기분에서 썼던"[17] 작품이라고 진술하고 있다. 제목 그대로 적빈이 여세와도 같은 궁핍한 동성 일가와 그 주변의 조선인 이주 노동자들의 고단한 일상이 서사의 축으로 기능하는 「무궁일가」에서 민족적인 전망의 모색이나 민족주의적 지향에 대한 김사량의 문제의식은 선명한 이분법적 구도의 인물 배치를 통해서 전개된다. 민족적인 전망이나 민족주의적 지향과 관련하여 빛과 어둠의 은유로 대체 가능할 정도로 극명한 대비를 이루는 인물 배치의 구도에서 빛을 표상하는 인물로는 최동성을 정점으로 동성의 부모, 강명선과 그의 동생, 미륵이 자리하고 있으며, 그 반대편 극에는 윤천수와 강명선의 사촌 형이 자리하고 있다.

이 작품의 초점 화자로 기능하는 최동성은 여러 가지 측면에서 김사량의 문제의식을 대변하는 인물이다. 택시 회사에 고용된 노동자 신분의 동성은 사면초가의 악전고투 상황에서도 민족의 자존과 긍지를 지키고자 하는 일에

---

16 곽형덕, 『김사량과 일제 말 식민지문학』, 소명출판, 2017, 220면.
17 김사량, 「일문 소설집 발문」, 김재용·곽형덕 편역, 『김사량, 작품과 연구 2』, 272면.

혼신의 노력을 기울이기 때문이다. 구체적으로 태평양 전쟁 직전의 전시 통제경제 상황에서 악화 일로를 걷는 경제난에 연동된 열악한 노동 조건으로 인해 동성의 처지는 제 몸 하나 간수하기에도 버거울 정도로 어렵다. 게다가 윤천수의 배반으로 인해 시즈오카에서 운영하던 함바 사업에 실패한 이후 알콜 중독자로 전락한 부친 최노인의 분별 없는 충동이나 '오륙 개월이나 밀린 집세와 사개월분의 전기세, 다 지불하지 못한 수술비 등'(「무궁일가」, 274면) 동성이 처한 삶의 조건이나 처지는 한마디로 '백천간두에서의 진일보'를 방불케 한다. 이와 같은 상황에서도 동성은 조선인으로서의 민족적인 긍지와 자존을 끝까지 지키고자 한다. 민족적인 전망과 민족주의적 지향의 실천을 위한 중요한 수단으로 생각했던, 따라서 결코 포기하고 싶지 않았던 학문에 대한 열정을 접고서 자동차 기술을 습득한 후 부모님을 모시고 조선으로 돌아가고자 하는 동성의 결심 또한 조선인으로서의 민족적인 긍지와 자존을 지키고자 하는 동성의 고뇌에서 내린 결단이다.

한편, 숱한 번뇌와 갈등 끝에 학문에 대한 열정을 포기하고 조선으로 돌아가고자 하는 동성의 결단은 상당히 중요한 의미를 지닌다. 동성의 결단은 일본에서 유학을 하는 동안 김사량이 경험했을 번뇌 및 갈등과 유비를 형성하고 있기 때문이다. 본인 및 주변에서의 진술들을 고려할 때 일본 유학 당시 평양 부호의 아들 김사량은 경제적인 문제는 전혀 없었지만 일본 주류 사회의 편견과 차별로 인해 적지 않은 갈등을 겪었던 것으로 보인다. 이 작품을 발표하던 무렵은 태평양 전쟁(1941.12.7)의 개전을 목전에 둔 상황이었다. 또한 그 무렵은 "황민화로 상징되는 식민주의적 주체 구성의 강제적 적용이 극대화된 시기"[18]이기도 했다. '고도국방체제국가'의 완성을 목표로 하는 고노에

---

18 권명아, 「식민지 경험과 여성의 정체성」, 방기중 편, 『식민지 파시즘의 유산과 극복의 과제』,

내각의 신체제 수립 이후 대동아공영권 건설에 박차를 가하던 상황에서 식민지 조선은 말할 것도 없고 일본 사회 또한 사회의 모든 부문이 총동원 및 총력전 체제로 돌입하게 된다. 천황제 파시즘 및 군국주의의 광기가 내지와 조선 전역을 지배하던 그러한 상황에서 사회 구성원들, 특히 이등 국민의 차별적 지위를 곱다시 감내해야만 했던 식민지 조선인들이 일본 제국에서 받아야만 했던 차별과 폭력은 상상을 초월했다. 동경 제대 시절 조선인에 대한 차별과 수모로 인한 분노와 비애를 풀 길이 없던 김사량이 "토요일이 되면 어딘가로 울기 위해 외출"[19]했다는 것만 보아도 그러한 판단은 충분한 근거를 지닌다. 한 인간의 실존을 처참할 정도로 유린하고 파괴하는 극심한 민족차별로 인한 비애와 고통으로 인해 김사량은 일본에서의 유학 생활을 계속할 것인가 포기할 것인가 하는 문제에 대해 끊임없이 고민하거나 갈등했던 것으로 보인다. 이러한 추정 또한, 도쿄의 하숙을 떠나 가마쿠라로 거처를 옮기던 당시 김사량이 경험했던 민족 차별과 수모로 인한 비애와 분노를 특유의 유머 감각을 통해 핍진하게 술회하고 있는 산문인 「빈대여, 안녕」(『요미우리신문』, 1941.11.3)[20]를 보아도 충분한 설득력을 지닌다.

민족적인 전망의 모색 및 민족주의적 지향의 실천과 관련된 김사량의 문제의식을 대변하는 최동성의 대척적인 자리에 위치하는 인물은 윤천수와 그의 수하로 있는 강명선의 사촌 형이다. 윤천수는 여러 가지 측면에서 최동성과는 정확하게 정반대의 가치를 추구하는 인물이다. 돌파구를 전혀 찾을 수 없는 사면초가의 절박한 상황에서도 어려운 처지의 주위 동포들을 어떻게

혜안, 2006, 386면.

19   시라카와 유타카, 「사가고등학교 시절의 김사량」, 김재용·곽형덕 편역, 『김사량, 작품과 연구 1』, 역락, 2008, 370면.

20   이에 대해서는 김사량, 「빈대여, 안녕」, 위의 책 참조.

해서든지 도우려고 하는 동성과는 달리 윤천수는 그들을 짓밟고서라도 '자신만 잘 살려고 불덩어리처럼 타오르는'(「무궁일가」, 276면) 욕망의 화신이기 때문이다. 자신의 사적인 출세와 치부를 위해서라면 수단과 방법을 가리지 않을 정도로 교활하고 탐욕스러운 인간이 바로 윤천수이다. 구체적으로 시즈오카의 누마쓰에서 최동성의 아버지가 운영하던 함바의 토역꾼으로 일하면서 적지 않은 도움을 받았던 윤천수는 자신의 사업 자금을 마련하기 위해 최노인을 배반할 정도로 교활하고 간악한 인물이다. 사업가로의 변신 이후에도 그는 계속해서 온갖 비열한 간계와 협잡 등과 같은 악랄한 수법과 폭력을 동원하여 부와 지위를 축적하는 데 혈안이 된다. 심지어 1923년 관동대진재 당시 조선의 동포들이 보낸 성금과 구호 물자를 착복하여 부를 축적하는 등 윤천수의 관심은 오직 부와 권력의 확보를 통한 제국적 주체의 욕망을 실현하는 일뿐이다. '이리와 같은 음흉한 마음을 지니고서 동포의 피를 빨아먹은 개나 돼지'(「무궁일가」, 296-312면)와 조금도 다를 바 없는 윤천수와 더불어 미술 학교를 나와 회사원으로 일하던 자신의 사촌동생 강명선을 속여 그의 퇴직금을 편취한 이후 강명선을 빈곤의 나락으로 빠지게 만든 강명선의 사촌형 또한 마찬가지이다.

선명한 이분법적 인물 배치의 구도를 통해 제시되는 김사량의 문제의식을 대변하는 동성이 암중모색의 긴 터널을 지나 민족적 전망과 민족주의적 지향의 실천과 관련하여 발견하게 되는 것은 계급을 초월한 민족적인 연대와 협력의 가치이다.

옆방에서는 어머니가 성냥을 켜는 소리가 들렸다. 준비해 둔 초에 불을 붙이고 있는 것이다. 조금 환해진 빛이 산모의 방에서 동성의 옆 마루방으로 넘실대며 새어나오고 있었다. 그녀는 여전히 신음소리를 내며 괴로워하고 있었다. 그래도 동성은 마침 이 방안에서 **촛불과도 같은 희미하고 어렴풋한 구원의 빛이 천상을 향해 올라가고 있는 듯한 기분이 들었다.** (「무궁일가」, 321면)

이렇게 해서 이 사내와 헤어지고 나서 동성은 한두 정(町) 떨어진 변두리 가게에 가서 밤이 깊어진 후에 쓸 생각으로 양초를 샀다. 그리고 집에 돌아오는 길에 그는 오랜만에 절실하게 구원을 받은 듯한 기분이 들었다. 나 혼자만 이 구렁텅이 안에서 발버둥치고 있는 것이 아니다. 우리들 모두 한 사람도 **빠짐없이 똑같이 괴로워하고 있다.** 그리고 그것은 우리들 각각과 이어진 고통이며, 그것을 **빠져나가려고** 하는 고민과 용기, 그리고 동경, 분투 또한 모두의 것이다. ……미륵만 해도 아버지만 해도 모두 괴로워하면서도 사실은 즐거워 보이지 않는가. 그렇게 생각하자 지금까지 자기 혼자만의 일에 구속돼 절망이라는 골창을 파고 있던 자신의 모습을 새삼 되돌아보게 됐다……하지만 그는 어두운 하늘을 올려다보면서 조용히 머리를 흔들었다. 그러고는 아니다, 나는 어쨌든 아주 조금이라도 빛을 희구하게 됐다 하며 중얼거렸다……

"난 혼자가 아니야 난 혼자가 아니야." (「무궁일가」, 325-327면)

동성이 '촛불과도 같은 희미하고 어렴풋한 구원의 빛'[21]을 발견하게 되는 것은 강명선 부인의 고통스러운 출산을 지켜보는 과정에서이다. 강명선이 가족의 생계를 해결하기 위한 마지막 돌파구로 생각한 홋카이도 탄광으로 기약없는 가출을 한 후 강명선의 부인 홀로 출산을 하는 과정에서 동성의 부모들을 비롯한 주위 동포들은 환대의 윤리를 발휘하여 산모와 새로 태어나는 생명을 위해 지극정성을 보이는 모습을 통해 동성은 연대와 협력의 가치

---

21 「무궁일가」에 나타난 빛의 상징적인 의미에 대한 구체적인 논의에 대해서는 우지시마 요시미, 「김사량 「무궁일가」에 나타난 빛의 상징성 연구」, 동악어문학회, 『동악어문학』 제75집, 2018.6 참조.

를 발견한다. 에피파니의 계시와도 같이 찾아온 발견을 통해 동성은 이제까지 주변부적 타자의 수렁에서 탈출하기 위한 과정에서 강요당해야만 했던 고통과 비애는 자신만의 문제가 아니라 조선인 전체의 문제라는 사실을 절절하게 인식하게 된다. 그러한 인식은 문면에서 확인할 수 있는 바와 같이 계급을 초월한 조선인들의 민족적인 연대와 협력이야말로 일본 주류 사회의 차별과 배제로 인한 고통과 비애를 극복할 수 있는 돌파구라는 발견으로 이어진다. 따라서 마지막 장면의 '난 혼자가 아니야 난 혼자가 아니야'라는, 절규에 가까운 동성의 다짐은 매우 중요한 의미를 지닌다. 동성의 그 다짐은 일본에서 10여 년 간 유학 생활을 하는 동안 김사량이 겪어야만 했던 주변부적 타자로서의 조선인의 비애와 고통 그리고 그것을 해소하거나 극복할 수 있는 돌파구에 대한 김사량의 고민과 해법을 암시하고 있기 때문이다. 실제로 동성의 그 다짐은 1936년 조선예술좌와 관련된 사건으로 인한 모토후지 경찰서 검거, 1941년 12월 9일 가마쿠라 경찰서의 체포에 뒤이은 1942년 조선으로의 추방[22] 등 온갖 차별과 배제를 감당하는 과정에서 김사량이 구원의 돌파구로 생각하던 해법의 일단을 짐작하게 한다는 점에서 그러한 해석은 충분한 설득력을 확보하고 있다.

한편 빛의 발견을 통한 동성의 다짐은 제국과 식민지, 동화와 저항의 경계에서 극심한 존재론적 분열과 혼란을 통해 민족적인 전망을 모색하던 「빛 속으로」에서의 남 선생과 마찬가지로 양가성의 혼돈 및 모호함으로부터 자유롭지 않아 보인다. 그러한 판단의 근거는 무엇보다 민족적인 전망을 모색하는 과정에서 동성이 돌파구로 제시한, 계급을 초월한 조선인들의 연대와

협력을 발견하는 과정이 자연스럽지 않아 보인다는 점이다. 더불어 조선인 이주 노동자들을 바라보는 동성의 시선 또한 추상적이고 관념적인 연민과 동정의 차원에서 작동하고 있다는 점이다. 이러한 서사의 양상은 김사량의 작가적 대리인으로 기능하는 '나'가 이해와 공감의 시선을 통해 조선인 이주 노동자들의 일상과 정서를 자신의 정체성으로 일체화하고자 하는 모습을 보인 「벌레」나 「십장 꼽새」과 같은 작품들과는 사뭇 대조적이다.

「무궁일가」의 이러한 문제는 이 작품을 발표하던 당시 김사량의 무의식에 똬리를 틀고 있던, 지식인으로서의 자신의 계급적 정체성이나 감수성과 조선인 이주 노동자들의 그것 사이에 놓여 있던 화해불가능환 존재론적 심연 때문으로 보인다. 동성과 더불어 이 작품에서 중요한 서사 주체로 기능하는 강명선이나 그의 동생의 계급적인 정체성을 지식인과 노동자 정체성 사이에서 끊임없이 유동하게 하는 설정 또한 존재론적 거리를 두고서 조선인 이주 노동자들을 대상화하고자 했던 김사량의 식민지적 무의식이 작동한 결과로 보인다. 아무튼 이 작품을 발표하던 당시 조선인 이주 노동자들에 대한 김사량의 관심이나 애정은 막연한 관념 차원에서의 연민과 동정의 차원을 크게 벗어나지는 못했던 것으로 보인다. 강명선 부인의 출산 현장에서 발견하는, 민족적인 연대와 협력의 가치를 표상하는 빛의 추구가 막연한 추상 차원을 벗어나지 못하는 것 또한 그러한 맥락에서이다. 하지만 「벌레」[23]와 「십장 꼽새」에 와서는 사정이 사뭇 달라진다.

---

23 이 작품은 조선어로 창작한 「지기미」(『삼천리』, 1941.4)를 일본어로 개작한 소설이다. 조선인 이주 노동자 집단 거주지를 둘러싼 표현의 차이를 중심으로 이 두 작품의 개작 과정의 의미를 고찰하는 논의에 대해서는 다카하시 아즈사, 「김사량의 조선어 작품 「지기미」와 일본어 작품 「벌레」의 개작 과정에 관한 고찰」, 『구보학보』 22집, 구보학회, 2019.8 참조.

2.2. 민족적 주체의 존재론적 동화

1여 년 정도의 시차를 두고 있는 작품 발표의 시간으로만 따지면 「무궁일가」와 「벌레」, 「십장 꼽새」와의 차이는 차이라고 할 수 없을 정도로 미미하다. 하지만 건곤일척의 승부수 차원에서 일제가 무모하게 감행한 태평양 전쟁을 목전에 두고서 하루가 다르게 급박하게 돌아가는 당시의 시대상황을 반영해서인지 그 작품들 사이에는 무시할 수 없는 중요한 서사 양상의 차이가 존재한다. 가장 결정적인 차이는 「무궁일가」에서와는 다르게 「벌레」와 「십장 꼽새」에 와서는 식민지적 무의식의 차원에서 작동하던 이주 조선인 노동자들에 대한 존재론적 거리가 많이 좁혀지면서 서술자의 시선 또한 자기 연민과 동정의 차원에서 이해와 공감의 태도로 바뀌고 있다는 점이다. 그와 더불어 김사량의 문제의식을 대변하는 서술자가 '동성'과 같은 3인칭에서 일인칭인 '나'로 바뀌고 있으며, 서술자로 기능하는 동성과 초점인물로 기능하는 강명선과 같은 주변의 이주 조선인 노동자들과의 관계가 임차인과 임대인과 같은 수직적인 위계를 형성하고 있었다면 이 두 작품에 와서는 '유일한 친구'(「벌레」)나 '말이 통하는' 사이(「십장 꼽새」)와 같은 수평적인 관계로 설정되어 있다는 점이다. 또한 막노동판에서 잔뼈가 굵은 미륵과 같은 노동자들이 서사의 말미에 잠깐 등장한 후 바로 사라지는 주변적인 역할밖에 주어지지 않았던 「무궁일가」에서와는 달리 이 두 작품들에서는 시바우라 해안의 막노동판[24]에서 항만 잡역부(오까나카시)로 일하는 조선인 이주 노동자들이

---

24 김사량은 시바우리 해안의 막노동판에서 항만 잡역부로 일하면서 생계를 유지하는 이주 조선인 노동자들을 소재로 한 이 두 작품에 대한 구상을 오래 전부터 하고 있었던 것으로 보인다. 1936년 김사량이 찾아가 만난, 신협극단의 핵심 멤버인 무라야마 도모요시의 회상에 의하면, "김군은 시바우라 매립지에서 판잣집을 지어서 도쿄도로부터 참혹하게도 쫓겨 나면서도 버티고 있는 조선 사람들을 그리겠다고 이야기하고 있었다"고 한다. 이러한 구상을 실제 창작으로 실천한 두 작품이 바로 「벌레」와 「십장 꼽새」이다. 위의 글, 748면 참조.

서사 주체로 기능하고 있다. 이러한 서사 설정을 통해 김사량은 민족적인 전망의 모색 및 민족주의적 실천의 지향의 해법으로 제시한, 계급을 초월한 조선인들의 민족적인 연대와 협력의 가치를 실천하기 위해 훨씬 더 명확한 자의식을 가지고서 창작에 임한 것으로 보인다. 과연 그러한가?

이 두 작품에서 압도적인 존재감을 과시하는 인물은 '지기미 영감'과 '십장 꼽새'이다. 민족적인 전망의 모색과 관련된 김사량의 문제의식을 대변하는 '나'의 서술 시점을 통해서 초점화되는 두 인물들은 중요한 신체적인 특성과 이념적인 지향을 공유하고 있다. 먼저 두 인물은 모두 결손과 결락의 신체를 지니고 있다는 특성을 공유하고 있다. 치아가 하나밖에 남아 있지 않은 추레한 용모에 '키가 육척에 가까운 장신이지만 고령과 모르핀 중독으로 미라처럼 몸이 말라붙어서 아메리카 바람이라도 심하게 불 때면 몸이 꺾어질 것 같은'(「벌레」, 316면) 기괴한 신체에다 '지기미, 지기미'를 중얼거리면서 시바우라 해안 주변을 분주하게 돌아다니는 엽기적인 행동을 일삼는 지기미 노인. 그리고 곱사등이의 선천적인 불구에다 심각한 수준의 보행 장애를 지니고 있는 십장 꼽새. 이 두 사람은 누가 봐도 결코 호감이나 친근감을 가지기 어려운 신체적 특성을 지닌 인물들이다. 하지만 이러한 신체적 장애와 결손에도 불구하고 이 두 인물들은 타자 지향적인 환대의 윤리를 몸소 실천하는 공통점을 공유하고 있다.

이 두 인물들이 타자 지향적인 환대의 윤리를 실천하는 대상은 시바우라 해안에서 항만 잡역부로 일하는 조선인 이주 노동자들이다. 이 두 사람은 주변의 이주 조선인 노동자들에게 환대의 윤리를 실천하는 과정에서 아무런 대가나 보상도 기대하지 않는다. 이들이 '타자를 대상화하지 않을 때에만 발생하는, 따라서 물음과 이름의 이중 말소'[25]를 전제해야만 발생하는, 속된 표현으로 묻지도 말고 따지지도 말아야만 하는 교환의 비대칭과 무조건적인 헌신에 기초한 환대의 윤리를 실천하는 동기는 오직 하나이다. 그들이 같은 조선인이라는 민족적 동질감에 연동된 동포애뿐이다. 구체적으로 지기미 노인이 아무런 보상도 주어지지 않는, 아니 보상이 주어지기는커녕 온갖 조롱과 냉대만을 받을 뿐인데도 몇 십 년 동안 하루도 빠짐없이 한결같이 조선인 노동자들이 새벽 작업 시간에 빠지지 않도록 하기 위해 헌신적인 봉사를 아끼지 않는 것도, 그리고 십장 꼼새가 자신이 관리·감독하는 조선인 노동자들의 갈등이나 문제가 발생하거나 그들의 권익이나 인권을 보호해야 할 일이 발생할 때마다 자기 일처럼 적극 나서서 해결사 노릇을 자처하여 처리하는 것도 모두 민족적 정체성을 공유하는 이주 조선인 노동자들의 고통에 대한 무한 책임과 응답의 윤리에 적극 부응하려는 타자 지향적인 환대의 윤리와 상상력 말고는 달리 설명할 길이 없다. 이 두 인물들에 대한 나의 서술 태도는 민족적인 전망과 관련된 김사량의 문제의식을 대변한다는 점에서 주목할 필요가 있다.

민족적인 전망과 관련된 김사량의 문제의식을 대변하는, 두 인물들에 대한 서술자의 서술 시각에서 가장 주목할 만한 부분은 지기미 영감의 과거 이력이다. 본인의 과거 회상을 통해서 들려준바, 지기미 노인은 임오군란 당시 조선에 파견되어 행패를 일삼던 청나라 군사를 폭행한 후 일본으로 도피한 전력을 지닌, 우국충정의 기개 및 의협심과 민족주의적 지향으로 충만한 구한국 시절의 혈기방장한 병사로 밝혀진다. 이러한 이력을 지닌 지기미 노인을 경멸과 조롱으로 일관하는 이주 조선인 노동자들과는 달리, '그러고 보니 지기미는 마치 모든 것을 지배하는 예언자이기도 하며 신(神)처럼 보인다. 이 시바우라 해안을 이주 조선인들의 메카 혹은 메시나라고 한다면,

---

25 고봉준, 「추방과 탈출: 타자·마이너리티·디아스포라」, 『작가와 비평』 06, 2007, 27-28면.

그를 코란 속의 알라라고 할 수 있다..... 혹은 그와 같은 사람은 삼계(三界)에서 유일하며 그 무엇도 그와 닮은 것은 없다'(「벌레」, 322면)라는 진술에서 확인할 수 있는 바와 같이 나는 신성성의 아우라로 무장된 숭고의 대상이자 초월적인 존재로까지 극찬하고 있다. 더불어 자신 또한 노동자의 신분이면서도 일정한 존재론적 거리를 두고서 다른 이주 조선인 노동자들을 대하던 「무궁일가」에서의 동성과는 달리 지식인 신분의 나는 지기미 노인을 고독한 처지를 공유하는 동병상련의 유일한 친구로까지 인정한다. 이러한 설정과 더불어 「십장 꼽새」의 종결을 "남양군도 여러 섬에 차례대로 군사 시설을 만드는 계획과 제당업에 편중된 남양흥발의 사업을 넘어서서 더 많은 일본인 이민을 실현하고, 식량증산정책을 실현"[26]하기 위한 일제의 국책 사업에 동원되어 남양군도로 떠나는 조선인 이주 노동자들에 대한 민족적인 결속과 연대의 장면으로 설정하는 것이라든지 이주 조선인 노동자들의 송별연에서 처음 만난 생면부지의 사이이면서도 나가 십장 꼽새에게 외경에 가까운 친밀감을 느끼며 의기투합할 정도로 가까운 감정을 드러내는 것도 모두 민족적인 전망의 모색 및 민족주의적 실천의 지향의 해법으로 제시한, 계급을 초월한 조선인들의 민족적인 연대와 협력의 가치를 실천하고자 했던, 그리고 그 가능성을 이주 조선인 노동자들에게서 발견하고자 했던 아니 발견했던 김사량의 문제의식이 반영된 결과라고 할 수 있다.

이제까지의 논의를 통해서 볼 때 「빛 속으로」 이후 지난한 암중모색과 험난한 고투의 긴 터널을 통과하는 과정을 통해 김사량이 절박하고도 처절한 심정으로 발견하고자 했던 빛의 실체가 계급을 초월한 민족적인 연대와 결속의 가치이었음을, 그리고 그 가능성을 이주 조선인 노동자들의 원초적인 건

---

26   조성윤, 『남양군도』, 동문방책방, 2015, 159면.

강성에서 발견하고자 했음을 알 수 있다. 더불어 이 세 작품들에는 「빛 속으로」 수상을 전후한 시기에 자신의 무의식 한켠에 음험한 형태로 준동하던 제국적 주체의 욕망이나 판타지에 대한 죄의식을 속죄하기 위한 김사량의 의도가 있었던 것으로 보인다. 당시 시상식에 참석하러 가는 도중에서의 심경과 「빛 속으로」에 대한 아쉬움이나 불만을 밝히는, 어머니와 롱잉쭝에게 보내는 서신에서 확인할 수 있는 바와 같이, 혈기방장한 20대 중반의 젊은 나이에 일본 주류 문단의 인정을 받는 데서 오는 자부심이나 허영이 전혀 없을 리는 없었을 것이다. 하지만 그러한 감정은, 일본어 창작을 하는 내내 겪을 수밖에 없었던 극심한 갈등과 혼란에도 불구하고 식민지 조선의 비참한 현실을 보다 넓은 내지의 독자들에게 알리고자 한다는 자신의 일본어 창작의 민족주의적 동기를 정면에서 배반하는 일이었다. 당연히 갈등이나 죄의식이 없을 리 없었다. 따라서 이 세 작품의 창작 기원과 동기를 「빛 속으로」에서 자극받은 자신의 죄의식을 해소하고자 한 속죄의식에서 촉발했다고 하는 해석은 충분한 근거와 설득력을 지닌다. 이러한 맥락에서 1941년을 변곡점으로 해서 김사량 문학의 민족주의적 지향이 후퇴하거나 애매해지고 있다는 일반론[27]과는 달리 "1941년 이후 김사량의 창작은 단순히 「빛 속으로」로부터 '후퇴'한 것이 아니라 또 다른 가능성을 찾으려는 과정 속에서 나타난 창작 과정으로 해석할 수 있다"[28]는 지적은 적실해 보인다.

한편 이 두 작품은 김사량의 다른 대부분의 소설들과 마찬가지로 자신의 실제 체험을 바탕으로 창작된 작품임을 어렵지 않게 짐작할 있다. 구체적으로 『문예수도』를 매개로 교분을 나누게 되는 김달수와 주고받은 서신을 통

---

27   안우식, 심원섭 역, 『김사량 평전』, 문학과지성사, 2000, 125-164면 참조.
28   다카하시 아즈사, 「김사량의 조선어 작품 「지기미」와 일본어 작품 「벌레」의 개작 과정에 관한 고찰」, 앞의 논문집, 740면.

해 유추해 볼 때 이 두 작품은 상호 텍스트적 맥락에서 연작이라고 해도 좋을 정도의 긴밀한 친족성을 지니고 있기 때문이다.

① ×시 재주(在住) 토역꾼들의 십장인 꼽새 소문은 진작부터 귓결에 듣고 있었는데, 내가 직접 그와 만난 것은, 긴시(金瑪)가 아직 구전(九錢)에서 십전이 되기 직전이므로, 바로 최근의 일이다. 그것은 같은 시에 있는 회사에 근무하고 있는 O군이, "오늘 일요일은 여기 항구도시 팔천여 명의 벌레(蟲)와 이슬람교도들의 운동회입니다. 만사를 제쳐두고 한번 왕림해 주실 것을……" 운운하는 답장을 보내고, 용약(勇躍)하여 그쪽으로 갔을 때의 일이었다. 벌레와 이슬람교도들이라고 하는 것은, **내가 이전에 시바우라(芝浦) 함바집 근처의 어느 기괴한 노인을 소설로 썼을 때, 그러한 비유를 했음을 떠올리고,** O군이 반쯤 재미로 삼아 그렇게 써서 보냈을 따름이며, 그것은 말할 필요도 없이 우리 조선(朝鮮)이주민들을 가리키는 것이다. (「십장 꼽새」, 145-146면)

② 김달수 앞, 1941년 11월 19일
방금 편지 감사히 읽었습니다. '이슬람교도와 벌레(蟲)'들의 운동회에는 꼭 참가하겠습니다. 오늘밤 기차를 타고 갑니다만, 예정을 조금 앞당겨서 토요일 혹은 일요일 아침에 돌아올 예정입니다. 한 시 정도에 요코스카에 도착하려고 합니다. '일요일 한 시'까지 꼭 역까지 오셔서 이 벌레를 안내해 주십시오. 운동회를 볼 수 있다는 것이 정말 기쁩니다. 함께 뛰면 좋을 것 같습니다……
가마쿠라시 오우기야쓰 407번지 고메신테이 김사량

③ 김달수 앞, 1941년 11월 28일
어젯밤 친구 아틀리에에 가서(도쿄), 대접받긴 했습니다만 김치도 내장탕도 없어서 요코스카 예찬을 입이 닳도록 하고 지금 돌아왔습니다. 그런데

친애하는 형들께서 이미 내장탕을 놓고 소란이 있었다는 것을 듣고, 분통하고 유감스럽기 그지없습니다. 가까운 시일 내에 일을 하나 정리하고, 다시 찾아가고 싶습니다……형이나, 조 씨, 그리고 많은 상품을 받아서 돌아간 일본어가 정말로 유창한 친구 분에게도 안부 전해 주세요. 요코스카는 저의 메디나입니다……

쇼치쿠 오후나 촬영소에서 김사량[29]

①은 「십장 꼽새」의 서두이고 ②와 ③은 김사량이 김달수에게 보낸 답신의 일부이다. 이 두 문면을 미루어 짐작할 때 김사량은 당시 실제로 김달수의 초대를 받아 요코스카의 시바우라 해안에서 항만 잡역부로 생계를 유지하던 이주 조선인 노동자들의 운동회에 직접 참가했음을 알 수 있다. 따라서 이 작품에 O군으로 등장하는 인물이 실제 김달수임을 어렵지 않게 짐작할 수 있으며 나아가 십장 꼽새[30]와 지기미 노인 또한 당시 그 운동회에서 만난 이주 조선인 노동자들을 모델로 했음을 추정하는 것은 충분한 근거와 설득력을 지닌다.

한편 민족적인 전망의 모색과 민족주의적 실천과 관련된 김사량의 문제의식과 관련해서 한 가지 더 주목해야 할 점은 이주 조선 노동자들의 거주 공간에 대한 나의 태도이다. 당시 식민지 본국 일본에서 이주 조선인 노동자들은 온갖 차별과 혐오의 대상으로 타자화되는 과정에서 '호모 사케르'[31]이자 '쓰레기가 되는 삶들'[32]의 처지를 곱다시 감내할 수밖에 없었던 존재들이다.

29 다카하시 아즈사, 「김사량의 일본어 문학, 그 형성 장소로서의 『문예수도』」, 앞의 논문집, 308-311면 참조.

30 이정숙은 십장 꼽새의 모델이 된 인물을 이수섭으로 밝히고 있다. 이에 대해서는 이정숙, 「김사량과 재일 조선인의 문학적 거리」, 『국제한인문학연구』 창간호, 2004, 308면.

31 조르조 아감벤, 박진우 옮김, 『호모 사케르』, 새물결, 2008 참조.

32 지그문트 바우만, 정일준 옮김, 『쓰레기가 되는 삶들』, 새물결, 2008 참조.

권력의 위계에서 가장 낮은 포식자의 서열에 위치한 '이들은 주로 함바나 나야 같은 곳에서 집단생활을 하는 경우가 많았는데 일본인들 눈에 난잡하고 불결한 것으로만 비친 이 공간들에 대해 당국에서는 범죄의 온상이나 민족운동의 거점으로 보고 경계와 감시의 대상[33]으로 삼았다. 이러한 주거 환경은 「무궁일가」에서의 동성이나 명선 가족이 비록 차가 상태이기는 하나 어엿한 집의 형태를 갖춘 공간에서 거주한 것과는 사뭇 다르다. 민족적인 전망의 모색 및 민족주의적 실천과 관련된 김사량의 문제의식과 관련해서 중요한 점은 그러한 거주 공간의 차이보다는 그러한 거주 공간을 서술하는 나의 태도이다.

시바우라 해안은 이주 조선인의 메카인 동시에 또한 메시나이기도 하다. 고난과 노역이 가득한 곳이며 희망과 동정이 넘치는 곳이기도 하다. 각지에서 입항해 온 적하를 내려놓는 인부들은 거의 다 조선 출신이다. 그들은 탄분으로 검게 더렵혀진 한텐을 두르고, 리본이 떨어진 낡아빠진 중절모를 눈이 가려질 정도로 깊숙이 쓰고 있다……골목길 구석구석과 길가에는 함바가 있고, 열 첩 정도 되는 곳에 각각 평균 사오십 명 되는 사람들이 석탄 더미처럼 시커멓게 들끓는다……이런 생활을 하는 인부가 도합 육백여 명이나 된다.

나는 이들 사이에 있으면 언제나 자신이 왠지 모르게 풍부해진 것과 같은, 실로 풍성한 논 속에 있는 듯한 따끈따끈한 기분이 든다. 요컨대 내가 고독하지 않음을 느낄 수 있어서 좋다. (「벌레」, 314-315면)

그곳은 동굴처럼 어두운 방으로, 고기 냄새와 함께 연기가 자욱이 끼어 있었다. 구석구석에서 풍로 불이 빨갛게 타오르고, 사내들이 쭈그리고 앉아 있거나, 혹은 무릎을 세우고 앉아서 풍로를 둘러싸고 삼사십 명이 빼곡히

---

33   미즈노 나오키·문경수, 한승동 옮김, 앞의 책, 47-49면 참조.

들어차 있었다. 모두가 똥창을 구우면서 탁배기를 따른 하얀 사발을 돌려가
며 노래를 부르고 있었다. **구석에서 한 사내가 장구를 치고, 방 중앙에는
방금 전 십장 꼽새가 일어서서 한창 춤을 추는 때였다.** (「십장 꼽새」, 148-149
면)

비록 차가이기는 하나 어엿한 집의 형태를 갖춘 공간에 거주하면서도 낙
관적인 기운이나 에너지를 전혀 느낄 수 없던 「무궁일가」에서의 인물들과는
달리 대개는 습지나 하천 부지 같은 열악한 공간에 임시 막사와 같은 형태로
축조된 함바에 거주하는 이주 조선인 노동자들은 낙천적인 유머나 기운을
조금도 상실하지 않고 있다. 문면에서 보는 바와 같이, '열 첩 정도 되는
곳에 각각 평균 사오십 명 되는 사람들이 석탄 더미처럼 시커멓게 들끓는'
협소한 데다 주거의 조건으로서 가장 기본적인 요건이랄 수 있는 최소한의
위생이나 청결조차 갖추지 못한 불결하고도 누추한 공간임에도 불구하고
나는 '풍성한 논 속에 있는 듯한 따끈따끈한 기분이 든다'는 반응을 보일
정도로 편안하게 받아들인다. 더불어 도쿄로 돌아온 직후 김달수에게 보내는
서신에서 확인할 수 있는 바와 같이, 시바우라 해안과 그곳에서 항만 잡역부
로 일하는 이주 조선인 노동자들은 김사량의 의식에서 언제든지 다시 찾아가
서 만나보고 싶은 간절한 그리움과 동경을 자극하는 대상으로 각인되어 있
다. 그 이유는 '내가 고독하지 않음을 느낄 수 있어서 좋다'라는 진술이 선명
하게 드러내고 있는 바와 같이, 그곳은 나에게 일본 주류 사회의 편견이나
차별, 그리고 그 어떤 검열이나 감시의 시선으로부터 자유로운, 따라서 무의
식의 심연에 중층적인 억압의 형태로 억눌려온 자신의 평소 민족적인 전망이
나 지향을 마음껏 펼칠 수 있는 공간으로 인식되기 때문이다. 그러한 맥락에
서 이 공간을 "조선인 고유의 문화가 공유되는 곳인 동시에 조선인의 감정이

표현될 수 있는 곳"[34], "이 고장과는 전혀 다른, 인간관계가 열려 있는 공간"[35], "일본과는 다른 인간관계를 형성할 수 있는 곳"[36]으로 해석하는 것은 적절해 보인다. 더불어 이러한 공간 설정 또한 조선인 이주 노동자들에게서 민족적인 전망을 발견하고자 했던 김사량의 문제의식이 반영된 결과라고 할 수 있다. 이러한 맥락에서 "「벌레」나 「십장 꼽새」에 이르면 조선인의 비참한 상황을 비참하게 그리는 것이 아니라, 그 비참한 상황 속에서도 강인함과 쾌활함을 잃지 않는 무한한 생명력이 넘치는 존재로서 형상화하고 있다"[37]는 지적은 충분한 설득력을 지닌다.

3. 나오는 글

1941년을 변곡점으로 해서 김사량 소설의 민족주의적 지향은 후퇴하거나 약화된다는 것이 기존 연구들의 일반적인 진단이었다. 이 글의 문제의식은 그러한 일반론에 대한 문제를 제기하는 지점에서 출발하였다. 다시 말해 그러한 일반론이 반드시 그렇지만은 않을 수도 있다는 가설에서 출발하였다. 이러한 문제의식과 가설을 뒷받침하기 위해 이 글이 집중적인 분석 대상으로 소환한 작품들은 「무궁일가」와 「벌레」 그리고 「십장 꼽새」 세 작품이었다. 일제 말기, 보다 구체적으로 민족주의적 지향을 실천하는 합법적인 통로가 거의 차단된 엄혹한 상황으로 치닫던 태평양 전쟁을 전후한 시기에 일본어로

---

34 다카하시 아즈사, 「김사량의 조선어 작품 「지기미」와 일본어 작품 「벌레」의 개작 과정에 관한 고찰」, 앞의 논문집, 765면.

35 위의 글, 756면.

36 위의 글, 759면.

37 곽형덕, 앞의 책, 232면.

발표한 이 세 작품들을 통해 김사량은 제국과 식민지 사이에 위치한 경계인으로서의 극심한 분열과 긴장을 치열하게 견디면서 민족적인 전망을 모색하고자 했다. 이주 조선인 노동자들이 서사 주체로 기능하고 있는 이 세 작품들을 통해 김사량은 자신의 작품 지형에서 기념비적인 위상을 차지하고 있는 「빛 속으로」에서의 남선생이 개인의 윤리적 결단을 통해 다짐한 민족주의적 지향의 실천을 표상하는 빛의 실체를 암시적인 형태로나마 보여주고 있다고 보았다. 구체적으로 그 세 작품들을 통해 김사량은 무조건적인 헌신과 교환의 비대칭에 기초한 환대의 윤리의 실천을 통한 민족적인 연대와 결속에서 민족적인 전망을 모색하고자 했으며 그 가능성을 이주 조선인 노동자들에게서 발견하고자 했다. 그리고 그러한 민족주의적 지향의 실천 의지와 민족적 전망은 지식인으로서의 자신의 계급적 정체성을 완전히 극복하지 못한 상태에서 추상적이고 관념적인 차원에서 작동되던 「무궁일가」에서보다는 「벌레」와 「십장 꼽새」에 와서 훨씬 더 명확한 형태로 드러나고 있음을 확인할 수 있었다. 이러한 논의를 바탕으로 해서 이 글은 이 세 작품들이 「빛 속으로」에 대해 김사량이 가지고 있던 자신의 갈등이나 죄의식을 해소하고자 하는 속죄의식에서 촉발되어 발표한 작품이라는 결론을 도출하였다.

원전 목록

* 다음은 본서에 수록된 개별 논문들의 원전 목록이다. 본서의 글은 아래 원전을 부분적으로 수정·보완한 것이다. 수정·보완 작업은 오·탈자의 교정과 양식의 통일 및 글의 문맥을 좀 더 자연스럽게 다듬는 수준에서 수행하였다.

제1부 해방 이후 염상섭의 장편소설

- 염상섭의 『채석장의 소년』론
  : 한국현대소설학회, 『현대소설연구』 제65호, 2017.3.
- 염상섭의 『취우』에 나타난 한국전쟁
  : 현대문학이론학회, 『현대문학이론연구』 제78집, 2019.9.
- 염상섭 소설의 전쟁미망인
  : 한국현대소설학회, 『현대소설연구』 제78호, 2020.6.
- 1950년대 염상섭 소설의 여성의식과 사회·정치의식
  : 한국현대소설학회, 『현대소설연구』 제81호, 2021.3.
- 염상섭 초기소설의 여성의식
  : 한국언어문학회, 『한국언어문학』 제74집, 2010.9.

제2부 채만식 소설의 기원

- 채만식의 산문
  : 한국현대소설학회, 『현대소설연구』 제60호, 2015.12.
  군산대학교 인문도시센터, 『군산학의 지형』, 2019.
- 『과도기』의 두 지향
  : 원광대학교 인문학연구소, 『열린정신 인문학연구』 제22집 3호, 2021.12.
- 채만식의 초기소설에 나타난 '가족'과 '자본'
  : 한국언어문학회, 『한국언어문학』 제82집, 2012.9.

- 채만식 소설의 기원: 『인형의 집을 나와서』를 중심으로
  : 현대문학이론학회, 『현대문학이론연구』 제42집, 2010.9.
- 『태평천하』에 나타난 '가족'과 '자본'
  : 현대문학이론학회, 『현대문학이론연구』 제52집, 2013.3.
- 채만식의 「심봉사」 계열체 서사 연구
  : 한국현대소설학회, 『현대소설연구』 제55호, 2014.4.
    공종구 외, 『군산의 근대풍경: 역사와 문화』, 도서출판 선인, 2015.
- 채만식 문학의 대일협력과 반성의 윤리
  : 현대문학이론학회, 『현대문학이론연구』 제54집, 2013.9.

제3부 김사량 소설의 디아스포라
- 김사량의 소설에 나타난 이름의 정치학
  : 현대문학이론학회, 『현대문학이론연구』 제72집, 2018.3.
- 김사량의 소설에 나타난 민족주의적 지향
  : 원광대학교 인문학연구소, 『열린정신 인문학연구』 제19집 2호, 2018.8.
- 김사량의 소설에 나타난 재일 조선인 노동자
  : 현대문학이론학회, 『현대문학이론연구』 제80집, 2020.3.

참고문헌

자료편

제1부 해방 이후 염상섭의 장편소설

염상섭, 『염상섭 전집』 1, 민음사, 1987.

염상섭, 『염상섭 전집』 12, 민음사, 1987.

김동인, 『김동인 전집』 1, 조선일보사, 1987.

염상섭, 『취우·화관』(염상섭 전집 7), 민음사, 1987.

염상섭, 『젊은 세대 외』(염상섭 전집 8), 민음사, 1987.

염상섭, 『만세전』, 문학과지성사, 2009.

염상섭, 『두 파산』, 문학과지성사, 2009.

염상섭, 『채석장의 소년』, 글누림, 2015.

염상섭, 『미망인』, 글누림, 2017.

염상섭, 『화관』, 글누림, 2017.

염상섭, 『취우·새울림·지평선』, 글누림, 2018.

최인훈, 『광장/구운몽』(최인훈 전집 1), 문학과지성사, 2010.

한기형·이혜령 엮음, 『염상섭 문장 전집』 Ⅰ·Ⅱ·Ⅲ, 소명출판, 2014.

제2부 채만식 소설의 기원

김병걸·김규동 편, 『친일문학작품선집』, 실천문학사, 1986.

김진영 외, 『심청전』, 민속원, 2005.

방민호 편, 『과도기』, 예옥, 2006.

『채만식 전집』 1, 창작사, 1987.

『채만식 전집』 5, 창작과비평사, 1987.

『채만식 전집』 6, 창작과비평사, 1989.

『채만식 전집』 9, 창작과비평사, 1989.

『채만식 전집』 10, 창작과비평사, 1989.

채만식, 『태평천하』, 문학과지성사, 2009.

채만식, 『탁류』, 현대문학, 2011.

정홍섭 엮음, 『채만식 선집』, 현대문학, 2009.

제3부 김사량 소설의 디아스포라

김재용·곽형덕 편, 『김사량, 작품과 연구 1』, 역락, 2008.

김재용·곽형덕 편, 『김사량, 작품과 연구 2』, 역락, 2009.

김재용·곽형덕 편, 『김사량, 작품과 연구 3』, 역락, 2013.

김재용·곽형덕 편, 『김사량, 작품과 연구 4』, 역락, 2014.

국내외 논저

제1부 해방 이후 염상섭의 장편소설

강만길 외, 『해방 전후사의 인식』 2, 한길사, 1985.

강준만, 『한국 현대사 산책』(1950년대 편, 1·2·3권), 인물과사상사, 2004.

게르트 미슐러, 유혜자 역, 『자살의 문화사』, 시공사, 2002.

고　은, 『1950년대』, 청하, 1989.

공종구, 「염상섭 초기 소설의 탈식민의식」, 『현대문학이론연구』 제38집, 2009.9.

공종구, 「염상섭의 『취우』에 나타난 한국전쟁」, 현대문학이론학회, 『현대문학이론연구』 제
　　　78집, 2019.

공종구, 「염상섭 소설의 전쟁 미망인」, 『현대소설연구』 제78호, 2020.

권보드래, 『연애의 시대』, 현실문화연구, 2003.

권영민 편, 『염상섭 문학연구』, 민음사, 1987.

김경수, 「염상섭 장편소설의 시학」, 문학사와 비평연구회, 『염상섭 문학의 재조명』, 새미,
　　　1998.

김경수, 『염상섭 장편소설 연구』, 일조각, 1999.

김경수, 『염상섭과 현대소설의 형성』, 일조각, 2008.

김경일, 『여성의 근대, 근대의 여성』, 푸른역사, 2004.

김동춘, 『전쟁과 사회』, 돌베개, 2006.

김양선, 「염상섭의 『취우』론: 욕망의 한시성과 텍스트의 탈이념적 성격을 중심으로」, 『서강

어문』 제14집, 1998.

김영경, 「한국전쟁기 '임시 수도 부산'의 서사화와 서사적 실험」, 『구보학보』 19집, 2018.

김원우, 『산책자의 눈길』, 강, 2008.

김윤식 편, 『염상섭』, 문학과지성사, 1984.

김윤식, 『염상섭 연구』, 서울대학교 출판부, 1999.

김은하, 「전후 국가근대화와 위험한 미망인의 문화정치학」, 한국문학이론과 비평학회, 『한국문학이론과 비평』 49, 2010.

김재용, 「8·15 이후 염상섭의 활동과 『효풍』의 문학사적 의미」, 염상섭, 『효풍』, 실천문학사, 1998.

김종욱, 「염상섭의 <취우>에 나타난 일상성에 관한 연구」, 『관악어문연구』 제17집, 1992.

김종욱, 「한국전쟁과 여성의 존재 양상: 염상섭의 『미망인』과 『화관』 연작」, 『한국근대문학연구』 9, 태학사, 2004.

김지영, 『연애라는 표상』, 소명출판, 2008.

김태진, 「전후의 풍속과 전쟁 미망인의 서사 재현 양상: 염상섭의 『미망인』·『화관』 연작을 중심으로」, 한국현대소설학회, 『현대소설연구』 27, 2005.

김홍중, 『사회학적 파상력』, 문학동네, 2016.

리타 펠스키, 김영찬·심진경 옮김, 『근대성과 페미니즘』, 거름, 1999.

문옥표 외, 『신여성』, 청년사, 2003.

문학사와 비평연구회 편, 『염상섭 문학의 재조명』, 새미, 1998.

문학과 사상연구회 편, 『염상섭 문학의 재인식』, 깊은샘, 1998.

문학사와 비평학회, 『김동인 문학의 재조명』, 새미, 2001.

박지향 외, 『해방 전후사의 재인식』 2, 책세상, 2006.

박찬부, 『기호, 주체, 욕망』, 창비, 2007.

박태균, 『한국전쟁』, 책과 함께, 2016.

서영채, 『사랑의 문법』, 민음사, 2004.

서중석, 『이승만과 제1공화국』, 역사비평사, 2007.

숀 호머, 김서영 옮김, 『라캉 읽기』, 은행나무, 2006.

스테판 코올, 여균동 역, 『리얼리즘의 역사와 이론』, 한밭출판사, 1982.

신형기, 『해방기 소설 연구』, 태학사, 1992.

알프레드 알바레즈, 최승자 역, 『자살의 연구』, 청하, 2002.

앤서니 엘리엇, 김정훈 역, 『자아란 무엇인가』, 삼인, 2007.

엠마뉴엘 레이노, 김희정 역, 『강요된 침묵』, 책갈피, 2001.

연구공간 수유+너머 근대매체연구팀, 『신여성』, 한겨레신문사, 2005.

오길영, 『아름다움의 지성』, 소명출판, 2020.

우찬제·이광호 엮음, 『4·19와 모더니티』, 문학과지성사, 2010.

유병화, 「노동자 한 사람이 회사를 이길 수는 없다」, 『8·15의 기억』, 한길사, 2005.

위르겐 슈람케, 원당희·박병화, 『현대소설의 이론』, 문예출판사, 1995.

이보영, 『난세의 문학』, 예림기획, 2001.

이보영, 『염상섭 문학론』, 금문서적, 2003.

이상경, 「나혜석-인간으로 살고 싶었던 여성」, 『나혜석 전집』, 태학사, 2002.

이임하, 『여성, 전쟁을 넘어 일어서다』, 서해문집, 2004.

이재철, 『한국현대아동문학사』, 일지사, 1978.

이종호, 「해방기 염상섭과 『경향신문』」, 『구보학보』 제21집, 2019.

이진경, 『외부, 사유의 정치학』, 그린비, 2009.

전남일 외, 『한국 주거의 사회사』, 돌베개, 2008.

전흥남, 『해방기 소설의 시대정신』, 국학자료원, 1999.

정보람, 「전쟁의 시대, 생존의지의 문학적 체현: 염상섭의 『취우』, 『미망인』 연구」, 한국현대
　　　소설학회, 『현대소설연구』 49, 2012.

정보람, 「'탕녀'와 '가장': 1950년대 전쟁 미망인의 이중적 표상 연구」, 한국현대소설학회,
　　　『현대소설연구』 61, 2016.

정종현, 「1950년대 염상섭 소설에 나타난 정치와 윤리: 『젊은 세대』, 『대를 물려서』를 중심으
　　　로」, 『한국어문학연구』 제62집, 2014.

정혜영, 『식민지기 문학과 근대성』, 소명출판, 2008.

최애순, 「1950년대 서울 종로 중산층 풍경 속 염상섭의 위치: 『젊은 세대』와 『대를 물려서』를
　　　중심으로」, 『현대소설연구』 제52집, 2013.

최원식·임규찬 엮음, 『4월 혁명과 한국문학』, 창작과비평사, 2002.

테리 이글턴·매슈 보몬트, 문강형준 옮김, 『비평가의 임무』, 민음사, 2015.

토니 마이어스, 박정수 역, 『누가 슬라보예 지젝을 미워하는가』, 엘피, 2005.

페터 V.지마, 서영상·김창주 역, 『소설과 이데올로기』, 문예출판사, 1996.

피에르 부르디외, 김용숙·주경미 옮김, 『남성지배』, 동문선, 2000.

한국정신문화연구원 편, 『한국전쟁과 사회구조의 변화』, 백산서당, 1999.

한국정치연구회 정치사분과, 『한국전쟁의 이해』, 역사비평사, 1993.

한국현대문학연구회 편, 『한국의 전후문학』, 태학사, 1991.

한기형·이혜령 편, 『저수하의 시간, 염상섭을 읽다』, 소명출판, 2014.

한수영, 「소설의 일상성: 후기 단편소설」, 문학과 사상연구회, 『염상섭 문학의 재인식』, 깊은
　　　샘, 1998.

제2부 채만식 소설의 기원

가토 요코, 박영준 역, 『근대 일본의 전쟁 논리』, 태학사, 2003.

강덕상, 김동수·박수철 옮김, 『학살의 기억, 관동대지진』, 역사비평사, 2005.

게오르그 루카치, 반성완 역, 『루카치 소설의 이론』, 심설당, 1998.

게오르그 짐멜, 김덕영·윤미애 옮김, 『짐멜의 모더니티 읽기』, 새물결, 2005.

고마고메 다케시, 오성철 외 옮김, 『식민지 제국 일본의 문화통합』, 역사비평사, 2008.

고명섭, 『담론의 발견』, 한길사, 2006.

고 헌, 「채만식 문학의 배경에 대한 연구」, 『군산대학교 논문집』, 1982.

공임순, 『식민지의 적자들』, 푸른역사, 2005.

공제욱·정근식 편, 『식민지의 일상, 지배와 균열』, 문화과학사, 2006.

공종구, 『한국현대문학론』, 국학자료원, 1997.

공종구 외, 『경계인을 통해서 본 동아시아의 근대풍경』, 선인, 2005.

공종구, 『한국 현대소설의 윤리』, 박문사, 2009.

공종구, 「채만식 소설의 기원: 『인형의 집을 나와서』를 중심으로」, 『현대문학이론연구』 제42집, 2010.9.

공종구, 「채만식의 초기소설에 나타난 '가족'과 '자본'」, 한국언어문학회, 『한국언어문학』 제82집, 2012.9.

공종구, 「채만식의 『심봉사』 계열체 서사 연구」, 한국현대소설학회, 『현대소설연구』 제55호, 2014.4.

군산대학교 채만식연구센터 편, 『채만식 중·단편소설연구』, 소명출판, 2009.

권보드래, 『연애의 시대』, 현실문화연구, 2003.

권용혁, 『한국 가족, 철학으로 바라보다』, 이학사, 2012.

김경일, 『여성의 근대, 근대의 여성』, 푸른역사, 2004.

김경일, 『근대의 가족, 근대의 결혼』, 푸른역사, 2012.

김덕영, 『게오르그 짐멜의 모더니티 풍경 11가지』, 길, 2007.

김병욱 편, 최상규 역, 『현대소설의 이론』, 대방출판사, 1983.

김상태 편역, 『윤치호 일기』, 역사비평사, 2005.

김상환 외, 『니체가 뒤흔든 철학 100년』, 민음사, 2000.

김용석, 『서사철학』, 휴머니스트, 2009.

김재용, 『협력과 저항』, 소명출판, 2004.

김재용, 『풍화와 기억』, 소명출판, 2016.

김주리, 「사디즘적 연애와 과도기의 욕망」, 『한국현대문학연구』 23, 2007.12.

김화영, 『한국문학의 사생활』, 문학동네, 2005.

나리타 류이치, 한일비교문화세미나 역, 『고향이라는 이야기』, 동국대학교출판부, 2007.

루샤오평, 조미원 외 역, 『역사에서 허구로』, 길, 2001.

남진우, 『폐허에서 꿈꾸다』, 문학동네, 2013.

동국대학교 문화학술원 한국문학연구소 편, 『식민지 시기 검열과 한국문화』, 동국대학교 출판부, 2010.

린다 허천, 김상구·윤여복 역, 『패러디 이론』, 문예출판사, 1993.

마르트 로베르, 김치수·이윤옥 옮김, 『기원의 소설, 소설의 기원』, 문학과지성사, 1999.

문정연 외 역, 『좌담회로 읽는 『국민문학』』, 소명출판, 2010.

문학과 사상연구회 편, 『채만식 문학의 재인식』, 소명출판, 1999.

민족문학사 엮음, 『민족문학과 근대성』, 문학과지성사, 1995.

박찬부, 『기호, 주체, 욕망』, 창비, 2007.

박찬부, 『에로스와 죽음』, 서울대학교출판문화원, 2013.

방기중 편, 『일제 파시즘 지배정책과 민중생활』, 혜안, 2004.

방민호, 『채만식과 조선적 근대문학의 구상』, 소명출판, 2001.

방민호, 『일제 말기 한국문학의 담론과 텍스트』, 예옥, 2011.

보리스 시륄닉, 이재형 역, 『벼랑 끝에 선 사랑을 이야기하다』, 새물결, 2009.

송지현, 「여성주의 관점에서 본 채만식 소설」, 『한국언어문학』 37집, 한국언어문학회, 1996.

송하춘, 『채만식』, 건국대학교 출판부, 1994.

수전 손택, 이재원 옮김, 『은유로서의 질병』, 이후, 2002.

신기욱·마이클 로빈슨 엮음, 도면회 옮김, 『한국의 식민지 근대성』, 삼인, 2006.

심진경, 「채만식 문학과 여성」, 『한국근대문학연구』 6, 태학사, 2002.

안미영, 「한국 근대소설에서 헨릭 입센의 『인형의 집』 수용」, 『비교문학』 30, 한국비교문학회, 2003.

안회남, 「그의 사람된 품과 작품」, 『조선일보』, 1933.6.

애덤 로버츠, 곽상순 역, 『트랜스 비평가 프레드릭 제임슨』, 앨피, 2007.

앤소니 기든스, 배은경·황정미 옮김, 『현대사회의 성·사랑·에로티시즘』, 새물결, 1996.

앤소니 기든스, 박노영·임영일 옮김, 『자본주의와 현대사회 이론』, 한길사, 2008.

에드워드 렐프, 김덕현 외 옮김, 『장소와 장소상실』 논형, 2014.

L.A.젤리·D.J.지글러, 이훈구 역, 『성격심리학』, 법문사, 1986.

염무웅, 『혼돈의 시대에 구상하는 문학의 논리』, 창작과비평사, 1996.

와타나베 나오키·황호덕·김응교 편, 『전쟁하는 식민, 식민지의 국민문화』, 소명출판, 2010.

유종호, 『문학이란 무엇인가』, 민음사, 1989.

윤건차, 이지원 옮김, 『한일 근대사상의 교착』, 문화과학사, 2003.

윤대원, 『식민지 시대 민족해방 운동』, 한길사, 1990.

이마무라 히토시, 이수정 역, 『근대성의 구조』, 민음사, 1999.

이성환, 『전쟁국가 일본』, 살림, 2005.

이승일, 『조선 총독부 법제 정책』, 역사비평사, 2008.

이재경, 『가족의 이름으로』, 또 하나의 문화, 2003.

이주형, 『채만식의 문학과 부정의 논리』, 창작과비평사, 1995.

이주형 편, 『채만식 연구』, 태학사, 2010.

이-푸 투안, 구동회·심승희 역, 『공간과 장소』, 대윤, 2011.

이중연, 『'황국신민'의 시대』, 혜안, 2003.

장석규, 『심청전의 구조와 의미』, 박이정, 1998.

장 신, 『조선·동아일보의 탄생』, 역사비평사, 2021.

장 벨맹-노엘, 최애영·심재중 옮김, 『문학 텍스트의 정신분석』, 동문선, 2001.

전광식, 『고향』, 문학과지성사, 1999.

정선태, 「「인형의 집을 나와서」: 입센주의의 수용과 그 변용」, 『한국근대문학연구』 6, 한국근대문학회, 2002.

정종현, 『동양론과 식민지 조선문학』, 창비, 2011.

정호웅 외, 『장편소설로 보는 새로운 민족문학사』, 열음사, 1993.

조너선 컬러, 이은경·임옥희 역, 『문학이론』, 동문선, 1999.

조남현, 『한국 문학잡지사상사』, 서울대학교출판문화원, 2012.

조정래·나병철, 『소설이란 무엇인가』, 평민사, 1991.

조셉 칠더즈·게리 헨치, 황종연 역, 『현대문학·문화 비평 용어사전』, 문학동네, 1999.

지그문트 바우만, 이일수 옮김, 『액체근대』, 강, 2010.

천정환, 『근대의 책읽기』, 푸른역사, 2003.

최원식, 「친일문제에 접근하는 다른 길」, 『창작과 비평』, 2006년 겨울호.

최유리, 『일제 말기 식민지 지배 정책 연구』, 국학자료원, 1997.

칼루 싱, 김숙진 역, 『죄책감』, 이제이 북스, 2004.

페터 V.지마, 서영상·김창주 역, 『소설과 이데올로기』, 문예출판사, 1996.

페터 지마, 김태환 편역, 『비판적 문학이론과 미학』, 문학과지성사, 2000.

한국기호학회 편, 『은유와 환유』, 문학과지성사, 1999.

한국문학평론가협회, 『문학비평용어사전』 상, 국학자료원, 2006.

한국사회사연구회 편, 『노동계급 형성이론과 한국사회』, 문학과지성사, 1990.

한국프랑스철학회, 『프랑스 철학과 문학비평』, 문학과지성사, 2008.

한지현, 「채만식의 『인형의 집을 나와서』에 나타난 여성문제 인식」, 『민족문학사연구』 제9
　　　호, 민족문학사연구소, 1996.
호사카 유우지, 『일본제국주의의 민족동화정책 분석』, 제이앤시, 2002.
홍종욱, 「중일전쟁기(1937-1941) 사회주의자들의 전향과 그 논리」, 서울대학교 석사학위논문,
　　　2000.

제3부 김사량 소설의 디아스포라

강재언·김동훈, 하우봉·홍성덕 역, 『재일 한국·조선인-역사와 전망』, 소화, 2005.
곽형덕, 『김사량과 일제 말 식민지 문학』, 소명출판, 2017.
고모리 요이치, 송태욱 옮김, 『포스트콜로니얼』, 삼인, 2002.
고봉준, 『모더니티의 이면』, 소명출판, 2007.
고봉준, 「추방과 탈주: 타자·마이너리티·디아스포라」, 『작가와 비평』 06, 2007.
공제욱·정근식, 『식민지의 일상: 지배와 균열』, 문화과학사, 2006.
공종구, 「김사량의 소설에 나타난 이름의 정치학」, 『현대문학이론연구』 제72집, 2018.3.
권명아, 「식민지 경험과 여성의 정체성」, 방기중 편, 『식민지 파시즘의 유산과 극복의 과제』,
　　　혜안, 2006.
『국민문학』 1942년 5·6월호 합병호 편집후기.
김계자, 『근대 일본문단과 식민지 조선』, 역락, 2015.
김학동, 『재일조선인 문학과 민족』, 국학자료원, 2009.
다카하시 아즈사, 「김사량의 일본어 문학, 그 형성 장소로서의 『문예수도』」, 서울대학교 인
문학연구원, 『인문논총』 제76권 제1호, 2019.2.
다카하시 아즈사, 「김사량의 조선어 작품 「지기미」와 일본어 작품 「벌레」의 개작 과정에
　　　관한 고찰」, 『구보학보』 22집, 구보학회, 2019.8.
데이비드 허다트, 조만성 역, 『호미 바바의 탈식민적 정체성』, 앨피, 2011.
도노무라 마사루, 김철 역, 『조선인 강제연행』, 뿌리와 이파리, 2018.
문경연 외 역, 『좌담회로 읽는 『국민문학』』, 소명출판, 2010.
문학과 사상연구회, 『이태준 문학의 재인식』, 소명출판, 2004.
미즈노 나오키, 정선태 옮김, 『창씨개명』, 산처럼, 2008.
미즈노 나오키·문경수, 한승동 옮김, 『재일조선인』, 삼천리, 2016.
바트 무어-길버트, 이경원 역, 『탈식민주의! 저항에서 유희로』, 한길사, 2001.
박찬부, 『기호·주체·욕망』, 창비, 2007.
서경식, 『고통과 기억의 연대는 가능한가?』, 철수와영희, 2009.
서경식, 형진의 역, 『역사의 증인 재일 조선인』, 반비, 2012.

안우식, 심원섭 역, 『김사량 평전』, 문학과지성사, 2000.

오민석, 『현대문학이론의 길잡이』, 시인동네, 2017.

오태영, 『오이디푸스의 눈: 식민지 조선문학과 동아시아의 지리적 심상』, 소명출판, 2016.

와타나베 나오키·황호덕·김응교, 『전쟁하는 신민, 식민지의 국민문화』, 소명출판, 2010.

우지시마 요시미, 「김사량 『무궁일가』에 나타난 빛의 상징성 연구」, 동악어문학회, 『동악어
    문학』 제75집, 2018.6.

유종호, 『그 이름 안티고네』, 현대문학, 2019.

윤건차, 박진우 외 옮김, 『자이니치의 정신사』, 한겨레출판, 2016.

윤대석, 『식민지 문학을 읽다』, 소명출판, 2012.

이원동 편역, 『식민 지배 담론과 『국민문학』 좌담회』, 역락, 2009.

이정선, 『동화와 배제』, 역사비평사, 2017.

이정숙, 「김사량과 재일 조선인의 문학적 거리」, 『국제한인문학연구』 창간호, 2004.

전상숙, 「전향, 사회주의자들의 현실적 선택」, 방기중 편, 『일제하 지식인의 파시즘 체제
    인식과 대응』, 혜안, 2005.

정근식 외, 『검열의 제국』, 푸른역사, 2016.

정백수, 『한국 근대의 식민지 체험과 이중언어 문학』, 아세아문화사, 2000.

정영혜, 후지이 다케시 역, 『다미가요 제창』, 삼인, 2011.

정운현 편역, 『창씨개명』, 학민사, 1994.

정창석, 『식민지적 저항』, 소명출판, 2015.

조르조 아감벤, 박진우 옮김, 『호모 사케르』, 새물결, 2008.

조르조 아감벤, 김항 역, 『예외상태』, 새물결, 2009.

조성윤, 『남양군도』, 동문방책방, 2015.

조셉 칠더즈·게리 헨치, 황종연 역, 『현대문학·문화 비평 용어사전』, 문학동네, 1999.

지그문트 바우만, 정일준 옮김, 『쓰레기가 되는 삶들』, 새물결, 2008.

최유리, 『일제 말기 식민지 지배정책연구』, 국학자료원, 1997.

테리 이글튼·매슈 보몬트, 문강형준 옮김, 『비평가의 임무』, 민음사, 2015.

형진의·임경화 편역, 『일본 신민족주의 전환기에 『국체의 본의』를 읽다』, 어문학사, 2017.